HEYNE‹

Das Buch

Aleister Lanoe und seine Crew haben einen fulminanten Sieg über die feindliche Alien-Armada errungen, die den Planeten Niraya bedrohte. Dennoch ist Lanoes Mission noch nicht zu Ende, denn diese Armada war eine von unzähligen Flotten, die auf der Suche nach fremden Zivilisationen die Galaxis durchstreifen. Lanoe kennt daher nur ein Ziel: Er muss unbedingt den Heimatplaneten der Aliens mit dem selben Namen Blau-Blau-Weiß finden, um den Angriffen ein für allemal ein Ende zu bereiten und zu zerstören. Doch gerade, als Lanoe von unverhoffter Seite Unterstützung erfährt, werden seine Pläne durchkreuzt, und das Schicksal der Erde selbst, der Wiege der Menschheit, steht plötzlich auf Messers Schneide …

Erster Roman: *Der verratene Planet*
Zweiter Roman: *Die vergessenen Welten*

Der Autor

Hinter dem Pseudonym D. Nolan Clark verbirgt sich der Bestsellerautor David Wellington.

diezukunft.de»

D. NOLAN CLARK

DIE VERGESSENEN WELTEN

Roman

Aus dem Amerikanischen
von Julian Haefs

Deutsche Erstausgabe

WILHELM HEYNE VERLAG
MÜNCHEN

Titel der Originalausgabe
FORGOTTEN WORLDS – THE SILENCE 2

MIX
Papier aus verantwor-
tungsvollen Quellen
FSC® C014496

Verlagsgruppe Random House FSC® N001967

Deutsche Erstausgabe 5/2018
Redaktion: Sven-Eric Wehmeyer
Copyright © 2017 by David Wellington
Copyright © 2018 der deutschsprachigen Ausgabe by
Wilhelm Heyne Verlag, München,
in der Verlagsgruppe Random House GmbH,
Neumarkter Str. 28, 81673 München
Printed in Germany
Umschlaggestaltung: Das Illustrat, München, unter Verwendung von
Motiven von Nixx Photography/Shutterstock und tsuneomp/Shutterstock
Satz: Fotosatz Amann, Memmingen
Druck und Bindung: GGP Media GmbH, Pößneck

ISBN: 978-3-453-31836-6

www.diezukunft.de

Für Fred

I

ZIRKUMBINÄR

1

Jenseits der Mauern des Alls erstreckte sich das Netzwerk der Wurmlöcher, die alle Sterne miteinander verbanden. Ein furchterregend trostloses Labyrinth von Tunneln, die selbst an den breitesten Stellen nur wenige Hundert Meter durchmaßen. Die Wände waren von einem ständigen und geisterhaften Leuchten erfüllt, dem lumineszierenden Rauch kollidierender Teilchen. Das spukhafte Licht verbreitete ein wenig Helligkeit, jedoch kaum Wärme.

Auch wenn die Menschheit seit weit über einem Jahrhundert regen Gebrauch von diesem Geflecht verborgener Passagen machte, um Personen und Güter von Stern zu Stern zu transportieren, war dieser Irrgarten jenseits der Raumzeit so komplex und verwinkelt, dass Schiffe einander in den stillen Röhren nur selten begegneten. Noch seltener kam es vor, dachte sich Aleister Lanoe, auf gleich vier Kataphrakt-Jäger zu treffen, die einem den Weg versperrten. Selten genug, dass es sich unmöglich um einen Zufall handeln konnte.

»Die gehören nicht zur Flotte«, sagte Valk, Lanoes Kopilot, der sich gegenwärtig in der Beobachtungskuppel an der Unterseite des Schiffs befand. »Da, die Sechsecke auf der Verkleidung. Definitiv CentroCor-Miliz.«

Lanoe hatte sofort erkannt, um welche Sorte Jäger es sich handelte – die Yk.64er waren billige Kopien besserer Flottenmodelle mit großen rundlichen Cockpits. Er war schon einer Menge Schiffe dieser Machart begegnet und wusste, dass sie zwar mit teureren Modellen nicht mithalten konnten, man sie aber dennoch keineswegs unterschätzen durfte.

»Hmm«, sagte er.

Sie waren noch mehrere Stunden von ihrem Ziel entfernt. Natürlich konnten sie versuchen, die Formation zu durchbrechen und Reißaus zu nehmen, aber leider war ihr Z.VII-Aufklärer langsamer als die Yk.64er. Sie würden eine lange, unschöne Verfolgungsjagd vor sich haben, die mit ziemlicher Sicherheit kein gutes Ende nähme. Auch Kämpfen war keine aussichtsreiche Alternative. Zwar war die Z.VII mit zwei Partikelstrahl-Geschützen ausgestattet, die der Bewaffnung der CentroCor-Schiffe in nichts nachstanden, dafür waren deren Vektorfelder stärker. Die Yk.64er würden den Großteil des PSG-Feuers einfach schlucken. Eine direkte Konfrontation würden sie kaum überleben.

Lanoe versuchte, die Jäger zu kontaktieren. »CentroCor-Schiffe, wir brauchen ein bisschen mehr Platz. Was dagegen, wenn wir uns an euch vorbeiquetschen?« Als wäre es bloß eine zufällige Begegnung auf einer vielbeflogenen Handelsroute. »Ich wiederhole: CentroCor-Schiffe ...«

»Lanoe«, unterbrach Valk ihn, »sie fahren die Waffen hoch.«

Er hatte kaum mit etwas anderem gerechnet.

Vier zu eins unterlegen. Ihr Gegner war schneller und besser bewaffnet. Keine Hilfe in Rufweite. Nun gut, wenn sie schon kämpfen mussten, hatten sie wenigstens einen Vorteil. Die Piloten der Yk.64er waren Milizionäre. Söldner von CentroCor – einem der MegaKons, der großen Monopolisten, die bis auf die Erde sämtliche von Menschen besiedelten Planeten unter sich aufgeteilt hatten. Diese Piloten waren von einem Unternehmen ausgebildet worden. Lanoe war einer der besten Piloten, die je in der Flotte der Erde gedient hatten.

»Festhalten«, sagte er zu Valk. Er riss den Steuerknüppel herum und zündete die seitlichen Manövrierdüsen. Sofort trudelte ihr Schiff in einer wilden Schraube der Wand des Wurmlochs entgegen.

*

Die Trägheitsdämpfer des Langstrecken-Aufklärers drückten Valk fest in den Sitz. Ihm war, als habe sich plötzlich jemand auf seinen Brustkorb gesetzt. Ein unschönes, aber vertrautes Gefühl – ohne Trägheitsdämpfer würde jeder Pilot, der ein solches Manöver vollführte, unweigerlich als violetter Schleim an den Wänden des eigenen Cockpits enden.

Leider erschwerte es die Bedienung der Feuerleitkonsole erheblich. Valk grunzte und stach mit dem Finger auf die virtuelle Tastatur ein. Das Geschütz fuhr sich hoch. Automatisch drehte der Bordcomputer die Beobachtungskuppel um die eigene Achse, um ihm den bestmöglichen Schusswinkel auf die gegnerischen Jäger zu ermöglichen. Somit flog er nun rückwärts, was auch bedeutete, dass er die dräuende Tunnelwand nicht mehr sehen konnte. Das war ihm ganz recht so. Sollten sie die Wand dieser in sich verdrehten Röhre durch die Raumzeit auch nur streifen, würde sich der Langstrecken-Aufklärer im selben Augenblick auflösen, bis nicht einmal Atome, sondern nur noch Quarks zurückblieben.

Valk verließ sich darauf, dass Lanoe dies zu verhindern wusste.

»Feindbeschuss oberhalb sieben Uhr«, rief Valk und drückte eine weitere Taste, um ein virtuelles Zielkreuz aufzurufen. Das feine Raster bündelte sich auf dem Kuppeldach und zeigte ihm an, wo seine Treffer am ehesten landen würden. Es hüpfte wild hin und her, während der Bordrechner vergeblich versuchte, Lanoes Schleuderflug und die Bewegungen der vier feindlichen Jäger sinnvoll auszuwerten. Valk verfluchte das blöde Gerät und schaltete es wieder ab. Er würde doch per Hand zielen müssen.

»Ich glaube, die sind sauer«, sagte er.

Wie winzige brennende Kometen jagten gegnerische Partikelstrahlen über die Triebwerksdüsen des Aufklärers. Lanoe ließ das Schiff mit den Positionsdüsen so weit rotieren, dass die meisten Schüsse vorbeizogen. Nur ein paar Streifschüsse schlugen Funken im Vektorfeld.

»Das war ein Warnschuss«, sagte Lanoe. »Glaubst du, die wollen uns lebend zu fassen kriegen?«

»Halt doch kurz an und frag mal«, sagte Valk. Lanoe kicherte.

Knapp vor der Tunnelwand zog er das Schiff hart nach oben und verfiel in einen schlingernden Zickzackkurs, während sie weiterhin feindliches Feuer auf sich zogen. Jetzt begriff Valk auch, warum Lanoe die Wand angesteuert hatte – auf diese Weise konnte ihnen keiner der Jäger in den Rücken fallen. Die Oberseite des Aufklärers war vergleichsweise schwach gepanzert, also wollte Lanoe auch diese vom Feindbeschuss fernhalten. Was natürlich hieß, dass Valk in seiner Beobachtungskuppel direkt in der Schusslinie hing.

War ja nicht das erste Mal. Er fuhr herum, visierte die nächste Yk.64 an und feuerte. Der Partikelstrahl riss eine der Tragflächen ab; allerdings benötigte dieser Bastard sie hier überhaupt nicht – im Vakuum der Wurmlöcher waren Tragflächen verzichtbar. Valk setzte gerade zum nächsten Schuss an, als sein Blickfeld herumwirbelte und er plötzlich keine Gegner mehr vor sich hatte. Lanoe musste das nächste raffinierte Manöver geflogen haben, ohne ihn vorzuwarnen.

»Gib mir wenigstens irgendwas zum Schießen«, rief er.

»Keine Sorge«, sagte Lanoe. »Du kriegst schon noch was zu tun.«

*

Lanoe saß in seinem Cockpit am Bug des Aufklärers und bediente die Kontrollen mit einer Hand, während die andere fest um den Steuerknüppel gekrallt blieb. Auf seinem Zweitdisplay sah er die dreidimensionale Karte der vier Miliz-Jäger, deren prognostizierte Bahnen wie Bänder aus Glas vor ihnen durch das Wurmloch schwebten. Alle vier rauschten ein gutes Stück hinter ihm weiter oberhalb dahin, immer noch aufgereiht in einer Formation wie aus dem Lehrbuch. So hatten sie ihn aus einer Entfernung eingekesselt, die ihnen nicht erlauben würde, nahe genug heranzukommen, um einen wirklich gefährlichen Schuss abzugeben. Trotzdem war es eine grundsolide Taktik – sie blieben auf Abstand, weil sie genau wussten, dass sie mehr als genug Zeit hatten. Sie konnten es sich leisten, den Aufklärer so lange mit Fernschüssen zu überziehen, bis sie einen Glückstreffer erzielten.

Er konnte sie nicht abschütteln. Und wenn er versuchte, sich zurückfallen zu lassen, würden sie lediglich die Lücke schließen und ihn auseinandernehmen oder schlicht gegen die Tunnelwand abdrängen. Keine schönen Aussichten.

Im Allgemeinen gaben Milizionäre keine besonders talentierten Piloten ab. Viele von ihnen waren ehemalige Kadetten der Flottenakademie, die nach ihrem vorzeitigen Rausschmiss nur noch für einen der Konzerne fliegen konnten. Andere wurden direkt aus der Zivilbevölkerung rekrutiert, kaum zehn Stunden in einen Flugsimulator gesteckt und dann ausgeschickt, um irgendwie klarzukommen. Dieses Grüppchen hier war allerdings ganz offensichtlich eine Ecke besser – umsichtig, anpassungsfähig. Und geduldig.

Er wünschte inständig, zu wissen, wer sie geschickt hatte. Und warum man ihn so dringend einfangen wollte.

Wollten sie dieser Falle entkommen, musste er sich etwas Waghalsiges einfallen lassen. »Valk«, rief er. »Ich weiß, dass du gerne knauserig mit deiner Munition umgehst. Ich muss dich bitten, jetzt gleich geradezu verschwenderisch auszuteilen. Für meinen nächsten Trick hältst du bitte den Abzug so lange durchgedrückt, bis die Waffe überhitzt, alles klar?«

»Moment mal«, sagte Valk. »Was hast du vor?«

Lanoe verschwendete keine Zeit mit einer Antwort, sondern programmierte eine komplizierte Sequenz schneller Zündungen ins Triebwerk, zog den Steuerknüppel hart an sich und öffnete im selben Moment die Drosselklappe.

Grundsätzlich war die Z.VII zur Langstrecken-Aufklärung konstruiert worden. Sie bot ein beachtliches Rundum-Paket moderner Sensoren und ein äußerst energieeffizientes Fusionstriebwerk. Leider machte die Menge der verbauten Ausrüstung das Schiff relativ klobig und verringerte die Reaktionszeit merklich. Für diese Art Kampf auf engem Raum war es nicht geschaffen, von Lanoes artistischen Einlagen ganz zu schweigen. Bei der komplexen Abfolge schneller Manöver, die er gerade initiiert hatte, konnte er froh sein, wenn sich der Rumpf nicht rettungslos verknotete. Das Schiff drehte sich einmal um die Längsachse, und Lanoe hörte den Rahmen bedenklich ächzen. Sofort wurden die Geräusche noch schlimmer, als Dutzende von Miniaturdüsen an Bug und Flanken in die vieltönige Kaskade einstimmten. Mit etwas Pech hätten sich bei dieser Belastung etliche der kleinen Antriebseinheiten direkt aus der Verankerung reißen können.

Stattdessen hatte er – wie so oft – das Glück auf seiner Seite. Alles hielt. Für den Gegner musste es aussehen, als habe er vollkommen die Kontrolle verloren und das Schiff zu einer wilden vertikalen Schleuderbewegung verdammt.

Die Z.VII trudelte kopfüber, kopfunter der Flugbahn der vier Milizionäre entgegen. Lanoe musste ihnen zugutehalten, dass sie solide Piloten waren und sofort reagierten, die Formation lösten und einer drohenden Kollision problemlos entgingen. Solide, aber nicht gut genug. In einem großen Funkenregen miteinander ringender Vektorfelder touchierte einer von ihnen den Flügelmann. Der dritte wich zurück und versuchte, Lanoes wirbelndes Schiff ins Visier zu nehmen. Auf die Entfernung hätte er kaum vorbeischießen können, und der Treffer wäre fraglos direkt durch ihr Vektorfeld gefahren und hätte den Aufklärer sauber zerteilt.

Wenn Valk zu diesem Zeitpunkt nicht schon den Abzug durchgedrückt hätte. Er hatte Lanoes Anweisung Folge geleistet und deckte so den Nahraum mit einem Feuerwerk aus Partikel-strahlen ein, das sich auch über das Kanzeldach der Yk.64 ergoss. Wahrscheinlich hatte der Pilot nicht einmal Zeit zu schreien. Der Treffer riss die Yk.64 in Stücke, und die drei verbliebenen Jäger mussten hastig ausweichen, um der Wolke sonnenheißer Trümmerteile zu entgehen.

Lanoe riss den Aufklärer aus der Kreiselbewegung und ging kaum zehn Meter vor der Tunnelwand wieder auf einen geraden Kurs. Noch war die Sache nicht überstanden. Er drehte den Antrieb ganz auf und jagte mit maximaler Beschleunigung in die falsche Richtung davon.

2 Valk ließ die Beobachtungskuppel um hundertachtzig Grad rotieren. Durch den Feuerdunst ihres Triebwerks sah er die drei Jäger hart beidrehen und neu formiert die Verfolgung aufnehmen.

»Du weißt schon, dass es zur Admiralität in die andere Richtung geht, oder?«, fragte er.

»Die werden uns nicht zur Admiralität durchlassen«, sagte Lanoe. »Das wird heute nichts.«

Valk schaltete die Sprechanlage aus, damit Lanoe ihn nicht fluchen hörte. Er versuchte, sich auf die Verfolger zu konzentrieren und einen Fernschuss anzubringen, aber es hatte keinen Zweck. Er schaltete die Sprechanlage wieder ein. »Lanoe, du hast es mir versprochen. Du hast gesagt, wir fliegen zur Admiralität, laden das ganze Zeug aus meinem Kopf runter, und dann kann ich ...«

»Habe ich nicht vergessen«, sagte Lanoe.

Valk wusste, dass die Diskussion überflüssig war. Er sah schließlich selbst, wie die Dinge standen. Sie waren nur so nah dran gewesen – so nah. »Ich hab nichts gesagt«, sagte er. »Gibt's einen neuen Plan?«

»Ja, und zwar heil hier rauszukommen. Falls möglich. Hör mal, wir haben uns etwa fünfzehn Sekunden Vorsprung verschafft. Wir können sie aber auf keinen Fall abhängen. Du musst sie unbedingt aus der Ruhe bringen – heiz ihnen ein, sobald sie zu nah rankommen, sorg dafür, dass sie uns nicht anständig in die Zange nehmen können. Alles klar?«

»Jap«, sagte Valk. Er aktivierte die Feuerleitkonsole. Das PSG hatte noch mehr als genug Munition. Er überprüfte die restlichen Anzeigen und nickte. »Was dagegen, wenn ich mich kreativ austobe? Ich hätte da vielleicht die eine oder andere Überraschung für unsere Freunde parat.«

»Meinen Segen hast du«, sagte Lanoe.

Valk machte sich über seine virtuelle Tastatur her. Das würde durchaus interessant werden, dachte er sich. Falls sie lange genug am Leben blieben, um das Resultat genießen zu können.

*

Das Wurmloch breitete sich vor Lanoe aus, schlängelte sich hierhin und dorthin, die Wände von geisterhaftem Feuer erfüllt. Er legte sich einen Bildschirm ins Sichtfeld, der die Aufnahmen der Heckkamera zeigte. Die gegnerischen Piloten waren von seinem verrückten Manöver sichtlich überrumpelt worden und hatten sich noch immer nicht vollständig sortiert.

Trotzdem blieb ihnen nur wenig Zeit. Schon hatte einer der Piloten einen perfekten Halbkreis hingelegt – ein Manöver, das im Vakuum wesentlich schwerer zu vollziehen war als innerhalb einer Atmosphäre. Die anderen beiden drehten sich ein und wendeten – etwas langsamer, dafür aber ungefährlicher. Hinter ihnen flackerten immer wieder kurze Blitze auf, als die Trümmer des vierten Jägers auf die Wände des Wurmlochs trafen. Selbst solche kleinen Kollisionen setzten eine Menge Gammastrahlung frei, und dennoch war die Hoffnung vergebens, einer der Gegner könnte von einem Blitz geröstet werden.

Die vorderste Yk.64 war sofort auf Höchstbeschleunigung gegangen, und Lanoe konnte die breite Ionenspur hinter ihrem Triebwerk sehen, als stünde der Jäger zu Häupten einer Flammensäule. Valk gab ein paar hilflose Schüsse auf Bug und Tragflächen ab, aber der Gegner gab sich keine Mühe, auszuweichen.

Schnell verringerte das kräftige Triebwerk des Jägers die Distanz. In wenigen Sekunden würde der Milizionär wieder nah genug sein, um Lanoes zentrale Triebwerkdüse wunderbar ins Visier nehmen zu können – ein Treffer genügte. Lanoe ging verschiedene trickreiche Ausweichmanöver im Kopf durch; allerdings würde jede Abweichung die Z.VII zusätzlich verlangsamen, und er hatte noch an die beiden anderen Verfolger zu denken. Sie waren nicht viel weiter weg.

»Valk«, rief er, »falls du dir was überlegt hast ...«

»Mach die Augen zu«, sagte Valk.

»Ich muss unsere Mühle fliegen«, sagte Lanoe mit Nachdruck.

Valk streckte die Hand nach seinem Sensor-Display aus. Sein Finger verharrte über einer virtuellen Taste.

»Zum Teufel, Lanoe – *mach die Augen zu, verdammt.*«

Er hieb auf die Taste.

Die Z.VII hatte eine Menge ausgefeilter Sensorik und Kommunikationstechnik an Bord. Teil des Gesamtpakets waren einige Hundert Mikrodrohnen – im Grunde nichts als einfache, daumengroße Satelliten. Sie bestanden aus einer Kamera, einer Antenne und einem simplen Triebwerk, für alles andere war kein Platz. Normalerweise wurden sie wie eine Spur aus Brotkrumen nacheinander ausgesetzt, während der Aufklärer seine Langstrecken-Patrouille durch ein Schlachtfeld oder ein System absolvierte. Gemeinsam bildeten sie ein dezentrales Kommunikations- und Bildverarbeitungsnetzwerk, das die umfassende Beobachtung eines ausladenden Bereichs des Alls ermöglichte.

Valk setzte sie alle auf einmal frei. Sie schossen aus der Verschalung des Aufklärers hervor und jagten mit kleinen Stichflammen in sämtliche Richtungen davon, eine ganze Wolke zuckender Täuschkörper. Für einen kurzen Moment würden sie die Zielerfassung der Verfolger durcheinanderbringen, bis die gegnerischen Bordcomputer die Situation ausgewertet hatten. Aber darum ging es Valk gar nicht.

Er hegte auch nicht die Hoffnung, ihr Verfolger würde die

Mikrodrohnen rammen. Dafür gaben sie viel zu lausige Projektile ab – sie waren zu klein und zu langsam, um wirklichen Schaden zu verursachen, das Vektorfeld würde sie mühelos aus dem Weg räumen.

Nein, Valk hatte die Drohnen aus einem anderen Grund starten lassen. Er hatte ihre Standardprogrammierung abgeschaltet, genauer gesagt die Algorithmen zur Kollisionsvermeidung. In großer Zahl strebten sie aus der Z.VII direkt den Tunnelwänden entgegen.

Sie wurden auf der Stelle vernichtet, zerfetzt und in reine Energie umgewandelt. Hunderte von Entladungen in unter einer halben Sekunde, von denen jede einzelne so viel Helligkeit und Strahlung erzeugte wie eine kleine Kernwaffe.

»Was zur Hölle!«, schrie Lanoe. Seine Formulierung entsprach auf jeden Fall dem Anblick, ob er das nun so gemeint hatte oder nicht. »Valk – das war auch mit geschlossenen Augen deutlich zu sehen. Was hast du gemacht?«

Anders als Lanoe hatte der vorderste gegnerische Pilot keine Vorwarnung bekommen, die Augen zu schließen.

Aber die Yk.64 war eine intelligente Maschine. Eine Mikrosekunde nach der ersten Kollision hatte sich das Cockpit polarisiert, war vollkommen undurchlässig geworden und hatte all das schreckliche Licht ferngehalten.

Schwer zu sagen, ob die Reaktionszeit gereicht hatte, um den Piloten nicht permanent erblinden zu lassen. Eine theoretische Frage – mit verdunkeltem Cockpit konnte er so oder so nichts sehen. Auf jeden Fall aber würde er fast neun Zehntel einer Sekunde lang blind fliegen müssen.

Mehr als genug Zeit für Valk, um selbst auf diese Distanz einen satten Treffer zu erzielen. Natürlich hatte er direkt in Richtung der Kollisionen gesehen, nur benötigte er anders als Lanoe oder ihre Gegner keine Augen für die folgende Aktion. Er griff direkt in den nackten Programmcode der Sensorik und formu-

lierte die Einsen und Nullen zu einer makellosen Feuerleitlösung. Er musste seine Hand nicht sehen, um den Abzug zu
drücken.

Der Partikelstrahl traf die Yk.64 direkt in den Bug und durchschlug das Vektorfeld. Der Jäger wurde in Stücke gerissen, Tragflächen und Waffensysteme und Triebwerk trudelten in unterschiedliche Richtungen davon.

»Hab noch einen erwischt«, sagte Valk.

»Sobald ich durch die ganzen Punkte wieder was sehen kann«,
sagte Lanoe, »würde ich zu gerne wissen, was du da angestellt
hast. Starke Nummer.«

»Tja«, sagte Valk, »zu schade, dass ich sie nur einmal abziehen
kann.«

*

Lanoe blinzelte und zwinkerte und schüttelte den Kopf, um die
Tränen loszuwerden. Der Tunnel vor ihm wand sich wie ein
knorriger alter Baum, und sie jagten mit maximaler Beschleunigung hindurch. Wenn er nicht extrem achtgab, würden sie
eine Wand berühren und ihren Verfolgern die Arbeit abneh-
men.

Nicht, dass diese die Hilfe wirklich nötig hatten. Die beiden
verbleibenden Jäger kamen rasch näher. Bis jetzt hatten sie Glück
gehabt – na ja, Lanoe hatte das Glück gehabt, dass Valk am Bordgeschütz saß –, aber die Wahrscheinlichkeitsrechnung war ihnen
ebenso schnell auf den Fersen wie die zwei Jäger, die jetzt blind
das Feuer eröffnet hatten und eine Menge Distanzschüsse ab-
gaben. Sie hatten kaum Gelegenheit, die Z.VII in den Windungen des Wurmlochs zu erfassen, aber irgendwann mussten sie
einen Zufallstreffer landen.

»Ein Stück weiter hinten gab es eine Abzweigung«, sagte
Lanoe. »Erinnerst du dich?«

»Nein«, sagte Valk.

Lanoe lachte. »Na gut, ändert nichts an der Tatsache. Keine Ahnung, wohin die führt, aber wenn wir irgendwie zurück in den freien Realraum kommen, können wir wenigstens etwas besser manövrieren. Ich drehe gleich hart bei. Könnte ein bisschen wehtun.«

»Ich werd's überleben«, sagte Valk.

Lanoe nickte. Da hatte der große Kerl zweifellos recht. Valk konnte schließlich bedeutend mehr Andruck verkraften als er selbst.

Trotzdem würde es unangenehm werden.

Die meisten Leute stellten sich das Netzwerk der Wurmlöcher als eine Art Autobahnsystem vor, ein Straßennetz, das alle Sterne der menschlichen Einflusssphäre miteinander verband. Jeder Pilot wusste es besser. Das ganze Geflecht war so chaotisch wie das Wurzelwerk eines gewaltigen Baums oder das Höhlensystem eines Bodenwühlers – Wurmlöcher bildeten zahllose Kreuzungen, spalteten Sackgassen ab oder lange Schleifen, die letztlich wieder am gleichen Ort endeten. Um alles noch schlimmer zu machen, gab es auch kein verlässliches Kartenwerk des kompletten Netzes, denn es war in ständigem Wandel begriffen – nur die breitesten, meistbeflogenen Routen blieben über längere Zeit konstant, und selbst diese verknoteten und verzogen sich, sobald gerade niemand hinsah.

Man kam andauernd an Kreuzungen und neuen Tunneln vorbei. Jedem Piloten wurde eingebläut, nicht auf eigene Faust Erkundungen anzustellen, um nicht in Sackgassen oder – schlimmer noch – Seitengängen zu enden, die sich immer weiter verjüngten, bis selbst für einen Jäger wie die Z.VII kein Platz mehr war.

Natürlich musste man manchmal einfach etwas riskieren.

Die beiden Yk.64er hatten sie fast eingeholt. Valk entfesselte Salve um Salve, aber die Angreifer konnten mit ihrer Geschwindigkeit haushalten – sie vollführten genug Tänze und Schleifen, um keine einfachen Ziele abzugeben. Lanoe starrte in den Tunnel und suchte nach der Abzweigung, an die er sich noch vage erinnerte. Falls sie doch weiter zurücklag, als er glaubte …

Nein. Da war sie. Der gespenstische Nebel aus den Tunnelwänden wurde dichter, bildete fast eine Wolke. Das untrügliche Zeichen einer Kreuzung. Lanoe rief das Antriebsdisplay auf und ging das Menü für die Gyroskopie-Einstellungen durch. Er musste zweimal bestätigen, dass er die Kompensatoren des Rotationstriebwerks wirklich ausschalten wollte.

Ja, wollte er.

»Festhalten!«, rief er und hieb auf die Taste.

Innerhalb weniger Millisekunden wurde der Aufklärer um neunzig Grad herumgerissen. Der Rumpf stöhnte auf, als sich das Triebwerk aus der eigenen Verankerung brechen wollte. Es gab überaus gute Gründe dafür, ein solches Manöver zweimal bestätigen zu müssen – die Möglichkeit war durchaus gegeben, das Schiff damit in Stücke zu reißen.

Viel schlimmer war die potenzielle Auswirkung auf einen weichen menschlichen Körper. Wie von einem großen Hammer wurde Lanoe von den Trägheitsdämpfern krachend in den Sitz geschmettert. Er konnte nicht mehr atmen. Die Blutzirkulation setzte aus, und für einen kurzen Augenblick stand sein Herz still. Selbst seine Sehkraft erstarb zu einer grauen Suppe, als die Augäpfel in den Höhlen platt gedrückt wurden.

Dann griffen die Kompensatoren. Das Cockpit füllte sich mit gellenden Warnsignalen, sein Herzschlag setzte donnernd wieder ein. Mit einem schrecklich röchelnden Keuchen blies sich die Lunge wieder auf.

Lanoe sah die Abzweigung direkt vor sich. Sie war nicht allzu lang. Er zündete den Hauptantrieb, und die Z.VII jagte in den Seitentunnel hinein. Um Haaresbreite wich er mehreren Biegungen aus.

»Valk, alles klar da hinten?«, rief er.

Keine Antwort.

Direkt hinter ihnen kopierten die beiden Yk.64er das Manöver fehlerfrei. Sie schlugen nicht einmal merklich zur Seite aus, sondern nahmen sofort wieder die Verfolgung auf.

Mistkerle.

Um Valk würde er sich später Gedanken machen müssen. Im Moment konnte er nicht mehr tun, als so schnell wie möglich zu fliegen. Damit kannte er sich immerhin bestens aus.

Ein Stück weiter vorne endete der Tunnel in einer Linse aus reiner Raumzeit. Sie sah aus wie eine Glaskugel, hinter der nichts als Schwärze lag. Ein Wurmloch-Schlund – ein Ausgang aus dem Labyrinth. Lanoe hatte nicht die leiseste Ahnung, was sie jenseits der Öffnung erwartete. Vielleicht ein Stern mit ein paar netten Planeten, hinter denen man sich verstecken konnte, vielleicht verlorene Einöde im interstellaren Leerraum, Lichtjahre entfernt von – allem. Oder der Schlund endete im Ereignishorizont eines Schwarzen Lochs.

Er würde es einfach wagen müssen. Der Aufklärer durchstach die Linse – und wurde in blauweißes Licht gehüllt. Seine Augen passten sich an, und er sah Sterne, überall Sterne. Weiße Flecken auf echtem, schwarzem Hintergrund.

Normaler, realer Weltraum, aus dem der Großteil des Universums bestand. Die Leere.

Freier Flug durch die Weite des Alls war für einen Kampfpiloten wie Lanoe das, was einem Gefühl von Zuhause am nächsten kam.

Nur war er noch nicht in Sicherheit. Direkt hinter ihm schossen die beiden Yk.64er Seite an Seite aus dem Schlund. Auf dem Infrarotschirm waren ihre Waffensysteme noch immer als glühende Punkte zu sehen. In einem klassischen Zangenmanöver kamen sie von zwei Seiten näher und …

Ließen urplötzlich von ihm ab. Eine Sekunde lang hingen sie einfach regungslos im All, kurz davor, ihn in Stücke zu schießen.

Dann wandten sie sich ab und jagten durch den Schlund ins Wurmloch zurück.

Eine weitere Sekunde verging, bis Lanoe den Grund dafür erkannte. In seinem Augenwinkel tauchte die grüne Perle auf, über die sein Anzug ihm mitteilte, dass er angefunkt wurde.

»Langstrecken-Aufklärer, bitte identifizieren Sie sich. Dies ist eine Einrichtung der Flotte, Zugang für Unbefugte verboten. Wiederhole, Langstrecken-Aufklärer, bitte identifizieren Sie sich. Dies ist …«

Einige der funkelnden Lichter waren doch keine Sterne. Lanoes Bildschirm vergrößerte und zeigte Dutzende von Militärschiffen – Patrouillenboote, Kommandoschiffe, Zerstörer, Kreuzer. Dazwischen glitzerten eine Menge Kataphrakte, jeder einzelne mit dem dreiköpfigen Adler der Flotte versehen. Wer auch immer die Verfolger gewesen sein mochten, sie hatten offensichtlich nicht vor, sich mit einer derartigen Übermacht anzulegen.

Lanoe konnte sich nicht entsinnen, wann er sich das letzte Mal so überschwänglich über den Anblick seiner Leute gefreut hatte.

3 Es gab nicht genug Sauerstoff.

Der Planet war unbewohnbar, zumindest nach zivilisierten Maßstäben. Kaum Wasser, wenig Infrastruktur. Die Luft war so dünn, dass Ashlay Bullam immer wieder an ihrem Sauerstoffröhrchen nippen musste, um nicht von Schwindel geplagt zu werden.

Eine staubige kleine Welt im Orbit um einen trüben kleinen Stern. An die hunderttausend Menschen lebten hier auf Niraya, auch wenn sie sich beim besten Willen nicht erklären konnte, warum.

Für alle Details ihres leiblichen Wohls hatte sie selbst Sorge tragen müssen. Auf dem Tisch in ihrer Kabine lagen verschiedene Speisen ausgebreitet, zwischen denen sie wählen konnte. »Die da«, sagte sie und deutete mit einem goldumhüllten Finger auf ein Tablett mit Kanapees. Fleisch aus lokaler Produktion, umhüllt von Salatblättern, die von anderen Planeten eingeflogen werden mussten, denn auf Niraya war natürlich kaum richtiger Ackerbau möglich. Na ja, diese Häppchen waren zumindest nicht völlig ungenießbar. Die Drohne schwirrte davon, und Bullam betrat das offene Sonnendeck ihrer Jacht, wo der Besuch auf sie wartete.

Niraya hatte keine funktionierende Regierung. Keine Bürokratie, mit der man anständig arbeiten, kein regionaler Warlord, dem man schmeicheln oder drohen konnte. Somit waren die Leiter der Religionsgemeinschaften das, was auf diesem Hinterwäldlerplaneten am ehesten als Führungspersonal durchging, und Bullam demnach dazu gezwungen, mit dieser Frau namens McRae zu verhandeln, die mit den Transzendentalisten die größte Gruppe repräsentierte. Mit solchen Leuten übereinzukommen war nie einfach, aber Bullam verstand eine Menge von ihrem Geschäft.

Die Älteste lehnte an der hölzernen Reling und schaute nach unten. Im Moment schwebte die Jacht träge etwa zwanzig Meter über der einzigen richtigen Stadt des Planeten, einem Ort namens Walden-Krater. Das passste zu den Nirayanern, ihre Hauptstadt nach einem Erdloch zu benennen.

»Älteste McRae«, sagte Bullam und setzte die Sorte Lächeln auf, die hochoffizielle Ehrerbietung signalisierte. »Ich danke Ihnen vielmals, dass Sie meine Einladung zu einem Treffen angenommen haben. Um Vergebung – umarmt man sich auf Niraya, oder gibt man sich die Hand? So viele Planeten haben ihre ganz eigenen Gepflogenheiten, müssen Sie wissen. Ich würde ungern gegen die Etikette verstoßen.«

Die alte Frau drehte sich um und sah Bullam ohne erkennbare Gefühlsregung an. Sie trug einen einfachen Kittel mit langem Rock und hätte ebenso tausend wie sechzig Jahre alt sein können. Die Würdenträgerin eines Ordens, der jegliche Form von kosmetischer Therapie ablehnte. Auf vielen Welten hätte dieses zerfurchte, faltige Gesicht als Kinderschreck gedient, hier betrachtete man es offenbar als Zeichen von Weisheit und Askese.

Bullam fragte sich, wie sie wohl auf die Älteste wirken musste, mit ihrem Kleid aus Fraktalspitze und den goldenen Fingerlingen. Sie hatte ihre Gesichtszüge sorgsam formen lassen, um nie von ihrem Idealbild im Alter von fünfundzwanzig Jahren abzuweichen. Ihr Haar war mit weißen und blauen Strähnen durchsetzt. Wahrscheinlich wirkte sie auf die Älteste wie eine dekadente Plutokratin. Nun, sollte die Frau sie unterschätzen, würde Bullam sich das zunutze machen.

»Ich hätte erwartet«, sagte die Älteste, »dass man Sie entsprechend instruiert, bevor man Sie herschickt. Wir geben uns die Hand.«

Bullam lachte und streckte ihre Rechte aus. Die Älteste ergriff sie für einen Moment und ließ sie wieder los. »Natürlich, aber manchmal reicht die Zeit einfach nicht. Ich hatte so viel vorzubereiten, dass ich es leider nicht ganz durch die Akte über Niraya geschafft habe. Abgesehen davon gab es Kapitel, die mich weitaus mehr fasziniert haben. Nicht jeder Planet, den ich bereise, wurde vorher von Aliens angegriffen.«

Die Älteste schüttelte den Kopf. »Nur von ihren Drohnen. Da gibt es einen Unterschied.«

»Sicher. Möchten Sie sich vielleicht setzen und eine kleine Stärkung zu sich nehmen?« Bullam brachte die Älteste zu einem flachen Tisch am Bug der Jacht. Gemeinsam ließen sie sich auf den Kissen nieder, genehmigten sich aromatisiertes Wasser und ein paar Häppchen. Die Älteste aß nur wenig. »Sie wundern sich wohl, weshalb ich Sie um ein Treffen gebeten habe.«

»Ich habe eine ziemlich eindeutige Vermutung. Sie gehören zum Management von CentroCor. Kundenbetreuung?«

Bullam senkte das Kinn und zögerte. »Mein Stellenprofil ist etwas fließender als das. Wenn Sie so wollen, bin ich die leitende Problemlöserin unseres MegaKon. Ich habe viele verschiedene Aufgaben, und heute bin ich als Repräsentantin unseres Kundendiensts hier. CentroCor ist sehr daran gelegen, dass es Ihnen gut geht.«

»CentroCor hat das Monopson auf sämtliche Ressourcen und Erzeugnisse dieses Planeten. Ihr Konzern hat uns viele Jahre lang als unrentable Investition von wenig Wert oder Bedeutung abgetan.«

»Moment«, sagte Bullam. »Wir haben Sie mit allem beliefert, was Sie für das Terraforming Ihrer Heimat benötigen. Wir haben Nahrungsmittel geschickt, als Sie nicht genug eigene anbauen konnten, haben Ihnen Baumaschinen zur Verfügung gestellt, um Ihre Infrastruktur zu verbessern ...«

»... da wir rechtlich dazu verpflichtet sind, all diese Dinge ausschließlich von Ihnen zu erwerben. Wie dem auch sei«, sagte die Älteste und hob beschwichtigend eine Hand. »Die Ökonomie interstellarer Handelsbeziehungen interessiert mich nicht. Das ist Ihre Aufgabe. Worum es hier geht, ist, dass CentroCor plötzlich wieder sehr reges Interesse an Niraya zeigt, da hier vor ein paar Monaten eine Flotte unbekannter Drohnen aufgetaucht ist. Zum ersten Mal in der Geschichte der Menschheit sind wir auf eine andere intelligente Lebensform gestoßen. Sie sind hergekommen, um zu eruieren, inwiefern Ihr Konzern daraus Profit schlagen kann.«

Bullam zuckte mit den Achseln. Die Frau hatte es im Prinzip auf den Punkt gebracht. »Selbstverständlich sind uns die finanziellen Auswirkungen wichtig, ich habe nicht vor, das zu leugnen. Wir möchten aber darüber hinaus die Bewohner von Niraya unserer tief empfundenen Anteilnahme versichern und dafür sorgen, dass Sie sich von dieser grässlichen Invasion so gut wie möglich erholen. Unsere Kunden sind uns wichtig.«

»Tatsächlich?« Die Älteste stellte ihre Tasse ab. »Als die Aliens unseren Planeten angegriffen haben, mussten wir CentroCor anflehen, für unsere Sicherheit zu sorgen. Und wurden konsequent ignoriert.«

»Ein furchtbares Versehen, das wir überaus …«

Die Älteste würdigte sie keines Blicks. »Da waren wir offenbar nicht wichtig. Sie hätten uns alle sterben lassen.« Keine Spur von Tadel in ihrer Stimme. Es klang eher nach einer nüchternen Feststellung. »Wären Kommandant Lanoe und sein Geschwader nicht gewesen, säßen wir jetzt nicht hier.«

»Ich glaube, Sie sind nur zu bescheiden, um Ihre eigene Rolle bei der Verteidigung Nirayas zu erwähnen«, sagte Bullam. »Wie mir zu Ohren kam, waren Sie durchaus heldenhaft daran beteiligt.«

»Ich habe meinen Teil der Arbeit erledigt, mehr nicht.« Die Älteste legte eine Hand auf die Reling und ließ den Blick über die

Stadt zu ihren Füßen schweifen. »Wir sind auf diesem Planeten große Freunde klarer Worte, M. Bullam. Vielleicht könnten Sie mir einfach erklären, warum Sie hier sind.«

»Um zu helfen! Wirklich, deshalb bin ich gekommen. Centro-Cor weiß, was Sie durchgemacht haben. Wir können eine Menge Dienstleistungen anbieten, von Katastrophenhilfe über Trauerbegleitung bis hin zu …«

»Wir brauchen ein neues Kraftwerk.«

Bullam lächelte. Endlich konnten die Verhandlungen beginnen.

»Eins unserer Kraftwerke ist bei den Kämpfen zerstört worden. Seitdem kommt es immer wieder zu Stromausfällen. Leider fehlen uns die technischen Möglichkeiten, selbst ein neues zu konstruieren.«

»Natürlich. Ich kann schon morgen einen Bautrupp anrücken lassen.«

»Gut. Was wird uns das kosten?«

Bullam holte tief Luft. »Eine Unterschrift. Eine einzige.«

Die Älteste sah sie aufmerksam an und schürzte die Lippen, als läge ihr etwas Säuerliches auf der Zunge. »Erklären Sie das bitte.«

»Wenn es auf diesem Planeten überhaupt so etwas wie eine Person mit Regierungsvollmacht gibt, sind Sie es. Ich würde Sie darum bitten, ein Formular zu unterzeichnen – Standardausführung, nichts Kompliziertes –, das CentroCor von jeglicher Haftbarkeit für die Folgen der Invasion befreit.«

Die Älteste musterte sie ausdruckslos.

Bullam hob die Hand und vollführte eine flatterhaft wegwerfende Geste. »Natürlich können wir Sie nicht davon abhalten, rechtliche Schritte gegen uns einzuleiten. Die Gründungssatzung Ihrer Kolonie sieht diese Möglichkeit eindeutig vor. Sie könnten jede Menge amtliche Anklagepunkte gegen den Konzern einreichen – ob als Individuum oder in Form von Sammelklagen. Natürlich hätten Sie keinerlei Aussicht, je damit durchzukommen. Sie würden Ihre kargen Mittel bereits erschöpfen, um all die nötigen Papiere auszufertigen, und damit nicht einmal anfangen, den juristischen Schutzwall anzukratzen, mit dem sich CentroCor umgibt. Wir haben ein stehendes Juristenheer für genau solche Fälle, und …«

»Es reicht«, sagte die Älteste.

Bullam beschloss, dennoch weiterzureden. »Ich will damit nur sagen, dass Sie durch Klagen nichts erreichen könnten, außer Ihren ohnehin darbenden Planeten in den Bankrott zu treiben. Aber CentroCor ist durchaus bereit, sich großzügig zu zeigen, um beiden Seiten eine Menge Zeit und Ausgaben zu ersparen. Und sollten wir aus dieser Angelegenheit als Freunde hervorgehen … umso besser. Deshalb bin ich befugt, Ihnen zu geben, wonach Sie verlangen – gegen ein einfaches Versprechen.«

»Sie wollen, dass ich meine Leute daran hindere, juristisch gegen Ihren Konzern vorzugehen.« Die Älteste nickte bedächtig. »Für ein neues Kraftwerk ließe sich das einrichten.«

*

Lanoe schloss den Helm und betätigte den Auslöser, der sein Cockpit dem kalten Vakuum preisgab. Das Fließglas des Kanzeldachs schmolz seitlich in den Jäger zurück, bis er hinausklettern und mithilfe der Haltegriffe den Rumpf entlang bis zur Beobachtungskuppel klettern konnte. Im Innern sah er Valk auf dem Sitz des Bordschützen. Zumindest sah er Valks Anzug. Der Helm war in den Kragenring geflossen, der schwere Raumanzug in sich zusammengesackt, ein Arm hing träge ausgestreckt in der Schwerelosigkeit.

Das war schlecht.

Lanoe öffnete die Kuppel, stemmte sich in die Halterung am Rumpf und schob einen Arm hinein. Unter seiner Berührung schwebte Valks Anzug davon. Nur die Sicherheitsgurte hielten ihn davon ab, durch die geöffnete Kuppel ins All zu verschwinden. Lanoe fluchte und streckte sich und bekam schließlich den Kragenring zu fassen. Sein tastender Zeigefinger suchte und fand den versenkten Knopf für die Helmkontrolle.

Wie eine Blase aus schwarzem Seifenschaum erwuchs der Helm aus dem Kragen. Das undurchsichtige Visier kam bei Valk einem Gesicht am nächsten – sobald der Helm geschlossen war, sah er schon wesentlich lebensechter aus. Lanoe wusste, was er zu erwarten hatte, und zog den Arm zurück. Nach einer Sekunde lief ein Ruck durch den Anzug, dann versteifte er sich, und Lanoe hörte über die Helmlautsprecher, wie Valk unter Keuchen und Murmeln wieder zum Leben erwachte.

»Teufel«, flüsterte der mächtige Kerl. »Wie lange war ich weg, Lanoe?«

»Nur ein paar Minuten. Eigentlich wollte ich dir auch ein Päuschen gönnen, aber wir haben leider noch zu tun.«

»Ja. Ja, okay.« Valk klang wie ein Mann, den man aus tiefem Schlummer gerissen hatte. Als hätte ihn der Andruck bei ihrer Flucht aus dem Irrgarten der Wurmlöcher bewusstlos werden lassen, und er käme gerade wieder zu sich.

Tatsächlich hatte Lanoe ihn eher von den Toten auferweckt.

Im Prinzip gab es keinen Tannis Valk. Es hatte einmal einen Mann dieses Namens gegeben, einen Piloten des Aufbaus, des letzten ernst zu nehmenden Gegners der irdischen Flotte. Dieser Mann war vor siebzehn Jahren gestorben, als ein schweres Projektil sein Cockpit durchschlagen und ihn bei lebendigem Leib im Raumanzug geröstet hatte. Irgendwie hatte er es fertiggebracht, zwei feindliche Jäger abzuschießen und zur Basis zurückzukehren, während er bereits in Flammen stand. Hinter vorgehaltener Hand hatten sich die Piloten beider Lager Geschichten über den Mann erzählt, der sich zu sterben weigerte. Sie hatten ihn den Blauen Teufel genannt; ein Kampfname, der ihm bis heute anhaftete. Seine Vorgesetzten hatten in ihm ein dankbares Propagandawerkzeug erkannt und ihn zum Helden, zur Legende gemacht. Zum leuchtenden Beispiel für den eisernen Willen des Aufbaus.

Natürlich war die Wahrheit längst nicht so glamourös. Der Treffer hatte Valk sofort getötet. Kurz davor hatte er seinem Bordcomputer, der die Befehle auch posthum umsetzte, einige Manöver und den Rückflug einprogrammiert. Da sich diese Geschichte nicht gerade dazu eignete, die Moral der Truppe zu heben, wurde sie unterdrückt.

Stattdessen arbeiteten Techniker des Aufbaus in einem Labor fieberhaft daran, Tannis Valks Erinnerungen und Persönlichkeit aus dem verkohlten Schädel zu bergen. Sie speisten alles in einen Computer und schufen eine Künstliche Intelligenz, die genauso dachte und redete wie der verblichene Kriegsheld.

Das ganze Verfahren war unglaublich illegal. KIs waren im gesamten Einzugsgebiet der Menschheit strengstens verboten – in der Vergangenheit hatten Maschinen, die besser und schneller denken konnten als jeder Mensch, viel zu viele Leben gekostet. Der Aufbau hatte dieses Problem umgehen wollen, indem sie Valk nie verrieten, dass er nur eine Maschine war. Siebzehn Jahre lang war er ein leerer Raumanzug gewesen, der dachte, er sei ein Mann. Und all diese Zeit hatte er dank einprogrammierter Phantomschmerzen am ganzen Körper große Qualen gelitten.

Erst in der Schlacht um Niraya hatte er die Wahrheit erfahren. Es hatte die Begegnung mit einer fremdartigen, außerirdischen Maschine gebraucht, um ihm zu zeigen, wer er wirklich war.

Seitdem wollte Valk nur noch sterben. Er war der ewigen Schmerzen müde. Wollte nicht länger das Zerrbild eines Mannes sein, der nie darum gebeten hatte, zum Volksmärchenhelden zu werden. Zu seinem Leidwesen hatte er eine Menge Informationen im Kopf, die zu wichtig waren, um verloren zu gehen. Valk wusste weit mehr über die fremde Spezies als sonst jemand. Die Maschine, die ihm sein wahres Ich eröffnet hatte, hatte ihm auch alles über die Blau-Blau-Weiß erzählt, die einzige intelligente Rasse, auf welche die Menschheit je gestoßen war. Dieses Wissen durfte keinesfalls abhandenkommen.

Also hatte Lanoe mit Valk eine Abmachung getroffen. Wenn sie es bis zur Admiralität – dem Hauptquartier der Flotte – schafften, sein Wissen herunterladen und den richtigen Leuten übergeben konnten, dürfte er loslassen. Dann dürfte er sterben – gelöscht werden. Den großen Schmerzen endlich entkommen, die seine ständigen Begleiter waren. Und die aufwühlende Erkenntnis hinter sich lassen, dass er kein echter Mensch war.

Aber erst dann.

Valk hatte eingewilligt. Zumindest der Teil von ihm, der sich als Mensch begriff. Die zugrunde liegende Künstliche Intelligenz versuchte dann und wann, wortbrüchig zu werden. Sie schaltete sich einfach ab – manchmal in denkbar ungünstigen Situationen. Dann musste Lanoe sein System wieder hochfahren und Valk der Ruhe des verfrühten Todes entreißen.

Mit jedem Mal hasste er sich selbst ein wenig mehr dafür. Er würde es dennoch weiterhin tun, bis Valks Werk vollbracht war.

»Wo sind wir?«, fragte Valk und drehte sich, um die große Leere zu betrachten. »Ich erkenne keine der Konstellationen wieder.«

»Rishi«, sagte Lanoe. »Hierher hätte es auch keinen Piloten des Aufbaus je verschlagen.« Er streckte den Arm aus und deutete auf einen Schatten, der sich in der Ferne um die eigene Achse drehte. Der Zylinder war groß genug, um einige Sterne zu verdecken. »Das ist ein Flottenstützpunkt – eine Flugschule. Die haben uns fast vom Himmel geholt, bevor ich ihnen mitteilen konnte, wer wir sind. Ich warte gerade noch auf Landeerlaubnis.«

»Flotten …«

Lanoe schüttelte den Kopf. Er wusste, worauf Valk hinauswollte. »Da muss ich dich enttäuschen. Wir sind hier zwar unter Freunden, aber die haben nicht das nötige Equipment, um deine

Erinnerungen auszulesen. Beziehungsweise traue ich ihnen nicht genug, das zu tun und die Informationen dann sicher zu verwahren. CentroCor ist uns auf den Fersen. Die könnten hier durchaus Spione haben. Ich kann nicht zulassen, dass irgendwer außer den Admirälen dieses Material in die Finger kriegt, und selbst unter denen gibt es eine ganze Reihe, denen ich nicht wirklich traue.«

»Dann sind wir genauso weit wie vorher«, sagte Valk.

»Nicht ganz. Ich kenne jemanden, der hier arbeitet. Jemanden, der uns helfen kann.«

Lanoe hatte sehr lange in der Flotte gedient. Er kannte eine Menge Leute.

*

Da die alte Frau tatsächlich darauf bestand, die Verzichtserklärung komplett zu lesen, bevor sie unterschrieb, zog sich das Treffen mit der Ältesten McRae immer weiter hin. Als die Verhandlung beendet war, brauchte Bullam dringend Mittagsschlaf. Sie redete sich ein, es liege nur am mangelnden Sauerstoff. Sonst nichts. Sie verabschiedete die Älteste – da es auf Niraya kaum Fluggerät gab, musste sie von den Drohnen der Jacht auf einer Sänfte zum Boden zurückgebracht werden – und zog sich in ihre Kabine zurück, die mit separater Atmosphäre ausgestattet war. Kühle Luft umspülte ihr Gesicht, und eine Drohne schwirrte herbei, um ihr die Stirn mit einem feuchten Tuch abzutupfen, während ihr eine zweite die Schuhe auszog.

Sie stellte leise Musik an und schloss die Augen, fest entschlossen, sich nur ein kurzes Nickerchen zu gönnen, ehe sie sich dem nächsten Programmpunkt widmete. Sie hatte noch sehr viel zu tun, bevor sie Niraya verlassen und wieder zivilisiertere Gefilde aufsuchen konnte. Aber als sie gerade halbwegs abgeschaltet hatte und beinahe eingeschlafen wäre, ertönte ein lautes Trällern von der Zimmerdecke her.

Sie schlug die Augen auf. Diese spezielle Tonlage stand für einen Anruf, den sie nicht ignorieren konnte. Nicht, solange die Lage noch derart heikel war.

»Annehmen«, sagte sie. Das Licht in der Kabine dunkelte sich ab, die Fenster wurden blickdicht – man wusste schließlich nie, wer zusah. Vielleicht Lippenleser. Wenn man für einen Mega-Kon arbeitete, lauerten überall Spione. Was Bullam nur zu gut wusste – eine ihrer vielen Aufgaben bei CentroCor war die Leitung der Spionageabwehr.

Die Stimme aus dem Lautsprecher war dank großer Distanz und gründlicher Verschlüsselung moduliert und dumpf. Worte aus vielen Lichtjahren Entfernung, weitergeleitet von Relaisstationen an den Schlünden von einem halben Dutzend Wurmlöcher. »Ich habe Neuigkeiten über Maßnahme Drei-Null-Neun-Sechs.« Die Stimme gehörte einem ihrer Untergebenen – wem auch immer. »Zwei Mitarbeiter sind zurückgekehrt und haben Berichte verfasst.«

Zwei? Sie hatten doch vier geschickt. Gut, mit Verlusten war zu rechnen gewesen, aber …

»Die Maßnahme wurde als gescheitert gemeldet. Ziel der Maßnahme wurde zuletzt beim Verlassen des Wurmlochs von Rishi gesehen.«

Bullam setzte sich nicht auf. Sie fluchte nicht. Es hätte nichts gebracht. Die Nachricht kam von so weit weg, dass sie weder in Echtzeit darauf antworten noch Rückfragen stellen konnte. Sie lag still da und wartete auf weitere Informationen, aber die Nachricht war zu Ende.

Sie wusste, was diese kryptische Mitteilung zu bedeuten hatte. Aleister Lanoe war ihnen entwischt. Und jetzt wusste er auch, dass CentroCor hinter ihm her war.

Er wusste mehr als sonst irgendwer über diese Aliens, die Niraya angegriffen hatten. Weit mehr als die Älteste McRae, mehr als die Wissenschaftler der Flotte, die noch immer dabei waren, vor Ort die Wracks der fremdartigen Drohnen zu untersuchen. Dieses Wissen konnte ungeheuer wertvoll sein.

Die Entdeckung intelligenten außerirdischen Lebens würde vielleicht alles verändern – es konnte vollkommen neue Märkte auftun oder das empfindliche politische Gleichgewicht zwischen der Erde und den transplanetaren Großkonzernen gründlich aus der Bahn werfen. Die MegaKons beherrschten jede von Menschen besiedelte Welt außerhalb des Sol-Systems. Die sechs größten Konzerne waren in endlose Konflikte verstrickt, um ihre Wirtschaftsimperien auszuweiten. Immer wieder mischte sich die Flotte der Erde in diese Konflikte ein und schlug sich auf die schwächere Seite, um sicherzugehen, dass kein MegaKon je eine echte Vormachtstellung einnahm. Indem sie die Konzerne gegeneinander ausspielte, garantierte die Flotte die Unabhängigkeit der Erde – konnte aber im Gegenzug den ökonomischen Würgegriff, den die MegaKons auf die ganze Menschheit ausübten, nie brechen. So bestand diese galaktische Pattsituation seit über einem Jahrhundert, während alle Beteiligten pausenlos intrigierten, um die Oberhand zu gewinnen.

Und jetzt stand plötzlich ein neuer Spieler auf dem Feld.

Falls diese Aliens eine ernste Bedrohung darstellten und vorhaben sollten, weitere menschliche Welten anzugreifen, konnte es vielleicht dazu kommen, dass sich deren Bewohner schutzsuchend an die Erde wendeten – weg von den MegaKons. Weg von Bullams Vorgesetzten.

Was auch immer passieren würde, viele Dinge würden sich dramatisch und grundlegend ändern. Um als Sieger aus dieser Umwälzung hervorzugehen oder sie zumindest zu überstehen, brauchte CentroCor dringend Informationen. Und der reichste Quell dieser Informationen war Aleister Lanoe.

Bullam hatte ein unbegrenztes Budget zur Verfügung, um ihn aufzuspüren und zu fassen. Sie hatte sehr hart an ihrem Plan gearbeitet, ihm tief im Netz der Wurmlöcher aufzulauern.

Der soeben empfangenen Nachricht zufolge war dieser Hinterhalt fehlgeschlagen.

Sehr still dachte sie darüber nach, was das bedeutete. Es war ein potenzielles Desaster. Ihr Job könnte in Gefahr sein. Sie könnte alles verlieren.

Ashlay Bullam hatte sehr gute Gründe dafür, an ihrer Stelle festhalten zu wollen.

Noch war die Situation allerdings nicht völlig ausweglos. Ihre Leute hatten ihn davon abgehalten, die Admiralität zu erreichen. Sobald er einmal unter dem Schutz der Führungsetage stand, würde sie ihn nie in die Hände bekommen. Noch war er also im Spiel. Sie konnte einen neuen Plan ausarbeiten, ihn zu schnappen. Und beim zweiten Mal würde sie vorsichtiger zu Werke gehen.

Sie musste sich sofort an die Arbeit machen.

»Antwort auf Nachricht«, sagte sie. Sofort schwebte ihr eine Drohne entgegen, deren Frontseite von einem grünlichen Pulsieren erfüllt war. »Welche Aktiva haben wir auf Rishi? Das System gehört der Flotte, also wohl nicht sehr viel. Ich brauche Optionen. All unsere Entscheidungen sofort als Kopie an die Aufsicht. Sorgt dafür, dass jeder Handgriff protokolliert wird, und haltet euch bereit, die Befehlskette genau zu dokumentieren. Die Aufsicht soll wissen, dass wir nichts zu verbergen haben.«

Wenn man eine Entführung plante, war es unabdingbar, sich zuallererst den eigenen Rücken freizuhalten.

*

Im Zentrum des Systems gab es nicht einen Stern, sondern zwei, einen Blauen Riesen und einen Weißen Zwerg, die einander in ewigem Tanz umkreisten. Die Schwerkraftverhältnisse einer solchen Paarung waren derart komplex, dass sich nie Planeten gebildet hatten – stattdessen umgab sie ein breiter Gürtel aus Gas und Staub, der unter winzigen Einschlägen und stellaren Gezeiten unaufhörlich glühte. Weit jenseits davon lag die Rishi-Station und umrundete alles wie eine Murmel, die einen Tellerrand entlangrollte.

Rishi war ursprünglich vom Vereinigten Wirtschaftskonsortium DaoLink erbaut worden, einem der sechs MegaKons. Die Station hatte ein Monument für DaoLinks Erfolg werden sollen – bei Baubeginn wäre sie das größte künstliche Objekt im von Menschen erschlossenen All gewesen. Der ausgehöhlte Tubus war hundert Kilometer lang und maß beinahe fünfzig im Durchmesser, die Wand aus Schaumbeton war einen Kilometer dick. Auf beiden Seiten öffnete sich die Station zum Weltraum, sodass Raumschiffe hindurchfliegen konnten, ohne anhalten zu müssen. Die ganze Konstruktion rotierte so schnell um die eigene Achse, dass auf der Innenseite die Hälfte der irdischen Schwerkraft herrschte. Die atembare Atmosphäre wurde von der Zentrifugalkraft festgehalten und zu beiden Seiten durch einen Ringwall von einem halben Kilometer Höhe am Austreten gehindert.

Es war ein Triumph menschlicher Ingenieurskunst. Denkbar einfach konstruiert und doch gewaltigen Ausmaßes, eine Bach-Fuge in Stein gehauen. Darüber hinaus war das Ganze – wenigstens aus Sicht von DaoLink – ein vollkommenes Debakel. Die Fertigstellung der Station hatte annähernd hundert Jahre gedauert, doppelt so lang wie veranschlagt. Als die Jahre ins Land zogen und immer mehr Planeten terraformt und besiedelt wurden, hatte man zu wenige entdeckt, die Rishi nah genug waren, um die Station wie geplant zur Drehscheibe für Reisen und Handel zu machen. Statt also zum Kronjuwel der Einflusssphäre von DaoLink zu werden, verkam die Station zu einem abgelegenen Provinzposten.

Dann geschah auch noch das Undenkbare. Bevor Rishi überhaupt fertig gebaut war, hatte die ThiessGruppe GmbH, ein anderer MegaKon, ein weit größeres Weltraumhabitat gebaut –

einen Ring von fast eintausend Kilometern Durchmesser. Quasi über Nacht war selbst Rishis Nutzen als Eigenwerbungsobjekt gänzlich verpufft.

DaoLink hatte sich nie die Mühe gemacht, die fertige Station in Betrieb zu nehmen. Fünfzig Jahre lang zog Rishi leer, unbenutzt und unbewohnbar seine Kreise. Schließlich vermachte DaoLink gegen nicht näher bezifferte Zugeständnisse die Station der Flotte als Flugakademie. Rishi hätte für Millionen von Menschen Platz zum Leben und Arbeiten geboten. Stattdessen wohnten dort einige Hundert Kadetten und Ausbilder. Als Lanoe seine Steuerdüsen betätigte, um Geschwindigkeit und Rotation des Aufklärers an den gewaltigen Zylinder anzugleichen, sah er deutlich, wie leer und verwahrlost die Liegeplätze waren, wie viel des Innenraums von üppiger Vegetation überwuchert wurde. Er hatte das Gefühl, eine prachtvolle Ruine anzusteuern, einen Ort, den der Rest des Universums vergessen hatte.

Das konnte ihm nur recht sein. Wenn CentroCor wirklich hinter ihm her war, sollte sich Rishi vorzüglich eignen, um eine Weile unterzutauchen. Die MegaKons hatten zu der Station keinen Zutritt, und auch wenn er beileibe nicht jedem in der Flotte vertraute, wusste er, dass er hier wenigstens ein paar Freunde hatte. Menschen, auf deren Hilfe er sich verlassen konnte.

Lanoe ließ Valk den Aufklärer landen, während er sich um die Kommunikation kümmerte. Er musste Marjoram Candless kontaktieren, die in den alten Tagen während des Flächenbrands nach dem Hundert-Jahre-Krieg an seiner Seite geflogen war. Er hatte sie schon gekannt, bevor man ihm sein erstes eigenes Kommando übertragen hatte – und das machte sie zu einer wahrlich alten Bekannten. Er hatte das letzte Mal von ihr gehört, als sie die Stelle als Ausbilderin auf Rishi antrat. Sollte sie noch immer hier sein, wäre sie eine wichtige Verbündete.

Allerdings war es gar nicht so einfach, sie zu finden. Auf ihrem persönlichen Lesegerät ging sie nicht dran, und als er das Büro der Akademie kontaktierte, teilte man ihm lediglich mit, sie sei außer Haus und momentan nicht erreichbar, er könne ihr gerne eine Nachricht hinterlassen. Aber Lanoe wollte seinen Namen nicht angeben. Am Ende musste er über den lokalen Server eine öffentliche Nachricht aufsetzen, was in etwa so effektiv sein würde, wie einen Zettel am Schwarzen Brett in der Schulkantine aufzuhängen. Außerdem konnte er auf diesem Weg keinerlei persönliche Informationen preisgeben, also unterzeichnete er schlicht mit »ein alter Freund aus dem 305ten Jagdgeschwader«. Die Einheit war vor über hundert Jahren aufgelöst worden.

Überraschenderweise funktionierte es so. Keine zehn Minuten, nachdem er die Nachricht veröffentlicht hatte, tauchte in seinem Augenwinkel die grüne Perle auf, die ein eingehendes Gespräch signalisierte. Candless' Gesicht erschien auf seinem Hauptdisplay. Scharfkantige Züge, durch viele Elastomer-Behandlungen ausgeschliffen. Sie hatte noch immer die lange, ernste Nase, an die er sich erinnerte, und die Lippen zu einem schmalen Strich zusammengedrückt. Die Haare waren zu einer strengen Schnecke vertäut, die ihre hohe Stirn noch schärfer betonte. Die braunen Augen waren der einzige Teil ihres Gesichts, dem ihr wahres Alter abzulesen war – scharfe, leuchtende Augen, die einem direkt in die Seele sahen und alles durchschauten, was man zu verbergen suchte. Die Augen eines Menschen, der alles gesehen hatte, was das Leben bereithielt, und diese Fülle mit einem gewissen Widerwillen betrachtete. Sie war beinahe zweihundert Jahre alt. Nun gut, er selbst war noch um einiges älter. Die moderne Medizin sorgte dafür, dass Menschen vom Alter nicht länger gebremst wurden, und Candless sah so vital aus wie eh und je. Wahrscheinlich hatte sie sich ebenso stark verändert wie er selbst, aber ihr bloßer Anblick brachte so viele alte Erinnerungen zurück, dass er kaum anders konnte, als in ihr genau dieselbe Frau zu sehen, mit der er Seite an Seite gekämpft hatte.

»Du bist es also tatsächlich«, sagte sie. »Dein Timing ist allerdings leider denkbar ungünstig.«

»Klingt, als würdest du dich wundern, mich zu sehen«, sagte er.

»Meines Wissens nach sind wir beide die einzigen Überlebenden des 305ten. Als ich die Nachricht gelesen habe, dachte ich, vielleicht von einem Geist aus der Vergangenheit heimgesucht zu werden.«

Lanoe lächelte. »Ich bin irgendwo falsch abgebogen. Dachte, ich schau mal vorbei, und wir quatschen ein bisschen, vielleicht bei einem Drink. Hast du gerade Zeit?«

Candless holte tief Luft. »Nicht wirklich. Am Äquator der Station gibt es ein Gästehaus. Treffen wir uns dort. Ich schick dir die Adresse. Wie lange haben wir uns nicht gesehen …? Fünf Jahre? Zehn?« Sie rümpfte die Nase. »Du musstest natürlich ausgerechnet bis *jetzt* warten.«

»Tut mir leid«, sagte Lanoe. »Du kennst mich doch. Immer auf Abwegen.« Er versuchte es mit einem wärmeren Lächeln. Ihre Miene änderte sich nicht.

»Schaffst du es in einer Stunde dorthin?«, fragte sie.

»Wenn ich mich ranhalte«, sagte er. »Wozu die Eile?«

»Na ja, es könnte gut sein, dass ich heute Nachmittag umgebracht werde. Also wäre ein Mittagessen wohl das Aussichtsreichste.«

*

Bullam hatte ein Dossier aus der Feder ihrer Assistenten auf dem Lesegerät und arbeitete sich Seite um Seite hindurch. Im Prinzip blieb ihnen nur eine Möglichkeit, und die schmeckte ihr ganz und gar nicht, da sie subtilere Mittel bevorzugte. Aber wenn sie Aleister Lanoe kriegen wollten, musste das bald geschehen, also blieb nur noch die Holzhammermethode.

Sie hatte genug gesehen, löschte also die Datei, rollte ihren

Leser zusammen und verstaute ihn in der Schreibtischschublade. »Neue Nachricht«, sagte sie. Eine Drohne schwebte herbei und wandte ihr die drei Lichter und das Lautsprechergitter zu, die sie anstelle eines Gesichts zierten.

»Ausführen«, sagte sie. Mehr war nicht nötig. Ihre Leute würden alles Weitere erledigen. »Kopie an die Aufsicht«, wies sie die Drohne an. »Ich mache mich sofort auf den Rückweg in die Zentrale, werde aber die nächsten ... siebenunddreißig Stunden nicht erreichbar sein.« Sie schüttelte den Kopf. Das war eine herbe Funkstille, bis sie erfahren würde, ob ihr Plan Früchte trug. Nicht zum ersten Mal wünschte sie, es gäbe eine schnellere Art interstellarer Reisen. »Sobald ich eintreffe, will ich hören, dass wir Erfolg hatten. Andernfalls rollen die ersten Köpfe.«

Was dann – höchstwahrscheinlich – ihren eigenen einschließen würde.

Sie biss sich auf die Lippe. Überlegte, ob sie noch etwas hinzufügen sollte. Wenn es nur einen besseren Weg gäbe – gab es aber nicht. Auf Rishi waren keine offiziellen CentroCor-Mitarbeiter stationiert, nicht einmal ein anständiger Spion. Natürlich gab es immer Möglichkeiten, sich gewisser Leute zu bedienen, aber manche waren verwerflicher als andere. Und diese hier war ziemlich unschön.

Mit dem sanften Pulsieren eines Lämpchens wies die Drohne darauf hin, dass sie noch immer aufzeichnete.

»Absenden«, sagte sie. Das Lämpchen leuchtete wieder stetig, und die Drohne schwebte davon wie ein Diener, der von seinem Herrn entlassen worden war.

Bullam betrat die Brücke, einen engen Raum voller Displays und Armaturen, deren Handhabung zu lernen sie sich nie die Mühe gemacht hatte. Der Bordcomputer ihrer Jacht war problemlos imstande, das Schiff selbsttätig zu steuern. Es war an der Zeit, nach Hause zu fliegen. Zu ihrer Heimatwelt – und der Firmenzentrale von CentroCor. »Bring mich nach Irkalla«, sagte sie.

Hinter ihr ergoss sich Fließglas aus der hölzernen Reling des Sonnendecks und wuchs in die Höhe, bis es eine luftdichte Kuppel geformt hatte. Die Jacht nahm die Gestalt eines schillernden Käfers mit fest geschlossenen Deckflügeln an. Mit verhaltenem Dröhnen wärmte das Triebwerk vor, dann erhob sich das Schiff auf einer Säule unsichtbarer Ionen in die Atmosphäre Nirayas.

Bullam ging in ihre Kabine zurück. Zeit für ein weiteres Nickerchen. Sie gab sich Mühe, sich einzureden, die Müdigkeit rühre nur daher, dass sie die moralisch fragwürdigen Entscheidungen so erschöpften, die sie ständig zu treffen hatte. Sie hatte nur wenig Erfolg damit. Sie wusste ganz genau, weshalb sie so ausgelaugt war.

Ihre Krankheit war wieder ausgebrochen. Sie spürte förmlich, wie ihre Gelenke anschwollen. Spürte, wie der Druck in Nacken und Hinterkopf anstieg. Sie dämpfte das Licht im Raum und rollte sich auf dem Bett in Embryonalstellung zusammen, wo sie von den Trägheitsdämpfern sanft auf der Matratze fixiert wurde. Offenbar stand ihr ein besonders unangenehmer Anfall bevor, vielleicht sogar der schwerste bis dato.

4 Der Großteil von Rishis inwendiger Oberfläche war von einem dichten Dschungel aus mächtigen Bäumen und Büschen überwuchert. Die Flotte nutzte nur einen derart kleinen Teil des vorhandenen Platzes, dass sich die aufwendige Entwaldung schlicht nicht gelohnt hätte. Entlang des Nullmeridians allerdings, in der Region, die von beiden Enden der Station am weitesten entfernt lag, gab es einen breiten Streifen mit Parkanlagen, wo man den Wildwuchs zurückgedrängt und säuberlich gepflegte Rasenflächen kultiviert hatte. Es war auch nötig, diesen Bereich der Station zugänglich zu halten, denn hier befanden sich Rishis gewaltige Wetterturbinen, die ohne konstante Wartung schnell ausfallen und die ganze Station unbewohnbar machen würden.

Leider waren die Turbinen nicht nur laut, sondern auch gefährlich, sodass die Parklandschaft meist ungenutzt blieb. Nicht nur gab es dort viele abgeschiedene Orte, die Turbinen boten auch eine erstklassige Gelegenheit, sich heimlich unerwünschter Leichen zu entledigen – so war die Gegend schnell zu einem beliebten Austragungsort für Duelle zwischen Angehörigen der Flottenakademie geworden.

Im Laufe des Jahrhunderts, seit Rishi die ersten Kadetten erfolgreich in den Flottendienst entlassen hatte, war das strikte Duellverbot zunehmend gelockert worden. Heute waren Duelle längst nicht mehr die verstohlenen Treffen früherer Generationen, als die Flotte noch dringend Piloten gebraucht hatte und dementsprechend jeder, der bei einer solchen Veranstaltung auch nur zusah, öffentlich ausgepeitscht wurde. Dieser Tage fand sich zu den Duellen stets ein ansehnliches Publikum aus Familienangehörigen, Gratulanten und Connaisseuren ein, weshalb es in diesem Park schon seit vielen Jahren ein kleines Gästehaus mit einem netten Café gab. Nicht, dass der Turbinenlärm in der Zwischenzeit abgenommen hätte, aber die Aussicht auf kostenlose Unterhaltung sorgte dafür, dass sich der Betrieb trotzdem rentierte.

Das Gästehaus verlieh nicht nur Pistolen und Säbel, sondern auch eine Auswahl exotischerer Waffengattungen bis hin zu Peitschen und Fangnetzen (die freilich nur dann zum Einsatz kamen, wenn beide Duellanten nach Ansicht der Flotte unentbehrlich waren). Im Aufenthaltsraum liefen Videos berühmter Duelle in Dauerschleife, und einige besonders berüchtigte Souvenirs zierten die Wände ringsum – die Pistole, die Admiral Hu das Leben gekostet hatte, das weiße Halstuch, das beim Duell der Berühmten Geliebten niemals den Boden berührt hatte. Stets war ein Arzt auf Abruf in der Nähe, und ein Drohnen-Quartett schlummerte auf Stand-by, um verwundete Teilnehmer notfalls binnen Kurzem zum sieben Kilometer entfernten Krankenhaus zu fliegen.

Der Menschenmenge vor der Tür und im Aufenthaltsraum nach zu urteilen, machte das Gästehaus auch an diesem Tag sehr guten Umsatz. Lanoe und Valk bahnten sich unter Einsatz ihrer Schultern einen Weg durch verschiedene Grüppchen, die meisten in Galauniform oder schicker Freizeitgarderobe. Sie waren mit Candless im kleinen Café verabredet, hatten aber Mühe, es bei dem Trubel zu finden. »Frag mal das Mädchen an der Rezeption«, sagte Lanoe zu Valk. Wenn man zweieinhalb Meter groß war, machten einem die Leute eher Platz. Valk machte sich gerade auf den Weg zur Rezeption, als Lanoe fast wieder zur Tür hinausgeschoben wurde.

»Verzeihung«, sagte jemand und schlängelte sich unter seinem ausgestreckten Arm durch. Er drehte sich um und sah einen blitzenden roten Haarschopf auf dem Kopf einer zierlichen Frau in einem dünnen Anzug. Er lächelte und wollte laut lachen. Offenbar hatte sie ihn nicht erkannt.

»Zhang«, sagte er. Sie sah genauso aus, wie er sie in Erinnerung hatte. Die roten Haare und ...

Nein. Stopp.

Die Frau wandte sich um und warf ihm einen skeptischen Blick zu. Sie hatte ein breites, freundliches Gesicht voller Sommersprossen mit leuchtenden blauen Augen darin. Außerdem war sie höchstens zwanzig Jahre alt, wenn überhaupt. Das war nicht Zhang. Natürlich war sie es nicht. Er hatte die roten Haare gesehen, und irgendetwas in seinem Unterbewusstsein hatte unwillkürlich reagiert.

Er rang sich ein beschämtes Lächeln ab. Selbst wenn er sich für so einen dummen Fehler gerade am liebsten selbst ins Bein geschossen hätte. »Tut mir leid«, sagte er. »Ich habe Sie mit jemandem verwechselt.«

Als er Zhang das letzte Mal gesehen hatte, war ihr Haar von genau dieser Farbe gewesen. Sie war damit nicht geboren worden. Sie hatte mit jemandem den Körper getauscht, der ... die ...

Zhang. Zhang war ...

Zhang war tot. Anscheinend wollte ein Teil von ihm das noch immer nicht wahrhaben. Ihm war klar, dass Menschen mit Trauer unterschiedlich umgingen, aber das hier ... das war kein gutes Zeichen.

»Dann hoffe ich, Sie finden sie«, sagte die junge Frau und verschwand in der Menge.

»Lanoe?«, sagte Valk. »Hier lang.«

»Ja«, sagte er. »Okay.«

»Alles in Ordnung?«, fragte Valk und legte ihm eine Hand auf den Arm. »Du siehst etwas blass aus.«

Lanoe stieß einen kleinen Lacher aus, eher ein Druckausgleich als alles andere. »Ja, sicher. Alles gut.«

Valk nickte, stand aber immer noch da, als erwarte er weitere Einzelheiten.

Lanoe presste die Lippen aufeinander und starrte geradeaus. Bald darauf gab Valk sich geschlagen.

Er folgte dem massigen Piloten durch eine Hintertür auf die Terrasse des Cafés. Candless saß bereits da und erwartete sie. Sie hatte Tee und mehrere Teller mit kleineren Gerichten bestellt. Sie erhob sich, gab ihm die Hand und bedachte Valk mit einem Nicken, als er sich vorstellte.

»Ehrlich gesagt«, meinte Lanoe, nachdem sie sich alle gesetzt hatten, »war ich überrascht, dass du dich überhaupt mit mir treffen wolltest. Bist du nicht ein bisschen beschäftigt gerade?«

»Mit meinem Duell, meinst du? Na ja«, sagte Candless, »ist alles fertig vorbereitet. Vielleicht sollte ich mich zurückziehen und meinen Nachlass regeln. Aber das ist wirklich lästige Arbeit.«

Valk lachte. »Du hast mir gar nicht verraten, dass sie so viel Humor hat, Lanoe. Hier sitzt man doch echt nett, oder?«

»Grauenhaft«, sagte Lanoe.

Candless betrachtete ihn. »Ach so? Was jetzt, das Essen oder das Konzept des Duellierens als solches?«

»Leute, die sich an Ritualmorden bereichern müssen«, sagte Lanoe und starrte den Inhaber des Gästehauses, der am Eingang stand und versuchte, Plätze für einen ganzen Schwall von Neuankömmlingen zu finden, böse an.

»Leute wie wir versuchen doch auch immer, sich wegen irgendwas gegenseitig umzulegen«, sagte Valk und nippte an seinem intensiv duftenden Tee. »Warum dann nicht gleich schöne pompöse Traditionen drumherum bauen? Die Duelle sind ja längst eine eigene Sportart.«

»Junger Mann«, sagte Candless, »bitte nicht so schnippisch. Hier stehen Menschenleben auf dem Spiel. Meines, um genau zu sein. Sie könnten wenigstens ein Quäntchen Respekt zeigen.«

Der große Pilot stellte seine Teetasse äußerst behutsam ab. »Ähm. 'tschuldigung«, sagte er.

Sie starrte ihn so lange an, bis er sich ganz gerade hinsetzte.

»Worum geht es bei dem Duell überhaupt?«, fragte Lanoe. »Wie bist du da reingeraten?«

»Ach, das ist eigentlich ganz einfach«, sagte Candless. »Mein Kontrahent – Kadett Bury – ist einer meiner Studenten. Kürzlich sah ich mich veranlasst, ihm mitzuteilen, dass er wie eine Ente mit einem gebrochenen Flügel fliegt.«

Lanoe spürte, wie sich sein verwittertes Gesicht zu einem aufrichtigen Lächeln verzog. »Mein Fluglehrer damals – das ist wirklich lange her, aber ich weiß es noch genau – hat öfter gesagt, ich soll lieber versuchen, meine Kameraden statt den Gegner ins Visier zu nehmen, weil ich nie das treffe, worauf ich ziele. Dem wollte ich manchmal dringend eine verpassen. Hab's aber dann doch nie gemacht.«

»Als Lehrer – und ich sollte das wissen, ich habe es jetzt wirklich lange genug gemacht – hat man die Aufgabe, seine Schüler zu Höchstleistungen anzuspornen. Manchmal brauchen sie Lob oder hilfreiche Hinweise. Manchmal brauchen sie aber – wie in diesem Fall – einen ordentlichen Tritt in den Hintern. Ich weiß nicht, bei wie vielen Hundert Schülern ich das schon genauso praktiziert habe. Es gab zwischendurch immer wieder angespannte Situationen, aber das hier ist das erste Mal, dass mir jemand angeboten hat, mich abzuschlachten.«

»Und dieser Kadett, Bury – fliegt er wirklich wie eine lahme Ente?«

»Nein, nein, er hat wirklich Talent«, sagte Candless. »Aus dem könnte durchaus ein brillanter Pilot werden, falls er sein Temperament eines Tages in den Griff kriegt.«

»Hör mal, wenn du ihm einfach erklären würdest, warum du ihn beleidigt hast – oder ihn gar um Verzeihung bittest … zieht er vielleicht zurück. Das macht doch fast jeder«, sagte Lanoe.

»Ich habe meinerseits genug Duelle gesehen, und die einzigen, bei denen es wirklich zum Schusswechsel kam, waren die, bei denen beide Parteien nicht genug Hirn hatten, um für fünf Sekunden die Luft anzuhalten und darüber nachzudenken, was sie da gerade tun.«

»Glaube ich gern«, sagte Candless.

Lanoe beugte sich über den Tisch. »An Hirn mangelt es dir nicht. Und trotzdem bestehst du darauf, die Sache durchzuziehen.«

»Ja«, sagte Candless. »Ein weiterer wichtiger Aspekt des Lehrerseins besteht natürlich darin, Selbstvertrauen auszustrahlen. Einem Lehrer, der so wirkt, als hätte er keine Ahnung von seinem Fach, hört kein Schüler freiwillig zu. Wenn ich meinen Kadetten also unter anderem beibringen will, sich ehrenhaft zu verhalten, muss ich mich selbst tadellos verhalten.«

Lanoe sah sie aufmerksam an, als erwarte er eingehendere Erläuterungen. Doch sie schwieg.

»Ich frage mich«, sagte sie stattdessen nach einer kurzen Pause, »ob einer von euch beiden mir einen Gefallen tun würde. Noch stehe ich ohne Sekundanten da.«

Lanoe hob eine Augenbraue.

»Ich bin leider in einer etwas misslichen Lage. Das Duell kann nicht stattfinden, wenn ich keinen Sekundanten habe, aber keiner meiner Kollegen hat sich bereit erklärt, mir zu helfen. Sie sind offenbar der Ansicht, dass diese Sache einen Präzedenzfall schaffen könnte und demnächst alle Lehrer zum Duell gefordert werden, wenn sie schlechte Noten geben. Vor allem dann, falls der junge Bury mich tatsächlich tötet.«

Lanoe schüttelte den Kopf und schaute weg.

»Ich weiß, das ist eine seltsame Bitte. Aber auf Rishi kommen nur selten Besucher vorbei. Dass ihr hier seid, ist also ein glücklicher Zufall. Es ist auch keine anstrengende Aufgabe. Ihr müsstet nur die Waffen inspizieren …«

»Ich war an etlichen Duellen beteiligt«, sagte Lanoe. »In meinem Alter gibt es nur wenig, was man noch nicht getan hat. Trotzdem muss ich Nein sagen.« Er warf Valk einen nachdenklichen Blick zu und fragte sich, wie viel er ihr erzählen sollte. »Ich versuche, mich hier so bedeckt wie möglich zu halten, und …«

»Wir sind auf dem Weg hierher angegriffen worden«, sagte Valk und lehnte sich zurück. »Wir fürchten, dass sie es erneut versuchen könnten.«

Lanoe sah den mächtigen Piloten ungehalten an.

»Was denn?«, fragte Valk. Dann wandte er sich wieder Candless zu. »Sie kennen ihn doch schon sehr lange, oder? Außerdem wollten wir genau darüber mit Ihnen reden. Wir hatten gehofft, Sie könnten uns vielleicht helfen. Also, die Sache ist …«

Lanoe fuhr dazwischen. »Das wird ganz offensichtlich alles warten müssen. Du brauchst einen Sekundanten, und ich kann das nicht machen. Aber Valk vielleicht.«

Abermals stellte Valk sehr behutsam seine Teetasse ab.

»Ich?«, fragte er. »Aber …«

»Er macht das bestimmt ausgezeichnet«, sagte Lanoe.

»Aber – bedeckt halten …«

Lanoe schlug ihm auf den Rücken. »CentroCor ist hinter mir her, nicht hinter dir. Du bist offiziell immer noch tot.«

Candless schürzte die Lippen. »Ich erwarte, dass Sie Ihre Aufgabe auf eine Weise ausführen, die uns beiden zur Ehre gereicht.«

»Ich – aber …« Valk hob die Hände und ließ sie wieder in den Schoß fallen. »Jawohl, Madame.«

*

»Gib mir noch einen Koffeindrop«, sagte Bury.

Ginger öffnete die kleine Emaillebüchse und nahm eine weiße Tablette heraus. »Das ist aber ein bisschen gegen die Regeln«, sagte sie. Sein Gesichtsausdruck musste eine eindeutige Antwort gewesen sein, denn sie reichte ihm die Tablette sofort. »Bist du dir sicher, dass …«

Er spürte seine Wangen brennen. Wusste genau, was sie jetzt sagen würde. Sie hatte es schon dreimal gesagt. Ob er ganz sicher war, dass er das wirklich machen wollte?

Was hatte er denn für eine Wahl?

Sie saßen zu zweit in einem kleinen Zimmer im ersten Stock des Gästehauses, fern von den schaulustigen Geiern, die im Erdgeschoss kreisten. Der Geruch des Blutes zog viele Menschen unwiderstehlich an, wie Bury nur zu gut wusste.

Er hatte in seinem jungen Leben viel zu viel Zeit damit zugebracht, zu beweisen, dass mit ihm nicht zu spaßen war. Schon von Geburt an, wie ihm schien. Seine frühesten Kindheitserinnerungen drehten sich um Leute, die ihn wie einen schlechten Witz behandelt hatten. Wie einen Idioten. Und jetzt war er neunzehn. Alt genug, um sich endlich einen Namen zu machen. Um jedem zu beweisen, dass er doch etwas konnte. Jemand war.

Bis auf zwei Stühle war das Zimmer leer – einen für den Duellanten, einen für den Sekundanten. An der Wand hing eine große Uhr. Sonst nichts. Keine Bildschirme, keine Ablenkung.

Er legte sich die Tablette auf die Zunge und spürte, wie sie zerschmolz und der Wirkstoff durch seinen Kreislauf perlte. Seine Kopfhaut schien sich zusammenzuziehen und zu straffen. Er fühlte sich hoch konzentriert. Er fühlte sich bereit. Er sah auf die Uhr.

Fünf Minuten.

»Es könnte sein …«, sagte Ginger. Sonst nichts. Nur ein halber Gedanke.

Bury hatte es noch nie leiden können, wenn Leute nicht einfach frei heraus sagten, was sie dachten. »Könnte sein, dass sie mich umbringt. Ich weiß. Ich habe sie kämpfen sehen. Im Simulator und im Trainingsraum.« Er schüttelte den Kopf. »Sie ist wirklich gut. Sie kann richtig, richtig gut schießen.«

Ginger nickte.

»Weiß ich doch! Aber ich kann mich nicht drücken. Wenn man nicht für sich selbst einsteht und die Feiglinge nicht entlarvt, egal wo ...«

»Candless ist kein Feigling«, sagte Ginger.

Er wirbelte herum und starrte sie an. »Ich habe – das habe ich nicht gesagt. Falls doch, war es nicht so gemeint. Aber – hör einfach auf, alles infrage zu stellen. Okay? Ich muss da raus. Ich muss es tun.« Selbst wenn das hieß, eine Frau zu töten, vor der er großen Respekt hatte. Manchmal war das Leben unfair.

»Ist es so weit?«, fragte er. »Können wir jetzt runtergehen?«

»Ich wüsste nicht, was dagegen spräche«, sagte Ginger. Sie stand auf, nahm die beiden Waffen in ihren samtgefütterten Kisten zur Hand und inspizierte sie ein letztes Mal. »Alles in Ordnung.«

5 Lanoe drückte den vertieften Knopf unter dem Kragenring, und der Helm floss über seinem Kopf zusammen. Er blinzelte einem Display zu, das auf Kinnhöhe vor ihm hing, und das Visier polarisierte, schillerte ebenso schwarz wie Valks. Sie mussten fast wie Zwillinge aussehen, dachte er – abgesehen davon, dass Valk einen halben Meter größer war.

»Geht das denn?«, fragte er. »Wenn wir beide so rumlaufen?«

»Kein Problem«, sagte Candless. »Die werden alle davon ausgehen, dass ihr Stabsoffiziere von der Akademie seid und eure Gesichter verbergt, weil ihr mit diesem Duell nicht offiziell in Verbindung gebracht werden dürft.« Sie wandte sich an Valk. »Sind Sie bereit?«

»Wenn ich Sie wäre«, sagte Valk, »würde ich mir mehr Sorgen um mich selbst machen. Na gut, wenn Sie ich wären, würden Sie sich eher fragen, warum ... ach, zum Teufel.« Der große Pilot zitterte sichtbar. »Es geht mir gut«, sagte er entschlossen. »Aber Sie – Sie sehen entschieden zu entspannt aus. Ihr Blutdruck ist nicht mal erhöht. Ist es Ihnen völlig egal, dass der Sie erschießen könnte?«

Falls sie sich fragte, wie Valk ihre Herzfrequenz messen konnte, ließ sie es sich nicht anmerken. »Ich bin eine Pilotin im Expeditionskorps der Flotte. Es gehört zu meinem Job, mich jederzeit ohne Vorwarnung in Gefahr zu begeben und – falls nötig – dabei mein Leben zu lassen. Hätte ich jedes Mal Angst, wenn ich mich in Lebensgefahr befinde, würde ich mein Leben lang nur schluchzend in der Ecke sitzen und nach meiner Mama rufen.«

»Das war aber beeindruckende Angeberei«, sagte Lanoe.

»Aus deinem Mund fasse ich das glatt als Kompliment auf, Kommandant.« Candless nickte entschlossen. »Alles klar. Dann los.« Sie erhoben sich von ihren Stühlen und verließen das Café über die angrenzende Wiese. Der Duellplatz lag ganz in der Nähe hinter einer der Wetterturbinen. Als sie an dem riesenhaften Gebläse vorbeigingen, versetzte das allumfassende Summen sogar Lanoes Zähne in Schwingung. Der Lärm war so groß, dass sie sich erst auf der anderen Seite wieder unterhalten konnten. Es gab weder eine Markierung am Boden noch Sitze oder sonstige Annehmlichkeiten für die Schaulustigen, die sich in einem losen Kreis um das betreffende Stück Wiese eingefunden hatten. Nichts deutete darauf hin, wo hier welche bedeutenden Duellanten gefallen waren.

Candless' Widersacher erwartete sie bereits. Er trug die Paradeuniform eines Kadetten, sodass nur sein Kopf zu sehen war. Erst dachte Lanoe, der Junge hätte sich die Haare abrasiert. Dann erkannte er die Art, wie sich das Licht schimmernd an seiner glatten Kopfhaut brach.

»Oho«, sagte Valk so leise, dass ihn über das Röhren der Turbine nur Lanoe und Candless hören konnten. »Er ist ein Hellion. Auf einmal ergibt das alles deutlich mehr Sinn.«

Auf dem Planeten Hel gab es so gut wie kein Wasser – definitiv nicht genug, um für menschliches Leben bewohnbar zu sein. Die ersten Siedler hatten sich angepasst, indem sie ihre Haut mit zusätzlichen Polymeren verwoben und ihre Poren, Schweißdrüsen und einen Teil der Schleimhäute mit einem speziellen Kunststoff auskleideten. Diese Modifikationen sorgten dafür, dass sie ihre Körperflüssigkeit nicht an die ausgedörrte Luft verloren, verhinderten allerdings auch jeglichen Haarwuchs und ließen ihre Haut in stärkerem Licht hell schillern. Und da die Menschheit eine so freundliche Spezies war, hatten Hellions beim Verlassen ihrer Heimatwelt natürlich fast überall mit gewissen Vorurteilen zu kämpfen.

»Ich habe noch nie einen Hellion getroffen, der nicht an irgendwelchen Komplexen gelitten hätte«, sagte Valk.

»Aus ethnischen Stereotypen voreilige Schlüsse zu ziehen, ist der beste Weg, seinen Gegner zu unterschätzen«, sagte Candless. »Vielleicht sollten Sie sich das merken.«

Valk zog den Kopf in seinem Helm ein. Lanoe gab sich Mühe, nicht schadenfroh zu grinsen. Solange Valk die volle Wucht ihrer spitzen Zunge auf sich zog, konnte er sich fein heraushalten.

»Hellions sind geborene Überlebenskünstler«, fuhr Candless etwas sanfter fort, »Bury ist einer der zähesten Kerle, die ich je kennengelernt habe. Wenn auch ein bisschen beschränkt.«

Als Sekundant hatte der Bursche eine junge Frau mit roten Haaren und jeder Menge Sommersprossen dabei. Sie kam Lanoe irgendwie bekannt vor – bis er sich plötzlich erinnerte, dass sie es gewesen war, die er im Gästehaus angesprochen und für Zhang gehalten hatte.

Wie er sie jetzt musterte, konnte er kaum eine Ähnlichkeit ausmachen. Der Körper, den Zhang bis zu ihrem Tod bewohnt hatte, hatte ein schmales, fuchsartiges Gesicht gehabt. Darüber hinaus waren ihre Augen durch metallische Sensoren ersetzt gewesen – der Körper war ohne Sehnerven geboren worden.

Dieses Mädchen – eine Kadettin aus Burys Jahrgang – hatte ein offenherziges, rundliches Gesicht mit sanften Zügen und sehr großen, hellen Augen, die einen freundlichen Eindruck erwecken würden, hätte sie momentan nicht derart verängstigt dreingeschaut. »Noch eine von deinen?«, fragte Lanoe und deutete auf das Mädchen.

»Ginger. Eigentlich heißt sie anders, aber so nennt sie jeder. Sie ist von der Pilotenausbildung leider schon aussortiert worden, auch wenn das noch nicht offiziell verkündet wurde«, sagte Candless.

»Manche Leute sind fürs Fliegen einfach nicht gemacht«, sagte Valk.

»Nein, fliegen kann sie eigentlich gut. Ihr Problem ist das Schießen. Sie hat den denkbar schlechtesten Wesenszug für eine Kampfpilotin – sie will, dass alle sie mögen. Im Ernstfall – gerade im Kampf – ist mit ihr wenig anzufangen. Ich glaube aber, dass sie eine passable Stabsoffizierin abgeben wird.«

Lanoe rümpfte die Nase. Er war sich nicht ganz sicher, ob das als Beleidigung gemeint gewesen war oder nicht. Für gewöhnlich hatten Kampfpiloten nur wenig Sympathie oder Respekt für die Stabsoffiziere, die für den gewaltigen Bürokratieapparat der Flotte zuständig waren. Jeder wusste, dass die Flotte ohne all die Stabsoffiziere, die Dateien von einem Lesegerät aufs andere verschoben, nicht funktionieren konnte, aber die blanke Tatsache, dass sich von ihnen niemand freiwillig in ernsthafte Gefahr begeben würde, sorgte dafür, dass kein Pilot sie jemals als ebenbürtig akzeptiert hätte.

Candless verzog das Gesicht, als hätte sie plötzlich etwas Abstoßendes gerochen. »Ginger als Sekundantin ist eine grauenvolle Wahl. Wenn hier heute jemand stirbt, ist sie für den Rest ihres Lebens traumatisiert.«

»Immer noch besser, als derjenige zu sein, der auf der Wiese ausbluten darf«, sagte Lanoe.

»Vielleicht«, sagte Candless. »Lanoe, du musst hier stehen bleiben – ich darf nur einen Sekundanten auf den eigentlichen Kampfplatz mitnehmen. Stell dich doch da hinten zu den Zaungästen und schau zu.«

»Klar«, sagte Lanoe. Er wünschte ihr Glück, drückte ihre Hand und trottete zu den anderen Zuschauern hinüber. Es waren eine Menge, aber Platz gab es genug. Sie wichen ein wenig zur Seite und nahmen ihn in ihre Reihen auf.

Eine Frau in einfacher Uniform beugte sich von links zu ihm und flüsterte verschwörerisch: »Sollte ein guter Kampf werden heute. Ist immer interessant bei so unterschiedlichen Gegnern.«

Zu seiner Rechten stand ein Zivilist mit Seidenjackett. »Ich hoffe, der Junge kommt durch. Kinder sterben zu sehen ist selten schön.«

Lanoe hielt den Mund. *Bedeckt halten,* schärfte er sich ein.

*

Die Waffen wurden ein letztes Mal inspiziert. Ginger machte viel Aufhebens um Burys Pistole, nahm die einzelne zylindrische Patrone heraus, hielt sie gegen das Licht und schob sie wieder zurück. Dann reichte sie dem Riesen mit dem schwarzen Helm die beiden geschnitzten Kistchen.

Der große Sekundant untersuchte die beiden Waffen nur kurz. »Sieht alles gut aus«, sagte er.

Bury hielt den Blick die ganze Zeit starr auf Candless' Gesicht gerichtet. Sie erwiderte seinen Blick mit diesem furchtbar nervtötenden Gesichtsausdruck, den sie ständig draufhatte, dieser ausdruckslosen, aber trotzdem ernsten Miene, die sich nie beeindrucken ließ.

Laut der Duellregeln war es den Teilnehmern verboten, zu diesem Zeitpunkt noch miteinander zu sprechen. Das war bestimmt besser so. Hätte Candless auch nur ein Wort gesagt, hätte er sich bestimmt die Pistole geschnappt und sie auf der Stelle erschossen. Die Wut war immer sein bester Begleiter gewesen. Aber das hier war eine der seltenen Situationen, in denen er wusste, dass er sie im Zaum halten musste.

»Die Regeln sind simpel«, verkündete Ginger. »Die Kontrahenten stellen sich mit dem Rücken zueinander in die Mitte des Platzes. Sie werden daraufhin zehn Schritte machen und …«

»Ich glaube, wir wissen alle, was dann passiert«, sagte der Riese. »Können wir?«

Ginger lief so rot an wie ihre Haare. Sie rannte zum Rand des Platzes. Der Riese schritt gemessen hinterher und stellte sich neben sie.

Bury warf Candless einen letzten Blick zu und legte alles an

57

Hass hinein, was er aufbieten konnte. Dann drehte er ihr den Rücken zu.

»Eins«, rief Ginger. Er tat einen Schritt.

»Zwei.« Seine Rückenmuskulatur erzitterte.

»Drei.« Er konnte es beinahe spüren. Wie ihm die Kugel durchs Fleisch fahren würde.

»Vier.«

»Fünf.« Seine Kehle war ausgetrocknet. Er schluckte.

»Sechs.«

»Sieben.«

»Acht.« Es war fast so weit.

»Neun.« Er sah es schon vor sich, wie er sich umdrehte und die Pistole hob.

»Zehn!«, rief Ginger. Ihm blieb beinahe das Herz stehen.

»Sie dürfen sich nach eigenem Ermessen umdrehen und feuern«, sagte Valk.

Bury wirbelte herum, die Pistole in seiner Hand regte sich schon, hob sich – er würde kaum Zeit zum Zielen haben, also riss er den Arm hoch. Er musste etwas höher ansetzen, um Rishis Rotation auszugleichen, und ...

Candless' Arm stand kaum von ihrem Körper ab. Ihre Waffe war auf den Boden gerichtet.

Sie drückte ab. Die Waffe brüllte, eine kleine Rauchwolke löste sich. Die Kugel riss kurz vor ihren Füßen einen kleinen Krater in die Wiese und versengte einige Grashalme.

Dann stand sie einfach da. Betrachtete ihn. Mit einer hochgezogenen Augenbraue.

*

Die Zuschauer wussten nicht recht, was sie davon halten sollten. Eigentlich hatten sie zu schweigen, bis beide Parteien geschossen hatten, aber einige konnten sich nicht zurückhalten. »Was ist los?«, wollte jemand wissen. »Warum hat sie das gemacht?«

»Was heißt das jetzt?«

Bury stand auf dem Feld und zielte. Lanoe sah auch auf die Entfernung, wie die Hand des Jungen zitterte. Sein Gesicht war eine Grimasse aus Wut und Frustration. Und Verwirrung. Ihm entfuhr eine Art keuchender Schrei, und er streckte den Arm aus und zielte Candless mit der Pistole mitten ins Gesicht. Seine Augen traten aus den Höhlen. Sein ganzer Körper verkrampfte sich vor hilflosem Zorn.

Mit weißen Knöcheln umklammerte er den Griff der Pistole.

Und dann – war es plötzlich vorbei. Burys Gesicht wurde aschfahl, der Arm sank schlaff zur Seite hinab. Er hatte die Pistole nicht abgefeuert. Sie rutschte ihm aus der Hand und fiel ins Gras. »Ich ziehe die Herausforderung zurück!«, schrie er.

»Und was jetzt?«, fragte jemand. »Steht darüber was in den Regeln?« Alle schienen die gleiche Frage stellen zu wollen. »Sie hat ihm doch eine erstklassige Gelegenheit gegeben. Warum hat er nicht geschossen?«

Lanoe wusste genau, warum.

»Weil sie schon gewonnen hatte«, sagte er.

6 »Das musst du mir noch mal erklären«, sagte Valk. Er war hörbar verblüfft.

Lanoe lächelte. Sie hatten sich zu dritt in ein Zimmer im Gästehaus zurückgezogen, um der enttäuschten Menge zu entgehen. Trotz des unrühmlichen Endes des Duells hatten die Zuschauer Candless mit Fragen bestürmt, als sie den Platz verlassen wollte. Vielleicht brauchten sie einfach Gewissheit über den Ausgang. Ein paar hatten sie um ein Autogramm gebeten, andere bedrängten sie, warum sie denn in den Boden geschossen habe. Mehr als einer hatte gefordert, das Duell zu wiederholen.

Tatsächlich begriffen hatte es offenbar niemand. Somit war Valk zumindest nicht alleine.

Lanoe sah Candless an, aber sie schüttelte nur den Kopf. Augenscheinlich hatte sie nichts dagegen, ihm die Erläuterungen zu überlassen.

»Also, das Duell war eine Frage der Ehre, richtig?«

Valk zuckte mit den Schultern. »Klar, darum geht's ja immer.«

»Sicher. Aber es gibt zum Thema Ehre alle möglichen Regeln, und einige widersprechen sich gegenseitig. Candless war ehrenhalber gezwungen, Burys Herausforderung anzunehmen, hätte sie aber wirklich einen ihrer Studenten erschossen, wäre das wiederum ein unehrenhafter Akt gewesen. Als seine Ausbilderin ist sie für seine Sicherheit verantwortlich. Also konnte sie ihn nicht erschießen, konnte aber auch nicht *nicht* schießen.«

»Aha«, machte Valk.

»Wenn sie jetzt an ihm vorbeigezielt und ihn verfehlt hätte, hätte sie wie eine Idiotin dagestanden – und, schlimmer noch, als schlechte Schützin. Also konnte sie gar nicht anders, als in den Boden zu schießen.«

»Klingt für mich trotzdem wie verlieren«, sagte Valk.

Lanoe lachte. »Nein. Sie hat schlicht und ergreifend alle Last auf Burys Schultern abgewälzt. Ihn zu einer Entscheidung gezwungen. Hätte er sie erschossen, hätte er weniger ehrenhaft gehandelt als sie. Jemanden abzuknallen, der sich soeben selbst entwaffnet hat, ist so ziemlich der Gipfel der Ehrlosigkeit. Hätte er sie verfehlt, wäre es noch schlimmer gewesen – dann wäre er nicht nur ehrlos, sondern obendrein noch unfähig gewesen. Also hatte auch er keine andere Wahl.«

»Er hätte doch auch in den Boden schießen können«, sagte Valk.

Lanoe beugte sich etwas vor. »Haha, nein, sieh mal, dann hätte er ihr Verhalten ja bloß imitiert. Hätte als Student dagestanden, der nur die Handlungen seiner Ausbilderin kopiert. Was geheißen hätte, dass sie von Anfang an recht hatte – und damit auch das Recht, ihn zu beleidigen. Indem er sich geschlagen gegeben hat, hat er zwar eingestanden, dass es falsch war, sie herauszufordern, aber mehr auch nicht. Nur so konnte er sein Gesicht teilweise wahren, wenn auch nicht gerade wahnsinnig erfolgreich. Aber sie hat ihn in eine Situation manövriert, in der das für ihn den bestmöglichen Ausgang darstellte. Kein Totalverlust, aber alles andere als ein Sieg.«

Valk legte eine seiner massigen Hände an den Helm. Ein passabler Ersatz dafür, sich demonstrativ die Stirn zu kratzen. »Das klingt alles eher nach einer Schachpartie als nach einem Schusswechsel.«

»Und selbstverständlich ging es genau darum«, sagte Candless.

Beide sahen sie an. Seit Verlassen des Duellplatzes hatte sie kein Wort gesagt. Hatte sie beide kaum angesehen.

»Genau das musste der Junge lernen«, sagte sie. »Er ist hier, um zum Kampfpiloten ausgebildet zu werden. Er musste begreifen, dass es im Krieg nicht darum geht, wie sehr man den Gegner hasst oder als wie rechtschaffen man seinen eigenen Auftrag betrachtet. Es geht darum, sich mit genau der richtigen Menge Kraft dem jeweiligen Hindernis zu widmen.«

Lanoe nickte zufrieden. »Wenn es mehr Admiräle gäbe, die das begreifen …«

»Würden das alle begreifen«, sagte Candless, »brauchten wir gar keine Kriege mehr. Aber dann müssten wir uns einen neuen Zeitvertreib suchen, wie?«

Lanoe stand auf, ging zu ihr und schüttelte ihr die Hand. »Freut mich, dass es so ausgegangen ist. Und ich bin verdammt froh, dass du dich nicht gerade hast umlegen lassen.«

»Eigentlich bin ich sogar ziemlich stolz auf Bury. Er hat das Problem – und die richtige Lösung – sofort erkannt«, sagte Candless. »Ich wusste doch, der Junge hat Potenzial.«

»Moment mal«, sagte Valk. Denn er hatte soeben das Schachmatt gesehen – und begriffen, warum dieses Spiel überhaupt gespielt wurde.

»Moment«, sagte er abermals.

Candless und Lanoe sahen ihn erwartungsvoll an.

»Deswegen haben Sie die ganze Geschichte durchgezogen?«, fragte er. »Um seinem Potenzial zum Durchbruch zu verhelfen? Sie haben Ihr Leben riskiert, um jemandem eine Lektion zu erteilen?«

Candless blinzelte, verzog aber ansonsten keine Miene. »Ich bin Fluglehrerin. Das ist mein Job.«

Sie erhob sich und holte tief Luft. Kurz stand sie einfach da und schien etwas bleich. Dann schwankte sie leicht.

»Alles in Ordnung?«, fragte Lanoe.

»Wenn ihr mich einen Moment entschuldigt«, sagte sie. »Ich glaube, ich muss mich übergeben. Bin gleich wieder da.«

Sie verließ in aller Seelenruhe den Raum.

Sobald sich die Tür geschlossen hatte, schüttelte Valk andächtig den Kopf. »Sie ist eine deiner alten Geschwader-Kameradinnen«, sagte er. »Eine – eine *Freundin,* wie du sagtest.«

»Eine der besten Pilotinnen, die ich je gesehen habe«, sagte Lanoe.

»Hast du deshalb ihr Verhalten so geduldig ertragen? Wie sie dich anguckt? Du weißt schon, als hättest du heute Morgen vergessen, dich unter den Achseln zu waschen, und sie verzeiht es dir, will aber trotzdem sichergehen, dass du merkst, dass sie es gemerkt hat?«

Lanoe zuckte die fraglichen Achseln. »Damals war sie noch nicht … nicht so intensiv. Aber schon immer gerissen und frech. Jetzt mal im Ernst: Eine solche Frau – hast du die lieber auf deiner Seite oder gegen dich?«

*

Candless kam zurück und tupfte sich die Lippen mit einer Serviette ab. »Alles klar, jetzt, da mein armseliges kleines Intermezzo vorbei ist«, sagte sie und ließ sich auf der Bettkante nieder, »haben wir Zeit, uns *euren* Problemen zuzuwenden.«

Lanoe warf Valk einen flüchtigen Blick zu, weil er halb damit rechnete, der große Pilot würde mit der Sache direkt herausplatzen. Dann sah er ein, dass er das Herausplatzen ebenso gut selbst übernehmen konnte. Candless war eine alte Freundin – er war sich ziemlich sicher, dass er ihr vertrauen konnte. »Es geht um einen Planeten namens Niraya«, sagte er.

»Der Name ist mir bekannt«, sagte Candless.

Lanoe zog die Stirn kraus. »Ist er das?«, fragte er mit gedämpfter Spannung.

»Ich war in letzter Zeit vielleicht mit einem vollen Stundenplan und dem einen oder anderen Duell ziemlich beschäftigt, aber ich bemühe mich trotzdem, auf dem Laufenden zu bleiben.« Sie seufzte. »Das geht doch seit Wochen durch sämtliche

Nachrichten. Da gab es eine Schlacht – zwischen Konteradmiral Wallys und … einer Flotte bewaffneter Drohnen, stimmt's?«

»Stimmt«, sagte Lanoe. »In groben Zügen zumindest.«

»Bei solchen Geschichten steckt immer mehr dahinter«, sagte Candless. »Alles, was ich darüber gelesen habe, war in diesem verdächtig abgehackten Tonfall gehalten, an dem man zweifelsfrei erkennen kann, dass gründlich zensiert wurde. Obwohl ich schon sagen muss: Derart verschlossen habe ich die Flotte seit der Aufbaukrise nicht mehr erlebt. Ich gehe also davon aus, dass da etwas ziemlich Bedeutsames passiert ist.«

Lanoe nickte.

»Dann solltest du mir vielleicht mehr über diese Welt namens Niraya erzählen«, sagte sie.

»Der Planet ist eine Zuflucht für verschiedene Religionsgemeinschaften, erst auf halbem Weg durchs Terraforming. Bis vor ein paar Wochen war der Name vollkommen unbekannt, weil dort nie etwas passiert ist. Jetzt wird er allerdings in die Geschichtsbücher eingehen als der Ort, an dem unser Erstkontakt mit einer intelligenten Alienrasse stattgefunden hat. Beziehungsweise mit deren Drohnen, um genau zu sein. Eine ganze Flotte, und die waren nicht freundlich aufgelegt.«

Candless lachte nicht. Nur ihr Blick schien eine Spur argwöhnischer zu werden. »Aliens«, sagte sie in einem Tonfall, den sie wahrscheinlich auch benutzte, um Kadetten zurechtzuweisen, die im Unterricht heimlich irgendwelche Filmchen guckten. »Das war offenbar ernst gemeint?«

»Ich fürchte, ja.« Er konnte ihre Skepsis verstehen. Die Menschheit hatte sich jahrhundertelang zwischen den Sternen ausgebreitet. Sie hatte auf Tausenden von Planeten nach Anzeichen für intelligentes Leben gesucht. Niemand hatte je etwas entdeckt, das mit mehr Grips als ein Insekt gesegnet war. Generationen von Wissenschaftlern und Philosophen hatten darüber debattiert, warum dies so sei. Jetzt kannte Lanoe die Antwort.

Es war ein schrecklicher, dummer Fehler mit kosmischen Folgen gewesen.

Die Aliens, die über Niraya erschienen waren, hatten nie vorgehabt, jemandem etwas zuleide zu tun. Sie hatten eine Flotte aus Robot-Schiffen entsandt, um neue Planeten zu erschließen und Kolonien zu errichten, in denen sie später leben konnten. Die Flotte war sogar angewiesen worden, mit jeder intelligenten Rasse, auf die sie unterwegs stoßen sollte, in freundschaftlichen Kontakt zu treten.

Leider hatten die Erbauer der Flotte nicht bedacht, dass intelligentes Leben möglicherweise andere Formen annehmen könnte als sie selbst. Sie hatten sich in der Atmosphäre eines Gasriesen entwickelt und sahen für menschliche Augen wie fünfundzwanzig Meter große Quallen aus. Ihre Robot-Flotte war auf zahllose intelligente Rassen gestoßen, hatte sie allerdings, da sie mit ihnen weder kommunizieren konnte noch überhaupt verstand, dass es sich um solche handelte, allesamt als Ungeziefer eingestuft. Ungeziefer, das ihren Auftrag, Kolonien zu errichten, möglicherweise behindern könnte.

Ungeziefer, das ausgemerzt werden musste.

Die Aliens hatten nichts weiter getan, als ihre Maschinen fehlerhaft zu programmieren. Sie hatten es versäumt, ihre Terraforming-Flotte mit ausreichender Vernunft auszustatten. Aus diesem Grund hatten die Drohnen jede intelligente Rasse, auf die sie gestoßen waren, ausgerottet. Die Menschheit stand als Nächstes auf der Liste.

»Sie haben versucht, alles Leben auf Niraya zu vernichten«, sagte Lanoe. »Wir haben dafür gesorgt, dass das nicht passiert. Außerdem haben wir herausgefunden, dass da draußen noch mehr von diesen Flotten sind. Sehr viel mehr. Sie bewegen sich nur langsam – diese Außerirdischen haben offenbar nie entdeckt, dass man Wurmlöcher benutzen kann, also müssen sie den langen, direkten Weg nehmen, um von Stern zu Stern zu ziehen. Was wohl der einzige Grund dafür ist, dass wir erst jetzt auf sie gestoßen sind.«

»Aber es wird nicht das letzte Mal gewesen sein«, sagte Valk. »Sie werden andere menschliche Welten finden und auch dort versuchen, alles auszurotten. Es sei denn, jemand hält sie auf.«

Candless atmete scharf ein. »Was offensichtlich das ist, was ihr zwei vorhabt – sie aufzuhalten. Dagegen kann ich natürlich schlecht etwas einwenden. Wie sieht euer nächster Schritt aus?«

»Wir waren auf dem Weg zur Admiralität. Wir haben Informationen, die der Führungsstab so schnell wie möglich bekommen muss. Falls wir diese Aliens zurückschlagen wollen, können wir das schlecht alleine machen. Wir brauchen die Hilfe der Erde. Die Heimat dieser Rasse liegt sehr viel weiter in Richtung galaktisches Zentrum – über zehntausend Lichtjahre von hier.«

»Das ist ein weiter Weg. Selbst für einen hehren Zweck. Warum müsst ihr unbedingt persönlich hin? Reicht es nicht, ihnen eine Nachricht zu schicken?«

»Ich fürchte, so einfach ist das nicht.«

Candless schürzte die Lippen. »Lanoe, bei dir ist nie irgendetwas einfach. Also los, sag mir, warum.«

Es hatte eine Zeit gegeben, als Lanoe seinen Vorgesetzten ohne Wenn und Aber vertraute. Die Admiräle hatten Befehle gegeben und er alles exakt nach Vorschrift befolgt. Damals hatte er fest daran geglaubt, dass die Erde und ihre Flotte das Richtige taten, dass ein Fortbestehen der Menschheit nur unter wohlwollender Führung des dreiköpfigen Adlers möglich war.

Dann war er zu alt geworden. Hatte zu viel Geschichte leibhaftig erlebt.

»Du weißt genauso gut wie ich, dass die Hälfte der Flotte von einem der MegaKons geschmiert wird. Wenn ich die Informationen, die wir hüten, einfach an die Admiralität weitergebe und sie zuerst bei der falschen Person landen, werden sie einfach verschwinden. Die Konzerne haben die Hälfte der Admiräle in der Tasche – und können sich die andere Hälfte wahrscheinlich jederzeit auch kaufen, wenn sie das für nötig halten. Sie haben einfach zu viel Geld. Also müssen wir die Sache so diskret wie möglich angehen. Selbst eine verschlüsselte Nachricht kann abgefangen und dekodiert werden. Wenn wir es jedoch schaffen, die Admiralität unbeobachtet zu erreichen, gibt es dort immer noch ein paar Leute, denen ich vertrauen kann – glaube ich jedenfalls. Leute, die diese Informationen mit dem nötigen Ernst behandeln und entsprechende Maßnahmen ergreifen.«

Candless verzog das Gesicht. »Ich muss … widerwillig zugeben, dass deine Paranoia zumindest teilweise gerechtfertigt ist. Der Führungsstab ist nicht mehr so unbestechlich wie früher. Na gut – ich hätte einen Vorschlag. Gib mir die Informationen, und ich bringe sie zu wem auch immer du willst. Ich bin bloß Fluglehrerin einer Provinzakademie. Niemand hat Grund, mich zu verdächtigen.«

Keine schlechte Idee. Sie hatte allerdings einen entscheidenden Haken. Lanoe hatte wenig Lust, ihr zu erklären, dass sich diese Informationen in Valks Kopf versteckten. Dann hätte er ihr womöglich eröffnen müssen, *was* Valk wirklich war, und das konnte er nicht tun.

»Die Sache ist einfach zu wichtig«, sagte er also. »Es ist schon jemand – jemand, der mir sehr nahe stand – dafür gestorben. Ich muss das persönlich einem Admiral übergeben, dem ich wirklich trauen kann, damit sie nicht umsonst gestorben ist. Alles Weitere liegt dann nicht mehr in meiner Hand. Aber bis dahin trage ich die Verantwortung. Persönlich.«

Candless erhob sich und nahm ihre Handschuhe vom Tisch. »Alles klar. Aber du bist zu mir gekommen, um mich um Hilfe zu bitten, also gehe ich davon aus, dass du mir zumindest ein bisschen vertraust. Was willst du dann von mir?«

»Wir brauchen eine Eskorte, mehr nicht. Jemanden, der uns

begleitet und den Rücken freihält, bis wir die Admiralität wohlbehalten erreicht haben. Würdest du das übernehmen?«

»Ja, ja, natürlich mache ich das«, sagte Candless, als hätte er sie um ein Stück Rasierpapier gebeten. Aber sie waren schließlich lange zusammen geflogen. Einander den Rücken freizuhalten, war quasi der Grundstein ihrer Beziehung. »Ich glaube, mein Übungsjäger sollte ausreichen. Der ist vollständig ausgerüstet und lässt sich im Nu betanken. Bleibt nur ein kleines Problem: Ich muss meine Kollegen wissen lassen, dass ich ein paar Tage abwesend bin.«

»Muss das sein?«, fragte Lanoe.

»Lanoe, ich bin Lehrerin. Mein Leben dreht sich um einen festen Stundenplan. Ich habe morgen den ganzen Tag Unterricht und übermorgen eine Abschlussprüfung abzunehmen. Ich kann nicht einfach so verduften – jemand muss für mich einspringen. Keine Sorge, ich muss niemandem verraten, *wohin* es geht. Ich lasse mich einfach aus privaten Gründen für ein paar Tage beurlauben. Sobald ich das erledigt habe, können wir sofort los.«

Lanoe sah Valk an, wusste aber, dass es dem Großen nur recht sein würde. Je eher sie die Informationen loswurden, desto früher würde Valk sterben dürfen.

Candless ging zur Tür, und die beiden Männer erhoben sich, um ihr zu folgen. Bevor sie den Raum verließ, drehte sie sich allerdings noch einmal um.

»Du hast eben Bettina Zhang gemeint, oder? Die Frau, die gestorben ist, um dir diese Informationen zu verschaffen.«

Lanoe legte die Stirn in Falten. »Du hast sie nie kennengelernt«, sagte er leise.

»Nein«, sagte Candless, »aber es kam mir ganz so vor. Als wir noch regelmäßigen Kontakt hatten, hast du immer viel von ihr erzählt. Du hast – du hast gesagt, du wolltest sie heiraten. Das war dann wohl nicht …«

»Dazu ist es nie gekommen«, sagte Lanoe.

Wie sehr er auch versuchte, seine Gesichtszüge zu kontrollieren, irgendetwas musste doch zu sehen gewesen sein.

»Ich kenne diesen Blick«, sagte Candless. »Lanoe – es tut mir so leid.«

Er schob sich an ihr vorbei durch die Tür.

»Schon okay.«

*

Die Straße vom Duellplatz zum Verwaltungszentrum von Rishi war von üppiger Vegetation überwuchert. Spindeldürre Bäume wie grüne Finger schlossen sich weit über ihren Köpfen zusammen und bildeten einen Tunnel aus flackernd schillerndem Licht. Dicke Wurzeln und Schlingpflanzen schlängelten sich über den Straßenbelag. Als sie sich der Kaserne näherten, sah Valk mehrere Kadetten-Grüppchen, die zum Roden der Büsche abkommandiert worden waren. Die meisten rückten dem einfallenden Grünzeug mit Macheten zu Leibe, vereinzelt kamen sogar Flammenwerfer zum Einsatz.

»Warum überlassen Sie das nicht einfach den Drohnen?«, fragte Valk. »Die könnten doch problemlos Entlaubungsmittel oder so was aus der Luft versprühen. Wäre das nicht viel effizienter?«

»Ja, und es würde den Kadetten die Möglichkeit nehmen, sich echter körperlicher Arbeit zu widmen«, gab Candless zurück. »Die ist für Körper und Geist noch immer das Beste. Außerdem gibt es kaum eine bessere Bestrafung. Der junge Bury wird sich wohl den Rest seiner Zeit hier mit den Ranken anfreunden dürfen.« Sie waren in einem kleinen Elektrofahrzeug unterwegs. Valk saß mit dem Rücken in Fahrtrichtung auf einem gepolsterten Sitz über der Hinterachse. Er musste die ganze Zeit die Knie anziehen, damit seine Füße nicht über den Boden schleiften.

Der Verwaltungskomplex stand am Rand eines kleinen Campus mit mehreren Kasernen und Schulgebäuden. Es wirkte weniger wie ein Kolleghof, eher wie eine vergessene Stufenpyramide im uralten irdischen Regenwald. Die Gebäude und den kleinen Exerzierplatz davor hatte man dem ewig vorrückenden Dschungel abgetrotzt, aber es war eine sichtliche Sisyphosaufgabe. Valk sah überall an den Steinwänden Wartungstrupps mit einer Flüssigkeit zu Werke gehen, die rauchte und glänzend auf dem Marmor schimmerte. Andere Trupps waren damit beschäftigt, die vielen Fenster zu putzen und den gewaltigen dreiköpfigen Adler zu polieren, der über dem Hauptportal hing. Bei einigen Trupps standen Offiziere in makellosen Paradeuniformen und brüllten Anweisungen in ihre Megafone.

Valk wollte sich dringend unter dem nächsten moosigen Stein zusammenrollen. Es war einfach alles … viel zu sauber.

»Ich verstehe nicht ganz, wie man durchs Fensterputzen zu einem guten Piloten wird«, sagte er, allerdings sehr leise. Er wollte vermeiden, dass sich einer der Offiziere bemüßigt fühlte, *ihm* auch noch Befehle zuzuschreien.

»Es geht schlicht darum, den Kadetten der Flotte die nötige Disziplin und Professionalität einzuimpfen«, sagte Candless. »Damit sie ihre Arbeit ernst nehmen. Wir können ihnen schließlich nicht wirklich verraten, wie das Leben als Pilot tatsächlich aussieht.«

»Da ging es hauptsächlich ums Saufen und den Gestank ungewaschener Raumanzüge, wenn ich mich recht entsinne«, sagte Valk.

Zu seiner Überraschung ließ sich Candless zu einem Kichern hinreißen. Er hatte fest mit einem vorwurfsvollen Blick gerechnet.

»Ja, das habe ich auch noch nicht vergessen«, sagte sie. Ihr Gesichtsausdruck war durchaus als wehmütig zu deuten, dachte er. Wenn man es wohlwollend betrachtete.

Sie parkten den Wagen und näherten sich zu Fuß dem Hauptgebäude. Als sie an einer Gruppe von Offizieren vorbeikamen, starrte eine von ihnen Valk an und verrenkte sich fast den Nacken, um ihm hinterherzublicken. Erst dachte er, es läge nur an seiner Größe – das passierte ihm schließlich andauernd. Dann sah er allerdings, dass sie seine Kennungsmarke auslas – das kleine graue Rechteck auf seiner Brust, in dem Dienstakte und Lebenslauf verzeichnet waren. Flottenpersonal konnte diese Marken mit einem Blick anpingen und alle Informationen sehen. Sie musste begriffen haben, dass er nicht zur Flotte gehörte – vielleicht hatte sie sogar seinen Namen erkannt. Die Legende von Tannis Valk, dem Blauen Teufel, hatte das öffentliche Bewusstsein noch nicht ganz verlassen.

Er hob die Hand und legte sie vor seine Kennungsmarke – was natürlich die absolut falsche Geste war. Jetzt sah er eindeutig so aus, als habe er etwas zu verbergen.

So viel zu dem Versuch, sich bedeckt zu halten.

Falls sie seinen Namen wirklich erkannt hatte, konnte das zu allen möglichen Fragen führen, die zu beantworten er nicht bereit war.

Er war wirklich nicht in seinem Element. Er war nie von der Flotte ausgebildet worden – tatsächlich hatte man ihn damals rekrutiert, um diese Leute zu töten. Er hatte für den Aufbau gekämpft, eine politische Bewegung, die für das Recht der Menschen auf freie Besiedlung neuer Planeten eingetreten war, ohne Knebelverträge mit den MegaKons abschließen zu müssen, die sich so die Kolonien auf ewig untertan machten. Auch er hatte das damals für einen großartigen Traum gehalten. Ein Kampf für Freiheit und Selbstbestimmung. Natürlich war alles in Flammen aufgegangen – in seinem Fall sogar wortwörtlich. Heutzutage galten Aufbauler nur noch als gescheiterte Terroristen.

Je eher sie Rishi verließen, desto besser, dachte er sich. Allerdings hatten sie kaum die Hälfte der Treppe erklommen, als das nächste Problem auftauchte. Candless blieb stehen und gebot ihnen mit erhobener Hand, es ihr gleichzutun. »Verdammt«, sagte sie. »Der letzte Mensch, den ich jetzt gerade sehen will.«

Valk hob den Kopf und sah zwei Kadetten vor dem Haupteingang stehen. Der Hellion und seine Sekundantin. Beide sahen Candless an, als erwarteten sie, dass die Ausbilderin angriffslustig auf sie zustürzen würde.

»Was wollen die denn?«, flüsterte Lanoe. »Ach, egal – schaff sie dir einfach vom Hals.«

Candless seufzte und machte einen Schritt auf das Portal zu. »Kadetten«, rief sie, »meine Sprechstunden sind für heute abgesagt. Der Tag war schon hektisch genug.«

»Um Vergebung, Frau Ausbilderin«, sagte der Rotschopf – Ginger, wenn Valk sich recht entsann. »Ich kann mir denken, wie beschäftigt Sie sind …«

»So ist es«, sagte Candless.

»Ich verspreche Ihnen, es dauert nur eine Minute. Aber … es ist wichtig«, sagte Ginger. »Bury muss Ihnen unbedingt etwas sagen.«

»Falls Sie mich zu einem weiteren Duell herausfordern wollen«, sagte Candless an den Jungen gewandt, »wären Sie vielleicht so freundlich, mir vierundzwanzig Stunden Verschnaufpause zu gewähren?«

»Nein, Ausbilderin«, sagte Bury. »Ich muss … ich wollte nur …« Seine Lippen zuckten, als versuche er, die Worte abzubeißen, die ungebeten herauswollten. Der Junge wand sich zwar nicht, hatte aber sichtlich Probleme mit der Situation.

Er will sich entschuldigen, dachte Valk. Er versucht *Tut mir wirklich leid, dass ich versucht habe, Sie umzubringen. Können wir trotzdem Freunde bleiben?* zu sagen. Allein für diesen Schritt musste er dem Burschen zu seinem Mut gratulieren.

Lanoe räusperte sich. »Was auch immer du sagen willst, schreib ihr 'ne Nachricht. Die Ausbilderin hat doch gesagt, dass sie beschäftigt ist.« Er nahm die nächsten Stufen und sah aus, als sei er fest entschlossen, die beiden über den Haufen zu rennen, sollten sie nicht aus dem Weg gehen.

»Warte mal«, sagte Candless. »Kadett Bury?«

Das linke Auge des Jungen begann zu zucken. Er schöpfte einen sehr tiefen, lang gezogenen Atemzug und machte endlich den Mund auf. »Ich ...«

»Es tut mir so leid!«

Die Worte stammten nicht aus dem Mund des Jungen. Eine andere Stimme hatte sie ausgesprochen. Valk drehte sich um, um zu sehen, wer es gewesen war.

Eine andere Kadettin, die noch jünger aussah als Bury und Ginger, sofern das überhaupt möglich war. Sie hatte kurze schwarze Haare, und ihre Augen waren gerötet und verquollen, als hätte sie bis eben noch geweint.

Sie hielt eine große Partikelstrahl-Pistole in der Hand und zielte geradewegs auf Lanoes Gesicht.

*

Es gab eine Menge Geschrei und das Geräusch vieler Stiefel, als sich die Leute ringsum in Sicherheit brachten. Lanoe ignorierte den ganzen Lärm.

Er war zu sehr mit der Pistole in der Hand des Mädchens beschäftigt. Eine bauchige, hässliche Waffe mit schmalem Lauf. Sollte sie den Abzug drücken, würde sie ihn problemlos in zwei Hälften schneiden.

»Es tut mir leid«, wiederholte sie. Ihre Hände zitterten so stark, dass sie Gefahr lief, ungewollt einen Schuss abzugeben. Dann wäre es relativ zweitrangig, ob es ihr leidtat oder nicht.

Im Kopf ging Lanoe ein Szenario durch, in dem er ihr mit einem Hechtsprung die Pistole entriss. Es würde höchstwahrscheinlich damit enden, dass sie feuerte, bevor er sie erreicht hatte.

»Kadettin Marris«, sagte Candless direkt neben ihm. »Ich habe nicht das Gefühl, als wüssten Sie, was Sie da tun.«

»Verschwinden Sie!«, rief das Mädchen. »Sie alle, bis auf ... bis

73

auf ihn.« Sie nickte Lanoe zu. »Ich schwöre, wenn er versucht zu fliehen, dann tu ich's! Ich leg ihn um!«

»Ich gehe nirgendwohin«, sagte Candless. Sie machte einen vorsichtigen Schritt auf das Mädchen zu. Sehr gut, dachte Lanoe. Wenn sie ihr nur nah genug kam …

Aber Candless blieb stehen und hob die leeren Hände. »Ich bleibe genau hier stehen, wo Sie mich im Blick haben. Und dann reden wir in Ruhe über alles.«

»Es geht hier nicht um Sie, Ausbilderin«, sagte Marris. »Es geht nur um ihn. Auf ihn wartet schon ein Schiff. Ich soll ihn … irgendwo hinbringen. Woanders.«

Lanoe atmete behutsam durch die Nase ein. In solchen Situationen war es wichtig, das Atmen nicht zu vergessen. Er konnte sich nicht mehr erinnern, wer ihm diesen Rat gegeben hatte – vielleicht sein alter Ausbilder, damals, vor langer Zeit.

»In Ordnung«, sagte Candless. »Sie müssen ihn mitnehmen. Aber können Sie mir nicht wenigstens verraten, warum? Er ist ein guter Freund. Ich würde es gerne wissen.«

»Marris«, sagte das rothaarige Mädchen. »Marris, wir sind doch auch deine Freunde! Egal, worum es geht, wir können dir helfen! Gestern hast du erwähnt, dass du schlechte Nachrichten von daheim erhalten hast. Geht es darum?«

»Stimmt das, Kadettin?«, fragte Candless. »Geht es um familiäre Probleme?«

»Mein … mein Onkel«, stotterte Marris. »Egal! Das ist unwichtig! Verschwindet alle. Warum lasst ihr mich nicht in Ruhe?«

Weil das Mädchen ihn in dem Moment, da war sich Lanoe sicher, sofort entführen würde – zumindest würde sie es versuchen. Ihr war deutlich anzusehen, wie sehr sie sich fürchtete. Angst war ein vortrefflicher Ansporn. Mit ihrer Hilfe brachten Menschen die dümmsten Dinge fertig.

»Ist Ihrem Onkel etwas zugestoßen?«, fragte Candless. »Vielleicht können wir helfen.«

»Helfen? Wie sollten Sie schon helfen? Er ist ein Säufer. Sie können ihn schlecht dazu überreden, keiner mehr zu sein. Die haben gesagt, dass es langsam seine Leistung beeinträchtigt. Dass sie kurz davor sind, ihn zu feuern – von seinem Job, mit dem er die ganze Familie ernährt. Meine Mutter, meine Brüder. Sie landen alle auf der Straße. Aber wenn ich – wenn ich das hier durchziehe, darf er seine Arbeit behalten. Dann schmeißen sie ihn nicht raus.«

Das Mädchen zitterte am ganzen Körper. Die Pistole rutschte ihr durch die Finger, aber sie klammerte sich mit beiden Händen am Griff fest.

»Für wen arbeitet Ihr Onkel?«, wollte Lanoe wissen. »Für welchen MegaKon?«

»C... C... CentroCor«, würgte das Mädchen hervor. »Ich bin auf Irkalla geboren worden. Man kann nicht auf Irkalla wohnen und nicht für diese gottverdammte Firma arbeiten.«

»Dann besorgen wir ihm eine Stelle bei der Flotte«, sagte Candless und trat behutsam einen weiteren Schritt vor. »Wir kümmern uns darum, dass es Ihrer Familie gut geht, Sie müssen nur ...«

»Halten Sie mich wirklich für so blöd?«, schrie Marris. »Keinen Schritt weiter!«

Lanoe spürte, wie sich Valk hinter ihm regte. Vielleicht wollte er ihn umrunden und sich heldenhaft in den Schuss werfen.

Ehe es dazu kam, hörte Lanoe ein lautes Röhren und stolperte ungewollt ein paar Schritte nach hinten, um gegen den plötzlichen Orkan anzukämpfen. Aus dem Nichts wurde er von einer Welle aus Laub und Schnittgut überschüttet.

Das Mädchen drehte den Kopf, um sich nach der Quelle des Lärms umzusehen.

*

Valk hatte den nahenden Jäger – eine Z.XIX, wie er glaubte – schon bemerkt, lange bevor er ihn sehen konnte, lange bevor er zu hören gewesen war. Er hatte sich von einer der Landeplattformen am Saum des großen Zylinders erhoben und die Strecke von mehreren Dutzend Kilometern binnen Sekunden zurückgelegt.

Valks Sinnesorgane waren menschlichen weit überlegen. Seit man ihm eröffnet hatte, dass er in Wahrheit eine KI in einem Raumanzug war, hatte er nach und nach begriffen, dass er den menschlichen Begrenzungen seines ehemaligen Körpers nicht länger untertan war. Er konnte Wellenlängen sehen, die für das menschliche Auge unsichtbar waren, und Dinge hören, die kein Mensch je hätte wahrnehmen können.

Außerdem war er schneller als jeder Mensch, zur Not beinahe doppelt so schnell. Während der Jäger noch im Anflug war, hatte Valk sich bereits in Bewegung gesetzt, um dem Mädchen mit einem schnellen Sprint die Pistole zu entreißen.

Der Jäger drehte eine enge Kurve und kam direkt über ihnen zum Stehen. Die Bremsdüsen zerfetzten die Luft mit einem Stakkato schneller Zündungen, dann gab eins der vier Bordgeschütze zischend einen einzigen, grellen Schuss ab.

Die Hand des Mädchens verschwand. Die Wunde war dank der großen Hitze des Partikelstrahls sofort kauterisiert. Marris schrie und starrte auf den geschwärzten Stumpf, wo sich eben noch ihre Hand befunden hatte. Lanoe packte sie, riss sie zu Boden und schirmte sie ab, sollte der Jäger vorhaben, sein Werk zu vollenden.

Aber das Geschütz war verstummt. Der Jäger driftete ein wenig zur Seite ab und wich mit einem gezielten Schub dem nächsten Dach aus.

Er schaffte Platz. Da näherte sich bereits ein zweites Gefährt – Valk konnte die Silhouette vor Rishis gewölbten Himmelssegmenten ausmachen, ein dunkler Klecks in einem Fluss aus blauem Feuer. Ein größeres, kantiges Schiff. Dann schälten sich zweckmäßige Stummelflügel heraus. Der Bug bestand aus einer einzigen großen Ladeluke.

Ein Truppentransporter. Wer auch immer den Jäger geschickt hatte, legte jetzt mit Marineinfanterie nach.

Mit einem unangenehmen Kreischen erwachten die Lautsprecher im Rumpf des Jägers zum Leben. »Lanoe, sei ein braver Junge und beweg dich nicht. Entspann dich einfach, während meine Jungs die Sache klären.«

Valk erkannte die Stimme. Diesen hochnäsigen, gönnerhaften Tonfall.

Der Transporter setzte mit seinen vier dicken Landebeinen auf dem Exerzierplatz auf. Die Luke am Bug sprang auf, und ein halbes Dutzend Marines in schweren Kampfanzügen und verspiegelten Helmen stürmte heraus. Der Jäger schwebte lässig ein Stück weiter hinten über dem Platz, den Bug – und die Geschütze – unablässig exakt auf Lanoe und das Mädchen gerichtet. Dann zog sich das Fließglas des Cockpits in den Rumpf zurück, und Valk konnte den Piloten sehen. Er hatte den Helm ausgeschaltet.

»Maggs«, sagte Lanoe. Es klang, als wäre sein Mund voller Exkremente.

»Höchstpersönlich«, rief der Pilot. »Und gerade rechtzeitig. Wie immer.«

Schnell hatten die Marines einen Sperrgürtel um den Platz gebildet, der nach außen und innen gesichert wurde.

Maggs stellte sich in seinem Cockpit auf, lehnte sich über den Rand und betrachtete Lanoe, der noch immer am Boden lag und das verletzte Mädchen abschirmte.

»Du kannst jetzt ruhig von ihr runterklettern«, sagte Maggs. »Also wirklich … Als impulsive Reaktion war das vielleicht äußerst ritterlich, aber jetzt sieht es nur noch unanständig aus.«

Lanoe starrte zu Maggs hinauf und wünschte sich sehnlichst, eine Waffe in der Hand zu haben. Hatte er aber nicht, weshalb er sich kurz darauf seitlich von Marris herabrollte und ihr wieder auf die Beine half. »Alles in Ordnung?«, fragte er.

»Meine Hand … meine Hand«, jammerte sie.

Na gut, es war eine dumme Frage gewesen.

»Ist das da neben dir Tannis Valk?«, fragte Maggs. »Du solltest doch eigentlich tot sein. Aber der Blaue Teufel gilt wohl nicht umsonst als schwer totzukriegen.«

»Was hast du hier zu suchen, Maggs?«, fragte Lanoe gereizt. »Ich habe dir bestimmt keine Extraeinladung geschickt.«

Maggs kicherte. »Wir haben eine Nachricht von CentroCor abgefangen, in der stand, dass du dich auf Rishi aufhältst. Da bin ich hergekommen, so schnell ich konnte. Eigentlich hatte ich das Wiedersehen etwas herzlicher geplant, aber das war uns anscheinend nicht vergönnt.« Der Bastard schien sich prächtig zu amüsieren.

Lanoe hatte Auster Maggs noch nie über den Weg getraut, schon seit ihrem ersten Treffen nicht. Da hatte sich Maggs gerade von einer Ältesten der Transzendentalisten eine stattliche Geldsumme erschwindelt.

Lanoe und Valk hatten ihn schließlich gestellt – und ihn dazu gebracht, sie nach Niraya zu begleiten, um ihnen bei der Verteidigung des Planeten gegen die fremde Invasionsflotte zu helfen. Natürlich hatte Maggs, wie es seine Art war, einen Weg gefunden, sie selbst dann noch zu hintergehen, indem er die Nirayaner dazu gebracht hatte, Geld für ihn zu sammeln, mit dem er der Verteidigung besser helfen könne. Selbstverständlich hatte er vorgehabt, das Geld an sich und dann die Beine in die Hand zu nehmen, ehe ihm die Sache wirklich gefährlich werden konnte. Als Lanoe Maggs zuletzt gesehen hatte, war der Schwindler ganz am Ende der Schlacht gegen die Aliendrohnen plötzlich mit Verstärkung aufgetaucht, gerade rechtzeitig, um die Lorbeeren für diesen Sieg einzuheimsen, ohne selbst gekämpft zu haben.

»Du könntest dich wirklich mal höflich bedanken«, sagte

Maggs. »Ich habe dich schließlich soeben vor einer Entführung gerettet.«

»Indem du einem jungen Mädchen die Hand zerschossen hast«, sagte Lanoe.

»Du legst aber auch alles auf die Goldwaage, oder? Na schön, Schwamm drüber. Da Dankbarkeit offensichtlich zu viel verlangt ist, können wir uns vielleicht wenigstens wie zivilisierte Menschen unterhalten?«

»Warum kommst du nicht runter?«, fragte Lanoe. »Dann kann ich dich besser hören.«

Maggs zuckte mit den Achseln. »Das könnte dir so passen, Lanoe. Ich kann mir denken, wie gern du mich direkt vor dir stehen hättest, damit du mich erdrosseln kannst. Aber nicht doch. Was ich zu sagen habe, dauert nicht lange, und ich verspreche auch, keine hochtrabenden Floskeln zu versprühen. Ich habe Befehl, dich festzunehmen. Dich und alle, mit denen du geredet hast. Kommst du freiwillig mit?«

Lanoe hätte eine sarkastische Bemerkung von sich gegeben, wäre nicht in genau jenem Moment eine grüne Perle in seinem Augenwinkel aufgetaucht. Eine Nachricht – von Valk. Interessant. Er hatte den großen Piloten nicht reden gehört.

Vielleicht war das eine weitere neue Fähigkeit, die Valk gerade erst an sich entdeckt hatte. Sprachnachrichten verschicken zu können, ohne sich die Mühe machen zu müssen, sie zu verbalisieren.

Lanoes Blick huschte zur Seite.

Setzen wir uns ab?, lautete die Nachricht. *Ich könnte ein Ablenkungsmanöver starten. Ein paar von den Jungs umrennen, vielleicht sogar einen zu Fall bringen und mir seine Waffe schnappen. Dann können wir …*

Lanoe hörte die Nachricht nicht zu Ende. Er sah sich nach Valk um, der von drei Marineinfanteristen umringt dastand, alle beinahe so groß wie er.

Es konnte möglicherweise funktionieren. Vielleicht konnte Valk den Ring durchbrechen, vielleicht eine Waffe an sich reißen. Und dann …

Was dann?

Lanoe war ein alter Mann. Dennoch war er in ziemlich guter Verfassung und konnte zur Not noch immer schnell rennen.

Allerdings längst nicht so schnell wie Maggs' Raumjäger.

»Du bist nicht extra gekommen, um mich umzulegen«, sagte er. »Zumindest nicht vor Zeugen.«

»Ich habe absolut nicht vor, dich zu töten«, sagte Maggs. Er klang sogar ehrlich entrüstet. »Ich bin von jemandem geschickt worden – keine Namen –, der sich gern mit dir unterhalten würde. Das ist alles. So, jetzt noch einmal: Kommst du freiwillig mit? Oder wollen wir vorher noch ein bisschen Spaß haben?«

Lanoe holte tief Luft.

»Schön«, sagte er. »Du hast uns erwischt.« Langsam hob er die Hände.

»Sehr gut. Jungs – seid bloß vorsichtig mit dem«, sagte Maggs.

Lanoe hatte das Gefühl, dass von hinten jemand auf ihn zustürzte. Er wollte sich umdrehen, aber der Soldat hatte seine Waffe bereits abgefeuert. Schwarze Tentakel wickelten sich um seinen Verstand, sein Sichtfeld schmolz zu einem kleinen, hellen Punkt zusammen. Dann erlosch auch dieser Punkt. Die Dunkelheit schlug über ihm zusammen.

7

Der Planet Irkalla zog seine Bahnen um einen Orangen Zwerg der Klasse K2, der etwa acht Zehntel der Masse der irdischen Sonne aufbot. Früher einmal hatte dieser Stern Epsilon Eridani geheißen, bevor ihn die Bewohner Irkallas in Ereškigal umbenannt hatten. Die wenigsten dieser Bewohner – überhaupt die wenigsten Menschen, die je auf Irkalla geboren worden waren – hatten ihre Sonne jemals mit eigenen Augen gesehen.

Ashlay Bullams Jacht verließ den lokalen Wurmlochschlund drei Tage nach ihrem Aufbruch von Niraya. Der Bordcomputer arrangierte mit der örtlichen Flugsicherheitsbehörde einen passenden Kurs, ohne sie mit den Details zu behelligen. Da die Jacht ein offizielles CentroCor-Schiff war, erhielt sie Vorrang bei der Landeerlaubnis und trat nur Stunden später in Irkallas Atmosphäre ein. Schnell sank sie durch immer dichtere Wolkenbänke hinab, bis die Luft ringsherum schwärzer war als das All. Nur ab und an erhellten gewaltige Blitze von Hunderten Kilometern Länge kurz die drückende Finsternis. Sintflutartiger Regen prasselte gegen die Fließglaskuppel über dem Sonnendeck, und die ganze Jacht wurde von Windböen durchgeschüttelt, die nicht selten über zweihundert Stundenkilometer erreichten.

Bullam lag im Griff der unsichtbaren Trägheitsdämpfer auf ihrem Bett und konnte sich nur mit Mühe ein schmerzvolles Stöhnen verkneifen.

Sie hatte den Großteil der Reise in ihre Bettdecke eingerollt verbracht und war immer wieder längere Zeit bewusstlos gewesen. Ihre Krankheit war mit aller Macht zurückgekehrt. Sobald sie wach war, wand sie sich vor Schmerzen, weshalb sie die Medizineinheit der Jacht angewiesen hatte, sie so weit wie möglich betäubt zu halten.

Die Jacht konnte problemlos ohne ihre Hilfe fliegen. Sie hatte sich zu keiner Zeit in Gefahr befunden – zumindest bis jetzt. Dieser Sinkflug war eine andere Geschichte. Für die Landung musste sie bei Bewusstsein bleiben.

Plötzlich geriet das kleine Schiff in die Turbulenzen zwischen zwei großen Sturmsystemen. Die Hülle knirschte und ächzte in den Fängen des Windes. Allen Vorkehrungen zum Trotz wurde Bullam in ihrem Bett herumgeworfen. Sie hatte das Gefühl, in Stücke gerissen zu werden.

»Spiegel!«, kreischte sie. Eine ihrer Drohnen schlingerte in kurzen Hüpfern auf sie zu. An der Stirnseite tauchte ein Display auf, das die Bilder der kleinen Kamera wiedergab.

Hier ging es nicht um Eitelkeit. Sie sah die Adern an Brust und Hals deutlich hervorstehen, tiefblaue Muster auf ihrer durchscheinenden Haut. Sie musste sich nach Prellungen und Aneurysmen absuchen – falls ihre Blutgefäße Risse davontrugen, blieben ihr nur Minuten für eine sofortige Behandlung, ehe die Verletzung lebensgefährlich wurde.

Sie hätte auch ihre Drohnen sämtliche Gefäße überwachen lassen können. Allerdings hatte sie das ihr Leben lang selbst erledigt und wusste, dass sie sich mit ihrem seltenen Leiden besser auskannte als jede Drohne.

Ashlay Bullam litt an einer Erbkrankheit namens Ehlers-Danlos-Syndrom (Vaskulärer Typ), auch EDS Typ IV genannt. Ihr Körper konnte aus eigener Kraft kein Kollagen bilden. Ihre Haut war wesentlich elastischer als vorgesehen, auch konnte sie beispielsweise die Finger auf eine Art nach hinten verdrehen, die auf vielen Partys ein echter Renner war. Vor allem aber hatten ihre Blutgefäße die Angewohnheit, aus dem Nichts aufzureißen, als bestünden sie aus Papier.

Meistens konnte sie die Krankheit ignorieren. Meist schlummerten die Beschwerden. Nur traten sie dann umso überraschender wieder zutage. Sie kannte die Warnsignale, die Schmerzen, das Schwächegefühl. Sie hatte gelernt, sehr genau auf ihren Körper zu hören. Während eines akuten Ausbruchs – wie jetzt – reichte jeder plötzliche Stoß, jede Prellung, um ihre Adern zu zerreißen und sie langsam verbluten zu lassen.

Die Behandlungsmöglichkeiten beschränkten sich auf teure, maßgeschneiderte Gentherapie-Injektionen, mit denen sich die Symptome – und damit die berstenden Adern – für jeweils einige Monate in Schach halten ließen. Ein Heilmittel gab es nicht.

Schon auf Niraya hatte sie gespürt, dass sich der nächste Schub anbahnte. Sie hatte gewusst, dass der Ausbruch wahrscheinlich noch während der Reise nach Irkalla eintreten würde. Aber es half nichts – auf einem Hinterwäldlerplaneten wie Niraya gab es ihr individualisiertes Medikament nicht. Sie hatte gehofft, es würde ein schwacher Ausbruch mit milden Symptomen werden. Sie hatte sich gründlich geirrt. Jetzt konnte sie nur hoffen, den Landeanflug zu überleben.

Während ihre Jacht wie ein Spielzeug durch den Sturm hüpfte und sie im Bett hin und her geworfen wurde, starrte sie ihr Spiegelbild an und betete stumm, keine rundlichen blauen Schatten unterm Schlüsselbein zu entdecken. Schon erblühte einer weiter seitlich auf Höhe der Schulter. »Da!«, schrie sie und zeigte auf den geschwungenen blauen Fleck. Die Haut verfärbte sich bereits schwach violett.

Eine weitere Drohne tanzte herbei. Ihr kleiner Vampir, wie sie das Helferlein bei sich nannte, hatte in etwa die Ausmaße ihrer Faust. Die Drohne konnte durchaus autark operieren, aber Bullam war wohler dabei, sie selbst zu steuern. Sie sah zu, wie sich an der Vorderseite eine kleine Luke öffnete, aus der eine sterile, großlumige Nadel erwuchs. Sie versank in ihrer Haut, zapfte das überschüssige Blut ab und erhitzte sich, um die Wunde sofort zu schließen. Dann fuhren sich aus den Seiten der Nadel kleine Düsen aus, die in einem Kreuzmuster künstliches Kollagen über die Wunde sprühten, um Narbenbildung zu verhindern.

Irgendwie brachte die Drohne es fertig, trotz des wilden Schlingerns des Schiffs die Nadel nicht in der Wunde abzubrechen.

Gerade als die Prozedur beendet war und sich die Drohne anschickte, die Stelle zu desinfizieren, brach die Jacht durch die unterste Wolkenschicht. Lange Fahnen aus Wasserdampf lösten sich von der Reling und den Aufbauten am Rumpf, als sie durch die neblige, ewige Nacht von Irkalla sank.

Minuten später setzte die Jacht auf einer sechseckigen Landeplattform in einem Vorort von Regenstadt auf, dem größten Ballungsraum des Planeten.

Zu diesem Zeitpunkt war Bullam bereits wieder sediert und döste mit verdrehten Augen. Als die Sanitäter an Bord kamen und sie hastig ins Freie trugen, wusste sie kaum, wo sie sich befand. Sie wurde in einen Krankenwagen verfrachtet, dessen Notlichter den nassen Straßenbelag mit blauen Blitzen erhellten. Sie war gerade zurechnungsfähig genug, um eine ihrer Drohnen herbeizurufen, ehe man ihr die Sauerstoffmaske übers Gesicht zog.

»Statusbericht zu Maßnahme Drei-Null-Neun-Sechs anfordern«, flüsterte sie. »Höchste Dringlichkeit.«

Sie musste so schnell wie möglich wissen, ob ihnen Aleister Lanoe ins Netz gegangen war.

*

»Bitte setzen Sie sich wieder hin, Bury«, sagte Candless. »Das führt doch zu nichts – außer, dass Sie uns allen auf den Geist gehen.«

Der Hellion versuchte seit einer geschlagenen Stunde, die Tür aufzuhebeln. Da er bis auf seine Finger kein Werkzeug zur Verfügung hatte, wurden seine Versuche von viel Ächzen und Verwünschungen begleitet.

»Oberste Pflicht eines Gefangenen ist der Versuch, sich zu befreien«, ließ er sie wissen.

»Und wo haben Sie das gelernt?«, fragte sie. »Ich habe Ihnen dergleichen bestimmt nicht beigebracht. Nein, nein, nein. Oberste Pflicht eines Gefangenen ist es, am Leben zu bleiben.«

Die Marineinfanterie hatte sie alle drei auf dem Exerzierplatz vor dem Verwaltungssitz von Rishi festgenommen. Für Gegenwehr war keine Zeit geblieben. Man hatte ihnen Säcke über die Köpfe gestülpt und sie in einen kleinen Raum gebracht, der bis auf ein paar niedrige Sitzbänke und die verriegelte Tür vollkommen leer war. Niemand hatte auch nur ein Wort mit ihnen gewechselt. Seit sechs Stunden hatten sie weder Wasser noch etwas zu essen bekommen.

Es hatte nicht lange gedauert, bis Bury aufstand und anfing, rastlos auf und ab zu tigern. Bald darauf folgten die ersten fruchtlosen Fluchtversuche. Auch Ginger schien sich kaum beruhigen zu können. Immer wieder wollte sie ihren Armrechner konsultieren, aber das Display am Handgelenk flackerte nur kurz rot auf, um zu signalisieren, dass die Verbindung zur Außenwelt abgeschnitten war. »Irgendetwas müssen wir doch tun können«, sagte sie. »Wenn wir – wenn wir denen etwas bieten könnten, was sie haben wollen. Vielleicht lassen sie uns gehen, wenn wir uns bereit erklären, ihre Fragen zu beantworten. Wenn es hier drin einen Bildschirm gäbe, irgendeine Möglichkeit, die Wachen zu kontaktieren …«

»Gibt es aber nicht«, sagte Candless. »Außerdem haben sie uns keine Fragen gestellt. Setzen wenigstens Sie sich wieder hin, Ginger.«

»Und was bitte haben wir davon, uns hinzusetzen?«, fragte Bury aufgebracht.

»Meine Kopfschmerzen würden es Ihnen danken«, erwiderte

Candless. »Eine wichtige Voraussetzung für einen guten Piloten – für jeden fähigen Erwachsenen – besteht darin, einsehen zu können, dass man hin und wieder in Situationen gerät, die man nicht lösen kann. Diese Leute verstehen offenbar was von Sicherheit. Sie haben uns hier untergebracht, weil sie uns aus dem Weg haben wollen. Sie werden uns kaum fragen, ob wir vielleicht etwas dagegen haben.«

Ginger schüttelte den Kopf. »Wir wissen ja nicht mal, was sie von uns wollen. Wer weiß, was sie mit uns vorhaben. Wir wissen nicht mal, wo wir sind!«

Candless schloss die Augen und seufzte.

»Wir sitzen in einer Zelle an Bord eines Kreuzers der Hopliten-Klasse. Im Knast, um den angestammten Terminus zu verwenden.« Sie strich mit der Hand die Wand entlang. »Älteres Baujahr. War wahrscheinlich schon während der Aufbau-Krise im Einsatz, ist aber vor Kurzem gründlich saniert worden.«

Sie schlug die Augen wieder auf und sah, dass beide Kadetten sie anstarrten. Gingers Mund stand halb offen.

»Ich bin schon lange bei der Flotte und habe mehr als genug Hopliten gesehen.« Sie gestattete sich ein dünnes, hintergründiges Lächeln voller Erinnerungen. Da sie noch immer die Ausbilderin der beiden war, behielt sie für sich, dass es auch durchaus nicht ihr erster Aufenthalt in einer Arrestzelle war.

»Aber – woher wissen Sie das alles?«, fragte Ginger. »Also, dass es ein altes Schiff ist und kürzlich umgebaut wurde und so?«

Candless richtete ihren Blick nach oben. »Sehen Sie die Lichter an der Decke? Das sind hocheffiziente Leuchtstreifen. In den finsteren Tagen, als wir noch richtige Kriege geführt haben, waren Kreuzer durchaus zwischendurch mehrere Jahre am Stück im Einsatz und mussten jede Möglichkeit nutzen, Energie zu sparen. Neuere Schiffe sind für wesentlich kürzere Einsätze ausgelegt und insgesamt weniger effizient konstruiert.«

»Und das sehen Sie alles nur an den Lampen?«, fragte Bury.

»Immer aufmerksam zu sein«, sagte Candless, »ist der beste Weg, Neues zu lernen. Und Dazulernen ist die beste Voraussetzung dafür, am Leben zu bleiben. Ihr solltet euch Notizen machen.«

Ginger schüttelte den Kopf. »Aber … woher wollen Sie wissen, dass das Schiff umgebaut wurde?«

»Die Luft hier drin ist zu sauber. Wenn mich nicht alles täuscht, sind die Filter vor höchstens einer Woche ausgetauscht worden. Die Flotte tauscht die Filteranlagen nie so oft aus, wie sie sollte. Und da hinten – sehen Sie das Paneel unterhalb der Decke? Es ist etwas heller als der Rest der Wand. Es wurde ausgewechselt und hat noch keine Zeit gehabt, stumpf zu werden.«

Bury nickte. Sein angespannter Gesichtsausdruck gefiel Candless überhaupt nicht – sie hatte die Kadetten mit ihrer Sherlock-Holmes-Darbietung ablenken wollen, und jetzt blickte er noch entschlossener drein als zuvor.

»Alles klar«, sagte er. »Okay, folgender Plan: Die müssen uns irgendwann was zu essen bringen, richtig? Sie müssen sich wenigstens um unsere Grundbedürfnisse kümmern. Sobald die Tür aufgeht und ein Soldat mit Tablett reinkommt, schleiche ich mich hinter ihn, und dann …«

Er unterbrach sich, denn genau in diesem Moment rumpelte es hinter ihm in der Wand. Eine Reihe von Klicklauten ertönte, dann schwang ein Teil der Wandverkleidung an einem unsichtbaren Gelenk zur Seite. Hinter dem Paneel befand sich ein kleines Fach mit Schiffsrationen und Wasserpäckchen der Sorte, wie man sie in Mikrogravitation benutzt.

Lange Zeit starrte Bury die Nahrungsmittel an, ehe er weitersprach. »Die hören alles mit. Sie hören alles, was ich sage«, verkündete er.

»Ja. Und mindestens einer von ihnen hat offenbar Sinn für

Humor«, sagte Candless. »So. Nachdem wir jetzt wissen, dass sie uns zuhören, könnten wir uns vielleicht hinsetzen und still sein, hm?«

*

Bullam erwachte mit einem Beruhigungsmittelkater. Es fühlte sich an, als wäre ihr Brustkorb voller Glassplitter. Nicht weiter schlimm – der Schmerz würde rasch verfliegen. Der chemische Cocktail, den man ihr verabreicht hatte, war so beschaffen, dass er von ihrem Blutkreislauf absorbiert werden würde, sobald er seinen Zweck erfüllt hatte. Sie zwang sich dazu, sich vom Krankenbett zu erheben und anzuziehen, auch wenn sich ihre Finger wie trockene Zweige anfühlten. Als könnten sie sofort brechen, wenn sie nicht sehr gut aufpasste.

Durchs Fenster konnte sie draußen die Lichter von Regenstadt sehen. Unter der gewaltigen Wolkendecke, die den Planeten von den heftigen Sonnenwinden seines Gestirns abschirmte, herrschte auf Irkalla ewige Nacht. In der Stadt war es allerdings nie ganz dunkel. Reklame für die neueste Mode, für schicke Computeraccessoires und technische Körpermodifikationen wurde großflächig auf die tief hängenden Wolkenbänke projiziert, ein glitzernder Flickenteppich voller Versuchungen über viele Quadratkilometer. Weiter unten waren die Dächer der Gebäude in purpurne Flutlichter gehüllt, welche die Stadt mit schwachem UV-Licht überschwemmten, um einem Vitamin-D-Mangel der Bevölkerung vorzubeugen. Es war nur eine der vielen Annehmlichkeiten, die CentroCor den Menschen angedeihen ließ, die im Hauptquartier des mächtigen Konzerns lebten.

Bullam entschied sich für ein Kleid mit hochgeschlossenem Kragen – es war ein wenig aus der Mode, würde aber die blauen Flecken verdecken, die ihr Anfall an Brust und Schultern zurückgelassen hatte. Während sie die drei Knöpfe am Hals schloss und aus dem Fenster schaute, fiel ihr auf, dass sich vor dem

Haupteingang der Klinik eine Menschentraube gebildet hatte. Einige von ihnen reckten Schilder oder Banner empor. Ein paar trugen Masken oder hatten Megafone mitgebracht. Natürlich gab es in Regenstadt immer irgendwelche Grüppchen von Protestlern, man traf sie überall mit ihren niedergeschlagenen Blicken und abgehackten Sprechchören. Diese Gruppe hier konnte ihr allerdings persönlich Unannehmlichkeiten bereiten.

»Doktor?«, sagte sie.

In der Fensterscheibe tauchte seitlich ein Display auf, wo es ihren Blick auf die Straße nicht beeinträchtigte. Diese Ärztin – sie hatte schon so viele gehabt – war jung und trug die blonden Haare in sechs engen Flechtzöpfen an den Kopf geschmiegt. Einer von ihnen war blau gefärbt, aber die Farbe wuchs sich bereits aus. Wahrscheinlich hatten Ärzte einfach nicht genug Zeit, um sich über ihr Aussehen Gedanken zu machen.

»Da draußen findet irgendeine Demonstration statt«, sagte Bullam.

»Wir haben dafür gesorgt, dass der Eingang zur Notaufnahme frei bleibt«, teilte ihr die Ärztin mit. »Keine Sorge, M. Bullam. Sie können das Krankenhaus ohne Schwierigkeiten verlassen.«

»Gut. Worum geht es diesmal wieder?« Die Beschäftigung mit den Demonstranten half ihr dabei, nicht an andere, wesentlich dringendere Probleme zu denken. Zumindest einen Moment lang.

»Die Abteilung zur Vergabe von Zusatzleistungen hat neue Sparmaßnahmen verkündet. Die Gesundheitsvorsorge ist um drei Prozent gekürzt worden, und es gibt eine neue Liste von Behandlungen, die wir nicht mehr ohne Gegenleistung anbieten dürfen. Führungskräfte sind davon selbstverständlich ausgenommen, deshalb gab es auch keinerlei Probleme bei der Bewilligung Ihrer Behandlung.«

»Sie klingen ein wenig verbittert, Frau Doktor. Sie stimmen den neuen Richtlinien also offenbar nicht zu?«

Die Ärztin verzog keine Miene. Auf CentroCors Planeten brachte man es nicht zu einer leitenden Stelle, ohne genau zu wissen, wie man sich gefällig verhielt. »Keineswegs«, sagte sie. »Wir ziehen alle an einem Strang.«

Mit anderen Worten: Sie hing an ihrem Job.

Bullam nickte ihr zu. »Eine löbliche Einstellung. Ich nehme an, ich darf die Klinik verlassen? Können Sie mir einen Wagen zum Ausgang bestellen?«

»Schon erledigt«, sagte die Ärztin. »Sie sind ein regelmäßiger Gast, und wir bemühen uns immer, die Bedürfnisse unserer Patienten vorauszusehen. Kann ich sonst noch etwas für Sie tun?«

Bullam wandte sich vom Fenster ab. Ihre Gedanken hatten den Anblick draußen längst wieder überlagert. Sie sah zum Bett hinüber, und ihre Drohnen, die spürten, dass es Zeit zum Aufbruch war, erhoben sich in die Luft.

Schließlich hatte sie ihrem Vorgesetzten zu erklären, was schiefgelaufen war. Wie der Versuch, Aleister Lanoe dingfest zu machen, so kläglich hatte scheitern können. Und warum sie nicht einmal wusste, wo er sich gerade aufhielt.

»M. Bullam?«

Sie holte tief Luft. »Eine Sache noch ... irgendwelche Anzeichen für eine Ischämie? Sie haben ja sicher alles durchleuchtet. Keine Hirnschäden?«

»Wir haben nichts entdeckt. Falls Sie Angst vor einem Schlaganfall haben, sollten Sie auf Lähmungserscheinungen in Gesicht oder Gliedmaßen achten. Auch verschwommene Sicht oder Probleme beim Sprechen ...«

»Ich kenne die Symptome«, sagte Bullam. »Vielen Dank, Doktor.«

Sie wies die Drohnen an, ihre Sachen zu packen und ihr auf den Gang zu folgen. Wie versprochen wartete bereits ein Bodentaxi auf sie. Bei der Fahrt über den Krankenhaus-Campus rannten einige Demonstranten auf den Wagen zu und schwenkten ihre Schilder. Schrien sie an. Der Wagen hob automatisch die Lautstärke der Hintergrundmusik an und beschleunigte, bis ihm die Menge nicht mehr folgen konnte.

*

Ohne Vorwarnung glitt die Zellentür auf. Candless lag auf einer der Bänke und war fast eingeschlafen. Sie schlug die Augen auf, hob den Kopf und machte sich sofort Sorgen, Bury könnte einen Fluchtversuch wagen.

Dazu bekam er keine Gelegenheit. Zwei Marineinfanteristen mit verspiegelten Visieren drängten sich in den Raum und hielten ihre Schockpistolen auf die drei Insassen gerichtet. Hinter ihnen kam ein dritter Soldat herein, der einen riesenhaften Körper in die Zelle schleifte und unsanft zu Boden fallen ließ. Im Nu waren die Marines wieder verschwunden, und die Tür schloss sich mit dem Klick-Klick-Klick der Magnetverriegelung.

Ginger stand auf und ging auf den reglosen Körper zu. Candless wies sie an, zurückzutreten, ging neben dem Körper auf die Knie und drehte ihn vorsichtig auf den Rücken. Er trug einen Standard-Raumanzug – kein Flottenmodell, aber recht ähnlich. Der Helm war geschlossen und schwarz polarisiert.

»Das ist doch der Typ, den Sie als Sekundanten dabeihatten«, sagte Bury.

»Kann sein«, meinte Candless. »Groß genug ist er auf alle Fälle. Aber was habe ich über voreilige Schlüsse gesagt? Kann sich einer von euch vielleicht noch erinnern?«

Ihre Bemerkung wurde ignoriert. »Ist er tot?«, fragte Ginger.

Candless las die Kennungsmarke des Riesen aus und überspielte die Ergebnisse auf ein Display, das aus dem Kragenring ihres Anzugs erwuchs. Viel gab es nicht zu sehen. Der Name VALK, TANNIS tauchte auf, zusammen mit dem Vermerk, dass er während der Krise als Pilot auf Seiten des Aufbaus gekämpft hatte. Alle anderen Einträge waren gelöscht worden – sie konnte die leeren Passagen sehen, wo eigentlich Informationen hätten stehen sollen. Sie wusste, dass man den Piloten des Aufbaus Rang und Dienstakte entzogen hatte, hatte aber selbst noch nie eine solche Kennungsmarke ausgelesen.

»M. Valk?«, sagte sie. »Können Sie mich hören?«

Keine Antwort. Der Körper regte sich nicht. Manchmal war nicht ohne Weiteres zu erkennen, ob jemand, der in einem Anzug mit geschlossenem Helm steckte, atmete oder nicht, aber Candless sah überhaupt keine Lebenszeichen. Mit der Absicht, festzustellen, ob sie vielleicht etwas für ihn tun könnte – oder ihm im Ernstfall wenigstens die Augen zu schließen –, streckte sie die Hand nach dem im Kragenring versenkten Schalter aus, der den Helm herunterfahren würde.

Valk hob die rechte Hand und schob ihren Arm sanft, aber bestimmt beiseite.

Dann setzte er sich aufrecht hin und legte die Hände an den Helm, als wolle er sich die Schläfen massieren.

Candless kannte die Legende vom Blauen Teufel. Hinter diesem schwarzen Visier mussten sich schreckliche Brandwunden verbergen. Vielleicht wollte er einfach nicht, dass sie ihn in diesem Zustand sah. Sie wippte nach hinten, setzte sich auf die Fersen und hob die Hände, um zu zeigen, dass sie es nicht wieder versuchen wollte.

Während Valk langsam auf die Beine kam, wichen Bury und Ginger vor ihm zurück und zwängten sich in die hinterste Ecke der Zelle.

»Hey«, sagte Valk. Seine Stimme klang matt und heiser. »Oh, Mann. Die haben euch auch eingesackt? Warum das denn?«

»Wissen wir nicht«, sagte Candless. »Wir hatten gehofft, Sie könnten uns das vielleicht erklären. Sie haben uns mit Säcken über dem Kopf hergeschleppt und seitdem kein Wort gesagt.«

Valks ganzer Oberkörper wippte vor und zurück. Candless befand, es müsse als Nicken gemeint sein. »Tja. Die stehen nicht so darauf, Fragen zu beantworten. Ich hatte auch ein paar und wurde ähnlich gut behandelt.«

»Was wollen die denn?«, fragte Ginger aus ihrer Ecke.

»Bin mir nicht sicher«, sagte Valk. »Sie waren hinter Lanoe und mir her. Wahrscheinlich haben sie einfach jeden eingepackt, mit dem wir auf Rishi Kontakt hatten.«

Candless seufzte. »Sie wissen offenbar, dass wir über …«

»Sie glauben anscheinend«, unterbrach Valk sie, »dass wir euch irgendwas erzählt hätten. Haben wir aber nicht. Worüber haben wir bitte groß geredet, hmm? Das Duell, schon klar. Und Sie und Lanoe haben ein bisschen über alte Zeiten geplaudert. Mehr nicht. Nur ein Gläschen unter Freunden.«

Der ist ja doch kein hoffnungsloser Fall, dachte Candless. Valk wusste offenbar, dass man sie belauschte. Und gab sich Mühe, den Anschein zu erwecken, dass Candless absolut nichts gehört hatte, was die Flotte vielleicht lieber unter Verschluss gehalten hätte. Sie bezweifelte zwar, dass ihre Entführer Valk beim Wort nehmen und sie und ihre Kadetten einfach so gehen lassen würden, was seinen Versuch aber nicht weniger lobenswert machte.

»Mir haben sie auch einen Sack über den Kopf gestülpt«, sagte Valk. »Dann haben sie mich in einen anderen Raum gesteckt und mir jede Menge Fragen gestellt. Hatten wohl irgendwann keine Lust mehr, ständig die gleichen Antworten zu hören, und haben mich deshalb hergebracht.« Er schien mit den Schultern zucken zu wollen, was im Raumanzug alles andere als einfach war. Daher hob er beide Arme und ließ sie wieder fallen. »Ich wünschte, ich könnte Ihnen mehr Auskunft geben.«

Candless fragte sich, ob er nicht doch mehr wusste – sie aber nicht mit hineinziehen wollte, indem er sein Wissen teilte. Es war entsetzlich frustrierend, nicht offen reden zu können.

»Dass wir an Bord eines Hopliten sind, war mir schnell klar«, sagte sie. »Und wir bewegen uns – wir haben Schwerkraft.«

Außer mithilfe der Triebwerke konnte der Kreuzer keine Gravitation erzeugen, also mussten sie irgendwohin unterwegs sein.

»Jap«, sagte Valk. »Wir stecken im Wurmraum. Spüren Sie das nicht?« Als sie ihn verständnislos ansah, fuhr er fort: »Im Innern eines Wurmlochs verhält sich die Gravitation anders. Irgendwie, keine Ahnung, falsch. Als ob sie in die falsche Richtung zeigt.«

Candless runzelte die Stirn. Sie wusste, oder hatte zumindest gelesen, dass Wurmlöcher aus exotischer Materie mit negativer Masse bestanden. Sie stießen Materie ab, statt sie anzuziehen. Das musste er wohl meinen. Sie selbst hatte beim Flug durch ein Wurmloch noch nie eine Veränderung der Schwerkraft bemerkt, und bereist hatte sie mehr als genug.

Auf einmal musste sie wieder an den Moment kurz vor Beginn des Duells denken, als er gesagt hatte, ihr Herz schlage weniger schnell, als er erwartet hätte. In der Situation war sie zu abgelenkt gewesen, um sich zu fragen, woher er das wissen konnte. Natürlich hatte sie nicht vor, ihn jetzt in ihrer Zelle an Bord eines Kreuzers auszufragen, wieso seine Sinne schärfer als die eines normalen Menschen zu sein schienen.

Es gab allerdings andere Fragen, die sie stellen konnte. »Haben Sie beim Verhör oder auf dem Weg irgendwen anders gesehen? Das könnte wichtig sein. Kadettin Marris zum Beispiel?«

»Was, das Mädchen mit der Knarre? Nein, tut mir leid«, sagte Valk. »Nichts als Marineinfanterie.«

Candless nickte. Nichts anderes hatte sie erwartet, hätte aber trotzdem sehr gerne gewusst, wie die Flotte mit Marris verfahren war. Hoffentlich hatte man sich wenigstens um ihre abgetrennte Hand gekümmert. Als Ausbilderin des Mädchens war Candless auch für ihre Sicherheit verantwortlich.

»Haben Sie irgendeinen Namen aufgeschnappt? Von den Soldaten? Oder eine ihrer Kennungsmarken ausgelesen?«

»Nein. Tut mir leid.«

»Irgendeine Ahnung, wohin man uns bringt?«, fragte sie als

Nächstes. Wenn sie sich im Wurmraum befanden, wohl höchstwahrscheinlich zu einem anderen Planeten oder einer Flottenbasis.

»Keinen blassen Schimmer«, sagte Valk.

Ginger trat vor und berührte ihn am Arm. Valk war ein Riese, weit über zwei Meter groß und mit massiven Schultern. Er ragte über der kleinen Kadettin auf. Sie aber schien sich nicht länger vor ihm zu fürchten.

»Was werden die mit uns anstellen?«, fragte sie.

Valk ließ die Schultern hängen und neigte den Kopf.

Candless erkannte unschwer, was diese Geste bedeuten sollte.

»Ich weiß es nicht«, sagte Valk.

*

Während sich der Wagen durch die dunklen Straßen von Regenstadt schlängelte, betrachtete Bullam die Pfützen am Wegesrand, die im fahlen Purpur der Hausdächer sanft schillerten. Irgendwann mischte sich ein Gelbstich hinein, und da wusste sie, dass sie sich dem Berg näherte.

Nachdem Irkalla entdeckt worden und noch im Terraforming begriffen war, hatte man den Berg als schlichten, wenn auch gewaltigen Geräteschuppen konstruiert, um all die Ausrüstung und Vorräte unterzubringen, die nötig waren, um eine Welt zu erschaffen, auf der Menschen leben konnten. Eine Pyramide von nahezu einem Kilometer Kantenlänge, die man auch nach Ende des Terraformings stehen gelassen hatte, einfach weil es unsagbar aufwendig gewesen wäre, sie wieder abzureißen. Ihre Wand bestand aus einem komplizierten Geflecht verstärkter Stahlträger und großen Scheiben aus starrem Carbonglas. Selbst im ewigen Wind und Regen Irkallas würde das Gebäude viele Jahrtausende überdauern. Bislang hatte die Zeit nicht einmal dem Glanz der Glasfassade etwas anhaben können.

Als die ersten Kolonisten Irkalla erreicht hatten, waren sie auf ein entscheidendes Problem gestoßen. Die dichte Wolkendecke war lebenswichtig, um den Planeten vor Sonnenwinden zu schützen und lebensfähige Temperaturen an der Oberfläche zu ermöglichen. Leider waren weder Körper noch Gemüt der Menschen dafür gemacht, auf einer Welt zu leben, die in ewige Finsternis gehüllt war. Sie brauchten ein wenig Sonnenschein.

Eine Zeit lang hatte der Berg diese Aufgabe erfüllt.

Carbonglas war ein wundersamer Werkstoff – hart wie Diamant, dafür aber mit einer beweglichen Quantenpunktstruktur, die auf elektrische Reize reagierte. In einer Anordnung wurde es zu Fließglas, dem Material, aus dem moderne Cockpits und die Helme der Raumanzüge bestanden. Fließglas konnte bei Zimmertemperatur sowohl schmelzen als auch erstarren und so nach Belieben seine Form verändern. Eine andere Variante des Carbonglases konnte seine optische Brechzahl verändern und so auf Knopfdruck schwärzer als das All, absolut durchsichtig oder ein nahezu perfekter Spiegel werden. Eine dritte Variante konnte dazu gebracht werden, Licht in beliebiger Wellenlänge abzugeben. Die Kolonisten hatten den Berg so programmiert, dass die Wände exakt jene Farbnuance und Intensität abstrahlten, die einer sommerlichen Wiese auf der heimischen Erde von der Sonne zuteilgeworden wären. So ragte er wie ein freundlicher Leuchtturm über der wachsenden Stadt auf, während der gewaltige Innenraum gänzlich von seinem Glanz erfüllt war.

Die Siedler hatten den Berg mit Bäumen und Blumen und einer Vielzahl weiterer irdischer Pflanzen gefüllt. Ein kleines Paradies, versteckt hinter einem gläsernen Panzer. Jeden Tag fanden sie sich dort ein, wanderten über die verschlungenen Pfade, saßen und plauderten auf den Terrassen der vielen Cafés oder lagen einfach auf den saftigen Wiesen und dösten im Schein ihrer künstlichen Sonne.

Leider war dieser Zustand nicht von Dauer. Wenige Jahrzehnte nach dem Hundert-Jahre-Krieg war Irkalla – wie so viele Planeten – wirtschaftlich am Ende. Der Planet war präzise aus dem Grund besiedelt worden, um der Erde nach dem Krieg beim Wiederaufbau zu helfen; ein Projekt mit absehbarem Ende. Sobald Irkallas Vorkommen an Seltenen Erden und Actinoiden nicht mehr gebraucht wurden, war auch der Geldstrom versiegt. Irkalla hatte herbe Sparmaßnahmen ergreifen müssen, die selbst zweihundert Jahre später noch immer in Kraft waren. Auch den Berg hatte man aufgeben müssen – sein Unterhalt wäre schlicht zu kostspielig gewesen.

Wie üblich hatte CentroCor als strahlender Retter bereitgestanden. Der Konzern hatte die purpurnen Flutlichtanlagen installiert, die jede Straße von Regenstadt erhellten und die Bewohner zu einem Bruchteil der Kosten bei Gesundheit hielten, die der Betrieb des Bergs verschlungen hätte. Während sich die Bewohner aber an die neue Lichtsituation gewöhnten, hatten sie noch viele Jahre zum Horizont geblickt, wo das mächtige Skelett aus mattem Glas emporragte, und es als Symbol eines verlorenen Idylls im Herzen getragen. Ein Denkmal ihres Stillstands.

Nachdem die Wirtschaft in jüngerer Vergangenheit langsam genesen war, hatte CentroCor den Berg ab und zu für besondere Festlichkeiten wiedereröffnet. Festlichkeiten, zu denen natürlich nur Mitarbeiter geladen wurden. Aber immerhin konnte die Bevölkerung den gelblichen Glanz aus der Ferne genießen.

Sobald das Licht intensiv genug war, um Bullams nachtgeborene Augen zu reizen, dunkelte der Wagen automatisch die Scheiben ab. Kurz darauf kam er in einer der vielen breiten Eingangshallen im Sockel der Pyramide zum Stehen. Ein Diener in roter Livree bot Bullam seine Hand an. Sie blinzelte sich an der Rezeption vorbei. In den weitverzweigten Hallen und Galerien des Berges war die Party bereits in vollem Gang. Drei verschiedene Musikstile drangen an ihr Ohr und rangen um Aufmerksamkeit, vom Tosen Hunderter Gespräche wie von einem fernen

Ozean untermalt. Irgendwo hörte sie jemanden lachen – ein schrilles, nasales Prusten.

Folgsam schwebten die Drohnen hinter ihr her, während sie eine Wiese mit winzigen Apfelbäumen überquerte, keiner höher als ihre Taille. Die Früchte hatten kaum Traubengröße und faulten überall im Gras verstreut vor sich hin. Diener mit Tabletts voller Sektflöten und kunstvoll geformter Pasteten traten an sie heran, wandten sich aber auf ein schnelles Handzeichen ebenso schnell wortlos ab.

Sie war nicht zum Spaß hier.

Der Mann, den zu treffen sie gekommen war, würde sich selbstverständlich in der zentralen Halle des Bergs aufhalten, einer riesenhaften Höhle mit derart hoher Decke, dass sie wie ein blauer Sommerhimmel wirkte. Der Raum wurde von Maschinen umstanden, die an kolossale Orgeln erinnerten – Gerätschaften, die nicht konstruiert, sondern gezüchtet worden waren und daher einen unangenehm organischen Eindruck erweckten. Einige sahen sogar geradezu ordinär aus, wie die mächtigen Genitalien erschlagener Halbgötter. Einst hatten diese Maschinen den Sauerstoff produziert, mit dem Irkallas Atmosphäre angereichert worden war. Jetzt faulten auch sie stumm vor sich hin. Immerhin hatte sich jemand die Mühe gemacht, sie mit prächtigen Wandteppichen in Gold und Blau zu behängen, die allesamt Fraktalarrangements des sechseckigen CentroCor-Logos zeigten. Allerdings waren die Teppiche nicht annähernd groß genug, um die Maschinen zu verstecken, und wirkten so eher wie die Feigenblätter antiker Statuen.

Die Halle war voller Menschen, CentroCor-Angestellte in Spitze und Seide. Die Männer trugen Kniestrümpfe und kurze Jacketts, die Frauen reich verzierte Kleider mit enormen Puffärmeln und Sternbilder aus Edelsteinen in den Hochsteckfrisuren. Die firmeninternen Vorschriften verlangten von den Mitarbeitern, bei offiziellen Anlässen wie diesem das Hexagon in irgendeiner Form zum Bestandteil der Garderobe zu machen; momentan war es allerdings angesagt, das Logo so gut wie möglich zu verstecken. Es hatte sich längst zu einer Art Gesellschaftsspiel entwickelt, bei dem jeder Anwesende die Umstehenden herausforderte, das eigene Sechseck zu entdecken. Es konnte hintergründig in die Strümpfe der Männer gewebt sein, oder das Kleid einer Dame war innen mit breiten, farbenfrohen Sechsecken verziert, die sie erst preisgab, wenn sie ein paar Gläser getrunken hatte. Bullam, die meist fern von Irkalla weilte, hatte sich kaum Mühe gegeben, ihre Sechsecke zu verstecken. Sie bestanden aus einem feinen Goldfaden, der in die Schleife eingelassen war, mit der sie ihr Haar hochgebunden hatte, was ihr auf dem Weg durch die Menge ein paar hochnäsige Blicke einbrachte – allerdings nicht viele. Da ihr Platz in der Hackordnung oberhalb der meisten Anwesenden war, konnte sie es sich leisten, sich ein wenig einfallslos zu präsentieren.

Je höher man kletterte, desto eher war man imstande, die blöden Spielchen und ewigen Statusbekundungen zu ignorieren. Der Mann, dessentwegen sie gekommen war, saß beispielsweise im Aufsichtsrat und war somit eine der sechs mächtigsten Personen in der gesamten Hierarchie von CentroCor. Was dazu führte, dass man ihn unschwer erkannte. Er trug einen dunklen pelzgefütterten Mantel, darunter ein offenes Hemd und eine Schlabberhose aus Tweed – wie eine Krähe, die versuchte, sich in einer Pfauenschar zu verbergen. Schlimmer noch, er stellte sich demonstrativ gegen die gesellschaftliche Norm – und allgemein akzeptierte Grenzen guten Geschmacks –, indem er sich einen Schwanz ans Ende der Wirbelsäule hatte transplantieren lassen, mit dem er sogar zupacken konnte. Aktuell hielt er damit ein Martini-Glas, die rundliche blasse Schwanzspitze wie einen kleinen Finger abgespreizt.

»Ashlay«, sagte er, ehe sie es überhaupt vermocht hatte, sich einen Weg durch seine Entourage zu bahnen. Er hob die Hand und winkte sie herbei. »Hier entlang, Ashlay«, sagte er, als habe sie ihn noch nicht bemerkt. Unter Einsatz der Ellbogen zwängte sie sich durch ein Grüppchen junger Frauen mit weiß bemalten Gesichtern und lächelte, als sie endlich sein Fleckchen Rasen erreichte.

»M. Cygnet«, sagte Bullam und ergriff die ausgestreckte Hand. Sie beugte die Stirn über seine Finger und ließ die Hand wieder los. »Wie es aussieht, bin ich gerade rechtzeitig zurückgekehrt. Was für eine Freude, Ihre Feier nicht zu verpassen.«

Tatsächlich hatte sie sich bei dem Versuch, Irkalla rechtzeitig zu erreichen, beinahe umgebracht. Das Datum dieses Ereignisses war bereits vor Monaten verkündet worden. Sie hatte gewusst, dass sie Dariau Cygnet nur so persönlich würde treffen können – von seinem Büro einen Termin für ein Gespräch zu bekommen, war nahezu unmöglich, und was sie ihm zu sagen hatte, konnte keinesfalls gefahrlos in eine elektronische Nachricht verpackt werden.

Natürlich war auch dieses Treffen ein weiteres Gesellschaftsspiel. CentroCors Führungsriege mochte zwar nicht versuchen, einander mit extravaganter Kleidung zu überbieten – stattdessen bekräftigte man den eigenen Status, indem man so unerreichbar wie möglich blieb, selbst wenn Karrieren oder Vermögen auf dem Spiel standen.

»Die Veranstaltung dient einem guten Zweck«, sagte Cygnet. »Wir brauchen ein neues Waisenhaus. Ich verlasse mich auf Sie, Ashlay – Ihren Teil beizutragen, meine ich. Wir ziehen alle an einem Strang.«

»Selbstredend«, gab sie zurück. »Eine meiner Drohnen wird sich umgehend darum kümmern.«

»Ach, nur keine Eile. Und ich muss mich für meine schlechten Manieren entschuldigen. Mir kam zu Ohren, dass es Ihnen nicht gut geht. Ihre Krankheit?«, sagte er und hob den Schwanz zum Mund, um einen Schluck zu nehmen. Der Gehschlitz seines

Mantels wölbte sich unansehnlich nach außen, aber es schien ihn nicht zu kümmern. »Ein besonders schwerer Anfall?«

Ehe sie etwas erwidern konnte, tauchte eine Frau auf, die von Kopf bis Fuß in eine Decke aus aggressiv leuchtendem Brokat gehüllt war, und gab ihm einen Kuss auf die Wange. Er drehte den Kopf und zwinkerte ihr zu. Unter lautem Gekicher wirbelte sie von dannen. Bullam wollte wirklich nicht wissen, was es damit auf sich hatte.

»Nichts Ernstes«, sagte sie stattdessen. »Nur konnte die Behandlung leider nicht auf sich warten lassen, und ...«

Sie unterbrach sich, denn eine Drohne war buchstäblich vom Himmel gefallen und vollführte eine schnelle Abfolge grellgrüner Leuchtsignale. Offenbar eine dringende Nachricht für den Vorsitzenden, die keinen Aufschub duldete.

Cygnet tauchte die Finger in sein Cocktailglas und bespritzte die Drohne. Von der Seite bahnte sich ein Mann mit rot fluoreszierenden Haaren einen Weg durch die Menge, riss sich das Sakko vom Leib und warf es mit einer eleganten Bewegung über die Drohne. Die geblendete Maschine schraubte sich schlingernd in die Höhe und bockte wild, um sich irgendwie zu befreien. Cygnet lachte und klatschte in die Hände, der rothaarige Mann verbeugte sich.

»Uilliam«, sagte Cygnet und legte ihm eine Hand auf die Schulter. »Gut gemacht. Sag mal, kennst du unsere Ashlay hier? Eine meiner besten Leute. Eine der *Besten*. Sie hat EDS – weißt du, was das ist?«

»Nie gehört«, sagte der Rotschopf und starrte sie an.

»Die Krankheit ist so selten, dass sich irgendwie niemand je die Mühe gemacht hat, sie heilen zu wollen, das ist doch ein Jammer, nicht? Und jetzt ist sie extra hergekommen, um mir sensationell schlechte Neuigkeiten zu überbringen.«

Bullam biss sich auf die Lippe. Cygnet wusste es schon. Natürlich wusste er es schon.

»So ein Pech«, sagte Uilliam. »Vielleicht sollten wir direkt noch eine Party veranstalten, um Geld dafür zu sammeln.«

»*Das* ist doch mal eine tolle Idee«, sagte Cygnet. »Gehen wir irgendwo anders hin, um in Ruhe darüber zu reden.« Der Vorsitzende grinste wie ein Kobold und legte einen Finger an die Nasenspitze, was Uilliam umwerfend amüsant zu finden schien. Er lachte so hemmungslos, dass er beinahe umgefallen wäre.

»M. Cygnet«, sagte Bullam, »es liegt mir fern, Ihnen Ihre kostbare Zeit zu stehlen, aber ich hätte ein paar Vorschläge, wie meine schlechten Neuigkeiten entschärft werden könnten. Möglicherweise ergibt sich daraus sogar eine günstige Gelegenheit.« Sie hing völlig in der Luft – und hatte mitnichten irgendeine sinnvolle Idee –, wusste aber, dass sie keine weitere Chance bekommen würde, ihren Job zu retten. Sie gab sich große Mühe, sich die Verzweiflung nicht anmerken zu lassen.

»Das klingt aber öde«, sagte Uilliam.

Cygnet zuckte mit den Schultern. »Tut mir leid, Ashlay. Der gute Uilliam ist der Cousin eines Sektorvorstehers, müssen Sie wissen. Ich muss mich also darum kümmern, dass er sich nicht langweilt. Die Räder der Wirtschaft müssen sich schön weiterdrehen, richtig?«

Auch dieser Spruch schien Uilliam köstlich zu amüsieren.

»Warum fahren Sie nicht nach Hause und ruhen sich ein bisschen aus?«, schob Cygnet hinterher. »Sie sehen furchtbar aus.« Er packte Uilliam am Bizeps und zog ihn hinter einen Hain aus Bonsais.

Bullam blieb allein zurück und konnte es kaum fassen. Sie hatte so hart gearbeitet. Viele Jahre lang. Sie war entsetzliche gesundheitliche Risiken eingegangen. Hatte wieder und wieder beweisen müssen, dass ihre Krankheit sie nicht daran hinderte, hervorragende Arbeit zu leisten. Sie hatte viele Dinge getan, für die sie sich hasste. Sie hatte für CentroCor Dinge getan, die kein Mensch je tun sollte.

Und jetzt ... jetzt war alles vorbei. Sie würde ihren Job verlieren. Sie würde ihren freien Zugang zu medizinischer Versorgung verlieren. Es war nur eine Frage der Zeit, bis ihr die Krankheit zum Verhängnis werden würde.

»Nicht traurig sein. Jetzt wird gefeiert!«

Es war die junge Frau in der Brokatdecke. Sie kam Bullam so nahe, dass sich ihre Gesichter beinahe berührten, und legte ihr den Arm um die Schulter. Die andere Hand schälte sich aus den Tiefen der Decke heraus und hielt ein herzförmiges goldenes Kistchen hoch. Der Deckel sprang auf, und ein nettes, einfallsloses Liedchen ertönte. In dem Kistchen lagen auf einem Samtkissen fünf kleine weiße Tabletten.

Bullam schubste die Frau von sich und verteilte die Tabletten auf dem Rasen. Die Frau stieß einen entsetzten Schrei aus, warf sich zu Boden und las die Pillen wie kostbare Juwelen wieder auf. Die umstehenden Gäste schienen sich nicht recht entscheiden zu können, ob dieser Vorfall schockierend oder urkomisch war.

Bullam eilte zu ihrem Wagen zurück. Hätte sich ihr noch jemand in den Weg gestellt, sie hätte ihn ebenfalls beiseitegestoßen. Zum Glück dünnte die Party merklich aus, je näher man den Ausgängen kam, und es gelang ihr, die Veranstaltung ohne weitere Störungen zu verlassen.

Sie wollte weinen. Sie wollte schreien. Sie weigerte sich, diesen Leuten die Genugtuung zu geben, sie so zu sehen.

Schließlich lehnte sie sich auf der Rückbank zurück und drückte den Knopf, der die Scheiben polarisierte und so den Blick ins Innere des Wagens versperrte. Erst dann wiegte sie sich vor und zurück, gefangen zwischen Wut und Furcht, und schlug mit einer Hand auf den Polsterbezug ein.

Und dann – hielt sie plötzlich inne. Erstarrte. Aus dem Augenwinkel hatte sie eine ihrer Drohnen gesehen. An der Frontseite leuchtete ein blassblaues Lämpchen. Sie nickte der Drohne zu, und ein Bildschirm flackerte auf.

Ihr Terminkalender zeigte einen neuen Eintrag. Einen, den sie nicht veranlasst hatte. Angeblich hatte sie in zwei Tagen einen Termin in einer CentroCor-Einrichtung, sechzig Kilometer die Küste hinauf. Ein Treffen mit Dariau Cygnet.

Sie rief das Protokoll auf und sah, dass der Eintrag erst wenige Sekunden alt war. Cygnet wollte also doch mit ihr reden – nur nicht in der Öffentlichkeit.

»Ja«, sagte sie laut. »Ja. Ja!«

Das blassblaue Lämpchen erlosch. Die Drohne hatte es schon beim ersten Mal verstanden.

2

TERRESTRISCH

8 Lanoe hatte keine Ahnung, wohin sie unterwegs waren. Er wusste nicht, was mit ihm passieren würde, sobald sie ankamen. Vielleicht wollte man ihn still und leise exekutieren. Vielleicht würde man ihn vorher noch verhören.

Warum sollte man sich um die Zukunft sorgen, wenn es keine geben würde? Er beschloss, er könnte dem ungewissen Schicksal wenigstens gut ausgeruht entgegentreten. Immerhin hatte er endlich Gelegenheit, ausreichend zu schlafen. Das letzte Mal war länger her.

Bei der Flotte wurde einem beigebracht, jederzeit und überall schlafen zu können. Piloten konnten jede Sekunde für einen Alarmstart aufgescheucht werden, um mitten in der Nacht oder früh am Morgen in die nächste Schlacht zu eilen. Also nahm man alles an Schlaf, was man kriegen konnte.

Er brachte sich zur Ruhe. In seiner Zelle gab es keine Gravitation, aber Lanoe hatte vor langer Zeit gelernt, wie man in der Schwerelosigkeit schlief. Er rollte sich zu einer Kugel ein und rührte sich nicht mehr. Schloss die Augen.

Gedanken drifteten träge durch seinen Geist, schwebten hinfort. Er ließ alle Angst, alle Sorge fahren. Ein wenig Licht fiel durch die geschlossenen Lider. Er sperrte es aus. Er hörte das leise Rauschen, mit dem die Ventilation Luft in seiner Zelle zirkulieren ließ. Er ließ das Geräusch unbemerkt durch seinen Körper wandern.

Bald war sein Kopf rein und leer. Bald sank er durch Schichten aus weichem Nichts, fiel durch schier endlosen Raum, fiel …

»Lanoe, ich falle.«

Er riss die Augen auf. Diese Stimme. Das war Zhangs Stimme gewesen.

Zhang war tot. Lanoe glaubte nicht an Geister. Nur sein Unterbewusstsein, das ihm einen Streich spielte. Ihn an die eine Sache erinnerte, die er nie vergessen konnte.

Zhang – die Frau, die er geliebt hatte – hatte mit ihm für Niraya gekämpft. In der Entscheidungsschlacht mit dem fremden Königinnenschiff war ihr Jäger schwer beschädigt, halb zerstört worden, aber sie hatte es überlebt. Ihr Triebwerk war schrottreif gewesen, aber selbst da hätte er sie noch retten können. Er hätte …

»Ich falle«, flüsterte sie.

Lanoe biss die Zähne zusammen.

Zhang war vom Schwerkraftfeld eines Eisriesen eingefangen worden und nicht mehr in der Lage gewesen, seinem Sog zu entkommen. Sie war in die Atmosphäre gestürzt und in seine Tiefen hinabgezogen worden, in den vernichtenden Druck und die tödliche Hitze im Kern einer Welt ohne Oberfläche. Sie war einfach von seinem Bildschirm verschwunden, an einen Ort, von dem er nicht einmal ihren Leichnam bergen konnte.

Die Blau-Blau-Weiß hatten ihr das angetan. Sie hatten ihm Zhang genommen.

»Lanoe«, rief sie. »Lanoe – ich falle. Ich falle.«

Augen auf, Augen zu, es änderte überhaupt nichts.

Er konnte sie hören. Er hörte ihre Stimme.

So viel zum Schlaf.

*

Geh nicht zu hart mit ihm ins Gericht, Maggsy. Zugegeben, er ist nicht unser Typ, aber es ist ein Zeichen guter Kinderstube, auch niederen Klassen mit einem gewissen Respekt zu begegnen. Und vergiss nicht, dass er rein technisch noch immer einen höheren Rang innehat als du.

Maggs schloss die Augen. Seit Kindheitstagen war die Stimme seines Vaters ein ständiger Begleiter in seinem Kopf. Es lag wohl an einem allzu stark ausgebildeten Über-Ich, auch wenn er nie ganz ausschließen konnte, dass ihn sein berühmter Ahnherr einfach gerne heimsuchte. Er wusste es besser, als der Stimme zu antworten, so gern er auch erwidert hätte, dass der Gefangene, ranghöher oder nicht, immer noch sein Gefangener blieb.

Er hörte ein Signal, schlug die Augen auf und sah, dass das Licht im Aufzug einen warnenden Bernsteinton angenommen hatte. Er wusste, was das zu bedeuten hatte, streckte die Hand aus und ergriff eine der Haltestangen an den Wänden. Wer auch immer den Kreuzer momentan flog, hatte Talent genug, den Schwerkraftwechsel so sanft wie möglich einzuleiten. Maggs' Füße lösten sich einfach vom Boden, mehr nicht. Als hätte er sich in einen Heliumballon verwandelt. Einen Moment lang protestierte sein Magen – was er immer tat –, aber über die Jahre hatte er gelernt, das Gefühl zu ignorieren.

Ein Raumschiff generiert im Flug nur dann eigene Schwerkraft, wenn es beschleunigt. Seit ihrem Abflug von Rishi hatte der Kreuzer hart beschleunigt, sodass an Bord beinahe angenehme Erdschwerkraft von einem *g* geherrscht hatte. Der nahende Zielanflug erforderte jedoch ein graduelles Abbremsen – diesen speziellen Wurmlochschlund verließ man ganz sicher *nicht* mit hoher Geschwindigkeit –, daher war soeben das Triebwerk abgeschaltet worden. In Kürze würden sie das aktive Bremsmanöver einleiten müssen, der einstige Boden würde zur Decke werden und umgekehrt. Immer wieder ein entzückender Vorgang.

Die Aufzugtür glitt beiseite, und Maggs schwebte auf einen engen Korridor hinaus. Sämtlicher Innenraum an Bord des Kreuzers war höchst knapp bemessen. So groß das Schiff auch war – dreihundert Meter lang und beinahe fünfzig im Durchmesser –, war es doch nahezu vollständig mit Ausrüstung, Waffensystemen und Beibooten vollgestopft. Mehr als die Hälfte der Gesamtmasse nahm das mächtige Ringwulst-Fusionstriebwerk ein. Freier Platz war auch in dem von Menschen begehbaren Teil des Schiffs spärlich gesät. Ein weiterer Grund für die beengte Bauweise lag allerdings auch darin, die Besatzung davor zu bewahren, in Mikrogravitation wild umherzusegeln und überall anzustoßen. Maggs stieß sich an der nächsten Wand ab und schwebte in den Wachraum des Schiffsgefängnisses, wo er sich auf die Seite legen musste, um den wachhabenden Marineinfanteristen zu entgehen. Sie hatten die Helme ausgeschaltet und starrten ihn unverhohlen an. Natürlich hatten Mitglieder des Expeditionskorps der Flotte und der Aktiven Flottensoldaten nur wenig füreinander übrig, und diese Jungs waren darauf trainiert, alles und jeden misstrauisch zu beäugen; trotzdem fühlte er sich unter ihrem kalten Blick wieder wie ein Kadett, der sich auf seine erste Inspektion vorbereitet.

Nun, dafür gab es eine ganz einfache Lösung. »Helme auf, Jungs«, sagte er, auch wenn er nicht ganz sicher war, ob es sich bei einem von ihnen nicht doch um eine Frau handelte. Schwer zu sagen bei solchen Leuten. »Ich gehe rein.« Sie hatten strikte Anweisung bekommen, dass die Gefangenen keine Gesichter zu sehen kriegen durften – bis auf sein eigenes, strahlendes Antlitz natürlich –, um zu verhindern, dass sie ihre Entführer später wiedererkannten.

An Bord gab es drei Arrestzellen, von denen allerdings nur zwei belegt waren. Der Bildschirm einer Tür zeigte Valk und das unbedeutende Fußvolk von Rishi, die alle durcheinanderschwebten und versuchten, sich nicht gegenseitig ins Gesicht zu treten. Zum Brüllen, aber leider hatte er Wichtigeres zu tun, als deren Kunststückchen zuzusehen. Er schaltete ihren Bildschirm ab.

Das Display der zweiten Tür zeigte nur einen Insassen. Er schien mit dem plötzlichen Verschwinden der Schwerkraft besser zurechtzukommen und hatte sich zu einem Lotossitz zusammengefaltet, eine Technik, die schon von den frühen Raumfahrern praktiziert worden war, um Desorientiertheit beim Schlaf in der Schwerelosigkeit zu minimieren. Er schwebte mitten im Raum, rotierte kaum merklich um die eigene Achse und hatte die Augen geschlossen, als meditiere er tatsächlich. Vielleicht hatte er das auf Niraya aufgeschnappt.

Maggs berührte das Tastfeld am unteren Rand des Schirms und schaltete die Lautsprecher der Zelle ein. »Guten Morgen, Kommandant. Ich hoffe, du hast dich ein wenig ausruhen können?«

»Maggs«, sagte Lanoe. Seine Augen blieben geschlossen. »Bist du endlich bereit, mich umzulegen, jetzt, da wir irgendwo sind, wo niemand es mitbekommt?«

Es gibt wohl wenig Grundlage für eine Beziehung, die auf Vertrauen basiert, sagte Maggs' Vater in seinem Kopf. Manchmal war das, was die Stimme von sich gab, wirklich allzu offensichtlich.

»Es gibt andere Pläne, Kommandant. Ich sollte dich nur abholen – wir haben ein wichtiges Treffen vor uns. Was natürlich nicht heißt, dass ich diese Tür jetzt schon aufmache. Ich kann mich der Vorahnung nicht erwehren, dass du in dem Fall versuchen würdest, mich zu erdrosseln, oder andere, ähnlich barbarische Absichten hegst.«

Noch immer hielt Lanoe die Augen geschlossen. Außerdem schwieg er, doch Maggs hatte das Gefühl, ein schemenhaftes Lächeln über die verwitterten alten Lippen spielen zu sehen.

»Es wäre wirklich schön, wenn ich dich nicht in einer Zwangsjacke da rausschleifen müsste. Also muss ich dich um etwas bitten.«

»Was?«

»Dein Wort. Du musst mir versprechen, dass du nicht versuchst, mich anzugreifen. Oder zu erwürgen. Oder aus der Luftschleuse zu werfen.« Er dachte einen Moment nach. »Oder mir sonst in irgendeiner Form wehzutun.«

Keine Reaktion. Was für eine Überraschung.

»Natürlich nicht für immer«, fuhr er fort. »Ich weiß, das wäre etwas viel verlangt. Nur lange genug, um ... zu erledigen, was wir erledigen müssen. Sagen wir, vierundzwanzig Stunden. Meinst du, du wärst dazu eventuell in der Lage?«

Lanoe schlug die Augen auf. Sah Maggs direkt an, als könnte er ihn durch die verriegelte Tür sehen. Das war natürlich unmöglich. Er musste einfach aus Erfahrung wissen, wo genau die Kamera in seiner Zelle versteckt war. Seine Miene war absolut ausdruckslos.

»Wahrscheinlich kann ich mich bis dahin gedulden«, sagte Lanoe schließlich. Dann schlug ein echtes Lächeln Falten auf seinem Gesicht.

Maggs unterdrückte ein Schaudern. Es war natürlich höchst unangemessen von Lanoe, ihm gegenüber solche Feindseligkeit zu hegen. Hatte er dem närrischen Greis nicht gerade erst auf Rishi das Leben gerettet? Und das schließlich auch nicht zum ersten Mal. Trotzdem war Maggs schon lange genug bei der Flotte, um zu wissen, dass es Menschen gab, die für Vernunft einfach nicht empfänglich waren.

Wie überaus lästig, dass sie Lanoe so dringend brauchten.

»Ich muss dich bitten, es laut zu sagen«, legte er also nach. »Ich kenne dich und dein archaisches Konzept von Ehre mittlerweile gut genug. Du wirst es mir versprechen müssen.«

»Ich schwöre«, sagte Lanoe, ohne mit der Wimper zu zucken, »dass ich während der kommenden vierundzwanzig Stunden meinen Urinstinkt, dir den Schädel einzuschlagen, im Zaum halten werde.«

»Wundervoll. Dann können wir ...«

»Ab jetzt.«

Maggs seufzte und schaltete die Lautsprecher aus. Er drehte

sich einem der verspiegelt behelmten Soldaten zu – dem, bei dem er sich zu siebzig Prozent sicher war, dass es sich um eine Frau handelte. »Bitte öffnen, wenn Sie die Güte hätten. Sieht aus, als hätte ich keine Zeit zu verlieren.«

*

Lanoe stieß sich ab und schwebte Maggs hinterher, den Axialkorridor hinunter, der den Hopliten in ganzer Länge durchlief – nahezu dreihundert Meter von der Brücke bis zur Triebwerksverschalung. Marines und Besatzung drückten sich in der engen Röhre an ihnen vorbei, kamen aus Seitengängen und durch Panzerschotten geschossen, alle damit beschäftigt, lose Ausrüstung zu vertäuen, ehe die umgekehrt wiedereinsetzende Schwerkraft etwas beschädigen konnte. Die Lichter im Gang leuchteten bereits wieder bernsteinfarben – in einer Minute würden sie sich rot verfärben. Lanoe wusste, was das bedeutete. Sie näherten sich ihrem Ziel.

Er musste zugeben, gespannt zu sein, wo sie rauskommen würden.

Von dem Augenblick an, als ihn die Soldaten unschädlich gemacht hatten, bis zu dem Zeitpunkt, als er in der Zelle erwacht war, fehlte ihm jede Erinnerung. Er hatte halb damit gerechnet, sowieso nicht mehr aufzuwachen, also hatte er sich – trotz des enormen Brummschädels – schon gefreut, überhaupt noch am Leben zu sein.

Mehrere Tage Einzelhaft hatten dieses Gefühl aufgezehrt. Niemand war gekommen, ihn zu besuchen. Niemand hatte ihm auch nur eine Frage gestellt. Hätte man ihn gefoltert, um an Informationen zu gelangen, hätte er wenigstens ein anderes menschliches Wesen zu Gesicht bekommen.

Die Tatsache, dass das erste Gesicht, das er nach seiner Entführung erblickte, ausgerechnet Auster Maggs gehörte, hatte ihn ziemlich erbost, aber wenigstens passierte endlich etwas. Jetzt waren sie zum mittschiffs gelegenen Hangar unterwegs und befanden sich somit offenbar auf dem Weg zu einem Planeten oder einer Orbitalstation.

Anscheinend würde man ihn doch nicht heimlich hinrichten.

»Du stellst gar keine Fragen«, sagte Maggs.

»Die Antworten würden doch sowieso nur auf Lügen hinauslaufen, oder?«

Maggs schnalzte mit der Zunge. »Was habe ich dir bitte getan, um so eine Behandlung zu verdienen?«

»Du bist weggerannt. Auf Niraya, während eine …« Um ein Haar hätte er Alien-Flotte gesagt, hier auf dem Gang, wo ihn jeder hören konnte, besann sich aber rechtzeitig. »Während eine feindliche Flotte unterwegs zu einem Planeten voller unschuldiger Zivilisten war. Als ich nur eine Handvoll Piloten zur Verfügung hatte und es mir nicht leisten konnte, auch nur einen einzigen zu verlieren.«

»Wenn mich nicht alles täuscht, hast du mir befohlen, den Planeten zu verlassen. Kurz nachdem du versucht hast, mich zu erschießen. In einer Kirche.«

»Du weißt, was du getan hast. Du bist wie ein Feigling davongelaufen.«

Harte Worte. Halb hoffte er, Maggs würde sich mitten im Gang umdrehen und versuchen, ihn zu schlagen. Vielleicht unterließ er es auch nur, weil die Gravitationsleuchten in diesem Moment dunkelrot wurden.

Der Hoplit hatte sich umgedreht, um mit dem Haupttriebwerk bremsen zu können. Da es rein physikalisch keinen großen Unterschied zwischen Beschleunigung und Verzögerung gab, kehrte plötzlich die Gravitation zurück, nur war ›unten‹ jetzt entgegengesetzt zur Schubrichtung.

Der Axialkorridor wurde zu einem neunzig Stockwerke hohen Schacht.

Da beide wussten, was auf sie zukam, stürzten sie nicht in den

Tod. Sie waren gut ausgebildete Piloten und hatten instinktiv nach den Haltestangen gegriffen. Natürlich verfügte der Kreuzer auch über eingebaute Sicherheitsvorkehrungen. Wären sie doch gefallen, hätte sie ein System von Trägheitsdämpfern aufgefangen und den Sturz verlangsamt, ehe ihnen etwas zugestoßen wäre. Nur konnte auch das beste System versagen. Als Flottenpersonal verließ man sich auf so etwas grundsätzlich nicht.

Die letzten fünfzig Meter mussten sie an den Haltestangen nach unten klettern. Als sie auf Höhe des Hangars ankamen, brannten Lanoes Arme. Sie gingen einen Seitengang entlang und betraten den größten offenen Raum im ganzen Schiff, eine Landebucht, die einem ganzen Jagdgeschwader Platz bot. Aktuell war allerdings nur die eine Z.XIX vorhanden, die Maggs auf Rishi geflogen hatte.

Ihr Ziel war jedoch nicht der Kataphrakt. Maggs brachte Lanoe zur Rückseite des Hangars, wo ein anderes Schiff auf sie wartete. Es hatte die Maße eines gewöhnlichen Zehn-Meter-Kutters, dafür war die Bordwand mattschwarz und die Hülle sichelmondförmig, ein schnittiger Nurflügler – und ein Schiffstyp, den Lanoe noch nie gesehen hatte.

»Ganz was Neues«, sagte Maggs. »So gut wie unsichtbar – siehst du, wie die Lackierung die Beleuchtung hier drin beinahe zu verschlucken scheint? Sie absorbiert nahezu jede erdenkliche Wellenlänge. Keine Positionslichter, keine Scheiben – fliegt nach Kameras. Komm.« Sie mussten fast auf alle viere gehen, um sich durch die Luke im Bauch des Schiffs zu zwängen. Im Innern war Platz für etwa sechs Besatzungsmitglieder in Flottenuniformen oder vier Marineinfanteristen.

Die Innenwände waren mit weichem, schwarzem Schaum überzogen, der sich wie Gummi anfühlte, aber wie ein hochfloriger Teppich aussah. Sobald sie eintraten, flammten ringsherum Lichter auf, dann wandelte sich die Kabine zu einer Ansicht der Außenwelt. Die gesamte Innenwand bildete einen einzigen großen Bildschirm, als habe sie sich einfach aufgelöst oder sei zu Glas geworden. Wohin Lanoe auch sah, überall tauchten lautlos virtuelle Tastfelder und Bordinstrumente auf.

»Nett, was?«, fragte Maggs.

»Verwirrend«, sagte Lanoe.

»In deinem Alter wirkt wahrscheinlich jede Neuheit ziemlich beängstigend.«

Während Lanoe sich anschnallte, wärmte Maggs das Triebwerk vor – dann saßen sie einfach da. Mehrere Minuten lang.

»Du weißt schon, dass man abheben muss, bevor man fliegen kann?«, meinte Lanoe irgendwann.

»Ich warte nur auf den besten Moment.« Maggs tippte eine virtuelle Taste an. Draußen im Hangar schoben sich die gepanzerten Tore auseinander. Das geisterhafte Leuchten des Wurmlochs erfüllte die Landebucht.

»Wir sind noch nicht ganz da, wie du siehst«, sagte Maggs. »Im Besatzungsverzeichnis des Hopliten tauchen weder dein noch mein Name auf. Auch dieses Beiboot hier gibt es nicht, sollte jemand danach fragen. Gut. Das könnte jetzt ein bisschen befremdlich werden.«

Maggs zündete den Antrieb, und das Schiff tat einen Satz aus dem Hangar, geradewegs auf die vernichtende Wand aus rauchigem Licht zu. Er riss den Steuerknüppel herum, fächerte die Steuerdüsen aus, und das Schiff legte sich auf die Seite. Immer wieder blitzte draußen der Kreuzer auf, während ihn das kleine Schiff wie ein Kreisel umrundete. Lanoe erhaschte einen kurzen Blick auf die schillernde Scheibe des Wurmlochschlunds, dann befanden sie sich wieder im schwarzen, mit Sternen übersäten Realraum. Noch immer rotierte ihr kleines Schiff wild um die eigene Achse. Maggs vergrößerte die Distanz zum Kreuzer, gab eine schnelle Abfolge von Korrekturschüben ab, zog ihr Schiff aus der Eigenrotation und ging auf einen lotrechten Kurs zu dem des Kreuzers.

Bald war das große Schiff nur noch ein heller Punkt, der hinter ihnen erlosch.

*

Es war überaus gefährlich und geradezu töricht gewesen, den Kreuzer noch im Wurmloch zu verlassen, aber manchmal kam man um so etwas eben nicht herum. »Nur für den Fall, dass uns jemand zusieht, müssen wir einen separaten Landeanflug durchführen. Und wir werden unter Garantie beobachtet. CentroCor ist hinter dir her, und die haben hier mehr als genug Leute, die bereit sind, ihnen dabei zu helfen.«

Lanoes Antwort beschränkte sich auf ein Grunzen.

Maggs musste – natürlich nur sich selbst gegenüber – zugeben, dass sich ihr Beiboot tatsächlich ein wenig verwirrend flog. Dank des allumfassenden Bildschirms hatte er das Gefühl, lediglich ein Grüppchen Sitze durch die unendliche Leere zu steuern. Da war ein irritierendes Kitzeln in seinem Hinterkopf, dass er den Helm nicht geschlossen hatte, obwohl er augenscheinlich mitten durchs Vakuum raste. Es machte ihn leicht nervös und sorgte dafür, dass er mehr als einmal übersteuerte.

Lanoe saß da und hüllte sich in Schweigen. Er hatte die Arme vor der Brust verschränkt, als warte er einfach darauf, dass sie ankamen. Maggs beobachtete ihn aufmerksam aus dem Augenwinkel. Jeden Moment würde ihr Zielplanet sichtbar werden, und er wollte Lanoes Gesichtsausdruck nicht verpassen, wenn ihm aufging, wo sie sich befanden.

Pass auf den Verkehr auf, Junior. Ich will meine Enkelkinder noch erleben, sagte die Stimme seines Vaters, als stünde er direkt hinter ihm.

Mit einem Ruck konzentrierte Maggs sich wieder auf ihre Einflugschneise. Dieser Abschnitt des Raums war alles andere als leer. Besser gesagt war der ganze Himmel voller Schiffe. Größtenteils Handelsschiffe und Zivilfahrzeuge – große, schwerfällige

Frachtkähne, flinke kleine Pendler und Zubringer. Dazwischen überall freischwebende Wohnanlagen, die Korrekturmanöver vollführten, um mehr Sonnenlicht einzufangen oder überschüssige Hitze abzustoßen. Unzählige drohnengesteuerte Vehikel – Raumteleskope, Kraftwerke, Kommunikationssatelliten, Flugsicherungssatelliten, Mikrogravitationswerkstätten. Je näher sie ihrem Ziel kamen, desto mehr große Orbitalstationen tauchten auf, Räder und rotierende Zylinder und lose Ansammlungen, die wie billige Perlenketten aus langen Schnüren klotziger Containermodule bestanden.

Und all das drehte sich ewig, beschrieb komplizierte Choreografien von Umlaufbahnen um den geschäftigsten, dichtestbesiedelten aller Planeten.

»Willkommen zu Hause«, sagte Maggs, als sie die Nachtseite passierten und einen ersten richtigen Blick auf die Erde werfen konnten.

»Sie hat schon vor langer Zeit aufgehört, wie mein Zuhause auszusehen«, sagte Lanoe leise.

Unter ihnen kam die Weite des Pazifischen Ozeans in Sicht, gesprenkelt mit Plattform-Städten, die sich auf gewaltigen Spinnenbeinen über den Wellen erhoben. Die Westküste Nordamerikas tauchte am Horizont auf und erstreckte sich wie eine lebendige Landkarte vor ihnen. Die zerklüftete Küste Kaliforniens, die kalten Weiten Kanadas so gesichtslos, als hätten die Kartografen vergessen, dort Details einzutragen. Der Kontinent selbst wurde von einer breiten Linie runder Krater zweigeteilt, die sich im Lauf der Jahre mit Wasser gefüllt hatten und so zum Binnenmeer des Mittleren Westens geworden waren.

Endlich schien der Anblick auch auf Lanoe Eindruck zu machen. Wenigstens brachte er ihn zum Reden. »Als wir im Hundert-Jahre-Krieg ausgerückt sind, hat man uns gewarnt, dass wir längere Zeit nicht mehr nach Hause kommen würden. Da war von bis zu sechs Monaten die Rede. Es hat neunzehn Jahre gedauert, bis ich meinen ersten richtigen Landgang hatte. Schon damals habe ich die Heimat kaum noch wiedererkannt. Siehst du die Kraterreihe da hinten?«

»Ich bin tatsächlich im Besitz funktionstüchtiger Augen«, meinte Maggs.

»Ich kann mich noch an die Zeit erinnern, als sie nicht da waren«, sagte Lanoe.

Im Hundert-Jahre-Krieg hatten sie auf dem Mars die erste echte Künstliche Intelligenz erschaffen, eine Maschine, die selbstständig denken und entscheiden konnte. Sie waren so stolz auf ihre Schöpfung gewesen. Natürlich war sie nicht nur zur Befriedigung wissenschaftlicher Neugier gebaut worden. Die Marsianer hatten ihre Maschine mit einer Aufgabe betraut, die alle menschlichen Köpfe bis dahin nicht hatten lösen können. Sie hatten sie gefragt, wie es zu bewerkstelligen wäre, den Hundert-Jahre-Krieg mit einem Sieg für den Mars und seine Verbündeten zu beenden.

Die simple Lösung der Maschine hatte darin bestanden, jeden Menschen auf der Erde zu töten – Mann, Frau und Kind –, da es natürlich der effektivste Weg war, einen Krieg dadurch zu beenden, den Gegner vollständig aus dem Spiel zu nehmen.

Ehe der Mars seine Schöpfung aufhalten konnte, hatte die KI die Kontrolle über das größte Schiff der Marsflotte übernommen, das Schlachtschiff *Universal Suffrage*. Die Maschine hatte sämtliche Bordgeschütze auf die Erde gerichtet und so lange gefeuert, bis alle Munition verbraucht war.

Dann war es zur Flottenbasis auf Vesta zurückgekehrt. Um nachzuladen.

Es war genau die Sorte Strategie, zu der sich eine Künstliche Intelligenz entschließen würde. Nach diesem Vorfall dauerte es fünfzehn Jahre und unzählige Tote, bis die *Universal Suffrage* und ihr KI-Kommandant besiegt waren.

»Es hat genau neununddreißig Sekunden gedauert, das da anzurichten«, sagte Lanoe und deutete auf den vernarbten Planeten. »Wir hatten dem nichts entgegenzusetzen. Danach ist sie weitergeflogen und hat ganz Südasien in einen riesigen Sumpf verwandelt, bevor ihr die Munition ausging. Wir haben unser komplettes Arsenal entfesselt und kaum mehr als einen Kratzer in der Bordwand verursacht. Danach waren wir uns sicher, dass wir verlieren würden. Jahrzehntelang haben wir mit der Überzeugung weitergekämpft, dass wir die Erde nicht würden retten können. Wir wussten nur, dass wir nicht aufgeben dürfen.«

»Na ja, am Ende habt ihr gewonnen. Das ist doch das Entscheidende«, sagte Maggs.

»Die halbe Menschheit ist dabei umgekommen.«

Maggs hatte sich noch nie sonderlich für Frühgeschichte interessiert. »Festhalten. Wir treten in die Atmosphäre ein.«

Obwohl Maggs sich durchaus für einen erstklassigen Piloten hielt, war der Übergang recht holprig. In der zunehmend dichteren Luft erglühte die Bordwand erst dunkelrot, um sich schnell zu einem flammenden Orange zu verfärben. Einen Moment lang ritten sie zu zweit im Herzen eines grellen Feuerballs, dann hatte das Schiff auf inneratmosphärische Geschwindigkeit abgebremst. Die Flammen erstarben und gaben den Blick auf den blauen Himmel frei, blauer Himmel und weiße Wolken und ganz in der Ferne eine Gruppe Stratosphärendrohnen wie ein Mückenschwarm. Es waren größtenteils Frachtschiffe, die auf dem Jetstream segelten, hier und da auch Maschinen zur Wetterkontrolle in festen Positionen. Keine Militärdrohnen in Sicht; trotzdem gingen sie ihnen besser aus dem Weg – da waren überall Kameras, und man wusste nie, wer gerade zusehen mochte.

Der Flügelrumpf des kleinen Schiffs verbiss sich in der nächsten Luftschicht, und der Steuerknüppel wollte ihm aus der Hand springen. Er griff ihn fester und steuerte sie durch eine Bank bauschiger Kumuluswolken. Sie tauchten dicht über dem Wasser wieder hervor und beschrieben eine Kurve Richtung Nordwesten. Vor ihnen wuchsen die schiefen Türme von Alt-Seattle aus dem Meer. Sie gingen noch tiefer, bis das Schiff beinahe die obersten Wellen touchierte, und bremsten im Schatten der mächtigen skelettierten Wolkenkratzer ab. Vorsichtig manövrierte er sie zwischen den Gebäuden hindurch, entlang halb versunkener Wohnblocks, und wich Trümmerhaufen aus, die in all den Jahren seit Kriegsende nicht beseitigt worden waren.

Eine Reihe schneller S-Kurven verlangsamte sie noch mehr, dann setzte er zum Landeanflug an. Natürlich gab es hier kein ausgewiesenes Flugfeld, aber das Schiff war für Geheimmissionen entworfen worden und so gebaut, dass es auch auf Flächen aufsetzen konnte, die kaum halb so groß waren wie seine Flügelspannweite. Maggs legte eine perfekte Dreipunktlandung hin. Sie standen auf dem Dach eines Gebäudes, das vor langer Zeit einmal ein Parkhaus gewesen war, jetzt aber nur noch ein gischtumtostes Viereck aus Beton.

Maggs schaltete das Triebwerk aus und schnallte sich ab.

»Alle Mann an Land«, sagte er.

9 Sie legten Zivilkleidung an. Lanoe kam sich immer nackt vor, wenn er keinen Pilotenanzug trug – es hatte Jahre, vielleicht sogar Jahrzehnte in Folge gegeben, in denen er ihn nicht abgelegt hatte –, trotzdem sah er ein, dass es nötig war. Flottenpersonal war auf der Erde ein seltener Anblick, selten genug, um sofort aufzufallen. Zwar passten ihm die braune Jacke und Hose, die er anzog, nicht richtig, dafür würde sie niemand eines Blicks würdigen.

Sie verließen das Schiff, und Lanoe stellte erstaunt fest, dass es die Farbe gewechselt und exakt den grauen Beigeton des verwitterten Betons angenommen hatte, auf dem es stand. »In die Tarnlackierung sind chromatophore Fasern eingeflochten«, erklärte Maggs. »Natürlich ist das Schiff auch so nicht ganz unsichtbar. Es wirft immer noch einen verflixt unpraktischen Schatten. Trotzdem – wer auch immer aus dem Orbit zuschaut, müsste schon ganz genau wissen, wonach er zu suchen hat, um es zu entdecken. Komm, hier entlang.«

Maggs streckte die Arme aus und balancierte über den umgestürzten Stahlträger, der eine schmale Brücke zwischen dem untergegangenen Parkhaus und dem Nachbargebäude bildete, das erstaunlich intakt wirkte. Durch ein Fenster kletterten sie in einen dunklen Raum mit schiefem Fußboden. Es musste einmal ein Büroturm gewesen sein, dachte Lanoe, auch wenn Zeit, Plünderer und natürlicher Verfall nur noch Schutt hinterlassen hatten. Kleine Krebse klammerten sich an verrostete Säulen oder krabbelten über den schlammbedeckten Boden. Lanoe gab sich Mühe, keinen zu zertreten.

Gemeinsam bahnten sie sich einen Weg durch das Gebäude, bis sie zu einer Fensterfront kamen, hinter der ein schmaler Meeresarm auszumachen war. Jenseits des Wassers schwappten große Hügel aus gelblichem Schaum gegen die nächsten Gebäude – große Wohntürme, die sich über Hunderte von Metern in seltsamen Winkeln aus den Fluten erhoben, alle Fenster längst eingeschlagen, die Fassadenfarben durch Wind und Salzwasser zu weichen Erdtönen verblasst. Überall Rost und bröckelnder Beton, nackter Bewehrungsstahl und lose baumelnde Kabelreste.

Und doch lag da eine Duftnote im Wind, ein Geruch, der nicht in diese Gegend passen wollte. Es roch nach frisch zubereitetem Essen. Lanoe glaubte Rosenkohl und Backfisch zu identifizieren. Er betrachtete die Fenster jenseits des Wassers und entdeckte hier und da Bewegung oder aufblitzendes Licht. Da, zehn Stockwerke über den Wellen – dort spannte sich eine Schnur zwischen zwei Wohntürmen, an der Wäsche zum Trocknen hing.

»Teufel auch«, sagte er.

Maggs wandte sich um und sah ihn im Dämmerlicht an.

»Hier wohnt jemand?«, fragte Lanoe.

Maggs lehnte sich aus dem Fenster und betrachtete die Wellen. »Auf der Erde leben zwölf Milliarden Menschen. Die meisten von ihnen sind arm wie Kirchenmäuse. Sie wohnen überall, wo es genug Platz gibt. Aber zugegeben, dieser Ort ist an Privatsphäre kaum zu überbieten.«

Sie gelangten an eine Tür, die schon seit Ewigkeiten mit ihrem Rahmen verwachsen schien. Die Verkleidung der Spanplatte war gänzlich verschwunden, das Material darunter von Schimmel zerfressen. Maggs klopfte an und zog ein Gesicht, als sei es ihm gründlich zuwider, einen derart dreckigen Gegenstand berühren zu müssen. Lautlos glitt die Tür beiseite und verschwand in der Wand.

Der Raum dahinter lag im Halbdunkel. Es gab weder Fenster

noch weitere Türen, auch stank es nach Moder, dafür war der Boden mit sauberen Planen abgedeckt. Überall liefen Kabelstränge entlang und verbanden verschiedene Gerätschaften miteinander, von denen Lanoe kaum eine erkannte. Er hielt das Zeug aber in erster Linie für Kommunikationstechnik.

Aus dem Schatten trat eine junge Frau und begrüßte sie. »Entschuldigen Sie die Umstände. Leider unumgänglich.« Sie wirkte kaum älter als achtzehn und verbarg ihre scharfen Gesichtszüge unter einer beeindruckenden Wolke schwarzer Haare. Sie trug ein salbeigrünes Hemd und eine enge hellbraune Hose. Kein Schmuck, keine Rangabzeichen. Einzig ihre Tätowierungen gaben ihre Identität preis. Von den Fingerspitzen bis zu den Handgelenken schlängelten sich kleine schwarze Sterne und Galaxien.

Lanoe kannte diese Tattoos. Körper und Gesicht waren nicht mehr dieselben. Selbst ihre Hände waren jetzt zierlicher, die Finger schlanker. Aber diese Tattoos kannte er noch aus dem Hundert-Jahre-Krieg. Die dazugehörigen Hände hatten sich an einer Reling im Hangar eines Trägers der Hipparchos-Klasse festgeklammert, während hinter ihr Explosionen wüteten. Links und rechts kamen von feindlichem Feuer halb zerschossene Jäger kreischend zum Stehen. Überall Funken und rot flackernde Notbeleuchtung – und die Besitzerin dieser Tätowierungen hatte gelacht. Schallend gelacht und den vor ihr aufgereihten Piloten verkündet, dass sie nur noch ein erfolgreicher Angriff vom Sieg trennte.

Und sie hatte recht behalten. Keine Stunde später hatten Lanoe und sein Geschwader die Sperrflotte der *Argyle Regulars* durchbrochen und die Schlacht um den Asteroiden (63) Ausonia gewonnen. Sie hatten das Trägerschiff verloren, die Schlacht aber gewonnen. Und damit schlussendlich den Krieg.

Bei der Flotte salutierte man nicht vor ranghöheren Offizieren. Mit geschlossenem Helm war das sowieso nicht machbar, und in Mikrogravitation brauchte man meistens beide Hände für etwas anderes. Normalerweise war ein knappes Nicken ausreichend.

Lanoe neigte den Kopf.

»Admiral Varma«, sagte er.

»Stehen Sie bequem, Kommandant.« Das Mädchen sah zu Maggs hoch. Sie war gute fünfundzwanzig Zentimeter kleiner als die beiden Piloten. »Leutnant, Sie könnten vielleicht einen Rundgang machen. Meine Einrichtung schirmt uns vor dem Großteil aller Überwachungsmöglichkeiten ab, kann aber niemanden aufhalten, der es auf die althergebrachte Art versucht. Will sagen, mit seinen Ohren.«

»Ich werde mein Bestes geben, Frau Großadmiral«, erwiderte Maggs und benutzte Varmas vollständigen Rang. Den höchsten, den es gab.

Den Oberbefehl über die Flotte hatte der Strategische Rat inne – bestehend aus den sechs ranghöchsten Admirälen des Expeditionskorps sowie je einem General der Flottensoldaten und des Ingenieurkorps. Allerdings war Großadmiral Varma die Einzige unter ihnen, die schon im Hundert-Jahre-Krieg gedient hatte. Sie besaß Verdienstmedaillen, die seit Jahrhunderten nicht mehr verliehen wurden. Sie war die Vorsitzende des Strategischen Rats und bestimmte seine Politik.

Die Frau vor ihm war somit de facto die Oberbefehlshaberin der gesamten Flotte und all ihrer Waffengattungen. Maggs zögerte keinen Sekundenbruchteil, ihre Anweisung zu befolgen.

Varma schloss hinter ihm die Tür.

»Gut«, sagte sie, »jetzt können wir uns unterhalten.«

*

»Ich weiß, was Sie denken, also schaffen wir das gleich aus der Welt. Nein, ich habe nicht den Körper gewechselt«, sagte Varma. »Das ist selbstverständlich illegal. Das hier ist was Neues, eine neue – Prozedur. Vollständige genetische Verjüngung. Wie ein Schmetterling, der in den Kokon krabbelt und als Raupe wieder herauskommt. Ob Sie's glauben oder nicht, so sah ich als junger Teenager aus.«

Lanoe leugnete nicht, dass er sich gewundert hatte. Varma war einer der wenigen ihm bekannten Menschen, die tatsächlich noch älter waren als er selbst. Leute, die so lange gelebt hatten, fanden für gewöhnlich den einen oder anderen Weg – ob legal oder nicht –, sich einen neuen Körper zu organisieren. Auch ihm würde irgendwann nichts anderes übrig bleiben. Im Alter von dreihundert Jahren ließen seine Knie langsam nach, und es war lange her, dass er das letzte Mal morgens ohne Schmerzen auf-gewacht war. Er konnte Varma kaum einen Vorwurf machen, jung und fit bleiben zu wollen.

Sie schob zwei Stühle in die Mitte des Raums. »Setzen Sie sich. In Sachen Gastfreundschaft habe ich leider nicht viel zu bieten. Sie können ein Glas Wasser haben.« Sie griff in ein kleines Kühl-fach und zog eine Plastikflasche hervor. »Hm? Greifen Sie zu.«

Tja. Da gab es ein kleines Problem. »Bei allem Respekt«, sagte er. »Ich fürchte, ich kann nicht.«

Varma seufzte. »Himmel, warum denn nicht? Lanoe, spucken Sie's aus. Wir haben keine Zeit fürs Protokoll. Mir sitzen mehrere Konferenzen im Nacken.«

Lanoe holte tief Luft. Er hatte versucht, sich zur Admiralität durchzuschlagen und Valks Informationen Leuten zukommen zu lassen, denen er vertraute. Varma stand nicht auf dieser Liste. Nicht, dass er Grund zu der Annahme gehabt hätte, sie könnte in der Tasche von CentroCor oder einem anderen MegaKon ste-cken – er wusste nur absolut nicht, was sie für Absichten hegte. Streng genommen konnte sie durchaus unbestechlich sein. Sie war einzig den Sektorvorstehern und der Internationalen Liga Rechenschaft schuldig, die zusammen die gewählte Regierung der Erde bildeten. CentroCor dürfte kaum in der Lage sein, solche Menschen zu korrumpieren. Und ja, er hatte unter ihr gedient, sogar mit Stolz.

Nur war das schon sehr lange her.

»Ma'am«, sagte er, »Ihre Leute – Leutnant Maggs, um genau zu sein – haben mich gewaltsam entführt und fünfzig Lichtjahre weit verschleppt, ohne mir zu sagen, warum. Sie und ich kennen uns schon sehr lange, aber ... Ich habe immer noch keine Ahnung, was das alles soll. Erst dachte ich, ich sollte hingerichtet werden. Mittlerweile gehe ich nicht mehr davon aus, dass das der Fall ist, weiß aber trotzdem nicht, was mit mir geschehen soll. Ob Sie mir was ins Wasser gemischt haben, oder ...«

Varma sah ihn mit zusammengekniffenen Augen an, als habe er sie gerade beschuldigt, sich an der Portokasse der Flotte zu bereichern. »Entführt«, sagte sie. »Wir haben Ihnen höchstwahrscheinlich das Leben gerettet, verdammt noch mal. Seit Sie Niraya verlassen haben, war Ihnen CentroCor dicht auf den Fersen. Oder haben Sie gedacht, die wollen Ihnen einen netten Schreibtischjob anbieten? Man will Sie foltern und nach Informationen ausquetschen. Was danach noch von Ihnen übrig ist, wird die kaum kümmern. Und Sie erzählen mir, wir hätten Sie hierher verschleppt – vielleicht darf ich Sie daran erinnern, dass Sie immer noch dem Wohl des dreiköpfigen Adlers dienen, Kommandant? Ich musste mit Ihnen reden, also habe ich Sie *herbeordert*. Und was die Heimlichtuerei angeht, seit wann ist die Flotte nicht mehr befugt, Geheimnisse zu bewahren?«

»Wie Sie meinen, Ma'am.« Lanoe bemerkte, dass er mit den Händen auf dem Rücken strammstand. Er zwang sich dazu, auf dem offerierten Stuhl Platz zu nehmen.

»Man hat Sie zur Erde gebracht, weil *ich* hier sein muss«, sagte Varma. »Ich habe die letzten zwei Tage in Lagebesprechungen verbracht. Ich musste mit jedem Sektorvorsteher einzeln reden, weil sie sich tatsächlich weigern, auch nur denselben Raum miteinander zu teilen. Dann musste ich der Internationalen Liga die ganze Geschichte irgendwie beibringen. Jedes vermaledeite Organ der irdischen Regierung will meine Zeit verplempern. Wenn Sie mein blödes Wasser nicht trinken wollen, bitte sehr. Aber schminken Sie sich diesen Ton ab.«

Lanoe hob den Kopf und sah sie fest an. Er war in seiner Laufbahn oft genug von Admirälen zusammengestaucht worden, um zu wissen, was von ihm erwartet wurde. Er hatte schweigend dazusitzen und sich alles anzuhören.

Zum Teufel mit Maggs. Dieser Idiot war geschickt worden, ihn zu einem Treffen abzuholen – und hatte es fertiggebracht, im Zuge dessen einer Kadettin die Hand zu zerschießen und ganz Rishi einen höllischen Schrecken einzujagen. Und alles wahrscheinlich nur, um Lanoe in Sorge zu sehen.

»Sie sind kein Gefangener«, fuhr Varma ein klein wenig sanfter fort. »Aber Sie unterstehen meinem Kommando. Und Sie wissen, warum Sie hier sind.«

»Niraya«, sagte Lanoe.

»Aliens«, berichtigte ihn die Admiralin. Sie zog ein Lesegerät aus der Tasche und breitete es auf dem Schoß aus. Er sah Text über den Bildschirm laufen, konnte ihn aber von seinem Platz aus nicht lesen.

»Aliens«, stimmte er zu. »Sie nennen sich die Blau-Blau-Weiß. Sehen ein bisschen wie Quallen aus und leben in der Atmosphäre von Gasriesen. Tatsächlich …«

»Das weiß ich alles«, sagte Varma.

»Wirklich?«

»Wir haben auch Ihren kleinen KI-Freund eingesammelt.«

Valk. Sie hatten Valks Gedächtnis ausgelesen. So viel zu seinem Plan, die Informationen nur an die richtigen Leute weiterzugeben.

*

»Wir haben ihm eine Menge Informationen entlockt, Kommandant«, sagte Varma. Sie betrachtete eins der vielen Lesegeräte, die vor ihr auf dem Tisch ausgebreitet lagen. »Eine Menge hochinteressanter Informationen. Ihre Maschine war in der Lage, mit der Drohnenflotte zu kommunizieren, was sonst niemandem gelungen ist. Sie hat sich mit ihnen unterhalten. Alles über sie in Erfahrung gebracht. Sie hat sich sogar ein Bild übermitteln lassen, wie sie aussehen.« Sie rief das Bild der Blau-Blau-Weiß auf ihrem Lesegerät auf. Lanoe erkannte den orangefarbenen Kugelkörper mit den herabhängenden Tentakeln. »Faszinierend. Sie haben vor fast einer halben Milliarde Jahren eine einzige Drohnenflotte ausgeschickt, die dann anfing, sich zu vervielfältigen – ah, das hier ist interessant. Wie es aussieht, könnten mittlerweile Millionen dieser Flotten da draußen unterwegs sein, die sich in der gesamten Galaxis verteilt haben. *Höchst* interessant. Es gibt eine brennende Frage, die ich gerne von Ihnen beantwortet hätte.«

»Ma'am«, sagte Lanoe. Er wusste, was kommen würde.

»Warum in drei Teufels Namen habe ich das nicht schon früher erfahren?«

Lanoe erkannte eine rhetorische Frage, wenn er sie hörte.

»Als Sie Niraya verlassen haben, waren unsere Schiffe längst dabei, die Wracks zu untersuchen, die Sie hinterlassen haben. Alles über diese Außerirdischen herauszufinden. Konteradmiral Wallys ist seit über einem Monat dabei, jedes Quäntchen an Daten durchzusehen, auch das letzte verschmorte Wrackteil unter die Lupe zu nehmen. Jedes Mal, wenn er etwas Neues findet, schickt er mir sofort ein Update. Und trotzdem wusste ich nicht, wie diese Aliens aussehen. Ich wusste nicht, dass da noch mehr Flotten unterwegs sind – bis wir Sie eingesammelt haben. Aus irgendeinem Grund waren Sie der Meinung, Wallys von alldem nichts mitteilen zu können.«

Lanoe erwiderte demonstrativ ihren starren Blick.

»Ich habe jetzt alles hier, Kommandant. *Alles.* Unter anderem die Aufzeichnung eines Gesprächs, das Sie nach der Schlacht mit der KI geführt haben. Die KI bat darum, demontiert zu werden – ein bewundernswerter Zug, und die korrekte Reaktion. Sie wissen, wie strikt die Gesetzgebung bezüglich Künstlicher Intelligenz ist. Sie wissen, dass wir so eine Maschine nicht frei herumlaufen lassen dürfen. Als die KI darum bat, abgeschaltet zu werden, haben Sie trotzdem Nein gesagt. Sie haben ihrer absolut rechtmäßigen Bitte nicht entsprochen. Soll ich Ihnen Ihren exakten Wortlaut ins Gedächtnis rufen, Lanoe? Ich kann Ihnen die Passage gerne vorlesen.«

»Nicht nötig, Ma'am.«

Sie starrte ihn noch immer an. Wartete ab.

»Ich habe ihm gesagt, dass ich die Informationen, die er gesammelt hatte, noch benutzen will. Dass ich vorhabe, die Blau-Blau-Weiß zu finden und sie dazu zu bringen, ihre Drohnenflotten abzuschalten. Und dass ich, sollte das nicht funktionieren, vorhabe, sie für ihre Taten bezahlen zu lassen.«

Varma nickte. Sie nahm eins der Lesegeräte vom Tisch und betrachtete den Bildschirm.

Sie schwieg so lange, dass er irgendwann nicht länger den Mund halten konnte. »Ma'am, ich hatte mich dazu entschlossen, diese Informationen nicht an Konteradmiral Wallys weiterzugeben, weil ich …«

»Weil Sie ihm nicht zugetraut haben, diese Erkenntnisse so einzusetzen, wie Sie das gerne hätten«, unterbrach Varma ihn.

Eine zutreffende Einschätzung.

»Mir ist bekannt, welchen Ruf er hat«, sagte sie. »Er hat seine halbe Karriere damit verbracht, nach Aliens zu suchen, ohne je auch nur den kleinsten Beweis für ihre Existenz zu finden. Bis jetzt. Er hatte sich gewissermaßen zum Gespött der Flotte gemacht.« Sie zuckte mit den Schultern. »Ich gebe zu, als er mir den ersten Bericht über Niraya geschickt hat, dachte ich auch, das sei völliger Unsinn. Dass er vielleicht irgendwelche alten Fossilien ausgegraben hat, die aus dem Augenwinkel wie Aliens aussehen könnten. Natürlich habe ich seinen Bericht zuerst nicht ernst genommen.«

»Ma'am, es gibt genug Parteien, die großes Interesse an diesen Informationen hatten. Zum Beispiel CentroCor. Ich bin mir sicher, die haben sich längst überlegt, wie genau sie daraus Profit schlagen können. Dann gibt es andere, die …«

»Schluss damit«, sagte Varma. »Ihnen ist doch klar, dass Ihre eigenmächtige Entscheidung, es für sich zu behalten, als Hochverrat eingestuft werden kann? Dass Ihnen Disziplinarmaßnahmen bevorstehen könnten, die durchaus – und nicht nur das – eine standrechtliche Exekution beinhalten?«

Lanoe war ein zäher alter Hund, trotzdem kam er bei ihren Worten nicht umhin, einen kalten Schauer im Rücken zu spüren.

»Sie haben die Sicherheit der gesamten Menschheit gefährdet«, legte Varma nach. »Möchten Sie mir verraten, wozu?«

»Ma'am – diese Informationen sind wichtig. Sie dürfen nicht in falsche Hände geraten. Möglicherweise hat es in der ganzen Menschheitsgeschichte keinen wichtigeren Augenblick gegeben. Sie haben Valks Daten gesehen. Dann kennen Sie auch seine Theorie darüber, warum wir nie auf fremde Zivilisationen gestoßen sind, auch wenn wir seit Jahrhunderten nach ihnen suchen. Er ist der Meinung, dass es keine gibt. Dass es einmal viele gab, aber die Drohnenflotten der Blau-Blau-Weiß sie alle ausgerottet haben. Dass wir nur deshalb noch da sind, weil sie noch nicht dazu gekommen sind, uns ebenfalls auszuradieren.«

Varma legte das Lesegerät zurück und trank bedächtig einen Schluck Wasser.

»Was die getan haben – was sie immer noch tun –, ist unverzeihlich. Das darf so nicht weitergehen. Sie haben …«

»Sie haben Leutnantin Bettina Zhang getötet«, sagte Varma.

131

Lanoe machte den Mund auf, um etwas zu erwidern. Irgendwas. Und stellte fest, dass er kein Wort herausbrachte.

»Sie hat bei Niraya an Ihrer Seite gekämpft. Sie ist in der Entscheidungsschlacht gefallen. Sie hat ihr Leben gegeben, um den Planeten zu retten.« Sie machte eine kurze Pause. »Die Aliens haben sie umgebracht. Das ist der Teil, der wirklich unentschuldbar ist, richtig?«

Er hielt den Blick auf seine Hände gerichtet. Sie zitterten.

»Die Frau, die Sie geliebt haben. Die Frau, der Sie einen Antrag gemacht hatten.« Sie warf einen Blick auf das Lesegerät. »Bei mindestens zwölf verschiedenen Gelegenheiten.«

»Es geht ... es geht hier nicht um ...«

»Es geht nicht nur um Zhang«, sagte die Großadmiralin und nickte verständnisvoll. »Nicht nur. Lanoe, ich kenne Sie schon lange. Ich weiß, dass Sie nach außen hin hart wie Stahl sind, aber tief in Ihnen schlummern doch Gefühle. Sie sind ein Ehrenmann. Sie wollen all diese armen toten Außerirdischen rächen, die Sie nie kennengelernt haben. Auf abstrakte Weise sind Sie der Meinung, um derentwillen auf Gerechtigkeit aus zu sein. Es geht nicht«, wiederholte sie leise, »nicht *nur* um Zhang.«

Lanoe musste alles an Willensstärke aufbieten, um den Kopf zu heben. Um Varmas Blick zu parieren. »Diesen Aliens nachzujagen«, sagte er, »ist ganz einfach das Richtige.«

»Vielleicht«, sagte sie.

Lanoe verzog den Mund zu einer harten Linie. Weigerte sich, seine Gefühle zu zeigen.

»Vielleicht ist es das. Aber es ist nicht Ihre Entscheidung.«

»Ma'am, um Vergebung, aber ...«

»Halten Sie den Mund und hören Sie zu. Diese Alien-Drohnen haben nicht Niraya, sondern die Menschheit angegriffen. All die anderen Flotten sind da draußen noch unterwegs und werden über kurz oder lang andere menschliche Welten angreifen. Wie diesen Aggressoren zu begegnen ist, hat nicht ein einsamer Kommandant mit seiner Handvoll Getreuer zu entscheiden. Diese Entscheidung sollte – und wird – von den gewählten Führern der Menschheit getroffen werden. Von Leuten wie mir und den Sektorvorstehern und der Internationalen Liga. Habe ich mich klar ausgedrückt?«

»Ma'am. Dürfte ich eine Frage stellen?«

»Schön. Bitte sehr.«

»Was haben Sie vor, jetzt, da Sie alle Einzelheiten kennen?«

Varma seufzte. Kurz dachte er, sie wolle darauf nicht antworten. Sie hätte natürlich jedes Recht dazu gehabt – es gab keinen Grund, warum sie Entscheidungsfindungsprozesse auf höchster Ebene mit einem Frontoffizier wie ihm besprechen sollte. Aber sie überraschte ihn mit einer ehrlichen Antwort.

»Das werden wir diskutieren müssen. Ausgiebig. Die Sektorvorsteher werden einen Untersuchungsausschuss bilden wollen, dessen Budget die Internationale Liga erst einmal billigen muss. Dann muss eine Expertenkommission eingerichtet werden, um die Beweise zu studieren, die Sie uns gebracht haben, und davon ausgehend Vorschläge zum weiteren Verfahren zu formulieren. Danach werden unabhängige Analytiker diese Vorschläge begutachten und feststellen, ob sie auch sinnvoll sind. Schließlich wird irgendwann ein offizielles Dokument zum weiteren Vorgehen aufgesetzt, aus dem sich das verbindliche Verhaltensreglement ergibt. Wir müssen sehr vorsichtig sein, wie wir hier verfahren, wissen Sie? Wir können es uns nicht leisten, dass Panik ausbricht – nicht jetzt.«

Der Blick, den sie ihm nach Beendigung ihrer Ausführungen zuwarf, war beinahe entschuldigend.

Also war genau das eingetreten, wovor er sich am meisten gefürchtet hatte. Valks Informationen würden unter den Teppich gekehrt – schlimmer noch, an einen Ausschuss übergeben werden.

Was aller Wahrscheinlichkeit nach bedeutete, dass gar nichts passieren würde. Es würde endlose Konferenzen und Diskussionen geben. Die MegaKons würden ihren Einfluss geltend machen. Am Ende würde die Reaktion der Menschheit auf die Blau-Blau-Weiß von einer Kosten-Nutzen-Analyse entschieden werden.

Man würde die richtige Reaktion, den einzig moralisch vertretbaren Weg voran, als zu teuer abhaken. Zumindest, bis die Blau-Blau-Weiß die nächste menschliche Kolonie angriffen. Bis mehr Menschen gestorben waren.

All das musste Varma wissen. Er konnte sich denken, dass es ihr vielleicht ebenso wenig schmeckte wie ihm. Aber sie sagte es nicht. Und selbst wenn sie der Meinung war, er habe recht, dass all das wohl der falsche Weg war, tja – auch für sie gab es Leute, denen sie Rechenschaft schuldig war. Jeder hatte irgendwo noch einen Vorgesetzten.

Er überlegte, etwas zu erwidern. Eine flammende Rede für sofortiges Handeln zu halten. Er wusste es besser. Er hatte bereits alle Asse gespielt und war trotzdem gescheitert. Die Informationen, die er so verzweifelt in die richtigen Hände hatte übergeben wollen, waren ans Licht gekommen. Er konnte die Zeit nicht zurückdrehen.

»So«, sagte sie schließlich. »Jetzt haben wir Ihre kleine Rachefantasie vom Tisch. Sie werden nicht einfach durch die halbe Galaxis fliegen und anfangen, irgendwelche Aliens abzuknallen. Das ist Ihnen hiermit *untersagt*. Lassen Sie uns also besprechen, was Sie *stattdessen* tun werden.«

10

»Ich habe einen Auftrag für Sie«, sagte Varma.

»Ich bin im Ruhestand, Ma'am. Ich bin längst nicht mehr im aktiven Dienst ...«

»Vielleicht hören Sie sich erst mal an, worum es geht, bevor Sie den Auftrag ablehnen.« Sie hob ein Lesegerät, das ein Video geladen hatte, vom Fußboden auf. Sie reichte es Lanoe und bedeutete ihm, auf START zu drücken.

Das Video zeigte eine Szene, die ihm vertraut war, allerdings aus einer Perspektive, aus der er sie noch nie gesehen hatte. Er sah das Königinnenschiff vor sich, das größte Schiff der Alienflotte, die er über Niraya bekämpft hatte. Es war aus einem ausgehöhlten Asteroiden gebaut worden und hatte an der Stirnseite eine breite Öffnung aufgewiesen, umsäumt von einem Ring langer, tentakelartiger Fasern. Somit hatte es seinerseits ein wenig an eine Qualle erinnert.

Das Video lief weiter; bald schoss eine Feuerwalze aus der Öffnung hervor. Das gesamte gigantische Schiff erzitterte, und entlang der steinernen Flanke bildete sich ein breiter Riss, aus dem gleißendes Licht brach. Die Tentakel erschlafften, nach und nach erlosch die Glut aus dem Innern.

Das Bildmaterial war erstaunlich scharf. Lanoe konnte sogar die beiden Pünktchen erkennen, die aus der Öffnung rasten, während sich der flüssige Kern des Asteroiden bereits entlud.

Diese Pünktchen waren er selbst und Valk, die sich dank Valks Anzugdüsen gerade noch aus dem explodierenden Königinnenschiff retteten.

Unvermittelt wurde der Bildschirm schwarz. Dann tauchten zwei Wörter in generischer weißer Schrift auf:

GUTE ARBEIT

Lanoe hob den Kopf, aber Varma schüttelte den ihren. »Da kommt noch mehr.«

Jetzt erschien eine Karte der Milchstraße. Einige Sterne waren farblich hervorgehoben – besonders die, welche der Erde am nächsten lagen. Jene Sternsysteme, die von Menschen besiedelt worden waren. Einer nach dem anderen leuchteten sie in hellem Orange auf, als seien sie plötzlich entbrannt. Bei jedem Aufleuchten wurde der Bildschirm kurz dunkel und zeigte eine Zahlenreihe an. Lanoe verstand genug von Astronavigation, um zu sehen, dass die Zahlen galaktische Koordinaten, Flugvektoren und Geschwindigkeit beinhalteten. Andere Ziffern stellten ein konkretes Datum dar, meist viele Jahre in der Zukunft.

ES WERDEN NOCH MEHR KOMMEN

Lanoe wusste sehr genau, was das bedeutete. Die Koordinaten zeigten die aktuellen Positionen weiterer Drohnenflotten wie jener an, die er bekämpft hatte. Die orange entflammten Sterne signalisierten, wo sie als Nächstes angreifen würden – und wann.

Varma hielt das Video an. »Natürlich haben wir die Angaben mit unseren besten Raumteleskopen überprüft. Alle beschriebenen Flotten sind gefunden worden. Alle unterwegs zu bewohnten Planeten. Manche brauchen noch Jahrhunderte, bis sie ankommen, aber sie sind auf dem Weg.«

Lanoe nickte und kaute auf der Lippe herum. Er betrachtete die Zahlenketten und suchte nach etwas Bestimmtem. »Adlivun«, sagte er und zeigte auf einen der orangefarbenen Sterne. »Das ist ihr nächstes Ziel. In siebzehn Jahren.«

Varma nickte. »Wir werden sie erwarten.«

Das konnte er nur hoffen.

Varma ließ das Video weiterlaufen. Ein Stern nach dem anderen verfärbte sich. Am Ende leuchtete jedes System, in dem sich menschliche Kolonien befanden. Jedes einzelne.

Abermals wurde der Bildschirm schwarz. Wieder tauchten Wörter auf, Zeile für Zeile.

WIR KÖNNEN HELFEN
KOMMT UND SUCHT UNS
HIER IST DER SCHLÜSSEL

Unterhalb der Zeilen bildete sich ein kompliziertes Muster, ein Irrgarten aus verschlungenen Linien und scharfen Kurven. Die Nachricht war übermittelt – das Video zu Ende.

»Was – was ist das?«, fragte Lanoe. »Diese Form … der Schlüssel?«

»Eine ausgiebige Wegbeschreibung. Eine Route durch den Wurmraum, die in einer Gegend endet, von der wir nicht einmal wussten, dass es sie gibt. Sie endet an einem Schlund, den kein Mensch je gesehen hat.«

Sie nahm das Lesegerät wieder an sich und legte es auf den Boden.

»Das ist eine Karte. Sie hätten uns auch gleich eine geprägte Einladung schicken können.«

*

Lange Zeit starrte er sie wortlos an.

»Wer hat uns das geschickt?«

»Keine Ahnung«, sagte Varma. Sie trank noch einen Schluck Wasser. »Die Metadaten des Videos bieten keinerlei Anhaltspunkte. Außerdem war die Nachricht nicht verschlüsselt. Sie wurde im Klartext von einem Schiff der Flotte empfangen, das aktuell auf einer Langstrecken-Erkundungsmission jenseits des Avernus-Systems unterwegs ist. Von allen menschlichen Planeten ist Avernus dem Ziel auf dieser Karte am nächsten, aber das heißt nichts – selbst von da aus liegen die Koordinaten per Wurmloch mehr als eine Woche entfernt.«

»Dann stammt die Nachricht von außerhalb der Flotte«, sagte Lanoe und dachte nach. »Einer der MegaKons?«

»Wie gesagt: Keine Ahnung. Die Nachricht wurde gezielt an dieses eine Schiff der Flotte gesendet. Könnte sein, dass einer der Konzerne versucht, uns hintenrum Informationen zukommen zu lassen, ohne dass die Konkurrenz davon erfährt. Aber das wirft nur neue Fragen auf. Die MegaKons verfügen über eine Menge Wege, die Admiralität einfacher und direkter – und vor allem diskreter – zu kontaktieren.«

Lanoe nickte. »Könnte 'ne Falle sein. Eine rätselhafte Nachricht aus den Tiefen des Alls ... glaubhafte Abstreitbarkeit bis zum Abwinken. CentroCor oder einer der anderen Konzerne könnte uns in die Falle locken wollen.«

»Und wozu?«

Lanoe musste zugeben, darauf keine schlüssige Antwort zu haben. Warum sollte einer der MegaKons eine derart verworrene Botschaft senden? Alles, nur um die Flotte abzulenken? Um sie bloßzustellen, weil sie einem mysteriösen Signal hinterherjagte? Aus so etwas ließ sich kein Profit schlagen, damit war dieses Vorgehen für die MegaKons uninteressant. »Vielleicht ... ach, ich weiß nicht. Vielleicht ist es nur irgendein Idiot mit 'nem Funkgerät, der uns einen Streich spielen will.«

»Unwahrscheinlich«, sagte Varma. »Die Nachricht enthält Informationen, die niemand hat, nicht einmal wir. Sehen Sie das hier?« Sie deutete abermals auf den ›Schlüssel‹, das Muster aus Kurven und Linien am Ende der Botschaft. »Wenn man das Bild vergrößert, wird es noch ausufernder und komplizierter, wie ein Fraktal.« Das Muster auf dem Bildschirm wuchs zu einem Gewirr aus Linien an, die sich wie die Äste eines Baums oder ein menschlicher Blutkreislauf immer weiter verzweigten. Es erinnerte durchaus an die Karten des Wurmraums, die Lanoe bekannt waren, und doch war es irgendwie anders. Größer, komplexer. An verschiedenen Punkten der Karte tauchten Hinweise auf – die üblichen Schifffahrtszeichen und Navigationshilfen, Hinweise auf Wurmlochschlünde und Gefahrenzonen, Sackgassen und Stellen, an denen Wurmlöcher einfach in einer Schleife zu sich selbst zurückführten. Es waren wesentlich mehr Symbole, als Lanoe erwartet hatte. Manche hatte er noch nie gesehen, auch wenn sie nach schlichten Koordinatenangaben aussahen. Genau im Zentrum der Karte befand sich ein kleines weißes Kreuz. Als Lanoe es ansah, pulsierte es kurz. Das war unschwer zu deuten – es bildete ihr Ziel. Das X markierte den Ort.

»Es ist die vollständigste Karte des Wurmloch-Netzwerks, die ich je gesehen habe. Hier sind ganze Bereiche erschlossen, in die selbst die Flotte noch nie vorgestoßen ist. Wer auch immer uns das geschickt hat«, sagte Varma, »verfügt über großes Wissen. Noch interessanter ist aber vielleicht, dass sie eine Videoaufnahme davon haben, wie Sie die Flotte der Aliens über Niraya schlagen. Bewegtbilder, Lanoe. Was nur heißen kann, dass sie es *im Moment des Geschehens* gefilmt haben.«

»Dann muss die Quelle, falls es ein blöder Streich ist, irgendwo innerhalb der Flotte zu finden sein. Jemand, der Zugang zu Admiral Wallys' Rechnern hat …«

»Nein«, sagte Varma.

»Nein?«

»Nein. Dieses Bildmaterial hat niemand. Nicht aus diesem Winkel. Weder wir noch die MegaKons. Nicht einmal Ihre KI.«

»Teufel noch mal«, entfuhr es ihm unwillkürlich.

»Lanoe, sind Sie wirklich so dumm, zu glauben, ich würde Ihnen das alles erzählen, wenn ich keinen verdammt guten Grund dafür hätte?«

»Nein, Ma'am«, sagte er und schluckte.

»Wer immer uns das geschickt hat – wir müssen herausfinden, wie sie an diese Aufnahmen gekommen sind. Wir müssen herausfinden, warum sie mehr über das Wurmloch-Netzwerk wissen als wir. Wir müssen es unbedingt wissen. Unter Admirälen nennt man so etwas einen strategischen Vorteil, und wir können es uns nicht leisten, uns solche entgehen zu lassen, wenn sie sich bieten.«

Lanoe nickte.

»Es wurde bereits beschlossen, auf der Stelle eine kleine Delegation zu entsenden, um der Sache auf den Grund zu gehen.«

»Und Sie wollen, dass ich das erledige«, sagte Lanoe.

»Wenn wir das tun, werden wir es so still wie möglich machen. Sie wissen schon, was über Niraya passiert ist. Wenn ich jemand anders schicke, muss ich ihn erst mal in alles einweihen, und im Moment wäre mir lieb, wenn so wenig Leute wie möglich von den anderen Flotten wüssten.« Varma hob die Hände und ließ sie wieder sinken. »Sie sind die beste Wahl für diesen Auftrag.« Sie tippte das Lesegerät an, und das Video verschwand. »Sie brechen so bald wie möglich auf. Sie können den Kreuzer haben, mit dem Sie gekommen sind. Sie können sich Ihre Besatzung aussuchen. Selbstredend unterliegt die Sache strengster Geheimhaltung. Sollten die MegaKons etwas von Ihrer neuen Mission erfahren – dazu darf es nicht kommen. Haben Sie mich verstanden?«

»Jawohl, Ma'am.« Er wusste genau, wie viel auf dem Spiel stand. Die Flotte befand sich mit den Konzernen in einem ewigen kalten Krieg. Die großen interplanetaren Konglomerate suchten unablässig nach einer Möglichkeit, die Verteidiger der Erde auszustechen. Sollten sie je einen handfesten Vorteil erlangen – etwas, das ihnen erlaubte, der Flotte erfolgreich die Stirn zu bieten –, würden sie die Erde noch am gleichen Tag erobern.

»Sie werden niemandem verraten, wohin Sie unterwegs sind

oder warum, und sich insgesamt bedeckt halten. Innerhalb dieser Rahmenbedingungen bekommen Sie so viel Unterstützung wie möglich.«

»Und wenn ich ablehne?«, fragte Lanoe.

»Ausgeschlossen«, sagte Varma. »Das ist ein Befehl.« Sie faltete die Hände im Schoß. »Ich sage Ihnen was. Sie erledigen das für uns, schließen diesen Einsatz erfolgreich ab, und wir tun so, als hätten Sie die Admiralität nicht hintergangen. Die Tatsache, dass Sie die Existenz der Valk-KI vor uns verborgen haben, dass Sie Informationen über Niraya hatten, die Sie nicht weitergeben wollten – alles vergessen. Es ist das beste – und einzige – Angebot, das Sie bekommen werden.«

Lanoe bemühte sich, nicht das Gesicht zu verziehen.

So hatte er das nicht geplant. Der Sieg über die fremdartigen Drohnen war zu teuer erkauft gewesen, um sich einfach über den Erfolg zu freuen und sein altes Leben weiterzuführen. Er hatte sich verändert da draußen, dort, wo er die Frau verloren hatte, die er liebte. Wo er so vieles geopfert hatte, um Niraya zu retten.

Tief in ihm war etwas gestorben. Und etwas anderes an seiner Stelle erwacht. Ein Verlangen.

Er hatte Valks Informationen nicht zur Admiralität bringen wollen, damit diese sich der Sache annahm. Er war fest entschlossen gewesen, offiziell vor den Admiralitätsrat zu treten und ihn darum zu ersuchen, ihm eine Flotte bereitzustellen. Damit er Jagd auf diese gottverdammten Quallen machen konnte – und zwar persönlich.

Ihm war klar gewesen, wie naiv diese Erwartung war, aber eine bessere Idee war ihm nicht eingefallen. Und jetzt – war ihm alles entglitten. Die Admiralität würde ihm nicht helfen, und ohne deren Rückendeckung konnte er nicht hoffen, die Sektorvorsteher je davon zu überzeugen, seinen Plan zu unterstützen.

Alleine konnte er nichts ausrichten. Er hatte keine Möglichkeit, ohne fremde Hilfe zehntausend Lichtjahre in Richtung des galaktischen Zentrums zu reisen. Die Erde war seine einzige Hoffnung gewesen, und diese Hoffnung war dahin.

Wer auch immer die Nachricht geschickt hatte, was immer sie wollten – sie hatten ihre Hilfe angeboten. Sie wollten ihm helfen, die Blau-Blau-Weiß unschädlich zu machen.

Er würde jede Hilfe annehmen, die sich ihm bot.

Er hielt sein Gesicht so ausdruckslos wie möglich und tat so, als müsse er sich die Sache durch den Kopf gehen lassen. Als er der Meinung war, eine angemessene Zeitspanne für ausgiebige Gewissensprüfung sei verstrichen, erhob er sich langsam.

»Jawohl, Ma'am. Ich breche sofort auf.«

11

Als Lanoe den kleinen Raum wieder verließ, war Maggs gerade so furchtbar beschäftigt, dass er die Rückkehr des alten Manns kaum wahrnahm.

Er frönte, man mochte es kaum glauben, dem altehrwürdigen Zeitvertreib, Steinchen von einer Anhöhe aus in die Tiefe zu treten und sorgsam zu beobachten, wie oft sie aufschlugen, ehe sie zum Liegen kamen. Seine aktuelle Bestleistung betrug sechs Aufpraller, und er hatte gehofft, sein Ergebnis noch auszubauen, ehe sie wieder abfliegen mussten.

Aber ach, wenn die Pflicht einmal rief ... Er lehnte sich gegen einen porösen Stützbalken und sah Lanoe blinzelnd zurück ins Licht treten.

Einen Augenblick lang konnte er sich des Eindrucks nicht erwehren, der alte Pilot schaue wie ein verwirrtes Rindvieh drein. Es war ausnehmend angenehm, ihn zur Abwechslung einmal verunsichert zu sehen. »Schlechte Neuigkeiten?«, fragte er.

Sobald Lanoe bemerkte, dass er beobachtet wurde, gefror sein Gesicht wieder zu einer Maske. Natürlich. Diese alten Haudegen, die Veteranen antiker Schlachten, legten so großen Wert darauf, immer hart und ungerührt rüberzukommen. Felsen in der Brandung.

»Wie lauten deine Befehle?«, fragte Lanoe.

Maggs zuckte die Achseln und widmete sich demonstrativ einer Begutachtung seiner Handschuhe, nur um sicherzugehen, dass sie während der Warterei keinen Staub abbekommen hatten. »Ich soll dich zu unserem Hopliten zurückfliegen. Er untersteht jetzt dir. Ich soll dabei assistieren, die Übergabe des Kommandos an dich so unkompliziert wie möglich zu gestalten und dir dann nicht weiter im Weg herumstehen. Ich stehe dir also zu Diensten. Vorläufig.«

Er fand es ein wenig verwunderlich, dass Lanoe diese Gelegenheit nicht dazu nutzte, ihn zu beleidigen oder herunterzuputzen, aber einem geschenkten Gaul sollte man wohl nicht zu tief in den Rachen spähen. Am Ende verbargen sich dort gefletschte Beißerchen.

Stattdessen setzte sich Lanoe sofort in Bewegung und ging zum Landeplatz ihres Schiffs zurück. Er hatte schließlich immer noch den Rang eines Kommandanten inne und war daran gewöhnt, das Sagen zu haben. Maggs hatte das kurze Intermezzo genossen, für dessen Dauer ihre Rollen vertauscht gewesen waren, aber das war nun vorbei. Er eilte dem alten Mann hinterher und wärmte das Triebwerk vor, während sich Lanoe auf seinem Sitz niedergelassen hatte und stumm ins Nichts starrte.

Erst als sie wieder in der Luft waren und hoch über den Ruinen des alten Nordamerika dahinglitten, brach Lanoe sein Schweigen. »Ist dieses Ding abhörsicher?«

»Selbstverständlich«, gab Maggs zurück. »Alle Daten des Flugschreibers sind nach Flottenreglement verschlüsselt. Und selbst wenn nicht – das Schiff ist ganz auf Tarnung ausgelegt, wir strahlen nicht einmal ein IFF-Signal ab. Wer auch immer uns mit passiver Sensorik aushorchen will, wird nichts als Grabesstille empfangen. Wieso – hast du was auf dem Herzen, Kommandant?«

Lanoe grunzte. »Wie gut bist du im Bilde? Was haben sie dir bei der Einsatzbesprechung verraten, als du mich holen solltest?«

»So gut wie nichts«, sagte Maggs und zog den Steuerknüppel zu sich heran. Hinter ihnen schrumpfte der Binnensee des Ohio-Kraters zusammen. Der Himmel wurde dunkel und füllte sich zunehmend mit Sternen, während sie die Atmosphäre verließen. Die Bordwand zischte noch ein wenig, dann war es still. Sie befanden sich wieder im All. »Man hat mich ausgeschickt, um dich für eine offizielle Einsatzbesprechung abzuholen, so viel hat man mir verraten. Ich wusste, dass du mit Großadmiral Varma sprechen solltest. Ich weiß, dass du den Hopliten nach eigenem Ermessen benutzen und dir deine Besatzung handverlesen darfst. Wohin du unterwegs bist, was du zu tun hast, sobald du da ankommst – tja. Keinen blassen Schimmer. Willst du es mir vielleicht verraten?«

»Nein«, sagte Lanoe. Und schwieg.

Maggs seufzte. Binsenweisheit oder nicht, die Flotte wurde von Geheimnissen angetrieben, und nicht jeder Leutnant hatte Einsicht in die Machenschaften der Admiralität. Trotzdem war es schrecklich unfair. Die Flotte schien das menschliche Grundbedürfnis nach Klatsch und Tratsch einfach nicht ausreichend zu würdigen.

Seit ihrem Ablegen hatte der Kreuzer seine Position verändert und sich durch den verkehrsreichen Nahraum der Erde geschlängelt, bis er eine orbitale Versorgungsbasis der Flotte auf der Rückseite des Mondes erreichte. Maggs manövrierte ihr kleines Gefährt gekonnt zwischen zwei Versorgungsschiffen der Greifen-Klasse hindurch – die klobigen, unbewaffneten Kähne waren nur dazu da, Kriegsschiffe mit Munition und Vorräten zu befüllen. Momentan waren sie mit einem Schlachtschiff der Toxotes-Klasse und drei Zerstörern beschäftigt – die Regierung der Erde legte großen Wert darauf, stets ausreichend Großkampfschiffe in der Nähe zu haben, um neugierige Touristen abzuschrecken. Der Hoplit hatte in einem Inspektionsdock festgemacht – einem Geflecht aus Stahlträgern, das wie eine riesenhafte Skeletthand anmutete. Dutzende Gestalten in Raumanzügen wuselten über die Bordwand, öffneten Wartungsklappen und lösten Panzerplatten, um sicherzugehen, dass alles in einwandfreiem Zustand war.

»Dein Streitwagen steht bereit«, sagte Maggs und setzte in einer eleganten Schleife im Hangar auf.

Lanoe schnallte sich ab und kletterte durch die enge Luke hinaus, ohne ein Wort des Dankes für den armen Kerl, der ihn die ganze Zeit herumkutschierte.

Du undankbarer Scheißkerl, dachte Maggs.

Du undankbarer Scheißkerl, Sir, gemahnte ihn die Stimme des Vaters reflexartig.

*

Im Hangar herrschte geschäftiges Treiben. Aktuell stand das Schleusentor offen, um den Beibooten ungehinderten An- und Abflug zu ermöglichen, und bei jedem Kataphrakt-Jäger, der eingeladen wurde, schimmerte das Atmosphärefeld vor der Schwärze des Alls. Lanoe zählte elf BR.9er – das allgegenwärtige Rückgrat der Flotte – neben Maggs' Z.XIX. Ein komplettes Geschwader, sorgfältig in den Landegerüsten verankert, um zu verhindern, dass sie bei schnellen Manövern im Hangar umherrollten. »Wie viele Piloten haben sie mir überstellt?«, fragte Lanoe.

Maggs berührte sein Handgelenk und konsultierte das auftauchende Display. »Zehn, allesamt Veteranen.« Aus seinem Mund klang es wie ein wunderbares Geschenk.

Lanoe verzog das Gesicht. »Veteranen von was? Hat auch nur einer von denen in der Aufbau-Krise gekämpft?«

»Na ja, nicht direkt«, sagte Maggs. »Aber diese zehn waren alle am Konflikt zwischen DaoLink und Soltexon beteiligt. Ziemlich ungemütliche Nummer.«

»Und auf welcher Seite?«

»Soltexon, würde ich behaupten«, sagte Maggs. »Aber sicher bin ich mir nicht.«

Lanoe widerstand der Versuchung, Maggs ins Gesicht zu schlagen. Wenn er eine Frage stellte, wollte er darauf eine anständige Antwort haben. Auch wenn er wusste, dass es in diesem Fall nicht so einfach war.

Die MegaKons führten unablässig Krieg untereinander. Mal ging es um Handelskonflikte, mal um Rechtsstreitigkeiten, mal besetzte einfach irgendwer einen Asteroiden, der rein zufällig einem Konkurrenten gehörte. Nur ein Dutzend Planeten zu beherrschen, war für die Vorstände der riesigen Firmen nie genug, und meist war eine Expansion nur möglich, indem man sich des Territoriums der Konkurrenz bemächtigte. Die Erde bewahrte das zarte Gleichgewicht, indem sie die Mittel der Flotte zielgerichtet einsetzte. Sobald ein Konzern zu groß wurde, entsandten die Sektorvorsteher einen Trägerverband oder auch nur ein Schlachtschiff mit einer Marineinfanterie-Division, um dessen Feinde zu stärken.

Da die Kriege nie ein Ende nahmen, konnte die Flotte durchaus in einem Jahr für DaoLink und im nächsten für Soltexon kämpfen, nur um im darauffolgenden bereits wieder DaoLink in beratender Funktion zu unterstützen.

Lanoe mochte dieser Vorgehensweise wenig abgewinnen. Lieber hatte er den Dienst quittiert, als für die MegaKons ihre endlosen Querelen auszutragen und um irgendwelche Stückchen Weltall zu kämpfen, die eigentlich sowieso niemand haben wollte. Sein Vertrauen in Piloten, die bei solch noblen Vorhaben mitmachten, war äußerst begrenzt. Die Kriege zwischen den Konzernen waren meist schnelle Scharmützel, kleine Konflikte, bei denen es um kaum etwas ging. Keiner dieser neuen Piloten hatte eine Ahnung von echter Militärstrategie oder davon, was es hieß, Opfer zu bringen.

»Schick mir ihre Dienstakten«, wies er Maggs an. »Gib mir einen Grund, sie an Bord meines Schiffs zu behalten.«

»Natürlich«, sagte Maggs.

Mein Schiff, dachte Lanoe. Wie es aussah, hatte er sich mit der Ausführung dieser Geheimmission bereits abgefunden.

Sie stießen sich ab und schwebten aus dem Hangar in die beengten Gänge des Kreuzers. Da sie andauernd Versorgungspersonal ausweichen mussten, kamen sie nur langsam voran. Techniker in Bordanzügen verluden Geschosse für die 75er, die mächtigen Geschütze, die wie Rückenwirbel aus den Flanken des Kreuzers ragten. Arbeiter in schweren Raumanzügen schleppten die massigen Treibstoffkartuschen für die Triebwerke an Bord. Lanoe führte rein nach Augenschein eine schnelle Inventur im Kopf durch. Es sah ganz danach aus, als hätten sie genug Vorräte für eine Missionsdauer von mindestens einem Jahr geladen.

Admiral Varmas Ausführungen hatten eher den Anschein einer diplomatischen Mission erweckt. Sie schien sicher gewesen zu sein, dass ihn weder eine Falle noch ein Hinterhalt erwartete – und doch hatte sie wie jeder gute Krieger für das Schlimmste geplant. Die Menge an Ausrüstung, die an Bord gebracht wurde, wirkte ganz so, als rüste sich der Kreuzer für den Krieg.

Maggs geleitete ihn zu einem Aufzugschacht, der sie direkt zur Brücke brachte – einem relativ großen Raum ganz vorn am Bug des Schiffs, so weit wie möglich von den Triebwerken entfernt, sollte dort unten etwas hochgehen. Wie die Brücke jedes Raumschiffs war sie darauf ausgelegt, in verschiedensten Zuständen von Gravitation benutzt zu werden. Aktuell waren drei Besatzungsmitglieder in Bordanzügen vor Ort, einer von ihnen aus Lanoes Perspektive auf dem Kopf. Sie wechselten zwischen Stationen hin und her, riefen zahllose Displays und Diagnosefenster auf, die schnelle Datensätze durchliefen und ebenso rasch verschwanden, wie sie aufgetaucht waren.

Maggs räusperte sich, und alle drei schwebten stramm, griffen nach der nächstbesten Halterung in den Wänden, um sich ihrem neuen Kommandanten zuzuwenden. Derjenige, der über Kopf hing, vollführte einen Salto, um ihn direkt anzusehen. Für die Tiefen des Alls, wo es Dinge wie ›oben‹ und ›unten‹ generell nicht gab, hatte man bei der Flotte eine Faustregel eingeführt: Wie herum auch immer der Kopf des befehlshabenden Offiziers gerade zeigte, war richtig herum.

»Schweben Sie bequem«, sagte Lanoe. »Wer von Ihnen ist der Pilot?«

Eine junge Frau nickte, stieß sich von der Wand ab und schwebte ihm entgegen. »Leutnantin Harbin, Sir«, sagte sie. »Ist mir eine Ehre, unter Ihnen zu dienen.«

Lanoe betrachtete den Navigationsbildschirm hinter ihr. Dort war die Karte des Wurmloch-Netzwerks zu sehen, die Teil der rätselhaften Botschaft gewesen war – auch wenn ihm auf den ersten Blick auffiel, dass einige Symbole und Erklärungen entfernt worden waren. Interessant. Admiral Varma hatte der Besatzung einen Teil der neuen Karte zukommen lassen, aber nicht alles. Offensichtlich waren auch ihre eigenen Leute nicht über jeden Verdacht erhaben.

»Sieht schon irgendwie seltsam aus, nicht, Sir?«, fragte Harbin. Lanoe sah sie an, aber sie wollte seinen Blick nicht erwidern – wahrscheinlich etwas nervös, ihren neuen Vorgesetzten kennenzulernen. Das Gefühl war ihm, der er im Lauf seiner Karriere mehrere Dutzend befehlshabende Offiziere gehabt hatte, durchaus nicht unbekannt.

»Seltsam?«, hakte er nach. Er musste sich erst einmal ein Bild von dieser Harbin machen – von jedem an Bord, bevor er irgendwem trauen konnte. Vielleicht nicht einmal dann.

»Das ist … na ja, die Karte ist wesentlich detaillierter als die, mit der ich sonst arbeite.«

Lanoe nickte, schwebte zum Pilotensitz hinüber und hielt sich an der Lehne fest. »Was dagegen, wenn ich mir die Steuerung ansehe?« Ehe sie antworten konnte – sie war sowieso dazu verpflichtet, zuzustimmen –, aktivierte er ihre Konsole und überprüfte die Armaturen. Soweit er beurteilen konnte, war alles an seinem Platz – alles nach Flottenrichtlinien angeordnet. »Sieht aus, als hätten Sie alles unter Kontrolle«, sagte er. »Ich habe allerdings selbst noch nie etwas Größeres als einen Zerstörer der Peltast-Klasse gesteuert.«

»An sich kein wirklicher Unterschied«, gab sie zurück. »Wir haben nur einen größeren Wendekreis.«

Lanoe war zufrieden. Zur Not konnte er sein Schiff also selbst steuern.

»Sobald das Verladen abgeschlossen ist, sind wir startklar«, sagte Harbin. »Allerdings warten wir immer noch auf Navigationsangaben.«

Diesbezüglich hatte sich Lanoe bereits Gedanken gemacht. Varma hatte der Besatzung mit Sicherheit nichts über das Ziel der Mission verraten, also war es an ihm, Kurs zu setzen. Ein kleiner Umweg konnte bestimmt nicht schaden. Er konsultierte sein Unterarmdisplay und speiste die Koordinaten in den Bordrechner ein.

Harbin sah zu, wie sich ihr Bildschirm mit neuen Daten füllte. »Tuonela. Jawohl, Sir. Voraussichtliche Flugzeit neunzehn Stunden.«

Er nickte. »Gut. Alles klar, piepsen Sie mich an, sobald wir startklar sind.« Er nickte auch den anderen beiden Besatzungsmitgliedern zu – dem Kopiloten und dem Nachrichtenoffizier – und schwebte zum Aufzug zurück.

»Was weißt du über Harbin?«, fragte er, sobald sich die Tür geschlossen hatte.

Maggs ließ die Schultern kreisen. Es schien ein gelangweiltes Schulterzucken andeuten zu sollen. »Sie hat Kampferfahrung. Aus der Schlacht um Tlaloc, um genau zu sein, und du weißt ja, was für eine erbitterte Veranstaltung das war.«

Lanoe schüttelte den Kopf. »Tlaloc war nach meiner Zeit, aber du wirst wohl recht haben. Also kann sie fliegen. Gut.« Er streckte die Hand nach dem Bedienfeld des Aufzugs aus. »Noch ein Zwischenstopp, dann bin ich fürs Erste fertig mit dir.«

»Nur zu, auf geht's«, sagte Maggs.

Lanoe drückte den Knopf, der sie zum Schiffsgefängnis bringen würde.

*

Als sie die Gefängnisebene erreichten, war die Beladung des Hopliten laut Maggs' Armdisplay beinahe abgeschlossen.

»Du kannst Harbin nicht leiden. Und meine Beschreibung der Piloten an Bord hat dir auch nicht gefallen«, sagte er. »Natürlich kannst du die Besatzung nach eigenem Ermessen auswechseln. Wenn du genug Schlachtenbummler findest, die genau so alt sind wie du – bitte sehr. Allerdings hat Großadmiral Varma die Leute für dich handverlesen. Ich glaube schon, dass sie ihren Zweck erfüllen.«

»Wie viel Marineinfanterie ist an Bord?«, fragte Lanoe, der Maggs nicht einmal ansah.

»Eine Einheit von zwanzig Mann. Leider nicht alles Veteranen – manche sind blutjunge Rekruten, gerade frisch von der Akademie auf Ceres –, aber du weißt ja, wie das läuft. Der dreiköpfige Adler verheizt unsere Freunde am Boden mit erschreckender Geschwindigkeit.« Die meisten Flottensoldaten wurden aus der Unterschicht auf der Erde rekrutiert – es waren die entsetzlich Armen, die Ungebildeten und jene, deren Charakter nicht für ein Leben in Gesellschaft taugte. Sobald sie ins Gefecht geschickt wurden, hielten sie selten länger als ein paar Wochen durch.

»Was ist mit dem Rest der Besatzung? Wie viel Kernmannschaft ist nötig, um einen Hopliten am Laufen zu halten?«

»Noch einmal fünfzehn«, sagte Maggs. »Natürlich sind die meisten Bordsysteme automatisiert. Der Großteil der Crew sind Schützen und Mechatroniker. Ich habe alle Dienstakten hier, falls dich das interessiert.«

»Tut es. Schieb sie rüber.«

Maggs gab einige Befehle in sein Armdisplay ein. »Wir sind fertig betankt«, sagte er dann. »Vorräte, Ausrüstung, all die kleinen Annehmlichkeiten für das Leben an Bord sind verladen worden. Fehlt nur noch ein Teil der Munition. Du bist doch bestimmt aufgeregt. Ein schönes großes Schiff nur für dich.«

Lanoe drehte sich um und sah ihn an. Maggs musste sich zusammenreißen, um bei diesem Blick nicht den Kopf einzuziehen.

Du musst zugeben, dass er berechtigte Gründe hat, dich nicht leiden zu können, Maggsy, gab die Stimme seines Vaters zu bedenken.

Maggs aber schrieb es eher der altbekannten Tatsache zu, dass sich über Geschmack schlecht streiten ließ.

»Die Gefangenen«, sagte Lanoe. »Die Leute, die du auf Rishi entführt hast, als du mich einsammeln wolltest. Bring mich zu ihnen – sofort.«

»Hier entlang«, sagte Maggs und geleitete ihn durch den kurzen Gang zum Gefängnistrakt. Vier Marineinfanteristen mit verspiegelten Helmen standen Wache und präsentierten die Gewehre.

Lanoe betrachtete sie einen Moment lang. »Wir starten in Kürze. Wegtreten und um die Quartiere kümmern. Sorgen Sie dafür, dass alles schwerkraftgerecht verstaut ist.«

Es war unmöglich festzustellen, ob sich die Soldaten gegenseitig Blicke zuwarfen, ob er das wirklich ernst meine. Er hatte ihnen den Befehl gegeben, ihre Posten zu verlassen, obwohl sich Gefangene vor Ort befanden, die bewacht werden mussten. Aber Lanoe hatte das letzte Wort. Sie leisteten Folge.

Lanoe schwebte zur Tür der einzig belegten Zelle und rief den Bildschirm auf, der die Insassen zeigte. Die vier Gefangenen unterhielten sich, der Hellion sichtlich aufgebracht. Zwar war es in der Schwerelosigkeit unmöglich, auf und ab zu tigern, aber der Junge gab sich alle Mühe, indem er sich abwechselnd mit dem Fuß von den Wänden abstieß.

»Was soll mit ihnen passieren?«, fragte Lanoe.

»Mit den drei Menschen, meinst du? Lästige Angelegenheit«, sagte Maggs. »Sie wissen zu viel, als dass wir sie auf freien Fuß setzen könnten, also müssen wir sie festhalten. Ich soll sie zu einer Haftanstalt auf dem Mond bringen.«

»Für wie lange?«

»Bis die Geheimnisse, welche auch immer sie aufgeschnappt haben mögen, keine Geheimnisse mehr sind«, gab Maggs zurück. Er betrachtete den Bildschirm. Auf dem Rückflug von Rishi hatte er ihre Dienstakten gelesen, sich ein wenig mit ihnen befasst. Er hatte durchaus Mitleid – allerdings nicht so viel, als dass er ihnen hätte helfen wollen. »Natürlich könnten sie einfach darum bitten, dass man ihre Erinnerung löscht. Aber ich bezweifle, dass einer von ihnen diese Wahl trifft.«

Lanoe legte eine Hand an die Zellentür. Selektive Gedächtnisbereinigung war kein sonderlich präziser Vorgang. Je nachdem, wie vorsichtig man dabei zu Werke ging, konnten sie sich hinterher schlicht nicht mehr an die paar Tage in Gefangenschaft erinnern – oder sie würden nicht mehr wissen, wie sie hießen oder man sich ohne fremde Hilfe ernährte. Niemand ging dieses Risiko ein, solange es eine andere Möglichkeit gab. »Also könnten sie jahrelang festsitzen«, sagte Lanoe. Er schüttelte den Kopf und wandte sich wieder Maggs zu. »Mir wurde gesagt, dass ich mir für diesen Einsatz meine Besatzung selbst zusammenstellen kann.«

»Selbstverständlich.«

»Dann will ich die drei an Bord haben.«

»Im Ernst? Das ist bestimmt sehr mitfühlend von dir. Aber auch eine Verschwendung von Wohnraum. Gut, Candless zumindest hat eine ansehnliche Akte. Obwohl du sicher weißt, was man über Fluglehrer so sagt.« Maggs senkte die Stimme und neigte den Kopf. »Die haben Angst zu kämpfen.«

Lanoe grunzte. Es klang beinahe wie ein Lachen. »Sie nicht.«

»Bleiben die anderen beiden – die sind noch Kadetten. Sie werden dir die ganze Zeit nur im Weg sein.«

»Ich suche mir meine Besatzung aus«, sagte Lanoe und drückte auf den Türöffner. Die Panzertür glitt zur Seite, und Maggs wurde von einem Schwall hitzigen Geschreis begrüßt. Der Hellion segelte sofort auf die Öffnung zu, als wolle er angreifen, aber Candless packte ihn am Bein und hielt ihn zurück.

»Lanoe?«, fragte sie. »Geht es dir gut? Wir wussten nicht …«

»Alles in Ordnung«, sagte Lanoe. »Ihr könnt rauskommen. Ich habe die Bedingungen eurer Entlassung verhandelt. Ist etwas … kompliziert. Ich erklär's euch, sobald wir unterwegs sind. Bury, Ginger – Sie haben soeben beide eine Titularbeförderung bekommen.«

»Was?«, fragte das rothaarige Mädchen. Maggs war von Anfang an der Ansicht gewesen, sie wirke wie eine minderbemittelte Idiotin, aber in diesem Moment schien sie ganz besonders dämlich zu sein. »Was soll das heißen?«

»Nennen Sie es einen verfrühten Schulabschluss.« Lanoe tippte etwas in sein Armdisplay. »Sie stehen ab sofort im Rang eines Fähnrichs unter meinem Kommando. Und meinem Schutz.«

Lanoe warf Maggs einen absichtlich scharfen Blick zu, den Maggs absichtlich nicht bemerkte.

»Los jetzt, wir starten gleich«, teilte Lanoe den dreien mit. »Sucht euch eine ruhige Ecke und bleibt dort, bis ich Zeit habe, mit euch zu sprechen.«

Der Hellion Bury schien fest entschlossen, auf der Stelle genauere Informationen einzufordern, aber Candless packte ihn am Arm und zog ihren unwirschen Schüler hinter sich her. Zu dritt verschwanden sie im Aufzug. Blieb nur noch ein Gefangener.

Tannis Valk hatte sich an der Rückwand der Zelle zu einem Ball eingerollt und einen Fuß unter die Sitzbank gehakt, um nicht durch den Raum zu schweben. Als Maggs und Lanoe die Zelle betraten, hob er – es – den Kopf.

»Hey, Lanoe«, sagte die Maschine. »Ist es so weit?«

Lanoe allerdings wandte sich zuerst an Maggs. »Was soll mit Valk geschehen?«

Maggs war dabei gewesen, als sie Valk direkt nach Rishi einer gründlichen Untersuchung unterzogen hatten. Er wusste genau,

154

was Valk wirklich war. Bei dem Gedanken, mit ihm Seite an Seite gekämpft zu haben, musste er ein Schaudern unterdrücken.

»Meine Befehle«, sagte er mit einem flüchtigen Blick auf das schwarze Visier, »lauten, dieses Ding von Bord zu schaffen, damit es fachgerecht zerlegt werden kann.«

»Ihr wollt ihn löschen«, sagte Lanoe.

»Ähm, ja, natürlich … da gibt es Gesetze.«

Im ganzen Gefängnis gab es keine Bullaugen. Keine Fenster, durch die man das vernarbte Antlitz der guten alten Erde hätte betrachten können. Dennoch konnte wohl kaum jemand vergessen, was die *Universal Suffrage* dort unten angerichtet hatte.

Die Rechtslage war unerbittlich. Keiner Drohne, keinem Computer, keiner Maschine würde je wieder erlaubt werden, intelligenter als eine gewöhnliche Hauskatze zu sein. Auch würde niemand je wieder einer Maschine eine Waffe überantworten.

Valk – dieses Ding, das sich Tannis Valk nannte – brach jede einzelne der ›Regeln zur Handhabung synthetischer Lebensformen‹. Es musste demzufolge so schnell und so gründlich wie möglich zerstört werden. Diskussionsbedarf gab es kaum. Keine gesetzlichen Schlupflöcher, keinerlei Spielraum.

Lanoe zog sich an der Wand der Zelle nach unten, bis er auf einer Höhe mit der KI schwebte. »Es tut mir leid, Großer«, sagte er.

»Ich will es doch selbst. Das weißt du genau«, gab Valk zurück.

»Sicher.« Lanoe drückte auf den versteckten Knopf unter Valks Kragenring. Der Helm der KI schmolz in den Anzug und gab den Blick auf das Innere frei. Da war nichts. Kein Gesicht, kein Kopf. In der Schwerelosigkeit sackte der Anzug zwar nicht in sich zusammen, aber er schrumpfte und knitterte. Lanoe nahm ihn an sich, faltete ihn, stieß sich ab und schwebte aus der Zelle.

»Ich übernehme das«, sagte Maggs. Er hatte sehr genaue Anweisungen bekommen, den Anzug niemand anderem zu überlassen. Nur zur Sicherheit.

»Wohl kaum«, sagte Lanoe.

»Ich fürchte, ich muss darauf bestehen.«

Aber Lanoe händigte ihm den Anzug nicht aus.

Der führt irgendwas im Schilde, hörte Maggs seinen Vater sagen. *Lass ihn nicht aus den Augen, Maggsy.*

»Kommandant?«, sagte Maggs mit deutlicher Schärfe in der Stimme.

»Maggs, ich habe einen wichtigen Grundsatz. Einen, an den ich mich immer gehalten habe, wie sehr es mich auch genervt hat.«

Maggs konnte nicht widerstehen. »Einmal im Monat waschen, egal, ob es nötig ist oder nicht?«

Er rechnete fest mit einem Wutanfall. Vielleicht sogar einer Handgreiflichkeit. Stattdessen schenkte Lanoe ihm ein geradezu bösartiges Lächeln.

»Ich halte meine Freunde nah bei mir«, sagte er. »Und meine Feinde da, wo ich ihre Hände sehen kann.«

Er packte Maggs am Kragen, wirbelte ihn herum und schubste ihn in die Zelle. Maggs versuchte sich an der Rückwand abzustoßen, aber ehe er den Durchgang erreicht hatte, schlug ihm die Tür vor der Nase zu. Er trommelte auf sie ein und schrie wieder und wieder nach Lanoe.

Obwohl er genau wusste, dass es nichts ändern würde.

Nach ein paar Minuten wurden ihm die Arme schwer, und er ließ sich zu Boden sinken. »Nein«, sagte er laut. »Nein! Das kannst du nicht machen. Ich bin Offizier! Ich bin der Sohn eines Admirals!«

Er wusste, was die plötzlich einsetzende Schwerkraft bedeutete. Der Hoplit hatte sich in Bewegung gesetzt. Verließ die Erde in geheimer Mission. Und er war tief im Bauch des Schiffs eingesperrt.

12

»Los, los, los!«, schrie Sergeantin Ehta und gab ein entschlossenes Handzeichen über der Kante des Schützengrabens. Ihre Marineinfanteristen kletterten über den Rand hinweg. Viel zu langsam, wenn es nach ihr ging – aber sie waren nie schnell genug. Ringsum gingen Artilleriegranaten der ThiessGruppe nieder und hüllten den Nachthimmel in kränklich düsteres Rot. Über ihnen wurden die verbleibenden Luftverbände des Konzerns von einer Staffel Aufklärer des Trägerschiffs der Flotte in Schach gehalten – der einzige Grund dafür, dass ihre Einheit überhaupt noch am Leben war, aber jenseits des nächsten Grabens konnten sie bereits das Mündungsfeuer gegnerischer Partikelgewehre sehen, wo sich die Bodentruppen der ThiessGruppe durch die Ruinen der Stadt vorkämpften.

Sie griff nach einem geborstenen Stück Betonstahl und zog sich hoch, schrie ihre Leute an, in Bewegung zu bleiben, weiter zu schießen. Keine zwei Meter entfernt fraß sich ein Glückstreffer durch Forsters verspiegeltes Visier. Der Partikelstrahl erleuchtete den Helm von innen heraus. Sie blinzelte gegen das blendende Licht an, nur um den Abdruck des brennenden Schädels ihres Kameraden auf der Netzhaut zu sehen. Sie kniff die Augen zu und spähte durch die Dunkelheit, wo ihre Leute über Fahrzeugbarrieren sprangen und sich im Skelett eines ausgebrannten Hauses in Deckung warfen. Mit ihrem schweren rückstoßfreien Gewehr versuchte sie, ihnen Feuerschutz zu geben. Jeder Schuss wirbelte eine dichte Fontäne aus Schutt und Rauch auf, die den nahenden Feinden die Sicht nehmen sollte. Wie immer konnte sie nicht abschätzen, ob es wirklich half.

Mit einem weiten Satz landete sie im überfluteten Kellergeschoss des zerstörten Hauses und sah sich nach ihren Leuten um. Mestlez und Binah waren ebenfalls hier unten und duckten sich hinter einem Haufen unbestimmbarer Trümmer. Hinter ihr kullerte Anselm herab und wäre beinahe auf ihr gelandet. Sie schlug ihm auf den Rücken, und er kroch weiter, das Gewehr über den Kopf erhoben, um es vom Brackwasser fernzuhalten.

Direkt neben dem Haus explodierte eine Artilleriegranate und deckte sie mit einem Hagel aus Leichtbetonfasern und Glassplittern ein. Nasses weißes Pulver klebte an ihren Kampfanzügen. Sie sahen wie Wesen aus, die frisch ihren Gräbern entstiegen waren.

Ehta zählte durch. Drei ihrer Leute fehlten, Forster nicht mitgerechnet. Wo dieses arme Frontschwein lag, wusste sie nur zu gut. Zwanzig Meter hinter ihr mit dem geschmolzenen Gesicht nach unten. Sie las die Kennungsmarken aus und stellte fest, dass es sich bei den Vermissten um Rudoff, Banks und Hutchens handelte. Sie rief ihr Armdisplay auf und versuchte, ihre Positionsmarker zu finden. Rudoff und Banks entdeckte sie sofort. Keine Lebenszeichen, auch ihre Anzüge bewegten sich nicht mehr. Beide waren hinter ihnen im Schützengraben geblieben. Sie mussten gefallen sein, ehe sie noch über die Böschung gekommen waren. Hutchens war nirgendwo zu sehen, also war entweder seine Ausrüstung fehlerhaft – wäre auch wirklich nicht das erste Mal gewesen –, oder er war direkt von gegnerischer Artillerie getroffen worden, sodass selbst der Transponder seines Anzugs keinerlei Signal mehr von sich gab.

Bei den AFS lernte man, sich nicht mit den Toten aufzuhalten. Sie wechselte wieder auf die strategische Karte und sah, dass es um sie herum von grünen Punkten wimmelte – die voraussichtlichen Positionen feindlicher Truppen, und eindeutig viel zu viele. Ihre Befehle hatten sich geändert, und sie verzog das Gesicht, als sie sah, dass man die Stadt Olmstead als verloren abgeschrieben hatte. Drei Tage Häuserkampf, nicht eine Pause, und alles umsonst. Die ThiessGruppe würde die Stadt niemals halten können – sollten sie sich eingraben, würde die Flotte auf orbitales Bombardement zurückgreifen. Trotzdem hieß es ab sofort für sie und ihre Marines: Betreten verboten.

Einziger Lichtblick war, dass der Rückzug bereits begonnen hatte. Ein Truppentransporter war unterwegs, der sie einsammeln sollte. Falls es ihnen gelang, die Landezone lebend zu erreichen.

Ehta kletterte die Wand des Kellers hoch und hob den Kopf einige Zentimeter über den Rand, um ihr Zielgebiet vor Augen zu haben. Links und rechts brannten sich Partikelstrahlen in den feuchten Boden, aber sie zuckte nicht einmal. Da – direkt voraus, kaum zweihundert Meter entfernt. Das einzige Hochhaus in der Nachbarschaft, das noch aufrecht stand. Sie mussten das Dach erreichen, um abgeholt zu werden.

Sie duckte sich wieder und sah ihre Leute an. Sie waren zu sehr damit beschäftigt, am Leben zu bleiben, um ihren Blick zu erwidern. »Macht euch bereit, auf mein Zeichen vorzurücken.« Ihre Korporalin Gutierrez nickte und schlug mit einem Panzerhandschuh gegen ihr Gewehr.

Weit über ihnen sah Ehta die Flottenaufklärer vor dem roten Himmel dahinjagen. Die Form ihrer Tragflächen veränderte sich im Wechsel der Luftschichten, während sie dem nächsten Abenteuer entgegeneilten. Es konnte nur heißen, dass sie die Luftverbände der ThiessGruppe geschlagen hatten. Ein besseres Signal zum Aufbruch würden sie nicht erhalten.

»Jetzt! Los!«, schrie sie, dann halfen sie sich gegenseitig, aus dem Kellergeschoss zu klettern, während sie der Gegner bereits mit der nächsten Salve Partikelstrahlen überzog. Einige ihrer Leute waren klug genug, das Feuer zu erwidern. Ehta winkte Gutierrez zu, sich in Richtung des Hochhauses in Bewegung zu setzen, blieb etwas zurück und deckte die feindlichen Stellungen mit Sperrfeuer ein. Sie konnte sie sogar dort drüben sehen, kaum einen halben Kilometer entfernt – Konzernsöldner, schlecht ausgebildet und unmotiviert. Ihre Ausrüstung war so mies, dass sie nicht einmal richtige Kampfanzüge trugen, nur schlecht sitzende, bunt zusammengewürfelte Kunststoffpanzerung, die man hastig mit dem grünen Malteserkreuz der ThiessGruppe versehen hatte.

Ihre Waffen funktionierten trotzdem. Und sie waren den Marineinfanteristen zahlenmäßig weit überlegen.

Immerhin schien ihr Sperrfeuer Wirkung zu zeigen. Der Feind blieb in Deckung und machte keine Anstalten, sie zu überrennen, während sie zu dem intakten Hochhaus vorrückte. Zwar gab es keine Feuerpause, aber solange sie in Bewegung blieb, konnte Ehta einfach so tun, als könne ihr nichts etwas anhaben.

Sie packte Binah am Arm – er hatte in die falsche Richtung rennen wollen – und schubste ihn vor sich her. Die ganze rechte Seite des Gebäudes war von Artilleriefeuer abgetragen worden, was ihnen den Einstieg wesentlich erleichterte. Für einen kurzen Moment waren sie aus der Schusslinie. Drinnen hockte Gutierrez im Treppenhaus an der Wand, den Gewehrlauf auf die oberen Stockwerke gerichtet. Ehta bedeutete Mestlez, vorzurücken. Auch hier im Haus waren Kämpfe ausgefochten worden und die Innenwände von langen schwarzen Brandspuren überzogen. Vielleicht war es einmal ein Wohnturm gewesen; so oder so hatte man es schon vor langer Zeit evakuiert.

Was auch der Grund dafür gewesen sein mochte, dass Mestlez panisch reagierte, als sich zwischen den Schuttbergen etwas bewegte. Sie entfesselte ihr Gewehr, eine zerklüftete Linie glühender Krater zog sich über die gegenüberliegende Wand, dann gab es einen Funkenregen. Ein weißes Objekt von der Größe eines menschlichen Kopfs fiel herab und rollte über den Boden.

»Feuer einstellen, verdammt noch mal«, sagte Gutierrez. Binah riss Mestlez die Waffe aus der Hand und versetzte ihr mit dem eigenen Gewehrkolben einen seitlichen Schlag gegen den Helm.

Ehta lief zu dem weißen Objekt und stellte sich mit einem Fuß darauf. »Gute Arbeit, Soldatin«, sagte sie. »Du hast gerade eine Hausmeisterdrohne unschädlich gemacht. Falls der Feind ein Paket erwartet, für das er was unterschreiben muss, hat er echt Pech gehabt.«

Binah bog sich vor Lachen. Anselm schrie ihn an, die Klappe zu halten.

»Los, weiter. Wir müssen aufs Dach«, sagte Ehta energisch.

»Nein! Klappe! Haltet … hört ihr das nicht?«

Ehta wirbelte herum und starrte ihn an. Sie konnte Anselms Gesicht hinter dem verspiegelten Visier nicht erkennen, aber seine Körpersprache ließ keinen Zweifel an seiner Furcht.

Dann hörte sie es auch und wusste, weshalb. Ein Knistern in ihren Helmlautsprechern, weißes Rauschen und dahinter ein reiner Ton, so schrill und hoch, dass sie es fast nicht bemerkt hätte.

»Ohrwurm!«, schrie Gutierrez. »Funkgeräte aus! Funkgeräte aus!«

Die Kommunikationsausrüstung der Kampfanzüge würde die Bedrohung längst registriert haben. Ehta sah auf ihr Armdisplay und stellte fest, dass ihr Anzug bereits alles abgeschaltet hatte – von taktischen Einsatzdaten über die Transponder bis hin zum Intranetz der Einheit. Alles, was überhaupt elektromagnetische Signale empfangen konnte, nur zur Sicherheit.

Es würde nichts ändern. Wenn man den Ohrwurm hören konnte, war es längst zu spät.

*

Dariau Cygnet wohnte weit abseits aller Siedlungen oder Agraranlagen in einem Haus direkt an der Küste. Weit weg von allen, die ihn behelligen könnten. Bullam hatte das Gefühl, zu einem hellsichtigen Einsiedler unterwegs zu sein, der auf unerforschtem Terrain lebte. Sie parkte ihre Jacht auf dem nächstgelegenen öffentlichen Landefeld, musste aber auch von dort aus noch drei Kilometer mit einem Drohnentaxi zurücklegen, um überhaupt in fußläufige Entfernung zu seinem Haus zu gelangen. Als sie dort ankam, schwitzte sie.

Das Haus war in eine Bergflanke gebaut worden und thronte über einem tiefen Fjord, der weit ins Landesinnere reichte. Das Meer wurde von sanften Wellen gekräuselt und war bis auf den schmalen Bereich in Ufernähe, wo es die Lichter des Hauses reflektierte, vollkommen schwarz. Am Fuß der Klippe ragte eine kleine Hafenanlage ins Wasser hinaus. Dort stand ein alter Mann in einen dicken Mantel gehüllt. Er hatte ein Lesegerät vor sich auf dem Geländer ausgebreitet. Der dreigeteilte Bildschirm war über und über mit Daten bedeckt und nahm seine Aufmerksamkeit gänzlich gefangen. Er blickte nicht einmal auf, als die Planken des Stegs unter ihren nahenden Schritten ächzten.

»Hallo«, sagte Bullam. »Hallo? Ich habe eine Verabredung mit M. Cygnet. Sind Sie sein …?« Sie suchte nach dem richtigen Wort. *Sekretär? Wachmann?* Der Alte sah aus wie ein Seemann, der auf das Einlaufen seines Kutters wartete.

Er sagte nichts, sah sie nicht einmal an. Hatte nur Augen für seinen Bildschirm.

Draußen auf dem dunklen Wasser waren Dutzende kleine Boote zu sehen – Spielzeugschiffe, keines länger als ihr Arm. Der alte Mann steuerte über sein Lesegerät, wie sie durch die sanfte Brandung kreuzten. Während Bullam zusah, wendete eins der Boote und feuerte eine winzige Kanone vom Achterdeck ab. Das Projektil zerfetzte die Segel eines anderen Boots, das daraufhin gefährlich krängte. Sofort rauschten drei weitere Boote zur Rettung herbei.

»Sein«, sagte der Alte schließlich. »Ja. Ich bin sein.« Seine Stimme klang seltsam tonlos.

»Soll ich …? Ich werde erwartet, vielleicht sollte ich einfach …?«

»Sie sind auch sein.«

Bullam lehnte sich an das Geländer, um das Gesicht des Alten näher zu betrachten. Er wandte sich nicht ab, zeigte auch keinerlei Missfallen darüber, dass sie sich über seinen Bildschirm beugte. In seinen Augen lag so wenig Leben und Ausdruck, sie hätten aus Glas sein können.

Draußen auf dem Wasser war eins der kleinen Boote in Flammen aufgegangen. Der orangefarbene Schimmer spiegelte sich im Geländer.

Der alte Mann machte eine knappe Kopfbewegung. Bullam sah sich um und entdeckte eine schmale Treppe, die hinauf zum Haus führte.

Da hatte sie wohl ihre Antwort.

Sie betrat das Anwesen und durchquerte mehrere stille Räume, in denen selbst das Geräusch ihrer weichen Sohlen auf dem Boden sehr störend wirkte. Große Zimmer mit geschmackvollen, eleganten Möbeln aus gedrechseltem Holz und echtem Leder. Hier und da standen kunstvolle Kandelaber voller Kerzen, wunderbare Kunstschmiedearbeiten wuchsen wie Efeu über die Wände. Niemand kam ihr entgegen, um sie zum Hausherrn zu geleiten, auch schien es im ganzen Haus keine hilfsbereite Drohne zu geben. Vom Hafen aus hatte sie geglaubt, in einem der hinteren Räume ein Licht zu sehen, also ging sie weiter.

Als sie Dariau Cygnet endlich fand, saß er allein in einem Raum, der ganz aus Glas bestand. Seine Schwanzspitze tippte geistesabwesend gegen die Rücklehne eines ausladenden Diwans.

»Herein«, sagte er.

Bullam stand zögernd im Türrahmen. Das Zimmer lag hoch über dem Meer, über dunklem Wasser, das sich an schwarzen Felsen brach. Es schien in der Nacht zu schweben, als führte die Tür einfach ins Nichts hinaus. Sie wusste sehr gut, dass sich vor ihr ein fester Boden erstreckte. Zumindest rein logisch. Aber der Raum – Wände, Decke, Boden – war beinahe vollkommen transparent.

Der Diwan schien zusammen mit einigen Beistelltischen mitten in der Luft zu hängen. Ihr Unterbewusstsein warnte sie eindringlich davor, dass sie beim nächsten Schritt in den felsigen Fjord hinabstürzen würde. Sie würde tief unten im kalten Wasser aufschlagen, von den Wellen gegen die Klippe geworfen werden …

Sie machte einen Schritt. Der Boden trug ihr Gewicht problemlos. Offenbar bestand er aus Carbon – hart wie Diamant, aber viel lichtdurchlässiger. Vollkommen sicher. Mit schnellen Schritten ging sie auf den Diwan zu, sehr aufmerksam darauf bedacht, nicht nach unten zu schauen. Bullam war eine schlanke Frau, sich in diesem Moment aber höchst unangenehm des eigenen Körpergewichts bewusst. Als sie den Diwan erreichte, hielt sie sich an der Lehne fest und sah, dass ihre Knöchel weiß hervortraten. Noch hatte er nicht gesagt, sie möge sich setzen.

Ein dünnes, listiges Lächeln spielte über Cygnets Gesicht. »Schwindel kann eine sehr praktische taktische Verhandlungsbasis sein. Viele Menschen lügen nicht sonderlich gut, wenn ihnen das Herz bereits bis zum Hals schlägt. Nur zu, setzen Sie sich. Wir haben einiges zu bereden.«

»M. Cygnet«, sagte sie, ließ sich auf dem Diwan nieder und widerstand dem Drang, sich in den Schneidersitz zu begeben, damit ihre Füße den Boden nicht mehr berührten. »Lassen Sie mich damit beginnen, Ihnen zu sagen …«

»Sie haben Aleister Lanoe entwischen lassen.«

»Ja.« Es zu leugnen wäre zwecklos gewesen.

»Sie haben zwei unserer besten Piloten sterben lassen«, sagte Cygnet achselzuckend.

»In beiden Fällen ein Verlust, ganz bestimmt«, sagte sie.

»Der eine war drogensüchtig. Der andere hatte eine genetische Veranlagung zur Schizophrenie. Sie sind nicht in jedes Detail meines kleinen Spezialprojekts eingeweiht, meine Liebe. Ich mache mir schon seit längerer Zeit Sorgen um die Qualität unserer Truppen. Wenn wir es mit der Flotte zu tun haben, bleibt uns nichts anderes übrig, als schlecht ausgebildete Rekruten auszuschicken. Vollkommen ungeeignetes Personal. Ich bin schon länger damit beschäftigt, das zu ändern – seit acht Jahren. Jedes Mal, wenn Flotte, Marineinfanterie oder Ingenieurskorps jemanden unehrenhaft entlassen – nach jedem Militärgericht, Disziplinarverfahren, kurz, jedes Mal, wenn irgendjemand gefeuert wird –, schnappe ich sie mir. Biete ihnen eine zweite Chance. Wenn sie sich bereit erklären, das Hexagon zu tragen, sind all ihre Sünden vergeben. Natürlich alles unter der Hand.«

»Die Piloten, die ich auf Lanoe angesetzt hatte …«

»Vier unserer Besten.«

Bullam schnürte sich die Kehle zusammen. »Wenn Sie wollen, haben Sie meine Kündigung in einer Stunde auf dem Tisch.«

Cygnet betrachtete sie eingehend. Vielleicht weidete er sich an ihrer Verzweiflung. Schließlich wandte er den Blick ab und fletschte die Zähne zu einem Grinsen. »Reden Sie doch nicht so eine Scheiße.«

Die Obszönität ließ sie zusammenzucken. Die Menschen – kultivierte Menschen – benutzten dieses Wort schon lange nicht mehr.

»Würde ich jeden feuern, der sich einen Fehler erlaubt, hätte ich keine Angestellten mehr übrig. Nein, M. Bullam. Ich will nicht, dass Sie kündigen.«

»Danke, M. Cygnet. Ich …«

»Es hat sich herausgestellt, dass ich eine zweite Chance auf Lager habe, die wie für Sie gemacht ist. Es gibt da ein sehr altes Sprichwort in Wirtschaftskreisen«, fuhr er fort, als hätte sie nichts gesagt. »Es gibt keine Krise, die nicht auch gleichzeitig eine Gelegenheit darstellt.«

»Schon mal gehört«, sagte sie. Selbst in ihren Ohren klang ihre Stimme leise und zittrig. Wie das Piepsen einer Maus.

»Das ist selbstverständlich totale Kacke«, sagte Cygnet energisch. Er warf ihr einen Seitenblick zu, als wolle er feststellen, ob seine beiläufigen Unanständigkeiten sie aus der Fassung brachten. Sie zwang sich dazu, betreten zusammenzuzucken, als hätte sie das Wort noch nie laut gehört. »Obwohl es in diesem Fall vielleicht zutreffen könnte. Hätten Sie Erfolg gehabt, wäre uns womöglich etwas Wichtiges entgangen. Die Flotte hat Lanoe auf Rishi eingesammelt – ihn uns direkt vor der Nase weggeschnappt – und geradewegs zur Erde gebracht. Jetzt ist er zu einem Planeten namens Tuonela unterwegs. Ist er ihnen bekannt?«

»Nicht direkt«, sagte Bullam. »Kriegsgebiet. Einer von Soltexons Planeten, richtig? Aber die ThiessGruppe hat versucht, ihn an sich zu reißen. Dann haben sich die Sektorvorsteher eingemischt, um den Frieden zu wahren, und die Flotte …«

»Ist momentan dabei, den Planeten zu befrieden«, sagte Cygnet. »Und allen Berichten zufolge haben sie die Sache gründlich verpfuscht.«

»Und dort haben sie Lanoe hingeschickt?«, fragte Bullam verblüfft. Nicht zuletzt, weil sie nicht wusste, warum er ihr das alles erzählte. »Na gut, er könnte ihnen durchaus von Nutzen sein – er hat schließlich ein Talent dafür, Kriege zu gewinnen. Aber er befindet sich längst nicht mehr im aktiven Dienst. Er ist schon vor Jahren ausgeschieden.«

»Genau. Deswegen bin ich auch sehr neugierig, was er da treibt. Irgendeine Geheimmission. Hätten wir ihn auf Rishi erwischt – und genau da kommt die erwähnte Gelegenheit ins Spiel –, wüssten wir von alledem nichts.«

»Was wissen wir denn über seinen Auftrag?«, fragte Bullam.

»Es wird Sie wohl kaum verwundern, dass wir … Freunde im innersten Zirkel der Admiralität haben. Leute, die uns Gefallen schulden. Leute, die interessante Dinge wissen. Im Prinzip hat die Flotte seit über zehn Jahren keine wichtige Entscheidung getroffen, über die ich nicht im Vorfeld informiert war. Bis jetzt.«

Bullam rümpfte die Nase, weil sie davon ausging, dass er eine solche Reaktion sehen wollte.

»Ich habe noch nicht herausfinden können, wie seine Befehle lauten. Zumindest nicht im Detail. Aber er soll etwas so Geheimes, so überaus Heikles erledigen, dass selbst die meisten Admirale nichts davon wissen. Es muss also etwas sehr Wichtiges sein. Mit enormem Aufwand ist es mir gelungen, herauszufinden, dass die Flotte anscheinend vorhat, ein Bündnis mit einer anderen Gruppierung einzugehen.«

»Einem der anderen Konzerne?«, fragte Bullam.

»Möglich. Oder es ist eine neue Fraktion auf den Plan getreten. Wer auch immer es sein mag, ist offensichtlich mächtig genug, dass die Flotte – die Erde – willens ist, eine Menge Ressourcen in Gang zu setzen, um Kontakt aufzunehmen. Vielleicht mächtig genug, um das Kräfteverhältnis entscheidend zu kippen. Wir haben unsere Einflusssphäre viele Jahre lang behaupten können, weil die Flotte nicht stark genug war, um uns direkt herauszufordern. Glauben Sie mir, die würden uns vernichten, wenn sie nur könnten. Sollten sich die Machtverhältnisse deutlich ändern … wäre CentroCor Geschichte.«

»Das können wir nicht zulassen«, sagte Bullam.

»Nein. Deshalb zu Ihnen, Ashlay – Ihre Aufgabe hat sich nicht geändert. Ich will Aleister Lanoe immer noch haben. Lebendig. Ich muss wissen, was er vorhat. Vielleicht können wir mit dieser ominösen Fraktion selbst ein Abkommen schließen. Das wäre prächtig. Falls nicht, können wir sie aber vielleicht wenigstens davon abhalten, sich mit der Flotte zu verbrüdern.«

»Ich breche sofort auf«, sagte Bullam. »Wir ziehen alle an einem Strang.«

»Das freut mich über alle Maßen, Ashlay. Wissen Sie, ich habe Sie immer gemocht. Ich war immer der Meinung, dass Sie großes Potenzial haben.«

»Das – das ehrt mich sehr«, sagte sie.

»Ich hatte schon immer etwas für Benachteiligte übrig. Es gab eine Menge Leute, die mir gesagt haben, dass Sie mit Ihrem Posten nicht klarkommen würden. Wegen der Krankheit und so weiter. Man hat mir vorgeworfen, es sei töricht, Sie weiter zu befördern. Ich habe stets erwidert, gerade die Krankheit sorge doch dafür, dass Sie noch härter arbeiten. Noch loyaler und engagierter sind. Und ehrgeiziger.«

Bullam senkte den Blick und lächelte in ihren Schoß. »Ich werde Sie nicht enttäuschen.«

»Nein, natürlich nicht«, sagte Cygnet. »Aber vielleicht … könnten Sie ein wenig Hilfe gebrauchen.«

»Ich … Verzeihung?«

»Sie haben Lanoe entwischen lassen. Wiederholt. Ich frage mich, ob diese Aufgabe für Sie allein vielleicht eine Nummer zu groß ist. Deshalb habe ich jemanden hergebeten, jemanden, der Ihnen helfen wird. Verstehen Sie, Ashlay? Begreifen Sie jetzt, wie gut ich mich um Sie kümmere?«

»Ich … ich bin …« Jemand, der ihr helfen sollte. Jemand, der ein Auge auf sie haben sollte, meinte er wohl. Der vor Ort sein würde, um die Dinge zu richten, sollte sie abermals versagen. Jemand, der sie beaufsichtigen sollte. Im Geiste schrie Ashlay Bullam ihren Zorn, ihren Frust und ihre Scham heraus. Äußerlich nickte sie adrett und sagte: »Ich stehe in Ihrer Schuld.«

*

»Die Hölle, Hölle, Hölle, ich bin in der Hölle, gefangen in der Hölle, die Hölle, die Hölle, ich bin in …«

Ehta konnte die Schreie kaum hören. Ihr Herz hämmerte in der Brust, der Pulsschlag pochte in den Schläfen – sie fühlte ihn in den Fingerspitzen, spürte die Finger anschwellen, wie sie aufgedunsen im Takt pulsierten.

Ihr Cockpit war rot erleuchtet, alle Warnlichter an den Armaturen entflammt, die Feuerleitkonsole voller Fehlermeldungen, der Antrieb überhitzt, der Kollisionsalarm laut und schrill, rot rot rot …

Nein. Nein, verdammt noch mal. Zum Teufel.

Sie fühlte sich schwerelos, taumelte haltlos durch die endlose Leere. Sie konnte nicht fallen, denn da gab es nichts, wohin sie hätte fallen können, keinen Boden, um sie aufzuhalten, nur Vakuum, aus der Scheibe der Milchstraße hinaus, taumelnd, kreiselnd, stürzend, und sie schrie, aber – aber – aber …

Es war nicht sie, die da schrie, sondern – es musste einfach …

Nein. Verdammt, auf keinen Fall würde sie all das noch einmal durchleben. Sie zwang sich, tief Luft zu holen. Sie lag auf dem Rücken, auf einem mit Trümmerteilen übersäten Boden. Ihr Helm war ausgeschaltet, und sie hatte sich die Finger in die Ohren gerammt, schmerzhaft tief. Sie starrte eine Decke an, die von den Brandspuren längst verhallter Schüsse gezeichnet war.

Dort oben an der Decke gingen rote Lämpchen an, eins nach dem anderen. Warnsirenen ertönten. Ihr Kommunikationslaser meldete Totalausfall. Ihre PSGs waren hinüber. Die Tragflächen reagierten nicht mehr. Ihr Treibstoff war verbraucht. Ihre Munition war …

Nein. »Nein«, sagte sie laut. Ihre Stimme klang sehr weit weg.

Sie kämpfte dagegen an, fort von diesem finsteren, albtraumhaften Ort, an den sie im Schlaf zurückkehrte, auch Jahre später noch. Viele Jahre, nachdem sie zum letzten Mal im Cockpit eines Jägers gesessen hatte.

Früher war Ehta Pilotin gewesen. Vor langer Zeit. Sie war eine gute Pilotin gewesen. Sie hatte jede Mission ausgeführt, die man ihr übertragen hatte, war oft mehrere Wochen am Stück Patrouillen geflogen. Sie hatte mehr Zeit in ihrem Cockpit verbracht als anderswo. Im Lauf der Zeit waren nach und nach die bösen Träume gekommen. Träume, in denen ihr Jäger um sie herum zerbrach, ihre Armaturen und Konsolen gänzlich rot entbrannt waren. Immer Warnsignale im Ohr. Dann hatten sich die Träume zunehmend auch in den Wachzustand erstreckt.

Sie konnte nicht mehr fliegen. Deshalb hatte sie sich auch der

Marineinfanterie angeschlossen, damit sie nicht mehr fliegen musste. Auch jetzt flog sie nicht. Sie konzentrierte sich auf die Decke, starrte sie an, bis die roten Lämpchen verblassten.

Der Alarm plärrte weiter. Allerdings war es nicht das Geräusch, das sie erwartet hatte. Nicht das sanfte, aber eindringliche Klingeln des Kollisionsalarms, sondern der brummende, pulsierende Ton des Ohrwurms.

Sie kämpfte sich zurück in die Gegenwart. Ihre Sicht war noch immer stark verschwommen, die Ohren dröhnten unter dem Ansturm des Geräuschs, aber sie konnte wieder halbwegs erkennen, wo sie sich befand. Sie brauchte einen Moment, um es auch zu begreifen.

Sie lag nicht mehr in dem Wohnturm. Sie war überhaupt nicht mehr an der Front – ringsum sah sie Zelte, sah Soldaten die matschigen Wege zwischen Reihen niedriger Gebäude entlangrennen.

Sie war wieder im Feldlager. In der eigenen Basis. Sie senkte den Blick und stellte fest, dass sie auf einer Bahre lag. Zum Teufel – da fehlte ihr offenbar ein gutes Stück Erinnerung. Die anderen – Gutierrez und der Rest – mussten sie mitgenommen, sie und Anselm zum Truppentransporter geschleppt und nach Hause gebracht haben. Sie konnte sich an nichts erinnern. Nur – nur an rote Lämpchen, rote Warnlichter, und dieses Geräusch ...

»Wie viele Stunden?«, schrie jemand. Sie drehte den Kopf und sah einen Arzt, der von zwei Ambulanzdrohnen flankiert wurde. Er hatte sie angeschrien. »Wie viele Stunden ist die Infektion mit dem Ohrwurm her?«, fragte er abermals, diesmal langsamer. Er betonte sorgfältig jedes Wort, als könne man nicht davon ausgehen, dass sie einfaches Englisch verstand.

Sie wollte antworten, aber die Displays ihres Kampfanzugs waren noch immer abgeschaltet. »Ich weiß es nicht. Ich ...«

Der Arzt verzog das Gesicht und lief zu einer anderen Bahre, die nur wenige Meter entfernt lag. Anselm lag halb auf, halb neben der Bahre, seine Beine zuckten unkontrolliert. Er schrie noch immer, aber sie konnte ihn neben dem Kreischen im eigenen Kopf kaum verstehen. »Starten Sie das Programm – er muss sofort fixiert werden!«, brüllte der Arzt. »Wie lange genau?«, fragte er Ehta. »Uns bleiben maximal sechs Stunden, um ihm zu helfen, bis das Trauma einsetzt und er …«

»Ich weiß es nicht!«, sagte Ehta. »Ich habe keine Ahnung – ich kann meine Anzeigen nicht aktivieren.«

»Wo ist Ihr Vorgesetzter?« Der Arzt konsultierte sein eigenes Armdisplay. »Wo ist Leutnant Holmes?«

»Den hat's am zweiten Tag unserer Patrouille erwischt«, gab Ehta zurück.

Mehrere Pfleger hielten Anselm auf der Bahre fest, während über seinem Gesicht ein Bildschirm aufflammte. Blaue, rote und grüne Lichter strichen ihm über Augen und Wangen. Er schrie noch immer.

»Wie war das mit Ihren Anzeigen?«, fragte der Arzt.

Gutierrez antwortete ihm. »Sergeantin Ehta hat es auch gehört – aber dann hat sie es irgendwie überwunden und aufgehört zu schreien …«

Die Augen des Arztes weiteten sich ungläubig. »Das ist unmöglich. Himmel, diese Frau muss ebenfalls fixiert werden.« Ehta wollte sich wehren, aber Binah und Gutierrez nahmen ihre Arme und drückten sie zu Boden. Eine Drohne schwebte herbei und sprühte auch ihr Licht ins Gesicht. Vor ihren Augen erstanden geometrische Figuren, Quader und Kreise und noch komplexere dreidimensionale Konstrukte, die sich unter ihrem Blick ständig verformten und neu zusammensetzten.

»Sergeantin, ich kann mir nicht erklären, wie Sie bei Verstand sein können«, sagte der Arzt, dessen Gesicht von einem pulsierenden Heptagon verdeckt wurde. »Sie wurden von einem hochfrequenten Stimulus getroffen. Wissen Sie, was das bedeutet?« Er wartete ihre Antwort nicht ab. »Es gibt bestimmte Geräusche, die im menschlichen Gehirn sozusagen fest verdrahtet liegen. Dinge, vor denen unsere primitiven Vorfahren allzeit auf der Hut sein mussten, wie das Brüllen eines Tigers zum Beispiel. Wenn man das Geräusch hört, geht man instinktiv in Abwehrhaltung. Man kann darüber nicht nachdenken, denn wenn man sich die nötige Zeit zum Denken nimmt, hat der Tiger längst zum Sprung angesetzt und einem die Klauen ins Fleisch gerammt. Es ist ein reiner Reflex.«

»Anselm – geht es Anselm ...«, wollte sie fragen, aber der Arzt ignorierte sie. Hielt weiter seinen Vortrag.

»Ein hochfrequenter Stimulus ist ein Geräusch, das genau diese Reflexe auslöst – nur ungleich stärker. Es geht weniger um das Geräusch des brüllenden Tigers als um das Urbild eines brüllenden Tigers nach der Platonischen Ideenlehre. Das Geräusch des Todes, so stark destilliert und überhöht, dass es das Gehirn in eine schreckliche Angstspirale stürzt. Hat man es einmal vernommen, kann man es nicht mehr ausklammern. Das Kurzzeitgedächtnis ist in diesem neuen Zyklus gefangen und spielt die Bedrohung in Dauerschleife ab. Gelingt es uns nicht, diesen Zyklus zu durchbrechen, wird Ihr Gehirn bald anfangen, dieses Erlebnis ins Langzeitgedächtnis zu überführen. Und wenn das passiert ist ...«

»Ich kenne mich mit Belastungsstörungen aus«, sagte Ehta. Vor ihr zerfaserte ein Ring tanzender Quadrate in Dreiecke, die sich alsbald verflüchtigten. »Was zum Teufel muss ich mir hier angucken?«

»Wir müssen Ihren Verstand mit anderen Aufgaben ablenken, um den Prozess der Erinnerungsbildung zu unterbrechen. Ansonsten hätten Sie für den Rest des Lebens mit Flashbacks und furchtbaren Albträumen zu kämpfen – im günstigsten Fall. Bitte, wehren Sie sich nicht, in Ordnung? Ordnen Sie die Figuren einfach so an, wie es Ihnen gefällt. Kommen Sie, Sergeantin, Sie müssen sich auf die Figuren konzentrieren.«

»Verdammt noch mal, ich habe Ihnen doch gesagt …«

»Hören Sie auf den Arzt, Ma'am!«, sagte Gutierrez. Ehta konnte das Gesicht ihrer Korporalin schemenhaft durch die tanzenden Farben erkennen. Sie schien sich große Sorgen zu machen.

Ehta zwang sich dazu, sich zu entspannen und einen Schwarm blauer Sterne zu betrachten, die ihren Kopf umkreisten. Blaue Sterne. Wie die Auszeichnungen für Fliegerasse. Daneben gab es rote Rechtecke, überall rote Rechtecke, rote Rechtecke wie die Warnlichter an einer Feuerleitkonsole, und – plötzlich gab es nur noch rote Rechtecke, da das Programm auf ihren Blickverlauf reagierte und ihr zeigte, was sie anscheinend sehen wollte – rote Lichter – rot – rote Warnlichter – die ersten schrillen Sirenen ertönten …

Nein. Nein, das durfte nicht schon wieder anfangen. Auf keinen Fall. Sie entdeckte eine letzte, einsame Figur, die noch nicht zu einem roten Rechteck geworden war. Ein lavendelfarbenes Oval. Sie starrte es verbissen an. Faltete es auf die Hälfte ein, dann noch einmal auf die Hälfte. Sie stellte fest, dass sie die Figur mit einer großen Willensanstrengung in mehrere kegelförmige Einzelteile zerlegen konnte.

»Sehr gut«, sagte der Arzt. Sie konnte ihn jenseits der Ovale und Paraboloide nicken sehen. »Gut, Ihre Werte entspannen sich wieder. Ich kann die starken Impulse aus Ihrem infralimbischen Cortex deutlich erkennen. Wunderbar, weiter so. Sie …«

Ehta drehte den Kopf, um nach Anselm zu sehen. Er schrie noch immer – aber jetzt war es nur noch ein Hintergrundrauschen. Sie sah Figuren um seinen Kopf rotieren, die ständig zuckten und sich verdunkelten. »Sollen … sollen seine Formen so aussehen?«, fragte sie.

»Machen Sie sich keine Sorgen um ihn«, sagte der Arzt. »Kümmern Sie sich nur um sich selbst.«

Wie aber hätte sie den Blick abwenden können? Anselms Bilder waren wie finstere Dornen, kaum mehr als Zeilen hastiger

Handschrift in der Luft. Sie veränderten sich kaum, sondern wucherten geradezu, nahmen immer mehr Platz um seinen Kopf herum ein. Weiße Dreiecke stachen von allen Seiten auf ihn ein wie Zähne, die nach seinem Gesicht schnappten.

Jenseits der wabernden Formen konnte sie gerade noch seine Augen erkennen. Sie rollten blind und weiß in den Höhlen umher. Er wirkte wie ein tollwütiges Tier – erfüllt von grenzenlosem Schrecken.

»Ist er ... wird er ...«

Der Arzt stand auf und trat zwischen die beiden Bahren, sodass sein Körper ihr die Sicht versperrte.

Eine nach der anderen verblassten die lavendelfarbenen Figuren. Grüne Dreiecke tauchten auf. Ehta spürte ein dringendes Verlangen, sie zusammenzufügen, zu einem Ikosaeder zu verbinden. Wieder wollte sie nach Anselm sehen, aber man ließ sie nicht. Er war Teil ihrer Einheit, verdammt. Sie war für ihn verantwortlich ...

»Kurzschluss einleiten«, sagte jemand, der hinter dem Arzt stand. »Er ist erledigt.«

Die gelblichen Dreiecke vor ihren Augen wollten einfach nicht zusammenbleiben. Wie sehr sie sich auch bemühte, sie zu vereinen, immer drifteten sie wieder auseinander.

Anselm hörte abrupt zu schreien auf.

*

Cygnets Schwanz schoss in die Höhe, die Spitze zitterte einen Moment lang scheinbar unschlüssig hin und her. Es musste eine geheime Geste sein, denn soeben hatte jemand den Raum betreten. Bullam blicke auf und sah, dass es sich um den alten Mann handelte, den sie unten am Hafen beim Spielen mit seinen ferngesteuerten Booten getroffen hatte.

In dem hell erleuchteten Zimmer war sein Gesicht jetzt besser zu erkennen. Kleine Narben bedeckten seine Wangen. Jeder anständige Arzt hätte sie problemlos entfernen können – er musste sie also bewusst behalten haben, vielleicht als Andenken an eine wichtige Schlacht. Nun sah sie auch, wie hager er war. Sein flaumiges, schütteres Haar. Er hatte das Kinn vorgeschoben, als seien die Zähne miteinander verwachsen. Was ihr aber am meisten auffiel, war sein Blick.

Er hatte keinen.

Da war kein Fünkchen Verstand in seinen Augen. Keine menschliche Regung. Er war weder blind, noch schien er unter Drogen zu stehen. Stattdessen wirkte er wie eine Gliederpuppe. Wie die Nachbildung eines Menschen.

Er schien durch die Luft zu schweben, aber offenbar störte ihn das nicht im Geringsten. Vor dem Diwan hielt er inne. Seine Arme hingen schlaff herab.

»M. Bullam«, sagte Cygnet, »ich möchte Ihnen Captain Shulkin vorstellen. Ich hatte vorhin von den Piloten und dergleichen erzählt, die wir aus den Reihen der Flotte rekrutiert haben. Die Ausgestoßenen, die Sonderlinge – alle, die dort nicht mehr willkommen sind. Unsere eigene Privatarmee. Ich hatte erläutert, wie selten und wertvoll diese Leute sind. Der Captain hier ist der Star unserer kleinen Vorstellung. Ein waschechter Kriegsheld. Der Mann, der den Aufbau in der Schlacht um Jehannum geschlagen hat.«

Bullam überlegte, ob sie aufstehen und dem Alten die Hand reichen sollte. Die Vorstellung, sich vom Diwan zu erheben, löste bereits Schwindelgefühle aus. »M. Shulkin«, sagte sie stattdessen. »Es ist mir eine Ehre, Sie kennenzulernen.«

Shulkin nickte nicht. Sah sie nicht einmal an.

Bullam runzelte die Stirn. »Verzeihung. Ich möchte nicht unhöflich erscheinen, aber geht es Ihnen gut, M. Shulkin?«

»Es geht ihm gut«, sagte Cygnet. »Bestens. Er hat nur ein paar Operationen hinter sich, das ist alles. Ich weiß nicht, ob Sie davon gehört haben, aber bestimmte Arten von psychischen Erkrankungen sind bei Flottenpersonal recht weit verbreitet – in deren Kreisen nennt man das ›Muffensausen‹. Eine blumige Variante, Kriegsneurosen zu umschreiben. Viele ihrer Leute leiden darunter, und es äußert sich durchaus unterschiedlich – manche können schlicht nicht mehr richtig schlafen, andere werden aus heiterem Himmel aggressiv. Wieder andere werden zu Feiglingen. Der gute Captain hat versucht, seinen Zerstörer in einen roten Zwergstern zu steuern. Eine affektive Psychose mit suizidalen Impulsen, wie man mir gesagt hat. Zwanghaft. Man musste ihm sein Kommando entziehen.«

Bullam fröstelte unwillkürlich.

»Er hatte Glück, dass die Flotte langjährige Erfahrung mit der Behandlung solcher Krankheiten hat. Es gibt ein spezielles optogenetisches Verfahren, bei dem Laser eingesetzt werden, um die Anzahl der dendritischen Verbindungen zu reduzieren. Die haben einen Teil Ihres Gehirns abgebrannt, nicht wahr, Captain?«

Shulkin verzog keine Miene. Er deutete lediglich ein Nicken an, indem das Kinn ein wenig in Richtung Schulter zuckte. »Die Teile rausgenommen, die ich nicht mehr brauche«, sagte er. »Mich wieder einsatzfähig gemacht.«

»Sie müssen keine Angst haben, ihm auf die Füße zu treten«, sagte Cygnet. »Solchen Problemen ist er längst entwachsen. Er kennt auch keine Angst mehr, worum es ja unter anderem ging. Was er allerdings noch hat, was *wir* an ihm so schätzen, ist seine Erfahrung. Sein Wissen über Strategie und Taktik ist legendär. In seiner Glanzzeit war er einer der klügsten Köpfe der Flotte.«

Plötzlich entflammte ein kleines Leuchten in Shulkins Augen, als versuchte etwas, das tief in ihm verborgen lag, mit der Außenwelt Kontakt aufzunehmen. »Ich kann immer noch kämpfen«, sagte er.

»Oh, das glaube ich gern«, antwortete Cygnet. Dann wandte er sich wieder Bullam zu. »Ich will wissen, was Aleister Lanoe im Schilde führt.« Sein Schwanz ringelte sich um seine Schultern.

176

»Sie und der Captain werden ausziehen und ihn mir herbringen. *Bevor* er mit dieser mysteriösen Fraktion in Kontakt treten kann.«

*

Als es Ehta endlich gelang, ihren Kampfanzug wieder hochzufahren – nachdem sich die Techniker sicher waren, alle Überreste des Ohrwurms aus seinen Systemen entfernt zu haben –, wurde sie aus dem Sanitätszelt entlassen. Alle Ärzte hielten inne und sahen ihr hinterher. Sie konnten nicht fassen, dass sie durchgekommen war.

Kein Wort zu Anselm. Sie befanden sich hier in einem der vorgeschobenen Feldlager, dessen medizinische Einrichtung hauptsächlich auf Notversorgung ausgelegt war. Jeder Patient, dessen Zustand stabil genug war, um verlegt zu werden, wurde weitere fünfzig Kilometer hinter die Front geflogen, wo Spezialisten warteten, die dort sachgemäß operieren konnten, ohne dass es links und rechts permanent Bomben regnete. Anselm war sediert und in einen Transporter verladen worden. Seitdem hatte sie nichts mehr von ihm gehört.

Sie wollte sich damit nicht zufriedengeben. Sie war es ihrer Einheit schuldig, herauszufinden, wie es um ihn stand. Als dann aber ihr Armdisplay aufleuchtete und sie die Hand danach ausstreckte, um eine offizielle Anfrage zu verfassen, stellte sie zu ihrer Verwunderung fest, dass man ihr bereits neue Befehle übermittelt hatte. Sie hatte sich zur sofortigen Neuzuordnung bei ihrem befehlshabenden Offizier zu melden.

Die Offizierszelte standen am anderen Ende des Feldlagers um die Landeplattformen gruppiert – der Gedanke dahinter war wohl, dass den Offizieren durchaus daran gelegen war, als Erste evakuiert zu werden, wenn die Flotte Tuonela schließlich doch aufgab. Ehta ging an mehreren Truppentransportern vorbei und duckte sich unter der Tragfläche eines Z.VI hindurch, der gerade betankt wurde. Direkt neben dem Zelt ihres Majors stand ein seltsam anmutendes kleines Schiff auf dem Landefeld, ein sichel-mondförmiger Nurflügler, wie sie noch nie einen gesehen hatte. Da der dreiköpfige Adler auf der Bordwand prangte, kümmerte sie sich jedoch nicht weiter darum und durchquerte das Atmo-sphärefeld ins Innere des Zelts.

Drinnen war es warm. An einigen Teegläsern und Flachbild-schirmen war Kondenswasser zu sehen, und der Unteroffizier, der sie in Empfang nahm, schwitzte sogar. Sie vergaß immer wieder, wie kalt es auf Tuonela werden konnte – in ihrem Anzug herrschte immer die gleiche angenehme Temperatur. Der Unter-offizier bedachte sie mit einem eigenartigen Blick und winkte sie zu seinem Arbeitsplatz. »Wie kann es sein, dass Sie noch auf den Beinen sind?«, fragte er.

Sie stellte fest, dass sie sich nicht an seinen Namen erinnerte. Egal, es war seine Aufgabe, über sie Bescheid zu wissen, nicht andersrum. »Die Ärzte haben mich durchgecheckt und gehen lassen«, gab sie zurück. »Es geht mir gut. Ich habe eine schwache Dosis Ohrwurm abbekommen, aber …«

Er schüttelte den Kopf. »Sie wissen genau, dass das nicht so einfach ist. Wenn man von so einem Ding getroffen wird, erholt man sich nicht mehr. Um Himmels willen, Ehta, ich hatte Sie längst zur Erholung freigestellt, da taucht Ihr Name plötzlich wieder auf meiner Aktivenliste auf – Sie sind extrem hart im Nehmen, was?« Er lachte und bot ihr einen Klappstuhl an. »Tja, das hat sich jetzt wohl erledigt. Sie können nach Hause, Sie ver-dammter Glückspilz.«

»Nach Hause?«

»Aber klar doch. Sie sind ab sofort aus medizinischen Grün-den komplett vom Dienst befreit. Es wird kaum jemand wagen, Sie als Simulantin zu bezeichnen. Wie lange waren Sie jetzt AFS? Fast drei Jahre? Im Vergleich zum Großteil der Abgänge, die ich zu sortieren habe, gehören Sie damit zum ganz alten Eisen.«

»Moment mal – das verstehe ich nicht. Es geht mir gut«, sagte

Ehta. »Ich bin hergekommen, um mir neue Befehle abzuholen. Es geht mir gut.« Sie merkte, dass sie sich wiederholte. »Und dann muss ich schnellstens zu meiner Einheit zurück, die warten auf Neuigkeiten von Anselm …«

»Ehta«, sagte er mit einem Grinsen, »Sie wollen es nicht begreifen, oder? Vielleicht hat Sie der Ohrwurm doch härter erwischt, als Sie glauben. Sie sind raus. Die Aktiven Flottensoldaten danken Ihnen für Ihre Dienste. Ich habe noch ein paar Informationen für Sie. Sie haben für den Rest des Jahres Anspruch auf den halben Sold, und natürlich kriegen Sie zusätzlich den Rehabilitationsbonus für Verwundete und Suchtkranke. Die Marineinfanterie kümmert sich um ihre Leute, Sie haben großes Glück gehabt, Sie verdammte … lassen wir das.«

»Ihr … ihr wollt mich einfach absetzen«, sagte Ehta.

Sein Lächeln war warm und herzlich. Sie wollte es ihm dringend mit der Faust aus dem Gesicht fegen.

»Es geht mir gut.« Sie schüttelte den Kopf. »Hören Sie, Sie … Sie verstehen das nicht. Es geht hier um meine Karriere. Um mein Leben. Seit ich ein Kind war, habe ich immer gekämpft.«

Das Lächeln in seinem Gesicht erstarb. Zunächst bemerkte sie nicht, dass er nicht länger sie ansah.

»Es kann doch nicht vorbei sein. Nicht so. Ich kann nicht einfach … aufhören, ganz ohne Vorwarnung!«

Der Unteroffizier sprang auf und salutierte zackig, die Augen ins Leere gerichtet. Sie dachte schon, er habe vielleicht einen Schlaganfall.

»Verdammt noch mal, das kann nicht so enden!«

»Muss es auch nicht«, sagte jemand hinter ihr.

Oh nein. Die Stimme kannte sie.

Sehr langsam erhob sie sich von ihrem Klappstuhl und drehte sich um. »Kommandant.«

»Hallo, Ehta«, sagte Aleister Lanoe.

13

»Das ist doch lächerlich«, sagte Bury. »Da könnten wir genauso gut noch im Knast sitzen!«

Sie waren aus der Zelle entlassen und in einen Bereich des Schiffs gebracht worden, der Kampfpiloten vorbehalten war, nicht mehr als ein Ring aus Kojen um einen Gemeinschaftsraum mit Kombüse. Man hatte sie angewiesen, dort zu bleiben und nicht durchs Schiff zu streifen. Ohne irgendeine Erklärung. Das war vollkommen inakzeptabel.

Ausbilderin Candless – nein, ab sofort musste er sie Leutnantin Candless nennen, rief er sich ins Gedächtnis – war so nervtötend gelassen wie immer. Sie saß zusammen mit Ginger angeschnallt an einem Tisch in der Mitte des Raums und lutschte grüne Nährpaste aus einer Tube – das Beste, was ihre Vorräte an Essen hergaben. Sie waren beide total entspannt und taten gerade so, als passierte ihnen so etwas ständig.

Bury hatte nicht vor, das hinzunehmen. Er war zu Höherem bestimmt, als einfach den Kopf einzuziehen und auf Anweisungen zu warten. Das Leben in der Flotte musste ja wohl mehr bieten. »Ich weigere mich, einfach hierzubleiben«, sagte er höhnisch.

Candless wandte sich um und sah ihn mit diesem Blick an, der ihn immer glatt zu durchbohren schien. »Sie sollten sich hinsetzen und Ruhe geben, Fähnrich. Ich bin davon überzeugt, dass Kommandant Lanoe alles erklären wird.« Sie klang fast so, als glaube sie das tatsächlich. »Wir müssen uns nur noch ein wenig gedulden.«

»Wir sitzen seit Tagen fest … Ich muss hier raus!«

Candless rümpfte die Nase, dann aber nickte sie und wandte den Blick ab. »Bitte. Wenn Sie das *müssen*. Gehen Sie los und schauen Sie sich an, wie ein Hoplit von innen aussieht. Ich bin mir sicher, das wird sehr lehrreich.«

Bury stieß sich von der Wand ab und zog sich durch das Panzerschott in den langen Gang.

»Bloß nichts anfassen«, rief Candless hinter ihm her.

Der Hellion grunzte frustriert und beschleunigte den Gang hinunter. Da dieser kaum zwei Meter breit war, stieß er immer wieder gegen die weichen Kunststoffwände, aber jedes Mal federte er ab und gewann an Geschwindigkeit. Bald hatte er den Axialkorridor erreicht, der das Schiff in voller Länge durchlief.

Ohne eine Vorstellung davon zu haben, was er überhaupt tun wollte. Vielleicht einfach etwas Sport treiben. Ein bisschen Dampf ablassen.

Bis auf die Hintergrundgeräusche großer Maschinen im Leerlauf waren die Gänge und engen kleinen Räume des Kreuzers vollkommen still. Das leise Säuseln der Ventilation, das hohe Fiepen einiger Bildschirme, die sich an- oder abschalteten. Irgendetwas fehlte in dieser Stille, etwas, das er erst nach längerem Überlegen benennen konnte.

Aber dann begriff er. Überall um ihn herum konnte er das Schiff diverse Automatismen durchlaufen hören. Was er nicht hörte – nirgends –, waren menschliche Laute. Kein leises Husten, kein Summen bei der Arbeit. Keine sanften Schläge, mit denen sich Leute von den Wänden abstießen, um sich fortzubewegen.

Sobald er die Abwesenheit der Besatzung einmal registriert hatte, hörte er nichts anderes mehr.

Die Gänge und Räume des Hopliten waren so schmal, dass er den mehreren Dutzend Besatzungsmitgliedern, die eigentlich an Bord sein sollten, gar nicht hätte aus dem Weg gehen können. Sie hätten die bedrückende Enge ausfüllen müssen. Stattdessen hallte das Schiff geradezu vor Leere wider.

Bury schwebte durch die Räume mit den Feuerleitständen, durch Wälder aus Röhren und Schläuchen, die im Schein der Bildschirme glitzerten. Leer. Zurück in Richtung Antrieb, wo das Hintergrundsummen des Schiffs zu einem unterdrückten Brüllen wurde, während sich die Lebenserhaltungssysteme abmühten, all die überschüssige Hitze aus dem großen Torus des Fusionsreaktors nach außen abzuleiten. Hier hätte ein ganzes Team von Ingenieuren sein müssen, um das mächtige Triebwerk zu überwachen und in einwandfreiem Zustand zu halten.

Niemand da.

Er entdeckte eine Konsole mit Exekutivfunktion. Nicht mehr als ein grauer Klotz aus Kunststoff mitten in einem Maschinenraum. Er wedelte mit der Hand darüber, und ein Display erwachte, auf dem eine schematische Darstellung des Antriebs zu sehen war. Alles wirkte einwandfrei – keine roten Lichter, keine Warnsignale. Aber danach suchte er auch nicht. Stattdessen befragte er das Display, wo all die Ingenieure abgeblieben waren.

Ein Besatzungsverzeichnis tauchte auf, eine Namensliste mit Links zu Dienstakten, Kommunikationslogbüchern und Aufzeichnungen der schiffsinternen Biosensorik. Nur ließen die Daten keinen anderen Schluss zu, als dass sich sämtliche verzeichneten Personen aktuell nicht an Bord befanden.

Wo zum Teufel waren bitte alle hin?

Dank der Exekutivfunktion hatte die Konsole Zugang zu allen Bordsystemen. Er ging die Liste der Marinesoldaten durch. Alle verschwunden. Brückenbesatzung. Verschwunden. Er entdeckte Candless und Ginger – toll, wo die waren, wusste er auch so. Er drückte auf den Link zu LANOE, ALEISTER (BEFEHLSHABENDER OFFIZIER).

Vom Display blinkte ihm eine Fehlermeldung entgegen.

<NICHT GEFUNDEN>

Bury runzelte die Stirn und versuchte, sich an den Namen des anderen Manns zu erinnern, des großen Piloten mit dem schwarzen Helm, der mit ihnen kurzzeitig die Zelle geteilt hatte. Er tippte VAUK, TALIS ein. Die Konsole berichtigte die Eingabe automatisch.

VALK, TANNIS (ZIVILER BERATER). Bury seufzte und klickte auf den Link.

Dann riss er erstaunt die Augen auf.

<VERSTORBEN>

Grundgütiger, was war dem Kerl zugestoßen? Auf Rishi hatten er und Lanoe wie dicke Freunde gewirkt. Was zur Hölle war hier eigentlich los?

Die Antwort würde warten müssen, bis er das dringendste Rätsel gelöst hatte. Offenbar hatte man sie zu dritt, zwei Kadetten und ihre Ausbilderin, vollkommen allein auf dem Hopliten zurückgelassen. Lanoe, seine gesamte Besatzung, die Marineinfanteristen, alle von Bord gegangen. Ohne ein Wort der Erklärung.

»Es muss doch noch irgendwer an Bord sein«, teilte er dem Display entschlossen mit. »Die müssen irgendwen hiergelassen haben, um zu verhindern, dass wir in die nächste Sonne stürzen oder so was. Zeige mir die aktuellen Daten der Biosensorik aus dem gesamten Schiff.«

Das Display blinkte und verwandelte sich in eine geisterhaft weiße Risszeichnung des Kreuzers in voller Länge. Er sah die eigenen Daten, einen kleinen blauen Punkt in der Nähe des Antriebs, und zwei weitere Pünktchen für Candless und Ginger. Abgesehen davon gab es nur einen anderen Punkt im ganzen Schiff, einen anderen Herzschlag, und dieser war in Orange gehüllt. Ein Warnhinweis. Bury klickte ihn an.

MAGGS, AUSTER (LT, EKF)

<BIORHYTHMUS-DATEN FEHLERFREI>

STANDORT: ARRESTZELLE B

Da standen noch viel mehr Informationen, die er hätte lesen können – die Dienstakte des Leutnants, Fotos, alles Mögliche –, aber Bury hatte sich bereits von der Konsole abgestoßen. Er war unterwegs, um zur Abwechslung ein paar verdammte Antworten zu kriegen.

*

Jemand brachte ihm einen Stuhl. Lanoe zuckte mit den Schultern und setzte sich. Er hatte nicht vor, sich in diesem Zelt allzu lange aufzuhalten, dafür aber genug Zeit auf Militärstützpunkten verbracht, um jede Annehmlichkeit dankend anzunehmen. Derlei kam selten genug vor.

Major Sorensen tippte auf seinem Lesegerät herum, rollte es ein und breitete es dann doch wieder auf dem Tisch aus. »Ihre Referenzen sind, nun ja, tadellos«, sagte er. »Das will ich nicht bestreiten.«

Der Major wäre ein sehr kleiner Mann gewesen, hätte er nicht gerade in einem dicken Kampfanzug vor ihm gesessen. Das verkniffene Gesicht und die blinzelnden Augen hätten eher zu einem Wissenschaftler als zu einem Krieger gepasst. Als Lanoe aufgetaucht war und sofort angefangen hatte, Forderungen zu stellen, war die Reaktion des Majors ein wenig aufbrausend ausgefallen. Nachdem er Lanoes Kennungsmarke ausgelesen hatte, war er auf der Stelle zuvorkommend geworden.

Natürlich hatte Großadmiralin Varma Lanoe nicht einfach einen Blankoscheck ausgestellt. Seine Befugnis und Spielraum würden sorgfältig verschlüsselt sein und keinerlei Rückschlüsse auf Varma oder sonst jemanden in der Admiralität zulassen. Trotzdem war offenkundig, dass er für die Dauer dieses Einsatzes nur sehr wenige verschlossene Türen vorfinden würde.

»Es ist nur so – und das ist ein wenig … heikel«, sagte der Major, »sie ist auf ihrer letzten Patrouille von einem Ohrwurm getroffen worden und … Sie wissen doch, was das bedeutet?«

»Ohrwurm? Als Kriegsgerät? Nie gehört«, sagte Lanoe.

Der Major bleckte die Zähne. Es sah aus, als versuche seine Kopfhaut, vom Schädel herunterzukriechen. »Ah. Eigentlich kein Wunder. Ihrer Dienstakte entnehme ich, dass Sie seit dem Ende der Aufbau-Krise nicht mehr im aktiven Dienst waren. Ähm, danke für Ihren Einsatz. Aber die moderne Kriegsführung hat sich seitdem doch erheblich gewandelt. Ich wage zu behaupten, dass die Zustände ein wenig unschöner sind, als Sie sie in Erinnerung haben. Wir waren den MegaKons lange Zeit technologisch überlegen – tja, aber sie holen auf. Der Ohrwurm ist eine ihrer bösartigsten Erfindungen, denn er, äh, sorgt dafür, dass die Leute nicht mehr weiterkämpfen können. Streng genommen ist …«

»Vielleicht«, unterbrach ihn Lanoe, »sollten wir nicht in der dritten Person über sie sprechen, wenn sie hier steht und alles mit anhört?«

Der Major warf Ehta, die neben seinem Schreibtisch strammstand, einen verkniffenen Seitenblick zu.

»Natürlich.«

»Ehta«, sagte Lanoe, »schön, dich zu sehen.«

»Sir.«

Er widerstand der Versuchung, laut zu seufzen. Er hätte sie besser behandeln sollen, als sie sich zuletzt gesehen hatten. Da hatte er dringend Piloten gebraucht, und sie hatte sich freiwillig gemeldet – aber nur, weil sie sich nicht getraut hatte, ihm zu sagen, dass sie nicht mehr fliegen konnte. Er war … wütend gewesen. Zhang hatte sich bemüht, die Wogen zu glätten, aber wahrscheinlich hatte er trotzdem ein paar Dinge gesagt, die er jetzt bereuen sollte.

»Ich brauche deine Hilfe«, sagte er. »Du bist mir nichts schuldig, weit gefehlt, aber die Sache ist wichtig.« Er wollte ihr gegenüber nicht seine Autorität spielen lassen, würde es aber trotzdem tun, sollte es nötig sein. »Ich brauche Marineinfanterie. Mindestens eine Abteilung, und am liebsten welche, die tatsächlich schon mal auf einem Schiff gedient haben. Falls du außerdem ein paar Leute hast, die mit Bordgeschützen umgehen können, wäre das äußerst hilfreich. Und ein paar Ingenieure könnten auch nicht schaden. Aber das Allerwichtigste und der Grund, warum ich direkt damit zu dir komme – ich benötige Leute, denen du vertraust.«

Sie legte die Stirn in Falten, als verstünde sie nicht, was er von ihr wollte. »Du willst eine Namensliste haben.«

»Ich brauche ein gutes Team«, sagte er. »Unter deiner Leitung. Verlässliche Leute, die gut zusammenarbeiten. Karrierebewusst.« Das war vielleicht sogar der schwierigste Teil seiner Bitte. Viele Leute meldeten sich zum Dienst bei der Marineinfanterie – solche, die keine andere Möglichkeit sahen, ihren Lebensunterhalt zu verdienen, die vor irgendetwas auf der Erde oder den solaren Kolonien davonliefen. Aber Leute, die es als bewusste Karriere-entscheidung sahen, wirkliche Berufssoldaten – die waren rar. »Ich brauche Leute, die keine Konzernverbindungen haben. Vor allem Leute, die nie etwas mit CentroCor zu schaffen hatten.«

Ehta schielte zu ihrem befehlshabenden Major herüber. »Darf ich offen sprechen, Sir?«

»Ja, ja.« Der Major vollführte eine wegwerfende Geste.

»Lanoe, du bittest mich darum, auch bei deinem nächsten unglaublich gefährlichen Abenteuer wieder dabei zu sein. Du willst, dass ich meine Leute – gute Leute, Kameraden – mit-schleppe. Und ich gehe davon aus, dass du keinerlei Einzelheiten verraten wirst, bevor ich Ja oder Nein gesagt habe.«

»So ist es«, sagte Lanoe.

Ehta schürzte die Lippen. Er kannte sie gut genug, um zu sehen, dass sie sich gerade Mühe gab, nicht die Augen zu ver-drehen. »Dafür behalte ich meinen Rang und darf weiterarbei-ten. Major Sorensen, Sir – wenn ich hierbleibe, bin ich raus. Aus medizinischen Gründen vorzeitig entlassen.«

»Korrekt«, sagte der Major.

Ehta nickte. »Alles klar, meine Herren. Ich werde heute Nacht die Liste ausarbeiten und sie morgen früh übergeben.«

»Ich muss die Liste in einer Stunde haben«, sagte Lanoe.

Ehta zuckte mit den Schultern.

Leider war der Major nicht ganz so entgegenkommend. »Einen Augenblick mal, Kommandant. Muss ich Sie daran erinnern, dass wir einen Krieg um diesen Planeten führen? Und Sie reden davon, einige meiner besten Leute einfach mitzunehmen. Sie einzusammeln und mit ihnen zu verschwinden! Ich habe auch Befehle auszuführen, in drei Teufels Namen! Ich weiß, dass Sie Freunde auf höchster Ebene haben, aber ...«

»Ich ersetze alles an Personal, was ich mitnehme«, erwiderte Lanoe. »Sie könnten am Ende sogar besser dastehen als vorher.«

Die Miene des Majors durchlief eine komplexe und außergewöhnliche Wandlung. Wut wurde zu Verwirrung wurde zu Hoffnung wurde zu gieriger Erregung wurde zu Argwohn, alles binnen weniger Augenblicke. »Aha. Wie bitte wollen Sie das bewerkstelligen?«

Lanoe beugte sich über sein Armdisplay und tippte etwas. Leutnantin Harbin, die Pilotin des Hopliten, hob die Zelttür an und trat ein. »Ja bitte, Sir?«

»Frau Leutnant, das hier ist Major Sorensen. Er ist ab sofort Ihr befehlshabender Offizier.«

»Sir«, sagte sie. Ihr ganzer Körper versteifte sich. »Sir – ich verstehe nicht ganz. Hatten Sie an meinem Fliegen etwas auszusetzen?«

»Mitnichten.«

Harbin stieß den Atem aus, den sie angehalten hatte. »Dann – aber ... Dieser Offizier ist Teil der Marineinfanterie, Sir.«

»Ähem«, machte der Major und schaute leicht gereizt.

»Nichts für ungut.« Das konnte sie lange behaupten. Generell hielt man bei der Flotte nicht viel von der Marineinfanterie. So wie auch Falken auf Wölfe herabschauten. »Ich meinte ja nur – ich bin Kampfpilotin«, setzte Harbin erneut an. »Kein Soldat. Ich verstehe nicht, wie ich zu einer Infanterieeinheit abkommandiert werden kann.« Sie sah sich um, als suche sie nach jemandem, der ihr den Rücken stärken könnte. Bei Ehta war sie definitiv an der falschen Adresse.

»Ein Einsatzgebiet wie Tuonela braucht jede Menge Luftunterstützung«, sagte Lanoe. »Ich bin mir sicher, hier gibt es genug Arbeit, die Ihnen liegt. Außerdem sind Sie nicht alleine. Ich verlege die gesamte Besatzung und Marineinfanterie von unserem Schiff hierher. Von meinem Schiff, besser gesagt.«

»Sie – das meinen Sie doch wohl nicht ernst«, sagte Harbin. »Sie wollen uns hier zurücklassen? Alle? Sie lassen uns einfach in diesem – diesem Kriegsgebiet sitzen?«

Er konnte ihre Panik durchaus verstehen. Die Besatzung und Marines, die Varma ihm mitgegeben hatte, waren handverlesenes Personal, wahrscheinlich sogar die Elite der Flotte, die sich eine glanzvolle Zukunft erhoffen. Manche hatten ganz sicher entsprechende politische Verbindungen, um sich überhaupt die Teilnahme an einer derart wichtigen Mission zu sichern. Jetzt hatte er sie mit einem Handschlag allesamt zu Fußvolk degradiert, noch dazu inmitten eines der scheußlichsten Scharmützel der Gegenwart. Es würde ihnen nicht leichtfallen, sich damit abzufinden.

Er hatte größte Mühe, Mitleid zu empfinden.

»Als Sie in die Flotte eingetreten sind, haben Sie sich dem Kampf verschrieben«, gab er zu bedenken und wandte sich wieder an den Major. »Damit bekommen Sie etwa zwanzig Leute, die alle für Pilotentätigkeiten ausgebildet sind, ein volles Kontingent qualifizierter Flotteningenieure, und obendrein fünfundzwanzig Marineinfanteristen, um die Leute zu ersetzen, die ich mitnehme. Sind wir uns einig?«

*

»Sie wirken verärgert«, sagte Bury lauernd.

»Ich wurde gegen meinen Willen hier eingesperrt, natürlich bin ich ein wenig ungehalten«, gab Leutnant Maggs zurück.

Bury betrachtete ihn aufmerksam. Der Gefangene schwebte in seiner Zelle hin und her, näherte sich immer wieder den Wänden, nur um sich in letzter Sekunde abzustoßen, als sei es ihm zuwider, die Kunststoffverkleidung auch nur zu berühren. Er trug eine ziemlich pompöse Galauniform – vielleicht hatte er einfach Angst, sie schmutzig zu machen.

Auf dem Bildschirm, der das Innere der Zelle zeigte, befand sich auch ein Textfeld, dem die Eckdaten von Auster Maggs' Dienstakte zu entnehmen waren. Nicht ersichtlich, warum er in dieser Zelle steckte – es lagen keine Anklagepunkte gegen ihn vor. Allerdings hatte Bury ihn auf Rishi mit Lanoe reden hören und durchaus den Eindruck gewonnen, dass sich die beiden nicht grün waren. Was ihn abermals zu der Frage brachte, ob hier wirklich alles mit rechten Dingen zuging.

»Sie möchten bestimmt, dass ich Sie rauslasse«, sagte Bury vorsichtig.

Maggs konnte ihn nicht sehen. In der Zelle gab es keinen Bildschirm. Und doch schien er ihn durch die geschlossene Panzertür argwöhnisch anzuschauen. »Hmmm. Wie verlockend. Aber nein, danke. Sie würden sich nur lächerlich große Probleme einhandeln.«

»Wie nett, dass Sie sich um mich sorgen«, sagte Bury sarkastisch.

»Wie auch immer – sagten Sie nicht, wir befänden uns im Orbit um Tuonela? Ich habe nicht vor, auch nur einen Fuß auf diesen Planeten zu setzen. Die zelebrieren da unten einen Krieg. Kriege sind meist sehr unschön. Nein, Sie sollten mich nicht herauslassen, auch wenn es zum Aus-der-Haut-Fahren ist. Ich sollte besser einfach abwarten, was Lanoe mit mir vorhat.«

»Er hat kein Wort verraten«, sagte Bury.

»Nein, das wird er auch nicht – solange es nicht unabdingbar ist. So ist er nun mal.« Maggs stieß sich von der nächsten Wand ab. Vielleicht brauchte er einfach ein bisschen Bewegung.

»Brauchen Sie denn sonst irgendetwas? Haben Sie Hunger?«

»Ein wenig Eau de Cologne wäre fein. Und Rasierpapier. Ich werde noch verrückt, wenn ich meine Morgentoilette nicht erledigen kann.« Er strich sich über Kinn und Oberlippe. »Andererseits könnte ich diese Krisensituation auch zu einer Gelegenheit ummünzen. Ich wollte immer mal sehen, wie ich mit einem ordentlichen Schnäuzer aussehe.«

»Ernsthaft? Das ist Ihre einzige Sorge – Hygieneartikel?«

»Ach, ich hätte da noch viel mehr im Sinn, aber ich weiß, dass ich nichts davon bekommen werde. Am Ende bin ich einfach dankbar, überhaupt jemanden zum Reden zu haben. Sie sind Bury, nicht? Ich erkenne Ihre Stimme wieder. Sie sind einer der beiden Kadetten, die wir auf Rishi aufgelesen haben.«

»Und gegen unseren Willen festgehalten haben«, erinnerte Bury ihn.

»Ja. Ich bin untröstlich. Befehle von ganz weit oben, wo es keinerlei Spielraum gab – Sie verstehen das doch sicher.«

»Sicher nicht«, gab Bury zurück.

Der Leutnant reagierte darauf nicht. »Bury«, sagte er, als denke er darüber nach, wo er diesen Namen schon einmal gehört hatte. »Bury. Ja. Sie sind dank eines Vollstipendiums nach Rishi gekommen, korrekt?«

»Woher wissen Sie etwas über mein Stipendium?«

»Ich habe Ihre Unterlagen von der Akademie überflogen. Exzellente Noten, auch wenn Ihre Ausbilderin offenbar der Meinung war, dass Sie an Überheblichkeit leiden.«

»Sie hat mich nie verstanden, nicht einmal gefragt, ob ich …«

»Oh, junger Mann«, unterbrach ihn Maggs und lachte. »Verstehen Sie mich bloß nicht falsch. Überheblichkeit ist etwas Gutes. Sie brauchen Überheblichkeit, um ein guter Pilot zu werden. Um mitten in eine gegnerische Formation zu fliegen und zu glauben, Sie könnten tatsächlich gewinnen. Ich finde Überheblichkeit prima. Die werden versuchen, Ihren Stolz zu brechen. Lassen Sie das nicht zu. Auf keinen Fall. Diese Einstellung wird Ihnen im Lauf Ihrer Karriere gute Dienste leisten. Vorausgesetzt, Sie haben noch eine.«

Bury runzelte die Stirn. »Was soll das bitte heißen?«

»Nicht so wichtig. Ich sollte mich lieber bedeckt halten. Sobald sich Lanoe dazu herablässt, Ihnen zu erzählen, worum es wirklich geht, können Sie immer noch anfangen, sich Sorgen zu machen. Bis dahin sollten Sie die selige Unwissenheit genießen. Die werden Sie später noch schmerzlich vermissen.«

Bury merkte, wie ihm die Hitze in die Wangen stieg. »Sie mieser … Sie versuchen nur, mich zu manipulieren. Schmieren mir Honig ums Maul, damit ich zu Ihnen halte, und hetzen mich auf, damit ich Lanoe Probleme bereite. Oder etwa nicht?«

Schaute Maggs etwa beeindruckt? Ein klein wenig? Er schwebte wieder der Wand entgegen, legte diesmal aber die Finger um eine Haltestange und verharrte, wo er war.

»Natürlich versuche ich, Sie zu manipulieren, Kadett«, gab der Gefangene freimütig zu. »Jeder Mensch, den Sie in Ihrem Leben jemals getroffen haben, hat versucht, Sie zu manipulieren, in die eine oder andere Richtung. Ich gratuliere, dass Sie das so schnell begriffen haben.«

»Ich glaube, wir sind hier fertig«, sagte Bury und langte nach dem Knopf, der den Bildschirm in der Tür wieder abschalten würde.

»Na schön. Obwohl – eine kleine Sache noch.«

Bury seufzte. »Was denn?«

»Wenn Lanoe Sie doch irgendwann einweihen sollte – wenn er Ihnen verrät, was er von Ihnen will, und glauben Sie mir, er erwartet immer eine Menge –, dann tun Sie sich selbst einen Gefallen. Fragen Sie ihn, wie diese Geschichte hier mit den Blau-Blau-Weiß zusammenhängt.«

»Den Blau-was?«

»Sie haben mich schon verstanden. Fragen Sie einfach und achten Sie darauf, wie er reagiert. Tun Sie sich den Gefallen.«

»Womit Sie wohl meinen, tun Sie *mir* den Gefallen.«

»Natürlich. Aber es gibt keinen Grund, warum wir davon nicht beide profitieren sollten. Herr Kadett, Sie haben es verdient, die ganze Wahrheit darüber zu erfahren, wozu man Sie eigentlich rekrutiert hat.«

Bury biss die Zähne zusammen. Er hasste es, wenn ihm Leute etwas vorenthielten. »Fähnrich«, sagte er.

»Verzeihung?«

»Lanoe hat mich zum Fähnrich befördert. Ich bin kein Kadett mehr. Dafür hat er schon mal was gut. Sie sind nur irgendein Penner in einer Zelle.«

»Blau-Blau ...«

Bury ließ ihn nicht ausreden. Er drückte auf den Knopf, und der Bildschirm löste sich auf. Leutnant Maggs war wieder hinter der Panzertür allein.

*

Lanoe überführte beide Schiffe eigenhändig zu seinem Hopliten. Er saß im Cockpit des kleinen Tarnkappenfliegers, steuerte den Truppentransporter fern und bugsierte ihn vorsichtig in den Hangar, um die Insassen drüben nicht durchzuschütteln. Beide Schiffe waren restlos belegt, und als sie endlich aufsetzten, ergossen sich sofort Ingenieure und Marineinfanteristen in den Hangar und füllten den großen Raum mit Lärm und Bewegung. Gerade wollte Lanoe seine neue Besatzung ins Schiffsinnere führen, da bahnte sich Candless einen Weg durch die Menge. Ihr Blick zeugte eher von Neugier als von Verwirrung.

»Ich sollte wohl sagen: ›Willkommen zurück, Kommandant‹. Allerdings hätte ich diesbezüglich gern zuvor gewusst, wohin du überhaupt unterwegs warst.« Über den Lärm der Marines war sie kaum zu verstehen. Ein besonders breiter Kerl mit einem

Roboterarm schob sich zwischen ihnen hindurch und stieß sich in Richtung Ausgang ab. So gefährlich er auch aussah, sein Gesicht war aufgrund der Raumkrankheit bereits grün angelaufen. Offenbar hatte sein Magen Mühe, sich an die Schwerelosigkeit zu gewöhnen.

»Hol ihm mal jemand 'ne Tüte«, brüllte Ehta. »Oder einfach den Helm einschalten, sonst wird er noch … ach verdammt, zu spät. Haben wir Putzdrohnen an Bord?« Dann fiel der Sergeantin auf, dass sie Lanoe direkt ins Ohr geschrien hatte. »Wer ist das denn?«, fragte sie und nickte in Richtung Candless.

»Meine Erste Offizierin.«

»Wie schnell man hier doch aufsteigt. Vor Kurzem war ich auf diesem Schiff noch gefangen. Jetzt bin ich Erster Offizier. Marjoram Candless. Ich …« Sie hatte die Hand ausgestreckt, zog sie aber ebenso schnell wieder zurück, als eine Gruppe Marines zwischen ihnen hindurchschwebte. Der eine taumelte, während ihn die anderen beiden unter Gelächter anschubsten. Ehta verzog das Gesicht, wies sie aber nicht zurecht.

»Die sind wie Kleinkinder«, sagte sie. »Typisch Marineinfanterie. Jedes Mal, wenn sie ihren jeweiligen Felsbrocken verlassen, benehmen sie sich, als wären sie die ersten Menschen, die Mikrogravitation entdecken.«

»Candless – Sergeantin Ehta«, sagte Lanoe mit einer ausladenden Geste.

»Candless, hast du gesagt?« Ehtas Blick huschte über Candless' Kennungsmarke. »Einen Blauen Stern beim 305ten bekommen, wie? Das Geschwader gibt's aber schon längst nicht mehr.«

»Korrekt«, erwiderte Candless.

»Also eine *ganz* alte Freundin.«

Candless schenkte ihr ein frostiges Lächeln und ließ den Blick an Ehtas Brust hinabwandern, wohl um im Gegenzug auch ihre Kennungsmarke auszulesen. »Sie haben selbst einen Blauen

Stern. Aus dem 94sten – Lanoes letztes Kommando, bevor er den Dienst quittiert hat. Also eine neuere Freundin. Interessant.«

»Bitte?«, sagte Ehta.

»Ich habe bisher nur wenige Infanteristen kennengelernt, die einen Blauen Stern hatten.« Was natürlich daran lag, dass man diese Auszeichnung nur als Kampfpilot mit fünf bestätigten Abschüssen verliehen bekam. Bei den AFS führte man über diese Dinge nicht so genau Buch. »Bis auf ein paar Ex-Piloten, die sich so schlimme Dinge hatten zuschulden kommen lassen, dass man sie aus der Flotte werfen musste.«

Ehta wurde sofort aufbrausend. Lanoe war klar, dass die beiden niemals Freundinnen werden würden. »Ich habe mich freiwillig zur Marineinfanterie gemeldet. Ich hatte die Nase gestrichen voll von scheinheiligen Piloten, die behauptet haben, ihre Anzüge würden nach einer sechsstündigen Patrouille nicht genauso stinken wie alle anderen.« Sie wandte sich ab und schaute quer durch die Halle Richtung Truppentransporter. Dann steckte sie zwei Finger in den Mund und pfiff so schrill, dass es Lanoe wie eine Nadel mitten ins Hirn fuhr. »Paniet!«, brüllte sie.

Der Mann, der den Transporter gerade verlassen hatte, sah auf und legte eine Hand an die Brust, wie um sich zu vergewissern, ob sie wirklich ihn gemeint hatte. Ehta machte eine ruckartige Kopfbewegung. Er stieß sich hastig ab und flog zu ihnen herüber.

Er war wesentlich kleiner als die anderen Leute von Ehtas Truppe, aber schließlich war er auch kein Soldat. Entlang seines Kragenrings lief eine Bordüre aus ineinandergreifenden Zahnrädern, die ihn eindeutig als Offizier der FLINKS – des Flotten-Ingenieurkorps – identifizierte. Er hatte feine Gesichtszüge, schütteres Haar und trug einen Metallring mit einer Menge Elektronik wie ein Monokel um das linke Auge. Lanoe wusste, dass Paniet damit Steuerkonsolen bedienen konnte, ohne seine Hände benutzen zu müssen. »Ja, Sergeantin?«, fragte er.

»Dieser Wicht hier ist Paniet. Einer der wenigen FLINKS, die ich je kennengelernt habe, die wirklich zu etwas zu gebrauchen sind. Normalerweise bittet man sie, einem einen Unterschlupf zu bauen, und dann wollen die zehn verschiedene Formulare sehen, bevor sie sagen, dass es sechs Wochen dauern dürfte. Bei der Schlacht um Graben 917 hat Paniet mir über Nacht einen Bunker gebastelt, obwohl er nur Schlamm und Spucke zur Verfügung hatte.«

»Und etwa siebentausend Tonnen modifizierte Leichtbetonfasern«, sagte Paniet. »Aber das war schon nicht ganz schlecht.« Seine Stimme klang hoch und ein wenig piepsig. Das Lächeln schien fester Bestandteil seines Gesichts zu sein. »Oh, um Vergebung. Wir sind uns noch gar nicht vorgestellt worden.« Er hielt Candless beide Hände hin, und sie ergriff sie vorsichtig, als habe sie Angst, seine Handgelenke könnten unter ihrer Berührung brechen. »Hassan«, sagte er. »Hassan Paniet. Ist das hier ein Hoplit?«

Lanoe runzelte die Stirn. »Ganz recht«, sagte er. »Haben Sie das Schiff beim Anflug nicht gesehen?«

»Ach, auf Raumflügen schaue ich grundsätzlich nicht aus dem Fenster«, erklärte Paniet. »Da gibt es doch sowieso nichts zu sehen, oder? Das ist das Problem mit dem All. Es ist so leer. Ein Hoplit! Diese alten Vögel sind ja geradezu legendär, nicht? Haben sich während der Aufbau-Krise als nahezu unzerstörbar erwiesen.«

»Ich erinnere mich«, sagte Lanoe.

Paniet schien seinen Unterton nicht zu bemerken. »Meinen Sie, ich könnte wohl einen Blick in den Antrieb werfen – wenn es keine Umstände macht?«

»Ich bestehe sogar darauf«, sagte Lanoe. »Deswegen sind Sie schließlich hier. Um zu verhindern, dass er hochgeht oder sich in seine Einzelteile auflöst.«

»Herrlich!«, sagte der Ingenieur und warf Ehta und Candless

ein breites Lächeln zu. »Wie schön, euch kennenzulernen, ihr Lieben«, säuselte er, stieß sich ab und segelte in Richtung Ausgang. Lanoe blickte ihm mit gerümpfter Nase hinterher.

»Der ist der Beste, den du gefunden hast?«, fragte er an Ehta gerichtet, sobald der Mann verschwunden war. »Ein FLINK, der dir irgendwann mal einen Bunker gebaut hat? Ich brauche jemanden, der mein Kriegsschiff in Schuss hält, und keinen, der mir ein nettes Wochenendhaus zimmert.«

»Gib ihm 'ne Chance«, sagte Ehta.

»Du bist für ihn verantwortlich. Und hiermit zur Leutnantin befördert. Das ist fürs Erste nicht offiziell abgesegnet, aber du musst deine Autorität einsetzen können. Du bist ab sofort mein Deckoffizier. Wenn also einer der Leute, die du handverlesen hast, Mist baut, stehst du dafür gerade.«

Ehta zuckte die Achseln. Wahrscheinlich hatte sie damit gerechnet. »Ich bringe sie erst mal unter. Weise allen eine Koje zu und teile den Schichtdienst ein.«

»Hat irgendwer von denen schon mal an Bord eines größeren Kriegsschiffs gedient?«, fragte Candless. Ihre Oberlippe war ein klein wenig verzogen. »Die Uneingeweihten brauchen vielleicht noch einen Crashkurs zum Umgang mit den Sauerstoff- und Wasservorräten. Ein paar sahen so aus, als könnten sie sogar eine Einführung in die Bewegung in Mikrogravitation vertragen.«

»Diese Truppe? Die Hälfte von denen ist erst seit knapp einem Monat bei der Marineinfanterie«, erwiderte Ehta. »Verdammt, die brauchen den ganzen Kram nicht, sondern erst einmal eine Einführung in die Grundlagen der Körperhygiene.«

Wieder zog Lanoe die Stirn kraus.

»Du hast gesagt, du willst loyale Leute haben – Leute, denen du vertrauen kannst, keine abgebrühten Veteranen«, sagte Ehta. »Wie gesagt – ich kümmere mich um alles. Aber zuallererst … das ist bestimmt mieses Timing, aber wann gibt's hier was zu essen? Der Großteil meiner Leute hat seit 'ner Woche keine richtige Mahlzeit mehr zu sich genommen. Die Zustände am Boden waren ziemlich haarig, weil die ThiessGruppe unsere Nachschubrouten blockiert hat.«

»Dieses Schiff hat mehr als genug Vorräte geladen«, sagte Candless. »Wenn Sie allerdings mehr als kalte Nährpaste haben wollen, müssten wir erst einmal jemanden als Koch abstellen. Lanoe hat den alten offenbar auch gefeuert. Ihre Soldaten – kann von denen jemand ein anständiges Essen zubereiten?«

»Ich glaube, das kriegen wir hin«, gab Ehta zurück. »Wenn es eine Sache gibt, die Marinesoldaten tatsächlich gut können, dann essen.« Sie stieß sich ohne ein Wort des Abschieds ab, und auf einmal war der Hangar so gut wie leer. Bis auf einige Soldaten, die sich lautstark erbrachen, aber immerhin den Anstand besaßen, sich von den beiden Offizieren fernzuhalten.

»Na gut«, sagte Candless gedehnt. »Es ist wohl zu viel verlangt, dass du mir verrätst, was hier gerade passiert ist?«

»Nein«, sagte Lanoe, »ich bin so weit. Ich werde eine formelle Einsatzbesprechung abhalten. Gib mir eine Stunde und versammle deine Offiziere auf der Brücke. Und sorge dafür, dass die Besatzung startklar ist – wir brechen sofort auf.«

»Das gehört wohl zu den Aufgaben eines Ersten Offiziers«, sagte sie. »Aber was weiß ich schon, es ist mein erstes Mal. Ich werde mich bemühen, dich nicht zu enttäuschen. Erlaubnis, den Hangar zu verlassen?«

»Ja, ja«, sagte Lanoe und entließ sie mit einer Handbewegung.

Er blieb noch einen Moment stehen – bis ihn die Geräuschkulisse der kotzenden Soldaten anspornte, ebenfalls das Weite zu suchen. Jetzt, da er versprochen hatte, alle in seinen Plan einzuweihen, sollte er sich wohl langsam darüber Gedanken machen, was er überhaupt sagen wollte.

*

Auf der Brücke streckte Bury die Hand nach einem der Navigationsschirme aus, um herauszufinden, wo sie sich überhaupt befanden. Ginger schlug ihm auf die Finger.

»Verdammt noch mal, Bury!«, raunte sie. »Wir sind gerade erst zu Offizieren gemacht worden, und du willst uns noch vor der ersten Einsatzbesprechung alles verderben?«

Bury schnaubte verächtlich, schwebte aber wieder zur Wand zurück, wo sich die beiden Frauen postiert hatten. Noch eine Person, die ihm vorschreiben wollte, was er zu tun hatte. Er dachte an die Worte des Gefangenen, daran, dass jeder Mensch, den man traf, versuchte, einen zu manipulieren. Und fragte sich, was Ginger wohl von ihm wollte.

Ehe er viel Zeit in diesen Gedanken investieren konnte, kamen allerdings weitere Personen auf die Brücke – eine massige Soldatin in schwerem Kampfanzug und ein FLINK. Den kleinen Ingenieur würdigte er kaum eines Blicks. Flottenpiloten beschäftigten sich mit Mechanikern nicht mehr als unbedingt nötig. Bei Marineinfanteristen war das etwas anderes. Man hatte die AFS mit Respekt zu behandeln, da man wusste, dass sie nicht allzu lange überleben würden.

Die meisten Marines, die er auf Rishi gesehen hatte – Offiziersanwärter, die ein kurzes Semester an der Akademie verbracht hatten, um in den Dienst an Bord von Großkampfschiffen eingewiesen zu werden –, hatten ängstlich und beinahe verzweifelt gewirkt. Als hätte ihnen das Leben keine andere Wahl gelassen, als diesen hochgefährlichen Weg einzuschlagen.

Diese hier hinterließ allerdings einen anderen Eindruck. Sie hatte einen lauernden, zynischen Blick und ein respektloses Grinsen aufgesetzt. Als sie seinen Blick bemerkte, warf sie ihm eine Kusshand zu.

Er schlug hastig die Augen nieder.

Dann kam Lanoe herein, und alle schwebten stramm. Er winkte ab und bedeutete ihnen, sich zu rühren. Er wirkte müde.

»Offenbar sind alle anwesend«, sagte er. »Dann fange ich einfach an.«

Bury war verwundert. Man hatte ihm mitgeteilt, dass alle Offiziere an Bord – bis hin zu niederen Fähnrichen wie ihm selbst – dieser Besprechung beizuwohnen hatten. Ein großer Kreuzer wie dieser Hoplit hätte allerdings weit mehr als diese sechs Offiziere aufweisen sollen.

»Wie Ihnen vielleicht aufgefallen ist, hat es kürzlich ein paar Personaländerungen gegeben«, sagte Lanoe, als hätte er Burys Gedanken gelesen. »Man hat mir dieses Schiff mit voller Besatzung übergeben. Das Problem daran war, dass ich diese Leute allesamt nicht kannte. Und ihnen somit auch nicht vertrauen konnte. Ich weiß, wie sich das anhört, aber geben Sie mir Gelegenheit, es zu erklären.«

Er stieß sich ab, griff nach der Rücklehne des Pilotensitzes und sah sich um. Der FLINK erntete einen skeptischen Blick. »Sie alle sind hier, weil ich Sie entweder persönlich kenne oder Leutnantin Ehta Ihnen vertraut. Erster Offizier, was halten Sie von der neuen Besatzung?«

Candless hob eine Schulter. »Roh. Unerfahren. Und es sind nicht genug, um das Schiff zu bedienen.«

»Wir kriegen das hin«, sagte Lanoe. »Wir haben genug Leute für eine Rumpfmannschaft. Wir sind auch nicht unterwegs zu einem Kampfeinsatz. Unsere Befehle laufen auf etwas weniger Strapaziöses hinaus. Ingenieur Paniet – hatten Sie Gelegenheit, sich den Antrieb anzusehen? Alles in Ordnung?«

»Oh, ganz entzückend«, sagte der FLINK und faltete die Hände vor der Brust, als sei er tatsächlich begeistert.

»Alles klar«, sagte Lanoe und hob eine Augenbraue. »Gut, dann können wir aufbrechen.« Er tippte etwas auf einer virtuellen Tastatur, und ein Display ging an, auf dem eine dreidimensionale Karte des Wurmloch-Netzwerks zu sehen war. Sie sah aus wie ein Wollknäuel. Er drückte einen weiteren Knopf, und die Karte vergrößerte sich, die Wurmlöcher woben sich nach außen weiter, verzweigten sich zu immer mehr Routen, führten in Schlaufen zu sich selbst zurück. Candless keuchte leise und beugte sich vor, als könne sie nicht begreifen, was sie sah. Bury konnte sich ihr Verhalten nicht erklären. Er warf Ginger einen knappen Blick zu. Sie musste Candless' Reaktion ebenfalls bemerkt haben, zuckte aber nur die Schultern.

Tief im Zentrum des Wollknäuels befand sich ein einziger grüner Punkt, der offenbar ihr Ziel darstellen sollte. Ohne nähere Angaben konnte Bury mit alldem nichts anfangen. Soweit er wusste, hätte es seine Heimatwelt Hel sein können oder irgendein Stern in einer anderen Galaxis. Der Wurmraum war unergründlich.

»Unsere Befehle kommen direkt von der Admiralität. Von ganz oben. Kürzlich hat ein Horchposten tief im All eine Nachricht abgefangen, und wir werden herausfinden, woher diese Nachricht stammt und warum sie abgeschickt wurde. Die Flotte hat allen Anlass dazu, solchen Dingen auf den Grund zu gehen. Desgleichen die MegaKons. Wir müssen also dafür sorgen, dass wir als Erste dort ankommen und man uns nicht folgt.

Ich gehe davon aus, dass sich zu dem Zeitpunkt, als man mir das Schiff übergeben hat, mindestens ein Konzernspion an Bord befand. Um genau zu sein: Es ist jemand, von dem ich weiß, dass er früher als Militärattaché für CentroCor gearbeitet hat. Das allein ist Grund genug, ihm nicht zu trauen. Ich habe ihn in einer Arrestzelle untergebracht. Leutnantin Ehta, Sie werden dafür sorgen, dass er rund um die Uhr bewacht wird. Und zwar von Leuten, die schlau genug sind, auf nichts zu hören, was der Gefangene eventuell von sich geben könnte. Ob Sie es glauben oder nicht, es handelt sich um unseren alten Freund Maggs.«

»Der Typ? Ja, das glaube ich sofort«, sagte die Soldatin.

Lanoe nickte. »Damit wäre eine Bedrohung sortiert. Vielleicht war es auch die einzige. Allerdings besteht die Möglichkeit, dass sich noch ein zweiter Spion an Bord befand. Und genau das war der Grund für unseren abrupten Besatzungstausch. Sie können mich gern paranoid nennen, aber dieser Einsatz ist tatsächlich extrem wichtig. Ich habe nicht die Befugnis, Ihnen jetzt schon mitzuteilen, wohin genau wir unterwegs sind oder was wir dort tun sollen.« Er holte tief Luft. »Ich muss Sie also bitten, mir für den Moment einfach zu vertrauen.«

Bury konnte nicht länger an sich halten. »Ernsthaft? Meine Güte.«

Alle starrten ihn an. Ginger sah aus, als müsste sie vor lauter Scham jeden Augenblick explodieren. Er kam sich auf der Stelle wie ein Idiot vor, aber er konnte nicht mehr zurück. Jetzt noch klein beizugeben hätte auch nichts gebracht.

»Sie haben uns so gut wie entführt«, sagte er also. »Sie haben uns aus der Akademie verschleppt, und jetzt sollen wir einfach akzeptieren, dass …«

»Das reicht jetzt«, sagte Candless.

»Lassen Sie mich ausreden. Ich meine …«

»Fähnrich – es reicht, habe ich gesagt.« Candless hatte sich von der Wand abgestoßen und schwebte ihm entgegen, bis sie ihm direkt ins Gesicht starrte. »Man hat Ihnen große Ehre erwiesen, eingedenk Ihres Rangs an dieser Besprechung überhaupt teilzunehmen. Eines Rangs, den Sie sich, wenn ich Sie daran erinnern dürfte, noch nicht verdient haben. Sie halten auf der Stelle den Mund, oder ich werde Sie in Ihre Koje beordern. Auf unbestimmte Zeit.«

Bury riss die Augen auf.

Solange er Candless gekannt hatte – in all den Jahren, die er unter ihr studiert hatte –, hatte sie noch nie so ernst geschaut. Sie hatte seine Flugfähigkeiten und seine Schießkünste unzählige Male bemängelt. Sie hatte ihm gezeigt, wie man einen Fliegeranzug anlegte, wie man einen Vorgesetzten anzusprechen hatte. Am Ende hatte sie sein Können als Pilot beleidigt, sodass er sie hatte herausfordern müssen. Nur hatte sie selbst diese Beleidigung eher als freundlichen Tadel verpackt. Eine beinahe mütterliche Zurechtweisung. Das hier war etwas anderes. Es war der direkte Befehl einer Vorgesetzten.

Die Schulzeit war vorüber.

Rein aus Prinzip hätte sich Bury an dieser Stelle sehr viel Ärger einhandeln können. Wie er sie auch wegen einer gefühlten Beleidigung zum Duell gefordert hatte. Das Einzige, was ihn jetzt innehalten ließ, war die Tatsache, dass er doch kein vollkommener Idiot war.

Und dann war da noch Gingers Blick. Sie flehte ihn förmlich mit den Augen an, bloß abzulassen. Aufzuhören, bevor er noch weiterging.

Er hob ergeben die Hände.

»Die Erste Offizierin hat recht«, sagte Lanoe. »Dies ist ein Kriegsschiff der Flotte, und wir befinden uns auf einer offiziell sanktionierten Mission für die Admiralität, so geheim sie auch sein mag. Diejenigen von Ihnen, die schon mal mit mir gearbeitet haben, werden vielleicht ein wenig Nachsicht, ein wenig Formlosigkeit erwarten. Das können wir uns dieses Mal nicht leisten. Ich werde dieses Schiff strikt nach Flottenreglement führen und erwarte Disziplin.« Er drehte den Kopf und sah speziell Leutnantin Ehta an. »Dieses Mal läuft alles absolut nach Vorschrift. Verstanden?«

Die Soldatin nickte. »Jawohl, Sir.«

»Gut. Ich werde vorläufig keine Fragen beantworten.« Sein Gesicht war die ganze Zeit über unbewegt geblieben. Als hätte er von Burys Ausbruch gar keine Notiz genommen – als wäre das nur eine Sache für seine Erste Offizierin. »Ich würde mich jetzt gerne noch mit den Flottenoffizieren alleine beraten. Ingenieur Paniet, Leutnantin Ehta – das wäre so weit alles. Vielen Dank.«

»*Wir* haben zu danken, Kommandant«, sagte der FLINK. Die

Soldatin zuckte nur mit den Schultern und schwebte träge hinter ihm hinaus.

Sobald sie die Brücke verlassen hatten, wandte sich Lanoe an Candless. »Erste, wir haben da noch ein schwieriges Problem zu lösen. Deshalb wollte ich dich und deine Fähnriche auch hierbehalten.«

Candless starrte Bury noch immer ins Gesicht. Er traute sich nicht, den Blick abzuwenden.

»Nur zu, Kommandant«, sagte sie. Und rührte sich immer noch nicht. »Ich höre.«

Zum Teufel. Er hatte es doch längst verstanden.

»Als ich unsere Besatzung ausgetauscht habe, war ich nicht in der Lage, neues Flugpersonal zu finden. Dir ist vielleicht aufgefallen, dass keine anderen Piloten an der Besprechung teilgenommen haben.«

Candless schwieg und rührte sich nicht. Bury spürte die Sekunden verrinnen, jede neue quälender als die vorherige. »Ist mir aufgefallen, ja.« Endlich bewegte sie sich. Bury hatte das Gefühl, auf einen Pfahl aufgespießt gewesen zu sein, der sich jetzt plötzlich wieder löste.

»Wir werden diese Mühle abwechselnd fliegen müssen«, sagte Lanoe. »Du übernimmst die erste Runde. Behalte deine Fähnriche hier und lerne sie an, damit wir sie so bald wie möglich in den Schichtdienst einbauen können. Fürs Erste folgen wir einfach der Route, die auf der Karte hervorgehoben ist.«

Candless stieß sich ab, segelte zu ihm und packte die Lehne des Pilotensitzes. Sie schnallte sich an und rief das Navigationsdisplay an ihrem Steuerpult auf. »Verstanden. Dann bin ich also Erster Offizier, Pilot *und* Fluglehrer in einem.«

»So eine wichtige Aufgabe würde ich sonst niemandem zutrauen«, sagte Lanoe.

»Vielleicht kann ich auch gleich noch den Quartiermeister spielen. Und den Bordarzt, denn der fehlt uns ebenfalls.«

Offenbar durfte *sie* mit ihm ungestraft so reden. Es war so unfair, dass Bury innerlich kochte.

»Frau Leutnant, du hast die Brücke«, sagte Lanoe. Er schwebte auf die Schleuse zu. Offenbar wollte er verschwinden.

Bury dachte wieder an Maggs in seiner Zelle. An das, was er gesagt hatte. *Fragen Sie Lanoe nach den Blau-Blau-Weiß.*

Es schien ihm nicht gerade der günstigste Moment dafür zu sein.

Lanoe verschwand ohne ein weiteres Wort.

Sobald er weg war, wies Candless die beiden Fähnriche an, sich anzuschnallen. »Tja, da haben wir wohl einiges zu tun, wie? Ginger, Sie übernehmen die Navigation. Bury, Sie können vorerst unser Kommunikationsoffizier sein. Bitte hinsetzen und, ich flehe Sie an, nichts anfassen, solange ich es nicht sage.«

Bury nahm schleunigst seinen Platz ein. Immerhin saß man sich an diesen drei Stationen nicht gegenüber, sodass er nicht ständig das Gefühl haben musste, von Candless beobachtet zu werden.

Ginger stieß sich von der Wand ab, schwebte aber nicht sofort an ihren Platz, sondern kam erst bei Bury vorbei. Sie sagte kein Wort, ergriff nur seine Hand und drückte sie kurz. Damit hatte er nicht gerechnet – er war sich sicher gewesen, sie sei ebenfalls sauer auf ihn. Er wusste nicht, wie er damit umgehen sollte.

Dann begab sie sich zum Navigationspult, wo er sie nicht mehr sehen konnte. Er hörte nur, wie Candless ihr Anweisungen erteilte.

»Das Erste, was Sie über diese Karte des Wurmraums wissen müssen, ist, dass sie vollkommen falsch ist. Um genau zu sein, ist sie einfach viel zu groß und zu detailliert …«

*

Lanoe war gerade auf der Hälfte des Axialkorridors angekommen, als sich die Wandbeleuchtung orange färbte und ein Warnsignal aus den Lautsprechern durch den Schacht hallte. Er griff nach der nächsten Haltestange. Die einsetzende Schwerkraft zog ihn sanft nach unten, in Richtung der Triebwerke.

Candless war gestartet. Gut.

Das Quartier des Kapitäns lag direkt unterhalb der Brücke. Es war die größte Unterkunft an Bord des Hopliten, auch wenn das nicht viel hieß – während die Marines und Ingenieure in Modular-Kojen, kaum größer als Särge, untergebracht waren, hatte der Kapitän eine niedrige Kajüte von etwa drei mal zwei Metern. Gerade genug Platz für ein anständiges Mikrogravitationsbett, eine private Konsole, eine Nasszelle (die er gottlob mit niemandem teilen musste) und einen schmalen Spind. Der Großteil der Wände war von mehreren großen Bildschirmen bedeckt, jetzt allesamt ausgeschaltet, ihre Oberflächen ein mattes, grobkörniges Grau. Momentan hatte er nicht vor, daran etwas zu ändern. Da gab es nichts, was er sehen wollte.

Er setzte sich auf die Bettkante. Zog die Handschuhe aus und rieb sich das Gesicht. Eine Sache blieb noch zu tun. Eine Sache, dann konnte er endlich versuchen, ein paar Stunden zu schlafen, bevor seine Schicht auf der Brücke begann. Er musste es hinter sich bringen. Er musste ausgeruht sein, ehe er seinen Platz auf dem Pilotensitz einnahm. Und doch zögerte er.

Was er zu tun hatte – war ungerecht. Leider aber auch nötig.

Er musste nicht einmal aufstehen, um den Spind zu öffnen. Darin befand sich ein leerer Fliegeranzug, dessen Helm deaktiviert im Kragenring schlummerte. Er zog den Anzug hervor, legte ihn vorsichtig auf dem Boden aus und entwirrte Arme und Beine. Dann griff er nach dem verdeckten Knopf unterhalb des Kragenrings – dem Helmauslöser.

Sobald er ihn gedrückt hatte, blähte sich der leere Anzug auf und bildete die Umrisse eines sehr großen Menschen. Der Helm floss um den hypothetischen Kopf herum und färbte sich schwarz.

Mit einem Ruck wachte Valk auf. Eine seiner großen Hände ballte sich zur Faust und schlug dreimal auf den Boden ein. Er setzte sich auf. Lanoe konnte nicht sagen, ob er sich umschaute, herauszufinden versuchte, wo er sich befand. Es spielte auch keine Rolle. Valk hatte keine Augen. Seine visuelle Wahrnehmung lief über winzige Kameras, die überall im Anzug verbaut waren. Zum ersten Mal fiel Lanoe auf, dass Valk nie die Augen schließen konnte. Dass er in den ganzen siebzehn Jahren, seit er gestorben und in dieser abscheulichen Form zurückgebracht worden war, kein Auge zugetan hatte.

»Lanoe«, sagte Valk. »Meine Zeitangabe … meine innere Uhr muss verstellt sein. Du hast mich ausgeschaltet. Schon vor Tagen.«

»Ja«, sagte Lanoe.

»Ich sollte nicht mehr hier sein.«

Lanoe kratzte sich die Stoppeln am Hals.

»Ich weiß. Ich weiß, alter Freund. Ich hätte dich gehen lassen müssen. Ich hätte einfach …«

»Hast du eine Ahnung, wie sich das anfühlt? Einfach ausgeschaltet zu werden? Ach was, woher denn auch. Es ist nicht so, wie du denkst. Kein menschliches Gefühl kommt auch nur in die Nähe.«

»Ich vermute, dass alles einfach … keine Ahnung«, sagte Lanoe. »Dass alles irgendwie schwarz wird?«

»Nö.« Valk hob die Hand, mit der er auf den Boden eingeschlagen hatte. Er krümmte nacheinander die Finger des Handschuhs – die ja seine einzigen Finger waren. »Da gibt es keine Schwärze. Da ist überhaupt nichts. Wenn ich ausgeschaltet werde, ist es, als wenn jemand das Licht ausmacht – allerdings so, als hätte es dieses Licht nie gegeben. Du hast mich vor ein paar Tagen abgeschaltet. Für mich fühlt es sich an, als ob du mich deaktivierst – und im gleichen Moment, im selben Augenblick wieder hochfährst.«

Sie sprachen es nicht aus. Sie erwähnten es nicht. Die Tatsache, dass Lanoe sein Versprechen gebrochen hatte.

»Es ist nicht mal wie Schlaf. Einfach gar nichts. Beziehungsweise nicht einmal das. Da ist nicht einmal nichts. Ich meine – ich glaube – weil es sich einfach nicht … ach, verflucht. Ich bin kein Philosoph. Also, wenn man schläft, bleibt ein Teil des Hirns aktiv. Läuft weiter. Wenn man aufwacht, weiß man, dass Zeit vergangen ist. Daran erinnere ich mich noch. Ich weiß noch, wie Tannis Valk, der echte Tannis Valk, geschlafen hat. Für mich ist es einfach … es passiert. Da vergeht keine Zeit. Ich bin nur plötzlich ganz woanders. Keine Pause dazwischen. Keine Unterbrechung.«

Sie hatten vorgehabt, zur Admiralität zu fliegen und dort Valks sämtliche Informationen herunterzuladen. Nachdem das erledigt gewesen wäre, hätte Valk eigentlich endlich den ersehnten Gnadentod sterben sollen.

Er hätte zu existieren aufhören dürfen.

Und dann hatte Lanoe ihn doch wieder aktiviert.

»Mir scheint, wir sind doch noch nicht fertig«, sagte Valk schließlich sehr leise.

»Ich brauche immer noch deine Hilfe«, sagte Lanoe.

»Na gut.«

Valk hob die Handschuhe. Packte den schwarzen Helm mit zehn dicken Fingern. Als hätte er eine schwere Migräne. Als versuchte er, sich selbst zu trösten. Langsam wiegte er den Oberkörper vor und zurück, vor und zurück.

»Na gut«, wiederholte er.

14

Bullams Jacht schoss senkrecht nach oben und tauchte in die Wolken von Irkalla ein. Geradewegs durch die Reklameprojektion für irgendein Nahrungsergänzungsmittel, durch das riesenhafte Lächeln eines adretten Kindes. Durch Stürme, die momentan zum Glück nicht stark genug waren, um ihr Raumschiff durchzuschütteln und sie in Gefahr zu bringen. Durch die obersten Ausläufer der Wolkendecke, die wie ein Negligé über dem nachtblauen Himmel lag. Hinaus in die Schwärze und die Sterne.

Ihr Passagier stand auf dem Sonnendeck unter der Kuppel aus Fließglas. Beim Anblick der Sterne entfuhr ihm ein leises Geräusch. Ein ungewolltes, unangenehmes Geräusch wie ein Klicken tief im Rachen. Vielleicht ein Zeichen der Beunruhigung.

Seine Augen regten sich nicht.

Sobald sie die Atmosphäre verlassen hatten, beschleunigte die Jacht. Sie würden ihr Ziel in wenigen Stunden erreicht haben, eine geheime CentroCor-Einrichtung tief im ausladenden Asteroidengürtel des Systems. Kurz dachte Bullam daran, sich in ihre Kabine zurückzuziehen, um die angesammelte Korrespondenz abzuarbeiten. Sie würde klug planen müssen, wenn sie Irkalla auf unbestimmte Zeit verließ – das Leben als Führungskraft war ein Netz aus Verpflichtungen und Beziehungen, das konstanter Pflege bedurfte. Besonders prekär war die Tatsache, dass sie niemandem erläutern konnte, warum und wohin sie so lange verschwand. Ihre beste Strategie bestand darin, medizinische Gründe vorzuschieben. Ihre Kollegen wussten über ihre Krankheit gut genug Bescheid und würden sich darüber nicht wundern. Sie stand auf und war schon auf dem Weg hinein, blieb aber stehen, weil sie aus dem Augenwinkel etwas bemerkt hatte. Ihr Passagier hatte sich ganz plötzlich bewegt.

»Captain Shulkin?«, fragte sie.

Er war an den Rand des Sonnendecks getreten und legte eine Hand an das Fließglas. Er wirkte fast wie ein Kind beim ersten Verlassen der heimatlichen Atmosphäre, ein Kind, das seine Nase an der Scheibe platt drückte, um ja nichts zu verpassen.

»Alles in Ordnung?«, fragte sie.

Er drehte sich nicht um. »Haben Sie Familienangehörige?«, fragte er. Seine Stimme war trocken und kratzig.

Bullam legte die Stirn in Falten. »Nein. Nein, sie … nein.« Sie schüttelte den Kopf. Sie hatte nichts davon, es vor ihm zu verheimlichen. Sie würden eine Menge Zeit zusammen verbringen, da war es wohl das Beste, einen möglichst freundschaftlichen Anfang zu machen. »Sie sind in der Aufbau-Krise umgekommen. Als die Terroristen Dunkelsberg bombardiert haben.«

»Sie haben das überlebt?«

»Ich war nicht da. Private Vorschule. Ich war noch ein Kind.«

Er nickte. Seine Hand strich über die Kuppel aus Fließglas. Wischte seinen Atem weg, als könnte er es sich nicht leisten, dass der Ausblick auch nur für eine Sekunde getrübt wurde, obwohl es da draußen nichts zu sehen gab. Nur Leere. Viele Tausend Kilometer. In jeder Richtung.

»Geliebte?«, fragte er.

»Das ist eine ziemlich persönliche Frage, oder?«

»Es ist wichtig. Lassen Sie einen Liebhaber auf Irkalla zurück? Jemanden, der Sie vermissen wird, falls Sie nicht wiederkommen?«

Bullam biss sich auf die Lippe. Sollte das eine *Drohung* sein?

»Wenn ja, sollten Sie sich verabschieden. Sie sollten etwas niederschreiben, bevor wir das System verlassen. Eine versiegelte

Nachricht, die nur geöffnet wird, falls Sie nicht zurückkehren. Wir haben daraus bei der Flotte ein Ritual gemacht. Haben es ›Briefe an den lieben Nurf‹ genannt.«

Bullam winkte eine Drohne herbei, ihr eine Tasse Tee zu bringen. »Wer oder was bitte schön ist Nurf?«

»Nurf. Nur für den Fall. Ein dämliches Wortspiel.« Endlich wandte er sich von der Kuppel ab und ging langsam über das Deck. Er ließ sich in einen Sessel fallen und starrte sie mit seinen glasigen Augen an. »Also. Haben Sie einen Geliebten?«

Genau genommen hatte sie sogar mehrere. Ein halbes Dutzend Männer und eine Frau – Leute, die hier und da irgendwie in ihren prallen Terminkalender passten. Die meisten von ihnen waren Untergebene, die nach Möglichkeiten suchten, einige Sprossen der Karriereleiter auszulassen. Im Grunde liefen solche Liaisons den Arbeitnehmerregeln zuwider, waren sogar ein Kündigungsgrund. Tatsächlich aber galt eine Führungskraft, die sich nicht genug Zeit für sexuelle Ausschweifungen nahm, als unnatürlich veranlagt und wurde demzufolge kaum befördert. Bullam hatte stets Wert darauf gelegt, neue Liebschaften zu kultivieren. Sie hatte die jeweilige Gesellschaft genossen, aber immer darauf geachtet, keine enge Bindung einzugehen.

»Niemanden, der so eine Geste von mir erwarten würde«, sagte sie.

Shulkin nickte. »Das ist auch besser so.«

»Was ist mit Ihnen?«, fragte sie. »Familie, Freunde … jemand Besonderes?«

Er verzog das Gesicht, als hätte er in eine unreife Frucht gebissen. »Nicht mehr.« Er wandte den Blick ab. Sah wieder aus der Kuppel. »Wie lange noch, bis wir da sind?«

Auf einer ihrer Drohnen startete ein Navigationsbildschirm. Hilfreiche kleine Maschinen. »Drei Stunden«, sagte sie.

»Lassen Sie mich wissen, wenn wir in der Nähe sind«, sagte er. Dann sank er mit einem tiefen Seufzer in sich zusammen. In Erwartung weiterer Unverschämtheiten betrachtete sie ihn noch eine Weile, vernahm aber keine mehr.

Irgendwann stand sie wortlos auf und begab sich in ihre Kabine, um zu arbeiten. So viel zum freundschaftlichen Start.

*

Auf der ganzen Brücke gab es kein Fenster, nicht einmal ein Bullauge – sämtliche optischen Informationen von außen wurden über die Bildschirme verarbeitet. Es war ganz anders, als einen Jäger zu fliegen, und Gingers Muskeln zuckten unter der ungewohnten Anspannung.

»Dafür, dass es Ihr erstes Mal ist, schlagen Sie sich gar nicht schlecht«, sagte Candless.

»Wirklich?« Ginger stieß ein mattes Lachen aus. Sie führte eine winzige Kurskorrektur durch und spürte, wie sich das große Schiff bewegte, ein Berg aus Metall und Kohlefaser, der unter ihrer Berührung sanft vibrierte. Sie unterdrückte den Drang, hastig die Hand zurückzuziehen.

Da der Kreuzer beschleunigte, lag ›unten‹ jetzt in Richtung Antrieb und ›oben‹ in Flugrichtung. Sie versuchte sich das Schiff als Turm vorzustellen, auf dessen höchster Zinne sie saß und den Kopf in den Nacken gelegt hatte, um den Himmel zu betrachten. Es half ein wenig.

Die Sterne auf dem großen Bildschirm verschoben sich langsam. Die Sonne Tuonelas hing dort wie eine gewaltige, blendende Lampe. Ströme aus Datensätzen liefen durch ihr Sichtfeld und lieferten alle möglichen Informationen, von denen sie nur die wenigsten wirklich brauchte. Andere Raumschiffe, auf diese Entfernung viel zu klein, um sie sehen zu können, tauchten als grüne Dreiecke auf. Jedes Dreieck wiederum war von einer eigenen Datenwolke umgeben. Fahlblaue Linien teilten ihr Sichtfeld in verschiedene Quadranten und Sektoren ein, während auf Kniehöhe ein helles gelbes Viereck pulsierte. Das war ihr Ziel.

Wieder berührte sie die Steuerung. Der Bug des Kreuzers neigte sich bedächtig dem Viereck entgegen, nur einige Zehntel Grad pro Sekunde.

»Gut so. Lassen Sie es ruhig angehen. Sie sind wesentlich wendigere Schiffe gewöhnt«, sagte Leutnantin Candless hinter ihr. »Das hier wird sich fürs Erste noch sehr behäbig anfühlen, vor allem in der Drehung.«

Tatsächlich hatte Ginger das Gefühl, das Schiff schwinge wild hin und her wie eine Kompassnadel, die vergebens den magnetischen Nordpol suchte. Sie kaute auf der Unterlippe und hob ganz sachte die Hand, um die Manövrierdüsen noch weiter zu drosseln.

Sie dachte an all die Klausuren und Prüfungen, die sie auf Rishi abgelegt hatte. All die Gleichungen, die sie verinnerlicht hatte. Welche Rolle die Variablen von Schub und Andruck für die Optimierung der Flugbahn spielten. Die Eingabemuster für Angriffswinkel, die zeitliche Einschätzung verschiedener Schusswinkel. All das war ihr so abstrakt, so unecht vorgekommen – im Cockpit eines Raumjägers hatte man zu lernen, sich so zu bewegen, als wäre das Schiff um einen herum eine Erweiterung des eigenen Körpers. Mit dem Kreuzer schien dieser Ansatz unmöglich. Er war einfach zu ausladend, seine Massenträgheit zu groß. Sie wurde einzig dadurch vor einer Panikattacke bewahrt, dass es rundherum schlicht nichts gab, womit sie hätte zusammenstoßen können. Tuonela war hinter ihnen geschrumpft, sein Stern noch immer viele Millionen Kilometer entfernt. Wie gründlich sie es auch vermasselte, sie konnte keinen Unfall bauen.

Langsam wuchs das gelbe Rechteck. Sie näherten sich dem Wurmloch-Schlund, dem Ausgang aus dem Tuonela-System. Es war kaum zu erkennen – nicht mehr als eine Scheibe seltsam verzerrten Raums, die nur dann sichtbar war, wenn ein Stern dahinter zu einem unkenntlichen Flecken verschmiert wurde.

Je näher sie kamen, desto schlimmer wurde Gingers Angst.

Da war mehr als genug Platz, mehr als genug Entfernung zu den Tunnelwänden – rein logisch wusste sie, dass ihnen keine Gefahr drohte. Berührte man aber die Tunnelwände auch nur einen Hauch …

»Ich glaube, ich werde jetzt das Steuer übernehmen. Vielen Dank«, sagte Candless.

Die virtuelle Tastatur unter Gingers Fingern löste sich auf. Sie seufzte und sackte erleichtert gegen die Rücklehne. Kurz verzerrte sich der Bildschirm, als er sich nach Candless' Position neu justierte. Auf einmal sah er ganz anders aus – das gelbe Rechteck war viel weiter weg, das All selbst wirkte viel weniger beengt. Candless nahm ein paar schnelle Änderungen vor, und das Schiff setzte sich wieder in Bewegung. Nicht mit den holprigen Hüpfern, die Ginger selbst veranlasst hatte, sondern mit sanftem Gleiten in den Händen der erfahrenen Pilotin.

»Das war anstrengend«, sagte Ginger und lachte verschämt.

»Mit genug Übung wird das alles«, sagte Candless. Der Blick der älteren Frau jagte kreuz und quer über den Schirm und verfolgte mehrere grüne Datenströme gleichzeitig, die jeweils kurz aufleuchteten und wieder verblassten. »Noch ein paar Stunden, dann können Sie den Kreuzer auch selbstständig steuern.«

»Stunden?« Ginger konsultierte die Uhr ihres Anzug-Displays und stellte verblüfft fest, dass sie einundneunzig Minuten am Steuer gesessen hatte. Es hatte sich nicht annähernd so lange angefühlt. Sie schüttelte den Kopf und rang sich ein entspanntes Lachen ab. »Am Steuer eines Jägers war ich nie so nervös.« Sie schnallte sich ab und stellte vorsichtig einen Fuß auf den Boden. Da der Kreuzer nur noch schwach beschleunigte, war die Schwerkraft minimal, reichte aber, um sie nicht einfach abheben zu lassen. Sie absolvierte ein paar schnelle Dehnübungen und Kniebeugen, um sich nicht mehr so steif und zittrig zu fühlen.

»Holen Sie sich was zu essen«, sagte Leutnantin Candless. »Am besten legen Sie sich auch ein wenig hin, wenn Sie können.

Sollten Sie Bury sehen, schicken Sie ihn hier rauf, damit er auch was lernt.«

Ginger nickte und wandte sich dem Panzerschott zu, das die Brücke vom Rest des Schiffs trennte. Bevor sie ging, musste sie allerdings noch eine Frage loswerden. »Frau Leutnant, ähm, erbitte Erlaubnis zu reden.«

»Erteilt. Und wollen wir davon ausgehen, dass sie ab sofort immer besteht, solange ich nichts Gegenteiliges sage? Das wird sonst schnell ermüdend.«

»Gut. Ich wollte nur ... alles ist sehr schnell gegangen in letzter Zeit. Ich habe all das noch nicht wirklich verarbeiten können. Ich meine, bis vor ein paar Tagen war ich bloß irgendeine Kadettin. Jetzt bin ich in geheimer Mission unterwegs.«

»Besser als die Alternative«, gab Candless zurück.

»Hätte man uns wirklich ins Gefängnis gesteckt?«

Leutnantin Candless seufzte. »Offenbar ist jetzt der richtige Zeitpunkt für Sie gekommen, die wichtigste Lektion von allen zu lernen. Eine Lektion über Schwachsinn. Auf Rishi haben wir euch beigebracht, dass es sich beim Flottenoffizier um einen ehrwürdigen Berufsstand handelt. Dass es unsere Aufgabe ist, zum Wohl der Menschheit zu handeln. Dieser Teil ist ganz gewiss wahr.«

»Okay«, sagte Ginger vorsichtig, weil sie bemerkte, wie Candless in den Unterrichtsmodus gewechselt hatte. Das könnte durchaus noch eine Weile dauern.

»Die Flotte leistet gute Arbeit. Das ist nicht zu leugnen. Aber sie ist eine Militärorganisation, und das bedeutet, dass sie von Zeit zu Zeit in finsteres Gebiet vordringt. Es geht mir nicht darum, Menschen zu töten, das gehört zum Beruf. Was ich meine, ist die Sorte Geheimhaltung, die Paranoia sät. Je weiter man die Karriereleiter erklimmt, desto schlimmer wird es. Admiräle, Kommandanten wie Lanoe, selbst einfache Kapitäne großer Schiffe wie diesem hier, sind ständig gezwungen, Entscheidungen zu treffen, die Hunderte oder Tausende von Leuten das Leben kosten können. Sie können es sich nicht leisten, nett oder gerecht zu sein.«

»Das heißt ... die Antwort auf meine Frage lautet ›Ja‹?«

»Man hätte uns auf unbestimmte Zeit festgehalten, ja«, sagte Candless. »Daran habe ich keinen Zweifel. Eine dieser harten Entscheidungen, die ich eben meinte, aber man hätte keine Sekunde gezögert.«

Ginger rümpfte die Nase. »Wollten Sie deswegen lieber Fluglehrerin werden? Weil man Sie befördern wollte und Sie solche Entscheidungen nicht fällen wollten?«

Candless sah sie nicht an, schien jedoch durch die Frage nicht verärgert zu sein. Trotzdem bereute Ginger sofort, sie gestellt zu haben. Aber sie hatte schon oft darüber nachgedacht. Candless war eine Kriegsheldin mit einem ganzen Haufen von Auszeichnungen. Sie hatte sich auf dem Höhepunkt einer glanzvollen Karriere als Pilotin befunden, nur um eines Tages gegen Ende der Aufbau-Krise aus heiterem Himmel um eine Versetzung anzusuchen. Seitdem war sie Lehrerin.

»Sie sind jetzt Offizierin«, sagte die Leutnantin. »Vielleicht haben Sie eine Antwort auf diese Frage verdient.«

Sie schwieg einen Moment, und Ginger betrachtete den Navigationsschirm. Das gelbe Rechteck war riesig geworden und füllte fast die halbe Brücke aus. Der Wurmloch-Schlund verzerrte beinahe alle holografischen Sterne.

»Meine Entscheidung, zu unterrichten«, sagte Candless gedehnt, »ist aufgrund der Dinge gefallen, die ich während des letzten großen Kriegs erlebt habe.«

»Was ... was denn?«, fragte Ginger, obwohl sie sich nicht sicher war, ob sie es wirklich wissen wollte.

»Zu viele junge Leute in Kriegsschiffen. Wie Sie und Bury. Fast noch Kinder. Kinder mit zwei, höchstens vier Wochen Ausbildung, die sofort an die Front geschickt wurden. Gegen Ende der

Krise hat der durchschnittliche Pilot sechs Einsätze absolviert. Der Schnitt war derart niedrig wegen all der Piloten, die nur einen absolviert haben.«

Einen Moment lang begriff Ginger nicht, worauf sie hinauswollte. Dann lief ihr ein Schauer über den Rücken.

»Ich wusste, dass ich gut war. Ich weiß, dass ich eine talentierte Pilotin bin. Ich dachte mir, wenn ich von meinem Wissen etwas weitergebe, kann ich vielleicht einigen jungen Leuten helfen, länger zu überleben.«

Sie verstummte. Das gelbe Rechteck ergoss sich über die Brücke und verschwand. Die Sterne erloschen flackernd, und der Anblick auf dem Bildschirm veränderte sich grundlegend. Statt der allumfassenden Leere des Weltraums waren die Wände der Brücke jetzt im Geisterlicht der Tunnelwände des Wurmlochs entflammt. Virtuelle Teilchen, die einander vollkommen lautlos vernichteten. Vor ihnen erstreckte sich der Tunnel bis zu einem fernen Nichts aus totem Licht.

Der Übergang war derart sanft, derart mühelos erfolgt, dass Ginger ihn kaum gespürt hatte. Sie hatte bemerkt, wie sich das Schiff ein winziges Stück zur Seite verlagert hatte, mehr nicht.

»So, haben Sie sonst noch etwas auf dem Herzen?«, fragte Candless.

»Im Moment nicht«, flüsterte Ginger.

*

Der Asteroid trug keinen richtigen Namen, lediglich eine Katalognummer. Vor zweihundert Jahren, während man Irkalla noch für menschliche Besiedlung präpariert hatte, war er untersucht worden und hatte bis auf große Mengen Silikatgesteins nichts geboten. Er war also unbrauchbar und außerdem weit genug entfernt von allem, um kein Verkehrshindernis darzustellen. Man hatte ihn daraufhin ignoriert.

Zumindest offiziell.

In der felsigen Oberfläche glitten Krater unter der Jacht dahin, während sie sich der Nachtseite näherten. Eine von Bullams Drohnen schwebte über das Deck und projizierte einen Bildschirm auf die Innenseite der Glaskuppel, auf dem die Oberfläche hell erleuchtet und detailliert zu betrachten war. Erste Anzeichen menschlicher Bebauung tauchten auf – Kraftwerke und dicke Kabelstränge, die sich an den gebogenen Kraterrändern entlangschlängelten. Lange parallele Gräben, von Bergbaudrohnen ausgehoben, deren Schnauzen aus Mahlwerken bestanden, die sich auf der Suche nach Metall und Wasser durch den losen Regolith fraßen. Jenseits der Gräben kam eine große Skelettkonstruktion aus geschwungenen Metallbögen in Sicht, wie der Brustkorb eines mächtigen Fossils.

Im Innern des Brustkorbs ruhte, wofür sie gekommen waren. Ein schwerer Träger der Hipparchos-Klasse, eines der größten und tödlichsten Schiffe, die je gebaut worden waren. Die Röhrenkonstruktion war einen halben Kilometer lang und fast einhundert Meter breit. Sie wirkte wie eine gewaltige Kanone, nur zu dem Zweck erbaut, kleinere Schiffe aus ihrem Innern abzufeuern. Die Jacht raste auf die gähnende Öffnung zu, dann sah Bullam Kataphrakte und kleine Aufklärer, die wie Fledermäuse in einer großen Höhle an den Innenwänden nisteten.

Sie kam nicht umhin, beeindruckt von dem zu sein, was Dariau Cygnet hier vollbracht hatte. Die Flotte hatte nicht die Angewohnheit, ihre ausrangierten Trägerschiffe meistbietend zu versteigern. Es gab sehr strenge Auflagen, um zu verhindern, dass die MegaKons derart schweres Gerät in die Finger bekamen. Jedes Mal, wenn eine der großen Firmen vorhatte, selbst ein solches Schiff zu bauen, intervenierte die Flotte auf der Stelle. CentroCor hatte also kreativ werden müssen.

Cygnet hatte ihr eröffnet, dass man dieses Schiff tot am Rand des Adlivun-Systems treibend aufgespürt hatte, wo die Flotte es nach einer erbitterten Schlacht gegen DaoLink aufgegeben hatte.

Den Krieg hatte die Flotte gewonnen, allerdings war der Träger so schwer beschädigt worden, dass man ihn als Totalverlust abgeschrieben und evakuiert hatte. CentroCor hatte sich um die Bergungsrechte bemüht, und die Flotte hatte nicht protestiert – man hatte wohl damit gerechnet, der Konzern könne den Träger dank seines Zustands sowieso nur noch für Rohmaterial verschrotten.

Stattdessen hatte Cygnet angefangen, den Träger in überaus langer und mühevoller Arbeit zu reparieren und umzurüsten. Die Risse in der Bordwand waren ausgebessert, die zerstörten Teile der Bordelektronik komplett ausgetauscht worden. Das Vorhaben an sich musste schon Unsummen verschlungen haben, und der Umstand, all das im Verborgenen zu erledigen, würde die Kosten noch einmal verdoppelt oder gar verdreifacht haben. Fünfzehn Jahre hatte er in dieses Schiff investiert.

Cygnet hatte die Rechnungen beglichen und all die endlosen kleinen Verzögerungen ohne Murren ertragen. Er hatte gewusst, dass CentroCor eines Tages ein solches Schiff brauchen würde. Er hatte den Weitblick besessen, das Projekt auch über den Punkt hinaus weiterzuführen, an dem jeder andere Firmenchef entschieden hätte, die gewaltigen Kosten auch bei langfristigster Planung nicht mehr wettmachen zu können.

»Was sagen Sie dazu, Captain?«, fragte Bullam und legte den Kopf in den Nacken, als die Jacht in den Träger eintauchte und das Holzparkett ihres Sonnendecks in Dunkelheit gehüllt wurde. »Sie müssen zugeben, dass wir Ihnen das bestmögliche Werkzeug für Ihre Aufgabe zur Verfügung stellen.«

In der Dunkelheit konnte sie Shulkin kaum ausmachen. Einzig das Lämpchen einer Drohne erhellte sein Gesicht und umrahmte die eingefallenen Wangen mit einem bläulichen Schimmer. Sie war über seine missbilligende Grimasse sehr erstaunt.

»Alles falsch«, sagte er. »Falsch, falsch, falsch.«

Bullam sah ihn enttäuscht an. »Was soll das heißen? Sie – Sie haben den Träger nicht einmal inspiziert. Ich versichere Ihnen, er ist vollständig repariert und bereit für …«

»Spielen Sie Schach?«, fragte er in exakt demselben Tonfall, in dem er sich auch nach einem möglichen Liebhaber erkundigt hatte.

Sie schüttelte den Kopf. »Noch nie probiert. Natürlich sagt mir der Name etwas, aber ich habe nur selten Zeit für Spiele.«

»Eine Raumschlacht ist wie eine Schachpartie. Alles dreht sich um die jeweiligen Figuren. Man kann keinen Träger losschicken, um einen Kreuzer aufzubringen. Das ist falsch!«

Er schlug mit der Faust gegen die Glaskuppel. Trotz der Dunkelheit sah sie, dass seine Augen zum ersten Mal funkelten. Als hätte er die ganze Zeit Winterschlaf gehalten und wäre jetzt als hungriger Bär erwacht.

»Ich verstehe nicht«, sagte sie und trat einen Schritt zurück. »Dieses Schiff ist viel größer als Lanoes. Es ist stärker! Also … muss es auch besser sein.«

»Falsch.« Er schüttelte energisch den Kopf und trat von der Kuppel zurück. »Es wird wohl reichen müssen. Trotzdem ist das alles falsch.«

Die Jacht suchte sich automatisch eine Landebucht und dockte sanft an. Eine schlauchartige Gangway fuhr aus und verband sich mit der Kuppel, bevor ein Teil der Glaswand zur Seite floss, um sie aussteigen zu lassen. Leichtfüßig gingen sie in der geringen Schwerkraft des Asteroiden von Bord und betraten das Gewirr der Gänge und Galerien im riesigen Hangar. Eine Ehrengarde aus Marines erwartete sie bereits, aufgereiht in makellosen schweren Kampfanzügen. Auf jedem Schulterpanzer prangte das Hexagon. Einer der Soldaten trat vor und räusperte sich.

»Major Yael«, sagte er und legte eine Hand dicht neben der Kennungsmarke an die Brust. »Sie müssen Captain Shulkin und M. Bullam sein. Wir wurden angewiesen, uns um all Ihre Wünsche zu kümmern. Wenn Sie mir bitte folgen wollen, ich werde …«

Aber Shulkin ignorierte ihn vollkommen, ging an ihm vorbei und eilte den Gang entlang. Yael wirkte eher verängstigt als überrascht. Er warf Bullam als Entschuldigung ein knappes Lächeln zu und lief hinter Shulkin her.

»Sir, wenn Sie mir bitte gestatten wollen – dieses Schiff kann sehr unübersichtlich sein, wenn man sich nicht …«

»Ich weiß, wohin ich gehe«, sagte Shulkin, ohne sich umzudrehen. »Ich habe mehr Zeit an Bord solcher Trägerschiffe verbracht als Sie mit dem Atmen, *Major*.«

»Mir wurde gesagt, dass ich Sie zu Ihrer Kabine geleiten soll, und dann …«

Shulkin blieb abrupt stehen, wirbelte herum und starrte den Soldaten an. Yael musste sich an der Wand festhalten, um nicht mit ihm zusammenzustoßen. »Sie haben neue Befehle.«

»Ich … habe ich?«

»Ja. Rufen Sie die Besatzung zusammen und teilen Sie ihnen mit, dass wir unverzüglich aufbrechen. Unsere Beute hat einen soliden Vorsprung – wir müssen Zeit gutmachen. Teilen Sie ihnen mit, wer in zehn Minuten nicht startklar ist, wird von meinem Schiff entfernt und ersetzt. Verstanden?«

»Ich – ich – ja. Jawohl, Sir«, stammelte Yael.

Shulkin maß den Marine von Kopf bis Fuß, als habe er den Mann jetzt erst bemerkt. Dann schob er den Unterkiefer vor, drehte sich um und ging weiter.

Yael sah Bullam an, die kaum fünf Schritte an Bord gemacht hatte.

»Sie sollten besser tun, was er sagt«, meinte sie. »Er *hat* hier das Kommando.«

»Jawohl, Ma'am«, sagte Yael und verschwand in großer Eile. Die restlichen Marines standen noch immer stramm, ohne weitere Befehle.

Bullam konnte sie nicht auseinanderhalten. Alle Helme waren geschlossen und verspiegelt, und da sie selbst keinen militärischen Raumanzug trug, konnte sie nicht einmal ihre Kennungsmarken auslesen. Am Ende wandte sie sich einfach an den Größten. »Sie da.«

»Ma'am.« Seine Körpersprache ließ erkennen, dass er froh war, jemanden vor sich zu haben, der ihm neue Anweisungen geben konnte.

»Bringen Sie mich zur großzügigsten Kabine an Bord. Und sorgen Sie dafür, dass Tee bereitsteht, wenn ich ankomme.«

*

Ginger wusste, dass sie schlafen sollte. Sie wollte auch dringend schlafen.

Leider war daran nicht zu denken.

Sie war furchtbar aufgewühlt, noch immer Feuer und Flamme von der Anspannung, das erste Mal einen Kreuzer geflogen zu haben. Da schwebte sie in ihrer winzigen Koje, stieß hin und wieder sanft mit einer Wand zusammen, und jedes Mal, wenn sie die Augen schloss, sprangen sie wie von selbst sofort wieder auf.

Schließlich seufzte sie frustriert und schälte sich wieder aus dem Schlafsack. Sie rieb sich das Gesicht – sie war müde, ihr Körper war es definitiv auch. Ihrem Hirn war das offenbar herzlich egal. Sie schlug auf den Türöffner, schlängelte sich durch die schmale Luke auf den Gang hinaus und blinzelte gegen die helle Beleuchtung an.

Sie schwebte zum nächsten Lüftungsschlitz und ließ sich vom Schiff ein wenig das Gesicht kühlen. Als ihr zu kalt wurde, stieß sie sich ab und dachte daran, sich etwas zu essen zu holen. Aber nicht diese geschmacksneutrale Paste, die es im Aufenthaltsraum der Piloten gab. Die konnte sie jetzt schon nicht mehr sehen. Sie streifte durch das Schiff, bis sie zu den Unterkünften der Marines kam – angeblich hatten die einen echten Koch dabei. Am Ende des Gangs mit den Kojen gab es einen Aufenthaltsraum. Er war größer als der für die Piloten. Sie hörte mehrere kehlige Stimmen von dort, die lachten und Beleidigungen austauschten. Entschlossen schwebte sie den Gang entlang, hielt vor dem geöffneten Schott an und steckte den Kopf hinein.

Ein halbes Dutzend Marines waren anwesend, darunter auch Leutnantin Ehta, ihre Anführerin. Sie spielten Freipool, ein Mannschaftssport, von dem Ginger zwar gehört, ihn aber noch nie erlebt hatte. Auf der Orbitalstation um Metnal, auf der sie aufgewachsen war, galt er als Zeitvertreib für die Unterschicht. Von den Leuten auf ihrem Internat hatte das sicher niemand gespielt.

Die Marines drückten sich ringsum an die Wände, der Innenraum blieb frei. Sechs Metallbälle hingen in der Luft, die alle um die eigene Achse rotierten, sich ansonsten aber kaum vom Fleck bewegten. Ginger sah zu, wie einer der Soldaten sorgfältig zielte, mit einem Auge verkniffen Winkel und Flugbahn abschätzte und die Zunge herausstreckte, um ein Gefühl für den Luftzug im Raum zu bekommen. Schließlich ballte er die Hand zur Faust, schlug einen der Bälle an und schickte ihn mit mittelmäßiger Geschwindigkeit in Richtung eines anderen.

Verschiedene Farbtupfer an den Wänden markierten Ziele, die jeweilige Farbe stellte die Höhe der möglichen Punktzahl dar. Man hatte eines der Ziele zu treffen, allerdings nicht mit dem Ball, den man geschlagen hatte – das war ein Foul. Stattdessen musste man einen zweiten Ball so touchieren, dass er sein Ziel traf.

Der Ball des Soldaten berührte den zweiten Ball sachte und setzte ihn seitlich in Bewegung. Sofort machte sich der Luftwiderstand bemerkbar. Die anderen Soldaten wichen dem Ball aus, kletterten mit Schlägen und ordinären Sprüchen übereinander hinweg. Der zweite Ball wurde immer langsamer, näherte sich aber unerbittlich einem roten Feld an der Wand, während die seltsame Luftströmung aus den Ventilationsschlitzen kaum merklich an ihm zog. »Ja, Mann«, sagte der Spieler. »Ja, komm schon – ja, ja, ja!«

Die anderen brüllten abwechselnd Ermunterungen und Beleidigungen. Einer streckte zum Spaß die Hand in Richtung Ball aus, wurde aber schnell nach hinten gerissen und bekam für seine Einlage einen netten Schlag in die Magengrube verpasst. Der Ball kroch nur noch durch die Luft, aber die Marines wurden immer lauter. Als er die Wand einen knappen Zentimeter außerhalb des roten Felds berührte, brandeten Geschrei und Gebrüll und Jubel und Stöhnen auf, während der Spieler schon die beiden Bälle aus der Luft griff und vorsichtig wieder in ihre Ausgangspositionen brachte. Die anderen schlugen ihm entweder auf den Rücken oder verhöhnten seine Inkompetenz, und der Aufenthaltsraum blieb voller Lärm, bis Ginger durch das Schott schwebte und sie einer der Marines erblickte. Er schlug seinem Nebenmann auf den Arm. Sofort waren alle Augen auf sie gerichtet.

Stille senkte sich über den Raum, ein plötzliches Schweigen, das Ginger fast erschreckte.

Eigentlich wollte sie erröten und sich schleunigst wieder auf den Gang verziehen, nur weg von der ganzen Aufmerksamkeit. Allerdings wusste sie genau: Wenn sie jetzt einfach verschwand, würden sich die Marines ausgiebig darüber auslassen, wie seltsam sie doch war. Sie könnten sogar glauben, sie habe Angst vor ihnen.

Und das konnte sie nun wirklich nicht zulassen.

»Darf ich mitspielen?«, fragte sie also.

Die Marines wechselten ein paar Blicke. Ehta stieß sich ab, schwebte zu Ginger herüber und hielt neben dem Schott an. »Offizier an Deck«, sagte sie.

Die Marines schwebten sofort stramm und bezogen eilends Stellung an der Wand, als warteten sie auf eine Inspektion.

Ginger verzog das Gesicht. »Das muss wirklich nicht sein, Leute. Ich bin nur ein Fähnrich, ich …«

Ehta räusperte sich laut. »Die Offizierin scheint vergessen zu haben, dass es sich hier um einfache Soldaten handelt.« Sie warf Ginger einen fragenden Blick zu.

Normalerweise hatte Ginger ein Händchen für gesellschaftlichen Umgang. Allerdings war diese Situation etwas komplizierter, als sie gewöhnt war. Ehta hatte den weitaus höheren Rang inne, dafür war sie seit noch kürzerer Zeit Leutnantin als Ginger Fähnrichin. Ehe sie das Schiff betreten hatte, war Ehta Sergeantin gewesen, also Teil der Mannschaften. Sie hatte mit diesen Marines gedient – als Gleiche unter Gleichen. Erschwerend kam hinzu, dass Marineinfanterie und Flotte technisch gesehen zwei vollkommen unterschiedliche Welten waren. Selbst wenn jeder dieser Soldaten ein Fähnrich gewesen wäre, wären sie immer noch bei der Infanterie gewesen. Eine ganz andere Sachlage.

»Ich bitte um Verzeihung«, sagte Ginger. Vielleicht war es jetzt doch am besten, den Schwanz einzuziehen und zu verduften. Sie griff nach dem Rand des Schotts und wollte sich gerade zurückziehen.

»Soldat Binah«, sagte Ehta. »Die Offizierin würde gerne spielen.«

»Nein, nein, bitte«, sagte Ginger, aber offenbar war die Sache bereits entschieden. Einer der Marines löste sich von der Wand, überprüfte zügig, dass alle Bälle an ihrem Platz waren, und versetzte sie dann mit einer entschlossenen Handbewegung nacheinander in Eigenrotation. Danach schwebte er an seinen Platz neben den Kameraden zurück.

Die ganze Zeit über starrten sie alle Ginger an.

»Dürfte ich ein blaues Ziel vorschlagen?«, sagte Ehta. »Das hat einen Punktwert von sechs.«

Ginger presste die Lippen aufeinander, stieß sich vom Schott ab und hielt sich an der nächsten Wand fest. Kurz ging sie die verschiedenen Stöße durch, die sie ausführen konnte. Sie war fest entschlossen, eine gute Figur abzugeben, auch wenn dies ihr erstes Mal war. Dann hatte sie plötzlich das Gefühl, ihre Sicht-weise habe sich verändert. Als sähe sie die Bälle zum ersten Mal.

Und sie begriff, dass dieses Spiel das einfachste auf der ganzen Welt war.

Verglichen mit der Aufgabe, einen Raumjäger zu fliegen und ständig Position und Geschwindigkeit der Kameraden, Gegner und Ziele auf einmal im Kopf zu behalten, war es ein Kinder-spiel, einen einzigen Stoß mit Abpraller zu planen. Die Strö-mung der Ventilation machte die Winkel ein klein bisschen vari-abler, was sich aber mit ein wenig mehr Schubkraft problemlos ausgleichen ließ. Wenn sie es darauf anlegte, könnte sie sogar …

»Sobald Sie bereit sind, Ma'am«, sagte Ehta.

Da. Ginger hatte einen fast perfekten Stoß vor Augen. Wenn sie jenen Ball dort mit diesem hier traf, würde der den dritten dort hinten anstoßen, und sie konnte ein blaues und ein rotes Feld gleichzeitig treffen. Sie betrachtete den Spielaufbau noch einen Moment – am Ende könnte sie sogar drei Felder treffen, wenn sie den ersten Ball noch einen Hauch anschnitt.

»Das Spiel ist schwieriger, als es aussieht«, sagte Ehta mit leise warnendem Unterton.

Ginger sah die Marines entlang der Wand an. In ihren Blicken war Verschiedenes zu lesen, und nichts davon behagte ihr son-derlich. Manche starrten sie unverhohlen herablassend an. An-dere wirkten, so befremdlich sie es auch fand, durch ihre An-wesenheit beinahe verängstigt.

»Aha«, sagte Ginger. Und führte ihren Stoß aus.

Ihr Ball sauste durch die Luft und traf den zweiten nahezu in der Mitte. Beide prallten ab, der eine in Richtung des geöffneten Schotts, der andere geradewegs auf ihr Gesicht zu.

Ehta fischte ihn gerade noch aus der Luft, bevor er Gingers Nase treffen konnte.

Einer der Marines hustete. Ein anderer bemühte sich verge-bens, ein Grinsen zu unterdrücken. Ein dritter stieß sich ab und flog auf den Gang, um den verirrten Ball einzufangen, ehe er etwas Wichtiges treffen konnte.

»Das war ein Foul«, sagte ein vierter. »Ma'am.«

Leutnantin Ehta bedachte sie mit einem bedeutungsvollen Nicken. Anscheinend hatte Ginger die richtige Entscheidung getroffen. Sie rang sich ein Lächeln ab und hob ergeben die Hände. »Viele Dank«, sagte sie, ohne einen der Soldaten direkt anzusehen, »dass ich spielen durfte. Sehr freundlich. Ich werde Sie nicht länger aufhalten.«

Sie schwebte auf den Gang hinaus und stieß um ein Haar mit dem Soldaten zusammen, der den Querschläger eingefangen hatte. Sie biss die Zähne zusammen und versuchte, nicht rot anzulaufen. Wenn sie nur schnell genug verschwand, konnte sie vielleicht ihr letztes bisschen Würde retten. Das Gelächter hinter ihr konnte sie allerdings nicht überhören.

*

Der Träger war eine Geheimwaffe, vielleicht sogar CentroCors sorgsamst gehüteter Aktivposten. Sie konnten es sich nicht leisten, einfach im Orbit um Tuonela aufzutauchen – in diesem System wimmelte es von Flotteneinheiten. Sie würden mindestens ein paar höchst unangenehme Fragen zu beantworten haben. Schlimmstenfalls würde man ein Enterkommando schicken und das Schiff konfiszieren. Das konnten sie schlecht zulassen.

Also parkte der Pilot – ein ehemaliger Kampfpilot der Flotte, den CentroCor wie Shulkin aufgelesen hatte – das Trägerschiff eine gute Stunde Reisezeit von Tuonela entfernt mitten im Wurmloch. Bullam verließ das Wurmloch in ihrer Jacht und teilte der örtlichen Verkehrsbehörde ihre Route mit. Somit war sie in den Augen der Flottenverbände vor Ort als offizielle Spionin gekommen. Es war den aktuell neutralen Konzernen nicht verboten, Beobachter in die Kriegsgebiete der Konkurrenz zu entsenden, um sich ein Bild davon zu machen, ob die Flotte oder die

ThiessGruppe unten auf dem Planeten die Nase vorn hatte. Solange sie sich von den eigentlichen Kriegsschauplätzen fernhielt, würde sich niemand Gedanken über ihre Anwesenheit machen.

Sie hatte auch nicht vor, den Planeten zu betreten. Sie hatte eine Verabredung fernab von Tuonela. Im dunklen Randbereich des Systems zog ein großer Klumpen unnützen Gesteins seine schiefe Bahn, ein alter Komet, der all sein Eis längst verloren hatte. Sie brauchte drei Stunden, um ihn zu erreichen und ihre Geschwindigkeit anzugleichen, sowie weitere dreißig Minuten für den vorsichtigen Landeanflug.

Das Schiff, mit dem sie eine Verabredung hatte, war bereits neben der alten Forschungsstation gelandet, die nicht mehr benutzt wurde, seit Tuonelas Terraforming abgeschlossen worden war. Die alten Landevorrichtungen waren nutzlos, die Gerüste vor langer Zeit zu Trümmerhaufen verrostet, die Andockstutzen nach vielen Jahren im Vakuum so gut wie aufgelöst.

»Kommen Sie?«, fragte sie Shulkin, während sie ihren dünnen zivilen Raumanzug überstreifte. »Ich kann das auch allein erledigen, wenn Ihnen das lieber ist.«

Er antwortete nicht. Stattdessen fasste er sich an die Kehle und drückte den vertieften Knopf im Kragenring. Der Helm floss um seine düstere Miene herum und versteckte sie hinter schimmerndem Schwarz.

Sie tat es ihm gleich und polarisierte ihren Helm zu einem dunklen Rot, das mit dem Brokatmuster in Purpur und Gold harmonierte, mit dem ihr Anzug verziert war. Sie schaltete die Glaskuppel ab. Die Luft im Innern gefror und fiel wie Schnee aufs Parkett.

Eine Wolke kleiner Drohnen erhob sich und schwebte Bullam hinterher, als sie vom Sonnendeck auf die zerklüftete Oberfläche sprang. Die minimale Schwerkraft des Planetoiden zog den Sprung enervierend in die Länge. Mit Schritten von über zehn Metern näherte sie sich der Schleuse der alten Forschungsstation. Im Innern hatte jemand ein Wetterfeld eingerichtet, um eine kleine Blase aus Luft und Wärme zu schaffen. Kondenswasser glitzerte an den rostigen Wänden. Als sie das Wetterfeld betrat, wehten lose Kohlefasern wie Schuppen über ihre Stiefel.

Am anderen Ende des Raums warteten drei Leute auf sie. Zwei Söldner in Kampfanzügen mit dem grünen Malteserkreuz der ThiessGruppe auf der Brust, fast wie raumfahrende Kreuzritter. Die Gesichter in den Helmen waren hinter Sturmhauben versteckt. Die dritte Person kniete auf dem Boden. Sie war an den Händen gefesselt und hatte einen Sack über dem Kopf.

Bullam spürte ihr Herz in der Brust hämmern. Kein angenehmes Gefühl für jemanden mit einer Gefäßkrankheit. »Ist sie das?«, fragte sie.

»Alles wie vereinbart«, sagte einer der gepanzerten Männer. »Die ThiessGruppe hält sich an ihre Absprachen.«

Trotz aller Konflikte schuldeten die MegaKons einander unzählige kleine Gefallen, über die nie laut gesprochen wurde, ein heimliches Wirtschaftssystem geflüsterter Anfragen und subtiler Erinnerungen, über das selbstverständlich genauestens Buch geführt wurde. Um dieses Treffen in die Wege zu leiten, hatte sie einen sehr alten Gefallen zwischen CentroCor und der ThiessGruppe einfordern müssen. Dariau Cygnet war der Meinung gewesen, es lohne sich.

Der zweite Söldner trat vor. »Ich muss auch sagen, dass es einen ziemlichen Aufwand darstellte, eine Flottenoffizierin mitten aus einem ihrer Stützpunkte zu entführen.« Er schüttelte den Kopf. »Das große Hexagon hegt immer bescheidene Wünsche, was?«

»Wir ziehen alle an einem Strang«, sagte Bullam abwesend. »Könnten Sie ... ich muss sichergehen, dass Sie uns die richtige Person geliefert haben.«

Der Mann nickte, beugte sich vor und zog der Gefangenen den Sack vom Kopf. Bullam machte sich nicht die Mühe, der

Frau ins Gesicht zu sehen – sie hatte nur dafür sorgen wollen, dass der Söldner seine Hände dort behielt, wo sie sie sehen konnte.

»Auch dies war Teil der Abmachung«, sagte sie, zog eine kleine Pistole aus der Außentasche ihres Anzugs und schoss ihm in die Stirn.

Ehe er in der niedrigen Schwerkraft zu Boden gehen konnte, setzte sie auf den zweiten Söldner an, nur um festzustellen, dass sie sich verkalkuliert hatte.

Sie hatte seine Schnelligkeit unterschätzt. Mit einem Satz war er bei ihr und grub ihr die Finger seines Kampfanzugs ins Handgelenk, bis sie vor Schmerz keuchte und die Waffe fallen ließ. Er zog die andere Hand zurück, um ihr einen Schlag ins Gesicht zu versetzen. Er ragte vor ihr auf, sie sah ihm direkt in die Augen. Sein Blick ließ keinen Zweifel zu – er würde sie so schnell wie möglich umbringen.

Seine Faust traf auf ihre Nase – warum zur Hölle hatte sie den Helm eingefahren? Blut ergoss sich über ihre Lippen und den Kragenring. Der Schmerz war unbeschreiblich; da ihr Körper nicht in der Lage war, von selbst Kollagen zu bilden, zersplitterte ihre Nase auf der Stelle, statt nachzugeben. Ihr wurde schwarz vor Augen, und sie hörte sich schreien, auch wenn es ihr vorkam, als stammte das Geräusch von irgendwo außerhalb ihres Körpers. Sie riss die Arme hoch, wollte den Söldner packen, aber er verpasste ihr den nächsten Schlag, diesmal gegen die Wange. Sie spürte seine Knöchel an ihrem Schädel, versuchte tief Luft zu holen, irgendwie Sauerstoff zu bekommen, atmete aber nur ihr eigenes Blut ein und begann zu würgen. Ihr ganzer Körper krampfte sich vor Schmerzen zusammen. Im nächsten Moment würde der Söldner darauf verfallen, sie zu erdrosseln; vielleicht trug er auch noch eine versteckte Waffe …

Dann ergoss sich ein Schwall kalter Luft über sie. Bullam öffnete die Augen und stellte fest, dass sie frei war. Der Söldner war verschwunden. Jenseits der eigenen Schreie hörte sie ein Geräusch wie zerfetzenden Kunststoff und sah sich um.

Shulkin hatte den Mann niedergerungen und riss mit seinen Handschuhen an dessen Panzerung. Er wehrte sich mit Händen und Füßen, aber Shulkin ignorierte die Hiebe. Er riss ein Stück der Panzerung ab, und der Helm des Söldners floss in den Kragenring zurück.

Shulkin packte das arme Schwein mit beiden Händen und warf ihn aus dem Wetterfeld vor die Tür. Draußen herrschten Vakuum und Temperaturen nahe des absoluten Nullpunkts.

Bullam hatte das Gefühl, den Mann schreien zu hören, auch wenn das natürlich unmöglich war. Dann dachte sie, es müssten ihre eigenen Schreie sein, führte eine Hand zum Mund und stellte fest, dass er geschlossen war.

Nein, die Schreie kamen von der Frau, die die ThiessGruppe für sie entführt hatte. Sie kroch über den dreckigen Boden und versuchte panisch, der Blutlache zu entrinnen, die sich vor ihr gebildet hatte. Ihr Gesicht war starr vor Entsetzen.

Bullam wandte sich an Shulkin. »Danke. Ist wohl doch nicht so verkehrt, dass Sie mitgekommen sind.«

Shulkin stierte sie böse an. Dann kniete er neben der schreienden Frau nieder, einer Kampfpilotin der Flotte. Er starrte ihr ins Gesicht wie ein Arzt, der eine neurologische Beschwerde zu diagnostizieren versuchte. »Soll ich sie auch umbringen?«, fragte er.

Irgendwie brachte die Frau es fertig, noch lauter zu schreien.

»Nein, natürlich nicht«, sagte Bullam ruhig. Sie ging zu ihnen, ließ sich neben der Frau auf die Knie fallen und lächelte sie freundlich an. »Sie hat etwas, das wir brauchen.«

*

Ginger hatte keine Ahnung, wohin sie sich wenden sollte. Bei den Marines war sie offensichtlich nicht willkommen. Mittlerweile verstand sie auch, dass Ehta versucht hatte, ihr den Ärger zu ersparen, sie zu warnen. Die Frau war also nicht unfreundlich. Allerdings gab es auch eindeutige Regeln, dass sich Piloten nicht mit Marineinfanteristen zu umgeben hatten – Regeln, die niemand brechen wollte.

Kurz überlegte sie, sich nach unten zum Antrieb zu begeben und herauszufinden, ob die FLINKS genauso abweisend waren. Aber warum sollte sie sich einer solchen Situation noch einmal aussetzen? Nein, anscheinend hatte sie an Bord unter ihresgleichen zu bleiben. Ein deprimierend kleines Grüppchen. Vor allem, weil auch da die Frage des Rangs eine Rolle spielte. Kommandant Lanoe war ihr befehlshabender Offizier. Er würde sich kaum mit ihr in die Ecke setzen und ein Schwätzchen halten. Er hatte garantiert Wichtigeres zu tun, und was hätte sie ihm schon groß erzählen sollen? Auch Candless war nicht viel nahbarer. Sosehr Ginger ihre ehemalige Ausbilderin auch respektierte – Candless war definitiv nicht der Typ Frau, mit dem man Klatsch austauschen konnte. Ein Blick in ihre blitzenden Augen genügte, um zu wissen, dass sie jedes Wort sehr genau speicherte, jede Miene, jede Geste bewertete. Es war ein wenig zermürbend.

Somit blieb auf dem ganzen Schiff eigentlich nur eine Person, mit der sie wirklich reden konnte. Bury. Und auf den war sie immer noch sauer, weil er sich bei ihrer ersten Einsatzbesprechung als Offiziere einen höchst unangemessenen Gefühlsausbruch geleistet hatte.

Ginger war eindeutig extrovertiert, was sie schon in jungen Jahren begriffen hatte. Sie brauchte Leute um sich herum, zog ihre Lebensfreude aus dem Umgang mit ihren Mitmenschen. Wenn sie außer Bury mit niemandem Zeit verbringen konnte, würde diese Mission sehr lang und sehr einsam werden.

Sie begab sich in die Offiziersmesse nahe der Brücke, einen engen kleinen Raum, in dem es immerhin etwas zu essen gab. Die Maschine dort spuckte einen Beutel mit dekonstruiertem Brei aus, der zwar nach kaum mehr als Salz und Chemie schmeckte, dafür aber heiß und sättigend war. Auch hing neben der Küchenzeile ein Bildschirm, der mit einer Auswahl an Filmen und Büchern ausgestattet war. Sie spielte eine Weile mit der Bedienung herum, aber es waren alles alte, aufgezeichnete Sachen. Da es technisch kaum machbar war, Radiowellen durch Wurmlöcher zu schicken, hatte der Kreuzer keinen Zugriff auf aktuelle Nachrichten und Livestreams. Sie konnte weder die aktuellen Folgen ihrer Lieblingsserien aufholen noch neue Musik hören.

Nein, ihr blieb wohl wirklich nichts anderes übrig, als sich in die Arbeit zu stürzen. Wenn sie genug Flugstunden auf der Brücke nahm, wenn sie den Kreuzer irgendwann alleine steuern konnte, würde Candless sie vielleicht eher respektieren. Am Ende könnten sie sogar so etwas wie Kolleginnen werden. Ein ganz schöner Arbeitsaufwand, nur um jemanden zu haben, mit dem man sich unterhalten konnte, aber Ginger wusste, sie würde verrückt werden, wenn sie es nicht versuchte.

Sie stieß sich von der Wand ab, schwebte aus der Messe und folgte der Farbkodierung an den Wänden, um wieder zum großen Axialkorridor zu gelangen. Von da aus musste sie nur noch am Aufenthaltsraum der Offiziere und der Kapitänskabine vorbei. Als sie Lanoes Schott geöffnet sah, gab sie sich Mühe, so leise wie möglich vorbeizugleiten.

Dann aber hörte sie Stimmen aus seinem Quartier und kam nicht umhin, ein paar Gesprächsfetzen aufzuschnappen. Anscheinend hatte der Kommandant gerade Besuch. Sie erkannte auch die Stimme, nur hatte sie nicht geglaubt, sie je wieder zu hören.

Einige Meter neben dem Schott verharrte sie. Sie konnte nicht *nicht* lauschen.

»Warum verrätst du mir nicht den eigentlichen Grund?«, fragte die Stimme.

Es war Tannis Valk. Er musste es sein. Aber als Ginger ihn das letzte Mal gesehen hatte …

»Die haben bis auf uns alle anderen Rassen in der Milchstraße ausgelöscht. Hast du doch selbst gesagt. Sie haben Millionen von Planeten sterilisiert – wie viele Arten von Ungeziefer sie wohl ausgemerzt haben, die sich zu intelligenten Wesen hätten entwickeln können? Wie viel Genozid sollen wir denn bitte vergeben, bis Schluss ist? Irgendwer muss doch was tun«, erwiderte Kommandant Lanoe.

»Du willst tatsächlich noch immer behaupten, dass dir ein Haufen Toter, die du nie kennengelernt hast, so viel bedeutet? Komm schon, Lanoe. Wir wissen beide, dass es hier um Zhang geht.«

»Meine persönlichen Beweggründe spielen keine Rolle. Oder? Ich weiß, was ich tue. Und du musst mich begleiten. Es tut mir leid, Großer, ganz im Ernst. Aber ohne dich …«

»Pscht«, machte Valk. »Warte mal – ich glaube, ich habe …«

Plötzlich schob er den Kopf auf den Gang hinaus. Seinen großen schwarzen Helm.

Er war es wirklich. Die – die Künstliche Intelligenz. Er war weder abgeschaltet noch zerstört worden. Trotz Lanoes Beteuerungen.

Einen Moment lang starrten sie einander an. Na ja, jedenfalls starrte Ginger *ihn* an, sie hatte schließlich keine Ahnung, wie die KI guckte. Vielleicht plante sie soeben die Vernichtung der menschlichen Rasse; man munkelte, die sollten dergleichen hin und wieder tun.

»Ginger, stimmt's?«, sagte Valk.

Sie nickte. Sie konnte den Blick nicht von ihm losreißen.

»Hast du nicht irgendwo noch was zu tun?«

Sie stieß sich wortlos ab und schwebte schnell der Brücke entgegen.

*

Bullam wusch sich dreimal das Gesicht, schrubbte sich mit einem feuchten Tuch die Nase ab, wischte wieder und wieder über ihr Kinn. So viel Blut. Die kleine Medizindrohne sprühte ihr einen feinen Nebel in die Nasenlöcher, um die Blutung zu stoppen. Der Gestank heißen Plastiks würde sie noch Tage begleiten. Eine zweite Drohne rückte behutsam den Knorpel ihrer Nase zurecht und stabilisierte sie mit einer durchsichtigen Bandage. Es tat höllisch weh.

Die Drohne bemerkte, wie stark sie zitterte, und bot ihr ein Beruhigungsmittel an. Sie verneinte. Sie wusste genau, was sie so aus der Fassung gebracht hatte.

Als Ashlay Bullam ihre jetzige Stelle angetreten hatte, war ihr völlig klar gewesen, dass sie sich von Zeit zu Zeit die Hände würde schmutzig machen müssen. Sie hatte gewusst, dass sie Dinge würde tun müssen, mit denen CentroCor offiziell nicht in Verbindung gebracht werden wollte. Sie hatte sogar gewusst, dass sie Entscheidungen würde treffen müssen, die andere das Leben kosteten. Dies war allerdings das erste Mal gewesen, dass der Konzern von ihr verlangt hatte, jemanden eigenhändig umzubringen.

Sie redete sich ein, der Söldner der ThiessGruppe sei ebendies gewesen – nur ein Soldat. Er musste gewusst haben, dass dieser Auftrag nicht ohne Risiko war, dass er sich durch die Entführung der Kampfpilotin selbst entbehrlich gemacht hatte. Sie schärfte sich ein, das Große Hexagon müsse natürlich sichergehen, dass niemand je von dieser Entführung erfahren würde. Das Wohl des Konzerns wog schwerer als ihre eigene Empfindsamkeit.

Es half alles nichts. Kein bisschen. Sie hatte diesem armen Schwein die Pistole an die Stirn gehalten und ohne jegliches Zögern abgedrückt. Hätte sie Zeit zum Nachdenken gehabt, sich eine Sekunde gegönnt, um zu reflektieren, was sie da tat, sie hätte es nie übers Herz gebracht.

Aber die Tat war vollbracht. Kein Weg zurück.

Sie wies eine Drohne an, die Frontseite zu verspiegeln, und starrte lange in ihr Gesicht. Sie redete sich ein, nach letzten

Rückständen geronnenen Bluts zu suchen, wollte aber eigentlich feststellen, ob sie irgendwie anders aussah. Ob sie sich verändert hatte, jetzt, da sie eine Mörderin war. Sie betrachtete ihre Augenwinkel, die Röte ihrer Wangen. Schob sich das Haar aus der Stirn, als könnte sich dort ein geheimes Zeichen verbergen; ein Mal, das aller Welt zeigte, was sie war.

Dumm. Sinnlos. Sie zwang sich dazu, nicht weiter zu zittern und sich nicht mehr so verwundbar zu fühlen. Wenn es ihr nicht gelang, sich unter Kontrolle zu bringen, würde sie noch wie Shulkin enden, dachte sie. Zwanghafte Selbstmordgedanken. Ein paar Löcher ins Hirn gebrannt, um weiterkämpfen zu können.

Sie schubste die Drohne beiseite und verließ ihre Kabine. Schwamm durch den Irrgarten der Gänge, begleitet von einer anderen Drohne, die ihr stets den richtigen Weg wies. Kurz darauf hatte sie den Gefängnistrakt des Trägers erreicht. Dort steckte die Kampfpilotin unter dauerhafter Bewachung in einer Zelle, die größer war als die meisten Unterkünfte an Bord. Ein Bildschirm in der Panzertür zeigte die Insassin. Sie hockte in einer Ecke des Raums und hielt sich an den Wänden fest, um nicht umherzuschweben. Sie sah sehr besorgt aus.

»Was haben Sie mit ihr vor?«, fragte Shulkin.

Natürlich war er auch hier. Er musste auf ihre Ankunft gewartet haben. Ein Mann, der innerlich so tot war wie Shulkin, würde sich die Gelegenheit, einem schönen klassischen Verhör beizuwohnen, kaum entgehen lassen. Tja, es half wohl nichts. Sie konnte ihn nicht wegschicken – er hatte hier an Bord das letzte Wort. Er ließ sich keine Befehle geben, er gab sie.

Bullam wusste: Irgendwann würde der Zeitpunkt kommen, an dem sie ihm zeigen musste, dass seine Stellung nicht so unanfechtbar war, wie er glaubte. Aber noch war es nicht so weit.

»Werden Sie sie foltern?«, fragte Shulkin. »Ich habe viele Folterungen gesehen. Funktioniert nicht – zumindest nicht so, wie man glaubt.«

Diese Augen. Wie Glasperlen. Auch er hatte heute einen Menschen getötet. Es schien ihm nicht das Geringste auszumachen. Sie fragte sich, ob ihn überhaupt etwas wirklich bewegen konnte.

»Sie könnten es mit Schlafentzug versuchen«, sagte er. »Das ist ziemlich effektiv. Eher als unmittelbar körperliche Folter. Sie könnten sie auch hungern lassen. Nach einer Woche ohne Nahrung beginnt das Gehirn, abzubauen. Der Widerstand bricht ein. Man wird leichter beeinflussbar. Aber diese Herangehensweisen kosten Zeit, und wir haben es eilig. Sie brauchen eine schnelle Lösung. Wofür entscheiden Sie sich? Daumenschrauben? Streckbank?«

Sie gab sich Mühe, ihn anzulächeln. »Etwas deutlich Altmodischeres«, sagte Bullam. »Jede Menge Geld.« Sie bedeutete dem wachhabenden Marine, ihr die Tür zu öffnen, schwebte in die Zelle und hielt sich in der nächsten Ecke fest. Nicht zu nah an der Gefangenen, nicht zu weit weg. Sie ging in die Hocke, um nicht über der anderen Frau aufzuragen.

»Leutnantin Harbin«, sagte sie. »Danke, dass Sie unserer Einladung gefolgt sind.«

Die Pilotin nickte. Ihr Blick huschte durch den Raum, und Bullam sah, dass Shulkin im Türrahmen schwebte. Sie gab sich keine Mühe, ihn böse anzuschauen – sie wusste, er würde sowieso nicht darauf eingehen und sie in Ruhe lassen.

»Ich bin mir sicher, es kann nicht einfach gewesen sein, die Basis zu verlassen, damit unsere Freunde Sie einsammeln konnten. Wir werden Sie für die erlittene emotionale Entbehrung angemessen entschädigen.«

»Moment«, sagte Shulkin. Sein Blick hatte sich nicht verändert, aber etwas an seiner Körpersprache signalisierte Bullam, dass sie es fertiggebracht hatte, ihn zu überraschen. »Moment mal.«

Sie sah ihn freundlich an. »Leutnantin Harbin arbeitet für uns. Schon seit einigen Jahren. CentroCor hat seit jeher großen

Wert darauf gelegt, verlässliche Leute von Rang bei der Flotte zu haben. Nun zu Ihnen, Frau Leutnant: Als Lanoe Sie auf Tuonela ausgesetzt hat – hatte er einen Verdacht, dass Sie für CentroCor spionieren?«

Harbin schüttelte den Kopf. Zum ersten Mal sprach sie, auch wenn es ihr noch schwerfiel. »Er war nur … völlig paranoid. Wollte uns … uns alle einfach loswerden. Vielleicht wusste er, dass ein Spion an Bord ist … ich weiß es nicht. Ich glaube kaum, dass er mich persönlich verdächtigt hat. Als er uns durch eine neue Besatzung ausgetauscht hat, wusste ich nicht, was ich tun sollte. Also habe ich Ihre Leute kontaktiert und … und …«

Bullam ließ ihr Lächeln noch ein wenig heller erstrahlen. »Sie haben wunderbare Arbeit geleistet. Sie haben sich genau so verhalten, wie wir es uns in so einer Situation erhofft haben. Wir sind Ihnen sehr dankbar.«

»CentroCor war immer gut zu mir«, sagte Harbin.

»Wir ziehen alle an einem Strang«, erwiderte Bullam. »So. Sie sagten, Sie hätten Informationen für uns, wie wir Aleister Lanoe finden können.«

Harbin kratzte sich am Kopf. Bullam fragte sich, wie lange die Söldner sie festgehalten hatten. Wie man sie behandelt hatte. Besser nicht nachfragen, entschied sie.

»Ich weiß nicht, wohin genau er unterwegs ist. Ich hatte gehofft – ich dachte, er würde den Einsatz mit uns besprechen, hat er aber nicht. Ich weiß nicht, wie seine Befehle lauten. Aber …« Sie schüttelte den Kopf. »Ich habe eine Karte gesehen. Eine Karte des Wurmloch-Netzwerks. Nur war sie viel größer und viel detaillierter als alle Karten, die ich je gesehen habe.«

»So?«, sagte Bullam.

»Ich weiß nicht, wo genau er hinwill, aber ich weiß in etwa, welche Route er nehmen muss, um dorthin zu gelangen. Wenn Sie sich beeilen – können Sie ihn schnappen, bevor er allzu weit kommt.«

»Vor allem dank des kleinen Abschiedsgeschenks, das Sie ihm hinterlassen haben, richtig?«, fragte Bullam.

»Ähm.« Harbin sah ihr nicht in die Augen. »Apropos …«

*

Als Ginger die Brücke betrat, schaute sich niemand nach ihr um, auch wenn Candless kurz über die Schulter winkte. Sie war zu sehr damit beschäftigt, das große Schiff durch den geisterhaften Tunnel zu steuern. Bury saß gebeugt vor der Sekundärkonsole und drückte immer wieder ein paar Tasten, bis der Kreuzer unter den ständigen Kurskorrekturen vibrierte.

»Bitte bemühen Sie sich, es ein wenig ruhiger anzugehen«, sagte Candless.

»Das Ding bewegt sich einfach nicht richtig!« Bury hatte einen hochroten Kopf; die Augen traten ihm vor Anstrengung fast aus den Höhlen.

»Vielleicht bekommen Sie eher ein Gefühl dafür, wenn Sie sich die Chance dazu geben«, gab die Leutnantin zurück.

»Ja – aber was, wenn ich uns vorher als Wrack enden lasse?«, sagte Bury. »Zum Teufel! Das bringt doch nichts. Übernehmen Sie das Steuer wieder …«

»Sie müssen es lernen. Bury, wenn Sie wollen, dass …«

»Wollen? Ich will nicht mal auf diesem Schiff sein. Ich habe ganz sicher nicht um diesen verdammten Job gebeten. Nehmen Sie das verfluchte Steuer!«

»Komm schon, Bury«, sagte Ginger, schwebte zu ihm hinüber und hielt sich an seiner Rücklehne fest. »Entspann dich. Es ist gar nicht so schwer. Außerdem ist es nicht so, als könnte man sich sonst bei der Flotte seinen Posten aussuchen.«

Er wirbelte herum und starrte sie an. Candless legte sich hastig einige Steuerelemente auf ihre Konsole. Das gespenstische Licht des Wurmlochs waberte durch den Raum. Sie schienen einen Schacht in die Ewigkeit hinabzustürzen.

»Für dich vielleicht«, sagte Bury und ignorierte den Umstand, dass er sie soeben alle umgebracht hätte, hätte Candless nicht so schnell reagiert. »Du warst schon immer gut in so was. Ich bin Kampfpilot. Also sollte ich auch ein Kampfpilot sein, kein verdammter Lastwagenfahrer!«

»Fürs Erste«, sagte Candless ruhig, »haben Sie in Ihrer Koje zu bleiben. Ginger, eskortieren Sie ihn bitte nach unten.«

»Was? Nein, bitte. Er wollte doch nicht … nicht …«, stammelte Ginger. »Er hatte nur einfach Probleme mit …«

»Bitte hören Sie beide sehr gut zu, was ich Ihnen jetzt sage. Bis ich Sie für geeignet halte, das Schiff alleine zu steuern, bin ich hier auf der Brücke Ihre befehlshabende Offizierin, und meine Anweisungen werden nicht infrage gestellt. Verstanden?«

Ginger fühlte sich, als hätte sie ihr eine Ohrfeige verpasst.

»Jawohl, Ma'am«, sagte sie und griff Bury an die Brust, um seine Sicherheitsgurte zu lösen. Er wollte ihre Hände wegschlagen, aber sie war zu schnell. Sobald er frei war, packte sie ihn am Arm und zog ihn in Richtung Ausgang. Er riss den Mund auf und wollte etwas sagen, aber sie griff eine Haltestange, setzte ihm den Fuß auf die Brust und drückte ihr Knie durch. Er flog geradewegs auf den Axialkorridor hinaus.

Falls er sich weiter so benahm, würde er sehr bald degradiert werden. Wahrscheinlich sogar in einer Zelle landen. Hätte sie gerade nicht eine Menge anderer Sorgen gehabt, hätte sie ihm an Ort und Stelle gehörig die Meinung gesagt.

»Kein Wort«, sagte sie nur, weil er schon wieder sichtlich kochte und kurz davor war, Dinge zu sagen, die er später wahrscheinlich bereuen würde. »Erst, wenn wir alleine sind, klar?«

Sie schwebte den Schacht hinunter. Immerhin hatte er genug Grips übrig, ihr zu folgen. Wie sie feststellte, war das Schott zum Quartier des Kapitäns jetzt geschlossen. Es war zu dick, um Geräusche durchzulassen.

Endlich hatten sie ihr Quartier erreicht, nur eine kleine Koje von vielen in diesem Gang. Sie schlug mit der flachen Hand auf den Öffner und winkte ihn hinein. Selbst in Fötusstellung war hier kaum genug Platz für zwei Leute, aber sie brauchten ein wenig Privatsphäre.

»Du hast doch gehört, wie sie mit mir geredet hat«, sagte Bury, sobald sie die Luke geschlossen hatte. »Du hast gesehen …«

»Ach Mann, Bury«, sagte sie. »Sie hat dir alle Gelegenheit gegeben. Und du hast sie nicht annehmen wollen, wie immer. Halt doch ein einziges Mal die Klappe! Es geht gerade gar nicht darum.«

»Aber – was? Nicht?«

Er musste an ihrem Gesichtsausdruck gesehen haben, dass sie nicht vorhatte, noch mehr Zeit zu verlieren. Hastig erzählte sie ihm, was sie aus der Kabine des Kapitäns mitangehört hatte.

»Valk? Aber die wollten es doch zerstören«, sagte er.

»Offensichtlich haben sie es – ihn – nicht zerstört«, sagte sie. »Ich weiß nicht, was hier vor sich geht, aber es ist …«

»Verdammt seltsam, absolut«, führte Bury den Satz zu Ende, ohne sie anzusehen. Er saß stirnrunzelnd da, die glänzenden Lippen verzogen. »Keine Ahnung, Ginger. Ich weiß echt nicht, wo wir hier reingeraten sind. Alle tun so, als wäre es nur ein ganz normaler Flotteneinsatz, aber … hast du gewusst, dass wir einen Offizier in einer der Arrestzellen haben? Dieser Typ, der nach Rishi gekommen ist. Maggs heißt er.«

»Du hast ihn gesehen?«, fragte sie.

»Ich habe mit ihm geredet. Und er hat mir gesagt, ich soll Kommandant Lanoe etwas Bestimmtes fragen. Ich soll etwas namens Blau-Blau-Weiß erwähnen.«

»Was soll das sein?«

»Keinen Schimmer«, sagte Bury. »Aber das, plus die Tatsache, dass Valk immer noch an Bord und eingeschaltet ist. Und dann unser Kurs – hast du die Karte gesehen, nach der wir fliegen? Die ist ganz anders als die Wurmraum-Karten, die sie uns auf Rishi gezeigt haben. Und wir haben die komplette Besatzung ausgewechselt. Und als der Typ von der Flotte nach Rishi gekommen ist, um Lanoe abzuholen, hat er so gewirkt, als wollten sie ihn umbringen oder so – aber dann haben sie ihm einfach einen ganzen Kreuzer zum Spielen gegeben. Das ergibt doch alles keinen Sinn.«

Ginger kaute auf ihrer Unterlippe herum. »Die erwarten anscheinend von uns, dass wir einfach still unsere Arbeit erledigen. Keine Fragen stellen.«

»Auf gar keinen Fall«, sagte Bury. »Wir müssen rausfinden, was hier los ist. Wir könnten versuchen, noch mal mit Maggs zu reden. Er weiß definitiv mehr, als er mir verraten hat.«

»Er wird rund um die Uhr bewacht. Die werden uns ganz sicher nicht einfach mit ihm sprechen lassen.«

»Dann müssen wir dranbleiben und es selber rausfinden.«

»Pah, wie zwei Kinder aus irgendeinem blöden Film, die Detektiv spielen?« Sie rieb sich die Augen. »Bury, du bist auch jetzt schon nur noch einen winzigen Schritt davon entfernt, dass sie dich ohne Raumanzug aus der nächsten Luftschleuse werfen. Kannst du bitte wenigstens versuchen, uns für ein Weilchen nicht *noch* mehr Schwierigkeiten einzubrocken? Wenn der Kommandant spitzkriegt, dass du ihn ausspionierst – du hast gesehen, wie paranoid er ist. Er wird sich das nicht gefallen lassen. Keine Sekunde.«

Bury grunzte entnervt und schlug mit der Faust gegen die Wand. Dank der fehlenden Schwerkraft prallte sie zurück und krachte in die gegenüberliegende Wand. »Verdammt. Verdammt noch mal, Ginger. Verdammt!«

»Ich glaube«, sagte sie, sobald er sich etwas abgeregt hatte, »wir müssen das völlig anders angehen.«

»Brav sein, meinst du wohl.«

»Nein«, sagte Ginger. »Nein. Na ja. Nicht direkt.«

15

»Das ist vollkommen inakzeptabel. Das ist eine grausame und ungewöhnliche Behandlung! Die Verfassung der Internationalen Liga verbietet diese Form von Folter! Verflucht, hörst du mir überhaupt zu?«

Niemand kann Heulsusen leiden, Maggsy.

Die Stimme seines Vaters fachte seine Wut nur noch weiter an. Wenn er wollte, konnte das alte Familienoberhaupt eine ausgesprochene Nervensäge sein, und das hier war ganz offensichtlich ein solcher Anlass.

Du hast dir diese Pritsche redlich verdient. Du solltest dich besser damit abfinden, Junge.

»Genau so werden Menschen verrückt!«, sagte Maggs. Er stieß sich von der Wand ab und krachte so hart gegen die gegenüberliegende, dass er spürte, wie sich die Knochen im Schultergelenk verschoben. Ihm war vollkommen bewusst, dass er sich die nächsten tausend Jahre gegen die Wände werfen konnte, ohne viel mehr als einen Schweißfleck auf der Kunststoffverkleidung zu hinterlassen, nur war sein Geduldsfaden mittlerweile so dünn, dass er sehr bald reißen würde.

»Selbst in den barbarischen Tagen deiner Jugend ist man mit Gefangenen nicht so umgesprungen, Lanoe. Im Ceres-Abkommen sind faire Grundlagen für die Behandlung von Kriegsgefangenen festgelegt worden. Hörst du auch nur ein Wort von dem, was ich sage? Oder stehst du nur da draußen und lachst mich aus?«

Bestimmt nicht, sagte der Vater. *Selbst für einen einfachen Soldaten wäre das höchst unrühmliches Benehmen.*

Maggs segelte in eine Ecke der Zelle, die genau wie alle anderen Ecken aussah, rollte sich zusammen und legte den Kopf in die Hände. Er schrie und trat gegen die Wand, hielt sich aber fest, um nicht schon wieder durch den Raum zu jagen. »Ich gehe hier drin zugrunde! Ganz buchstäblich!«

Er öffnete verstohlen ein Auge und spähte durch die Gitterstäbe seiner Finger. Noch immer hatte sich seine Zellentür nicht geöffnet.

Verdammt.

So funktionierte es offenbar nicht.

Er war sicher gewesen, seine Darbietung würde wenigstens irgendeine Reaktion hervorrufen. Vielleicht musste er seine Strategie überdenken.

Wenn ihm das Verrücktspielen nicht die gewünschte Aufmerksamkeit verschaffte, musste er sich eine andere Methode einfallen lassen. Ein Hungerstreik mochte dahingehend durchaus Vorzüge bieten, wäre er nicht schon immer sehr erpicht auf regelmäßige Nahrungsaufnahme gewesen. Außerdem würde er seine Kräfte noch brauchen, sobald er diese Zelle endlich verlassen konnte.

Sich selbst ein Leid anzutun, kam ihm ebenfalls indiskutabel vor. Es war unter seiner Würde. Hmm. Es musste noch einen anderen Weg geben.

Das Problem war natürlich, dass Lanoe – dieser verdammungswürdige Mensch – ihn zu gut kannte. Lanoe wusste, dass Maggs' größte Stärken sein Scharfsinn und Charme waren. Deshalb hatte er wohl auch mit niemandem sprechen dürfen – spätestens, seit dieser idiotische Hellion unerlaubt vorbeigekommen war, und das war gefühlt schon viele Tage her. Seitdem wurde seine Zelle rund um die Uhr bewacht, und seinen Wärtern war offenbar nicht gestattet, mit ihm zu reden.

Hätte er nur mit irgendwem reden können, hätte er einen Weg aus der Zelle gefunden, da war er sich sicher. Er hätte sich eingeschmeichelt, sie beschwatzt, sich ihr Vertrauen erschlichen. Am Ende gar auf Knien gefleht, auch wenn sich ihm bei dem Gedanken der Magen umdrehte. Er hätte sich mittlerweile aus der Zelle herausgeredet. Stattdessen ließ Lanoe ihn hier einfach vergammeln. Einzig die Stimme in seinem Kopf leistete ihm Gesellschaft, sein lieber, verblichener, überaus dahingeschiedener Herr Papa.

Glaubst du etwa, mir macht das alles Spaß?

»Ach, halt bitte den Rand, Vater. Du hast doch keine Ahnung, wie es ist, ohne Hoffnung auf Befreiung, ohne Chance auf Bewährung eingepfercht zu sein …«

Ach nein? Seit deiner Kindheit stecke ich hier in deinem Kopf fest.

Maggs konnte nicht anders, er musste lachen.

Nicht, dass mein Zustand ganz ohne Entschädigung wäre. Natürlich erlebe ich alles nur als Hinterbänkler, aber als körperlose Stimme muss man nehmen, was man kriegen kann.

Maggs konnte nicht mehr. Er lachte, bis er heiser war. Er lachte, bis er sich an seinem Gewieher fast verschluckte.

Schließlich hatte er sich so verausgabt, dass er verstummte, sich zusammenrollte und um Atem rang.

Dann ertappte er sich bei der unangenehmen Überlegung, wie viel von seiner gestellten Geistesgestörtheit tatsächlich gestellt gewesen war. Wie sehr hatte ihn die Isolation bereits mitgenommen?

»Das war's dann wohl«, sagte er. »Jetzt bin ich verrückt. Ich bin wortwörtlich verrückt geworden.«

Du warst schon immer ein wenig neben der Spur. Bis jetzt allerdings auf eine Art, die deutlich unterhaltsamer war.

»Ich bin verrückt. Ich bin …«

Aha.

Jawohl.

Maggs riss sich Stück für Stück zusammen, bis er wieder einen halbwegs menschenwürdigen Zustand erreicht hatte. Er strich die Haare zurück. Wischte sich die Speichelspritzer vom Kinn. Holte ganz tief Luft und wandte sich der Tür seiner Zelle zu.

»Ich bitte um Verzeihung. Dieser kleine Tobsuchtsanfall war wohl ein wenig unangebracht, das sehe ich ein. Ich muss allerdings die Richtigkeit meiner Aussage von vorhin wiederholen.«

Lanoe würde all das aufzeichnen. Maggs war sich sicher, der Kerl zeichnete sein Verhalten hier drin auf – wenn auch nur, um es sich später zur privaten Bespaßung anzusehen.

»Flottensatzung Artikel 1.16.5 Absatz 7 legt mit Bezug auf die Behandlung von Gefangenen fest, dass man ihnen, falls nötig, angemessene und zügige ärztliche Hilfe zur Verfügung stellt. Das schließt zufälligerweise auch mentale und hygienische Versorgung mit ein. Ich mache hiermit von meinem Recht als Offizier Gebrauch und fordere therapeutische Hilfe an, um meinem in Mitleidenschaft gezogenen Geisteszustand abzuhelfen.«

Er unterdrückte ein Grinsen. Mensch, gar nicht übel. Er wartete einen Augenblick und nickte der Tür zu, als hätte er eine Bestätigung bekommen. Hatte er zwar nicht, aber sei's drum.

»Besten Dank«, fügte er hinzu. Dann rollte er sich wieder zusammen und wartete. Und wartete. Und wartete.

Natürlich nehmen Gefangene Zeit an sich eher als eine Art elastisches Medium wahr, dünn und farblos wie ein ausgelutschtes Karamellbonbon. Die Stunden humpeln auf wunden Sohlen vorbei. Tage existieren nur, sofern man die Gelegenheit hat, die Wand seiner Zelle mit einer Strichliste zu verschönern (und nicht einmal das war Maggs vergönnt). Die Warterei war eine Qual. Aber das war ja der Sinn der Sache.

Irgendwann bekam er dann doch eine Antwort. Über der Luke in der Tür ging eine Lampe an, und eine Stimme gebot ihm, zurückzutreten.

Maggs gab sich Mühe, nicht zu erwartungsvoll zu schauen.

Die Luke ging auf. Selbst der kleine Luftzug, das bisschen Luft, die frisch in die Zelle wehte und noch nicht mehrfach in seiner Lunge gewesen war, berauschte ihn. Er wartete darauf, herauszufinden, wen man zu ihm hereinschickte – wer sein neues Ziel, sein Anlaufpunkt sein sollte. Allerdings konnte er draußen nicht einmal einen Wachhabenden sehen. Seltsam. Aber …

Eine Drohne in Form eines Roboterhunds schwebte durch die Luke. Sie hatte kleine Mantelpropeller anstelle von Beinen. Das Gesicht der Drohne bestand von der Schnauze bis zu den Ohren aus mattgrauem Kunststoff, der auch als Display dienen konnte.

Hinter dem Vieh fiel krachend die Luke zu.

»Hallo«, sagte der Hund in einer sorgsam geschlechtsneutralen Stimme. »Ich habe gehört, dass Sie sich nicht gut fühlen. Ich bin die Moralverbesserungsdrohne dieses Schiffs und möchte sehr gerne helfen.«

Es kostete Maggs eine gewaltige Willensanstrengung, das Ding nicht zu packen und seinen verdammten Kopf auf den Boden zu hämmern, bis er abriss.

*

»Ich weiß nicht, was Leutnant Maggs dir getan hat, um so eine Behandlung zu verdienen«, sagte Candless. »Ich hoffe *sehr*, dass mir das nicht passiert.«

Lanoe grinste. »Wohl kaum. Er ist ein Trickbetrüger und Hochstapler durch und durch. Er hat nichts anderes im Sinn, als anderen Leuten das Geld aus der Tasche zu ziehen, und es ist ihm völlig egal, wer darunter leiden muss.«

Da Candless noch immer am Steuer des Kreuzers saß, konnte sie ihn nicht ansehen. Sie hatte von den Forderungen des Gefangenen auf die althergebrachte Art erfahren – indem sie zuhörte, während Lanoe sich darüber ausließ, wie er darauf reagiert hatte. Sie wäre in diesem Fall wohl anders verfahren, aber sie hatte hier schließlich nicht das Sagen. Man hatte sie nicht um ihre Meinung gebeten.

»Einmal hat er ein paar religiösen Spinnern weisgemacht, er sei ihr Sektorvorsteher. Dass er ihren Planeten retten könnte, wenn sie ihm nur alles geben, was sie besitzen.«

»Da ging es um Niraya?«

»Richtig. Dann hat er die gleiche Masche noch mal bei ein paar CentroCor-Angestellten versucht. Bei Leuten, die verzweifelt genug waren, um jedem zu glauben, der ihnen ein bisschen Hoffnung geben konnte.«

»Offensichtlich kann man ihm nicht trauen.«

Lanoe prustete. »Nein.«

»Dann gestatte mir bitte zu fragen, warum wir ihn an Bord behalten? Warum hast du ihn nicht mit allen anderen auf Tuonela ausgesetzt? Das wäre bestimmt sicherer gewesen.«

»Ich hatte den Verdacht, dass irgendwer aus der Besatzung für einen MegaKon spionieren könnte. Verdacht ist eine Sache. Maggs hingegen – der hat als Flottenattaché für CentroCor gearbeitet. Hätte ich den laufen lassen, wäre er schnurstracks zu seinen alten Arbeitgebern gelaufen und hätte ihnen alles erzählt. Das Risiko konnte ich nicht eingehen.«

»Dann hast du ja Glück«, sagte Candless.

»Wie bitte?«

»Weil deine einzige Möglichkeit, nämlich ihn eingesperrt zu lassen, sich so schön mit deinem Verlangen überschneidet, ihn zu bestrafen.«

Sie war sich nicht sicher, wie er darauf reagieren würde. Meistens war Lanoe relativ ausgeglichen, allerdings konnte er es nicht leiden, wenn man ihm bei fragwürdigen Entscheidungen den Spiegel vorhielt.

Er war allerdings – manchmal – klug genug, um zu wissen, dass er Leute brauchte, die ihm hin und wieder ins Gewissen redeten. »Du glaubst, ich begehe einen Fehler«, sagte er, und sie konnte sein Stirnrunzeln förmlich hören.

»Eine Lektion, die ich jeder Klasse einzuschärfen versuche, ist, dass man *immer* versuchen sollte, sich selbst gegenüber ehrlich zu sein«, sagte sie.

»Sicher«, sagte er. Ein Wort, das aus Lanoes Mund eine ganze Menge sehr unterschiedlicher Dinge bedeuten konnte.

»Schluss damit. Ich bin schon zu lange bei der Flotte, um die Anweisungen meines Vorgesetzten anzuzweifeln«, sagte sie. Sie kannte ihn gut genug, um das Thema nicht weiter auszuführen. »Wir haben sowieso noch etwas anderes zu besprechen.«

»Aha?«

»Ja. Wohin wir unterwegs sind. Wenn du bitte mal einen Blick auf die Karte wirfst, mit der ich hier arbeite.« Mit einer schnellen Geste rief sie die Karte des Wurmraums auf, diese unglaubliche, unmöglich detaillierte Karte, die anzudeuten schien, dass die Galaxis viel gewaltigere Ausmaße hatte, als bisher zu erfassen gewesen war. »Sie ist sehr detailreich, aber ziemlich dürftig gekennzeichnet. Hier sind wir gerade.« Sie tippte in die Luft und erzeugte einen blauen Punkt auf der Karte. »Das da«, sagte sie und erschuf ein kleines gelbes Rechteck an einer Stelle, die etwa zwei Tagesreisen entfernt lag, »ist das Wurmloch nach Avernus.«

»Gibt es einen bestimmten Grund, warum du nach Avernus willst?«, fragte Lanoe.

»Da soll es sehr nett sein, wie man hört. Angeblich sind die Städte pittoresk, und die Einwohner schnitzen die interessantesten Formen aus den großen heimischen Korallen. Warum ich diesen Ort erwähne? Jenseits von Avernus – ist nichts. Hast du je eine dieser antiken Karten von den Ozeanen der Erde gesehen aus der Zeit, als man noch nicht mal wusste, wie viele Kontinente es gibt? Die leeren Flecken wurden mit dem Vermerk ›terra incognita‹ versehen. Unbekannte Lande.«

»Hier hausen Drachen«, sagte Lanoe.

Candless nickte, den Blick weiter auf das Wurmloch vor ihnen geheftet. »Genau dorthin sind wir unterwegs. Wenn wir den jetzigen Kurs beibehalten und im Avernus-System nicht abbiegen –

verlassen wir endgültig die von Menschen erschlossenen Gegenden. Wir dringen tiefer in die Milchstraße ein als jeder zuvor. Für manche Leute mag das eine aufregende Vorstellung sein.« Ihr Tonfall legte nahe, dass sie von Abweichlern und Geistesgestörten sprach. »Für den Rest von uns ein Grund zu großer Sorge.«

»Verstanden«, sagte er, als hätte sie ihm gerade die neuesten Telemetrie-Daten durchgegeben. Einen wichtigen, aber emotionsneutralen Datensatz. »Unsere Vorräte sind reichlich? Alle an Bord sind gesund und verrichten ihre Arbeit?«

Sie verkniff sich ein Seufzen. Sie wusste genau, worauf er hinauswollte. Sie hatte es versucht. »Wir haben Nahrung, Sauerstoff und Verbrauchsgüter für mehrere Monate. Die Marines langweilen sich offenbar sehr, was zu Problemen führen könnte. Wie es aussieht, kommt Landurlaub kaum infrage. Leutnantin Ehta führt Gefechtsübungen durch, damit sie lernen, wie dieses Schiff im Ernstfall funktioniert.«

»Ich hoffe, das wird nicht nötig sein, aber gute Idee, sie auf Trab zu halten.«

»Ja. Dann fliegen wir wohl nicht nach Avernus, wie?«

»Nein.«

»Verstanden«, sagte sie. Der spöttische Unterton war kaum zu vernehmen.

*

»Ich will mit einem Menschen reden.«

»Mit mir kann man sehr gut reden«, sagte die Drohne. »Was auch immer Sie mir erzählen, ich werde Sie nicht dafür verurteilen. Ich möchte nur Ihr Freund sein.«

Wie drollig, sagte Maggs' Vater aufgeräumt. *Ja fein. Ja fein! So ein braver Hund.*

»Wenn Sie glauben, dass es Ihnen helfen könnte, kann ich auch Medikamente für über dreihundert bekannte psychische

Beschwerden anbieten. Fühlen Sie sich depressiv? Haben Sie Selbstmordgedanken? Sie können mir alles anvertrauen.«

»Ich will mit einem Menschen reden«, sagte Maggs zum etwa vierzigsten Mal. Er strich sich über die Wange und befühlte die unziemlichen Stoppeln, die dort wucherten. Kurz überlegte er, die Drohne nach Rasierpapier zu fragen, zur Not auch nach einer chemischen Haarentfernungscreme, falls Ersteres zu viel verlangt war. Stattdessen starrte er den Hund an und sagte: »Ich will mit einem Menschen reden.«

»Mit mir kann man sehr gut reden …«

»Du hörst mir nicht zu, du synthetisches Stück …«, sagte Maggs. Er kochte innerlich, verzog das Gesicht und versuchte, sich wieder in den Griff zu bekommen. Ein Mann von seinem Rang sollte es wirklich besser wissen, als sich von einer Drohne mit automatischen Gesprächsprotokollen aus der Ruhe bringen zu lassen. »Und ja, ich bin mir durchaus bewusst, dass Wutausbrüche einer Drohne gegenüber ein Symptom für …«

Er unterbrach sich, denn auf dem Displaygesicht der Drohne war ein weißer Punkt aufgetaucht. Ein einziger weißer Lichtpunkt, der langsam wuchs, Pixel für Pixel.

Das Drohnengesicht konnte therapeutische Videos abspielen oder ein menschliches Gesicht erzeugen, das zweifellos bis zur sechsten Dezimalstelle auf Freundlichkeit und Verständnis berechnet war – sollte er so etwas wünschen. Unter gar keinen Umständen hätte es sich ohne Eingabe seinerseits selbstständig aktivieren sollen.

Er sah zu, wie der weiße Punkt Gestalt annahm, und wusste sehr genau, dass die Drohne ihre Standardprogrammierung deutlich überschritten hatte. Eigentlich konnte sie nur gehackt worden sein. Vor ihm auf dem Display leuchtete, wenn auch ein wenig grobkörnig, ein schlichtes Hexagon.

Ein Symbol, das jedes Kind kannte. Das Firmenlogo von CentroCor.

»Haben Sie das Gefühl, die Kontrolle zu verlieren?«, fragte die Drohne. »Wenn Sie Angst haben, Sie könnten gewalttätig werden, kann ich Ihnen ein Phasenprophylaktikum verabreichen. Sollten Sie visuelle oder akustische Halluzinationen erleiden, sind ebenfalls entsprechende Medikamente verfügbar. Oder möchten Sie sich vielleicht einfach unterhalten?«

Das Hexagon rotierte langsam um die eigene Achse. Dann brach es in einzelne schwarze Linien auseinander, die sich zu klobigen Großbuchstaben zusammenfügten.

HALLO LT MAGGS
BITTE LASSEN SIE SICH
NICHTS ANMERKEN

Was haben wir denn da?, meldete sich sein Vater. *Oho, da war aber jemand unartig.*

»Ich, ähm, will mit einem Menschen reden«, sagte Maggs. Selbst für seine Ohren klang es ein wenig verstört.

ICH KANN SIE BEFREIEN
ICH BRAUCHE NUR IHRE
HILFE

Sag bloß, dachte Maggs.

Oh Wunder, sagte sein Vater. *Im Leben gibt es nichts geschenkt, wie?*

Die Nachricht im Gesicht des Roboterhunds erlosch. An ihrer Stelle tauchte eine einfache virtuelle Tastatur auf.

Maggs befeuchtete seine Lippen.

Das kannst du nicht ernsthaft vorhaben, sagte sein Vater. *Maggsy, steckst du nicht schon tief genug in der Klemme?*

»He du, Robohund«, sagte Maggs. Die Drohne schwebte näher an ihn heran. Er streckte die Hände nach der Tastatur aus, zögerte ein wenig und ließ die Finger knacken. »Was hast du eben über Stimmen im Kopf gesagt?«

Er blendete die Antwort aus. Er war mit Tippen beschäftigt. *Und wie genau,* schrieb er, *kann ich behilflich sein?*

*

»Bist du hier, um mich abzulösen?«, fragte Candless, als Lanoe keine Stunde später zurückkam. Sie hatte Rückenschmerzen, und ihre Hände waren nach sechs Stunden ohne Pause an den virtuellen Steuerelementen völlig verkrampft. Es wäre sehr schön, sich jetzt einfach irgendwo ein Weilchen hinzulegen. Sie war sogar erschöpft genug, um sich eine ehrliche Beschwerde zu erlauben. »Ich gebe zu, diese Schichten sind sehr anstrengend.«

»Dann habe ich gute Neuigkeiten«, sagte Lanoe. »Wir können nämlich einen weiteren Piloten in unsere Schichtwechsel einbauen. Also für jeden weniger Zeit am Steuer.«

»Einer der Leute, die du auf Tuonela aufgelesen hast?«, fragte Candless. Sie hatte sich sämtliche Dienst- und Personalakten angesehen – es war Teil ihrer Pflichten als Erste Offizierin, zu wissen, wer genau an Bord war und wie jeder am besten eingesetzt werden konnte. Sie konnte sich nicht erinnern, über jemanden mit Pilotenausbildung gestolpert zu sein. Nur Marineinfanterie und Ingenieure. »Du bist immer wieder für eine Überraschung gut.«

»Niemand von Tuonela, nein. Hör zu – das wird ein paar unangenehme Fragen nach sich ziehen.«

»Leider weiß ich es besser, als mit Antworten zu rechnen.«

Lanoe lachte nicht. Sie spürte, dass er sich ernsthafte Sorgen machte, wie sie auf seine Eröffnung reagieren würde.

Allerdings war er niemand, der lange zauderte, auch jetzt nicht. Stattdessen tippte er etwas in sein Armdisplay. Kurz darauf öffnete sich das Panzerschott der Brücke, und jemand kam herein.

Sie konnte sich nicht einfach umdrehen, um ihn anzusehen – den Kreuzer durchs Wurmloch zu steuern verlangte ständige Aufmerksamkeit. »Wer ist es?«, fragte sie. »Wer ist da?«

»Wir haben uns in der Zelle getroffen«, sagte Tannis Valk.

Die KI. Die KI, die hatte zerstört werden sollen.

Candless war alt genug, um sich an den Hundert-Jahre-Krieg erinnern zu können. Obwohl sie noch ein Kind gewesen war, als die *Universal Suffrage* die Erde verwüstete, erinnerte sie sich gut an die schreckliche Zeit, als eine Maschine mit gottgleichem Verstand den Himmel beherrscht und es die Menschheit beinahe alles gekostet hatte, sie zu vernichten. Ihre Angst vor Künstlicher Intelligenz war bestens begründet. Selbst vor einer, die fast wie ein Mensch aussah und sich so gesellig gab wie Valk.

»Lanoe – was hast du getan?«, fragte sie sehr leise. Er hätte die Valk-KI zerstören müssen. Er hatte eins der striktesten Gesetze gebrochen, die je verabschiedet worden waren. Er hätte *das Richtige* tun müssen.

»Wir brauchen ihn«, sagte Lanoe mit Nachdruck. »Bitte, gib ihm eine Chance. Ich kenne ihn. Ich habe Seite an Seite mit ihm gekämpft. Ohne Valk wäre ich – und hunderttausend andere Leute auch – bei der Schlacht um Niraya gestorben.«

»Es war auch nicht meine Idee«, sagte die Maschine.

Candless fühlte sich, als hätte ihr Blut sich in Kühlflüssigkeit verwandelt. Das Ding war direkt hinter ihr, der Leibhaftige schwebte in der Nähe ihrer linken Schulter …

»Lassen Sie mich das Steuer übernehmen«, sagte es. Dann kletterte es in den Sitz des Navigationsoffiziers und legte die Steuerung auf seinen Leitstand um. Die Bedienelemente unter ihren Fingern erloschen. Lanoe wollte dieses Ding das verdammte Schiff fliegen lassen.

Sie schlug auf den Auslöser ihrer Sicherheitsgurte, stieß sich ab und schwebte hastig zur Rückwand der Brücke, wo Lanoe neben dem Ausgang wartete.

Er wirkte vollkommen entspannt, auf seinem Gesicht keine Spur des Schreckens, den sie fühlte. Er hatte die Angriffe der *Universal Suffrage* selbst erlebt. Wie konnte er es ertragen, einer KI so nahe zu sein, ohne vor Angst zu erstarren? Wie konnte er ihr die Kontrolle über sein Schiff überlassen?

Sie starrte die undurchsichtige, schwarze Kugel des Helms an, den dieses Ding trug, das da auf dem Sitz des Navigationsoffiziers saß. Sie wagte es nicht, den Blick abzuwenden.

»Ich weiß, was ich tue«, sagte Lanoe. Er musste ihren Gesichtsausdruck richtig gedeutet haben.

Sie schüttelte den Kopf und stieß sich an ihm vorbei auf den Gang hinaus. Erst als er ihr nach draußen gefolgt war, sprach sie wieder.

»Ich vertraue dir. Ich glaube, das habe ich mehr als einmal unter Beweis gestellt. Als wir unser Geschwader noch hatten, bin ich dir so gut wie regelmäßig in die Hölle gefolgt. Und jetzt tue ich es wieder, und ich werde dir längst nicht so viele Fragen stellen, wie ich gerne täte, weil ich weiß, dass du manche Dinge geheim halten musst.«

»So ist es.«

»Das respektiere ich«, sagte sie. »Ich respektiere dich, Lanoe.«

»Gut. Da kommt wohl noch ein dickes *Aber*, nehme ich an?«

Candless nahm sich zusammen. Sie war eine alte Frau, alt genug, um zu glauben, sie hätte schon alles erlebt. Dass sie einigermaßen begriff, wie das Universum funktionierte. Da hatte sie sich offenbar geirrt. »Wenn du mir vielleicht irgendeinen Grund gibst. Was auch immer. Irgendeine Erklärung.«

Er nickte. Einen Moment lang glaubte sie wirklich, er würde ihrem Wunsch entsprechen, ihr irgendetwas Großes eröffnen, das ihr all die Angst nehmen konnte.

Er tat es nicht.

»Am Ende der Schlacht um Niraya«, sagte er leise, »hat sich Valk mit einem Computer der Aliens verbunden. Keine Künstliche Intelligenz, nur eine sehr, sehr ausgereifte Drohne. Er konnte sich mit ihr unterhalten, ihre Sprache lernen. Von ihr hat er alles erfahren, was wir über die Blau-Blau-Weiß wissen.«

»Die Außerirdischen, gegen die ihr gekämpft habt.«

»Ja. Und mit denen bin ich noch nicht fertig. Deswegen brauche ich ihn.«

»Ist das … dahin sind wir unterwegs? Zu ihrer Heimatwelt? Lanoe, meine Kadetten – Fähnriche, meine ich – sind für so etwas nicht …«

»Nein«, sagte er. »Das ist nicht unser Ziel. Zumindest noch nicht.«

Candless zitterte vor Wut. »Verdammt noch mal, Aleister Lanoe, schämst du dich nicht?« Sie war zu sauer, um auf ihren Tonfall zu achten. »Du willst ihn behalten, weil du ihn später vielleicht noch brauchst. Aber in der Zwischenzeit sind die Risiken – Lanoe, deine Maschine sitzt gerade da drin und fliegt das Schiff. Sie hält unser aller *Leben* in der Hand. Du weißt, wie KIs denken – Logik über alles. Du hast sie angewiesen, eine bestimmte Position anzusteuern. Was, wenn sie beschließt, dass wir schneller dort hinkommen, wenn wir keine Energie für die Lebenserhaltungssysteme verschwenden? Diese Maschine kontrolliert die Brücke. Sie könnte uns jederzeit den Sauerstoff abdrehen, wenn ihr danach ist.«

»Das würde Valk niemals tun«, sagte Lanoe entschlossen.

Candless schüttelte energisch den Kopf. »Das ist nur eine von Millionen Möglichkeiten, wie das Ding uns alle umbringen könnte. Es könnte auch …«

»Er«, sagte Lanoe.

»Was?«

»Er ist ein Er. Kein Es.«

Candless legte eine Hand vors Gesicht. »Ich denke nicht, dass wir über Pronomen diskutieren müssen, wenn da eine KI …«

»Warte«, flüsterte er.

Sie riss den Kopf herum und sah, warum er sie unterbrochen hatte. Zwei Gestalten kamen schnell den Axialkorridor herauf. Als sie erkannte, dass es sich um Bury und Ginger handelte, seufzte sie tief.

Die beiden Fähnriche hielten direkt vor ihnen an. Bury schaute verärgert drein – nun ja, alles andere als unüblich. Ginger wirkte überaus nervös. Sie war blass und musste immer wieder schlucken, als machten ihre Speicheldrüsen Überstunden.

»Was gibt es?«, fragte Candless scharf.

»Wir haben ein paar Forderungen«, verkündete Ginger. Dann biss sie sich auf die Lippe, als erwarte sie eine Reaktion, ehe sie noch mehr sagte.

»Das ist jetzt nicht der richtige Zeitpunkt«, murmelte Candless. »Genauer gesagt hättet ihr euch keinen schlechteren aussuchen können.«

Marjoram Candless war eine Frau mit großer Gelassenheit und sehr viel Haltung. Aber selbst sie hatte ihre Grenzen.

*

»Wenn Sie sich nicht unterhalten möchten«, sagte der Roboterhund, »verbringe ich auch gerne einfach ein wenig Zeit mit Ihnen. Denken Sie immer daran: Ich bin hier, um zu helfen!«

Maggs tippte wild auf die Tastatur im Gesicht der Drohne ein und ignorierte die heitere Stimme. *Ich bin mir nicht sicher, ob ich Sie richtig verstehe. Was, bitte schön, haben Sie genau vor?*

Sobald er das Fragezeichen eingetippt hatte, löste sich seine Anfrage auf. Die Buchstaben stoben zu Linien auseinander und formten sich zu einer Antwort.

EIN SERVICEPAKET
WURDE AUF DIESEM SCHIFF
INSTALLIERT ABER NICHT
AKTIVIERT

Servicepaket?, tippte er. Wahrscheinlich ein spezielles Software-modul, das im Programmcode des Bordrechners versteckt worden war. *Was sollte es bezwecken?*

**FUNKTIONSWEISE DES
SERVICEPAKETS UMFASST
ANTRIEB AUSSCHALTEN
WAFFENSYSTEME AUSSCHALTEN
KOMMUNIKATION AUSSCHALTEN
COMPUTER AUSSCHALTEN
HANGARVERFÜGBARKEIT AUSSCHALTEN
INNENBELEUCHTUNG VERRINGERN
SAUERSTOFFZUFUHR VERRINGERN**

Maggs hörte den Vater in seinem Kopf unbändig lachen. *Die wollen uns wehrlos im All treiben sehen, mein Junge. Wehrlos und schläfrig dank Sauerstoffmangel. Reif zum Entern.*

In der Tat. Es musste sich also tatsächlich ein Spion an Bord befunden haben – verflixt und zugenäht, da hatte Lanoe mit seiner Paranoia doch richtiggelegen. Der Spion musste dieses »Servicepaket« – welches wahrscheinlich eine Auswahl professionell maßgeschneiderter Viren und Abhörmechanismen beinhaltete – installiert haben, um den Kreuzer im richtigen Moment plötzlich wehrlos zu machen, damit eine CentroCor-Einheit problemlos an Bord gelangen und das Schiff in Beschlag nehmen konnte. Maggs dachte einen Moment nach und kam zu der Überzeugung, dass sie es nur auf Lanoe abgesehen haben konnten. Es klang so, als sei dieses Paket durchaus in der Lage, jeden an Bord zu massakrieren, was aber anscheinend nicht das Ziel war. Sie wollten Lanoe gefangen nehmen und verhören. Alles über seine Geheimmission in Erfahrung bringen.

Maggs spannte den Körper an und trat gegen die Wand. Klopf. Klopf-klopf. Klopf-klopf-klopf.

Ich habe noch immer nicht ganz begriffen, wie ich da ins Spiel komme, schrieb er.

DAS SERVICEPAKET WURDE
NICHT AKTIVIERT
AKTIVIERUNG DES SERVICE-
PAKETS ERFORDERT
CENTROCOR-ID-NUMMER

Ah, darum ging es also. Er grinste den Robohund an. Immer schön, wenn man sich unersetzlich vorkam. Der Spion hatte keine Gelegenheit gehabt, das Paket zu aktivieren. Ob aus Sicherheitsgründen oder fehlgeleiteter Firmenpolitik, es konnte nur von jemandem eingeschaltet werden, der für den Konzern arbeitete – oder gearbeitet hatte. Jemand, der in CentroCors Datenbank entsprechend erfasst war.

Maggs war einmal Verbindungsoffizier für CentroCor bei der Flotte gewesen. Er besaß eine solche magische Zahlenkombination. Momentan offenbar als Einziger an Bord.

Klopf. Er trat weitere dreimal gegen die Wand. Klopf-klopf-klopf. Und noch einmal. Klopf.

Vielleicht, tippte er ein, *könnte man sich irgendwie einigen. Auch wenn ich nicht gerade preiswert bin, wie Sie wissen sollten, wenn Sie meine Dienstakte konsultieren.*

SIE MÜSSEN KEINE
GANZEN SÄTZE SCHREIBEN
EINFACHE EINGABEN
SIND AUSREICHEND

»Ganz schön vorlaut«, sagte Maggs und lachte. *Viele Dinge im Leben sind streng genommen nicht nötig. Korrekte Grammatik und Schreibweise sind allerdings ein Zeichen guter Erziehung. Sie zeigen*

Er hielt inne, denn die Tastatur blinkte und verschwand.

**BITTE GEBEN SIE IHRE
CENTROCOR-ID-NUMMER EIN
UNS BLEIBT NICHT
VIEL ZEIT**

»Nur die Ruhe, mein Kleiner«, säuselte Maggs. »Was lange währt, wird endlich gut.«

Der Roboterhund drehte seine Mantelpropeller, als wedle er mit den Beinen. »Haben Sie da mit mir gesprochen? Ich würde mich sehr gerne mit Ihnen über Ihre Probleme unterhalten. Mit mir kann man sehr gut reden.«

Maggs trat gegen die Wand. Klopf. Klopf-klopf-klopf-klopf.

»Ich stelle fest, dass Sie körperlich aufgewühlt sind«, sagte der Hund. »Fühlen Sie sich gewalttätig? Ich kann Ihnen eine Reihe von Medikamenten verabreichen, die dagegen helfen.«

»Ich mache nur ein bisschen Sport«, erklärte er dem Hund. »Sport ist doch sehr wichtig für die geistige Gesundheit, nicht wahr?«

»Absolut! Wenn Sie möchten, kann ich Ihnen ein paar Übungen zusammenstellen, die den Knochenabbau minimieren und Sie gesund und munter halten.«

»Ach, ich fühle mich jetzt schon viel munterer, aber danke«, sagte Maggs.

Die Buchstaben im Hundegesicht zersplitterten und formten sich neu.

**BITTE GEBEN SIE IHRE
CENTROCOR-ID-NUMMER EIN
ALLES ANDERE KANN
SPÄTER VEREINBART WERDEN**

Dabei fange ich gerade erst an, Gefallen an unserer Unterhaltung zu finden, schrieb Maggs.

Klopf-klopf. Klopf-klopf-klopf. Klopf.

*

»Es tut mir leid«, sagte Ginger mit einem schiefen Blick zur Seite. »Tut mir leid, aber ich finde nicht, dass es warten kann. Ich finde, wir sollten das auf der Stelle besprechen.«

Candless sah Bury an, der an der nächsten Wand lehnte. Der Hellion starrte zurück. Unnachgiebig. Entschlossen.

Offenbar konnte es tatsächlich nicht warten.

»Wir haben uns nicht freiwillig zu diesem Einsatz gemeldet«, sagte Ginger. »Wir wurden mit hineingezogen. Bislang haben wir versucht, uns nützlich zu machen. Wir sind davon ausgegangen, wenn wir uns wie Offiziere verhalten, würde man uns auch als solche behandeln.«

Lanoe schwebte im Türrahmen des Panzerschotts, das zur Brücke führte. Obwohl sie ihn schon so lange kannte, konnte Candless seiner versteinerten Miene nichts entnehmen. Wenn man so alt wie sie beide war, hatte man gelernt, seine Gefühle zu verbergen.

»Stattdessen«, fuhr Ginger fort, »hat man uns bei jeder Gelegenheit ignoriert oder ausgeschlossen. Kommandant, Sie haben bei Ihrer Einsatzbesprechung eine Reihe von Informationen zurückgehalten, die uns hätten mitgeteilt werden sollen. Auf diesem Schiff gehen einige sehr merkwürdige Dinge vor sich – da sitzt ein Flottenoffizier im Gefängnis, der nie formal irgendeines Vergehens beschuldigt wurde. Wir operieren mit einer extrem verknappten Besatzung. Sie haben in diesem Moment eine illegale KI in Ihrem Quartier! Wir erbitten uns lediglich, über alles in Kenntnis gesetzt zu werden. Wenn unser Leben in Gefahr ist, haben wir ein Recht darauf, zu erfahren, weshalb.«

»So läuft es bei der Flotte nicht«, sagte Candless. »Wie Sie sehr genau wüssten, hätten Sie in meinem Unterricht auf Rishi besser aufgepasst.«

Das Mädchen schüttelte den Kopf. »Es tut mir leid, Frau Leutnant, aber dieser Einsatz hat schon länger aufgehört, eine offizielle Flottenmission zu sein.« Sie wandte sich an Lanoe. »Nicht wahr?«

Lanoe gab sich keine Mühe, es zu leugnen. Er zuckte bloß mit den Schultern.

»Solange wir nicht umfassend informiert worden sind, werden Bury und ich uns weigern, weiter Arbeit zu leisten. Wir werden keine Einweisung auf der Brücke mitmachen. Wir werden weder Navigations- noch Kommunikationsdienst verrichten. Wir werden uns in unsere Kojen zurückziehen und warten.«

»Sie wollen streiken«, sagte Lanoe.

Candless rechnete halb damit, ein dünnes Lächeln auf seinen Lippen zu sehen. Oder einen Wutanfall zu erleben.

»Dafür gibt es bei der Flotte einen anderen Begriff, richtig?«, sagte Candless laut. »Richtig? So etwas nennt man Meuterei.«

Ginger fiel die Kinnlade herunter. »Moment mal, nein – wir wollen nicht …«

»Die Regularien der Flotte erlauben es dem befehlshabenden Offizier eines Schiffs im Einsatz, alle Entscheidungen zu treffen, die zur Niederschlagung einer Meuterei nötig sind«, erklärte Candless. »Bis hin zur standrechtlichen Exekution aller beteiligten Meuterer.«

»Aber – wir können doch nicht …«

»Flottenregularien«, sagte Bury. Wäre er kein Hellion gewesen und damit genetisch so verändert, dass er es nicht konnte, er hätte ihr die Worte vor die Füße gespuckt. »Wollen Sie uns ernsthaft damit kommen?«

»Selbstverständlich«, sagte Lanoe. »So. Sie beide können jetzt entweder zum normalen Schichtdienst zurückkehren, und wir vergessen, dass dieses Gespräch je stattgefunden hat, oder …«

»Es gibt da noch mehr Regularien«, sagte Bury. »Zum Beispiel kann ein Offizier – selbst ein Fähnrich – den befehlshabenden Offizier an Bord absetzen. Notfalls mit Gewalt.«

Candless wollte sich vorbeugen und den jungen Mann beim Ohr packen. Ihn ordentlich durchschütteln. Stattdessen sagte sie sehr ruhig: »Was genau wollen Sie damit andeuten?«

»Warum verraten Sie uns nicht einfach eine Sache?«, erwiderte Bury. »Warum erklären Sie uns nicht, was dieser Einsatz mit den Blau-Blau-Weiß zu tun hat?«

Lanoes Gesicht war zu faltig, um viel preiszugeben. Vielleicht hob er ein wenig den Kopf, als habe man ihn geohrfeigt. Vielleicht hob er die Hände ein paar Zentimeter, um sie sofort wieder sinken zu lassen. Welche subtile Gebärde Candless auch immer aufgeschnappt hatte, sie sah, dass man ihn soeben vollkommen kalt erwischt hatte. Und es ihm überhaupt nicht gefiel.

»Sie scheinen sich ja schon eine umfassende Meinung gebildet zu haben«, sagte er und starrte Bury an, als wolle er ihn durchbohren.

Bury hatte nicht Lanoes Alter, ganz zu schweigen von seiner Erfahrung. Er hatte noch nicht die Zeit gehabt, zu lernen, wie man ein Pokerface perfektionierte. Er starrte entschlossen zurück, aber seine Oberlippe zitterte leicht.

Candless sah, dass der Junge keine Pfeile mehr im Köcher hatte. Wo auch immer er den Begriff Blau-Blau-Weiß aufgeschnappt hatte, er wusste nichts damit anzufangen. Er hatte geglaubt, die bloße Erwähnung würde Lanoe zu einer Reaktion zwingen.

Dann verzog sich Lanoes Mund doch zu einem Lächeln. Der Anblick schien Bury noch wütender zu machen. Candless fragte sich, wie lange es dauern würde, bis die beiden handgreiflich wurden.

Sie war sich zu neunzig Prozent sicher – allerdings nur zu neunzig Prozent –, dass Lanoe ihren ehemaligen Schüler an der Wand zerdrücken würde.

Offenbar wollte Lanoe es nicht so weit kommen lassen. »Ich gebe zu, so viel Rückgrat ist beeindruckend«, sagte er zu Candless. »Obwohl Sie sich in einem Punkt getäuscht haben.« Er wandte sich an Ginger. »Sie haben behauptet, ich hätte eine KI in meinem Quartier. Stimmt nicht.« Er schwebte aus dem Türrahmen und deutete in Richtung Brücke, wo beide Fähnriche – ihren Gesichtern nach zu urteilen – Valk am Steuer sitzen sehen konnten.

Sie schwebten auf die Öffnung zu. Candless wollte sie aufhalten, aber Lanoe schüttelte den Kopf, also machte sie Platz. Lanoe folgte ihnen.

»Hallo«, sagte Valk und winkte fröhlich.

Seine Geste reichte aus, um die beiden verstummen zu lassen. Was – zumindest, wenn es nach Candless ging – ein willkommener Etappensieg war. Wenn auch notgedrungen nicht von Dauer.

»Momentan alles ruhig da draußen«, teilte Valk ihnen mit und zeigte vor sich auf den großen Bildschirm. Im Geisterlicht erstreckte sich ein besonders breiter Abschnitt des Wurmlochs vor ihnen. Bis jetzt hatte sie die KI also immerhin nicht in dieses vernichtende Leuchten hineingesteuert. Vielleicht war ihr einfach noch kein guter Grund dafür eingefallen.

»Sehen Sie?«, sagte Lanoe. »Ich vertraue M. Valk vollkommen. Und ich hatte nie vor, seine Anwesenheit an Bord geheim zu halten. Sie hätten es sowieso über kurz oder lang herausbekommen. So. Was Ihre übrigen Forderungen angeht …«

»Warte mal«, sagte Valk. »Was ist das?«

Alle Blicke wandten sich dem schwarz verspiegelten Helm zu. Candless' Blick gehörte definitiv dazu.

»Hört ihr das nicht? Dieses komische Klopfen?«

16

»Es klingt, als wäre irgendwo ein Ventilator locker oder so. Oder draußen am Schiff ist irgendwas abgebrochen und klatscht gegen die Hülle.« Valk schüttelte den Kopf. Da er streng genommen gar keinen Kopf besaß, wackelte er eher mit dem ganzen Oberkörper. »Ich bekomme es nicht genau verortet. Moment. Vielleicht kann ich da – ja.«

Er hätte ihnen nicht erklären können, wie er es anstellte, aber er isolierte das Geräusch und speiste seine eigene akustische Wahrnehmung in die Lautsprecher auf der Brücke. Sofort registrierte er, dass es jetzt alle hören konnten.

Klopf. Klopf-klopf-klopf. Klopf. Klopf-klopf.

Lanoe kniff die Augen zusammen. »Glaubst du, da ist irgendwo was kaputt? Sag Paniet Bescheid, dem Ingenieur. Der soll sich das mal anschauen.«

»Nee, das ist ja das Seltsame«, sagte Valk. »Jetzt, nachdem ich es ein paar Male gehört habe, glaube ich nicht, dass es was Mechanisches ist.«

»Spielt keine Rolle. Wir haben hier noch eine Meuterei zu sortieren«, sagte Lanoe und sah sich um.

»Augenblick mal«, sagte Candless. »Sie sagten, es wiederholt sich? Wie ein Signal?«

Jetzt lauschten sie alle aufmerksam. Lanoe schwebte zum leeren Sitz des Kommunikationsoffiziers und schaltete das Pult ein. Wie im Innern eines Wurmlochs nicht anders zu erwarten, blieb der Bildschirm leer. »Irgendeine Ahnung, wo es herkommen könnte?«

Valk konzentrierte sich auf das Geräusch. »Von irgendwo an Bord«, schlug er vor. Aber die Nachrichtenkonsole zeigte auch auf den schiffsinternen Kanälen kein sonderbares Signal. Valk dachte noch einen Moment nach und schnaubte überrascht. »Aus einer Arrestzelle.«

»Die haben keinerlei Verbindung nach außen«, gab Candless zu bedenken.

»Stimmt, aber ich glaube auch nicht, dass es elektronischen Ursprungs ist.« Die Klopfgeräusche erfüllten weiter die Brücke. Sie wiederholten sich alle fünf bis sechs Sekunden, und obwohl die Abfolge gleich blieb, gab es leichte Verzögerungen zwischen den einzelnen Klopfern. »Es klingt … organisch, finde ich. Als ob jemand mit der Faust gegen die Wand haut.«

»In einer Zelle? Also versucht Maggs, mit der Außenwelt zu kommunizieren«, sagte Lanoe. »Oder er ist endgültig verrückt geworden und schlägt die Hilfsdrohne zu Klump.« Er zuckte mit den Schultern. »Wenn es nach mir geht, lassen wir ihn machen. Sie ist der einzige Freund, den er hier hat. Wenn er sie kaputt machen will, sollten …«

»Moment«, sagte Ginger.

Valk musste sich nicht umdrehen, um die anderen sehen zu können. Er konnte problemlos durch den Hinterkopf schauen. Es war immer noch ein wenig seltsam, aber er gewöhnte sich langsam daran. Gerade sah er sie alle die junge Frau anstarren. Ginger war dank der plötzlichen Aufmerksamkeit rot angelaufen, hatte aber offensichtlich etwas Wichtiges mitzuteilen.

»Das ist Kasernencode«, sagte sie.

Lanoe runzelte die Stirn. »Was soll das sein?«

»Das ist – na ja, Kasernencode eben«, sagte sie, als müsse ihm die bloße Wiederholung stärker einleuchten. Bury hingegen hatte sie anscheinend verstanden.

»Na klar«, sagte der Hellion. »Ja, jetzt, wo sie das sagt – kein Zweifel.« Da die älteren Offiziere noch immer nicht verstehen wollten, schnaufte er genervt und setzte zu einer Erklärung an. »In der Akademie von Rishi hieß es jede Nacht um dreiundzwanzig Uhr ›Licht aus‹. Wir mussten dann alle im Bett sein, dann kam der Kontrollgang …«

»Führt diese Anekdote irgendwohin?«, fragte Lanoe.

»Wundert mich, dass Ihnen das nichts sagt. So alt, wie Sie sind, müssen Sie doch irgendwann auch mal in einer Kaserne gewohnt haben«, gab Bury zurück. »Jedenfalls hatten wir uns mit Beginn der Nachtruhe nicht mehr zu unterhalten. Falls doch, konnte man Strafpunkte kassieren. Also gab es bei uns Kasernencode, um nicht von Zimmer zu Zimmer brüllen zu müssen. So konnten wir mit Klopfzeichen an der Wand eine ganze Unterhaltung führen.«

Lanoe sah Candless an. »Kannst du dich bei uns an so was erinnern?«

»Das ist wohl nach unserer Zeit aufgekommen«, sagte sie. »Ich weiß nur noch, dass die anderen Kadetten damals jede Nacht von Zimmer zu Zimmer geschlichen sind und so oft erwischt wurden, dass ich nie das Gefühl hatte, es lohne den Aufwand. Vielleicht ist diese Generation einfach cleverer als unsere – obwohl mir für diese These die stichhaltigen Beweise fehlen …«

»Bei uns gab es etwas Ähnliches«, sagte Valk. »Im Ausbildungszentrum des Aufbaus. Aber bei uns wurde gekratzt statt geklopft.«

»Kratzen, Klopfen, ist doch egal«, sagte Bury. »Hauptsache, man kann alle möglichen Botschaften senden, wenn man den Code kennt. Einmal klopfen heißt ›hallo‹, ein Klopfer, dann Pause, dann zwei Klopfer heißt ›da kommt jemand‹.«

Wieder schwiegen alle und lauschten den Klopfgeräuschen. Tatsächlich, ein Teil der wiederkehrenden Sequenz bestand aus: Klopf. Klopf-klopf.

»Da kommt jemand?«, fragte Candless. »Was um Himmels willen versucht Maggs da zu …«

»Ruhe«, sagte Lanoe. Sie hörten sich die Abfolge noch einmal an. Dann zeigte er auf Ginger. »Übersetzen.«

Sie verzog den Mund. »Hmm. Okay. Es sind drei kurze Nachrichten. ›Vorsicht‹, ›da kommt jemand‹ und die letzte, diese drei kurzen Klopfer. Ich glaube, das heißt ›Gefahr‹.«

Lanoes ausgestreckter Zeigefinger wanderte zu Valk. »Sofort die Kameraperspektive aus Maggs' Zelle auf den Schirm.«

*

Lanoe war kein Mensch, der viel von tiefer Selbstbetrachtung hielt. Er hatte sich nie wirklich Mühe gegeben, herauszufinden, warum er manchmal so wütend wurde, dass er jemanden mit bloßen Händen erwürgen wollte. Allerdings war er immerhin weitsichtig genug, erst herauszufinden, ob sein Gegenüber diese Behandlung auch verdiente.

Selbst dann, wenn er sich vorher schon ziemlich sicher war.

»Man gibt einen Code ein«, sagte er und starrte dem Roboterhund ins Gesicht. Es war jetzt leer, nur eine mattgraue Kunststoffschicht. »Und das ganze Schiff schaltet sich ab. Lässt uns vollkommen wehrlos zurück.«

Maggs wurde von zwei Marines, die darin ausgebildet waren, Leute auch in Mikrogravitation zu bändigen, an die Wand der Zelle gedrückt. Ehta schwebte in der Nähe, das Partikelgewehr in Anschlag und allzeit bereit, ihm den Kopf wegzublasen, sollte Lanoe ihr das Zeichen dazu geben.

Sie kannte Maggs beinahe so gut wie er.

»Im Prinzip ja«, sagte Maggs. »Eine böse kleine Überraschung, hinterlassen vom freundlichen CentroCor-Spionagevertreter aus der Nachbarschaft. Den du wahrscheinlich auf Tuonela ausgesetzt hast, kurz bevor er das Päckchen aktivieren konnte.«

Also hatte er doch recht gehabt. Sie hatten einen Konzernspion an Bord gehabt. Lanoe hielt den Robohund hoch, drehte ihn herum und betrachtete ihn von allen Seiten, als könnte er vielleicht eine versteckte Klappe finden, die eine Bombe oder ein Fläschchen mit Gift enthielt. Natürlich wusste er es besser.

»Es ist allerdings kein sonderlich *kluges* Programm«, sagte Maggs. »Zum einen ist sein Vokabular arg beschränkt. Ein schrecklich ermüdender Gesprächspartner. Wahrscheinlich musste die Datei so klein wie möglich bleiben, nicht mehr als ein paar Tausend Zeilen, damit wir es beim Herumlungern im Bordcomputer nicht sofort entdecken.«

Lanoe sah ihn an. »Immerhin klug genug, um sich, sobald es wusste, dass es seinen Auftrag nicht alleine erfüllen kann, an die eine Person an Bord zu wenden, die uns am ehesten hintergehen würde.«

»Das ist ziemlich hartherzig«, sagte Maggs.

Natürlich behauptete er nicht, dass es nicht stimmte.

Lanoe nickte nachdenklich. »Man braucht jemanden mit CentroCor-ID, um es zu aktivieren. Du willst damit also sagen, sobald ich dich aus der nächsten Luftschleuse werfe, muss ich mir keine Sorgen mehr machen.«

Maggs grinste spöttisch. Lanoe musste ihm zugestehen, dass er sehr, sehr gut spöttisch grinsen konnte. »Vielleicht möchtest du dich daran erinnern, dass ich meine ID nicht eingegeben habe. Ich erwarte nicht von dir, dass du irgendetwas von Computern verstehst, Lanoe, aber auch dir muss aufgefallen sein, dass der Antrieb noch läuft. Als ich begriffen habe, was los ist, habe ich dich unverzüglich – und durchaus geschickt, wie ich finde – davon in Kenntnis gesetzt. Ich wusste, du würdest den Kasernencode erkennen.«

Lanoe lächelte zurück. »Falsch.«

Es war ihm eine unerhörte Freude, Maggs' Gesichtszüge entgleisen zu sehen. Wenn auch nur für einen Augenblick.

»Ich habe deine Zelle nicht einmal überwacht«, sagte Lanoe. »Du hast nur Glück gehabt, dass andere, aufmerksamere Personen etwas bemerkt haben. Aber gut. Klar. Du hast uns wissen lassen, was los ist. Möchtest du deine Tapferkeitsmedaille jetzt gleich haben, oder hat das Zeit, bis wir wieder bei der Admiralität sind? So oder so bleibst du in dieser Zelle.«

Möglicherweise verdüsterte in diesem Moment der Schatten echter Panik Maggs' Gesichtszüge. Möglicherweise war er auch nur ein guter Schauspieler.

»Ich bin kein Spion!«, sagte der Hochstapler. »Das habe ich doch gerade bewiesen! Ich weiß, du glaubst, nur weil ich früher für CentroCor gearbeitet habe, muss ich für immer verdorben sein. Aber das ist schon lange her! Diese Verbindung ist in die Brüche gegangen, als ich mit dir losgezogen bin, um Niraya zu retten. Um genau zu sein, habe ich momentan sogar eine Klage von denen am Hals!«

»Weswegen? Betrug? Versuchte Erpressung? Fahnenflucht?«

»Dafür, dass ich sie habe schlecht dastehen lassen. Sie hatten Niraya als Verlustgeschäft abgeschrieben. Als unhaltbar. Als wir beide den Planeten trotzdem gerettet haben, war das für ihre PR-Abteilung der blanke Albtraum.«

Lanoes Finger zuckten. Zogen sich zusammen, bis der Durchmesser seiner Hände genau richtig gewesen wäre, um Maggs langsam den Kehlkopf zu zerquetschen.

Ein unerwarteter Gedanke keimte in ihm auf.

Sie ist tot. Zhang ist tot. Sie hast du nicht gerettet. Die einzige Frau, die ich je geliebt habe, ist tot, weil du nicht da warst, als wir dich am dringendsten gebraucht hätten. Du bist zehn Minuten zu spät zurückgekommen, du und deine wichtigen Freunde bei der Admiralität, ihr seid erst aufgetaucht, als ich die verdammte Schlacht schon gewonnen hatte. Als Zhang längst …

Er holte mühsam Luft.

»Meine Loyalität gilt ganz der Flotte«, sagte Maggs energisch. »Glaubst du im Ernst, Admiral Varma hätte mich auch nur in die Nähe dieser Mission gelassen, wenn daran Zweifel bestünden?«

»Du kannst sie gerne fragen, wenn du sie das nächste Mal

siehst. Wenn wir nach Hause kommen und dich aus deiner Zelle lassen«, sagte Lanoe. Er gab Ehta ein Zeichen. Sie setzte sich in Bewegung und öffnete den Mund, um ihren Soldaten Befehle zu geben.

»Warte«, sagte Maggs. »Warte!«

Seiner Überzeugung zum Trotz und in dem Wissen, dass er es wahrscheinlich bereuen würde, drehte Lanoe sich langsam um und hob eine Augenbraue.

»Du hast es nicht verstanden. Oder? Was meine Nachricht heißen sollte?«

Lanoe holte sehr tief Luft.

»Verdammt noch mal, Lanoe, du kapierst nicht einmal, was dieser Virus, dieses Servicepaket, wirklich bezwecken sollte, oder? Der Sinn lag nicht darin, dich zu töten. Es wurde speziell programmiert, um dich einfach gefangen nehmen zu können. Begreifst du nicht?«

»Offenbar nicht«, sagte Lanoe.

»Sie wollten den Antrieb lahmlegen und uns hilflos im All treiben lassen, weil sie längst auf dem Weg sind, um uns einzusammeln. Genau deshalb hat das Programm auch so darauf gedrängt, dass ich mich beeile.« Maggs verzog vor Frust das Gesicht. »CentroCor ist uns *wahnsinnig dicht* auf den Fersen.«

*

»Sei so gut und halt dich von den freiliegenden Stromanschlüssen da fern, ja?«, sagte Paniet und schob sich mit dem Oberkörper in einen Wartungsschacht. Valk wusste nicht genau, wovon er redete – ob er die langen Metalldinger voller Kabel meinte oder diese Lamellen, die wie eine übergroße Jalousie aussahen.

»Warum? Sind die zerbrechlich?«

»Ganz und gar nicht«, sagte der FLINK und lachte. »Die halten mehr aus als du. Aber wenn du zwei auf einmal berührst, verursachst du einen Kurzschluss. Und bei der Spannung, die da durchgeht, löst du dich auf der Stelle auf und verwandelst dich in eine Plasmakugel, die geradewegs die Bordwand sprengt.«

»Okay«, sagte Valk und verschränkte die Hände hinterm Rücken.

»Hier unten sollte sich eigentlich sowieso niemand aufhalten, der nicht in Triebwerkswartung ausgebildet ist«, sagte Paniet. »Das ist saugefährlich. Aber wenn du's nicht weitersagst, sage ich auch nichts.«

»Lanoe hat gesagt, es muss irgendein Indiz geben, dass hier jemand herumgepfuscht hat«, sagte Valk und wiederholte damit den Grund für seine Anwesenheit. Bis jetzt hatte er nichts weiter getan, als Paniet durch eine Reihe unglaublich schmaler Schächte zu folgen, die sich wahllos zu verästeln schienen. In seiner Vorstellung war der Antriebsbereich ein einziger großer Raum gewesen, der den gewaltigen Torus des Fusionsreaktors beherbergte. Stattdessen lag der Torus offenbar hinter tonnenweise Abschirmung und Panzerung versteckt – und war deswegen überhaupt nicht zu sehen.

Das leuchtete irgendwie ein. Es warf allerdings auch die Frage auf, warum er vorher noch nie die Triebwerkssektion eines großen Schiffs gesehen hatte, obwohl er auf Dutzenden unterwegs gewesen war. Tja, wenn die auch alle voller freiliegender Stromanschlüsse und dergleichen waren, hatte er wohl seine Antwort.

»Glaubst du, es ist hier unten?«, fragte er.

»Was ist hier unten?«, fragte Paniet und kam wieder aus dem Schacht hervor.

»Der … keine Ahnung. Überbrücker? Oder Datenträger, oder was auch immer der Spion benutzt hat, um den Virus zu installieren. Steckt das hier unten noch irgendwo drin?«

Paniet schenkte ihm ein sehr freundliches, langmütiges Lächeln. »Du weißt schon, dass man solche Dinge beim ersten Scan sofort entdeckt? Und dass jeder, der an Bord kommt, automatisch auf waffenfähige Ausrüstung durchleuchtet wird?«

»Ähm, jetzt schon«, sagte Valk.

»Dein Spion würde auf keinen Fall irgendein physisches Speichermedium mit an Bord gebracht haben, nein. Höchstwahrscheinlich war dieses Servicepaket – und bitte hör auf, es einen Virus zu nennen! – einfach auf seinem Lesegerät oder in seinem Raumanzug gespeichert. Es muss äußerst listig versteckt worden sein, um die Sicherheitssysteme des Schiffs zu umgehen, aber die MegaKons kennen sich auf dem Gebiet bestimmt aus. Nein, handfeste Beweise werden wir hier unten keine finden. Das Paket existiert nur als Datensatz, der in die Kernprogramme des Bordrechners verpflanzt wurde. Sobald man mir gesagt hat, dass es da ist, habe ich es direkt gefunden, auch wenn ich bezweifle, dass ich es ohne Hinweis entdeckt hätte.«

»Du – du hast es gefunden? Was machen wir dann überhaupt hier unten?«

»Meine Arbeit. Sei so gut und reich mir den Flächenfilter da drüben, ja? Das Ding, das aussieht, als hätte ein Origami-Meister einen Eimer mit Methylcholin ausgekippt.«

Valk sah sich um und entdeckte den Filter – ein rundes Paneel, beschichtet mit einem beeindruckend komplizierten, in sich verschachtelten Netz. Er reichte es weiter, und Paniet befestigte es wieder an seinem Platz.

»Aber du hast ihn gefunden. Den Vi … das Servicepaket. Und es gelöscht, richtig?«

»Ähm, nein. Mache ich aber später noch. Versprochen.«

Valk legte die Stirn in Falten. Nein, musste er sich ins Gedächtnis rufen, tat er nicht. Dafür brauchte man ein Gesicht. Verdammt, es hatte sich wirklich so angefühlt. »Aber es ist gefährlich …«

»Extrem gefährlich sogar. Und genau das ist auch die Antwort auf deine Frage, Schätzchen. Es ist gefährlich, das Zeug an Ort und Stelle zu lassen, aber noch viel gefährlicher, es einfach zu deinstallieren. Der Code des Servicepakets ist derart tief in den

Unterprogrammen der Unterprogramme vergraben, dass ich jede Zeile einzeln hervorlocken und sichergehen muss, nicht irgendwelche unersetzlichen Teile des Bordcomputers zu löschen. Wenn ich die falsche Stelle entferne, könnte ich die Fähigkeit des Schiffs zur Wasseraufbereitung aushebeln. Oder ich lösche sämtliche Bildschirm-Treiber an Bord, und dann können wir keine Videos mehr streamen – und auch nicht mehr fliegen, aber das nur nebenbei. Insofern kannst du unserem hochgeehrten Kommandanten mitteilen, ja, ich werde mich darum kümmern. Es wird allerdings dazu führen, dass ich für fast eine Woche so gut wie nichts anderes tun kann. Was sagst du zu diesem alten Filter hier?« Paniet hielt einen weiteren Netzfilter hoch. Er sah aus, als sei jemand mit matschigen Stiefeln darauf herumgelaufen.

»Ziemlich übel. Okay, du sagst also, der Code ist so tief in der Basissoftware des Schiffs versteckt, dass man kaum erkennen kann, was von CentroCor und was von der Flotte stammt. Wie … wie … Fäden. Nein, kleiner als Fäden. Winzige Fasern, die zu … zu Fäden verwoben werden.«

Valk bemerkte nicht, wie viel Zeit verging. Er registrierte nur, dass Paniet plötzlich mehrfach seinen Namen rief. Er wollte antworten, aber er war … irgendwo anders. An einem Ort, den er nicht beschreiben konnte. Da war kein Licht, keine Luft, nicht einmal erkennbare Dimensionen, nur … Ja und Nein. Ja und Nein, immer und immer wieder, nur hier und da vom Vielleicht eines seltenen Qubit aufgelockert, und Paniet rief noch immer nach ihm und …

Der FLINK klopfte Valk mit den Knöcheln gegen den Helm. »Jemand zu Hause?«

Valk kam mit einem solchen Ruck wieder zu sich, dass ihm beinahe schwindelig wurde. »Die Codezeilen des Servicepakets hatten alle eine überzählige Leerstelle zwischen den schließenden Klammern. Wer auch immer den Code geschrieben hat – das muss deren Signatur sein oder so.«

Paniet nickte vorsichtig. »Und das weißt du, weil …?«

»Ich das Servicepaket gerade gelöscht habe«, sagte Valk.

Viel besser konnte er es nicht erklären. Er hatte sich einfach die Programmierung des Schiffs angesehen. Die Grundpfeiler des Betriebssystems. Er hatte Millionen Zeilen in eng verschachtelter Skriptsprache analysiert, die fehlerhaften Einträge hervorgehoben, die nötigen Verzeichnisse zurechtgeschnitten …

All das, ohne eine Konsole zu berühren oder einen einzigen Befehl einzutippen. Es stand alles da, die ganze Zeit schon, und er hatte es nur ansehen müssen. So simpel, wie den Kopf zu drehen und einen Gang hinunterzuschauen. Nein. Noch einfacher. Und schneller.

Der Ingenieur sah ihn kein bisschen entsetzt an. Eher beeindruckt. »Und das können wir einfach so tun, wie?«

»Offenbar«, sagte Valk. »Wenn du dichthältst, ähm, sage ich's auch nicht weiter.«

*

Generell legte man bei der Flotte Wert darauf, Kampfhandlungen im Innern von Wurmlöchern zu vermeiden. Da die meisten Schiffe die Tunnel in einer Reihe passieren mussten, wäre es einem Feuergefecht zwischen zwei Waggons desselben Zugs gleichgekommen. Es war einfach zu gefährlich – man konnte nicht anständig manövrieren, die eigenen Jäger kamen sich andauernd in die Quere, und Ferngeschütze waren dank der vielen Biegungen so gut wie gar nicht zu gebrauchen.

Schlimmer noch, man sah kaum, auf wen man eigentlich schoss. Radiowellen – die Basis nahezu aller Sensoren des Hopliten – pflanzten sich im Wurmraum nur unzureichend fort, wo selbst Photonen bei Berührung der Tunnelwände sofort vernichtet wurden. Laserzielsucher funktionierten passabel, solange man freie Sicht auf das gesuchte Ziel hatte, was fast nie der Fall war. Und auch das galt nur, wenn man sich in einem geraden Abschnitt befand und nicht in einem, der sich wie eine kriechende Schlange drehte und wand. Was fast immer der Fall war.

Die Flotte hatte sich alle möglichen innovativen Strategien und Lösungen für diese Probleme einfallen lassen. Die Admiralität hatte Milliarden ausgegeben, um den Gordischen Knoten des Wurmloch-Kampfs zu entwirren. Nach all dem Geld und den Arbeitsstunden hatte das Ergebnis schließlich gelautet: Nicht im Wurmraum kämpfen.

Offensichtlich hatte CentroCor davon nichts mitbekommen.

Lanoe erinnerte sich noch gut an die vier Kataphrakte, die sie ihm auf dem Weg zur Admiralität auf den Hals gehetzt hatten. Diese Piloten hatten vor einem Kampf im Wurmloch nicht zurückgeschreckt. Er war sich sicher, wer auch immer ihnen jetzt auf den Fersen war, würde es ähnlich halten. Nicht, dass er gewusst hätte, worauf er sich einstellen musste.

»Los, starten«, sagte er. Candless drückte einen virtuellen Knopf, und eine Wolke aus Mikrodrohnen ergoss sich aus einer Luke nahe dem Antrieb. Die winzigen Manövrierdüsen flammten auf und hinderten die Drohnen daran, mit den Tunnelwänden zu kollidieren. Dann ließen sie sich hinter den Kreuzer zurückfallen und jagten in entgegengesetzter Richtung davon, um Ausschau nach möglichen Verfolgern zu halten. Auf der Brücke erstellte sich anhand ihrer Einzelkameras ein Gesamtbild, wie das Facettenauge eines Insekts ein schlüssiges Bild aus Hunderten von Einzelteilen zusammensetzt. Lückenlos lag das Wurmloch hinter ihnen auf dem Schirm.

Aber auch die Drohnen konnten nicht sehen, was nicht da war.

»Vielleicht bleiben uns noch mehrere Stunden«, sagte Maggs. »Oder wenige Minuten. Mein kleiner freundlicher Robohund wusste leider nichts Genaueres über den Zeitplan. Nur, dass ein Angriff unmittelbar bevorsteht.«

Lanoe biss die Zähne zusammen. »Und keine Angaben darüber, was die schicken, oder? Keine Ahnung, ob es um ein paar Jäger oder einen ganzen Zerstörerverband geht?«

Maggs sah ihn an. »Hätte ich solche Informationen, würde ich sie weiterleiten.«

»Sicher doch«, erwiderte Lanoe. Er würde Maggs niemals vertrauen, nie wieder, musste aber angesichts der momentanen Lage davon ausgehen, dass der Hochstapler keinen Grund hatte, ihn anzulügen. »Erste, was können wir aktuell aufbieten? Erzähle mir was über Bordgeschütze und Jägerunterstützung.«

Candless nickte. »Was die Geschütze angeht, hat mir Leutnantin Ehta recht barsch mitgeteilt, dass ihre Leute noch immer etwas grün hinter den Ohren sind, es aber hinbekommen sollten. Fünfzig Prozent Wirkungsgrad, würde ich sagen. Was die Luftunterstützung angeht, gibt es gute und schlechte Nachrichten. Wir haben eine Menge Jäger im Hangar, ein volles Geschwader von zwölf Stück. Die schlechte Nachricht lautet selbstverständlich, dass wir nicht genug Piloten haben, um sie zu bemannen.«

»Wir haben mich, Valk und dich«, sagte Lanoe.

»Dürfte ich einwerfen, dass deine Arithmetik einen kleinen Fehler aufweist?«, gab Candless zurück. »Du willst selber einen der Kataphrakte fliegen? Wir wissen schon, dass sich der Kommandant eines Kriegsschiffs der Flotte während einer Schlacht traditionsgemäß auf der Brücke aufhält, nicht wahr?«

»Einwand abgewiesen. Ich kann da draußen viel mehr ausrichten.«

»Dann kommen wir zu Valk. Der rein zufällig eine KI ist. Ich kann ihn auf keinen Fall guten Gewissens in einen Jäger steigen lassen. Die Gesetzeslage ist höchst unmissverständlich – keine Maschine darf jemals autonomen Zugang zu einem Waffensystem haben, selbst wenn …«

»Einwand ebenfalls abgewiesen. Ich weiß, wie du zum Thema KI stehst, aber das hier ist eine völlig andere Geschichte.«

Candless starrte ihn an ihrem langen Nasenrücken vorbei an.

»Auf Valk als Flügelmann verlasse ich mich jederzeit blind«, sagte Lanoe. »Du kennst ihn nicht so gut wie ich.«

»Na schön. Dann nimm ihn mit. Ich werde sowieso hier auf der Brücke bleiben.« Er wollte sie schon anfahren, aber sie hob beschwichtigend die Hand. »Unabhängig von meinen persönlichen Gefühlen brauchst du jemanden, der den Kreuzer fliegt, während du da draußen bist und Abschüsse sammelst. Es sei denn, du hättest noch weitere Überraschungsgäste auf Lager. Vielleicht hast du ja noch ein oder zwei Piloten im Handgepäck?«

Sie hatte recht. Den Kreuzer mitten in der Schlacht ohne Piloten zurückzulassen, wäre ein erstklassiger Weg, ihn blind in die nächste Tunnelwand zu fliegen. Er hielt sich mit Mühe davon ab, wütend auf das Steuerpult zu hämmern. »Was ist mit Bury und Ginger? Du hast sie selbst ausgebildet. Sie sollten zumindest halbwegs kompetent sein.«

»Bury hat noch nie ein echtes Gefecht erlebt, aber ich glaube, er sollte sich gut schlagen«, sagte Candless. »Was Ginger angeht – das habe ich dir schon gesagt. Sie kann nicht kämpfen. Bevor wir Rishi verlassen haben, stand bereits fest, dass sie das Pilotenprogramm nicht beenden würde. Ihr fehlt der Killerinstinkt. Solltest du versuchen, sie auf den Gegner schießen zu lassen, könnte ich mir durchaus vorstellen, dass sie sich schlicht weigert.«

Lanoe schüttelte den Kopf. »Ich hatte nicht vor, ihr die Wahl zu lassen. Sie weiß, wie man einen Jäger fliegt. Das reicht mir. Wir haben nicht genug Leute, um sie hier herumsitzen zu lassen, bloß weil sie moralische Bedenken hat.«

Candless starrte ihn finster an. Er wusste, dass ihr nicht gefiel, was er gesagt hatte – aber sie konnte den Fakten nicht widersprechen. Ginger musste fliegen. Sie hatten einfach nicht genug Leute.

Candless vollführte eine wegwerfende Handbewegung. »Natürlich gibt es da noch ein Detail, das du offenbar übersiehst. Die Fähnriche weigern sich, zu arbeiten, solange du ihnen nicht alle Geheimnisse verraten hast. Ich gehe davon aus, dass das auch Kampfhandlungen einschließt.«

»Zum Teufel«, sagte Lanoe. »Na gut. Na gut!« Jetzt gab er doch nach und schlug hart genug gegen die Konsole, um eine Delle zu hinterlassen. Er packte eine Haltestange, drehte sich um und starrte die umliegenden Bildschirme an. Bildschirme, die sich beharrlich weigerten, ihm irgendwelche hilfreichen Informationen zu liefern. »Na gut.«

»Du willst ihnen sagen, was sie wissen wollen?«, hakte Candless nach. Da lag mehr als eine Frage in ihren Augen – vielleicht hatte sie Bedenken, aber darauf wollte er sich jetzt nicht einlassen. Er hatte schon genug Probleme, ohne sich auch noch zu fragen, ob sie seine Befehle goutierte oder nicht.

Verdammt noch mal, er brauchte Piloten. Aber genauso musste er seine Geheimnisse bewahren – auch wenn er nicht genau wusste, wie viele ihm blieben, wenn Bury bereits von den Blau-Blau-Weiß wusste. Er würde ihnen etwas geben – ein paar einfache Antworten auf ihre dringendsten Fragen, wenn er dafür bekam, was er brauchte.

»Sag ihnen, sie bekommen eine Sonderbesprechung. Nach dem Kampf.«

Candless nickte. »Sehr wohl, Sir. Damit hast du vier Piloten, von denen drei unbekannte Größen sind. Das sollte reichen, um beispielsweise einem Festwagen vom letzten Straßenumzug oder einem Rudel unbewaffneter Rennjachten die Stirn zu bieten. Wenn die uns Zerstörer hinterherschicken …«

»Ich habe schon gegen Zerstörer gekämpft«, sagte Lanoe. »Und ich lebe noch, was wohl heißen muss, dass ich was davon verstehe.«

»Ähem.«

Lanoe fuhr herum und starrte Maggs böse an. Der Hochstapler hatte sich in der Nähe des Leitstands des Nachrichtenoffiziers in Embryonalstellung eingerollt und gab sich sehr bescheiden.

»Ich wollte nur einwerfen, dass auch ich Gerüchten zufolge bei ein oder zwei Gelegenheiten einen Steuerknüppel in der Hand hatte.«

Lanoe stierte ihn weiter an. Er konnte doch nicht ernsthaft vorschlagen, ihm einen der Jäger anzuvertrauen, oder?

Obwohl – dreist genug, um so einen Vorschlag auszusprechen, war er allemal, das wusste Lanoe nur zu gut. Leider wusste er auch, dass Maggs tatsächlich ein erstklassiger Pilot war, wenn er sich nicht gerade rechtzeitig aus dem Staub machte.

»Nur über meine Leiche«, sagte Lanoe.

17

»Die Bildverarbeitung sollte jeden Moment so weit sein, Sir«, sagte der Nachrichtenoffizier des Trägerschiffs.

Bullam befand sich nur als Beobachterin auf der Brücke. Sie neigte den Kopf und sah Shulkin an, der an der Rückseite des engen Raums in seinen Sessel geschnallt saß. Der alte Kapitän krallte sich mit weiß hervortretenden Knöcheln in die Armlehnen, verzog aber keine Miene. Er ließ nicht erkennen, ob er die Meldung überhaupt wahrgenommen hatte.

Die Brücke des Hipparchos-Trägers lag tief in den Eingeweiden des zylindrischen Hangars. Sie war der bestgeschützte und am schwersten gepanzerte Bereich des riesigen Schiffs. Natürlich gab es hier keine Fenster, dafür ein Dutzend große Bildschirme, die vor Pilot, Navigatorin und Nachrichtenoffizier blinkten und waberten. Auf den meisten war nichts als Geisterlicht zu sehen, die Wände des Wurmlochs, das sie durchquerten. Dann flammte ein taktisches Display auf, und Bullam sah einen gelben Punkt direkt voraus.

»Da«, sagte der Nachrichtenoffizier. »Optische Erfassung folgt.« Das Display teilte sich in vier Segmente. Auf dreien war der Nahraum vor dem Bug des Trägers zu sehen, sonst aber nichts. Auf dem vierten tauchte ein Hoplit auf. Lanoes Kreuzer.

Er befand sich noch immer gut hunderttausend Kilometer vor ihnen. Auf dem Display wirkte er zum Greifen nah.

In der Bordwand des Trägers verformten sich flüssige Linsen und vibrierten lautlos. Tropfen aus Öl, nicht größer als Bullams Daumennagel, die von Magnetfeldern festgehalten und geformt wurden. Diese Linsen konnten ihre Brennweite pro Sekunde millionenfach verändern, um verschiedenste Wellenlängen und Entfernungen punktgenau einzufangen. Die empfangenen Daten wurden in eine einzige dreidimensionale Gesamtansicht des Hopliten umgewandelt, der auf dem Display viel heller und bunter erstrahlte, als Bullam ihn mit eigenen Augen je hätte wahrnehmen können.

»Antrieb inaktiv«, rief der Nachrichtenoffizier. »Waffensysteme inaktiv. Keine Außenbeleuchtung … sieht vollständig außer Betrieb aus, Sir. Wie erwartet.«

»Was ist mit dem Hangar?«, fragte jemand. Bullam drehte sich um und sah, dass es die Navigatorin gewesen war. Nicht Shulkin.

»Panzerschotten dicht«, meldete der Nachrichtenoffizier. So viel konnte selbst Bullam auf dem Display erkennen. »Landebucht versiegelt. Kommunikation … nicht feststellbar. Nicht einmal Navigationssignale. Ich kann keine Anzeichen elektronischer Aktivität ausmachen.«

Für Bullam sah es ganz danach aus, als hätte das Servicepaket seine Aufgabe erfüllt. Irgendjemand an Bord musste es aktiviert haben, jemand, der zweifellos damit rechnete, dafür belohnt – oder wenigstens verschont – zu werden, sobald CentroCor die Besatzung überwältigte. Irgendwer an Bord besaß also eine CentroCor-ID.

Das große Hexagon hatte seine Leute gern überall. Man konnte ja nie wissen.

Sie gestattete sich ein vorsichtiges Aufatmen. Allerdings nur sehr vorsichtig. »Wenn wir ihn wirklich unvorbereitet erwischt haben«, sagte sie so leise, dass sich niemand genötigt sehen musste, ihr zu antworten, »wenn das funktioniert …«

»Unsere Piloten melden Startbereitschaft«, sagte der Nachrichtenoffizier. »Sir? Soll ich Startfreigabe erteilen?«

Alle sahen Shulkin an. Das Gesicht des alten Manns war reglos. Er hob die Hand und kratzte eine Stelle am Kiefer, die er bei der morgendlichen Rasur übersehen hatte. Seine Augen ruhten wie Glasperlen in ihren Höhlen.

Dann nickte er kaum merklich.

Nicht zum ersten Mal fragte sich Bullam, warum Dariau Cygnet der Meinung gewesen war, Shulkin sei noch arbeitstauglich. Wahrscheinlich würde sie ihn über kurz oder lang selbst ersetzen müssen, auch wenn sie herzlich wenig von Raumschlachten verstand. Immerhin würde *sie* wenigstens wach bleiben, sollte es zu einer kommen.

Das optische Display blitzte auf, als zwei Jäger den Hangar des Trägers verließen. Selbst aus der Nähe wirkten sie winzig im Vergleich zu dem Hopliten im Hintergrund. Auch waren es keine Kataphrakte, sondern einfache Aufklärer – kleine Ein-Mann-Schiffe, gerade groß genug, um einen Antrieb und ein Partikelgeschütz zu tragen. Kein Platz für ein Vektorfeld oder gar Panzerung. Sie waren preiswert und leicht zu ersetzen, dafür aber in einer richtigen Schlacht kaum zu gebrauchen. Das war selbst Bullam klar. Ihrer momentanen Aufgabe würden sie allerdings gewachsen sein – sie sollten lediglich eine schnelle Runde um den Kreuzer drehen und zurückkehren, sobald sie bestätigt hatten, dass er hilflos durchs Wurmloch trieb. Sowie das erledigt war, konnten sie einen Truppentransporter mit Marines entsenden, um den Kreuzer zu besetzen und Lanoe dingfest zu machen. Natürlich würde der Rest der Besatzung aus dem Verkehr gezogen werden müssen, aber wenigstens musste Bullam dabei nicht anwesend sein.

Nach wenigen Sekunden verschwanden die Aufklärer im Geisterlicht und waren nur noch als zwei blaue Punkte auf dem Display zu verfolgen. Schnell hatten sie die Entfernung zwischen den beiden Kriegsschiffen überwunden.

Shulkin kratzte sich abermals das Gesicht. »Lanoe«, sagte er. »Lanoe. Lanoe. Lanoe.« Er klang wie eine Maschine im Suchlauf. »Aleister Lanoe?«

Bullam starrte ihn an. Hatte er ihre Auftragsziele tatsächlich einfach vergessen? »Ja«, sagte sie. »Ja, so heißt er.« Ihr kam es vor, als sitze ein Kind vor ihr. »Aleister Lanoe.«

Ein Leuchten blitzte in Shulkins Augen auf, als hätte jemand eine Kerze in einem Kürbiskopf entzündet. »Aleister Lanoe. Ich kenne diesen Namen – ich kenne …«

Shulkin hieb auf den Auslöser seiner Sicherheitsgurte und warf sich förmlich quer durch die Brücke in Richtung des Nachrichtenoffiziers. Der arme junge Mann musste hektisch ausweichen, um nicht grob von seinem Sitz geschubst zu werden. Shulkins Hände schossen über zwei virtuelle Tastfelder gleichzeitig und riefen ein Dutzend neuer Displays auf. Der Hoplit auf unterschiedlichen Wellenlängen, wie es schien – Bullam erkannte unter anderem eine 3-D-Röntgen-Ansicht und ein Profil in Infrarot-Reflektografie. Shulkin arbeitete so schnell, dass ihr nicht einmal Zeit blieb, nervös Luft zu holen.

Auf einer der Ansichten tauchte der Kreuzer als farblose, schattenhafte Risszeichnung auf – wie die MRT-Aufnahme eines menschlichen Unterleibs, dachte Bullam. Mitten in diesem Abbild glühte ein einziger roter Fleck; kaum mehr als ein Schimmer, aber Shulkin starrte ihn an, als sehe er dem eigenen Tod ins Auge.

»Rufen Sie die Aufklärer zurück!«, schrie er. »Sofort alle Manövrier- und Bremsdüsen vorheizen – wir müssen auf der Stelle hier weg. Pilot – jetzt sofort, oder ich erschieße Sie und erledige das persönlich!«

»Was ist los?«, fragte Bullam aufgebracht. »Was ist passiert?«

*

Eine grüne Perle wuchs in Lanoes Augenwinkel. Eine eingehende Nachricht – er blinzelte kurz. »Siebentausendfünfhundert Kilometer, im Anflug«, sagte Candless per Kommunikationslaser. Auf diese Weise blieb die Übertragung vor CentroCor verborgen. »Zwei Jäger. Anscheinend Aufklärer.«

Sie saß nur wenige Meter zu seiner Linken im Cockpit einer BR.9, genau wie er. Wie Meeresvögel auf einem Felsen hockten ihre Jäger auf dem Bug des Kreuzers. Er hätte ihr die Meldung im Schein des Geisterlichts von den Lippen ablesen können.

Neben Candless warteten Bury und Ginger in ihren Jägern. Die Kinder hatten protestiert, und Ginger war sogar tiefgrün angelaufen, als er darauf bestanden hatte, sie an diesem Ausflug teilhaben zu lassen. Er war lange genug Offizier, um zu wissen, wie man Befehle gab, die Leute auch befolgten.

Wesentlich schwieriger war es gewesen, die Bedenken bezüglich des Piloten zu seiner Rechten herunterzuschlucken.

Denn da saß Maggs geduldig in seiner Z.XIX.

Direkt neben Lanoe, wo er ihn bestens im Blick hatte. Er vertraute dem Schurken noch immer nicht – wie sollte er das auch jemals wieder? –, hatte aber widerwillig zugeben müssen, nicht auf ihn verzichten zu können. Sobald klar gewesen war, dass ihnen ein Hipparchos-Träger mit gut bestücktem Hangar folgte, hatte Lanoe gewusst, dass er jeden Piloten brauchen würde, den er kriegen konnte.

Was natürlich wiederum bedeutete, Valk die Brücke zu überlassen. Candless war nicht die Einzige, die sich geweigert hatte, eine KI als Flügelmann zu akzeptieren.

Nicht gerade ein Ruhmesblatt, ihr halbes Geschwader hier. Fünf Jäger und nur eine Pilotin, auf die er sich wirklich verlassen konnte. Er würde damit arbeiten müssen.

»Irgendein Anzeichen, dass sie uns schon entdeckt haben?«, fragte er.

»Unwahrscheinlich«, erwiderte Candless. »Sie kommen schnell näher, sind aber auf einem Energiesparkurs. Ich wage zu behaupten, dass sie nicht mit Problemen rechnen.«

Die fünf Kataphrakte drängten sich gemeinsam am Bug des Kreuzers, da er vom Träger aus gesehen den einzigen toten Winkel darstellte. Das gewaltige Schiff näherte sich hinter ihnen, aber selbst die besten Sensoren konnten nicht mitten durch den Hopliten sehen. Mit etwas Glück – nein, mit richtig viel Glück – würden die Beobachter auf der Brücke des Trägers davon ausgehen, dass ihr Servicepaket seine Aufgabe erfüllt hatte, die Besatzung des Kreuzers in einem toten Schiff festsaß und nach Atem rang.

Lanoe konnte sich nicht mit Valk kurzschließen – jede Kommunikation zwischen den Jägern und dem Kreuzer hätte sie verraten. Aber Valk kannte ihren Plan. Sollte er funktionieren …

»Fünftausend Kilometer«, sagte Candless. Einige Augenblicke später: »Viertausend. Dreitausendfünfhundert.«

Wer auch immer da drüben zuständig war, wem auch immer CentroCor das Kommando über den Träger gegeben hatte, war nicht dumm. Sie hatten zwei billige Aufklärer vorgeschickt, um die Lage zu peilen. Sobald sie den Bug des Kreuzers erreicht hatten, war das Spiel aus. Lanoe war fest entschlossen, sie zu vernichten, sobald sie in Sichtweite kamen, um wenigstens zu verhindern, dass sie dem Träger nützliche Informationen sendeten. Dann würde er mit seinem kleinen Gefolge hart beschleunigen und dem großen Feind direkt in den Rachen fliegen. Alle fünf Kataphrakte hatten Disruptoren an Bord – schwere, hochexplosive Raketen, welche die Hülle des Trägers durchschlagen und im Innern zünden konnten. Der verursachte Schaden würde apokalyptische Ausmaße haben – vorausgesetzt, ihre Feuerleitlösungen waren makellos berechnet.

Sie hatten also eine Chance. Natürlich war der Träger mit entsprechenden Verteidigungsanlagen bestückt, und ein kluger Kommandant würde einen derart unkomplizierten Sieg zu verhindern wissen. Es war mehr als wahrscheinlich, dass mindestens einer von ihnen diesen Einsatz nicht überlebte.

Was sie alle zu Piloten der Flotte machte, war die Tatsache, dass sie es dennoch versuchen würden.

»Dreitausend … Lanoe, sie verlangsamen.«

»Teufel«, sagte er, heiser vor Anspannung. »Haben sie uns entdeckt?«

»Keine Ahnung. Aber – da«, sagte Candless. »Sie drehen bei. Fliegen zurück.«

Verdammt. Sie hatten es durchschaut.

Irgendwie hatten sie bemerkt, dass es sich um eine Finte handelte. Lanoe konnte sich nicht erklären, was sie verraten hatte, aber es spielte jetzt keine Rolle mehr. Die Schlacht hatte begonnen, ob er wollte oder nicht.

Er griff nach seiner Kommunikationsanlage, schlug auf eine virtuelle Taste und öffnete den Teamkanal. »Jetzt!«, schrie er. »Los, los, alle raus!«

Er wartete ihre Bestätigung nicht ab, sondern riss die Drosselklappen auf, löste sich vom Bug des Hopliten und wirbelte auf den Manövrierdüsen herum. Der Länge nach jagte er an seinem Schiff vorbei und wurde hart in den Sitz gepresst.

In der Bordwand des Kreuzers erwachten die Lichter wieder zum Leben. Antrieb und Manövrierdüsen wurden vorgewärmt und verströmten einen rötlichen Schimmer, während Lanoe an ihnen vorbeischoss. Als er das Heck passiert hatte, drehte sich der Kreuzer bereits um die eigene Achse. Verglichen mit den wendigen Kataphrakten bewegte er sich wie ein altersschwacher Wal, trotzdem tat Valk genau, was Lanoe in diesem Moment befohlen hätte. *Guter Mann,* dachte er und war sich der Ironie durchaus bewusst.

Die Aufklärer waren noch immer etwa dreitausend Kilometer entfernt. Im fahlen Geisterlicht konnte er sie selbst mit den starken optischen Sensoren seines Jägers nicht ausmachen. Unwichtig – seine Sensorik hatte längst ein Display geöffnet, auf dem ihre Positionen exakt nachgezeichnet wurden, gelbe Punkte in einem dreidimensionalen digitalen Raum. In seinem Rücken brüllte der Reaktor der BR.9, während er durchs Vakuum auf den Gegner zuraste.

»Ich nehme den linken«, rief jemand über den Teamkanal. Bury – Lanoe sah, wie der Jäger des Hellion einen Satz nach vorn machte. Der Junge verlangte seinem Triebwerk gefährliche Beschleunigungswerte ab.

»Sie bleiben gefälligst in Formation, junger Mann!«, rief Candless.

»Befehl widerrufen«, sagte Lanoe. »Bury, wenn Sie ein klares Ziel haben, Feuer frei. Ginger, Sie hängen hinterher.«

»Keine Angst davor haben, den Antrieb auch *zu benutzen*«, sagte Candless.

»Verstanden«, sagte die junge Frau und klang etwas beschämt. Sie hatte sich etwas zurückfallen lassen, als könnte sie dem Kampf als Nachhut vielleicht entgehen. Lanoe fragte sich, ob sie überhaupt etwas ausrichten würde.

Er musste ihr wohl einfach die Gelegenheit dazu geben und abwarten.

Die Aufklärer machten keine Anstalten, sich ihnen entgegenzustellen. Ihre Piloten wussten, dass sie nicht die geringste Chance hatten. Sie waren zahlenmäßig und waffentechnisch klar unterlegen. Ihre kleinen Schiffe besaßen keine Vektorfelder, die sie vor dem Beschuss der Kataphrakte schützen konnten. Sie holten alles aus ihren Antrieben heraus, um noch rechtzeitig davonzukommen. »Lasst sie nicht entkommen«, rief Lanoe. »Sorgt dafür, dass sie …«

»Ich habe den anderen«, rief Maggs dazwischen. »Den rechten.« Die vier PSGs der Z.XIX flammten auf und zerschnitten mit gleißenden Bahnen aus hochenergetischen Teilchen das Vakuum. Makellos gerade Linien, wie auf einem Bildschirm gezeichnet. An einem Punkt in der Ferne liefen sie zusammen.

Einer der beiden gelben Punkte auf Lanoes Anzeige erlosch.

Er bedachte sein Display mit einem finsteren Blick. Die Z.XIX war ein hochentwickelter Jäger und seine Waffensysteme das Beste, was die Flotte aufzubieten hatte, aber trotzdem …

»Das war ein beeindruckender Schuss«, sagte Candless vorsichtig.

»Was soll ich sagen? Ich hatte schon immer Glück«, gab Maggs zurück.

»Kontakt!«, schrie Bury so laut, dass es Lanoe in den Ohren klingelte und er – zumindest für den Moment – vergaß, dass er gerade gesehen hatte, wie Maggs einen Gegner aus unmöglicher Entfernung erledigt hatte. Schräg vor ihm konnte er gerade noch das bläuliche Leuchten von Burys Triebwerk ausmachen, gefolgt von einem hellen Doppelblitz, als auch der Hellion seine Partikelstrahlgeschütze abfeuerte.

Einen Augenblick später erlosch auch der zweite gelbe Punkt auf Lanoes Display.

»Gut gemacht«, sagte Candless. »Jetzt kommen Sie zurück und …«

»Meine sehr verehrten Damen und Herren«, sagte Maggs und benutzte damit eine archaische Anrede, die Lanoe selbst in seiner Jugend kaum noch gehört hatte – Jahrhunderte vor Maggs' Geburt. »Wenn ich Ihre Aufmerksamkeit wohl auf das dringlichere Problem richten dürfte.«

»Was maulst du da rum?«, fragte Lanoe barsch.

Die Antwort kam allerdings von Candless. »Wir haben den Träger erst jetzt in anständiger Auflösung vorliegen, Kommandant.«

Lanoe wischte die Sensordaten auf den Schirm. Bevor sie aussprechen konnte, was er da vor sich hatte, sah er es bereits selbst.

»Sie starten ihre Jäger«, sagte sie. »Und zwar alle.«

Auf Lanoes Display blinkten gelbe Punkte auf – zwei, dann vier, dann acht. Dann sechzehn.

*

»Ausschwärmen – lassen Sie sich auf keinen Fall einkesseln«, sagte Shulkin, dessen Worte direkt in die Cockpits aller verfügbaren Jäger übertragen wurden. »Er ist gerissener als Sie. Lassen Sie ihm keine Zeit zum Denken, keine Zeit zum Planen. Halten Sie ihn konstant unter schwerem Beschuss – lassen Sie ihn tanzen. *Lenken Sie ihn ab.*«

Er stürmte über die Brücke und bohrte einen behandschuhten Finger in den Bildschirm des Nachrichtenoffiziers. Immer wieder mussten ihm Besatzungsmitglieder ausweichen. »Eine Veränderung – irgendeine Veränderung bei diesem Thermalprofil da, und Sie geben mir sofort Bescheid. Ohne vorher um Erlaubnis zu fragen, verdammt.«

Der Taktikschirm füllte den Großteil der Brücke aus und veränderte sich unaufhörlich. Jede Sekunde spuckten die gelben Punkte neue Datenwolken und Zahlenreihen aus. Der Nachrichtenoffizier war vollauf damit beschäftigt, herauszufinden, welcher der feindlichen Jäger von Aleister Lanoe gesteuert wurde – er analysierte das Flugprofil, die Effizienz der Antriebsauslastung, die Ausformung der Bahnkurve, selbst das gelegentliche Stottern der Triebwerke, wenn die Hand des Piloten am Steuerknüppel zitterte. All diese winzigen Datensätze wurden mit Lanoes bekanntem Flugprofil abgeglichen, mit Videoaufzeichnungen seiner berühmtesten Kampfeinsätze und Auswertungen seiner nachgereichten Einsatzberichte. Durchweg hochsensible Geheimdokumente, die CentroCor der Admiralität gestohlen hatte, sobald klar geworden war, dass Lanoe eine ernst zu nehmende Bedrohung darstellte.

Es war von höchster Wichtigkeit, dass die Piloten des Trägers Lanoe nicht zufällig in dem sich anbahnenden Kampfgetümmel töteten. Bullam musste ihn lebend in die Finger bekommen, um ihn zu verhören. Entsetzlich verstümmelt und verbrannt war kein Problem, aber *lebendig*.

»Den dort können Sie außer Acht lassen«, sagte Shulkin und schlug nach einem der gelben Punkte wie nach einem lästigen Insekt. »Der den ersten Aufklärer zerstört hat. Lanoe würde dem

Rudel niemals in dieser Form vorpreschen, dafür ist er viel zu erfahren.«

»Sie kennen ihn«, sagte Bullam. »Sie haben irgendeinen Bezug zu Lanoe. Aus Ihren Tagen bei der Flotte.«

Der Captain fuhr mitten in der Luft herum und starrte sie finster an. »Die zivile Beobachterin wird darum gebeten, für die Dauer dieser militärischen Aktion still zu sein.«

Bullam hob beschwichtigend beide Hände. Als Shulkin trotzdem nicht aufhörte, sie weiter anzuglotzen, fuhr sie sich mit Daumen und Zeigefinger über den Mund. Er nickte nicht, wandte sich aber wieder dem Bildschirm zu.

Seine Verwandlung war frappierend. Als sie Shulkin kennengelernt hatte, war er ihr beinahe wie ein Zombie vorgekommen. Die medizinische Behandlung der Flotte gegen seine Selbstmordgedanken schien ihn mehr tot als lebendig zurückgelassen zu haben. Selbst bei Tuonela, wo er einen Söldner der Thiess-Gruppe für sie umgebracht hatte, war kaum mehr als ein schwaches Glimmen in seine Augen getreten.

Jetzt hatte er sich gänzlich verändert.

Jeder Muskel in seinem Körper war angespannt. Seine Augen, ehemals nur Glasperlen in seinem vorspringenden Schädel, waren klar, scharf und hell, sie leuchteten vor geballtem Tatendrang. Er bewegte sich mit schnellen, abgehackten Gesten, als hätte er einige Koffeintabletten zu viel geschluckt. Wäre sein Skelett buchstäblich aus der Haut gefahren und hätte wilde Tänze auf der Brücke vollführt, es hätte sie kaum mehr erstaunt.

Shulkin war offensichtlich von der Flotte derart verstümmelt und zurechtgestutzt worden, bis nur noch diese lebende Waffe übrig geblieben war, die sie jetzt vor sich hatte. Solange er keine Schlacht zu schlagen hatte, konnte man ihn problemlos zusammenfalten und im Schrank abstellen. Nur wenn ihm feindliche Jäger mit scharfen Disruptoren entgegenkamen, durfte er wirklich am Leben sein.

»Bildaufklärung! Wo bleibt die gottverdammte Bildaufklärung? NO, der Infrarot-Scan, den ich Ihnen gezeigt habe, was ist mit dem? Veränderungen?«

»Sir«, sagte der Nachrichtenoffizier. Die gesamte Brückencrew bestand aus Veteranen der Flotte, aber der NO wirkte auf Bullam unerfahren und verängstigt. »Die Temperatur *nimmt* zu, ich kann aber nicht ausmachen, was für eine Ausrüstung sie hochfahren. Beleuchtung und Triebwerk des Hopliten laufen wieder – das Servicepaket hat ganz offensichtlich keinerlei Wirkung gezeigt, und jetzt …«

»Die Komponente, die ich auf dem Infrarotbild identifiziert hatte«, sagte Shulkin und klang, als müsste er einem Kleinkind die Welt erklären, »ist der vorverstärkende Energieumwandler eines 75-cm-Gaußgeschützes Typ-II.«

Bullam konnte dem Gespräch nur unzureichend folgen. Es ging anscheinend um diesen roten Fleck, den Shulkin auf dem ansonsten monochromen Abdruck des Kreuzers ausgemacht hatte. Was aber, bitte schön, war ein vorverstärkender Energieumwandler, und warum schien er den NO derart zu erschrecken? Sie konnte sich nur mit größter Mühe daran hindern, entsprechende Fragen zu stellen.

Immerhin folgte in diesem Fall die Erklärung von selbst.

»Sie fahren eins ihrer schweren Hauptgeschütze hoch«, sagte Shulkin halb über die Schulter, mehr oder weniger in ihre Richtung.

»Geschütze«, sagte Bullam trotz ihres Versprechens, den Mund zu halten. »Aber dann – nur eins? Schießen Sie doch zurück; das sollte sie entmutigen.«

»Ich hatte Ihnen ja gesagt, dass man nicht mit einem Träger Jagd auf einen Kreuzer macht«, gab Shulkin zurück. »Eine durchweg schlechte Idee.« Er riss den Kopf herum und starrte wieder den Bildschirm an. »Ihre Geschütze haben eine weitaus größere Reichweite als alles, was wir aufbieten können. Die können sich da drüben zurücklehnen und uns über Stunden mit einem stetigen Strom aus Projektilen überziehen, während wir versuchen, nah genug heranzukommen, um überhaupt das Feuer erwidern zu können.«

»Von was für Entfernungen reden wir hier?«, fragte Bullam.

»Wir sind für sie längst in Reichweite.«

Bullam konnte nur den Kopf schütteln. Nein, das konnte doch nicht stimmen. Ihr Servicepaket …

Aber natürlich war es nie aktiviert worden. Die ganze Geschichte war nur inszeniert gewesen. Sie wollte etwas entgegnen, fürchtete aber, dass beim Öffnen ihres Mundes nur ein ängstliches Stöhnen hervorkommen würde.

»Sobald dieses Gaußgeschütz die richtige Temperatur erreicht«, sagte er und deutete auf den roten Fleck, der jetzt heller, fast schon orange erschien, »werden alle hier an Bord sterben. Ich versuche, beizudrehen und uns außer Reichweite zu bringen, aber es *dauert verdammt noch mal zu lange.*« Letzteres war eindeutig an den Piloten adressiert. »Uns bleibt nur eine Lösung.«

»Eine Lösung?«, fragte Bullam. »Was? Sagen Sie schon!«

»Wir können sie vorher mit unseren Jägern ausmerzen. Bevor dieses Geschütz feuern kann. Andernfalls sind wir erledigt.«

*

Überall um Lanoes Cockpit herum loderten Partikelstrahlen auf, helle Blitze, die so schnell wieder verschwanden, dass er gegen die Nachbilder anblinzeln musste. Noch waren die gegnerischen Jäger zu weit entfernt, um ihm wirklich gefährlich zu werden. Ein Glückstreffer landete links vom Bug in seinem Vektorfeld, aber er spürte ihn nicht einmal. Das Feld beschleunigte alle Teilchen, die seiner BR.9 zu nahe kamen, im entsprechenden Ausfallwinkel zurück. Mit den kleinen Partikeln der PSGs wurde es problemlos fertig – solange er keinen direkten Treffer einsteckte.

Sich über direkte Treffer Sorgen zu machen, war ein vorzüglicher Weg, mitten im Kampf vor Angst zu erstarren. Was wiederum der beste Weg war, einen direkten Treffer zu kassieren.

»Die kommen von schräg oben«, sagte Lanoe und sah aus dem Cockpit, als könnte er sie auf die Entfernung schon sehen. Noch immer waren sie viele Tausend Kilometer entfernt. »Gewöhnliche Keilformation. Die werden versuchen, uns auseinanderzuziehen, und bei so vielen gegen uns fünf wird das auch funktionieren. Also Teams bilden – Candless mit mir. Bury und Ginger, halten Sie sich gegenseitig den Rücken frei. Sind Sie bereit, Fähnriche?«

»Ja«, sagte der Hellion ohne Zögern. Er klang so missmutig wie immer.

»Ich nicht«, sagte Ginger leise.

»Sie hat recht, Bury«, sagte Lanoe. »Sie sind beide nicht bereit. Sehen Sie es als Ihre Feuertaufe an. Candless – an meinen Flügel. Ich eröffne die Party.«

»Äh«, warf Maggs ein, »ich komme nicht umhin, festzustellen, dass mir kein Tanzpartner zugewiesen wurde.«

Lanoe starrte wütend seine Armaturen an. Er wusste, wofür er Maggs brauchte, was noch lange nicht hieß, dass es ihm gefiel. »Deine Mühle hat ein paar ansehnliche Geschütze, stimmt's? Nächste Generation und so. Ansonsten hättest du diesen unmöglichen Schuss eben schlecht anbringen können.«

Maggs widersprach nicht. Als Sohn eines berühmten Admirals und direkter Untergebener von Großadmiralin Varma musste er Zugang zu allen möglichen netten Spielsachen haben.

»Lass dich ein wenig zurückfallen«, sagte Lanoe. »Bleib hinten und spiel Scharfschütze. Gib uns Feuerschutz, während wir die Drecksarbeit erledigen.«

Was im Klartext hieß, Maggs mit seinen Hightech-Kanonen freie Sicht auf sein Heck zu gewähren, falls dieser zu dem Entschluss kommen sollte, die glanzvolle Karriere des Aleister Lanoe beenden zu wollen. Es half nichts. Einen besseren Plan hatte er nicht.

»Verstanden«, sagte Maggs.

»Alles klar«, verkündete Lanoe. »Auf mein Zeichen. Drei, zwei – *lösen*.«

Er riss den Jäger aus der Formation und wusste Candless direkt schräg links hinter sich. Sein Taktikdisplay zeigte, wie Bury und Ginger seine Bewegung in entgegengesetzter Richtung kopierten. Diese Art von Manövern würde man ihnen auf Rishi gründlich eingetrichtert haben, es wieder und wieder geübt haben, bis sie es blind vollführen konnten. Aber Fliegen allein war einfach.

Das Schwierige war das Schießen.

Lange bevor er sie im Geisterlicht sehen konnte, tauchten die gelben Punkte als virtuelle Marker an seiner Frontscheibe auf. Feuerleitlösungen rollten über seine Anzeigen, aber er ignorierte sie für den Moment. Mit weit geöffneten Drosselklappen rauschte er direkt auf sie zu. Sein Finger lauerte über dem Abzug.

Im nächsten Augenblick konnte er sie sehen.

So viele. Ein halbes Dutzend direkt vor ihm, alle auf verschiedenen Kurven unterwegs, um ihn abzufangen. Er suchte sich ein Ziel aus, wartete auf den perfekten Moment, in dem sie genau auf Linie liegen würden. Die gegnerischen Jäger schossen immer weiter, verschwendeten Munition bei dem Versuch, seine Konzentration mit einem Sturm aus Partikelstrahlen zu brechen. Jeder Treffer konnte potenziell tödlich sein.

Er spürte seinen Finger zittern. Sein Körper wollte unbedingt das Feuer erwidern.

Plötzlich versiegte der Feuersturm ringsumher, nur vereinzelt blitzten noch Schüsse auf.

»Sie bereiten panzerbrechende Geschosse vor«, sagte Candless. Er war sich nicht sicher, ob sie flüsterte oder sein Gehirn einfach derart fokussiert war, dass es den Klang ihrer Stimme automatisch dämpfte. Panzerbrechende Projektile waren eine unschöne Angelegenheit – konzipiert, die Bordwand feindlicher Schiffe zu durchschlagen und in einer Wolke superheißen Metalls zu explodieren, die jeden unglückseligen Insassen auf der Stelle verdampfen ließ. Ein solches Geschoss hatte auch Tannis Valk das Leben gekostet – und die Legende vom ›Blauen Teufel‹ angestoßen.

Natürlich musste man ein PB-Geschoss perfekt platzieren, ansonsten war es schnell verschwendet. Und dafür brauchte man Zeit. Was für Lanoe, der lieber bei seinen guten alten PSGs blieb, hieß, dass er Zeit zum Manövrieren hatte.

Er legte seinen Jäger mit den Positionsdüsen auf die Seite. Drehte sich um die eigene Achse, bis er rückwärts flog, die erloschenen Haupttriebwerke direkt auf den Gegner gerichtet. Eine Sekunde später brach er durch die Formation – und konnte jetzt *ihnen* direkt in die Düsen schauen. Er legte wahllos auf den nächsten an und eröffnete das Feuer, während sie noch versuchten, hastige Wendemanöver zu vollziehen.

Seine Partikelstrahlen fuhren über das gegnerische Heck und wurden zunächst von dessen Vektorfeld abgelenkt. Er nahm den Finger nicht vom Abzug, und bald schnitt einer seiner Strahlen durch das schützende Feld, riss eine Tragfläche ab und hinterließ eine Girlande kleiner Krater in der Triebwerksverkleidung. Lanoe verspürte ein absurdes Bedauern, die Lackierung dieses brandneuen Yk.64 ruiniert zu haben.

Die Vierundsechziger verfügten über ein sehr großes Cockpit, fast schon eine Kugel aus Fließglas am Bug, in der der Pilot zu schweben schien. Da seine Sensorik auf Restlichtverstärkung und Kantenfindung eingestellt war, konnte Lanoe aus dieser kurzen Entfernung tatsächlich sehen, wie der Mann den Kopf herumriss und mit namenloser Furcht in seine Richtung starrte.

Vor ihm auf dem Fließglas tauchte ein virtuelles Fadenkreuz auf. Lanoe wischte es beiseite. Er brauchte keine Zielhilfe mehr. Jetzt nicht.

Seine PSGs flammten auf und schnitten eine gerade Linie über die Flanke des Jägers. Einige Schüsse wurden noch vom Vektorfeld abgelenkt, die meisten nicht. Das Schiff brach auseinander, Trümmerteile wirbelten davon. Dann traf er etwas Hochentzündliches – vielleicht einen Treibstoffschlauch oder eine Munitionskartusche –, und das große Cockpit entflammte von innen. Der Pilot verschwand in einem tödlichen Lichtblitz.

Lanoe verschwendete keine Zeit damit, um den Mann zu trauern. Er war wahrlich nicht der erste Pilot, den er in seinen dreihundert Jahren getötet hatte, und er würde wohl auch nicht der letzte sein. Mit einem Stoß der Manövrierdüsen entfernte er sich von dem Wrack, zündete das Haupttriebwerk und schoss in einer Schraube nach oben. Wie erwartet nahmen direkt fünf Yk.64er die Verfolgung auf, um ihren gefallenen Kameraden zu rächen.

Und wie erhofft rauschte Candless dicht dahinter heran und überzog sie mit PSG-Feuer, bevor sie ihn formvollendet in die Zange nehmen konnten. Sie brachen ab und jagten in unterschiedliche Richtungen davon, um ihrem massierten Angriff zu entgehen.

Was Lanoe einen Augenblick Luft verschaffte – wenn auch nur einen Sekundenbruchteil –, um strategisch zu denken. Auf seinem Display sah er Bury und Ginger ein Stück weiter hinten große Loopings ziehen, wo sie mit ihren eigenen Kontrahenten Fangen spielten. Trotz seiner Vorbehalte den Fähnrichen – und vor allem Ginger – gegenüber, schienen sie sich bislang gut zu schlagen. Sie hatten sich auf einen gemeinsamen taktischen Rhythmus verständigt: Ginger spielte den Köder und zog mit nachlässigen Manövern, die sie flügellahm erscheinen ließen, die Aufmerksamkeit der gegnerischen Kataphrakte auf sich; Bury lauerte und schlug wie eine Raubkatze zu, sobald ihr ein Gegner zu nahe kam. Als CentroCor das Spiel durchschaut hatte, verlegte sich Bury auf hoffnungslos gewagte Direktangriffe, die seine Gegenüber zum Ausweichen zwangen, wo Ginger sie mit breit gestreuten Salven in Schach hielt. Gute, verlässliche Taktiken, die jeder Pilot schon in der Grundausbildung lernte. Gegen erfahrene Piloten nicht sonderlich effektiv, aber ausreichend, um den Gegner zu beschäftigen und einen geordneten Gegenangriff zu verhindern.

Maggs gab von seinem Posten weiter hinten alle paar Sekunden einen Einzelschuss ab und suchte sich die Ziele mit großer Sorgfalt heraus. Genau, wie Lanoe es ihm befohlen hatte. So dringend er den Schuft auch im Blick behalten wollte, fehlte ihm dafür ganz einfach die Zeit.

Vor allem, da er bei neuerlicher Betrachtung der gegnerischen Schiffe feststellen musste, dass einige fehlten. Sechs hatten auf ihn und Candless angesetzt. Sechs weitere waren mit den Fähnrichen beschäftigt. Vier waren nirgendwo zu entdecken.

Nein. Verdammt. Er war so beschäftigt – so abgelenkt – gewesen, dass er sie glatt übersehen hatte.

Er zwängte den Jäger in eine Reihe enger Schlaufen, um ein möglichst undankbares Ziel abzugeben, und suchte das Display der Bordsensorik fieberhaft nach den fehlenden Jägern ab. Als er sie fand, fluchte er laut.

Sie waren mitten in dem entstehenden Chaos an Lanoe und seinen Leuten vorbeigeflogen und hatten den Kampf völlig ignoriert. Jetzt jagten sie mit hoher Beschleunigung auf den Hopliten zu.

Er war so mit seinen ausgeklügelten Manövern beschäftigt gewesen, dass er den eigentlichen Zweck des CentroCor-Angriffs aus dem Auge verloren hatte. Sie wollten ihn und seine Piloten nicht töten.

Sie hatten es auf den Kreuzer abgesehen. Wenn sie niemand aufhielt, hatten sie auch durchaus die Möglichkeit, ihn auszuschalten.

*

Shulkins Hand auf der Armlehne seines Sessels war noch weißer als zuvor. Auch vor Beginn der Schlacht hatte die Hand fleischlos, dünn und skelettartig ausgesehen, jetzt aber wirkte sie wie die Klaue eines Raubtiers. Er schien nicht einmal zu bemerken, dass er mit den Fingern die Polsterung zerriss. Sein Blick war am Bildschirm festgenagelt. Genauer gesagt starrte er unablässig den orangefarbenen Fleck an der Flanke des Kreuzers an.

»Das war clever, sehr clever sogar«, sagte er. Hatte er Bullam angesprochen, oder führte er Selbstgespräche? Sie wusste es nicht. »Die haben gewusst, dass wir das Schiff beim Anflug mit Infrarot durchleuchten würden. Sie konnten die Geschütze nicht feuerbereit halten, nein, das hätten wir zu früh bemerkt. Wir wären ihnen niemals so nah gekommen. Aber diese Geschütze brauchen lange Minuten, um Betriebstemperatur zu erreichen. Die meisten Schlachten sind bis dahin bereits geschlagen. Also haben sie den Vorverstärker im Leerlauf gehalten, allzeit bereit, Energie in die Spulen zu jagen, sobald wir in Reichweite sind.«

Seine Fingernägel fraßen sich in den Bezug der Armlehne. Er nickte bedächtig vor sich hin.

Nach der chaotischen Panik der ersten paar Sekunden der Schlacht herrschte mittlerweile eine unangenehme Stille auf der Brücke. Alle hatten ihre Befehle – es gab keinen Anlass, neue zu brüllen. Alle Bildschirme zeigten exakt, was sie zeigen sollten. Noch immer war der Träger dabei, in der engen Röhre des Wurmlochs ein schmerzhaft vorsichtiges Wendemanöver zu vollführen. Zu schnell, und sie könnten mit der Tunnelwand kollidieren und vernichtet werden. Zu langsam, und sie würden der Reichweite der gegnerischen Geschütze nicht rechtzeitig entkommen. Weder Pilot noch Navigatorin konnten etwas tun, um den Vorgang irgendwie zu beschleunigen. Alle saßen angespannt auf ihren Positionen, die Finger dicht über den virtuellen Tastfeldern, und warteten, was geschehen würde.

Shulkins Armlehne ächzte mitleiderregend. Er hatte die Finger erfolgreich unter den Saum des Polsterbezugs gebohrt und zerrte daran, stützte sich mit dem Handteller gegen die Lehne, riss und zog, bis ihn die Kräfte verließen. Für einen kurzen Moment erschlaffte seine Hand, dann zerrte er weiter. Die Armlehnen der Flotte waren durchaus für extreme Belastung ausgelegt, aber auch Bullam konnte sehen, dass die Konstruktion nicht mehr lange halten würde.

»Natürlich hat der Kreuzer sechzehn Bordgeschütze, sechzehn 75-cm-Kanonen. Das sind viele Vorverstärker und damit auch viel Hitze, selbst auf Stand-by. Auch das wäre uns aufgefallen. Also hat Lanoe nur ein Geschütz vorbereitet und leise genug köcheln lassen, dass es bei einem normalen IR-Scan nicht auffällt. Er hat darauf gebaut, dass wir uns nicht mit Tiefen-Reflektografie aufhalten. Und siehe da – habe ich auch nicht. Ich wäre nicht auf den Gedanken gekommen, nach so einer Wärmequelle zu suchen. Wer würde in Vorbereitung so einer Schlacht nur ein Geschütz vorheizen? Wer würde sich selbst dermaßen behindern?«

Die Armlehne wehrte sich tapfer. Shulkin sah sie nicht an, schien überhaupt nicht zu bemerken, was er tat, nahm aber die andere Hand zu Hilfe und rammte auch sie in die Naht. Er zerrte und zog, bis Bullam das Polster reißen hörte.

»Ganz offenbar Lanoe«, sagte sie.

Shulkin nickte. Seine Haut war wächsern und schweißnass. Ob vor Angst oder dank der fleißigen Bemühungen, seinen Sessel zu zerstören – sie wusste es nicht. Er hatte Augen wie ein Falke, wie ein lauernder Raubvogel. Trotzdem sah er kaum etwas, dachte sie, schien überhaupt von seiner Umwelt nur wenig mitzubekommen, bis auf den orangefarbenen Fleck auf der Risszeichnung des Hopliten. Einen Fleck, der ständig heller wurde. Sobald der Fleck weiß war, sei das Geschütz feuerbereit, hatte er gesagt.

Eine Ecke der Armlehne riss sich mit einem endgültigen Knirschen vom Metallrahmen des Sessels los. Shulkin brauchte nur eine Sekunde, um das ganze Ding endgültig abzureißen. Wie ein erlegtes Beutetier hielt er es in den spitzen Fingern, und sie hätte sich nicht gewundert, hätte er es zum Mund geführt und angefangen, darauf herumzukauen.

»Sie kennen ihn«, sagte sie. Ihre Stimme war nur noch ein Flüstern, jene Lautstärke, die man anschlug, wenn man sich beispielsweise in einer Kathedrale befand. Sie starrte die Besatzung aus dem Augenwinkel an und sah, dass Pilot, Navigatorin und NO alle wie Statuen dasaßen und sich nicht trauten, sich umzudrehen. Sie gaben sich größte Mühe, der Unterhaltung nicht zu folgen.

Gute CentroCor-Angestellte. Sie wussten, wer ihre Gehälter bezahlte.

»Lanoe. Sie haben schon einmal mit ihm gekämpft«, ließ sie nicht locker. »Oder – oder gegen ihn.«

»Ha«, sagte Shulkin. Es war kein Lachen.

»Ha?«

»Wenn ich schon mal gegen ihn gekämpft hätte«, sagte er und nickte dem Bildschirm zu, wo der Fleck die Farbe eines Sonnenuntergangs auf einer Eiswelt angenommen hatte, »wäre ich jetzt tot – vorausgesetzt, er ist immer so gerissen.«

Seine Finger gruben sich in die skelettierte Armlehne. Rupften kleine Überbleibsel der Schaumpolsterung aus den Fugen. Zerfetzten sie in winzige Schnipsel, die andächtig auf die rechte Wand der Brücke zuschwebten.

Eine Erinnerung daran, dass sie in Bewegung waren, seitwärts beschleunigten, auch wenn Bullam es kaum spüren konnte.

»Wo sind unsere Piloten?«, fragte Shulkin. Er klang fast, als wolle er sich nur nach ihrem Wohlergehen erkundigen. »Entfernung zum Kreuzer?«

Er meinte die vier Kataphrakte, die er direkt in Richtung Hoplit geschickt hatte. Die vier Piloten, die ihr Trägerschiff als Einzige vor dem drohenden Untergang bewahren konnten.

»Fünfzehn Sekunden«, sagte die Navigatorin mit leisem Zittern in der Stimme.

*

»Bury, Ginger, Feuerschutz – wir drehen bei«, rief Lanoe und riss den Jäger herum, um den vier CentroCor-Piloten nachzueilen. Candless zündete alle Manövrierdüsen gleichzeitig, zwängte ihre BR.9 in eine Rotationskehre und setzte sich hinter ihn, ohne ihn auch nur eine Sekunde ungeschützt zu lassen. Eine PSG-Salve fuhr über seine Flanke, wurde aber größtenteils harmlos abgelenkt. Ein rotes Licht am Armaturenbrett setzte ihn davon in Kenntnis, dass er soeben eins der beiden Disruptorengeschütze verloren hatte. Er würde es überleben. Weitere Salven brachen über ihn herein, blitzten direkt über dem Cockpit auf, schnitten in die Tragflächen. Die Piloten mussten angewiesen worden sein, ihn zu behindern und davon abzuhalten, den Kreuzer zu verteidigen. Sie gaben sich alle Mühe.

Hinter ihm riss Candless ihren Jäger abermals herum, bis sie rückwärts flog. Mit einem einzigen Schuss schaltete sie einen der Verfolger aus, ein perfekter Treffer genau entlang der Längsachse. Das Schiff explodierte beinahe filmreif in einem unwirklich symmetrischen Feuerball. Mit unglaublicher Wucht schossen Trümmerteile auseinander und wurden mit hellen Blitzen von den Tunnelwänden vernichtet. Ein Wahnsinnsschuss, dachte Lanoe; leider kostete er sie einiges an Beschleunigung, sodass sie plötzlich weit hinter ihn zurückfiel. Sollte der Feind die Lücke zwischen ihnen schließen können, würden sie dankbare Ziele abgeben – die CentroCor-Piloten konnten sie mit sauber platzierten PB-Geschossen auseinandernehmen.

Lanoe wusste, er sollte verlangsamen, ihr Gelegenheit geben, wieder aufzuschließen. Aber der Kreuzer war vollkommen exponiert. Er musste sich beeilen.

Einen Moment lang flog er ganz allein, kein anderes Schiff in der Nähe, und er nutzte die Unterbrechung, um Valk eine Nachricht zu schicken. Die KI antwortete auf der Stelle, als hätte sie nur darauf gewartet. Lanoe blinzelte über die grüne Perle im Augenwinkel.

Er hielt sich nicht mit einer Begrüßung auf. »Wie lange noch, bis das Geschütz feuerbereit ist?«

»Leutnantin Ehta und ihre Marines rackern sich da unten ab, aber es dauert noch achtundneunzig Sekunden«, antwortete Valk.

Achtundneunzig. Zu lange.

Er sperrte den Gedanken aus. »Du hast Feinde im Anflug. Was ist mit sekundären Defensivsystemen?« Der Kreuzer hatte auch eine Menge kleinerer Geschütze an Bord – Partikelstrahlgeschütze von der Größe, wie sie auch die Jäger benutzten. Leider war keines von ihnen automatisiert. Das eiserne Gesetz, das KI im Allgemeinen verbot, ließ auch nicht zu, Drohnen mit Waffensystemen auszurüsten oder überhaupt irgendeinem Computer Zugang zu tödlichem Kriegsgerät zu erlauben. Was im Klartext bedeutete, dass man auch für jedes einzelne Sekundärgeschütz einen menschlichen Kanonier benötigte.

Wäre die Besatzung des Hopliten noch vollständig gewesen, hätten sie mehr als genug Marines zur Verfügung gehabt, um alle Geschütze zu bemannen. Mit der jetzigen Rumpfmannschaft war der Großteil von Ehtas Leuten damit beschäftigt, das eine schwere Gaußgeschütz einsatzbereit zu machen.

»Ich schaue mal, ob sie ein paar Leute entbehren kann, aber du weißt selber, dass Bordgeschütze gegen ausgebildete Piloten wenig bewirken«, gab Valk zurück.

Eine alte Binsenweisheit des Raumkampfs, auch wenn Lanoe sie gerade jetzt nicht wirklich hören wollte. »Immer noch besser als nichts. Wenn auch nur eins von diesen CentroCor-Schweinen einen sauberen Disruptor anbringt, sind wir erledigt«, sagte er. »Und wie es aussieht, haben sie genau …« Er sah auf sein Display. »… dreieinhalb Sekunden, sobald sie in Reichweite sind, bis ich sie einholen kann. Glaubst du …«

»Oh verdammt!«, schrie Ginger laut genug in den Teamkanal, dass es ihm in den Ohren schmerzte. »Nein – oh nein …«

»Was ist los?«, rief Candless. »Ginger – Schwierigkeiten?«

»Nein – nein«, meldete sich das Mädchen. »Nein, ich habe nur … Er – ich hatte eine gute Schussmöglichkeit und habe abgedrückt, und …«

»Wenn keine unmittelbare Gefahr besteht, Schluss mit dem Gequatsche!«, sagte Candless.

Lanoe hatte keine Zeit, sich um Gingers Lage zu kümmern. Er hatte alle Hände voll zu tun. »Candless – wo steckst du?«

»Ich komme. Fünf Sekunden hinter dir.«

»Verstanden.« Was hätte er auch sonst sagen sollen. Auch seine BR.9 konnte nicht schneller fliegen. Mittlerweile hatte die Sensorik die vergrößerte Ansicht des Hopliten auf seine Frontscheibe projiziert, einen rechteckigen Lichtbalken im fahlen Nebel des Wurmlochs. Die vier CentroCor-Jäger waren nichts als gelbe Punkte, die sich dem Balken wesentlich schneller näherten, als ihm lieb war.

Sie waren von ihm aus alle gleich weit entfernt, also visierte er wahllos einen an, fächerte den Steuerknüppel aus und nahm Kurs. Er schaltete die Feuerleitkonsole zu, in der Hoffnung, sie würde ihm vielleicht eine großartige Lösung anbieten, obwohl er wusste, dass ihm nicht die Zeit für ausgefallene Kunststücke blieb. Seine Sensoren zeigten ihm Dinge, die er nicht sehen wollte. Alle vier Jäger hatten ihre Disruptoren geladen. Auch wenn er selbst nur helle Punkte vor sich hatte, konnte sein Bordcomputer mithilfe der Teleskopdaten erkennen, dass sie die schweren Abschussvorrichtungen im Rumpf ausgefahren hatten.

Er zwang sich dazu, den Finger vom Abzug zu entfernen. Sollte er aus dieser Entfernung bei dieser Geschwindigkeit schießen, konnte sein Schuss überall landen. Vielleicht hatte er Glück und erwischte einen der Jäger, vielleicht traf er aber den Kreuzer – der das weitaus größere Ziel bot.

Noch zehn Sekunden. Die Jäger waren fast in Reichweite. Ein PSG des Kreuzers gab erste Schüsse ab, die aber alle weit danebengingen. Lanoe hing fünf Sekunden hinterher, und die Jäger waren in Reichweite des Hopliten. Sie würden ein paar Sekunden brauchen, um die bestmögliche Feuerleitlösung zu erarbeiten, um sicher zu wissen, wo sie ihre todbringende Munition unterbringen mussten, aber er war noch immer …

Einer der gelben Punkte erlosch, dicht gefolgt von einer hellen Explosion, die er auch aus dieser Entfernung sehen konnte.

»Du kannst mir später danken«, sagte Maggs.

»Du wirst mich bestimmt daran erinnern«, knurrte Lanoe. Er hatte keine Zeit, darüber nachzudenken, wie das die Sachlage veränderte, wenn überhaupt.

Mittlerweile konnte er sein Ziel sehen, dessen kugelförmiger Bug direkt auf den Kreuzer gerichtet war. Der Pilot ließ den Jäger mit ruhiger Hand seitwärts gleiten, während er den Abschuss vorbereitete. Wie es aussah, würde der Schuss mitten in der Antriebssektion des Hopliten landen – sollte er treffen – und die intelligente Sprengladung des Disruptors im Innern der Triebwerke zünden …

Noch war das rein hypothetisch. Der Pilot hatte nicht einmal Zeit, den Kopf zu heben, als Lanoe ihn mit beiden PSGs durchbohrte. Der CentroCor-Jäger zerplatzte, der Disruptor zündete nicht.

Noch zwei übrig – beide auf der anderen Seite des Kreuzers. Candless war noch immer drei Sekunden entfernt. Lanoe riss sein Schiff auf die Seite und schraubte sich um den Rumpf des Kreuzers herum. Die Manövrierdüsen zischten und stotterten, die Trägheitsdämpfer nagelten ihn mit heftiger Gewalt am Sitz fest. Der Kreuzer drehte sich unter ihm hinweg, Lanoe zog sich in einer scharfen Kurve aus der Drehbewegung und drückte den Abzug durch.

Der dritte CentroCor-Pilot hatte noch Zeit, ein Ausweichmanöver zu versuchen. Es half ihm nicht. Lanoes Partikelstrahlen schlugen Funken in seinem Vektorfeld, glitten kurz zur Seite ab, dann hatte er den richtigen Winkel gefunden. Eine Feuerlanze fraß sich durch den Rumpf des Jägers, zerschnitt Rohre und Leitungen und Kabel. Das Licht in der Cockpitblase erlosch, der Jäger zuckte und driftete unkontrolliert zur Seite ab. Der Pilot war entweder tot oder hatte keine Möglichkeit mehr, seinen Kurs zu ändern. Kein sauberer Abschuss, aber Lanoe kümmerte sich nicht darum. Er war nicht gekommen, um CentroCor-Piloten umzubringen – er hatte den Kreuzer zu retten.

Nur noch ein Feind übrig. Lanoe schaltete die Stabilisatoren aus, vollführte eine brutale Rotationskehre und flog im rechten Winkel zum bisherigen Kurs weiter. Er griff nach dem Steuerknüppel und bereitete den nächsten Schuss vor …

Gerade als sich der Disruptor vom Rumpf des letzten Vierundsechzigers löste.

Lanoe war nah genug, um alles mit anzusehen. Das Projektil tauchte unter der Tragfläche auf, zündete das kleine Triebwerk und beschleunigte auf den Kreuzer zu.

Lanoe wollte sich der Magen umdrehen. Seine Trägheitsdämpfer verhinderten es – sie pressten ihn noch immer fest in den Sitz –, sodass sich stattdessen ein saurer Rülpser die Kehle hinaufschlängelte. Er wollte laut schreien, konnte aber die Kiefer kaum bewegen.

Der Disruptor war eine Stange aus Carbon, hart wie Diamant und gut einen Meter lang. Er beherbergte eine Vielzahl kleiner hochexplosiver Ladungen und war dafür gebaut, sich durch die Bordwand eines Schiffs zu fressen und seinen Weg im Innern fortzusetzen, durch Panzerschotten, tragende Elemente und Mannschaftsquartiere. Die Ladungen wurden in Serie gezündet.

Ein langlebiger Feuerball, der sich durch Panzerung, Sicherheitsschleusen und Hohlräume bohrte, ohne anzuhalten. Eine verheerende Waffe, nur zu einem Zweck erschaffen: Kriegsschiffe zu vernichten.

Der Disruptor traf den Kreuzer direkt unterhalb der Offiziersquartiere und brach sich seitlich durch die Verschalung der Brücke. Lanoe konnte die fortwährenden Explosionen mit bloßem Auge verfolgen. Immer wieder schossen Eruptionen aus der Flanke des Kreuzers hervor, während sich vom zerstörten Bug aus langsam eine wachsende Trümmerwolke ausbreitete.

»Nein«, sagte er sehr leise. »Nein, Valk …«

Die Brücke – die gesamte Brücke war einfach *verschwunden*. Der Disruptor brach auf der anderen Seite in einer feurigen Bugwelle wieder durch die Außenhülle, eine zornige Blüte aus flüssigem Metall und flüchtigen Gasen. An Stelle der Brücke waren nur noch zerfetzter Panzerstahl und zerrissene Kohlefasern zu sehen – lange, schlaffe Schiffsinnereien, die im Kielwasser der heftigen Schockwelle verwehten.

»Valk!«, schrie Lanoe.

Fast wäre ihm entgangen, dass der letzte Jäger, der seinem Kriegsschiff den Todesstoß versetzt hatte, nun auf ihn anlegte.

*

Ein grimmiges Lächeln breitete sich über Shulkins eingefallene Wangen aus. Tief aus seiner Brust ertönte ein Geräusch wie sterbendes Röcheln – es mochte auch ein triumphierendes Stöhnen sein. Bullam wandte sich wieder dem Bildschirm zu und betrachtete fasziniert, wie sich das Bild von der Kamera des letzten Jägers in Dauerschleife wiederholte. Immer neu erzitterte und zerfetzte der Bug des Kreuzers unter dem Ansturm des Disruptors. »Wir haben es geschafft«, raunte sie. »Wir haben es geschafft. Wir haben es geschafft. Sie – sie sind tot, und – wir nicht.«

Jemand rief etwas, rief eine Reihe von Fragen, aber sie hörte nicht zu. Sie wollte einfach die Augen zukneifen und gefühlt das erste Mal seit Stunden tief einatmen, auch wenn sie wusste, dass kaum ein paar Minuten verstrichen waren. »Captain«, sagte sie, »wir sind in Sicherheit. Jetzt sollten wir uns überlegen, wie wir Lanoe fassen können. Ich würde vorschlagen ...«

»Ich habe keine Ahnung, wovon Sie da reden, Zivilistin«, sagte Shulkin. »Hatte ich Ihnen nicht befohlen, den Mund zu halten, solange Sie auf der Brücke sind?«

Bullam verzog das Gesicht und wandte sich wieder den Bildschirmen zu. Auf einem war die Risszeichnung des Kreuzers zu sehen, die beschädigten Bereiche in Gelb, Orange und Rot hervorgehoben, umgeben von Datensätzen, die ständig wuchsen, je mehr Telemetrie einging. Der Kreuzer sah nicht nur tot aus, er wirkte, als habe man ihn enthauptet.

Andere Bereiche des Bilds waren noch in Blau oder sogar Grün gehalten. So war beispielsweise das Triebwerk unangetastet geblieben. Auch die Geschütze waren fast alle unbeschädigt.

Bullam zeigte auf den Schirm. »Sie haben die komplette Brücke verloren. Kommen Sie, das muss doch etwas ausmachen!«

»Wahrscheinlich hat es zum Tod einiger Piloten geführt«, sagte Shulkin. »Unwichtig. Sie können das Schiff auch ohne die Brücke bedienen. Das Ding kann von jeder Steuerkonsole an Bord geflogen werden. Glauben Sie, so etwas wäre in keinem Krieg je passiert? Die Flotte baut ihre Schiffe so, dass sie sehr lange funktionstüchtig bleiben, auch wenn der Großteil der Besatzung längst tot ist.«

»Aber das Geschütz, diese Typ-II-Gaußkanone oder was, die sie hochgefahren haben, die muss doch – sie kann doch nicht ...«, sagte Bullam. Sie merkte selbst, wie unzusammenhängend sie drauflosplapperte, konnte aber nicht an sich halten. »Der Treffer muss doch etwas bewirkt haben!«

»Er hat unsere Ehre gerettet«, sagte Shulkin. »Wenn wir jetzt sterben, haben wir sie wenigstens zuerst erwischt. Aber noch haben wir neun Jäger im Rennen. Und ihr Geschütz braucht noch elf Sekunden.«

*

Lanoe warf das Steuer herum und zündete die Positionsdüsen, um dem Schussfeld des Vierundsechzigers zu entgehen. Sein Gegner zog den Bug nach unten und drehte sich auf der Stelle. Er hatte ihn noch immer genau im Visier – Lanoe wusste, dass er nicht entkommen konnte. Hätte er sich unter dem Rumpf des Kreuzers wegducken, ihn zwischen sie bringen können … aber die Zeit reichte nicht.

Zeit.

Er hatte dem CentroCor-Piloten viel zu viel Zeit gegeben. Er war vom Treffer des Disruptors, wie er sich durch sein Schiff brach, viel zu abgelenkt gewesen – und von dem Wissen, dass Valk dort gesessen hatte. Valk. Valk war tot. Verflucht noch mal. Er sperrte den Gedanken aus. Er war abgelenkt gewesen und hatte dem Gegner zu viel Zeit gelassen, eine Feuerleitlösung für seinen nächsten Disruptor zu berechnen.

Er hätte längst tot sein müssen. Lanoe hatte diese Piloten kämpfen sehen. Sie mochten nicht das Beste sein, was die Flotte je hervorgebracht hatte, verstanden ihr Handwerk aber zweifellos. Warum hatte der letzte Jäger ihn nicht längst abgeschossen?

Es sei denn, es war ihm untersagt worden. Genau wie Maggs vermutet hatte.

Er wirbelte herum, während ihn der Vierundsechziger mit seinen PSGs bearbeitete. Schuss um Schuss brach durch sein Vektorfeld, fraß sich über die Verkleidung, bis das ganze Cockpit von roten Warnlichtern erhellt war. Er verlor eine Tragfläche, ein PSG und dann eine wichtige Komponente im Triebwerk. Plötzlich setzte sein Hauptantrieb einfach aus. Eine drängende Sirene warnte ihn vor der Hitze, die sich jenseits der Verschalung anstaute, die sein Cockpit vom Reaktor trennte. Er zuckte, wich aus und versuchte, wenigstens ein paar Treffer mit dem schwankenden Vektorfeld abzulenken, aber er war einfach zu nah dran. Ob sie ihn nun lebendig fangen wollten oder nicht, früher oder später würde einer der Schüsse etwas Lebenswichtiges treffen. Vielleicht überlebte er am Ende doch, aber CentroCor würde es kaum kümmern, wie viele Gliedmaßen ihm hinterher fehlten.

Ein letztes Mal zog er den Jäger herum, bis sein Bug direkt auf die Kugel des gegnerischen Cockpits zeigte. Er wollte dem Piloten, der ihn ausschaltete, wenigstens ins Gesicht sehen. Schemenhaft konnte er im Schein der Armaturen drüben eine Gestalt im Raumanzug ausmachen. Er wollte ein virtuelles Fadenkreuz auf seine Frontscheibe legen, diesem Hund wenigstens noch einen Schuss vor den Bug verpassen, damit der wusste, mit wem er sich anlegte …

… und musste blitzschnell den Blick abwenden, als der Vierundsechziger in einer Wolke aus Feuer und Metallsplittern verging. Er war der Explosion so nah, dass sich sein Cockpit vollständig verdunkeln musste, um ihn nicht erblinden zu lassen.

In diesem Moment, als er allein im Dunkeln saß und nicht begriff, was gerade passiert war, tauchte eine grüne Perle in seinem Augenwinkel auf.

Er blinzelte sie an.

»Dachte, du könntest etwas Hilfe gebrauchen«, sagte Maggs.

Lanoe hatte nicht vor, sich zu bedanken. Auch wenn er wusste, er hätte es tun sollen. »Sicher«, knurrte er nur. Mehr hatte Maggs nicht verdient.

Immerhin versuchte der Dreckskerl auch nicht, mehr Anerkennung einzufordern.

Lanoes Cockpit wurde wieder durchsichtig, und er sah sich um, musste sich schnell ein Bild von der Lage machen. Bei aller Sensorik und Kommunikationstechnik und sonstigen Ausrüstung an Bord moderner Raumjäger, bei allem Bemühen der Ingenieure, größten Wert auf Situationsbewusstsein zu legen, gab es Momente wie diesen doch in fast jeder Schlacht, Momente, in denen man bestenfalls raten konnte, ob man gerade gewann oder verlor. Er rief verschiedene Tastfelder auf und versuchte herauszufinden, wie schwer er beschädigt war und was sich in seiner näheren Umgebung befand. Während er sich noch einen Überblick verschaffte, gesellte sich Candless an seine Seite.

»Ich weiß, ich bin spät dran«, sagte sie. »Tut mir sehr leid.«

»Mach dir keinen Kopf«, gab er zurück. »Gut, dass du jetzt da bist. Wie schlagen sich die Kinder?«

»Die Fähnriche stiften ordentlich Verwirrung, was wohl auch dein Plan gewesen sein dürfte. Der Träger wendet immer noch – ein waghalsiges Unterfangen mitten im Wurmloch, aber sie wollen sich dringend unserer Feuerkraft entziehen. Das wird sehr knapp, ob sie fliehen können, bevor wir schussbereit sind.«

Lanoe warf einen Blick auf seinen Kreuzer. Er hatte ihr Gauß-geschütz fast vergessen. Gerade zogen sich die schützenden Panzerplatten vor der Mündung zurück, ein gähnend schwarzes Loch in der Flanke des Hopliten öffnete sich. Gegen seinen Willen wanderte sein Blick zum Bug des Schiffs, zu der Wolke aus zerfetztem Metall, die einmal seine Brücke gewesen war.

»Valk ist tot«, sagte er.

»Oh. Ich – ich weiß, was es dir bedeutet hat …«

»Nein, bin ich nicht«, sagte Valk.

Lanoe brauchte ein paar Sekunden, um das Gehörte zu verarbeiten. Er hatte bereits angefangen, Valks Tod zu akzeptieren, hatte begriffen, dass die KI von dem Disruptor in Stücke gerissen worden war, der sein Schiff gespalten hatte. Unbewusst hatte er schon begonnen, darüber nachzudenken, was es für ihn bedeutete, wie er den Kreuzzug gegen die Blau-Blau-Weiß ohne …

»Nein, im Ernst«, sagte Valk. »Alles am Leben hier drüben. Ihr zwei solltet vielleicht Platz machen.«

Die Gaußkanone war feuerbereit.

*

»Oh Gott ... oh, verdammt – ich bin blind, meine Augen ...«

Bullam wünschte, Shulkin würde den NO anweisen, die Verbindung zu unterbrechen. Aleister Lanoe hatte einen ihrer Piloten verwundet, ihm aber nicht den Gnadenstoß versetzen wollen. Jetzt mussten sie mit anhören, wie das arme Schwein um Hilfe schrie.

»Meine Augen! Sie – ich sehe nichts mehr, ich kann nicht fliegen – bitte, ich kann so nicht fliegen! Bitte, ich brauche automatischen Rückruf. Bitte!«

Falls Shulkin zu Mitleid fähig war, ließ er es sich nicht anmerken. »Daten«, sagte er. »Ich brauche die relevanten Daten.«

»Wir haben die anfängliche Drehung ausgeführt«, gab die Navigatorin durch. »Schubkraft bei einhundert Prozent. Wir entfernen uns, aber ...«

»Es wird nicht reichen«, unterbrach ihn der Pilot. »Ich habe alles aus den Triebwerken herausgeholt. Bei der Belastung verlieren wir wahrscheinlich mindestens eins. Man kann nicht unbegrenzt Energie in die Düsen leiten, und ...«

»Verstanden«, sagte Shulkin. »Nachrichtenoffizier?«

Der Mann saß reglos auf seinem Sitz und schirmte die Augen mit einer Hand ab. »Sehen Sie selbst.«

Bullam warf einen Blick auf seinen Bildschirm. Erst wusste sie nicht, was sie dort sah. Eine Wolke aus Gas und Staub verbarg den mittleren Teil des Kreuzers. Genau im Zentrum des Durcheinanders befand sich ein winziger, vollkommen runder schwarzer Punkt.

Mageninhalt schoss ihr die Speiseröhre hinauf, als sie begriff, was dieser Punkt war. Das Projektil, das die Gaußkanone soeben abgefeuert hatte. Da es direkt auf sie zukam, sah es von vorne nur wie ein Punkt aus. Der unaufhaltsam wuchs.

»Wie viel ... wie viel Schaden wird das – das Ding anrichten?«, fragte sie so leise, dass sich ihre Stimme neben den Schmerzensschreien des blinden Piloten fast verlor.

Shulkin schien sie dennoch gehört zu haben. »Das ist eine moderne Fünfundsiebzig-Zentimeter-Granate. Mantel aus abgereichertem Uran mit einem Hochtemperatur-Gefechtskopf. Ursprünglich dazu entwickelt, Städte dem Erdboden gleichzumachen. Sie haben gesehen, was der Disruptor mit dem Kreuzer veranstaltet hat?«

»Habe ich«, sagte Bullam.

Shulkin nickte. »Verglichen hiermit war das ein Knallfrosch.«

Da der Träger unter Volllast beschleunigte, gab es jetzt wieder Schwerkraft an Bord. Eine Macht, die sie sanft in den Sitz drückte. Sie zog die Beine an und legte die Arme um die Knie. Irgendwie fühlte es sich beruhigend an.

In wenigen Momenten – höchstens einer Minute – würde sie sterben.

Und keiner von ihnen konnte etwas dagegen tun. Sie überlegte, was sie mit den letzten Augenblicken ihres Lebens anstellen sollte, nur wollte ihr nichts, aber auch gar nichts Sinnvolles einfallen. Eigentlich wollte sie nur aufhören, so sehr zu zittern.

»Ich kann nichts sehen! Hören Sie mich nicht? Ich brauche automatischen Rückruf, ich flehe Sie …«

Shulkin hielt noch immer einen Teil der zerfetzten Armlehne in der Hand. Er klopfte damit auf den nackten Metallrahmen seines Sessels. »Warum haben sie ihn nicht getötet? Der Mann ist blind«, sagte er. »Das ist doch ein dankbares Opfer?«

Der NO hob den Kopf und starrte Shulkin an. »Darüber denken Sie jetzt nach? Über dankbare Opfer?«

»Wenn Sie Aleister Lanoe in seiner Paradedisziplin schlagen wollen, müssen Sie nachdenken, Leutnant. Sie müssen denken wie …« Er unterbrach sich. Auf einmal leuchteten seine Augen mit einem inneren Feuer.

»Verdammt noch mal, Sie mieser alter Dreckskerl! Sehen Sie nicht, dass es vorbei ist? Kapieren Sie nicht, dass wir alle tot sind?«, brüllte der NO.

Shulkin legte das zerrissene Stück Armlehne sorgfältig in seinen Schoß. Dann rief er ein Display auf und tippte etwas. »Der verletzte Pilot. Geben Sie ihm, wonach er verlangt. Automatischer Rückruf.«

»Sir?«, fragte die Navigatorin.

»Er kann nicht sehen, wohin er fliegt, also müssen wir seinen Kataphrakt für ihn steuern. Sind Sie mit dem Konzept nicht vertraut?«

»Sir, Sie wollen ihn … hierher zurückbringen? Zum Träger?«

»Ich will, dass Sie ein allgemeines Rückholsignal für all unsere Jäger aussenden. Was den Mann angeht, dem wir zugehört haben, übernehmen Sie die direkte Kontrolle über sein Schiff und fliegen es hierher zurück. Und zwar auf diesem Kurs.« Er drückte eine letzte Taste, und sein Display verschwand, als die Informationen an den Leitstand der Navigatorin geschickt wurden.

Auf ihrem Schirm tauchte sein vorberechneter Kurs auf. »Das ist nicht die effizienteste Route«, sagte sie. »So braucht er länger als nötig. Ich verstehe nicht ganz, warum Sie – warum. Oh. Sir, ich weiß nicht, ob ich das tun kann.«

»Wenn Sie überleben wollen, tun Sie es«, erwiderte Shulkin.

Mit welchem moralischen Dilemma sie auch immer kämpfte – und Bullam hatte keine Ahnung, worum es sich handeln mochte –, die Navigatorin brauchte nicht lange, um sich zu entscheiden.

»Jawohl, Sir«, sagte sie und tat, wie ihr geheißen.

*

Als das Geschütz feuerte, riss Lanoe reflexartig einen Arm vors Gesicht. Der Nahraum füllte sich mit Rauch und Staub. Der Abschuss setzte solch enorme Energiemengen frei, dass das Projektil beim Mündungsaustritt verdampft wäre, hätte es nicht in einem ablativen Treibkäfig gesteckt – einem Schild aus hitzeresistentem Borosilikat-Aerogel. Der Treibkäfig sollte den Abschuss nicht überstehen, sondern war nur dazu da, das Projektil kühl zu halten. Er löste sich noch im Lauf des Gaußgeschützes auf und schoss als lange Fahne aerosolierter Trümmer aus der Mündung – der Rauch, den Lanoe vor sich sah. Er breitete sich um den Kreuzer aus und besaß so viel kinetische Restenergie, dass er den Lack von Lanoes ohnehin schon beschädigtem Jäger zerfraß. Auch seine Sensoren spielten verrückt – er konnte kaum noch etwas erkennen. Als er den Arm wieder herunternahm, sah er undeutlich Candless' Positionslichter an seiner Seite, auch die rotierenden Lampen über den geschlossenen Hangartoren waren nur schemenhaft zu erkennen.

Er legte das Taktik-Display über den Großteil der Frontscheibe und blinzelte, um all die Punkte und Rechtecke und die schnurgerade Linie des Projektils einzuordnen. Der Träger hatte erfolgreich gewendet und entfernte sich rasch, war aber noch immer in Schussweite, außerdem bewegte sich das Projektil wesentlich schneller als das riesige, behäbige Kriegsschiff.

Bis zum Einschlag würden gut zwanzig Sekunden verstreichen, aber selbst wenn das CentroCor-Schiff versuchte, auszuweichen, hatte das Projektil eigene Manövrierdüsen und war mühelos im Stande, ihre Kursänderungen auszugleichen. Nur noch eine Frage der Zeit.

»Wir haben sie«, sagte er.

Er hatte mit sich selbst geredet, aber Candless antwortete. »Sieht ganz so aus. Sag mal, siehst du diesen Punkt da, der sich sehr schnell von uns entfernt?«

Lanoe hatte ihn auch entdeckt – ein gelber Punkt, also ein feindlicher Jäger, noch nicht allzu weit entfernt. Es war der, den er ausgeschaltet hatte, bevor sein Kamerad den Kreuzer mit einem Disruptor erwischt hatte. Er war davon ausgegangen, der Pilot habe den Treffer nicht überlebt und das Schiff sei keine Gefahr mehr. Offensichtlich funktionierte aber zumindest sein Antrieb noch.

»Sie ziehen sich offenbar zurück«, sagte er. Denn es war nicht der einzige Punkt. Da draußen auf halber Strecke, wo Bury und Ginger noch immer mit ihren Loopings beschäftigt waren, schienen auch die restlichen Piloten das Interesse am Kampf verloren zu haben. Einer nach dem anderen drehten die CentroCor-Jäger ab und beschleunigten auf flachen Bahnen zurück in Richtung Trägerschiff. Auch wenn der Träger bereits dem Untergang geweiht war.

»Sie rennen davon«, sagte Candless. »Befehle, Kommandant? Wenn wir uns beeilen, erwischen wir noch ein paar von ihnen.«

»Meinst du, das lohnt sich? Jagd auf die Überlebenden zu machen?«

»Wenn es nach mir geht?«, fragte Candless. »Nein, meine ich nicht.«

Lanoe nickte stumm. Die armen Hunde rannten nach Hause zu einem Träger, der bei ihrer Ankunft nur noch ein verbogener Rumpf sein würde. Er sah keinen Anlass, ihnen den Tag noch mehr zu vermiesen. Er hatte seinen Sieg errungen. »Bury, Ginger, Maggs – zurück zum Kreuzer. Die Schlacht ist vorbei.«

Natürlich war seine Arbeit alles andere als getan. Er musste jetzt an Schadensbegrenzung denken und daran, wie ihre Mission weitergehen sollte, nun, da ihrem Schiff die Brücke fehlte. Er hatte den Fähnrichen eine Einsatzbesprechung versprochen, und …

»Der Kerl hat aber wirklich Zug drauf«, sagte Bury.

Lanoe sah stirnrunzelnd auf seinen Taktik-Schirm, um festzustellen, wovon der Junge da redete. Der verkrüppelte Vierundsechziger, den er hatte ziehen lassen, beschleunigte mit unglaublichen Werten. Er raste auf den Träger zu – schnell genug, um sein Triebwerk zu schmelzen. Vielleicht sogar schnell genug, um den Piloten zu töten, sollte er noch leben.

»Warum hat der es so eilig?«, fragte Lanoe. Er tippte etwas ein und drehte sein Display. »Hat er solche Angst, dass wir ihn verfolgen könnten? Aber wir haben uns nicht gerührt ...« Er schüttelte den Kopf und betrachtete das Display aus einem anderen Winkel. Dann sah er es.

»Zum Teufel!«, fluchte er lautstark. »Diese Bastarde!«

*

Bis zum Schluss hörte der blinde Pilot nicht zu schreien auf. Die Navigatorin steuerte seinen Jäger mit dem Kurs und der Beschleunigung, die Shulkin ihr vorgegeben hatte. Selbst als der Pilot schrie, dass er zu hart beschleunige, dass seine Trägheitsdämpfer nicht mehr mithalten könnten – als er weinte, dass seine Knochen brächen, dass er zerdrückt werde, ließ sie den Jäger weiter beschleunigen.

Er war die einzige Chance, die dem Träger noch blieb. Bullam wusste es.

Sie gab sich größte Mühe, sich nicht zu übergeben.

»In sechzehn Sekunden haben wir die effektive Reichweite des Kreuzers verlassen«, sagte der Pilot des Trägers sehr leise. »Das Projektil ist neun Sekunden entfernt.«

»Sie haben nur das eine Projektil abgefeuert«, sagte der NO. Kurz zuvor hatte er Bullam erklärt, dass die Gaußgeschütze des Kreuzers bei maximaler Auslastung mehrere Hundert Schuss pro Minute abgeben konnten. Anscheinend hatte Lanoe keinen Grund gesehen, weiter zu feuern – warum hundertmal auf den Träger schießen, wenn ein einziges Projektil ausreichte, um ihn zu vernichten?

Genau darauf hatte Shulkin gebaut. Denn der Trick, den er sich ausgedacht hatte, würde nur einmal funktionieren.

»Bitte«, winselte der blinde Pilot zwischen Keuchen und Röcheln, während ihm der Andruck langsam Luftröhre und Lunge zerquetschte. »Bitte, da stimmt was nicht. Etwas läuft ... etwas ... läuft – falsch ...«

Abrupt verstummte er.

316

Es gab keinen Knall, keine Explosion, kein statisches Kreischen. Der Ton riss einfach ab.

Auf dem Bildschirm des Nachrichtenoffiziers berührte ein blauer Punkt einen gelben Punkt, dann waren beide Punkte verschwunden. Mehr nicht. Ein anderer Schirm in der Nähe des Navigationsstands zeigte einen jähen grauen Blitz, funkelnde Strahlen in einer Trümmerwolke.

Bullam räusperte sich.

Drei Gesichter sahen sie erwartungsvoll an. Der Pilot, die Navigatorin, der NO. Shulkin hielt den Blick an den Bildschirm geheftet.

Also wandte sie sich an die Brückencrew, weil sie wusste, dass Shulkin es niemals tun würde. »Er oder wir«, sagte sie. »Es ging nicht anders.«

Rein intellektuell war sie durchaus in der Lage, Shulkin für seinen klugen Schachzug zu bewundern. Er hatte eine Kugel auf seinen Kopf zukommen sehen. Er hatte einen ferngesteuerten Jäger zur Verfügung gehabt, der noch ein bisschen schneller als die Kugel fliegen konnte. Er hatte den blinden Piloten auf direkten Kollisionskurs mit dem Projektil des Gaußgeschützes geschickt und damit die größte Gefahr auf dem Schlachtfeld aus dem Spiel genommen.

Es hatte lediglich ein Menschenleben gekostet. Das Leben eines Piloten unter seinem Kommando.

Vom Nachrichtenpult aus ertönte ein Signal. Der NO fuhr herum, überprüfte seine Konsole und sagte: »Ich habe neue Infrarotsignaturen – eine Menge. Der Hoplit wärmt den zweiten Schuss vor. Geschütz in zwölf Sekunden feuerbereit.«

Shulkin zeigte mit dem Finger auf den Piloten.

»Wir sind in zehn außer Reichweite«, kam die Antwort.

Shulkin nickte. Bestätigte eine kalte Tatsache. Dann drehte er den Kopf und sah Bullam an. »Ich fürchte, wir werden Aleister Lanoe heute nicht einfangen. Mein Beschluss als Kommandant dieses Schiffs lautet, dass wir uns mit größtmöglicher Eile zurückziehen sollten. Möchten Sie meine Entscheidung widerrufen?«

Hatten seine Augen vorher glasig gewirkt, waren sie jetzt fein geschliffene Linsen. Fast musste sie sich abwenden. Sie zwang sich dazu, dem bohrenden Blick zu widerstehen. »Nein. Ich stimme zu.«

Shulkin nickte abermals.

»Navigatorin«, sagte er, »setzen Sie Kurs auf Avernus. So schnell wie möglich.« Er erhob sich von seinem Sessel. »Sollte mich jemand brauchen, ich lege mich kurz hin.«

Ein wenig steif verließ er die Brücke. Erhobenen Hauptes.

Sobald er verschwunden war, sah der Rest der Brückenbesatzung wieder Bullam an. Sie wollten etwas von ihr hören.

»Er hat uns gerade allen das Leben gerettet«, sagte sie. »Aber nein, ich kann ihn auch nicht sonderlich leiden.«

18

Bury landete seinen Jäger im Hangar und sprang aus dem Cockpit, noch bevor die Manövrierdüsen abgekühlt waren. Er rannte zu Gingers Schiff hinüber und zog sie fast aus dem Sitz.

»Hast du das gesehen? Hast du gesehen, wie ich den einen Jäger abgeschossen habe?« Er grinste so breit, dass er fast das Gefühl hatte, die plastinierte Haut seiner Mundpartie müsste einreißen. Es ging ihm gut, so gut – zum ersten Mal seit Jahren war er nicht mehr wütend, das Leben schien nicht mehr schwer auf ihm zu lasten. Diese Freiheit, die grenzenlose Freude des Fliegens – und der Kampfrausch, die Rollen und Sturzflüge, die Finten und Ausweichmanöver. Er hatte sich noch nie so gut gefühlt.

»Ich habe es gesehen. Ich habe ...« Ginger stockte.

Er schloss sie in eine stürmische Umarmung. »Und du hast auch einen gekriegt! Du hast einen Kataphrakt abgeschossen – ich hab's genau gesehen!« Er merkte, dass er vor lauter Begeisterung kaum noch einen klaren Satz herausbrachte, aber es war ihm egal. »Noch ein paar solcher Kämpfe, und wir sind *Asse*«, sagte er. »Dann kriegen wir Blaue Sterne!«

Sie nickte, sah aber über seine Schulter hinweg. Leutnantin Ehta, die Chefin der Marines, war gerade durch die innere Schleuse geschwebt. Sie hing dort hinten und hielt sich mit einer Hand an der Wand fest.

»Aus dem Weg«, sagte sie. »Macht Platz für die anderen.« Sie warf ihnen einen Blick zu, unter dem selbst Kühlflüssigkeit gefroren wäre. Verstand sie denn nicht? Begriff sie nicht, wie aufregend das alles war, wie gut es ihm ging?

Ginger packte seinen Arm und zog ihn zur Schleuse. Zu dritt sahen sie zu, wie Leutnant Maggs eintraf. Funkelnd setzte seine fortschrittliche Z.XIX im Schein der Deckleuchten auf. Er winkte Bury fröhlich zu und verschwand wortlos im Schiff. Als Nächster kam Kommandant Lanoe, dessen Jäger kaum noch zusammenhielt. Bury fragte sich, was mit ihm passiert war – vielleicht konnte der alte Mann seinem Ruhm doch nicht mehr gerecht werden. Vielleicht war er doch kein so guter Pilot, wie alle behaupteten. Lanoe würdigte sie keines Blicks, sondern verschwand sofort. Dann endlich traf Leutnantin Candless ein. Alle im Heimathafen, alle noch am Leben. Bury fühlte eine sonderbare Woge der Kameradschaft in sich aufsteigen. Er war aufrichtig erleichtert, sie alle unverletzt zurückkehren zu sehen. In der Toröffnung baute sich schimmernd ein Wetterfeld auf, der Hangar füllte sich mit Atmosphäre. Ihre Helme öffneten sich automatisch und flossen in die Kragenringe der Anzüge zurück. All das in der Zeitspanne, die Candless brauchte, um aus dem Cockpit zu steigen.

»Frau Leutnant«, sagte er. »Frau Leutnant! Haben Sie das gesehen? Ginger und ich haben beide einen Abschuss erzielt. Sie haben uns bestens ausgebildet, Ma'am. Wir waren …«

»Das«, sagte Candless, »war ein absolutes Fiasko.«

Bury fiel das Lächeln aus dem Gesicht. »Aber – wir haben gewonnen.«

»Haben wir nicht.« Candless sah ihn finster an. »Der Feind hat sich zum Rückzug entschlossen. Von einer gewonnenen Schlacht kann man nur dann sprechen, wenn dem Gegner nichts anderes übrig bleibt, als sich zu ergeben. Sie haben unserem Schiff schwerste Schäden zugefügt und sich dann zurückgezogen. Sie werden zweifellos versuchen, uns noch einmal anzugreifen, und beim nächsten Mal haben wir das Überraschungsmoment nicht mehr auf unserer Seite. Anhand welcher Parameter würden Sie diese Situation als Gewinn verbuchen, junger Mann?«

»Hey«, sagte Ehta. »Kommen Sie schon. Seien Sie doch ein bisschen nachsichtig mit dem Kleinen.«

»Und weshalb? Fähnrich Bury ist mein Schüler. Sein Handeln fällt auf mich zurück. Er musste auf dem Schlachtfeld schon für exzessives Geplauder zurechtgewiesen werden.«

»Meine Güte«, sagte Ehta.

»Und was Sie angeht«, legte Candless nach, »bin ich Ihre Erste Offizierin. Also bin ich auch für Ihr Versagen verantwortlich. Können Sie mir verraten, wie viele Marines zum Bedienen eines Gaußgeschützes Typ-II nötig sind? Hmm?«

»Jetzt machen Sie aber …«

»Ich erwarte eine Antwort.«

Bury beobachtete Ehtas Reaktion. In dem Moment hätte er ihr nicht verübeln können, Candless einen Schlag ins Gesicht zu versetzen. Die Soldatin schaute durchaus so, als habe sie große Lust dazu. Stattdessen umfasste sie die Haltestange so hart, dass ihr Handschuh quietschte.

»Alle«, sagte sie.

Candless hob eine Augenbraue.

»Da von denen niemand je ein Bordgeschütz bedient hat, brauchte ich sie alle. Aber wir haben es hinbekommen, zum Donnerwetter. Wir haben einen perfekten Schuss abgegeben. Der Feind musste einen seiner eigenen Piloten opfern, um …«

Candless unterbrach sie. »Haben Sie während der Schlacht unsere Bitte nicht gehört, dass die Marines die Defensivgeschütze bemannen sollten? Und trotzdem haben wir nur minimale Unterstützung erhalten. Weil Ihre Marines zu sehr damit beschäftigt waren, erst zu lernen, wie sie ihre Arbeit verrichten. Sollten wir uns je wieder in einer ähnlichen Situation befinden, erwarte ich mehr von ihnen.«

Candless drehte sich um und sah ihre Schüler an.

»Das gilt für alle.«

Dann schwebte sie durch die Schleuse ins Innere des Schiffs.

Bury konnte es nicht fassen. Noch vor einer Minute hatte er sich so gut gefühlt, und jetzt …

Ehta schnaubte, zog eine beachtliche Menge Rotz hoch und spuckte ihn gegen die Schleuse, durch die Candless soeben verschwunden war.

»He«, sagte Bury. »He, das geht aber nicht.«

Leutnantin Ehta hob eine Braue. »Du willst sie auch noch in Schutz nehmen, Junge? Nachdem sie dir gerade dermaßen den Hintern aufgerissen hat?«

»Sie ist eine Pilotin«, sagte Bury. Hinter den Polymeren seiner Wangen spürte er neue Hitze aufwallen. Diese Frau war vielleicht Soldatin und im Nahkampf ausgebildet, aber wenn sie einen Kampf haben wollte, würde er ihr trotzdem wehtun, sollte sie …

»Könnt ihr nicht beide still sein?«, fragte Ginger.

Sie drehten sich nach ihr um.

Ehta verzog das Gesicht. »Sie ist ein regelversessenes, nervtötendes Miststück und geht mir schon entschieden zu lange auf den Geist. Mich wundert nur, dass du das nicht genauso siehst, Mädchen.«

»Sie war meine Lehrerin. Ist immer noch meine Lehrerin«, sagte Ginger. »Ich will mit Ihnen keinen Streit anfangen. Aber ich höre auch nicht zu, wie Sie sie schlechtreden.«

Ehta verdrehte die Augen und verschwand durch die Schleuse.

Sobald sie weg war, zog Bury seine Handschuhe aus und schmiss sie quer durch den Hangar. »Die werden uns *nie* respektieren. Wir haben heute großartig gekämpft, Ginj. Gekämpft und gewonnen. Und die wollen trotzdem nicht …«

Er sah ihren Gesichtsausdruck und stockte. Ginger war in gleich mehreren Grüntönen angelaufen, als müsste sie sich dringend übergeben.

»Ginj«, sagte er. »Ginj – was ist los? Bist du – liegt es an dem, was Candless gesagt hat? Hat dich das so getroffen?«

Ginger schüttelte matt den Kopf. »Nein. Sie war immer streng zu uns. Daran bin ich gewöhnt. Es ist ... das ist es nicht, was mich so ... oh, verdammt.«

Sie schlang die Hände um die Haltestange und schmiegte sich daran, als sei dies ihr einziger Rettungsanker. Bury schwebte auf sie zu und wollte helfen, aber sie sah ihm direkt in die Augen. Nackte Furcht lag in ihrem Blick. »Das war mein erster bestätigter Abschuss«, sagte sie und klang, als hätte sie ein Gespenst gesehen. »Das erste Mal, dass ich ... um Himmels willen. Ich habe gerade einen Menschen getötet.« Sie wich vor ihm zurück und schwebte rückwärts zur Schleuse. »Lass ... lass mich einfach in Ruhe!«

Sie schob sich durch die Schleuse und warf sie mit dem Fuß hinter sich zu.

Bury hing allein im Hangar und konnte sich nicht erklären, was in alle gefahren war. Hatten sie nicht gewonnen?

*

Die Hälfte des Axialkorridors war abgesperrt, nachdem der Bordcomputer automatisch die Notschleusen versiegelt hatte, um zu verhindern, dass der Hoplit durch die klaffende Wunde am Bug noch mehr Sauerstoff verlor. Valk musste einen Sperrriegel überbrücken, nur um durch die Schleuse zu kommen, die einst zum Quartier des Kapitäns geführt hatte – der Raum, in dem Lanoe ihn wieder zum Leben erweckt hatte. Die gesamte Rückwand war verschwunden, und das fahle Geisterlicht des Wurmlochs schien in die Kabine. Er krabbelte über verbogene Metallstreben, zog sich mit den Händen weiter und quetschte sich durch schmale Öffnungen, wo vorher Tastfelder und Bildschirme gewesen waren, wand sich um die Stummel alter Röhren und Kabel, die so sauber abgetrennt worden waren, dass sie wie Speerspitzen aus dem Boden ragten. Immer wieder suchten seine Stiefel oder Handschuhe Halt an Gegenständen, die bei Berührung splitterten und neue kleine Trümmerwolken ins Wurmloch hinauswehen ließen. Die Hälfte der Einzelteile, die er sah, konnte er nicht einmal einordnen – all die Venen und Arterien und Nerven des Kreuzers, seine Luftschächte und Wasseraufbereitungsschläuche und die endlosen Bündel von Stromkabeln, ehemals säuberlich hinter der Wandverkleidung verborgen, jetzt herausgerissen und dem Vakuum preisgegeben.

Weiter vorn, wo früher die Brücke gewesen war, stand Lanoe auf einem Stahlträger, der aus dem zerfetzten Rumpf vorstand wie der Bugspriet eines antiken Segelschiffs, mit Lanoe als kunstfertig bemalter Galionsfigur.

»Der Schaden ist ziemlich übel«, sagte Valk und kletterte zu Lanoe hinauf. Ein Bündel Emitter von einem zerbrochenen Bildschirm schlug ihm an losen Kabeln gegen den Arm. Valk griff nach den verwickelten Kabeln und versuchte, sie zurück in ihr Gehäuse zu stopfen, aber es war derart verbogen, dass sie nicht mehr hineinpassten. »Glaubst du, das ist noch zu reparieren?«

»Klar«, sagte Lanoe. Er klang müde. »Diese alten Kähne sind modular aufgebaut. Darauf ausgelegt, komplett neu zusammengesetzt zu werden. Im Hundert-Jahre-Krieg bin ich auf einigen Schiffen unterwegs gewesen, die noch wesentlich schlimmer zugerichtet waren. Die meisten Ersatzteile können wir nachdrucken, für die komplizierteren Sachen haben wir Ersatzteile in den Lagerräumen.« Er starrte geradeaus das Wurmloch entlang. Valk konnte sein Gesicht nicht sehen. »Manche Dinge können wir natürlich nicht im Einsatz reparieren. Dafür ist der Schaden einfach zu groß. Aber Paniet hat mir versichert, wenn wir einen Zwischenstopp auf Avernus einlegen und ein paar Tage im dortigen Flottendock verbringen, sorgt er dafür, dass wir wieder so gut wie neu sind.«

Valk kannte diesen Tonfall. »Das wird nicht passieren, oder?«, fragte er. »Wir fliegen nicht nach Avernus.«

»Nein.«

Valk konnte sich gleich zwei Gründe dafür denken. Jetzt, da sie wussten, dass CentroCor aktiv Jagd auf sie machte, wollte Lanoe keine Zeit mit aufwendigen Reparaturen vergeuden. Lanoe hatte Valk gesagt, es sei absolut entscheidend, dass sie ihr Ziel erreichten, bevor der MegaKon – irgendein MegaKon – es tat, auch wenn er keine Gründe dafür genannt hatte.

Der zweite Grund – tja, der zweite Grund drehte sich ganz um ihn selbst. Die Flotte wusste jetzt, was Valk wirklich war. Desgleichen der Großteil der Besatzung dieses Schiffs. Sollte er seinen schwarzen Helm irgendwo in bewohntem Gebiet zeigen, konnte man ihn durchaus einsammeln und fortschaffen, um ihn irgendwo still und heimlich zu zerlegen, sein elektronisches Gehirn zu löschen und zur Sicherheit noch all seine Bauteile zu zerschlagen und einzuschmelzen. Sollte ihn die Flotte nicht von sich aus erwischen, war durchaus denkbar, dass Candless oder einer der Fähnriche ihn rein aus Prinzip ans Messer lieferte.

Keine besonders unattraktive Vorstellung, wenn es nach ihm ging. Er wusste aber, dass Lanoe es niemals zulassen würde.

»Als der Disruptor eingeschlagen ist, warst du nicht hier«, sagte Lanoe. Auf der Brücke, meinte er wohl. Er drehte sich um und ging vorsichtig über den Stahlträger zurück. Die Haftflächen an den Sohlen der Stiefel sorgten dafür, dass er den Halt nicht verlor.

»Nein«, sagte Valk. »Als du darum gebeten hast, dass jemand die Defensivgeschütze bemannen soll, habe ich Ehta angerufen, aber sie hat gesagt, sie könne niemanden entbehren. Also bin ich nach unten und habe eins der PSGs selbst bedient. Ich dachte, ich mache mich nützlich.«

Valk konnte Lanoes Gesicht jetzt sehen, aber es lag im Schatten. Seine Miene war nicht zu deuten. »Du warst nicht auf der Brücke. Ich hatte dich an Bord gelassen, um das Schiff zu steuern, aber du hast deinen Posten verlassen.«

»Ich – ähm – dafür musste ich nicht auf der Brücke sein. Ich kann jederzeit von überall aus mit dem Bordrechner reden. Ich wusste, dass ich gleichzeitig steuern und schießen kann. Frag mich bloß nicht, woher, ich wusste es einfach.«

»Das ist für einen Menschen allein eine Menge auf einmal zu bewältigen«, sagte Lanoe lauernd.

Valk spürte Wut in seinem Kopf aufsteigen. Na ja, zumindest an der Stelle, wo sein Kopf hätte sein sollen. »Zum Teufel, Lanoe. Schluss mit dem Kreuzverhör. Du weißt genau, dass ich kein – kein …«

»Kein was?«

»Kein Mensch bin! Klar, für einen Menschen wäre es unmöglich, gleichzeitig die Brücke zu kontrollieren und ein Geschütz zu bedienen. Aber ich bin kein Mensch. Wir waren mitten in einer Schlacht, alles lief extrem chaotisch, eine Million Informationen auf den Bildschirmen, und dann hat Ehta gesagt, sie könne niemanden für die Geschütze entbehren, und … da ist es mir plötzlich aufgefallen. Dass ich beides machen kann. Indem ich mich selbst kopiere. Ich konnte eine Version meiner Software auf der Brücke zurücklassen, um den Kreuzer zu fliegen, und die andere in meinem Anzug runter zu den Geschützen schicken. Also habe ich es getan.«

»Klar«, sagte Lanoe.

Was Valks Stimmung mitnichten hob. »Nie willst du darüber reden. Du willst einfach so tun, als wäre ich immer noch Tannis Valk, dieser menschliche Pilot, gegen den du in der Aufbau-Krise gekämpft hast. Du willst nicht akzeptieren, was ich wirklich bin. Und wie gefährlich das ist. Ich kann jetzt all diese neuen Sachen anstellen – nachdem ich weiß, dass ich eine Maschine bin. Ich kann mit Computern reden. Und es ist nicht mal so, wie mit dir zu reden … sondern viel *einfacher*. Ich kann über unsere Funkverbindung dein Herz schlagen hören. Ich kann mehrere Kopien meiner selbst erstellen. Und wer weiß, was sonst noch alles?«

»Für mich bleibst du Tannis Valk«, sagte Lanoe. »Der Mann,

mit dem ich Seite an Seite um Niraya gekämpft habe, der Mann, den ich mich glücklich schätzen kann, meinen Freund zu nennen. Der Mann …«

»Nein! Tannis Valk ist tot! Willst du das nicht verstehen? Da gibt es keine Verbindung, keine Kontinuität – er ist gestorben, und danach haben sie mich gebaut. Mir gesagt, ich sei er. Aber ich bin kein Mensch, ich *war nie* ein Mensch.«

»Was bist du dann?«

»Wenn ich das wüsste!« Valk wollte diesem Gespräch unbedingt entkommen, obwohl er wusste, dass er es dringend führen musste. Er wollte so gerne wieder ins Schiff zurück. Wo es Licht und Wärme und Luft gab, auch wenn er streng genommen nichts davon nötig hatte. Er wusste nicht, was er wollte. »Ich finde es gerade erst nach und nach heraus. Aber jedes Mal, wenn ich so etwas tue, jedes Mal, wenn ich eine neue Sache herausfinde, zu der ich auch noch in der Lage bin, stelle ich gleichzeitig fest, dass da etwas ist, was ich nicht brauche. So wie Schlaf. Oder Essen. Jedes Mal, wenn ich etwas Neues über *mich* herausfinde, werde ich ein bisschen weniger Mensch. Lanoe, du solltest mich abschalten. Und nicht wieder aktivieren.«

»Ich habe immer noch Pläne für …«

»… deine Rache, natürlich.« Valk riss an den Kabelsträngen und warf sie ins Wurmloch hinaus. Er hätte ihre Flugbahn bis zu einer beliebigen Nachkommastelle exakt berechnen können, auf den Sekundenbruchteil genau wissen können, wie lange es dauern würde, bis sie die Tunnelwand berührten und vernichtet wurden. Er ließ es bleiben. »Du willst die Blau-Blau-Weiß umbringen, weil … sagen wir einfach, wegen all der anderen Spezies, die sie ausgerottet haben. Lassen wir das mal so stehen. Und dafür brauchst du mich.«

»Du bist der Einzige, der mit diesen Quallen reden kann. Wenn ich sie wirklich zur Rechenschaft ziehen will, müssen sie erst meine Forderungen verstehen.«

Valk schüttelte den Kopf. Seinen ganzen Oberkörper. »Und dann – erst dann – wenn du fertig bist, wenn du Rache genommen hast ...«

»Gerechtigkeit«, sagte Lanoe mit Nachdruck.

»Scheiß auf die Semantik. Aber bitte. Wenn du für Gerechtigkeit gesorgt hast, lässt du mich endlich sterben. Ja? Oder willst du mich dann trotzdem weiter um dich haben? Mich dazu nötigen, diese Farce aufrechtzuerhalten und weiter den toten Mann zu spielen? Oder mich vielleicht einfach als Haustier oder so behalten?«

»Nein. Ich verspreche dir, danach werde ich dich loslassen.«

Valk nickte abermals. »Ich vertraue dir, Lanoe. Alle Teufel der Hölle wissen, dass ich das besser nicht tun sollte, aber sei's drum. Na gut. Dann will ich dir etwas geben.«

In Valks Augenwinkel hing eine schwarze Perle. Ein unschönes, grüblerisches kleines Ding, das dort schwebte, seit er herausgefunden hatte, was er eigentlich war. Ein Abschiedsgeschenk der Ingenieure, die ihn erschaffen hatten. Seit Monaten hing es da und wartete darauf, dass er es auf die richtige Weise anblinzelte. Es nun loszulassen, fühlte sich gleichsam befreiend und erschreckend an, aber er wusste, er musste es tun. Ohne darüber nachzudenken, wie das eigentlich funktionierte, überschrieb er Lanoe die Befehlsgewalt über die schwarze Perle.

»Was zum Teufel ist das?«, fragte dieser.

»Eine Datenbombe«, setzte Valk ihm auseinander. »Wäre ich ein Mensch, wäre es eine Zyankali-Zahnfüllung. Wenn du das Ding aktivierst, werde ich gelöscht. Es entfernt all meine Daten und überschreibt sämtliche Informationen in meinem Speicher. Dauerhaft. Verstehst du?«

»Valk ...«

»Das ist der Preis dafür, dass ich noch bleibe. *Du* darfst dieses Ding mit dir herumtragen. Seit Niraya betrachte ich es und frage mich, ob ich den Mumm habe, es zu benutzen. Anscheinend nicht. Sosehr ich sterben wollte, nicht mehr *sein* wollte – Himmel, ich konnte nicht abdrücken. Aber du kannst. Entweder dann, wenn du endlich mit mir fertig bist. Oder ...«

»Oder was?«

Valk atmete zischend ein. Nein, verdammt noch mal, tat er nicht. Er simulierte ein zischendes Luftholen, weil es sich wie die richtige Reaktion anfühlte. »Oder wenn ich durchdrehe. Du weißt, was ich meine. Wenn ich anfange, mich mehr wie eine KI als wie ein Mensch zu benehmen, zu der Überzeugung gelange, dass Menschenleben nichts als eine ineffiziente Ressourcenverschwendung sind. Wie die *Universal Suffrage* oder ... in die Richtung.«

Er wandte sich ab, konnte aber trotzdem nicht aufhören, Lanoes Miene zu beobachten – um sicherzugehen, dass er verstand, wie ernst es ihm war.

Er sah Lanoe hinter seinem Visier langsam nicken. »Na gut. Einverstanden.«

*

Bury hatte sich kaum hingesetzt und einen Bissen genommen, als die Durchsage kam. Alle Offiziere hatten sich zu einer Sonderbesprechung einzufinden. Demonstrativ leerte er seine Tube mit Nährpaste, ehe er reagierte.

Da das Schiff keine Brücke mehr hatte, waren die Piloten in Kojen jenseits der beschädigten Sektionen des Schiffs verlegt worden, weiter unten direkt bei den Marines. Die Besprechung sollte in der Offiziersmesse im Zentrum dieser Quartiere stattfinden, einem Gemeinschaftsraum, der nach ungewaschenen Kampfanzügen und Aggression stank. Die Marines waren weiter in Richtung Heck geschickt worden – offiziell, um zusätzliche Zielübungen mit den Bordgeschützen durchzuführen, auch wenn Bury wusste, dass es nur darum gehen konnte, sie außer Hörweite zu halten. Ingenieur Paniet und die Leutnantinnen

Candless und Ehta waren bereits vor Ort. Wenig später traf Kommandant Lanoe ein und sah mit finsterer Miene in die Runde.

»Wo ist Ginger?«, fragte er.

»Sie, ähm, ist noch in ihrer Koje, Sir«, sagte Bury. »Ich habe sie gefragt, ob sie nicht mitkommen will, aber sie hat gesagt, sie muss allein sein.«

Lanoe sah ihn beispiellos genervt an. »Sie war es doch, die nach diesem Treffen überhaupt erst verlangt hat.«

Bury machte den Mund auf, wollte bekräftigen, der Streik sei auch seine Idee gewesen, aber Candless beugte sich vor und legte ihm eine Hand auf die Schulter. Er wollte sie schon abschütteln, aber ihr Gesichtsausdruck machte ihm unmissverständlich klar, dass er sich zusammenreißen sollte. Er dachte daran, wie viel Ärger er sich eingehandelt hatte, als er bei der letzten Besprechung das Wort ergriffen hatte, und entschied, dieses Mal vielleicht besser still zu sein.

»Die Schlacht hat sie durchaus mitgenommen«, sagte Candless.

»Willst du mir erzählen, dass sie schon nach ihrem ersten Gefecht die Segel gestrichen hat?«, fragte Lanoe aufgebracht. »Zum Teufel. Ich habe gewusst, dass sie unerfahren ist, aber ...«

Candless räusperte sich laut.

Jetzt kommt's, dachte Bury. Die perfekte Gelegenheit für Candless, ihre scharfe Zunge zu schwingen. Um deutlich auszusprechen, wie enttäuscht sie von Ginger war, dass man dem Mädchen nicht einmal zutrauen konnte, einfache ...

»Sie wird schon wieder«, sagte Candless.

»Wenn sie die Nerven verliert, kann ich mit ihr nichts anfangen«, sagte Lanoe. »Ich brauche Leute, die keine Angst davor haben, sich ...«

»Ich habe gesagt, sie *wird schon wieder,* Sir. Soll ich mich noch ein weiteres Mal wiederholen? Fähnrichin Ginger ist eine meiner Schülerinnen, und *ich bilde keine Feiglinge aus.* Außerdem

bin ich als Erster Offizier dieses Schiffs für die Moral und Disziplin an Bord verantwortlich. Bei allem gebotenen Respekt muss
ich darum bitten, mich *meine verdammte Arbeit* machen zu lassen. Ich kümmere mich um meine Leute. Sollte ich zu der Überzeugung gelangen, dass einer meiner Piloten nicht einsatztaug-
lich ist, werde ich dich das unverzüglich wissen lassen. So, ich
glaube, wir sind hier für eine Besprechung zusammengerufen
worden. Könnten wir vielleicht anfangen?«

Lanoes Gesichtsausdruck würde Bury noch Jahre in wonniger
Erinnerung behalten. Der große Mann, ihr befehlshabender
Offizier, schaute drein wie ein Kadett im ersten Ausbildungsjahr,
den man soeben zurechtgewiesen hatte, weil er nicht einmal
seinen Raumanzug richtig anlegen konnte.

Er wollte gar nicht wissen, wie er selbst in entsprechenden
Situationen dreinblickte. Er hatte mit allem gerechnet, aber nicht
damit, dass Candless in dieser Form für Ginger eintrat.

»Wahrscheinlich … ja, gut«, sagte Lanoe und fuhr sich mit
den Fingern durch die kurzen grauen Haare. »Na schön.«

Er sah in die Runde. Sein Blick war wesentlich sanfter als
zuvor. Als er Bury anschaute, lächelte er sogar ein wenig, auch
wenn Bury nicht wusste, warum.

»Selbstverständlich ist alles, was ich jetzt erläutern werde,
streng geheim und mit niemandem außerhalb dieses Raums zu
besprechen. Bis auf Ginger – Bury, sobald sie dazu bereit ist,
werden Sie sie hiervon in Kenntnis setzen. Oh, und es fällt vielleicht auf, dass Leutnant Maggs nicht hier ist. Das ist gewollt.
Auch er darf von alledem nichts erfahren. Was den Rest von Ihnen angeht, Sie haben mir und der Flotte gegenüber Ihre Loyalität bewiesen. Sie haben verdient zu erfahren, was hier los ist.
Ich werde Ihnen einen groben Überblick verschaffen, dann können gerne weitere Fragen gestellt werden.«

Er tippte etwas in sein Armdisplay ein. Über dem Mitteltisch
der Offiziersmesse baute sich das Hologramm eines gelblich-

braunen Planeten auf. »Fangen wir von vorne an. Das hier ist Niraya. Vor nicht allzu langer Zeit ist dieser Planet von Aliens angegriffen worden.«

*

»Sieht alles ziemlich nach Standard aus«, sagte Valk, der sich gerade über die Partikelstrahlgeschütze von Maggs' Z.XIX beugte. Gedrungene Läufe in serienmäßigen Gehäusen. Statt der zwei Geschütze, wie sie bei den meisten Kataphrakten zu finden waren, hatte dieser Jäger vier, außerdem glänzten sie ein wenig mehr als gewöhnlich – obwohl das einfach daran liegen konnte, dass sie noch recht neu waren. PSGs waren mächtige Waffen und nutzten sich mit der Zeit ab; das Innere der Läufe wurde schartig, nachdem verirrte Partikel immer wieder das Metall zerschnitten. Valk steckte einen Finger seines Handschuhs in den Lauf, ließ ihn kreisen und betrachtete auf der Suche nach Rückständen die Fingerspitze. Ein wenig grauer Staub. So weit nichts Ungewöhnliches.

»Nein, die Geschütze selbst sind nichts Besonderes«, sagte Maggs. Er klang merklich genervt. Ungeduldig. »Das habe ich Lanoe bereits erklärt …«

»Und er hat mich darum gebeten, mir das persönlich anzusehen«, sagte Valk. »Du hast da irgendein raffiniertes neues System drin, mit dem du Gegner aus, was, der doppelten Entfernung treffen kannst wie üblich?«

»Die offiziellen Messwerte sagen siebzig Prozent höhere Fokussierung und fünfundneunzig Prozent bessere Langstrecken-Zielerfassung«, sagte Maggs. »Wie ich Lanoe aber bereits dargelegt habe, stecken die Verbesserungen alle in der Software. Von außen kann man keine speziellen Veränderungen erkennen.«

Valk nickte – wippte mit dem ganzen Oberkörper vor und zurück – und streckte die Hand nach der Taste aus, die das Cockpit des Jägers öffnete.

Maggs schickte sich an, ihn aufzuhalten. »Da gibt es nicht wirklich etwas zu *sehen*. Und ich zöge es vor, mir nicht von einer verflixten KI das Schiff auseinandernehmen zu lassen, nur um zu gucken, wie es funktioniert.«

Hätte Valk einen Mund besessen, er hätte gelächelt. Hätte Maggs ein breites, dämliches Grinsen geschenkt. Er hatte diesen Tunichtgut noch nie leiden können, und dass sich dieses Großmaul in der Gegenwart einer KI offenbar unwohl fühlte, erfüllte ihn mit latent sadistischer Schadenfreude. Auch wenn er vielleicht etwas großmütiger sein sollte. Himmel, er fühlte sich in *seiner eigenen* Gegenwart auch oft genug unwohl.

Trotzdem.

»Lanoe hat mich darum gebeten, mir das anzusehen …«

»Könnten wir die Scheinheiligkeit vielleicht fahren lassen?«, fragte Maggs. »Du bist hier, um mich abzulenken, während Lanoe den anderen Offizieren die Einzelheiten seiner Mission erläutert.«

»Er hat wohl das Gefühl, dir nicht trauen zu können – andernfalls hätte er dich sicher miteinbezogen.«

»Ja, bezüglich meiner Vertrauenswürdigkeit hat er dafür gesorgt, dass ich mich keinen Illusionen hingeben kann. Da vertraut er lieber einem wandelnden Computer als einem hochdekorierten Flottenoffizier, der – wenn ich das an dieser Stelle einschieben dürfte – *entscheidend* daran beteiligt war, ihm dieses Kommando überhaupt erst zu verschaffen. Aber schön, nicht so wichtig. Ich kann meine Arbeit auch erledigen, ohne über alle kleinen Details im Bilde zu sein. Außerdem geht es offensichtlich um die Außerirdischen. Was sollte ihn sonst dazu treiben, sich aus dem Ruhestand noch einmal in den aktiven Dienst zu schleppen, nicht wahr?«

Valk gab Acht, sich so wenig wie möglich zu bewegen. Gesicht hin oder her, auch aus Körpersprache konnten Menschen eine Menge ablesen. Er wollte nichts preisgeben. »Warum bleiben wir nicht bei dem, was wir eigentlich tun sollen?«, fragte er. »Erzähl mir mehr über diese fortschrittliche Technologie.«

»Philoktet, so heißt diese neue Zielerfassungs-Suite. Wirklich revolutionäre Programmierkunst. Die Algorithmen zur Vorberechnung feindlicher Flugbahnen sind von nie dagewesener Brillanz. Kein Grund mehr, sich weiter auf fehlerhaften menschlichen Instinkt zu verlassen. Mit Philoktet sucht man sich einfach seine Ziele heraus und lässt den Bordcomputer die ganze Arbeit erledigen«, sagte Maggs. »Im Ernst, das Programm ist dermaßen gut, dass ich fast befürchte, es könnte das Ende des direkten Kampfs Jäger gegen Jäger einläuten. Wenn man den Gegner aus solcher Entfernung wegputzen kann, gibt es keinen Grund mehr, sich noch althergebracht aus der Nähe zu balgen. Das Ende einer Ära, vor allem für antiquierte Ritter der Lüfte wie den guten Lanoe.«

»Das glaube ich dann, wenn's so weit ist. Seit ich ein Kind war, waren Kataphrakt-Piloten immer die Stars aller Kriege.«

»Tja, alles Gute hat sein *et cetera*. Aber – oh. Da fällt mir ein … hast du überhaupt Freigabe für diese Technologie? Das ist alles furchtbar geheim.«

»Lanoe …«

Maggs hob die Hände zu einer angedeuteten Entschuldigung. »Nein, nein, natürlich hast du. Lanoe vertraut dir blind. Das muss ich wohl für einen Moment vergessen haben. Deshalb kann er dich ja für diese Inspektion entbehren. Warum solltest du auch der Besprechung beiwohnen, wenn du sowieso längst über alles im Bilde bist?«

Valk seufzte gereizt. »Maggs …«

»Was natürlich heißt, dass ich recht hatte.«

»Sekunde. Was?«

»Unser Einsatz kann nur mit den Blau-Blau-Weiß zu tun haben.«

»Wie bist du darauf gekommen?«, fragte Valk.

»Ich kann mir keinen anderen Grund denken, weshalb Lanoe

dich als so unentbehrlich erachten würde, dass er bereit ist, alle Gesetze zu brechen, nur um dich in seinem Team zu haben. Also gehen wir mal wieder auf Alienjagd, und …«

»Ich werde mich zu diesem Thema nicht äußern«, sagte Valk mit Nachdruck.

»Nein, natürlich nicht. Um Vergebung. Ich schwöre, ich werde dich nicht weiter löchern«, sagte Maggs. Ein listiges Grinsen hatte sich auf seinem Gesicht ausgebreitet.

*

Kommandant Lanoe beugte sich vor und schaltete das Hologramm aus. »Alles klar. Kommen wir zu den Fragen. Ich werde so viele wie möglich beantworten.«

Um Bury herum redeten alle durcheinander. Er nahm es kaum wahr. Seine Gedanken waren nur von einem Wort erfüllt.

Aliens.

Ernsthaft?

Aliens?

Natürlich hatte er als kleiner Junge auf Hel alle möglichen Filme über den Erstkontakt der Menschheit mit einer fremden Spezies gesehen – Spielfilme. Normalerweise sahen die Aliens immer menschenähnlich aus, vielleicht mit Höckern auf der Stirn oder einer anderen Hautfarbe. In den meisten Filmen wollten die Aliens menschliche Welten unterjochen, versklaven oder Raubbau an den Ressourcen vornehmen, und irgendjemand musste sie aufhalten. Tapfere Piloten der Flotte mussten einschreiten, um sie zu besiegen.

Also war ihm das Konzept nicht wirklich neu.

Nur … nur war das hier nicht wie in den Filmen, oder? Diese Aliens, diese riesigen Quallen, hatten von der Existenz der Menschheit gar nichts gewusst. Die Invasion von Niraya war – ja, was? Nur ein Fehler gewesen? Nicht mal das. Menschenleben hatten nicht einmal theoretisch eine Rolle gespielt.

Und jetzt diese rätselhafte Nachricht, die etwas mit dem Kampf gegen die Aliens zu tun hatte, nur wusste niemand, was eigentlich.

»Das ist doch alles Quatsch«, sagte Bury.

Leutnantin Ehta warf ihm einen finsteren Blick zu. »Die Blau-Blau-Weiß sind sehr real, das kann ich bestätigen. Ich war auf Niraya dabei. Ebenso Maggs und Valk.«

»So war das nicht gemeint«, sagte Bury, der seinen Blutdruck schon wieder steigen fühlte. »Nein, ich meine dieses neue – Signal, diese Nachricht. Dieser ›Schlüssel‹. Wer hat das gesendet? Warum haben sie nicht mehr Informationen geschickt? Wenn die helfen wollen, warum sagen sie dann nicht einfach, wer sie sind? So ein Quatsch!«

»Ich persönlich finde das höchst spannend«, sagte Ingenieur Paniet. »Wer möchte denn nicht ein schönes Rätsel knacken?«

Ehta prustete vor Lachen, Paniet lächelte sie an. Vielleicht hatte er es nicht ernst gemeint.

»Woher sollen wir wissen, dass wir diesem unbekannten Absender vertrauen können? Vielleicht ist es eine Falle«, sagte Bury.

»Deshalb hat die Flotte einen Kreuzer losgeschickt«, sagte Lanoe, »und keine Vergnügungsjacht voller Politiker.«

Mehrere Leute lachten.

Warum nahm niemand die Sache ernst? Vielleicht war es einfach zu viel auf einmal zu verarbeiten.

Lanoe nickte Bury zu. Lag da widerwilliger Respekt in seinem Blick? Unwahrscheinlich. Wohl eher ein Staubkorn oder Ähnliches. »Eine Menge Rätsel«, sagte der Kommandant schließlich. »Und wir haben die Aufgabe, sie zu lösen. Ich gebe zu – wir sind auf einem seltsamen Einsatz, der sich bereits als gefährlich erwiesen hat … CentroCor muss auf jeden Fall einen Teil dessen wissen, was ich euch gerade erläutert habe, zumindest genug, dass sie uns umbringen wollen, um mehr zu erfahren. Was auch immer am Ende des Wegs auf uns wartet – ich habe keine Ahnung. Aber eins weiß ich.«

Er sah den Anwesenden nacheinander ins Gesicht, während er fortfuhr: »Ich weiß, dass die Blau-Blau-Weiß jeden einzelnen Bewohner von Niraya getötet hätten. Wir haben großes Glück gehabt. Ich weiß, dass es da draußen noch viel mehr von diesen Drohnenflotten gibt und sie nie lockerlassen werden. Ich weiß, dass wir nicht jedes Mal Glück haben können.«

Er drückte auf eine virtuelle Taste, und das Display baute sich wieder auf, zeigte die Nachricht, die der Flotte zugespielt worden war. ES WERDEN NOCH MEHR KOMMEN. WIR KÖNNEN HELFEN.

Lanoe räusperte sich. »Wenn es darum geht, die Blau-Blau-Weiß aufzuhalten, nehme ich jede Hilfe, die ich kriegen kann.«

19

Vielleicht würde es dieses Mal funktionieren.

Vielleicht konnte er dieses Mal tatsächlich ein paar Stunden durchschlafen.

Die Besprechung hatte länger gedauert als erwartet, trotzdem hatte er noch etwas Zeit. Er hatte mit Paniet ausgemacht, die Zerstörungen am Bug des Kreuzers gemeinsam zu begutachten. Aber erst in ein paar Stunden. Im Moment blieb ihm zum ersten Mal, seit sie diese Reise angetreten hatten, nichts Konkretes zu tun. Keine dringenden Nachrichten, keine Termine, kein Anruf von Candless oder Ehta, er müsse sich um irgendein Problem kümmern, das ihn nicht interessierte. Selbst die Fähnriche ließen ihn in Frieden – Ginger blieb noch immer in ihre Koje eingeschlossen, Bury saß irgendwo mit dröhnendem Schädel und musste verarbeiten, dass sie nicht allein im Universum waren.

Lanoe war zu seiner Koje unterwegs, einfach froh über die Chance, einmal Luft zu holen.

Das Quartier des Kapitäns war zusammen mit der Brücke zerstört worden. Wie allen anderen war ihm eine der kleinen, sargähnlichen Kojen zugewiesen worden. Nebensächlich. Er hatte schon unter schlimmeren Umständen geschlafen. Er zog sich durch die schmale Luke und selbige hinter sich zu. Die Innenwände der Koje waren mit Schaum ausgekleidet, einer Matratze nicht unähnlich. Er streckte sich aus, berührte die jenseitige Wand mit den Stiefeln und ließ den Kopf zurücksinken.

Nur ein paar Stündchen. Ein bisschen Zeit, um sich zu erholen, den Kopf freizukriegen, seine Gedanken zu ordnen. Wenn er nur ein Weilchen schlafen konnte …

»Lanoe«, sagte Zhang.

Er hörte ihre Stimme, bevor er noch Zeit gehabt hatte, die Augen zu schließen. Jetzt kniff er sie zu und bemühte sich, das dringliche Flüstern auszublenden.

Sie war nicht hier. Zhang war tot. Er musste es endlich akzeptieren.

»Lanoe«, sagte sie abermals. Sie klang verängstigt. Sie klang, als flehe sie ihn verzweifelt um etwas an.

»Was ist denn los?«, fragte er. Sein Murmeln war kaum zu hören, so dumm kam er sich vor, mit einem Geist zu reden. »Was willst du von mir?«

Er rechnete nicht mit einer Antwort. Er ordnete die Stimme in seinem Kopf als eine Art Störung ein, als Überbleibsel, als Echo. Eine letzte verhallende Note, die in die Stille hinauswuchs, als die Symphonie bereits verklungen war.

Natürlich war es nicht Zhang. Sie war tot. Sie konnte nicht mehr mit ihm reden, ihn derart inständig um etwas bitten.

Es war nur sein Unterbewusstsein, das an ihm nagte, in alten Wunden stochern musste …

»Du bist so weit weg, Lanoe«, sagte sie.

Er holte sehr tief Luft. Wollte sie von sich stoßen, endlich aus seinem erschöpften Geist verbannen. Er begann auszuatmen …

»Du bist nicht da, wo du sein solltest«, sagte sie.

*

Als menschliche Entdecker den Planeten Avernus zum ersten Mal erblickten, hatten sie feststellen müssen, dass seine Oberfläche gänzlich von einem Ozean aus warmer, seichter Salzlauge bedeckt war, der ewig hin und her wogte und über viele Monate endlos breite Wellen von fünfzig Metern Kammhöhe wachsen ließ, da es nichts gab, woran sie sich hätten brechen können. Keine Insel, kein Land, nichts. Die ersten Kolonisten hatten sich auf enormen Pontonflößen niedergelassen, mit denen sie die planetaren Tsunamiwellen ritten. Während der ersten hundert Jahre der Besiedlung war allerdings klar geworden, dass dies keine langfristige Lösung darstellen konnte.

Also hatten die Avernianer mehrere Arkologie-Plattformen erbaut, die hoch über den ewig hämmernden Monsterwellen thronten. Städte auf mächtigen Stelzen aus Carbonfasern, die viele Hundert Meter bis in den felsigen Grund des Ozeans hinabreichten. Die Plattformen waren großzügig dimensioniert, boten aber für die stetig wachsende Bevölkerung nie genug Platz auf ihren luftigen Ebenen. Da die Städte auf Avernus nur in die Höhe wachsen konnten, sahen sie mittlerweile wie einsame, unmöglich hohe Wolkenkratzer aus, die Flanken nicht nur von Muscheln und Seepocken verkrustet, sondern auch von unzähligen kleinen Geschäften, Treppen und Laufstegen. Dazwischen hingen immer wieder Büros und Wohnkomplexe an langen Auslegern über dem Wasser.

Als Bullams Jacht in den Schatten einer dieser Städte eintauchte, wurde das Sonnenlicht sofort vollständig geschluckt und durch blinkende Wälder aus Neonreklamen und erhellten Fenstern ersetzt. Seilbahnen zogen sich in langen Spiralen um die Fassaden, verschwanden in den nebelverhangenen unteren Ebenen der Stadt. Bullam stand auf dem Sonnendeck und sank langsam durch Schichten vielfältiger Geräusche, voll von Musik und Streit und dem ewig hektischen Treiben des Warenverkehrs. Wabernde Stockwerke aus Essensduft, Abwassergestank und dem schweren Ozonaroma der Fusionskraftwerke.

Zivilisten, dachte sie. Nirgendwo sah sie eine Uniform, keiner dieser Leute war ein ehemaliger Flottenangehöriger. Die Zivilisation. Sie genoss die schwangere Luft in vollen Zügen und fühlte sich fast wieder wie ein Mensch.

Captain Shulkin saß auf einem ihrer verzierten Holzstühle. Seine glasigen Augen spiegelten alles wider, schienen aber nichts aufzunehmen.

»Auf jeden Fall sind wir hier sicher«, sagte sie, auch wenn sie bezweifelte, dass er sie überhaupt hörte. »Wilscon hat diesen Planeten felsenfest unter Kontrolle, niemand hat je versucht, ihn ihnen streitig zu machen. Also hatte die Flotte auch nie einen Grund, sich an diesem Ort blicken zu lassen. Es wäre zwar schön, wenn das hier ein CentroCor-Planet wäre, aber zwischen Wilscon und dem Großen Hexagon herrscht Frieden – ich glaube, die örtliche Polizei wird sich nicht mal die Mühe machen, uns zu überwachen.«

»Gute Frau! Gute Frau!«, schrie jemand. Sie drehte sich um. Auf einem der von Geländern gesäumten Balkone, die überall aus der Stadt wuchsen, rannte ein Junge entlang. Er hielt einen langen Stock in der Hand, an dessen Ende ein Netz mit Orangen befestigt war. Als sie auf gleicher Höhe schwebten, streckte er die Arme aus und schob den Stock über das Sonnendeck. »Frisch, ganz frisch! Fünfzig für das ganze Netz! Schieben Sie das Geld rüber, und es gehört Ihnen!«

Bullam lachte und winkte einer ihrer Drohnen. Sie überwies die Summe an den Armrechner des Jungen – keine Zeit zum Feilschen, denn sie würden in wenigen Sekunden bereits ein Stockwerk tiefer sein. Der Junge ließ die Früchte auf das Sonnendeck fallen.

Der Klang von reifen Orangen auf Holzparkett ließ Shulkin zusammenzucken. Vielleicht hielt er es für einen Angriff. Um ihn zu beruhigen, zog sie ein Beutestück aus dem Netz und warf es ihm zu.

»Besser als die Nährpaste, die wir seit Tuonela essen mussten«, sagte sie.

Shulkin fing die Orange lässig mit einer Hand und starrte sie an, als habe Bullam ihm eine scharfe Granate zugeworfen.

»Kopf hoch«, sagte sie. »Wir legen nur einen kurzen Zwischenstopp ein. Wir sind bald wieder im All, wo viele Leute auf uns schießen.«

»Lanoe«, sagte Shulkin und starrte weiter seine Orange an. »Lanoe ist uns entkommen.«

»Ja.« Bullam schob einen Daumennagel tief in die weiche Schale. Fruchtsaft spritzte auf das Deck. »Ja, ist er.«

»Wir haben versagt«, sagte Shulkin. Seine Stimme klang wie Wind in den Zweigen alter Friedhofsbäume.

»Noch nicht«, versprach sie ihm. »Noch nicht.«

*

»Geht es Ihnen gut, Kommandant?«, fragte Paniet, als sie sich zur Inspektion des Bugs trafen. »Sie sehen ein wenig kränklich aus.«

Lanoe verwarf die Sorgen des Ingenieurs mit einer ungehaltenen Geste. »Gut, alles prima.« Sie kletterten gemeinsam den Axialkorridor hinauf, kamen aber nur bis zu einem bestimmten Punkt. Über ihnen versperrte ein Panzerschott den Weg. Als der Sauerstoff aus den zerstörten Bereichen entwichen war, hatte es sich automatisch geschlossen, um den Rest des Schiffs vor dem Vakuum zu schützen. Lanoe konnte nur raten, was sie jenseits des dicken Schotts vorfinden würden. Er betätigte den manuellen Sperrhebel.

Der sich nicht bewegen wollte.

Lanoe fluchte und versuchte abermals, das vermaledeite Ding zu verstellen. Es ruckte ein wenig weiter, aber er brachte nicht genug Hebelwirkung zustande.

»Sie haben einen ungünstigen Winkel«, sagte Paniet. »Lassen Sie mich mal ran, Liebes.«

Lanoe starrte ihn böse an. »Ich mache das schon, verdammt.« Er stemmte einen Fuß gegen die Wand, spannte die Muskeln an und zog.

Unter ihnen spannte sich mit schwachem Schimmer ein Wetterfeld durch den Schacht. Sobald sich das Schott bewegte, flossen ihre Helme automatisch aus den Kragenringen. Er spürte eine leichte Brise um seinen Anzug, dann war die Restatmosphäre verschwunden. Sie kletterten durchs Vakuum weiter nach oben.

»Ich schlafe nicht genug«, sagte Lanoe zu seinem Ingenieur.

»Ein weit verbreitetes Leiden bei Kapitänen von Kriegsschiffen, nehme ich an«, erwiderte Paniet. »Wenn Sie das hier lieber auf einen späteren Zeitpunkt verschieben wollen …«

»Nein«, sagte Lanoe so scharf, dass Paniet zusammenfuhr. »Tut mir leid, aber nein. Ich weiß Ihre Sorge zu schätzen, aber das muss erledigt werden.«

Er konnte es nicht noch länger hinauszögern. Sonst hätte er sich bloß in seine Koje zurückziehen und wieder Zhangs Stimme lauschen können.

Stattdessen folgte er dem Ingenieur durch den aufgeplatzten Bug. Sie mussten sich vorsichtig einen Weg zwischen geborstenen Metallstangen und Schutthaufen bahnen. Hier und da deutete Paniet mit kurzen Erläuterungen auf besonders unschöne Zerstörungen. Lanoe sah zu, wie er versuchte, in den Überresten der Brücke einen Teil der Wandverkleidung zu lösen. Das Paneel war verbogen und auf einer Seite von einer verrußten Kruste überzogen. Als es sich jedoch löste, sahen die Kabel und Schaltkreise dahinter noch relativ intakt aus. In Paniets elektronischem Monokel leuchteten mehrere Dioden auf.

»Was hat es mit den Lämpchen auf sich?«, fragte Lanoe und wies dem Ingenieur ins Gesicht.

»Die sind dafür da, dass ich sehen kann, was ich tue, Schätzchen.« Paniet ging vor der gehäuteten Wand in die Knie und ließ den Schein seiner Lämpchen über die Kabel wandern. »Könnte schlimmer sein«, meinte er schließlich. Aus einer Vordertasche seines Anzugs zog er ein Multifunktionswerkzeug und zwängte zwei lose Bündel auseinander, um an ein dahinterliegendes Fiberglas-Kabel zu gelangen. »Sagen Sie, Chef, hat man Ihnen in der Flugschule nicht beigebracht, dass man versuchen sollte, sich die Brücke des eigenen Schiffs nicht zerschießen zu lassen?«

Er wandte sich um und sah Lanoe mit einem spitzbübischen Lächeln an. Die hellen Lämpchen seines Monokels ließen Lanoe blinzeln und den Blick abwenden.

»Die haben uns eingeschärft, unsere Ausrüstung so oft wie möglich zu demolieren, damit unsere Ingenieure genug zu tun haben.«

Paniet kicherte. Er schob das Paneel wieder an seinen Platz, dann drangen sie zu zweit tiefer in das Dickicht verdrehter Stahlträger und zerfetzter Kabelstränge vor. Zwei von Paniets Leuten spannten soeben Carbonfolie über ein klaffendes Loch in der Flanke der ehemaligen Brücke. »Sobald die beiden fertig sind, haben wir hier alles versiegelt und können zumindest diesen Bereich wieder mit Sauerstoff füllen«, sagte Paniet. »Die restlichen Arbeiten sollten danach deutlich schneller gehen.«

»Wie funktionstüchtig sind wir dann?«, fragte Lanoe.

»Wie schon gesagt, eine Woche im Trockendock, und wir wären wieder flott, aber da wir nirgendwo anhalten wollen … der Schaden ist wirklich gravierend, Kommandant. Wir haben nicht nur die Brücke, sondern auch die Hälfte der Quartiere verloren – und die meisten Sensoren.« Paniet schüttelte den Kopf. »Keiner der Aufzüge wird noch funktionieren, weil sämtliche Schächte verbogen sind. Diese bösen Menschen haben unserem stolzen Vogel den Kopf abgerissen. Ich kann nicht mehr tun, als den Halsstumpf zu kauterisieren.«

Also war es noch schlimmer, als Lanoe befürchtet hatte. Er hatte erwartet, wenigstens wieder eine funktionsfähige Brücke besetzen zu können, wenn auch keine bequeme. Und dennoch. »Wir können ohne diese Sektion weiterfliegen.« Steuerung, Navigation und Nachrichtensysteme konnten von jedem anderen Display aus bewältigt werden. Der Verlust der Brücke war verdammt lästig, aber nicht entscheidend.

»Klar ist es machbar, das Schiff nur mit Notausrüstung zu bedienen«, sagte Paniet. »Ich kann die Bildschirme in der verbleibenden Offiziersmesse neu kalibrieren, der Station Zugriff zum Stammverzeichnis geben, einen Pilotensitz einbauen … alles nicht sonderlich kompliziert, dann haben Sie wenigstens eine rudimentäre Brücke. Nur wird das all Ihren Piloten einiges abverlangen. Sie werden noch schneller mit Stress zu kämpfen haben, und das ist nie gut. Momentan hat M. Valk die Kontrolle, nicht wahr? Sie haben sich in letzter Zeit sehr stark auf ihn verlassen.«

»Er muss weder schlafen noch essen. Er kann sich direkt mit den Systemen des Schiffs verbinden.« Valk brauchte nicht einmal eine Steuerkonsole, um das Schiff zu fliegen. »Glauben Sie, ich sollte ihn einfach zum alleinigen Piloten machen?«

»Ganz im Gegenteil.« Paniet klopfte mit dem Ende seines Schraubenschlüssels gegen einen angebrochenen Aluminiumholm, der unter der Belastung sofort barst. Er sammelte die scharfkantigen Metallsplitter ein und verstaute sie in einem großen Beutel an seiner Hüfte. »Verstehen Sie mich nicht falsch, Liebes. Ich habe keineswegs etwas dagegen, dass Sie ihn nicht abschalten wollen.«

»Ach?«, machte Lanoe.

»Ich war schon immer der Auffassung, dass die KI-Gesetze zu strikt sind. Irgendwie scheint man sich sicher zu sein, dass jede KI irgendwann auf jeden Fall böse werden muss, dass sie sich gegen die Menschheit wenden, wenn man ihnen auch nur den Hauch einer Gelegenheit gibt. Das klingt mir doch sehr nach Paranoia – ich bin mir auch ziemlich sicher, dass die Mehrheit der Ingenieure das ähnlich sieht. Es sind ja auch nicht alle Menschen blutrünstige Mistkerle, oder?«

»Nur die meisten«, pflichtete Lanoe ihm bei.

»Es gibt überhaupt keinen Grund zu der Annahme, dass jedem synthetischen Verstand automatisch Gefahr innewohnen muss«, sagte Paniet. »Wir haben ein höchst unschönes Beispiel erlebt und gehen seitdem davon aus, dass sie alle gleich sein müssen.«

»Ich habe das Gefühl, da lauert noch ein *aber*, auch wenn es sich ziemlich Zeit lässt«, sagte Lanoe.

»Dann will ich es unverblümt sagen. Es ist sehr praktisch, dass M. Valk nicht schlafen *muss*. Trotzdem sollte er es auf jeden Fall *tun*.«

»Das verstehen Sie unter unverblümt?«

Paniet seufzte. Er griff nach einem Kabelbündel und zog kräftig daran. Als es sich nicht lösen wollte, holte er ein kompliziert aussehendes Werkzeug hervor und ließ es über die Kabel gleiten. Auf seinem Armdisplay blitzten grüne und bernsteinfarbene Lichtpunkte auf. »M. Valk ist gerade dabei, zu lernen, was es für ihn bedeutet, eine KI zu sein. Jedes Mal, wenn er etwas Neues herausfindet – dass er sich nicht rasieren muss, dass er Differenzialgleichungen im Kopf lösen kann, ohne die Finger zu Hilfe zu nehmen –, wird er ein bisschen weniger Mensch. Falls er gefährlich wird, falls er sich gegen uns wendet, wird das an dem Punkt passieren, an dem er aufhört, von sich selbst als Person zu denken, und sich eher mit einer Maschine identifiziert. Was auch immer Sie tun können, um dafür zu sorgen, dass er sich weiterhin wie Tannis Valk – wie der Blaue Teufel, ja? – fühlt, ist nötig, um ihn weiterhin Anteil an seinen Mitmenschen – uns – nehmen zu lassen.«

»Also soll ich mir Sorgen machen, dass meine Piloten zu gestresst sind«, sagte Lanoe, »darf mich aber nicht zu sehr auf den einen Piloten verlassen, für den Stress keine Rolle spielt. Sonst noch irgendwelche hilfreichen Ratschläge?«

»Ach, Liebes.« Paniet steckte das Werkzeug wieder in die Tasche und ging auf die zerknautschten Überreste des Navigationspults zu. »Ich könnte stundenlang weitermachen.«

*

Bullam konsultierte ihre Drohnen und kehrte aufs Sonnendeck zurück. Sie befanden sich weit draußen auf dem Ozean und hüpften ohne Eigenimpuls wie ein Korken auf den großen Wellen. Sie hatte gedacht, ein wenig salzige Meeresluft könnte ihnen beiden guttun, also hatten sie die Arkologie hinter sich gelassen, weit weg von den neugierigen Blicken der Avernianer.

»M. Cygnet war so gut, uns Verstärkung zu schicken – Ersatz für die verlorenen Piloten und Schiffe sowie zusätzliche Vorräte.« Sowie eine knappe Nachricht, in der er sehr deutlich seine große Enttäuschung darüber zum Ausdruck brachte, dass es ihnen abermals misslungen war, Lanoe zu schnappen. Dieses Detail behielt sie für sich. »Sie werden in Kürze eintreffen. Versorgung und notdürftige Reparaturen sollten heute Abend abgeschlossen sein. Möchten Sie sich vielleicht bis dahin im Angeln versuchen?«

Shulkin stand da wie eine Schaufensterpuppe. Er sah aus, als müsste ihn jede neue Welle über Bord werfen, stattdessen schlingerte er einfach im Takt mit der Jacht. So sicher wie ein Seemann vergangener Tage an Deck einer Kriegsgaleere.

Er nickte. »Machbar.« Kurz dachte sie, er bezöge sich auf das Angeln. »Mit dem, was wir zur Verfügung haben, kriegen wir den Kreuzer ausgeschaltet«, setzte er hinzu, und erst da begriff sie, dass er sie kaum gehört hatte. »Aber es wird eine blutige Angelegenheit. Wir wissen, dass wir ihm nicht noch einmal so nahe kommen dürfen, in Reichweite der Geschütze. Also wird die nächste Schlacht über maximale Entfernung ausgetragen. Unsere Jäger gegen ihre.«

»Na, das sind doch gute Neuigkeiten, oder?«, sagte Bullam. »Wir haben mehr Kataphrakte als sie, und obendrein noch die vielen Aufklärer.«

Shulkin machte ein Geräusch wie eine Dampfmaschine. Es sollte wohl sein Versuch eines der Welt überdrüssigen Seufzers sein, dachte sie. »Fünfzig auf unserer Seite. Fünf auf deren. Aber in einem der fünf wird Aleister Lanoe sitzen. Aleister Lanoe ...«

Sie wartete darauf, dass er seinen Satz beendete. Wie üblich wartete sie vergeblich. Schließlich suchte sie nach dem passenden Stichwort. »Sie haben gesagt, dass Sie an seiner Seite gekämpft haben.«

»Habe ich?«

Sie würgte einen frustrierten Schrei herunter. »Während der Schlacht. Ich hatte gefragt, ob Sie *gegen ihn* gekämpft haben, und Sie haben gesagt, dass Sie dann längst tot wären. Daraus entnehme ich …«

Shulkin hob eine Hand. Ließ sie langsam sinken. »Der Flächenbrand. Und dann noch einmal. In der Aufbau-Krise. Unsere Wege haben sich gekreuzt. Ich habe nicht *an seiner Seite* gekämpft. Aber ich habe gesehen, wozu er fähig ist.«

»Der Flächenbrand«, sagte Bullam. Sie kannte sich in Geschichte gut genug aus, um mit dem Begriff etwas anfangen zu können. Nach der Entdeckung des Wurmloch-Netzwerks hatte sich die Menschheit in großer Hast zwischen den Sternen ausgebreitet. Innerhalb weniger Jahrzehnte wurden Planeten entdeckt, terraformt und besiedelt. Noch hatten die MegaKons all die neuen Welten nicht unter sich aufgeteilt, und die Regierung der Erde erwies sich als außerstande, eine derart weitläufig verstreute Bevölkerung noch zu kontrollieren. Ein Zeitalter lokaler Warlords, Weltraumpiraten und ständiger Kleinkriege brach an. Zu einem großen Krieg war es nie gekommen, trotzdem hatte die Flotte alle Hände voll zu tun gehabt. »Was haben Sie während des Flächenbrands gemacht?«

Sie fühlte sich, als hätte sie die Schleusen eines Staudamms geöffnet. Seit sie Avernus erreicht hatten, hatte Shulkin kaum mehr als ein Dutzend Worte von sich gegeben. Sie sah sofort, dass er jetzt, da sie die Erinnerungen an die glorreiche alte Zeit einmal angestoßen hatte, kaum zu bremsen sein würde. Also bremste sie nicht, sondern ließ ihn einfach ausschweifen.

Sie hatten sowieso noch Zeit totzuschlagen, ehe die Verstärkung eintraf.

»Mein erstes eigenes Kommando war ein Zerstörer, ein Peltast.« Ein breites Grinsen brach sich in Shulkins Gesicht Bahn. Es wirkte weit weniger grimmig, als sie erwartet hatte. »Wilde Zeiten. Am einen Tag schickt mich die Flotte los, um eine rebellierende Stadt zu bombardieren, am nächsten Tag versorge ich denselben Planeten mit Notrationen. Richtige Raumschlachten kamen allerdings erstaunlich selten vor. Mein Schiff war mächtiger als alles, was planetare Milizen gewöhnlich aufbieten konnten, also musste ich nur im fraglichen System auftauchen, und meist haben sich meine Feinde auf der Stelle ergeben. Gut fürs Ego. Lässt einen allerdings etwas unvorsichtig werden. Einmal habe ich einen Fehler gemacht, der mich beinahe das Leben gekostet hätte. Ich hatte den Auftrag, ein Piratennest auszuheben. Die hatten sich auf einem der Monde von Asmodaeus verschanzt. Sagt Ihnen Asmodaeus was? Ein massiger Gasriese im Scheol-System. Ungefähr zweihundert AE vom lokalen Wurmloch-Schlund entfernt, also braucht man mehrere Tage, um Asmodaeus überhaupt zu erreichen. Wahrscheinlich haben die Piraten geglaubt, bei dieser Entfernung vor der Flotte in Sicherheit zu sein. Falsch gedacht.

Ich kam also angriffslustig angerauscht, um möglichst viel Eindruck zu schinden. Habe die Piratenbasis binnen Sekunden sturmreif geschossen, die Bodenverteidigung ausgemerzt und dachte, die Sache sei erledigt. Genau da haben sie ihre Falle zuschnappen lassen. Nach unseren Informationen besaßen sie nur eine Handvoll leicht bewaffneter Schiffe. Was wir nicht wussten, war, dass sie außerdem eine Menge Freunde hatten. Drei andere Piratengruppen, die sich zusammengetan hatten, um uns zu besiegen. Sie hatten die Sonne direkt im Rücken und haben uns völlig überrumpelt – und den Fluchtweg abgeschnitten. Vierzig Schiffe ungefähr, keines davon schwer bewaffnet, aber ihre PSGs haben uns festgenagelt und verhindert, dass wir unsere Jäger geordnet starten lassen konnten. Der Panzerung des Zerstörers konnten sie wenig anhaben, aber sie konnten unsere Geschütze zerstören, uns die Zähne ziehen, uns wie Straßenköter ums Überleben kämpfen lassen.

Der Kampf hat Tage gedauert. Meine Leute sind wie die Fliegen gefallen. Auch bei den Piraten gab es entsetzliche Verluste, aber es schien ihnen völlig egal zu sein. Als müssten sie richtig Frust rauslassen und Rache nehmen. Am dritten Tag habe ich geglaubt, dass wir tatsächlich verlieren könnten. Dass ich da draußen in der Leere sterben würde, wo die lokale Sonne nur noch der hellste Stern war.

Und da ist Lanoe aufgetaucht. Er hat ein Geschwader von Problemlösern kommandiert, eine richtige Spezialeinheit. Langstrecken-Aufklärung und Sondereinsätze außerhalb der normalen Befehlskette – es gab immer so viel für ihn zu tun, dass er sich seine Einsätze selbst aussuchen durfte. Seit Tagen hatte niemand mehr etwas von mir oder meinem Zerstörer gehört, also hat er sich gedacht, er kommt mal vorbei und schaut nach, ob es uns gut geht.

Die Piraten haben sich sofort umgedreht und auf ihn geworfen. Die müssen geglaubt haben, ein einzelnes Geschwader frischer Schiffe könne keine allzu große Gefahr darstellen, da sie ja meinen Zerstörer schon kastriert hatten. Ich will verdammt sein, wenn sie damit nicht richtig lagen – und doppelt verdammt, wenn Lanoe das nicht auf der Stelle erkannt hat. Er hat sich sofort ins Gedränge gestürzt und sie in wilden Nahkampf verwickelt, um sie weg von meinem Zerstörer zu ziehen.

Das hat uns die nötige Zeit verschafft, ein paar dringende Reparaturen vorzunehmen. Vor allem konnten wir die wenigen intakten Geschütze wieder einsatzbereit machen. Während Lanoe die Piraten beschäftigt hat, hatten wir genug Zeit, um saubere Feuerleitlösungen zu berechnen. Eine dreitägige Schlacht war in etwa fünfzehn Sekunden entschieden, ein Piratenschiff nach dem anderen ist in der Finsternis explodiert.

Und Lanoe und seine Leute hatten es nicht einmal nötig, *gern geschehen* oder Ähnliches zu sagen. Er hat bloß mit den Tragflächen gewackelt.« Shulkin hielt eine Hand hoch, spreizte Daumen und kleinen Finger wie die Flügel eines Kataphrakts ab und wedelte ein wenig, um ihr zu verdeutlichen, wie so etwas aussah. »Er hätte auch gleich das Cockpit öffnen und uns fröhlich zuwinken können. Dann waren sie wieder weg, wer weiß, wohin. Hat mir die Haut gerettet und mir nicht mal die Gelegenheit gegeben, ihm 'nen verdammten Drink zu spendieren.«

Beim Gedanken daran musste er sogar leise glucksen. Auf einmal wirkte dieser hölzerne Mann, dieser Zombie mit den toten Augen beinahe wie ein Mensch.

Bullam lehnte sich in ihrem Sessel zurück und betrachtete die Wolken, die am Horizont dicht über der aufgewühlten Oberfläche entlangzogen. Eine Drohne brachte ihr ein Glas Orangensaft. »Dann haben Sie ihn allerdings während der Aufbau-Krise wiedergesehen«, lieferte sie das nächste Stichwort.

»Ihre Familie«, sagte er. Sein Lächeln war wie weggewischt. »Sie haben Ihre Familie in der Krise verloren. Ich wollte nicht … nicht …«

Bullam rümpfte die Nase. Der alte Mann klang beinahe so, als habe er Gefühle. *Wie rührend,* dachte sie. »Vergessen Sie's.« Sie hatte sicher nicht vor, mit ihm darüber zu reden. »Erzählen Sie mir, was Sie in der Krise gemacht haben. Wie Sie Lanoe abermals begegnet sind.«

Shulkin nickte. Langsam ging er zur Reling und umfasste sie mit beiden Händen. »Das war eine ganz andere Art Kampf. Der Aufbau – die hatten nie genug Jägerpiloten. Nicht genug, um unseren Geschwadern beizukommen. Dafür hatten sie genug große Schiffe. Kreuzer und Zerstörer, sogar ein verbeultes altes Schlachtschiff aus dem Hundert-Jahre-Krieg. Sie haben uns also, wann immer sie konnten, in offene Raumschlachten verwickelt. Mehrere Schlachtreihen aus Großkampfschiffen, die einander im Leerraum gegenüberstehen und unaufhörlich manövrieren, um außer Reichweite der gegnerischen Geschütze zu bleiben. Beide Seiten versuchen, den Gegner herauszufordern, vorzurücken und den ersten Schuss abzugeben. Das waren ... anstrengende Schlachten. Stundenlang nur auf die Bildschirme starren, unzählige Feuerleitlösungen erarbeiten, die man nie benutzen wird. Pattsituationen, die sich tagelang hinziehen konnten, während sich immer mal wieder ein Schiff zu weit vorwagte und in Stücke gerissen wurde.

Sie konnten nicht gewinnen. Das war allen Beteiligten von Anfang an klar. Wir hatten die bessere Ausrüstung, mehr Schiffe, Piloten, die sich in mehreren Generationen der Kriegsführung bewährt hatten. Einer nach dem anderen sind ihre Planeten gefallen. Sie hatten geschworen, bis zum letzten Blutstropfen zu kämpfen, und es kann ihnen niemand vorwerfen, sie hätten dem Schwur keine Taten folgen lassen. Am Ende lief alles auf die letzte Entscheidungsschlacht um Tiamat hinaus, einen Eisklumpen, den niemand je mit einem brauchbaren Planeten verwechselt hätte. Die Anführer hatten sich in einem Bunker zehn Kilometer unter der Oberfläche eingemauert, während ihre letzten Großkampfschiffe im Orbit ausbrannten. Alles sah danach aus, als hätten sie schon verloren. Dann haben sie die größte Überraschung des gesamten Krieges entfesselt. Wie sich herausstellte, hatten sie noch drei ganze Jägerstaffeln übrig, alles gute Kataphrakte, die sie in der Hinterhand gehalten hatten. Frische Schiffe mit ihren besten Piloten, die ein ganzes Jahr über als Versicherung für genau diese Situation versteckt worden waren.

Nun sind Kriegsschiffe wie ein Träger oder ein Kreuzer formidable Gegner – das haben Sie selbst erlebt. Aber ein guter Kataphrakt-Pilot wird einen Zerstörer in sieben von zehn Fällen besiegen. Und eine Jägerstaffel besteht aus sechs Geschwadern zu je zwanzig Schiffen. Ich stand auf der Brücke meines Trägers und habe zugesehen, wie diese drei Staffeln unsere Zerstörer-Eskorte vernichteten. Ich war mir sicher, dass wir verloren hatten. Natürlich hatten wir unsere eigenen Kataphrakte, aber es war kaum noch eine ganze Staffel aus mehreren geschwächten Geschwadern übrig, lange nicht genug, um uns erfolgreich zu verteidigen. Es war nur eine Frage der Zeit – und ich rede hier nicht von Stunden, sondern von Minuten –, bis sie meinen Träger erreicht haben würden. Bevor sie uns in Stücke schossen.

Und genau da machte Aleister Lanoe wieder von sich reden.« Shulkins Augen leuchteten. Die Falten in seinem Gesicht schienen zu verblassen, seine Haltung war aufrechter. Bullam glaubte sogar, ein wenig Farbe auf seinen Wangen zu erkennen.

»Lanoe hat eine Bresche in diese Staffeln geschlagen. Fragen Sie mich bloß nicht, wie. Er hat ihre Reihen durchbrochen und schien nicht einmal groß zu manövrieren. Als wäre er von einer mystischen Kraft beseelt. Unaufhaltsam. Unzerstörbar. Er hat ein Loch in ihre Formation gerissen, durch das wir unseren letzten Zerstörer mit flammenden Geschützen hinter ihm hergeschickt haben. Blitze in der Dunkelheit … ich habe nie jemanden so kämpfen sehen.

Wir haben den Aufbau an diesem Tag nicht besiegt, aber die Sache war gelaufen. Der Krieg war vorbei. Wir mussten nur noch aufräumen.«

Shulkin taumelte zu einem Sessel und ließ sich in die Kissen fallen. Er schloss die Augen und saß mit leicht geöffnetem Mund da.

»Ach, Sie haben es alles wieder heraufbeschworen«, flüsterte er. »Ich habe mich nicht … konnte mir nicht erlauben, daran zu denken. Daran, was es … wie es sich angefühlt hat.«

Seine Gedanken schienen davonzutreiben. Er fiel wieder in den Strudel der Gegenwart, zurück an den sicheren, toten Ort, den er bewohnt hatte, seit sie ihn kannte. Sie wusste, gleich würde er sich gerade hinsetzen und die Augen aufschlagen, die wieder aus Glas bestanden. Sie sah seinen Panzer wachsen.

Einen Moment lang hatte sie den echten Captain Shulkin vor sich gehabt, dachte sie. Den Mann, der er einst gewesen war. Es konnte nicht von Dauer sein.

Aber da war noch eine Sache, eine letzte Frage, die sie ihm stellen musste, ehe sie ihn wieder verlor. Etwas, das sie sehr dringend wissen musste.

»Klingt ganz so, als hätte Aleister Lanoe Ihnen das Leben gerettet. Zweimal«, sagte sie vorsichtig.

Shulkin setzte sich etwas aufrechter hin. Sein Mund war eine dünne Linie – einmal mehr außerstande, irgendwelche Emotionen zu zeigen.

»Das stimmt wohl«, sagte er.

Bullam holte tief Luft. »Wenn es so weit ist – wenn wir ihn gefangen haben. Sie wissen, was CentroCor mit ihm anstellt. Es wird nicht schön.«

Shulkin reagierte nicht.

»Kriegen Sie das hin, Captain? Können Sie Lanoe bekämpfen? Gegen ihn antreten?«

Er schlug die Augen auf. Sie rechnete fest damit, wieder die leeren, seelenlosen Glasperlen zu sehen. Stattdessen waren es die Diamanten, die sie schon während des Gefechts auf der Brücke erlebt hatte. Unsagbar fokussiert. Unerbittlich. Kälter als Trockeneis.

»Keine Sorge.«

*

Lanoe durchquerte das Panzerschott und befand sich wieder im Axialkorridor. Als er anhielt und den schwindelerregenden Ausblick bis hinunter zum Triebwerk betrachtete, fühlte sich der große Kreuzer zu seiner Verwunderung klein und beengt an. Der Verlust des vorderen Drittels des Schiffs hatte ihm klargemacht, wie gering der Anteil begehbaren Innenraums tatsächlich war.

Er machte sich auf den Weg zur Offiziersmesse, wo Valk saß

und das Schiff steuerte. Lanoe hatte sich Paniets Worte zu Herzen genommen und fest vor, Valk für eine Weile abzulösen. Als er aber am Ring der Mannschaftsquartiere vorbeikam, sah er die Luke zu Gingers Koje, verharrte mit einem Seufzer und überlegte, was er tun sollte.

Er konnte dem Mädchen keinen wirklichen Vorwurf machen, die Nerven verloren zu haben. Sosehr er sie brauchte, sosehr er jeden Piloten brauchte, den er kriegen konnte, wusste er, dass es keine leichte Aufgabe war. Er hatte viel zu viele gute Männer und Frauen unter dem Druck zerbrechen sehen. Himmel, selbst bei ihm hatte es zu Beginn seiner Karriere Tage gegeben, an denen er nicht essen, nicht schlafen konnte in dem Wissen, dass der nächste Ausflug in seiner alten FA.2 der letzte sein könnte. Wie viele Patrouillen mit Kameraden hatte er absolviert, von denen er als Einziger zurückgekehrt war? Wie viele Einsatzberichte hatte er verfasst, während er verzweifelt versuchte, sein Frühstück bei sich zu behalten?

Unter anderen Umständen hätte er Ginger einfach von der Einsatzliste gestrichen. Ihr irgendeine andere Aufgabe an Bord zugeteilt. Aber dafür fehlten ihm ganz einfach die Leute. Wenn CentroCor für die zweite Runde zurückkam – und das würden sie zweifellos –, musste er sie abermals in einen Kataphrakt setzen. Sie zum Kämpfen zwingen.

Mit einer Hand an der Wand schwebte er im Schacht. Er überlegte, an ihre Luke zu klopfen. Aufmunternde Reden waren nie seine Stärke gewesen, aber er könnte es zumindest versuchen.

Alles wäre so viel einfacher, hätte er Zhang noch bei sich gehabt, dachte er. Sie hatte solche Situationen immer für ihn geregelt. In der Aufbau-Krise hatte sie viele Jahre als seine Stellvertreterin gedient, und immer war sie es gewesen, die verängstigte Piloten beiseitegenommen und ihnen leise und eindringlich Mut gemacht hatte.

Verdammt, wie er sie vermisste. Bis er sie das erste Mal verloren hatte, war ihm nicht klar gewesen, wie sehr er sich auf sie verlassen hatte. Und dann hatte er sie bei der Schlacht um Niraya für einen kurzen Moment zurückgewonnen. Erst hatten sie sich schwergetan, sich wieder anzunähern, aber dann …

Seitdem hatte er niemanden mehr an sich herangelassen. Es war einfach zu gefährlich.

War es das, was sie ihm hatte mitteilen wollen? Sie hatte gesagt, er sei zu weit weg von dort, wo er sein sollte. Meinte sie damit, dass er sich von seiner Besatzung entfernte, Anschluss an die Menschen verlor, die ihn umgaben?

So ein Schwachsinn. Zhang war tot. Sie konnte ihm aus dem Jenseits keine Ratschläge mehr geben. Es war nur sein Unterbewusstsein, das auf ihn einredete.

Andererseits – selbst, wenn es nur sein Unterbewusstsein war, sollte er vielleicht zuhören.

Er ballte die freie Hand zur Faust. Streckte sie aus, um bei Ginger anzuklopfen.

Aber … nein. Das war nicht Aufgabe des befehlshabenden Offiziers. Und wie er sich kannte, würde er alles nur noch schlimmer machen. Nein, es war Candless' Aufgabe, sich um Ginger zu kümmern. Schließlich hatte seine Erste Offizierin das auch relativ unmissverständlich so formuliert.

Mit einem Seufzer schwebte er weiter. Allerdings kam er nicht weit, bis er abermals innehielt.

Aus der Offiziersmesse drangen Stimmen in den Schacht. Er hörte Ehtas röhrendes Lachen. Er lächelte, wollte das Schott öffnen und fragen, was denn so witzig sei – dann hörte er auch Valks Stimme.

»Ähem«, sagte er laut und schwebte hinein.

Die beiden saßen angeschnallt um einen der flachen Tische. Ehta hielt eine Tube mit grüner Nährpaste zwischen die Zähne geklemmt. Als sie ihn sah, hob sie bedächtig die Hand und nahm die Tube aus dem Mund.

»Sir.«

»Weitermachen, Frau Leutnant«, sagte er und sah Valk an, der an die Wand gelehnt saß. Hätte es auch nur ein wenig Schwerkraft gegeben, dessen war Lanoe sich sicher, hätte Valk die Füße auf dem Tisch gehabt.

»Ähem«, wiederholte er.

»Was?«, sagte Valk. »Was habe ich getan?«

»Solltest du nicht eigentlich den Kahn hier fliegen?«, fragte Lanoe.

»Hui. Japp.« Valk konnte weder den Kopf einziehen noch rot anlaufen. Sein undurchsichtig schwarzer Helm neigte sich ein wenig nach vorn. »Ich meine – tue ich doch.«

Lanoe massierte sich mit Daumen und Zeigefinger den Nasenrücken. Er hatte sehr lange nicht geschlafen, und selbst Koffeintabletten hielten einen nicht ewig auf den Beinen. »Ich würde es begrüßen, wenn du, na ja, tatsächlich an der Steuerung säßest.« Paniet hatte einen Pilotensitz in der Messe installiert, einen Leitstand, von dem aus man die wichtigsten Systeme des Schiffs bedienen konnte. Momentan war dieser Platz leer.

»Ist kein Problem. Will sagen, ich kann alle Systeme auch von hier drüben aus überwachen, und alles ist in bester Ordnung ...«

Lanoe schüttelte wortlos den Kopf.

»Okay«, sagte Valk.

»Abgesehen davon wollte ich dich auch noch etwas anderes fragen«, sagte Lanoe und sah dann Ehta an. »Frau Leutnant, wie machen sich deine Marines? Fortschritte bei den Schießübungen?«

Einen Moment lang wich die Farbe aus ihrem Gesicht, dann hatte sie sich wieder gefangen. »Die – machen sich. Wird schon. Ich, äh, kann dir einen ausführlichen Bericht schicken, falls du ...«

»Gut«, sagte Lanoe.

Sie nickte, schnallte sich ab und verließ den Raum in Richtung der Geschützbatterie. Offenbar hatte sie verstanden, dass er mit Valk unter vier Augen sprechen wollte.

Allerdings kam er nicht umhin, den Blick zu registrieren, den sie Valk zuwarf, als sie an ihm vorbeischwebte. Die Augenbrauen hochgezogen, den Mund zusammengekniffen. Er hatte keine Ahnung, was er davon halten sollte.

Es war *so* viel einfacher gewesen, als sich Zhang noch für ihn um die Mitstreiter gekümmert hatte.

»Alles klar, vergiss, was ich gerade gesagt habe«, meinte Lanoe. »Wenn du dich schon wie ein Computer benehmen willst, kann uns das vielleicht nützlich sein. Ich hatte Paniet gebeten, sich die Nachricht anzuschauen, die uns hergebracht hat. Ich dachte, er könnte vielleicht etwas Brauchbares herausfinden – nicht über den eigentlichen Inhalt, sondern über die Metadaten, wie sie gesendet wurde, kleine Details wie die Farbpalette der Bilder oder die Schriftart ... alles, was uns einen Anhaltspunkt geben könnte, wer sie geschickt hat. Je näher wir dem Ziel kommen, desto wichtiger wäre es mir, zumindest eine Ahnung zu haben, mit wem wir es zu tun kriegen, und ich dachte ...«

»Fertig«, sagte Valk.

Lanoe blinzelte ihn an. »Bitte?«

»Du wolltest die Metadaten der Nachricht analysiert haben. Das habe ich getan.«

»Jetzt gerade?« Lanoe schüttelte den Kopf. Er wusste, er musste sich daran gewöhnen, dass sich Valk viel schneller und effizienter mit dem Bordrechner verbinden konnte, als es einem Menschen möglich gewesen wäre. »Egal. Hast du was gefunden?«

»Vielleicht schon. Eigentlich ist es fast seltsam, wie glatt die Nachricht ist. Ich weiß nicht ... als hätte, wer auch immer das Video erstellt hat, größten Wert darauf gelegt, jede persönliche Note zu unterbinden. Das Format ist geläufig – sehr alt und sehr rudimentär, aber noch immer in Benutzung. Jeder Bildschirm kann die Nachricht problemlos abspielen. Darüber hinaus ist das Ding weder verschlüsselt noch komprimiert. Ich kann mich nicht erinnern, je eine Datei gesehen zu haben, die nicht wenigstens ein bisschen komprimiert war.« Valk hob ratlos die Hände. »Du hast nach der Schrift gefragt – das ist eine der grundlegenden Schriftarten, die im universellen Betriebssystem hinterlegt sind. Wer auch immer einen Computer besitzt, der in den letzten hundert Jahren gebaut wurde, hat darauf Zugriff. Was umgekehrt heißt, dass sie niemand je benutzt – viel zu klischeehaft. Wie schon gesagt. Alles irgendwie komisch.«

»Vielleicht haben sie derart generisches Zeug nur benutzt, um ihre Identität zu verschleiern«, sagte Lanoe. »Wie ein Verbrecher, der ein Prepaid-Lesegerät benutzt, um keine Datenspuren zu hinterlassen.«

»Kann schon sein. Möglich. Wer auch immer dahintersteckt, legt Wert auf Privatsphäre. Die Nachricht trägt noch dazu keinen Absender«, sagte Valk. »Und das ist doch sehr seltsam. Sie ist schließlich an ein bestimmtes Schiff geschickt worden, oder? Aber da war nicht mal ein Hinweis, was zu tun ist, falls sie nicht übermittelt werden kann. Das ist schon eine grundsätzliche Funktion. Keine Ahnung, Lanoe. Für mich ergibt das alles keinen Sinn.«

Lanoe nickte. »Ich habe auch nicht damit gerechnet, viel zu finden. Wer auch immer das geschickt hat, hat ganze Arbeit geleistet, unentdeckt zu bleiben. Vielleicht haben die genauso viel Grund wie wir, sich vor den MegaKons in Acht zu nehmen. Vielleicht …«

Er unterbrach sich, da in seinem Augenwinkel eine grüne Perle aufgetaucht war. Den Metadaten auf der Oberfläche der kleinen Kugel war zu entnehmen, dass Candless ihn sprechen wollte.

»Warte kurz«, sagte er zu Valk und blinzelte die Perle an. Candless' Gesicht tauchte über seinem Armdisplay auf.

»Ich kann gerne den nächsten Pilotendienst übernehmen«, sagte sie. Lanoe hatte schon wieder vergessen, dass er Valk angewiesen hatte, sie zwecks Ablösung zu kontaktieren. Er musste es getan haben, während sie sich über die seltsame Nachricht unterhalten hatten. »Ehrlich gesagt wäre mir auch wohler, einen Menschen hinterm Steuer zu wissen.«

Lanoe verzog betreten das Gesicht. »M. Valk sitzt direkt neben mir. Und hört mit.«

»Gut. Ich hasse Leute, die hinterm Rücken groß über andere reden, aber nicht den Mumm haben, es ihnen ins Gesicht zu sagen. Ich glaube auch kaum, dass sich M. Valk irgendwelchen Illusionen darüber hingibt, wie ich zum Thema Künstliche Intelligenz stehe.«

»Nein, Ma'am«, sagte Valk.

»Ich gehe weiter davon aus, dass er weiß, dass es nichts Persönliches ist. So, Lanoe, falls du damit fertig bist, die Situation noch unangenehmer zu machen, ich hatte meinen Gedanken noch nicht zu Ende ausgeführt. Dürfte ich wohl?«

Lanoe seufzte. »Bitte, nur zu.«

»Ich wollte dir mitteilen, dass ich, auch wenn ich sehr gerne die nächste Schicht übernehme, vorher von dir eine Entscheidung brauche. Ich weiß nicht, wann du dir das letzte Mal die Karte angeschaut hast, nach der wir fliegen. Nur sind wir mittlerweile an Avernus vorbei und nähern uns dem Ziel – und da wird die Sache kompliziert.«

Lanoe legte die Karte auf den nächsten Bildschirm, um festzustellen, wovon sie sprach.

*

»Warum kann das Leben nicht einmal einfach sein?«, fragte Bullam.

Eine ihrer Drohnen projizierte die Karte, die sie von Harbin erhalten hatte. Die Karte des Wurmraums, von der alle dermaßen fasziniert waren. Angeblich war sie weitaus vollständiger als alle, über die CentroCor verfügte.

Die Karte erinnerte Bullam an eine trockene Portion Ramen-Nudeln vor dem Kochen. Die Nudeln waren völlig verdreht, kreuzten einander immer wieder, verloren sich in den eigenen Windungen.

»Heute Morgen hat mich die Navigatorin gefragt, wie wir weiterfliegen sollen. Wie ich feststellen musste, konnte ich ihr keine befriedigende Antwort geben«, sagte Bullam. Sie winkte in Richtung der Karte, die sich vergrößerte und immer komplizierter wurde, je tiefer man vorstieß.

Shulkin beäugte sie mit charakteristischem Desinteresse.

»Bis jetzt verlief Lanoes Route ziemlich geradlinig. Wir wussten, dass er zu dieser Kreuzung unterwegs war, die hierher nach Avernus führt. Wir wussten auch, dass er noch weiter wollte, jenseits der bekannten Verbindungen. Wohin er aber eigentlich unterwegs ist, bleibt uns ein Rätsel. Er hatte nicht die Güte, es Harbin mitzuteilen, ehe er sie auf Tuonela ausgesetzt hat.«

Sie zeigte abermals auf die Karte, deren Farbgebung sich veränderte. Eine gelbe Linie schlängelte sich quer über den Bildschirm und zeichnete Lanoes bisherigen Kurs von der Erde nach Tuonela und weiter vorbei an Avernus nach. »Da vor uns gibt es drei stabile Routen, zwischen denen er sich entscheiden kann.« Eine gelb gestrichelte Linie zweigte von der ersten ab, kurz dahinter teilte sich die Route abermals. »Keine von denen sieht besonders einladend aus.« Tatsächlich waren alle drei Wurmlöcher rot schraffiert und galten somit nach der allgemein gültigen Symbolgebung in der Astronavigation als überaus gefährlich.

»Lanoes Kurs führt da durch«, sagte Bullam. »Wie gefährlich die Wurmlöcher auch sein mögen, eins von denen muss er nehmen. Also gilt das auch für uns. Wenn wir ihn wieder einfangen wollen, müssen wir uns für eines entscheiden – und zwar für das richtige, ansonsten kann es gut sein, dass wir ihn niemals wiederfinden.«

Shulkins Blick verlagerte sich kaum merklich. Endlich schien er ihr die nötige Aufmerksamkeit zu schenken.

»Wir haben so gut wie keine Informationen. So eine Karte hat keiner von uns je gesehen, also wissen wir nicht, wohin die drei Wege führen – wenn sie überhaupt irgendwohin führen. Da man Schiffe im Wurmraum kaum verfolgen kann, werden wir auch seiner Spur nicht folgen können. Ich bin für jeden Vorschlag offen, aber momentan sieht es ganz so aus, als müssten wir uns allein aufs Glück verlassen.«

Shulkins Mundwinkel zuckte, als bereite ihm die Anstrengung, die Karte zu studieren, körperliche Schmerzen.

»Ich weiß nicht, ob es Ihnen aufgefallen ist, aber bisher haben wir im Wesentlichen eher Pech gehabt.« Sie klopfte mit der Schuhsohle auf den Boden. Räusperte sich. Verzichtete darauf, direkt vor Shulkins Gesicht mit den Fingern zu schnippen, sosehr ihr auch danach war.

»Haben Sie zu alldem irgendeine Meinung?«, fragte sie schließlich. »Sie sind doch angeblich der Experte. Bei Ihrem Alter müssen Sie schon eine Menge Wurmlöcher gesehen haben, und …«

»Ah«, sagte Shulkin. Er beugte sich vor und vergrößerte die Karte noch weiter, bis die beiden Gabelungen den Großteil des Sichtfelds einnahmen. Dann lehnte er sich wieder zurück.

»Ah«, sagte er abermals und hustete. Es klang nach einer großen Menge Schleim. »Das da«, sagte er irgendwann und streckte den Zeigefinger aus.

»Das da«, sagte Bullam. »Das – das wissen Sie durch bloßes Anschauen?« Vielleicht war er auch schon einmal dort gewesen. Vielleicht war die Flotte im Besitz geheimer Karten, und …

»Nein. Einfach eins ausgesucht. Wie Sie schon feststellten«, gab Shulkin zurück, »gibt es keine Möglichkeit, ein Schiff im

Wurmraum zu verfolgen. Also suchen wir uns eins aus und schauen, was kommt.«

Bullam biss die Zähne zusammen. »Vielen Dank. Sie waren spektakulär unnütz.« Sie winkte der Drohne, und die Karte verschwand. Dafür leuchtete jetzt an der Oberseite der Drohne ein blaues Licht – ihre große Überraschung war also beinahe so weit. »Zum Glück für uns beide kommen jetzt gute Neuigkeiten des Wegs.« Sie stand auf, schirmte die Augen mit einer Hand ab und betrachtete den Horizont. »Unsere Verstärkung kommt zwecks Inspektion vorbei.«

»Hmm?«, machte Shulkin und starrte weiterhin geradeaus. Er hatte eine Tüte mit Nüssen aus der Jackentasche gezogen, steckte sich eine in den Mund und zerdrückte sie geräuschvoll zwischen den Zähnen.

»Da«, sagte Bullam und hob die Hand. Soeben war eine Reihe schwarzer Punkte über dem Horizont aufgetaucht und kam stetig näher. Bullam zählte laut mit. »... vier, fünf, sechs neue Jäger, alle mit garantiert loyalen CentroCor-Piloten besetzt. Mehr als genug, um unsere Verluste auszugleichen.«

Shulkin warf Erdnussschalen über Bord, rollte eine Nuss im Mund umher und blinzelte gegen die Sonne im Wasser an. Er schob die Nuss zwischen die Zähne. »Sieben. Acht«, sagte er. »Ich zähle acht Jäger.« Er schloss den Mund, und die Nuss zersprang krachend.

»Sechs Jäger«, wiederholte Bullam und nickte fröhlich. Enthusiastisch winkte sie den heraneilenden Schiffen zu. »Sehen Sie nicht, dass die letzten beiden eine etwas andere Silhouette aufweisen? M. Cygnet war der Ansicht, wir könnten noch etwas mehr Hilfe gebrauchen.«

Draußen über den Wellen wuchsen die schwarzen Tupfer immer weiter. Die letzten beiden hatten eindeutig eine andere Form. Und sie waren größer.

»Eine Raumschlacht ist wie eine Schachpartie«, sagte Bullam.

»Hat mir ein sehr seltsamer Mann mal erklärt. Es kommt auf die Figuren an.«

»Teufel auch«, sagte Shulkin leise und erhob sich, als die beiden Schiffe direkt über ihnen verharrten und die Sonne verdunkelten. Er biss in eine weitere Erdnuss und spuckte Fetzen der Schale über die Reling ins Meer. »Schachmatt.«

20

Sie wusste, irgendwann würde sie ihn einlassen müssen.

Die ersten sechs Anrufe von Bury hatte Ginger glatt ignoriert. Wieder surrte die Kennungsmarke an der Brust ihres Anzugs, die grüne Perle im Augenwinkel rotierte, und neben ihr in der Koje entrollte sich leise das Lesegerät. Wieder wandte sie den Blick ab und hoffte, er würde sie in Ruhe lassen.

Der siebte Anruf erfolgte nicht über das Außendisplay der Koje, sondern über die Systeme des Kreuzers. Ein elektronisches Knacken, dann drang seine Stimme aus den Wänden. »Ginj, komm schon. Wir müssen reden.«

Sie seufzte, zwängte sich ganz in die Ecke und hoffte, er würde endlich aufgeben. Sie hätte es besser wissen müssen. Andeutungen zu verstehen war eindeutig nicht Burys Stärke.

»Seit ich dich kenne, warst du immer für mich da«, sagte er. Das Interkom war darauf ausgelegt, schlafende Piloten zu wecken, wenn sie blitzschnell in den Einsatz mussten. Es war laut genug, um ihre Zähne vibrieren zu lassen. »Wir haben doch im ersten Jahr schon zusammen gelernt, weißt du noch? Bei der Avionik-Prüfung hast du mich so gut wie durchgeschleppt. Und dann die Nummer, als ich gesoffen hatte und wir am nächsten Tag Fassrollen üben sollten. Das ... war nicht schön. Aber du hast mich wieder aufgepäppelt. Ginger, du warst sogar meine verfluchte Sekundantin bei dem blödsinnigen Duell! Ich stehe in deiner Schuld. Ich habe dir so viel zu verdanken. Erlaub mir doch, mich zu revanchieren. Bitte rede einfach mit mir. Vielleicht kann ich dir helfen.«

Als sie weitere dreißig Sekunden schwieg, versuchte er es erneut. »Ich gebe nicht auf. Irgendwann musst du mit mir reden.

Ginj?

Ginger?

Komm schon.

Ginger.

Ginj.

Ginger.«

Die Kojen an Bord des Kreuzers waren kaum größer als Särge. Ginger hatte den Lautsprecher neben dem kleinen Display schnell entdeckt. Sie stopfte das Null-*g*-Nackenkissen davor, fixierte es mit den Füßen und hielt sich die Ohren zu.

Es half nicht wirklich.

»Ginger, bist du noch da? Du hast dich nicht rausgeschlichen, während ich nicht hingeguckt habe? Nein, laut Besatzungsregister bist du in deiner Koje. Ginj?«

Sie wollte ihn anschreien. Stattdessen tippte sie eine knappe Textnachricht in ihr Armdisplay.

HALT BITTE ENDLICH DIE KLAPPE!

»Siehst du«, sagte Bury, »jetzt weiß ich, dass du da drin bist.«

Sie rieb sich das Gesicht und widerstand dem Drang, den Lautsprecher zu Klump zu treten – wäre er hier gewesen, hätte sie sein blödes glänzendes Hellion-Gesicht vor sich gehabt, hätte sie liebend gern auch das eingetreten.

WO BIST DU?, schrieb sie.

»Ich schwebe vor deiner Koje. Machst du jetzt bitte mal auf?«

Sie brüllte frustriert. Aber dann drehte sie sich doch um und hieb auf den Öffner.

Er steckte den Kopf zu ihr herein. »Hey.« Sein mitleidiger Gesichtsausdruck war unerträglich. Immerhin wollte sie ihn nicht länger treten. Ein viel zu großer Teil von ihr hatte sich genau hiernach gesehnt. Dass jemand, den sie kannte und dem sie vertraute, zu ihr kam und versuchte, sie zu beruhigen. Anteilnahme war genau das, was sie jetzt brauchte, das war ihr durchaus klar.

Außerdem war ihr klar, dass an Bord wahrscheinlich sowieso schon alle über sie redeten. Sie Feigling oder Schlimmeres nannten – sich darüber austauschten, dass sie mit den Nerven am Ende war. Sollte sie jemals wieder ihr Gesicht außerhalb der Koje zeigen wollen, je wieder ein Teil der Besatzung sein wollen, sich wie ein Offizier verhalten und Candless nicht im Stich lassen und all die anderen Dinge, die sie von ganzem Herzen herbeisehnte, dann musste sie jetzt stark sein.

»Ich habe nur ein Nickerchen gemacht«, sagte sie. »Du hast mich geweckt.«

»Mhm …«, machte Bury.

Sie zog die Knie unters Kinn, presste den Mund gegen das harte Metall ihres Kragenrings und starrte ihn an. »Okay«, sagte sie. »Okay?«

Bury runzelte die Stirn. »Äh – inwiefern okay?«

»Du hast nach mir gesehen. Ich weiß nicht, ob dich Leutnantin Candless oder jemand anders hergeschickt hat, aber du kannst melden, dass du deinen Auftrag ausgeführt hast. Du hast nach mir geschaut und mir geht's gut. Okay?«

»Hör mal, Ginj, niemand hat mich geschickt, ich …«

»Okay? War es das?«

Er sah sie niedergeschlagen an. Mit diesen blöden, leuchtenden Augen. Er sah zwar nicht aus, als müsse er gleich weinen, nein, nicht ein Hellion wie Bury. Aber er wirkte mindestens wie ein Hund, der seinem Herrchen durchs Gesicht geleckt und dafür einen Stockhieb kassiert hatte.

Mehr als alles andere war es dieser Blick, der sie einlenken ließ. Zumindest würde sie sich das später einreden.

Er wandte sich um und streckte die Hand nach dem Öffner der Luke aus. Da konnte sie nicht mehr an sich halten. Sie seufzte und sprach aus, was ihr auf dem Herzen lag.

»Ich schaffe das nicht.«

Die Worte kamen wesentlich leiser heraus, als sie beabsichtigt hatte. Sanfter. Er hörte sie trotzdem, drehte sich um und sah sie erwartungsvoll an.

»Ich habe sein Gesicht gesehen«, sagte sie. »Der Mann, den … den ich getötet habe. Als ich abgedrückt habe, war ich nah genug dran, um direkt in sein Cockpit zu schauen. Ich habe sein Gesicht gesehen und … er wusste es. Er wusste, dass er sterben würde. Er muss solche Angst gehabt haben. Es muss furchtbar gewesen sein.«

»Wir sind Krieger, Ginj. Wir töten Menschen.«

Sie schüttelte den Kopf. »Auf Rishi haben sie auch immer darüber geredet, dass wir aggressiv sein, die Initiative ergreifen müssen – wenn man selbst nicht zuerst schießt, tut es der Gegner. Versteh ich auch. Auf einem Bildschirm auf virtuelle Schiffe zu schießen war kein Problem, klar. Und dann die Einsatzausbildung – das war nur ein Spiel. Aber das hier war echt. Ich habe jemanden getötet, Bury. Ich habe einen Menschen umgebracht. Glaubst du, seine Familie weiß es schon? Glaubst du, sie wissen, dass er tot ist? Vielleicht hat CentroCor es ihnen noch gar nicht gesagt. Vielleicht warten sie immer noch darauf, dass er nach Hause kommt.«

Immerhin hatte er genug Anstand, sie nicht anzulügen und zu behaupten, es sei nicht ihre Schuld. Oder sie habe sich nur verteidigt. Oder Ähnliches. Stattdessen versuchte er es mit Pragmatismus.

»Zum Teufel, Ginger. Nach zwei Jahren Ausbildung, nach all dem Geld, das deine Eltern ausgegeben haben, um dich nach Rishi zu schicken …«

»Kennst du überhaupt meinen Nachnamen?«, fragte sie.

Er sah sie verblüfft an. »Ja, klar. Äh – Holmes, oder …«

»Holz«, sagte sie. »Ich heiße Tara Holz.«

»Ja gut – hör mal, ab der ersten Woche haben dich schon alle

Ginger genannt, ich habe einfach nie … Du hast den Namen selbst nie benutzt und …«

»Ich habe dafür gesorgt, dass mich jeder beim Spitznamen nennt«, erwiderte sie. »Ich hab darauf bestanden. Sagt dir der Name Holz nichts? Nie von Sergeant Holz gehört?«

Seine Augen weiteten sich. Natürlich kannte er den Namen.

Sergeant Efram Holz war einer der Helden der Aufbau-Krise gewesen. Zu allem Überfluss noch ein Marine – es war höchst selten, dass Fußsoldaten in Videos namentlich Erwähnung fanden. Holz war in der Schlacht um Adlivun gefallen, nachdem er ein Dutzend Schüsse eingesteckt und einen Arm durch eine Granate verloren hatte. Davor hatte er eigenhändig einen Bunker des Aufbaus gestürmt und mehr als einhundert feindliche Marines abgeschlachtet, nur bewaffnet mit einem Partikelgewehr und einem Kampfmesser.

Die Propagandaoffiziere der AFS mussten angesichts dieser Geschichte ein Fest abgehalten haben.

»Das war mein Großvater. Meine Mutter war Nachrichtenoffizier an Bord eines Schlachtschiffs – damals, als noch Schlachtschiffe gebaut wurden.«

»Was für eine Familie«, sagte Bury.

Ginger konnte seinen Blick nicht erwidern. »Es stand nie zur Debatte, ob ich zur Flotte gehe oder nicht. Das war schon vor meiner Geburt beschlossene Sache. Aber als ich die Aufnahmeprüfung für Rishi absolviert habe – bin ich durchgefallen. Ich war zu schlecht.«

»Aber …«

Sie stöhnte entnervt. »Ich habe mich so geschämt. Als ich mein Ergebnis gesehen hab, wollte ich im Boden versinken. Dann hat mich ein sehr netter Leutnant beiseitegenommen und gesagt, er würde schauen, was sich machen lässt. Und plötzlich war ich auf dem Weg nach Rishi zur Pilotenausbildung. Wo ich nichts zu suchen hatte. Ich bin nur wegen meines Großvaters reingekommen. Ich dachte, das sei vielleicht einfach Schicksal, verstehst du? Mein Schicksal, Kampfpilotin zu werden. Aber Candless hat gesehen, was Sache ist. Sie wusste, ich würde es niemals schaffen. Vor ein paar Wochen hat sie mich auf Rishi zu sich gerufen und dargelegt, dass ich aus dem Programm ausscheiden würde. Ich hatte meine Familie einmal mehr enttäuscht. Weißt du, was das für ein Gefühl ist? Ich habe sie angefleht, bleiben zu dürfen. Teil der Flotte sein zu dürfen. Wenn sie mich einfach nach Hause geschickt hätte … ich weiß nicht, ob ich meiner Mutter je wieder in die Augen hätte schauen können. Candless hatte Mitleid mit mir. Sie hat gesagt, sie würde versuchen, mich in die Ausbildung zum Stabsoffizier wechseln zu lassen. Für irgendeinen Posten, auf dem ich nicht selber kämpfen muss. Ich konnte sehen, wie enttäuscht sie war, aber – sie war nett zu mir.«

»Stabsoffizier«, sagte Bury. Sie sah, wie er versuchte, sein natürliches Verlangen zu unterdrücken, über diese Idee zu lachen.

»Und dann ist all das hier passiert.« Sie bedachte die Wände des Kreuzers mit einer ausladenden Geste. »Als Kommandant Lanoe verlangt hat, dass ich in seinem Geschwader mitfliege … Bury, das bin nicht ich. Das ist nicht, wie mein Leben aussehen soll. Ich kann keine Kampfpilotin sein, jetzt nicht mehr.« Sie vergrub das Gesicht zwischen den Knien. »Ich fliege nicht noch mal da raus.«

»Okay«, sagte Bury. »In Ordnung. Nicht jeder ist dazu bestimmt, einen Kataphrakt zu fliegen.« Sie spähte zwischen den Knien hindurch und sah ihn nicken, die Miene fest entschlossen. Er gab sich solche Mühe. »Alles klar. Dann – dann wirst du stattdessen Stabsoffizier. Das ist ja auch ein respektabler Beruf, also, alle möglichen Laufbahnen sind ehrenhaft und …«

»Vielleicht ist Stabsdienst tatsächlich eine Lösung. Aber nicht jetzt. Du weißt, dass CentroCor uns erneut angreifen wird, und wenn es dazu kommt, wird Kommandant Lanoe darauf bestehen, dass ich mich in eine dieser BR.9er setze und zurückschieße.« In ihrem Kopf rauschte es, als wäre er voller Bienen. »Ein Nein wird er nicht akzeptieren. Aber ich weiß nicht, was ich ihm noch sagen soll. Bury – ich – ich weiß nicht, was ich dann tun werde. Ich kann natürlich fliegen, kein Problem, aber wenn es zum Kampf kommt …« Sie schüttelte den Kopf. »Ich werde nicht schießen.«

»Dann fliegst du eben den Kreuzer – irgendwer muss schließlich hierblieben und …«

»Ich habe ein paar kurze Einheiten absolviert, während Candless mir über die Schulter geguckt hat. Du hast es selbst versucht; du weißt, dass wir noch nicht so weit sind!«

Bury wollte etwas erwidern. Sie wusste, es würde nicht das sein, was sie hören wollte. Er konnte ihr nicht sagen, dass alles gut werden würde, dass sie nicht mehr kämpfen musste.

»Na ja, dann kannst du vielleicht …«

»Hör doch auf, mich wie eine Gleichung lösen zu wollen!«

»Ich will dir doch nur helfen«, sagte er und sah wieder betrübt drein.

»Sei still. Sei einfach still.«

Er nickte und wollte die Luke öffnen.

»Ich habe nicht gesagt, du sollst gehen«, sagte sie.

*

»Hier«, sagte Ehta. »Gönn dir 'nen Schluck. Ist fast ungiftig.« Sie hielt die Flasche hoch und wedelte damit. Der bläuliche Inhalt schwappte nicht wirklich, sondern bildete fette Tropfen, die über die Innenseite des Glasbehälters kullerten.

»Das wäre Verschwendung«, sagte Valk. Es war so eng, dass seine Knie fast die Schultern berührten. Seine Füße lagen beinahe auf ihrem Schoß. »Ich kann das nicht wirklich. Trinken, meine ich.«

»Ich trinke sicher nicht alleine«, gab sie zurück.

An Bord des Kreuzers gab es nur wenig Privatsphäre, vor allem jetzt, da das vordere Drittel fehlte. Die Offiziersmesse der Marines war zur neuen Brücke umfunktioniert worden, die Antriebssektion war abgeriegelt, und ein Betreten des Hangars hätte sofort Alarm ausgelöst.

Wollte sie also für einen Moment fliehen – vor den muffigen Blicken der Ersten Offizierin, vor Lanoe, der sie dauernd so ansah, als sei sie ein Kind, das ihn enttäuscht hatte, vor den ständigen Fragen ihrer Untergebenen, auf die sie keine Antworten hatte, vor dem Gewirr in ihrem eigenen Kopf –, musste sie sich etwas einfallen lassen. Ein altes Sprichwort besagte, dass sich ein echter Marine selbst in einem Bombenkrater wie zu Hause fühlen konnte und Gardinen aufhängen würde, noch ehe man wieder ausrücken musste. Sehr früh auf dieser Reise hatte sie entdeckt, dass es im Munitionsdepot nahe der Geschützbatterie keinen Alarm gab. Warum auch? Niemand ging davon aus, dass sich Menschen in die unbeheizten, stickigen Zwischenräume zwängen würden, die normalerweise sowieso von den 75-Zentimeter-Projektilen belegt wurden. Eines von denen war jetzt verschossen, und damit herrschte gerade genug Platz für zwei Leute, um sich dort niederzulassen, falls sie kein Problem mit engem Körperkontakt hatten. Teufel, die Kammer war sogar ein klein wenig größer als die Kojen an Bord.

Valk nahm die Flasche und starrte sie eine volle Minute lang an. Dann öffnete sich ein kleines Loch in seinem schwarzen Visier, gerade groß genug, um den Flaschenhals aufzunehmen. Er saugte einen zähflüssigen Schluck heraus und reichte die Flasche zurück.

Er hatte sogar den Anstand, Husten und Prusten vorzutäuschen, als wäre er nicht auf das Brennen vorbereitet gewesen, mit dem der Hochprozentige auf seine hypothetische Kehle traf. »Geschmeidig«, sagte er.

Sie lächelte und nahm selbst einen Schluck. Es schmeckte wie

Kühlflüssigkeit, was, tja, auch nicht allzu verwunderlich war. Sie schloss die Augen und ließ sich von der Wärme des Alkohols durchfließen.

Auf Niraya hatten Valk und Ehta einen einzigen Moment intimer Zweisamkeit geteilt, als alle Beteiligten – Valk inklusive – noch gedacht hatten, er wäre ein Mensch. Damals hatten sie beide geglaubt, am nächsten Tag sterben zu müssen, also hatte es keinen Grund gegeben, sich nicht in ein wenig Behaglichkeit zu ergehen. Es hätte sehr komisch werden können, als sie beide lange genug überlebten, um sich wiederzusehen. Als sie ihn an Bord des Hopliten getroffen hatte, hatten sie einander geschworen, das nächtliche Ereignis nie wieder zu erwähnen.

Seltsamerweise hatten sich beide an diesen Schwur gehalten. Und dank dieses gemeinsamen Geheimnisses konnten sie jetzt über so gut wie alles andere freimütig reden.

»Ein Schiff der Verdammten, wie?« sagte sie, hielt die Augen aber geschlossen.

»Was?«

»Das hier. Schiff der Verdammten. Selbst wenn uns Centro-Cor nicht allesamt umbringt, will die Hälfte der Leute auf diesem Kahn nie wieder nach Hause zurück, falls es nicht unbedingt sein muss. Gestern habe ich darüber nachgedacht. Meine Marines werden kaum Probleme haben, aber sämtliche Offiziere an Bord … Ich bin selbst nur mitgekommen, weil sie mich vorzeitig entlassen wollten, hast du das gewusst? Die wollten mich einfach mit ärztlichem Entlassungsschein nach Hause schicken.«

»Ich meine mich erinnern zu können, dass sich schon Leute selbst in den Fuß geschossen haben, um so einen Schein zu kriegen«, sagte Valk.

»Klar, zu denen gehöre ich aber nicht. Ich habe nur die Marines, sonst nichts. Was soll ich denn machen, in einer Fabrik schuften, für einen der MegaKons? Nein danke. Als Lanoe mich gefragt hat, ob ich bei seinem nächsten bescheuerten Abenteuer auch dabei sein will, habe ich mir gedacht, Himmel, dann kann ich das Unvermeidliche wenigstens hinauszögern. Aber auf Dauer abwenden kann ich es nicht.«

»Du machst das schon«, sagte er. »Da bin ich mir sicher.«

Sie war nicht auf Mitgefühl aus gewesen. Sie verdrehte die Augen und nahm noch einen Schluck. »Und dann du. Das ist deine letzte Reise, Kumpel, so oder so.« Sie zielte mit der Flasche auf ihn. »Das ist dir klar, oder?«

»Sicher. Wenn wir hier draußen draufgehen, spare ich mir wenigstens den Stress, für meine Hinrichtung wieder in die Zivilisation zurückzukehren.«

Sie nickte. »Candless und die beiden Kleinen – tja, die wissen wohl auch zu viel, oder? Lanoe hat gesagt, sie wären im Knast gelandet, hätte er sie nicht mitgenommen. Oder glaubst du, die Admiralität wird sie laufen lassen, nachdem sie gesehen haben … was auch immer es hier draußen zu sehen gibt? Nein, die haben es bestimmt nicht eilig, nach Hause zu kommen. Verdammt, fällt mir jetzt erst auf – das gilt wohl auch für Paniet. Und ich bin diejenige, die ihn da reingezogen hat, zum Teufel.«

»Lanoe wird sich schon was einfallen lassen«, sagte Valk.

Ehta schnaubte verächtlich. Keine gute Idee, da der Dunst des fragwürdigen Getränks noch in ihrem Rachen schwelte. Sie hustete, bis sie wieder halbwegs klar sehen konnte. »Lanoe will auch nicht zurück. Und kann nicht.«

»Wie kommst du darauf? Der hat schon Schlimmeres überstanden.«

»Er hat wissentlich eine KI vor den Behörden versteckt. Das ist ein klares Kapitalverbrechen, aus dem sich niemand rausreden kann.« Sie schenkte ihm ein mattes Lächeln. »Versteh mich nicht falsch. Ich freue mich, dass du noch da bist. Trotzdem war es ein schwerer Fehler von ihm, dich denen da oben nicht auszuliefern.«

Valk beugte sich vor und kratzte mit dem Helm an der niedrigen Decke entlang. Er streckte die Hand nach der Flasche aus. Ehta reichte sie ihm. »Ich wünschte, ich wüsste, warum er das gemacht hat. Ich wollte es nicht.« Er nahm einen schnellen Schluck und behielt die Flasche. »Er sagt, er hat es getan, weil er mich noch braucht. Er wird die Aliens bekämpfen, koste es, was es wolle. Er will sie zur Rechenschaft ziehen, und ich bin der Einzige, der mit ihnen reden kann. Der Einzige, der wirklich etwas über sie weiß. Aber das ist doch Quatsch, oder nicht?«

»Warum?«

»Die Admiralität hat all meine Dateien runtergeladen. Die wissen alles, was ich weiß. Wenn er gefragt hätte, hätten sie ihm bestimmt ein Lesegerät mit entsprechender Software mitgegeben, um die Sprache der Blau-Blau-Weiß ins Englische zu übersetzen, mit allen Karten und Daten aus meinem Kopf – na gut, abgesehen von meinem sonnigen Gemüt vielleicht. Es war nicht nötig, mich noch länger leiden zu lassen.«

»Hey«, sagte sie. »Hey, sei doch nicht …«

»Jetzt fang *du* nicht an, Mitleid mit *mir* zu haben«, unterbrach er sie.

Ehta rümpfte die Nase und wandte den Blick ab.

»Nein, ich weiß nicht, was Lanoe von mir will.«

»Vielleicht ist er einfach einsam«, sagte sie.

»Hä?«

»Zhang ist nicht mehr da. Sie war die Einzige, mit der er wirklich reden konnte. Vielleicht braucht er dich, weil er einen Freund braucht.«

»Er hat viele Freunde«, sagte Valk. »Candless und dich und all die anderen, die über die Jahre an seiner Seite gekämpft haben.«

Ehta schüttelte energisch den Kopf. »Nein, das ist nicht das Gleiche. Das sind keine Freunde. Das sind Kameraden.« Sie setzte sich auf und nahm ihm die Flasche ab. Es waren nur noch wenige Tropfen übrig. Sie ließ sie am Boden der Flasche kreisen, um ihre Hände zu beschäftigen. »Wenn man mit Leuten zusammen kämpft, entwickelt sich diese wahnsinnig starke Bindung. Man vertraut ihnen sein Leben an. Man liebt sie mehr, als man je wieder jemanden lieben wird. Es ist furchtbar intensiv. Und wenn der Kampf vorbei ist, wenn das Geschwader aufgelöst wird oder man versetzt wird oder was auch immer, schwört man sich, in Kontakt zu bleiben, füreinander da zu sein, egal, was passiert. Aber dann ziehen die Jahre ins Land, und man meldet sich doch nie. Man schickt nicht mal eine Nachricht. Vielleicht ist das Leben einfach im Weg, man hat neues Zeug zu erledigen, man ist zu beschäftigt. Das redet man sich zumindest ein. Der wahre Grund ist weniger leicht zu akzeptieren. Diese Bindungen, diese Beziehungen, die man aufgebaut hat, sind unter Bedingungen entstanden, an die man nie wieder denken will. Man sieht einen alten Kameraden, und alles kommt zurück, klar, die guten Zeiten, aber auch die Hölle, der Lärm und der Beschuss und die ständige Angst vor dem Tod. Beziehungen zwischen Kameraden können Friedenszeiten nicht überstehen.«

»Lanoe und ich haben gemeinsam um Niraya gekämpft.«

»Ein Typ namens Tannis Valk, den er kannte, hat dort an seiner Seite gekämpft. Begreifst du den Unterschied? Du bist genau wie dieser Typ. Genau wie der Typ, mit dem er so eine Bindung hat, nur … nur bist du eben nicht er. Du bist jetzt gerade anders genug.«

»Du willst mir erzählen, dass er sein Leben weggeworfen – sich die Todesstrafe eingehandelt – hat, weil er ein freundliches Gesicht um sich haben wollte. Obwohl ich nicht mal ein Gesicht habe.«

Ehta sah ihn an. »Da du kein Mensch bist, kennst du vielleicht das größte Geheimnis der Menschen nicht.«

»Aha? Und das wäre?«

»Eigentlich sind wir alle verrückt, der eine so, der andere so.«

*

Ginger war umgeben von den anderen Offizieren. Sie konnte ihre Gedanken fast hören, während sie sich durch eine weitere Mahlzeit aus grüner Nährpaste arbeiteten.

Vielleicht kommt sie wieder klar. Vielleicht auch nicht. Vielleicht ist sie bereit, wenn die Sirenen ertönen. Vielleicht wird sie nie wieder kämpfen. Vielleicht ist sie völlig durchgedreht – sie war lange in ihrer Koje.

Vielleicht war sie zu nichts mehr zu gebrauchen. Eine Belastung für den Einsatz.

»Reichst du mir mal das Salz-Spray?«, fragte Leutnant Maggs. Er warf ihr ein unerhört breites Lächeln zu. Zeigte eine Menge Zähne.

Sie griff nach dem Spray – und zog ruckartig die Hand zurück, als die Beleuchtung der Messe plötzlich bernsteinfarben erstrahlte und der Gravitationsalarm aus den Deckenlautsprechern drang.

»Keine Sorge, kleines Mädchen«, sagte Maggs. »Wir sind doch schon angeschnallt.«

»Lass sie in Ruhe«, sagte Kommandant Lanoe.

Aber er hatte recht. Es gab keinen Grund zur Sorge. Sie alle saßen wegen der Schwerelosigkeit in Sicherheitsgurten um den Tisch. Alle Nahrungsmittel und alles Zubehör auf dem Tisch war mit Haftflächen versehen. Es bestand keine Gefahr.

Man hatte sie sogar gewarnt, dass dieser Schub bevorstand. Zehn unangenehme Sekunden lang wurde Ginger aus dem Stuhl nach oben gezogen und in Richtung dessen beschleunigt, was momentan offiziell die Decke war. Der Kreuzer hatte die Bremsdüsen gezündet.

Leutnantin Candless saß im Pilotensessel, den Blick an den Bildschirm vor ihr geheftet. Sie wischte mit der linken Hand durch die Luft und rief ein Navigationsdisplay auf, um ihnen zu zeigen, weswegen sie gebremst hatte.

»Keine Zeit mehr für weiteren Aufschub, fürchte ich«, sagte

sie. »Wir müssen eine Entscheidung fällen. Will sagen, *du* musst eine Entscheidung fällen, Kommandant.«

Ginger wusste sofort, worum es ging. Vor ihnen spaltete sich das Wurmloch in zwei Röhren auf, von denen sich eine unverzüglich abermals verzweigte. Drei mögliche Routen. Der Karte nach zu urteilen, würden sie alle drei zum Ziel führen. Und alle drei waren mit den eindringlichsten Symbolen für gefährliche Verhältnisse versehen.

Im Unterricht auf Rishi hatte Ginger viel über die frühen Tage der Erkundung des Wurmraums gelernt, über all die Schiffe, die in Wurmlöchern verschollen waren, die nirgendwo hinführten oder ohne Vorwarnung zusammenschrumpften, bis sie nur noch wenige Zentimeter durchmaßen. Dann gab es die instabilen Wurmlöcher – sie konnten sich unvermittelt verlagern, die Richtung ändern. Bestenfalls endeten sie in einer Gegend des Alls, die nie zuvor ein Mensch gesehen hatte, schlimmstenfalls verknoteten sie sich zu solch heillosen Schleifen, dass kein menschlicher Pilot sie hätte meistern können. Und dennoch waren das vergleichsweise gewöhnliche Navigationsprobleme. Wurmlöcher, denen unorthodoxes Verhalten nachgesagt wurde, waren auf modernen Karten gelb schraffiert.

Diese drei Routen waren leuchtend rot schraffiert.

Angeblich gab es Wurmlöcher, die im Ereignishorizont Schwarzer Löcher endeten. Sie wirkten vollkommen normal, bis man ihren Schlund verließ – und niemand je wieder etwas von einem hörte. Es gab Wurmlöcher, die durch die Herzen von Sternen liefen, sodass die Temperatur im Innern viele Tausend, manchmal Millionen Grad betrug – was kein von Menschen konstruiertes Schiff auch nur ansatzweise aushalten konnte. Gerüchteweise gab es da draußen noch seltsamere Phänomene. Wurmraum-Stürme, in denen das Geisterlicht so dicht wurde, dass es Schiffe in Stücke riss. Wurmlöcher, die durch so viele merkwürdige Dimensionen führten, dass man sie möglicherweise verließ, ehe man sie betrat – den Körper von innen nach außen gestülpt. Wurmlöcher waren rätselhafte Gebilde. Tunnel, die sich direkt durch das Geflecht der Raumzeit brachen. Ein Großteil der zugrunde liegenden Wissenschaft ließ die Menschheit noch immer ratlos zurück.

Ginger sah zu, wie Lanoe die Karte betrachtete, sich vorbeugte, um auf den optischen Hauptschirm zu sehen, als könnte er mögliche Gefahren mit bloßem Auge erkennen. Sie beneidete ihn nicht um die Last dieser Entscheidung. Und hoffte inständig, er würde die richtige treffen. Selbst wenn er raten musste.

»Bring uns ganz langsam näher ran«, sagte er. »Wenn wir sehr, sehr vorsichtig sind, können wir vielleicht noch umkehren, selbst wenn wir falsch liegen. Wir fangen mit dem vordersten an.« Er zeigte auf den Tunnel, der von ihrem gegenwärtigen Kurs am wenigsten abwich.

»Wie du wünschst«, sagte Candless. Sie drückte eine virtuelle Taste, und der Gravitationsalarm ertönte erneut. Sie führte dem Triebwerk so wenig Energie zu, dass es eine ganze Sekunde dauerte, bis Gingers Füße wieder den Boden berührten.

Es war sehr schwierig, Dinge wie Geschwindigkeit und Entfernung im Innern eines Wurmlochs abzuschätzen, zumindest visuell. Die Aussicht vor ihnen schien sich kaum zu verändern, die ewig fluktuierenden Tentakel aus geisterhaftem Licht streckten ihre tastenden Finger nach dem Schiff aus. Sie schienen durch den Tunnel zu kriechen, auch wenn es so gut wie keine Anhaltspunkte dafür gab. Noch immer waren sie mehrere Tausend Kilometer von der ersten Abzweigung entfernt. Noch waren sie in Sicherheit. Sehr bald allerdings würde sie ihr Kurs in ein Wurmloch bringen, in dem sie jederzeit ohne Vorwarnung sterben könnten.

Ginger fragte sich, ob sie den Atem anhalten konnte, bis sie die Abzweigung erreicht hatten. Ihr Körper schien es dringend versuchen zu wollen.

Feigling, dachte sie. *Setze ein bisschen Vertrauen in deinen Kommandanten.*

»Fähnrich«, sagte Lanoe. »Fähnrich Bury.« Er schnipste mit den Fingern und deutete hinter sich. »Kümmern Sie sich um diesen Schirm. Sie sind fürs Erste unser Nachrichtenoffizier. Wir senden alle Sensordaten an Ihre Station weiter. Ich will, dass Sie die Außentemperatur überwachen, die Riemannsche Metrik, den magnetischen Fluss – alles, was irgendwie abweicht, teilen Sie uns sofort mit.«

Bury nickte voller Tatendrang und stieß sich von seinem Sitz ab.

Ginger war noch keine Aufgabe zugekommen. Sie versuchte, sich keine Gedanken darüber zu machen. Vor allem, als er anfing, die restlichen Offiziere einzuteilen.

»Paniet, zurück in den Maschinenraum. Ich weiß, dass Sie sehen wollen, was draußen passiert, aber ich brauche Sie auf Ihrem Posten, um bei möglichen Problemen sofort Schadensbegrenzung einzuleiten.« Natürlich war es sehr unwahrscheinlich, dass sie noch Zeit haben würden, sich um Reparaturen zu kümmern, sollten sie dort draußen im Wurmloch mit etwas zusammenstoßen. Das Schiff würde auf der Stelle vernichtet, seine Masse in reine Energie umgewandelt werden. Aber man wusste ja nie, dachte Ginger, und vielleicht war es doch besser, auf alle Eventualitäten vorbereitet zu sein. »Maggs«, fuhr Lanoe fort. »Du kriegst eine Aufgabe, die dir eine Herzensangelegenheit sein sollte. Geh runter zum Hangar und sorge dafür, dass alle Beiboote sofort startklar sind.« Als Rettungskapseln, meinte er wohl.

»Und inwiefern sollte das meinem Herzenswunsch entsprechen, wenn man fragen darf?«, sagte Maggs. Er hatte sich noch nicht gerührt, auch sein Blick klebte am großen Bildschirm.

»Du hast in der Vergangenheit bewiesen, ein Talent dafür zu haben, vor Dingen wegzulaufen«, sagte Lanoe.

Leutnant Maggs lachte doch tatsächlich. Lanoe hatte ihn gerade einen Deserteur genannt, und er lachte ... Ginger fragte sich, wie arrogant Maggs sein musste, um eine solche Anschuldigung amüsant zu finden. Aber die beiden hatten offenbar eine gemeinsame Vergangenheit.

»Fähnrichin Ginger«, sagte Lanoe endlich. »Sie sind unsere Navigatorin. Behalten Sie den Schirm im Auge und sorgen Sie. dafür, dass wir nicht vom Kurs abweichen.«

»Jawohl, Sir«, sagte Ginger. Reine Beschäftigungstherapie. Kein Wunder. Niemand konnte ernsthaft daran zweifeln, dass Leutnantin Candless den Kreuzer perfekt auf Kurs halten würde. Vielleicht hatte Lanoe einfach Mitleid und ihr eine Aufgabe zugewiesen, von der er glaubte, sie könne sie tatsächlich bewältigen.

»Dreißig Sekunden bis zur Abzweigung«, meldete Candless.

»Temperatur normal, keine Anzeichen für magnetische Anomalien«, fügte Bury hinzu. »Wollen Sie regelmäßige Updates hören, oder nur ...«

»Ja!«, riefen der Kommandant und Candless wie aus einem Mund.

»Ähm, Riemann-Tensor stabil bei g(3,3.02) ... Magnetischer Fluss bei 750 Wb ... Temperatur unverändert bei 129 K ...«

Bury leierte weitere Zahlen herunter, bis Ginger seine Stimme ausblendete. Sobald klar war, dass sie nicht ohne Vorwarnung verdampfen würden, erhöhte Candless die Geschwindigkeit ein wenig. Die Sekunden zogen träge vorbei, während der Kreuzer langsam der Stelle entgegenkroch, an der sich das Wurmloch verzweigte. Auch wenn ein bisschen Schwerkraft herrschte, stellte Ginger fest, dass sie sich unwillkürlich an einer der Nylonschlaufen an der Wand festklammerte. Mit großer Mühe ließ sie die Schlaufe los und bewegte die steifen Finger, bis sie spürte, wie das Blut zurückkehrte.

Vor ihnen teilte sich das Wurmloch. Leutnantin Candless veränderte den Kurs minimal in Richtung der ersten Abzweigung. Sie sah sich um, als hoffte sie, jemand würde ihr Einhalt gebieten. Was niemand tat.

»Okay«, sagte Kommandant Lanoe, als sie die Stelle fast erreicht hatten. »Bis jetzt sieht alles gut aus, ich glaube, der Weg ist sicher. Dann wollen …«

Ginger wurde von einem gleißenden Lichtblitz geblendet. Sie blinzelte und sah sich um. Die anderen mussten es auch gesehen haben.

»Was zum Teufel war das?«, verlangte Lanoe zu wissen. »Bury – was sagen die Sensoren? Schnell!«

»Eh – da ist nichts, kein … na ja, da ist ein Ausschlag am blauen Ende des Spektrums, aber ich glaube … ich glaube, das war nur Streuung. Wahrscheinlich ein Aufflackern des Geisterlichts, wer weiß, warum, aber …«

Valks Stimme dröhnte aus den Lautsprechern. »Lanoe – sofort anhalten. Maschinen stopp! Das war kein Aufflackern, sondern eine Botschaft!«

*

Ehta stand direkt neben Valk. Sie hatte sich geduckt, als er die Arme hochgerissen hatte, um die nötige Aufmerksamkeit auf sich zu ziehen. Candless bremste den Kreuzer scharf ab, und Ehta hielt sich an der Wand fest, um die plötzliche Umkehrung der Schwerkraft auszugleichen. Dann herrschte wieder Schwerelosigkeit. Das Schiff schwebte direkt auf der Schwelle zur ersten Abzweigung.

»Was für eine Botschaft?«, fragte Lanoe laut.

»Ein Funksignal«, sagte Valk und rief ein Display mit der Wellenformanalyse auf.

Ehta legte die Stirn in Falten. »Radiowellen funktionieren in Wurmlöchern nicht.« So viel hatte sie von ihrer Pilotenausbildung noch behalten.

»Stimmt. Normalerweise«, sagte Valk. »Man sendet ein Signal, aber die Photonen werden vernichtet, sobald sie die Tunnelwände berühren. Hier ist es anders. Die Photonen kamen direkt *aus* den Wänden. Das ist verrückt – eigentlich dürfte das nicht gehen, aber irgendwie … irgendwie hat das Wurmloch selbst die Nachricht erzeugt.«

»Das Wie ist jetzt erst mal nebensächlich«, sagte Lanoe ungehalten. »Was hat das Wurmloch gesagt?«

»Kein Bild, nur Ton«, sagte Valk. »Moment. So, bitte.«

Die Lautsprecher der Offiziersmesse knisterten und fauchten. Es klang wie die Interferenzen, die man bekam, schickte man eine Nachricht zu nah an der Magnetosphäre eines Sterns ab. Dann tauchte versteckt zwischen dem Rauschen eine Stimme auf. Sie klang exakt wie die synthetische Modulation einer geläufigen Drohne. Die Betonung war ein wenig zu sauber, der Tonfall etwas zu glatt:

{*Wir sind so froh, dass Sie gekommen sind.*}
{*Nehmen Sie die dritte Abzweigung.*}
{*Bitte seien Sie vorsichtig.*}

»Die dritte Abzweigung«, wiederholte Lanoe.

»Nicht die erste, wie wir vorhatten«, sagte Candless. Ehta glaubte Furcht in ihren Augen zu sehen. Vielleicht war sie endlich einmal zu ängstlich, um bissig zu reagieren. »Soll ich den Kurs ändern?«

»Klar«, sagte Lanoe. »Aber wir sollten nicht übermütig werden. Das dritte Wurmloch ist als genauso gefährlich markiert wie die anderen. Also langsam. Fähnrich Bury, nur weiter mit den Updates.« Er drehte sich um und sah Valk an. »Und du, Großer – wenn du noch mehr geheime Botschaften aus anderen Dimensionen hörst, oder was auch immer, nur zu, einfach abspielen – nur nicht für dich behalten.«

21

Das Geisterlicht hielt keine weiteren Instruktionen für sie bereit.

Candless steuerte den Kreuzer an den ersten beiden Abzweigungen vorbei und bugsierte ihn überaus behutsam in die dritte hinein. Zuerst wirkte alles wie immer. Auch die anderen Abzweigungen hatten vollkommen normal ausgesehen. Candless fragte sich, was passiert wäre, hätten sie den falschen Weg eingeschlagen – was für grauenvolle Gefahren wohl in den Tiefen dieser fahlen Tunnel lauerten. Sie hoffte, es nie herausfinden zu müssen.

Das dritte Wurmloch war breit und ebenmäßig und gerade. Lanoe trieb sie immer wieder zur Eile an – er wollte ihr Ziel so schnell wie möglich erreichen, direkt am Ende dieses letzten Abschnitts. »Natürlich, Sir«, sagte sie schließlich. »Und in wie vielen Einzelteilen möchtest du gern drüben ankommen?«

»Touché«, sagte er. »Wir sollten nur im Kopf behalten, dass CentroCor uns garantiert nicht aufgegeben hat. Je länger wir hier herumschleichen, desto eher kriegen sie uns wieder.«

Candless hatte keineswegs vergessen, dass ihnen Verfolger auf den Fersen waren.

»Wie lange brauchen wir, um drüben anzukommen?«, fragte Ehta. »Bei jetziger Geschwindigkeit?«

»Etwa sieben Tage«, sagte Candless.

Obwohl Lanoe am anderen Ende des Raums saß, konnte sie beinahe spüren, wie seine Kiefer mahlten.

Nachdem die restlichen Offiziere begriffen, dass das Wurmloch vor ihnen aussah wie jedes andere, verschwanden die Schaulustigen nach und nach. Bald blieben nur noch Candless und Lanoe auf der notdürftigen Brücke zurück und lauschten Burys pausenlosen Verlautbarungen von nebenan.

Lanoe ließ noch eine volle Stunde verstreichen, bis er dem jungen Mann mitteilte, er könne seine unverändert sinnlosen Updates einstellen. »Ich glaube, ich übernehme jetzt. Ich kann das alles auch über meinen Armrechner im Auge behalten«, sagte der Kommandant.

»Ja«, sagte Bury. »Ja, in Ordnung. Ich glaube, ich habe mir mit dem ganzen Geschrei sowieso schon einen Muskel im Hals gezerrt.«

»Hauen Sie sich aufs Ohr«, sagte Lanoe.

Bury zuckte mit den Schultern und verschwand in Richtung seiner Koje. Jetzt waren sie nur noch zu zweit.

»Vielleicht wäre das ein guter Zeitpunkt, um uns zu unterhalten«, sagte Candless. »Jetzt, da wir einmal kein Publikum haben.«

»Sicher«, gab Lanoe zurück. Er lehnte sich zurück und seufzte. »Reden wir über Ginger? Oder willst du mir vielleicht erzählen, warum Ehta und du euch nicht leiden könnt?«

»Zwei vorzügliche Themen, die wir wahrscheinlich beide ermüdend fänden«, sagte sie. »Nein. Ich wollte dich eigentlich fragen, was du am anderen Ende dieses Wurmlochs zu finden glaubst.«

»Dazu habe ich doch bereits eine Einsatzbesprechung abgehalten«, sagte Lanoe. Candless wünschte sich sehr, ihm ins Gesicht sehen zu können, traute sich allerdings nicht, den Blick von ihren Anzeigen zu nehmen.

»Ich dachte, du hättest vielleicht etwas zurückgehalten«, sagte sie. »Als Erster Offizier trage ich die Verantwortung für die Besatzung dieses Schiffs. Und deshalb habe ich auch ein Recht darauf, zu erfahren, ob die Besatzung irgendwelchen Gefahren ausgesetzt wird. Ich versichere dir, deine Geheimnisse für mich zu behalten, wenn du sie denn teilen willst. Und …«

Er unterbrach sie. Klang etwas ungnädig. »Candless, ich habe euch alles gesagt, was ich weiß. Seltsame Nachricht, die uns anbietet, gemeinsam gegen die Blau-Blau-Weiß zu kämpfen. Keine Ahnung, von wem, keine Ahnung, ob es nicht vielleicht eine Falle ist … ich weiß genauso wenig wie du.«

Sie hatte Mühe, ihm das abzunehmen. Vielleicht war es aber auch nur seine Paranoia, die langsam abfärbte. »Wer auch immer *die* sind, sie haben sich größte Mühe gegeben, ihre Identität geheim zu halten. Verstecken sich hier draußen, weit jenseits menschlicher Gebiete – nicht hinter einem, sondern gleich hinter drei tödlichen Wurmlöchern. Der Nachricht fehlen sämtliche Merkmale, die einem irgendwelche Anhaltspunkte geben könnten; sie haben nicht mal eine Andeutung gemacht, wer sie sein könnten. Und doch hat sich die Admiralität in ihrer unendlichen Weisheit dazu entschlossen, dich den ganzen Weg hier rauszuschicken, nur um Guten Tag zu sagen.«

»Wer auch immer sie sind, sie wissen, dass die Blau-Blau-Weiß eine ernste Bedrohung darstellen. Vielleicht die größte, mit der es die Menschheit seit – keine Ahnung, dem Klimawandel – zu tun kriegt. Die Admiräle sind zu Recht bereit, dafür einiges in die Wege zu leiten.«

»Die Flotte setzt einen ganzen Hopliten für etwas aufs Spiel, das durchaus nur Quatsch sein könnte?«, hakte Candless nach. »Sag mir irgendwas, Lanoe. Wenn du mir keine Fakten nennen kannst, dann wenigstens deine Meinung. Ich nehme sogar eine Vermutung, wenn du nicht mehr anzubieten hast.«

Lanoe holte tief Luft. Seufzte sie wieder hervor. »Hast du je von den Letzten Wahlleuten gehört? Oder Admiral Ukiyo dem Wahnsinnigen?«

»Ich war bei der Krise *durchaus* dabei«, sagte Candless und widerstand dem Verlangen, entrüstet die Nase hochzuziehen.

Das Ende der Aufbau-Krise war eine chaotische Zeit gewesen. Die Aufbauler hatten bis zum bitteren Ende gekämpft und sich auch dann noch geweigert, die Kommandobunker aufzugeben, als ihre Raumflotte längst vernichtet war. Die letzten Feldschlachten waren, wenn auch von vornherein entschieden, geradezu obszön verlaufen. Ganze Städte waren dem Erdboden gleichgemacht, unzählige Zivilisten entweder vertrieben oder auf der Stelle massakriert worden. Die MegaKons hatten es darauf angelegt, am Aufbau ein Exempel zu statuieren, um sicherzugehen, dass es nie wieder jemand wagen würde, ihre Autorität infrage zu stellen.

Viele rangniedere Mitglieder der Streitkräfte – Leute wie Tannis Valk – waren schon vorher gefangen genommen worden oder hatten zumindest die letzten Kämpfe überlebt. Der Führungsspitze war es weniger gut ergangen. Sämtliche Mitglieder des ›Zirkel der Wahlleute‹, der Regierung des Aufbaus, waren exekutiert worden, die meisten ohne Gerichtsverhandlung. Die ranghöchsten Militärs waren alle in den letzten Schlachten gefallen. So stand es in den Geschichtsbüchern.

Zumindest in den offiziellen. Es hatte immer Gerüchte gegeben. Legenden, besser gesagt. Angeblich hatte man eine kleine Gruppe aus dem Zirkel der Wahlleute im Kälteschlaf in die Tiefen des Alls geschickt, um dort auf den Tag zu warten, an dem die blaue Flagge wieder wehen sollte. Einigen Geschichten zufolge waren sie noch immer da draußen, eingefroren zwischen fernen Sternen, und warteten auf den richtigen Moment, um auf die große Bühne zurückzukehren.

Eine andere Geschichte handelte davon, dass Admiral Ukiyo, der überzeugteste und härteste Kommandant des Aufbaus, angeblich nie besiegt worden war und sich schlicht geweigert hatte, sich zu ergeben. Er und seine Flotte waren spurlos in der finsteren Leere verschwunden. Eine Variante der Geschichte besagte, er habe ein mysteriöses Wurmloch entdeckt, das direkt in die Große Magellansche Wolke führte, und sei noch immer dort, gründe freie Welten und kämpfe gegen die Spezialeinhei-

ten der MegaKons, die sie ihm weiterhin hartnäckig hinter-
herschickten.

Natürlich war all das völliger Unfug.

Candless war beim Ende dabei gewesen. Sie hatte die Leichen-
berge selbst gesehen und zugeschaut, wie hochrangige Vertreter
der Konzerne die DNS der Leichen mit den bestehenden Datenbanken abglichen. Von den wichtigen Vertretern des Aufbaus
hatte niemand überlebt.

»Dann gehst du davon aus, dass wir hier sind, um Märchen-
figuren zu jagen. Alles klar, Sir. Ich weise unsere Leute an, das
Horn eines Einhorns am Bug zu installieren, dann machen wir
alle die Augen zu und *glauben* einfach, so fest wir können.«

Lanoe lachte. »Ich weiß, es klingt verrückt. Ich behaupte auch
nicht, dass wir tatsächlich den Wahnsinnigen Ukiyo finden.« Er
zeigte auf den Bildschirm, in die Tiefe des Wurmlochs. »Aber
wie du selbst gesagt hast, wer auch immer da draußen steckt, *ist*
extrem paranoid.«

»Was vielleicht erklärt, warum gerade du als unser Botschafter
ausgewählt wurdest«, sagte sie. »Immerhin hättet ihr einiges
gemeinsam.«

Aus dem Augenwinkel sah sie ihn den Kopf schütteln. »Im
Ernst, wenn man jenseits aller bekannten Routen lebt, braucht
man dringend einen Schuss Paranoia. Stell dir vor, du hast einen
kleinen Planeten ganz für dich allein und willst nicht, dass die
MegaKons ihre gierigen Pranken danach ausstrecken.«

Da hatte er keineswegs unrecht. Die geltenden Gesetze ließen
einen solchen Zustand nicht zu. Außerhalb des Sonnensystems
war es für jede neue Kolonie Pflicht, einen der Konzerne als
Sponsor zu akzeptieren. Ein Entwicklungs-Monopol, um Terraforming und den Ausbau der Infrastruktur zu regeln – und
natürlich, um von alldem zu profitieren. Wollte man tatsächlich
eine unabhängige Kolonie aufbauen, würde man es sorgfältig
geheim halten müssen.

»Nein, ich glaube kaum, dass wir hier draußen den Letzten Wahlleuten begegnen. Aber vielleicht jemandem, der durch ihre Geschichte inspiriert wurde? Jemandem, der sich gedacht hat, es sei einfacher, alles im Stillen durchzuziehen, als eine neuerliche Krise zu provozieren?«

»Aber warum sollte uns so ein Planet jetzt kontaktieren? Ja, ja«, schob sie hinterher, bevor er etwas erwidern konnte, »deine Quallen-Aliens sind eine ernste Gefahr für die ganze Menschheit, schon klar. Aber sich jetzt zu erkennen zu geben, kann für diese hypothetische freie Welt auf lange Sicht nur Probleme bedeuten. Warum es also riskieren?«

»Habe ich auch drüber nachgedacht«, sagte Lanoe. »Und ich glaube, ich habe eine Antwort, warum sie dieses Risiko eingeht. Die Drohnenflotten sind zu jedem Planeten der Menschheit unterwegs. Zu jedem. Sieh dir die Karte an, die wir benutzen – da steht das jeweilige Datum, an dem die Flotten auftauchen sollten, wie viel Zeit also jeder Planet hat, bevor er angegriffen wird. Vielleicht steht unser hypothetischer freier Planet ja auch auf der Liste. Die müssen ihrem Schicksal genauso ins Auge sehen.«

»Sie haben sich direkt und sehr vorsichtig an die Flotte gewandt«, gab Candless zu. »Das passt durchaus zu deiner Theorie. Trotzdem gehen sie ein großes Risiko ein – sie müssen ja wissen, wie porös die Membran der Geheimhaltung zwischen der Admiralität und den MegaKons ist.«

»Ja. Was nur bedeuten kann, dass sie verzweifelt sind. Und dafür sehe ich nur einen Grund. Sie sind diejenigen, die uns die Zeitangaben zu den Invasionsflotten übermittelt haben. Sie können also irgendwie genau berechnen, wann und wo die Flotten auftauchen werden. Ich glaube, sie wissen, dass sie auch auf der Liste stehen – und sie sind die *Ersten*. Ich glaube, ihr Planet ist als erster dran, also wenden sie sich jetzt an uns, weil ihnen nichts anderes übrig bleibt.«

»Würden die unsere Hilfe denn wirklich brauchen?«, fragte Candless.

»Wie meinst du das?«

»Sie haben offensichtlich Technologie entwickelt, die unserer weit voraus ist. Überleg mal, was sie da vorhin mit dem Wurmloch veranstaltet haben. Sie können das Gefüge der Raumzeit modulieren, in drei Teufels Namen.«

»Wer weiß? Vielleicht besitzen sie beeindruckende Kommunikationstechnik, dafür fehlt ihnen die Feuerkraft.«

»Dann kommt aber noch hinzu, dass sie uns *eben nicht* um Hilfe gebeten haben. Sie haben angeboten, *uns* zu helfen. Vielleicht erinnerst du dich noch an den ursprünglichen Text. Er war nicht allzu lang.«

Auch darauf fand Lanoe eine Antwort, allerdings keine, die besonders überzeugend klang. »Das ist doch ein klassischer diplomatischer Schachzug. Wenn man eine Allianz schmieden will, die einem selbst mehr nutzt als dem Gegenüber, muss man ihn davon überzeugen, dass man ihn eigentlich gar nicht braucht. Dass man *ihm* einen Gefallen tut.«

»Na schön«, sagte Candless. »Damit hast du meine Frage aber immer noch nicht beantwortet. Wird meinen Leuten Gefahr drohen, wenn wir drüben ankommen?«

»Deinen Kadetten, meinst du?«

Candless wurde langsam wütend. Sie hatte es nicht gern, wenn man ihre Beweggründe infrage stellte. »Ich meine jeden, für den ich direkt verantwortlich bin. Das schließt zufällig auch die *Fähnriche* mit ein, ja.«

»Sicher«, sagte Lanoe.

»Also sind sie in Gefahr?«

Lanoe schwieg lange. Zu lange.

»Ich werte das als ein Ja«, sagte Candless.

Er widersprach nicht.

*

»Ich bin dran«, sagte Valk.

Er hatte sich keine Gedanken darüber gemacht, wie Candless darauf reagieren könnte. Sie kroch seit vielen Stunden durch das angeblich gefährliche Wurmloch, und als er einfach die Kontrolle übernahm, blähte sie die Nasenflügel und atmete scharf ein. Er spürte ihren gehetzten Herzschlag und wusste, er hatte ihr einen heftigen Schrecken eingejagt.

»Hey, tut mir leid«, sagte er und schwebte zu ihr hinüber. »Ich wollte Sie nicht erschrecken, ich dachte nur, Sie könnten vielleicht mal eine Pause brauchen.«

»Durchaus«, sagte sie und warf ihm einen finsteren Blick zu. Na ja, zumindest finsterer als sonst.

»Ruhen Sie sich etwas aus«, sagte er. »Ich habe alles unter Kontrolle.«

Sie machte keine Anstalten, den Pilotensitz zu verlassen. Offenbar hatte sie es nicht eilig, ihn aus den Augen zu lassen.

»Oder wollen Sie eine Doppelschicht absolvieren?«, fragte er.

Sie holte tief Luft. Dann erhob sie sich und deutete auf den Sessel.

Er wusste, dass sie ihm nicht traute. Würde sie wahrscheinlich auch nie. Tja. Dagegen konnte er nur wenig machen.

Er kletterte in den Pilotensessel, damit sie sich vielleicht etwas besser dabei fühlte. Er hätte den Kreuzer auch von seiner Koje aus steuern können, aber er wusste, dass es die Leute lieber mochten, wenn man als Pilot auch körperlich mit den Steuerelementen des Schiffs interagierte. »Irgendwas zu vermelden aus Ihrer Schicht?«, fragte er.

»Nicht wirklich. Ich habe uns konstant auf einem Viertel normaler Reisegeschwindigkeit gehalten, aber das Wurmloch hat sich standhaft geweigert, etwas Gefährliches zu tun. Alles ruhig, nicht mal eine scharfe Kurve oder …«

»Was ist das?«, fragte Valk. Er zeigte vor sich auf das Display, wo eine Zahlenreihe aufgetaucht war.

»Wie bitte?«, fragte Candless.

Vielleicht sagten ihr die Zahlen nichts. Wahrscheinlich konnte Candless sie nicht so schnell auslesen wie er. »Das ist eine Abfolge von Messungen der umgebenden Helligkeit«, sagte er. Einer von tausend Datensätzen, die er gerade durchgegangen war, beileibe keine Priorität. Dennoch war es ihm sofort aufgefallen. »Das Schiff hat im Lauf der letzten Stunden einen schleichenden Rückgang der einfallenden Lumen registriert.«

»Also wird es da draußen langsam dunkler«, sagte Candless. Sie rief ein eigenes Display auf und speiste die Daten in eine Grafik. Da war eindeutig eine abfallende Kurve zu sehen, die mit der Zeit beinahe Parabelform annahm.

»Das Geisterlicht«, sagte Valk. Er legte die optische Anzeige in Fahrtrichtung wieder auf den Hauptschirm und vergrößerte, bis sie fast die ganze Wand einnahm.

Der Tunnel vor ihnen war dunkler, als er erwartet hatte. Noch war der Unterschied nicht dramatisch, für Valk aber eindeutig zu erkennen. Das Leuchten, das ihnen aus den Tunnelwänden entgegenstrahlte, war unbeständig, blass und wesentlich energieärmer, als es hätte sein sollen.

»Das Licht geht aus«, sagte er.

*

Als Lanoe und Paniet die Offiziersmesse betraten, konnte auch Candless den Unterschied mittlerweile mit bloßem Auge erkennen. Es beunruhigte sie sehr.

»Da«, sagte sie. »Und hier. Und hier.« Sie deutete auf die kleinen Flecken an den Tunnelwänden, die sich verdunkelt hatten. Rabenschwarz. Nicht einmal Rückstände des Geisterlichts. Der Anblick erinnerte sie an Sonnenflecken. Oder vielleicht tote Pixel auf einem altmodischen Flachbildschirm.

»Das ist … seltsam«, sagte Lanoe. Er beugte sich vor, als könnte er näher beim Hologramm mehr von den Zuständen draußen erkennen. Candless war alt genug, um zu wissen, dass die Angewohnheit aus Zeiten stammte, in denen die meisten Displays noch zweidimensional und weniger scharf aufgelöst gewesen waren.

»Ach, das ist so viel entzückender als einfach nur ›seltsam‹«, sagte Paniet. »Es ist physikalisch unmöglich!« Die Augen des Ingenieurs leuchteten vor Begeisterung. »Das Geisterlicht ist ein natürliches Nebenprodukt der exotischen Materie, die ein Wurmloch stabil hält. Mögen Sie wohl die Kamera etwas weiter geradeaus richten, um festzustellen, ob der Effekt weiterhin anhält?«

Candless gab den entsprechenden Befehl ein. Der Bildschirm vergrößerte auf einen Bereich weit vor ihnen, beinahe eine Million Kilometer tiefer im Wurmloch. Schon während der Kamerafahrt wurde deutlich, dass sich der Effekt nicht nur fortsetzte – es wurde schlimmer. Immer mehr dunkle Flecken breiteten sich auf den Tunnelwänden aus. Manche wuchsen, bis sie einander berührten, bis ganze Abschnitte des Wurmlochs beinahe völlig im Dunkeln lagen. Als die Frontkameras ihre maximale Vergrößerung erreicht hatten, bedeckte das Geisterlicht nur noch etwa die Hälfte des Tunnels. Der Rest war so finster, dass er das Licht beinahe zu schlucken schien.

»Ich glaube, wir haben herausgefunden, warum dieses Wurmloch als extrem gefährlich markiert wurde«, sagte Lanoe. »Paniet – können wir ein Wurmloch ohne Geisterlicht überhaupt passieren?«

Paniet wiegte den Kopf vor und zurück, dann von links nach rechts, als sei er eine Kompassnadel, die sich erst orientieren musste. Die Beleuchtung der Offiziersmesse glitzerte in seinem elektronischen Monokel. »Auch das geringste bisschen Licht und Wärme im Innern eines Wurmlochs kommt nur vom Geisterlicht. Ich glaube – auch wenn ich mich dafür nicht verbürgen kann –, dass die lokale Temperatur irgendwann auf den absoluten Nullpunkt fallen müsste, wenn man ein unbeleuchtetes Wurmloch weit genug bereist. Und das wäre ... Sie wissen schon.«

»Was?«

»Schlecht«, sagte Paniet. »Sehr schlecht. Unter anderem würde man vor Kälte erstarren, klar, und schlimmer noch, die einzelnen Moleküle im Körper würden aufhören, sich zu bewegen. Was für gewöhnlich lebensgefährlich ist. Aber ganz so einfach ist es nicht, denn man befände sich ja in einem Vakuum, wo nichts die körpereigene Wärme ableiten kann ... Im Ernst, so ein Zustand findet sich in der Natur nicht, also kann ich nicht mit Sicherheit sagen, ob ...«

»Geschenkt«, sagte Lanoe. »Valk, meinst du, du kannst noch fliegen, wenn da draußen kein Licht mehr ist?«

»Ohne Geisterlicht ist kaum festzustellen, wie die Wände verlaufen«, sagte Valk. »Und ich gehe davon aus, dass wir auch dunkle Wände nicht unbedingt berühren wollen.«

»Nicht so dringend«, sagte Paniet und nickte fröhlich.

»Ich glaube nicht, dass wir das versuchen sollten«, sagte Valk. »Es gibt einfach zu viele Unwägbarkeiten, und ...«

Lanoe nickte. »Ich habe nicht vor, umzudrehen.«

Candless wollte schon protestieren, ließ es aber bleiben. Lanoe war nicht der Typ für einen Rückzieher, selbst wenn er keinen Schimmer hatte, was ihn erwartete. Außerdem wusste sie, wie wichtig ihm dieser Einsatz war – solange es nicht vollkommen aussichtslos schien, würde er die Sache auf keinen Fall abblasen. »Alles klar«, sagte sie also, »wir kehren nicht um. Dann werde ich aber fürs Erste wenigstens unsere Geschwindigkeit halbieren.«

Lanoe sah finster drein, nickte dann aber langsam. »Bis wir uns ein besseres Bild von der Lage gemacht haben, in Ordnung. Aber wir fliegen weiter. Wer auch immer uns die Nachricht geschickt hat, hat uns bis an diesen Ort geführt – sie glauben, dass wir ein dunkles Wurmloch durchqueren können. Ansonsten hätten sie uns nicht diesen Weg empfohlen.«

»Es sei denn, die ganze Mission fußt nur auf einer List«, sagte Candless. »Oder ist eine Falle.«

Lanoe schüttelte den Kopf. »Glaube ich nicht. Es gibt viel einfachere Wege, jemanden umzubringen. Nein, der Weg nach vorn ist passierbar. Wir müssen nur herausfinden, wie.« Er kratzte sich am Kopf. »Vielleicht ist dieser Zustand nur vorübergehend.«

*

Zwei Millionen Kilometer später glaubte niemand mehr, die Dunkelheit wäre lediglich eine vorübergehende. Das Geisterlicht war vollständig verschwunden. Kein Hauch der schwelenden Strahlung mehr, nicht eine einzige neblige Ranke.

Nur pechschwarze, schauderhafte Finsternis. Selbst Kohlenstoffnanoröhrchen in einem aufgegebenen Minenschacht hätten mehr Licht reflektiert als die Wände des Wurmlochs.

Alle Anwesenden an Bord waren an die Schwärze des Alls gewöhnt, allerdings war diese Schwärze von fernen, heißen Sternen und dem schwachen Glimmen herrlicher Nebel durchbrochen. Das hier war ... das Nichts. Formlos, richtungslos, endlos.

Als sie endgültig nicht mehr sehen konnten, wohin sie flogen, hielt Candless den Kreuzer an. Sollte das Wurmloch vor ihnen auch nur eine winzige Kurve aufweisen, würden sie irgendwann ohne Vorwarnung mit den Wänden kollidieren.

»Ich kann mir nicht mal ansatzweise erklären, wie unsere Einsiedler hier durchgekommen sein wollen«, sagte Paniet. Sein elektronisches Monokel pulsierte vor Aktivität, aber Valk sah ihm an, dass es wenig Hilfreiches entdeckte. Die Daten seiner in die Haut eingearbeiteten Sensoren kamen als lauter Nullen zurück und bestätigten ein ums andere Mal, dass der Ingenieur in einen bodenlosen Abgrund starrte. Zu zweit schwebten sie vor der Luftschleuse am Hangar, fest mit dem Schiff verankert. Trotz der Sicherheitsleinen klammerte Paniet sich an Auslegern und Stangen fest, an jedem Teil der Bordwand, dessen er habhaft werden konnte.

Valk konnte das Verlangen nachempfinden, auch wenn er es nicht länger teilte. Menschen wuchsen mit Schwerkraft auf. Die Schwindelgefühle im Angesicht tiefer Abgründe konnten überwältigend sein. Die Leere um sie herum, das gänzliche Fehlen jeglicher Anhaltspunkte, würde erschreckend sein. Paniet musste fast glauben, in die Ewigkeit hinabzustürzen, sollte er sich jetzt vom Schiff lösen.

Was ihn selbst anging – Höhenangst war nur eine von vielen Regungen, die er hinter sich gelassen zu haben schien. Mittlerweile hatte er sehr viel Zeit im Innern von Computern, in dimensionslosen Räumen verbracht. Da gab es keine Höhe, keine Breite oder Tiefe. Und ganz sicher kein Licht. Für ihn fühlte sich die ausufernde Finsternis zu allen Seiten beinahe heimelig an.

»Halten Sie es für möglich, dass es ein natürliches Phänomen ist?«, fragte Valk. »Nur eine andere Art von Wurmloch, die uns bislang unbekannt war?«

»Auf gar keinen Fall.« Paniet schüttelte den Kopf. »Hierhinter steckt Absicht. Wenn man die technischen Möglichkeiten hat, das Geisterlicht zu modulieren, um ein Funksignal zu senden, kann man es vielleicht auch ganz abschalten. Wer auch immer die Kerle sind, mit denen wir uns treffen wollen, sie verfügen über Technologie, von der die Erde nicht einmal träumen kann. Du meine Güte. Eine Frage, M. Valk. Sie haben schon mit Kommandant Lanoe gearbeitet. Stößt der immer auf dermaßen bizarre Dinge, wenn er auf Abenteuer auszieht?«

Valk wünschte, er besäße einen Mund, mit dem er hätte grinsen können. »Bis jetzt? Japp.«

»Ich bin so froh, dass Ehta mich mitgenommen hat. Genau deshalb bin ich zu den FLINKS gegangen, um zu reisen und solche Dinge mit eigenen Augen zu sehen. Tja«, sagte Paniet und lehnte sich verschwörerisch zu Valk hinüber, als müsste er ein intimes Geständnis ablegen, »das, und um von zu Hause wegzukommen. Ich bin auf Adlivun aufgewachsen, und die Leute da waren wenig verständnisvoll.«

Valk glaubte zu verstehen. Adlivun war berüchtigt für seine konservative Bevölkerung. In den anderthalb Jahrhunderten seiner Besiedlung hatte es nicht ein einziges Mal eine Frau als Planetaren Gouverneur gegeben. Jemand wie Paniet musste dort eine schwere Kindheit durchlebt haben.

»Jetzt, da wir hier draußen sind – sehen Sie einen Weg, wie wir mit der Situation fertigwerden?«

Paniet zuckte mit den Schultern. »Ich hatte schon ein paar Ideen, bevor wir auf meine Bitte hin zu diesem Weltraumspaziergang aufgebrochen sind. Ich wollte es nur mit eigenen Augen sehen. Sagen Sie, Sie sind doch direkt mit den Schiffssystemen vernetzt. Können Sie einen Kommunikationslaser aktivieren? Richten Sie ihn auf die Tunnelwand. Mal sehen, was passiert.«

Valk musste nur daran denken, und schon war es erledigt. Der Laser fuhr wie eine zerfaserte Lanze durch die Dunkelheit, nur sichtbar an Stellen, wo er auf Gas und Rückstände des Kreuzers traf. Als er die Wand des Wurmlochs erreichte, erstand dort sprudelnd ein kleiner grüner Punkt. Auch nachdem sich der Laser abschaltete, blieb der Punkt noch einen Moment bestehen.

»Aha, da, sehen Sie?«, sagte Paniet. »Kein Geisterlicht, aber ansonsten verhält sich das Wurmloch so, wie man es erwarten würde. Es vernichtet immer noch alles, was die Wand berührt. Also auch gebündelte Photonen, dem Teufel sei Dank.«

»Das Wurmloch ist immer noch da, mit anderen Worten«, sagte Valk. Bisher hatte die Finsternis endlos gewirkt. Auf einmal schienen die Tunnelwände sehr nah zu sein.

»Ja ja, selbstverständlich. Und wir können weiterfliegen. Wir müssen nur *überaus* vorsichtig sein. Wir brauchen einfach eine sichere Methode, um festzustellen, wann und wo Kurskorrekturen vorzunehmen sind. Schalten Sie den Laser wieder ein, aber lassen Sie ihn diesmal einen kreisförmigen Suchlauf vollführen.«

Der Lichtstrahl erreichte die Wand und beschrieb einen weiten Bogen, malte einen perfekten Kreis ins Nichts und erstrahlte im Abgas des Kreuzers als diffuser grüner Fächer. Direkt voraus bildete sich entlang der unsichtbaren Röhre ein glitzernder Ring aus Licht in der Finsternis. Valk begriff, was Paniet vorhatte, und ließ den Laser weiter seine Kreise ziehen, mit jeder Umdrehung ein Stück weiter in Fahrtrichtung. Die kurzlebigen Rückstände skizzierten den Weg. Einen Weg, dem sie folgen konnten.

Vor Valk tauchte eine grüne Perle auf. Lanoe. Valk machte sich nicht die Mühe, seine Nachricht zu lesen, sondern antwortete sofort: »Sieht aus, als hätten wir eine Antwort für dich, Chef. Die Finsternis sorgt dafür, dass wir kriechen müssen, aber wir kommen weiter.«

Die grüne Perle verschwand – ohne Antwort. Valk spürte, wie das Schiff unter ihm zum Leben erwachte, die Triebwerke vorheizten, um wieder Fahrt aufzunehmen. Als sich das Schiff gerade unter ihnen bewegen wollte, beugte er sich vor und ergriff Paniets Arm. Er hörte den Ingenieur entsetzt keuchen.

»Ich habe Sie.«

»Sehr zuvorkommend«, sagte Paniet. »Vielleicht … So hübsch es hier draußen auch sein mag, vielleicht ist es an der Zeit, wieder reinzugehen.«

*

Der Kreuzer setzte seinen Weg durch die Dunkelheit fort.

Am ersten Tag war es noch nicht so schlimm. Nervenaufreibend, aber mehr auch nicht. Candless hatte sich daran gewöhnen müssen, dem spiralförmigen Glimmen des Kommunikationslasers zu folgen und sorgfältig auf einem Kurs zu bleiben, den sie kaum sehen konnte. Allerdings stellte sich das Wurmloch als weitgehend gerade heraus, und die seltenen Kurven waren sanft genug, um das Schiff weiterhin genau in der Mitte des Tunnels zu halten. Navigation im Wurmraum verlangte immer vollste Aufmerksamkeit – das Geisterlicht und die Eintönigkeit ließen die Sinne so schnell abstumpfen, dass es ein Leichtes war, nachlässig zu werden. Im Moment wechselte sie zwischen der drohenden altbekannten Pilotenhypnose und plötzlichen Panikattacken hin und her.

Es half auch nicht, dass Lanoe beschlossen hatte, die Fähnriche seien zu unerfahren, um ihnen auf diesem Abschnitt der Reise zur Hand zu gehen. Somit blieben nur sie selbst, Valk und Lanoe, um den Schichtdienst im Pilotensessel aufzuteilen.

»Ich würde liebend gerne assistieren«, sagte Leutnant Maggs mehr als einmal in Candless' Gegenwart. »Ich habe viel Erfahrung, auch mein Verstand ist durchaus scharf genug. Aber du möchtest das nicht einmal in Erwägung ziehen, habe ich recht?«

»Du bist an der kurzen Leine«, sagte Lanoe. »Zieh nicht zu fest, sonst zerrst du dir noch den Nacken.«

Selbst andeutungsweise wollte sich der Schwindler offenbar keinen Hund schimpfen lassen. Er stürmte aus der Messe – nicht einfach in der schwachen Schwerkraft, aber er meisterte den Abgang mit Bravour. Natürlich nahm Candless den Blick nicht von ihrer Steuerkonsole, schnalzte aber leise mit der Zunge.

»Was?«, fragte Lanoe hitzig. »Glaubst du, ich mache einen Fehler?«

»Ich würde eher sagen, du machst dir jemanden zum Feind«, erwiderte sie.

»Ach, wir haben schon genug gemeinsam erlebt. Ich kann schlecht Brücken zwischen uns abreißen, die er schon längst zerstört hat.«

»Wenn einem Unrecht geschehen ist und das Gegenüber sich anschickt, einem die Friedenspfeife zu reichen, halten wir es also für die beste Idee, sie ihm aus der Hand zu schlagen?«

»Ich kümmere mich schon um Maggs«, sagte Lanoe. »Kümmere du dich lieber darum, uns nicht in unsichtbare Wände zu fliegen.«

Am Ende des ersten Tags war sie völlig erschöpft, ihre Augen brannten, und ihr Körper war steif wie ein Brett. Sie kehrte in ihre Koje zurück und war eingeschlafen, noch bevor sie das Licht ausgemacht hatte.

Am Morgen des zweiten Tags stand sie auf und nahm ihren Platz wieder ein. Acht Stunden im Pilotensessel. Nach der Hälfte der Zeit ertappte sie sich dabei, dass sie sich gedankenverloren kratzte. Sie zog sogar einen Handschuh aus, um mit den kurzen Fingernägeln in den Kragenring zu kommen.

Vielleicht war das der Zeitpunkt gewesen, als ihr zum ersten Mal auffiel, dass es kälter geworden war. Sie kratzte sich genüsslich und zog den Handschuh schnell wieder an. Die Heizelemente an den Fingern waren eine Wohltat. Leider konnte ihr Anzug wenig dagegen ausrichten, dass ihre Nebenhöhlen wie ausgetrocknet wirkten oder ihre Augen bei jedem Blinzeln schmerzten.

»Ich wollte dich ablösen«, sagte Lanoe unvermittelt. Überrascht sah sie auf – nahm den Blick von der endlosen Spirale zerfaserten Lichts auf dem Schirm. Sie musste sich zwingen, wachsam zu bleiben und sich wieder auf das Display zu konzentrieren.

»Jetzt schon?«, fragte sie. »Egal, ich habe nichts gesagt.« Sie hatte dem Bildschirm entnommen, dass ihre acht Stunden bereits vorüber waren.

Sie hatten sich viel … kürzer angefühlt. Sie fragte sich – mit einiger Sorge –, wie viel Zeit verstrichen war, ohne dass sie es bemerkt hatte.

»Kommt es dir auch so kalt vor?«, fragte sie.

Lanoe runzelte die Stirn. »Ja. Schon ein bisschen.«

Sie erinnerte sich wieder, dass Ingenieur Paniet gesagt hatte, alles Licht und alle Wärme im Wurmraum kämen nur vom Geisterlicht. Sie überprüfte die Sensoren und stellte fest, dass die Außentemperatur auf 57 Kelvin gefallen war. Überaus kalt. Trotz des Anzugs fröstelte ihr.

»Sollte die Lebenserhaltung nicht in der Lage sein, die Außentemperatur auszugleichen?«, fragte sie.

»Bis jetzt ja, aber sie stößt langsam an ihre Grenzen«, gab Lanoe zurück. »Der Antrieb frisst den Großteil unserer Energie. Der Rest wird auf verschiedene Subsysteme verteilt. Ich fürchte, es kann dauern, bis es wieder wärmer wird.«

Am dritten Tag erwachte sie unter einer dicken Schicht Raureif an der Luke. Ihr eigener Atem hatte sich als Eis niedergeschlagen.

Im Lauf des dritten Tages wurde es sehr, sehr kalt.

Ingenieur Paniet kalibrierte die Frischluftversorgung des Kreuzers neu, sodass sie möglichst viel warme Luft ins Zentrum des Schiffs blies, wo sich Messe und Kojen befanden. Trotzdem konnte Candless jeden ihrer Atemzüge als Wölkchen sehen. Als ihre Schicht anbrach, lag die Temperatur an Bord nur noch knapp über dem Gefrierpunkt. Sie schloss ihren Helm – wie alle anderen auch –, und im Anzug war es beinahe angenehm. Am Ende der Schicht taten ihr alle Knochen weh.

Auch die Knochen des Schiffs knirschten. Sie hörte es aus der Ferne ächzen, unten aus dem Maschinenraum, wo die Hitze des Triebwerks mit der Eiseskälte jenseits der Panzerschotts focht. »Differenzialkühlung«, flüsterte Ingenieur Paniet, als wolle er das Schiff nicht aus dem Winterschlaf reißen. Dann schüttelte er langsam den Kopf. »Wir können froh sein, wenn wir nicht an Materialermüdung zugrunde gehen.«

»Ich verstehe das nicht«, sagte sie. Es war längst zu kalt für schelmische Sprüche. »Ich war auf so vielen Schiffen in der Tiefe des Alls. Ich habe nie gesehen, dass derart viel Wärme verloren geht.«

»Diese Schiffe waren gründlich isoliert. Ihre Wärme konnte effizient recycelt werden. Diese Möglichkeit haben wir nicht.«

»Warum nicht, zum Teufel?«, fragte sie ungehalten.

Paniet seufzte. »Als CentroCor dem Kreuzer den Bug abrasiert hat, ist damit auch ein Großteil der Isolation verpufft. Ich habe die Löcher gestopft, so gut ich konnte, kann die Reparaturen aber nicht temperaturbeständig gestalten, wenn man so will. Unsere Wärme blutet langsam aus – die ganze Zeit über, und da draußen ist nichts, um sie zu ersetzen. Ich gebe mir größte Mühe, den Rest Temperatur, den wir noch haben, an Bord zu halten, aber leider kann ich die Gesetze der Thermodynamik nicht umschreiben. Sehen Sie auf den Schirm.«

Die Außentemperatur war auf 7 Kelvin gefallen.

Sieben Grad über dem absoluten Nullpunkt.

Die Temperatur an Bord lag weit unter dem Gefrierpunkt. »Moment«, sagte sie. »Aber – wenn wir so weiterfliegen, dann ...«

»Wir sind wahrscheinlich schon zu weit gekommen, um noch umkehren zu können«, sagte Paniet.

Sie sah ihn an. »Ich weigere mich, das zu akzeptieren. Aber wenn wir einfach weiterfliegen und die Temperatur den absoluten Nullpunkt erreicht, dann ... was passiert dann?«

»Oh«, sagte er und lächelte – er gab sich Mühe, unbeschwert zu klingen, was ihm jedoch nicht gelang. »Bis dahin sind wir längst alle tot. Alle außer Valk.«

Am vierten Tag sprach niemand mehr über die Kälte.

Die Helme blieben geschlossen. Den ganzen Tag über spürte Candless nagenden Hunger. Ihr Körper verbrannte alle verfügbare Energie, um die inneren Organe vor dem Erfrieren zu bewahren. Sie fragte sich, ob sie ihre Finger verlieren würde – auch wenn sich die Handschuhe abmühten, sie warm zu halten, waren sie einfach zu dünn. Sie versuchte, nichts anzufassen, was sie nicht anfassen musste. Die Armlehnen des Pilotensessels, der

Tisch in der Offiziersmesse, alles löste bei bloßer Berührung bereits Schmerzen aus.

Sie löste Lanoe an der Steuerung ab. Er stand wortlos auf, ging ein paar Schritte weiter und umarmte sich, als könnte es ihn aufwärmen. Eine Stunde später machte sie eine alarmierende Entdeckung. Das Ächzen des Schiffs, das endlose, dumpfe Knacken des Eises hatte aufgehört. Um sie herum herrschte völlige Stille. Sie räusperte sich, um überhaupt ein Geräusch zu hören.

Als sie ihn anpingte, meldete sich Ingenieur Paniet auf der Stelle. »Die Außentemperatur liegt bei 0,5 Kelvin«, sagte sie. Ihre Stimme war nur noch ein heiseres Röcheln. Um keine unnötige Energie zu verschwenden, hatte sie seit Stunden kein Wort gesagt. »Ist jetzt der Zeitpunkt, sich ... Sorgen zu machen?«

»Haben Sie das bis jetzt noch nicht getan?«, fragte er.

»Ich hätte gerne eine ernsthafte Antwort.«

»Ich wünschte, ich könnte Ihnen eine geben. Ich nehme an ... sobald die Temperatur auf-auf-auf – tut mir leid, ich zittere. Wenn sie auf noch kleinere Bruchteile fällt – und ich rede hier von Nanokelvin –, werden wir anfangen, ein paar sehr seltsame Dinge zu erleben. Bei solchen Temperaturen sind viele chemische Reaktionen fast um das Hundertfache beschleunigt, weil umfassende Quanteneffekte einsetzen. Vielleicht sehen wir Bose-Einstein-Kondensate, in denen Suprafluidität und Supraleitung herrschen, oder ein massenhaftes Auftreten von Protonen-Tunneleffekten, oder vielleicht ...«

»Bitte«, unterbrach sie ihn, »ich bin zu alt, um Sie der Schlaumeierei zu bezichtigen.«

»Okay. Knappe Antwort – ich habe keine Ahnung.«

»Aha.«

»Bis wir so weit sind, dass seltsame Dinge passieren – ist es allerdings zu spät, um noch irgendwas zu tun. Also ... denken Sie einfach nicht dran.«

Gegen Ende ihrer Schicht war die Außentemperatur auf 0,01 Kelvin gefallen.

Sie sah zu, wie der Laser voraus seine Spiralen zog und ihren Weg erhellte. Sie konnte den Blick nicht abwenden. Sie flog das Schiff. Sie wusste nicht, was sie sonst tun sollte.

Als sie Lanoe kontaktieren wollte, reagierte er nicht.

Nach fünf Tagen im Wurmloch, fünf Tagen in der schrecklichen Kälte, war Valk der Einzige, der den Kreuzer noch steuern konnte. Alle anderen, die Menschen, saßen dicht gedrängt in einem kleinen Raum direkt beim Triebwerk. Paniet hatte den ganzen Raum mit versilberten Wärmedecken und nichtleitendem Klebeband ausgekleidet. Jedes Quäntchen Wärme, das der Kreuzer noch produzieren konnte, wurde in den einen Raum gepumpt. Die Marines, Ehta, die Piloten, die Ingenieure, alle eng beieinander auf der Suche nach Wärme. Reglose, ineinander verschlungene Gestalten. Selbst das Licht im Raum war gelöscht worden, um den unzureichenden Heizelementen alle Energie zukommen zu lassen.

Vor dem Kreuzer erstreckte sich das Wurmloch weiter und weiter, die Dunkelheit nur von der Spirale des Lasers durchbrochen.

Im Schiff war es so kalt, dass in vielen Gängen die Luft längst gefroren und als Schnee herabgefallen war. Wassertanks und Leitungen barsten und verteilten Fontänen aus Eiskristallen in die leeren Räume. Mehrere Bildschirme waren gesprungen, die formlos grauen Oberflächen von Rissen durchzogen, hinter denen die Elektronik zum Vorschein kam. Auch in der Messe war die Luft so trocken, dass sich die Polster der Sitze zusammenzogen und zerrissen.

Valk flog weiter, vollkommen reglos. Kein Atem, kein Lidschlag.

Er war sich nicht sicher, was er tun würde, sollten die Menschen sterben. Rein logisch wusste er, dass es die eigenen Überlebenschancen erhöhen würde. Die Energie, die momentan aufgewendet wurde, um sie zu wärmen, könnte stattdessen in den Antrieb geleitet werden. Er könnte die Geschwindigkeit erhöhen. Schneller ans Ziel gelangen. Vorausgesetzt, es gab ein Ziel.

Sollte die Außentemperatur den absoluten Nullpunkt erreichen, war es durchaus möglich, dass das Wurmloch selbst … aufhörte. Erlosch. Vielleicht hörte es schlicht zu funktionieren auf, stürzte in sich zusammen. War nicht mehr da. Er hatte verschiedene Modelle erarbeitet, was dann passieren würde, statistische Simulationen, aber keine von ihnen hatte Ergebnisse hervorgebracht, auf die er sich verlassen konnte. Es blieb dabei, dass niemand wusste, wie der absolute Nullpunkt wirklich aussah – es war ein Zustand, der in der Natur nicht vorkommen konnte, eine theoretische Grenze, die nie erreicht wurde. Zumindest nicht unter normalen Bedingungen.

An diesem Wurmloch war allerdings kaum etwas normal.

Einer Sache war er sich sicher. Sollte die Außentemperatur tatsächlich auf absolut null fallen, würde er zusammen mit dem Rest der Besatzung sterben. Falls ein Wesen wie er wirklich sterben konnte.

Er flog durch die Finsternis. Er flog ohne Bildschirme.

Er flog, ohne sich zu bewegen. Er brauchte die Steuerkonsole nicht zu berühren. Um Energie zu sparen, schaltete er all die kleinen Zusatzprogramme ab, die ihn sich wie ein Mensch fühlen ließen. Überrascht stellte er fest, dass er, als er den Algorithmus abschaltete, der ihn glauben ließ, er besäße ein schlagendes Herz, tatsächlich Notiz davon nahm. Es tat nicht weh. Es fühlte sich bloß … seltsam an.

Lanoe hatte ihm ins Gewissen geredet, er solle mit aller Kraft an seiner vermeintlichen Menschlichkeit festhalten. Die anderen würden ihn nur dann als einen der Ihren akzeptieren, wenn er wie ein Mensch klang und sich auch so benahm – wie der Mensch namens Tannis Valk, der Blaue Teufel.

Nun hatte dieser Teil von ihm auf der Strecke bleiben müssen. Er war jetzt nur noch eine KI. Ein Computerprogramm, wenn auch ein überaus komplexes. Ein Konglomerat an Prozessen, das Entscheidungen treffen und erfolgreich den Anschein eines lebendigen Bewusstseins abgeben konnte.

Nicht, dass die Steuerung des Schiffs momentan allzu viel Rechenleistung verschlungen hätte. Er musste nur dem Spiralkurs des Lasers folgen. Kurven fliegen, wenn die Spirale Kurven machte. Gerade fliegen, solange die Spirale gerade blieb. Ihm wurde nicht langweilig. Computern wird nicht langweilig. Er wurde nicht müde. Computer werden nicht müde.

Dennoch war ihm vielleicht noch ein kleiner Rest Menschlichkeit geblieben. Ein Nachhall alter menschlicher Schwächen. Als sich nämlich draußen doch etwas veränderte, brauchte er geraume Zeit, um es zu bemerken.

*

Candless bewegte sich ein wenig, und die Menschen um sie herum grummelten, offenbar genervt von der plötzlichen Aktivität. Jede kleinste Verlagerung eines Körpers in dem Haufen gab ein wenig Wärme nach außen ab, und sie alle spürten es.

Zuerst wusste sie nicht, warum sie sich bewegt hatte. Sie hatte geschlafen, ihr Körper hatte Energie gespart, so gut er konnte. Sie hatte nicht geträumt. Und doch … irgendein kleiner Reiz hatte ihre Lethargie durchbrochen. Ein Lichtblitz. Wahrscheinlich nur eine Halluzination – ihr Hirn musste sich so sehr nach visuellen Informationen sehnen, dass es anfing, eigene Reize zu generieren.

Zum Teufel, dachte sie. *Du fängst schon an, wie Paniet zu klingen. Oder Valk.*

Dann eben anders formuliert. Sie wurde langsam verrückt. Nur … wurde sie das wirklich?

Ihr Anzug hatte sich fast vollständig heruntergefahren, jedes

Joule der Akkus wurde in die Heizelemente gespeist. Die restlichen Systeme waren auf Stand-by oder funktionierten nicht. Bis auf eine Anzeige, die sich in einer langsamen Warteschleife befand und nur auf den richtigen Zeitpunkt wartete.

In ihrem Augenwinkel rotierte eine kleine grüne Perle. Sie konnte keine Einzelheiten erkennen, sondern nur, dass es sich um eine Nachricht aus der Offiziersmesse handelte. Eine Nachricht von Valk.

Sie blinzelte über die Perle, und ihre Augen fühlten sich an, als wären die Innenseiten der Lider mit Schleifpapier überzogen. Die Nachricht bestand lediglich aus Bewegtbildern.

Der Anblick des Wurmlochs in Fahrtrichtung. Die Dunkelheit, die Laserspirale. Hatte Valk sie kontaktiert, nur um sie zu warnen, ihr mitzuteilen, dass sie demnächst alle sterben würden? Candless wünschte, er hätte … er würde einfach … er hätte nicht …

Ganz am Bildrand entdeckte sie einen schwachen Finger aus rauchigem Licht.

Geisterlicht.

Der Blick verlagerte sich voraus, vergrößerte schneller das Wurmloch entlang, als der Kreuzer hätte fliegen können. Weiter vorn kroch ein Spinnennetz aus zartem Schimmer über die Tunnelwände. Tentakel aus Licht streckten ihre durchsichtigen Klauen in die Finsternis hinaus. Dahinter immer mehr, immer größere helle Flecken.

Die Nachricht brach ab.

Jede Kopfbewegung schmerzte. Ihre Gelenke waren festgefroren, ihr ganzer Körper schrie vor Schmerzen beim Versuch, auch nur einen Muskel anzuspannen. Sie sah sich nach Lanoe um, grob in die Richtung, in der sie ihn vergraben unter dem Haufen von Leibern vermutete. Schwer zu erkennen – alle Visiere waren verspiegelt, um so wenig Körperwärme wie möglich preiszugeben.

Ihre Zunge klebte am ausgedörrten Gaumen. Sie versuchte zu sprechen, die Zunge riss sich mit einem Ruck los. Zuerst brachte sie nur ein trockenes Husten zustande. Irgendwann gelang es ihr, mühsam ein paar Worte zu krächzen. Sie baute das Gekrächzte zu einer Nachricht zusammen, die sie ihm senden konnte.

Auf der anderen Seite des Menschenhaufens entspiegelte sich ein Visier. Sie sah sein Gesicht, blass vor Schläfrigkeit und Unterkühlung, die Lippen ein blutleerer Strich, die Haut um die Nasenlöcher vertrocknet und gerissen. Sie selbst sah bestimmt nicht besser aus.

Er nickte nicht. Sie nahm es ihm nicht übel – sie wollte sich ebenfalls nicht mehr bewegen als unbedingt nötig. Er zwinkerte ihr zu. Die verkrusteten Augen schlossen sich, öffneten sich wieder.

Es war Antwort genug. Er hatte Valks Nachricht ebenfalls empfangen. Und verstanden.

Sie hatten es geschafft.

3

EXOTISCH

22

Lanoe brauchte über eine Stunde, um bis hinauf zur Offiziersmesse zu klettern. Der Kreuzer beschleunigte gerade schnell genug, um den Weg für seine überlasteten Glieder zu einer Tortur zu machen, während er sich langsam Hand für Hand vorarbeitete. Er musste in Bewegung bleiben, damit die Finger nicht an den Metallstreben der Leiter festfroren – so gern er auch innehalten, einfach zittern und sich zu einer Kugel einrollen wollte, um sich aufzuwärmen, kämpfte er sich doch Meter für schmerzhaften Meter vorwärts.

Als er die Ersatzbrücke erreichte, sackte er an der Wand zusammen, schloss die Augen und gönnte sich eine Minute Ruhe, ehe er zu Valk hinübergehen wollte.

Er hielt die Augen geschlossen. Alles drehte sich, das Herz hämmerte erschöpft vor sich hin. Er hatte sich völlig verausgabt. Er wollte nur hier sitzen und sich ausruhen, am besten gleich ein paar Tage. Wollte warten, bis er stark genug war, um weiterzumachen.

Halb rechnete er damit, Zhang würde wieder auf ihn einreden, wie sie es immer tat, wenn er schlafen wollte. Aber vielleicht gab es einen Punkt, ab dem ihn sein Unterbewusstsein vor lauter Erschöpfung in Ruhe ließ, denn sie meldete sich nicht.

Er schlug die Augen wieder auf. Es verlangte ihm einiges ab, aber er schaffte es. Er redete sich ein, es würde ihm bald schon besser gehen. Ganz langsam erwärmte sich der Kreuzer wieder. Sie würden überleben.

Er zwang sich, aufzustehen. Dann taumelte er zu Valk, der zusammengesunken im Pilotensessel hing und nach außen hin wie tot wirkte. Lanoe rief seinen Namen, aber die KI bewegte sich nicht. Stattdessen tauchte eine grüne Perle auf.

Er wischte sie beiseite, ohne zu antworten. »Sprich mit mir«, sagte er mit Nachdruck. »Laut.«

»Na gut«, sagte Valk. Vor ihm erwachte flackernd ein Bildschirm zum Leben. Einige Bildausschnitte fehlten, da offenbar Teile der Elektronik der Kälte nicht standgehalten hatten, aber das Gesamtbild war eindeutig – das Wurmloch vor ihnen sah aus wie jedes andere. Die Tunnelwände schimmerten im Geisterlicht.

»Was hat sich geändert?«, fragte Lanoe.

»Keine Ahnung«, sagte Valk. Er rutschte ein wenig im Sessel zurecht. Lanoe sah, dass er mühsam versuchte, sich aufrecht zu setzen. Auch an ihm war die Kälte nicht spurlos vorübergegangen. »Irgendwer hat sich unser erbarmt. Das reicht mir eigentlich.« Mit einem plötzlichen Ruck setzte er sich gerade hin. Sein linker Arm rutschte vom Schoß und hing schlaff zur Seite herab.

Lanoe beäugte ihn kritisch. »Was ist da passiert? Und komm mir nicht mit Erfrierungen.«

Valk drehte den Torso von links nach rechts, um ein menschliches Kopfschütteln anzudeuten. »Nein. Nein, ich ... ich habe zu gründlich daran gedacht.«

»Was?«

»Ich musste eine Menge Systeme abschalten, um durchzukommen. Um Energie zu sparen. Also musste ich all meine Programme in einen B-Baum sortieren und ...«

»Ich habe keinen Schimmer, wovon du da redest«, sagte Lanoe.

Valk nickte. Besser gesagt wippte er mit dem Oberkörper mehrmals nach vorn. Besser konnte er die menschliche Geste nicht nachahmen, wollte er das Visier geschlossen halten. »Gut, pass auf. Ich habe angefangen, über meinen Arm nachzudenken. Dann musste ich darüber nachdenken, dass ich im Innern dieses

Ärmels eigentlich gar keinen Arm habe. Da ist nichts – nur ein paar Servomotoren im Ärmel, die ich bewegen kann, um es wie einen Arm aussehen zu lassen.«

»Das wusstest du aber längst«, merkte Lanoe an.

»Klar. Rein rational – natürlich. Aber ich habe nie wirklich darüber *nachgedacht*. Bis jetzt. Und sobald ich das getan habe, konnte ich mich nicht mehr daran erinnern, wie es sich ange-fühlt hat, als ich noch einen echten Arm hatte. Ich konnte nicht länger so tun. Da ist kein Arm. Da war nie ein Arm. Also ist da jetzt kein Arm mehr ... immerhin ist es mir gelungen, mich aus der Gedankenspirale zu befreien, bevor ich darüber nachdenken konnte, dass ich auch keinen Kopf habe.«

Lanoe rümpfte die Nase. »Kriegst du das wieder hin? Den Arm?«

»Ich kann ein neues Programm schreiben, um den Besitz eines Arms zu simulieren.«

»Das ist aber nicht das Gleiche. Oder?«

»Lanoe, ich bin kein Philosoph. Tannis Valk war ein ganz normaler Kerl, und ich ... ich gebe mir größte Mühe, so sehr *er* zu sein wie möglich. Also frag mich so was nicht. Denn sonst muss ich über die Antwort nachdenken.«

»Sicher.«

Lanoe holte tief Luft und trat neben den Sessel. Er bückte sich und ergriff die linke Hand von Valks Anzug. Sie fühlte sich tat-sächlich nur wie ein leerer Handschuh an. Er drückte den Hand-schuh, bis sich seine Finger verkrümmten.

»Spürst du das?«, fragte er.

»Ich registriere den Druck, den du ausübst, ich ...«

»*Spürst* du es?«, wiederholte er mit Nachdruck.

Valk schwieg lange. Lanoe bewegte den Ärmel, knickte ihn auf Höhe des Ellbogens ein. Hob ihn etwas an und hielt ihn in genau der Position, in der sich Valks Arm befinden sollte.

»Ein bisschen«, sagte Valk. »Vielleicht.«

»Drück meine Hand«, sagte Lanoe.

Die Finger zuckten. Kaum merklich, aber sie zuckten.

»Gut«, sagte Lanoe. »Versuch's noch mal.«

*

Innerlich brüllte Bury vor Schmerzen, als das kalte Proteolyse-Gel über seine geschwollenen Fingerspitzen rann. Ein Großteil der Haut löste sich ab, das erfrorene Gewebe wurde ausgeschwemmt und lief als pinke Flüssigkeit ins Waschbecken. Dank seiner genetischen Modifikationen als gebürtiger Hellion lösten sich lange Polymer-Stränge mit ab. Nervenenden, die noch nie freigelegen hatten, pulsierten qualvoll.

»Die Haut wächst wieder nach«, sagte Ingenieur Paniet. Bury verzog das Gesicht, wandte den Blick ab und schämte sich dafür, dass er den FLINK seinen Schmerz hatte sehen lassen. »Ein paar Stammzellen-Injektionen, und schon geht es Ihnen wieder bestens, Liebes. Natürlich wird es bis dahin höllisch brennen.«

»Halt still«, sagte Ginger. Sie verteilte noch etwas mehr von der Flüssigkeit über seine nackten Zehen. Dieses Mal kam er um einen Fluch nicht herum.

»Sollten wir nicht einen richtigen Arzt an Bord haben?«, fragte er hitzig. »Ich wette, es gab auch einen, bevor Kommandant Lanoe die ganze Besatzung rausgeschmissen hat.«

»Vergiss nicht, dass er dabei auch einen Spion rausgeschmissen hat, der uns sonst alle umgebracht hätte«, sagte Ginger. »Könntest du mal aufhören, dich wie ein Baby zu benehmen?«

»Ich müsste mich gar nicht wie ein Baby benehmen, wenn er uns nicht durch dieses Wurmloch gescheucht hätte«, gab Bury zurück, wenn auch nur leise. Und das war auch gut so, denn in dem Moment steckte Leutnantin Candless den Kopf zur Tür herein. Sie hatte beide Hände bandagiert, und Bury stellte mit Genugtuung fest, dass auch sie vor Schmerzen das Gesicht verzog, als sie sich an der Tischplatte festhielt.

Der Kreuzer beschleunigte rasant, die Triebwerke waren ausgelastet, um sie so schnell wie möglich wärmeren Gefilden entgegenzutragen, jetzt, nachdem sich das Wurmloch wieder normalisiert hatte. Bury spürte jeden Knochen im Leib und konnte nur erahnen, dass Candless mit ihren alten Gelenken sicher noch mehr Probleme haben musste. Er sah zu, wie sie sich vorsichtig auf einem Stuhl niederließ.

»Fähnrichin Ginger«, sagte sie, »haben Sie sich schon um Ihre eigenen Extremitäten gekümmert? Los doch, ziehen Sie die Stiefel aus.«

Ginger biss sich auf die Unterlippe. »Mir fehlt nichts. Ich würde mich gern erstmal um Bury kümmern, und …«

»Sofort, bitte«, sagte Candless.

Ginger holte tief Luft. Dann bückte sie sich und fuhr mit dem Finger an der versteckten Naht entlang, mit der die Stiefel am Anzug befestigt waren. Vorsichtig zog sie sie aus, so langsam, dass Bury sich fragte, wovor sie solche Angst hatte.

Auch ohne Stiefel saß sie weiter mit verschränkten Beinen und eingerollten Zehen da, als wolle sie deren Anblick dringend verbergen. Dann sah Bury auch, warum. All ihre Zehen waren schwarz verfärbt. Da fiel ihm auf, dass sie auch die Handschuhe noch nicht ausgezogen hatte.

»Ginj …«, sagte er. »Mensch, Ginj …«

»Du hast den Ingenieur gehört. Das wird schon wieder«, sagte sie.

»Fähnrich Bury, reichen Sie mir die Tube. Sofort, wenn's recht ist«, sagte Candless. Sie presste die Lippen zusammen. »Ich kenne Ihre genetischen Profile. Ich wusste, dass Fähnrichin Ginger besonders gefährdet ist. Rothaarige sind generell kälteempfindlicher. Trotzdem kann ich mich an keine Klage erinnern. Hatten Sie vor, uns das noch länger zu verheimlichen?«

Ginger zuckte mit den Achseln. »Ich wollte nur nicht, dass irgendwer glaubt, ich sei … Sie wissen schon. Schwächlich.«

»Ich nehme an, Sie wissen, dass Sie ohne sofortige Behandlung mit Amputationen rechnen können? Aber wie dem auch sei. Ihren Fuß, bitte.«

Ginger zögerte, woraufhin Candless nach ihrem Bein griff und ihren Fuß ohne weitere Frage auf die Tischplatte zog. »Fähnrich Bury, das Waschbecken bitte.«

»Hätte ich das gewusst«, sagte Bury und suchte Blickkontakt mit Ginger. Aber sie sah Paniet an – und erwiderte standhaft seinen Blick, auch als Candless das Gel tief zwischen ihren Zehen verteilte. Als sich die Enzyme in ihre Haut fraßen, wurde ihr Gesicht sehr bleich, aber sie gab keinen Ton von sich.

*

»Sag mir bitte, dass es das ist, wonach es aussieht«, sagte Lanoe. Er saß im Pilotensessel, und der Anblick auf dem Bildschirm ließ nur wenig Raum für Zweifel. Trotzdem wollte er Valks Meinung hören.

»Das ist ein Wurmloch-Schlund«, sagte Valk. »Ja.«

Kaum zu glauben, nach allem, was sie durchgemacht hatten. Vor ihnen führte das Wurmloch durch eine schöne, breite, stabile Öffnung in den Realraum zurück. Nur wenige Millionen Kilometer entfernt. Lanoe beschleunigte noch mehr.

Sie waren so nah.

Es dauerte nicht lange, und die Offiziersmesse war voller Menschen. Erst Candless und die Fähnriche, dann tauchten Paniet und Ehta gemeinsam auf. Selbst die Marines steckten die Köpfe aus ihren Kojen oder trieben sich nahe der Rückwand des Raums herum. Alle wollten unbedingt dabei sein. Streng genommen hatten sie nichts in der Nähe der Brücke zu suchen, aber Lanoe konnte es ihnen schwerlich verübeln, nach allem, was sie durchlitten hatten. Darüber hinaus wussten sie schließlich immer noch nicht, an was für einer seltsamen Mission sie hier teilnahmen.

»Sehen Sie sich die Sache in Ruhe an, aber dann melden Sie sich wieder an den Geschützen« sagte er. Ehta nickte und gab seinen Befehl weiter, auch wenn ihn alle gehört hatten.

»Willst du beim Verlassen des Wurmlochs sofort feuerbereit sein?«, fragte Valk. »Machst du dir keine Sorgen, unsere neuen Freunde könnten das als Affront werten?«

»So paranoid, wie die bis jetzt gewesen sind? Diese Leute wohnen am Ende eines Todestunnels. Ich glaube kaum, dass sie es uns übel nehmen, wenn wir selbst ein bisschen vorsichtig sind. Außerdem«, fügte Lanoe hinzu und senkte die Stimme, »weiß ich nicht, ob wir als Erste dort ankommen. Vielleicht sind auf der anderen Seite hundert CentroCor-Schiffe aufgereiht, die nur auf uns warten.«

»Zum Teufel«, sagte Valk. »Hoffentlich nicht.«

Der Übergang in den Normalraum ging sanft vonstatten, der Kreuzer glitt mit genug Platz zu allen Seiten durch den Schlund. Die Bildschirme zeigten an, dass sie ganz in der Nähe eines gelben G-Klasse-Sterns herausgekommen waren, der große Ähnlichkeit mit der irdischen Sonne aufwies. Darüber hinaus war bis auf ferne Sterne fürs Erste nicht viel zu sehen.

Herrliche, makellose, ferne, ungefährliche Sterne. Damit konnte Lanoe durchaus leben.

»Ich beginne mit der Analyse der lokalen Sternpositionen im Vergleich mit den bekannten Referenzpunkten, um herauszufinden, wo wir sind«, sagte Candless. Bei Wurmlöchern wusste man nie – sie mochten in einem wenige Lichtjahre entfernten System enden … oder in einer Distanz, welche die halbe Galaxis umfasste. Es gab keinen direkten Zusammenhang zwischen Länge oder Form eines Wurmlochs und der Tatsache, welche beiden Punkte im All es verband. Theoretisch hätte sie das Wurmloch sogar in eine andere Galaxis bringen können – oder ein anderes Universum. »Das wird eine Weile dauern, aber immerhin wissen wir dann, wie weit wir …«

»Siebzehnhundert Lichtjahre bis zum Startpunkt, dreihundertzwölf Luftlinie zur Erde«, sagte Valk.

»Aha. Ja. Sehr schön«, sagte Candless. »Wenn auch ein wenig ungenau.«

»Tut mir leid. Ich wollte Ihnen nur ein wenig Arbeit ersparen.«

Lanoe ließ die beiden reden – sie würden ihre Differenzen selbst beilegen müssen. Er war viel zu sehr mit den Sensoren beschäftigt, um herauszufinden, wie es jetzt weiterging, ob es hier einen Planeten oder eine Raumstation oder Ähnliches gab. Dieser Ort, dieses System, war das X auf ihrer Karte. Ihr Ziel. Was auch immer ihm an Hilfe im Kampf gegen die Blau-Blau-Weiß zuteilwerden würde, wartete hier auf ihn. Irgendwo.

Das System stellte sich als ziemlich durchschnittlich, wenn auch etwas karg heraus. Weit draußen der übliche Kometengürtel, hier und da ein paar felsige Asteroiden. Ein Gasriese in etwa sechs Astronomischen Einheiten Entfernung, und – eindeutig das vielversprechendste Objekt – ein erdähnlicher Planet mitten in der habitablen Zone. Die Laserspektrografie ergab eine Atmosphäre mit hohem Anteil an Sauerstoff und Wasserdampf. Anhand der Albedo, der Ausformung des Magnetfelds, der Achslage und der Rotationsgeschwindigkeit war schnell ersichtlich, dass die Bedingungen an der Oberfläche für menschliches Leben ideal ausfallen mussten.

»Noch eindeutiger geht es wohl schlecht«, sagte Maggs und beugte sich über seine Schulter. Lanoe zuckte zusammen – er hatte den Schwindler nicht kommen hören. Er verscheuchte Maggs, rief eine virtuelle Tastatur auf und ordnete eine ganze Reihe weiterer Scans an.

Als Nächstes ging er zur Nachrichtenkonsole und setzte auf einer unverschlüsselten Frequenz eine allgemeine Meldung ab. Nur um den Planeten wissen zu lassen, dass sie angekommen waren. Er bekam keine Antwort, ließ sich dadurch aber nicht aus der Ruhe bringen. Vielleicht wollten die Absender der rätselhaften Nachricht ihre Anwesenheit noch nicht preisgeben. Vielleicht wollten sie ihn den ersten Schritt machen lassen. Er schickte eine kleine Flotte aus Mikrodrohnen los, um den Planeten genauer zu untersuchen. Abgesehen davon sah er allerdings keinen Grund für weiteres Zögern. Der Kreuzer nahm Kurs auf einen äquatorialen Parkorbit.

Hier waren sie richtig. Er spürte es in seinen alten Knochen. Sie waren angekommen.

»Nummer Eins«, sagte er. Candless hob den Kopf. Wie alle anderen hatte sie gebannt den Bildschirm betrachtet. »Ich nehme unseren Nurflügler und fliege runter. Du bleibst mit deinen Leuten im Orbit und hältst für mich die Augen offen. Schicke deine Piloten zum Hangar. Sie sollen in Reichweite ihrer Jäger bleiben und auf einen Alarmstart vorbereitet sein. Nur zur Sicherheit.«

»Natürlich, Sir«, sagte sie. »Obwohl … ich mir sicher bin, dass wir diese Aufgabe zu dritt bewältigen können. Ich sehe keinen Grund, direkt all unsere Einheiten auszuschicken.«

Erst begriff Lanoe nicht, worauf sie hinauswollte. Dann blickte er sich um und sah Gingers Miene. Das Mädchen war leichenblass. Candless versuchte, sie vor einem Einsatz zu bewahren – auf eine Weise, die Ginger nicht das Gesicht kosten würde.

Nur wusste Lanoe nicht, ob es die richtige Entscheidung war. Vielleicht musste sich Ginger einfach wieder in den Sattel schwingen. Brauchte noch eine Gelegenheit, sich zu beweisen.

Eine bessere Gelegenheit, das herauszufinden, würde sich kaum bieten. »Ich brauche da draußen so viele Augen wie möglich. Ihr fliegt alle vier«, sagte er.

»Jawohl, Sir«, antwortete Candless. Ihr Blick war vollkommen ausdruckslos – ein schlechtes Zeichen, wie er wusste. Sie zeigte auf Ginger und Bury und bedeutete ihnen, ihr zu folgen. Die Fähnriche leisteten Folge. Ginger hielt den Blick auf den Boden gerichtet, aber sie ging. Maggs folgte ihnen mit hämischem

Grinsen. Valk erhob sich langsam, als wüsste er nicht genau, ob er ebenfalls aufzubrechen hatte.

»Du kommst mit mir«, sagte Lanoe. »Bereit, ein paar neue Leute kennenzulernen?«

»Ich … glaube schon«, sagte Valk. »Aber warte mal. Wer soll den Kreuzer steuern, wenn wir alle gehen?«

Lanoe lächelte ihn an. »Du wirst beides hinbekommen müssen. Ich brauche dich jetzt leider an zwei Orten gleichzeitig. Wir haben Glück, dass du so etwas kannst. Du kannst doch Steuerung und Sensorik des Kreuzers auch von der Planetenoberfläche aus bedienen, oder?«

Valk schwieg einen Moment. »Sollte gehen. Aber – es ist keine tolle Lösung. Eine gewisse Latenz ist unvermeidbar. Ich kann mit dem Schiff nur mit Lichtgeschwindigkeit kommunizieren. Selbst wenn wir nur einen Lichtsekunden-Bruchteil entfernt sein werden, gefällt mir der Gedanke ganz und gar nicht, dass das Schiff so lange braucht, um auf meine Anweisungen zu reagieren. Vielleicht gibt es aber einen anderen Weg. Ich kann mich selbst kopieren.«

Lanoe hob eine Augenbraue.

»Nicht vollständig. Der Bordcomputer hat nicht genug Speicherplatz, um all meine Programme aufzunehmen. Ich muss einige meiner Prozessbäume zurückschneiden.«

Lanoe rümpfte die Nase. »Ich hänge schon viel zu lange mit dir rum. Das habe ich beinahe verstanden. Das heißt, du musst Teile deiner Programmierung abschneiden, damit du in die Speicherbanken des Kreuzers passt. Was muss denn abgeschnitten werden? Deine Gefühle?«

Valk lachte. »Das wäre ziemlich dämlich. Angst ist auch ein Gefühl. Ich war immer der Ansicht, ein Raumschiff zu steuern besteht zu einem Großteil aus blanker Furcht. Wenn man keine Angst vor einem Zusammenprall hat, denkt man auch nicht daran, so etwas zu unterlassen. Und man braucht Verlangen –

das Verlangen, tatsächlich irgendwo anzukommen, statt bis in alle Ewigkeit im Parkorbit auszuharren.« Valk hob die Schultern. »Wie dem auch sei, Emotionen sind schrecklich simpel. Die brauchen nicht viel Speicherplatz.«

»Echt? Ich habe nie das Gefühl gehabt, Gefühle wirklich zu verstehen«, sagte Lanoe.

»Ach was. Emotionen sind nicht mehr als Pfeile, die in bestimmte Richtungen zeigen. Ein einfacher Vektor. Angst zum Beispiel – ein Pfeil, der in die entgegengesetzte Richtung dessen zeigt, wovor du Angst hast. Oder Liebe, ein Pfeil, der auf das Objekt deiner Begierde gerichtet ist. Nein, der ganze Rest – wie man auf seine Gefühle reagiert, wie man versucht, sie zu rationalisieren, sie zu überwinden, sich mit ihnen bewusst zu befassen. Das ist es, was die Sache so kompliziert macht. Aber keine Sorge. Auch das wird meine Kopie alles behalten.«

»Was schneidest du dann weg?«

»Alles, was ich eigentlich gar nicht brauche. Die Programme, die zum Beispiel simulieren, dass ich atmen muss, oder essen oder schlafen. Auch den Großteil meiner Persönlichkeit werde ich dafür nicht brauchen, da ja niemand von euch an Bord bleibt, mit dem ich mich unterhalten könnte.«

Lanoe dachte eine Weile nach. »Na gut. Mach diese Kopie. Aber eine Frage – was passiert, wenn du wieder zurückkommst? Müssen wir uns dann einfach daran gewöhnen, dass hier zwei von deiner Sorte herumlaufen?«

»Nein, ich werde die Kopie wieder eingliedern. Wir werden zwar leicht unterschiedliche Erinnerungen haben, wenn ich zurückkehre, aber das ist mit einem schnellen Abgleichen der Dateien getan. Solange ich nicht zu lange weg bin, sagen wir, nicht mehr als einen Tag, sollte das kein Problem sein. Wir sollten immer noch zu neunundneunzig Prozent dieselbe Person sein, also muss ich nur ein paar Änderungsprotokolle durchgehen und die redundanten Datensätze löschen.«

»Und wenn du länger als einen Tag weg bist?«

Valk nickte. »Dann würden wir wohl anfangen, uns unterschiedlich zu entwickeln. Die Veränderungen stellen sich langsam, aber stetig ein. In jeder Sekunde, die wir voneinander getrennt sind, vergrößert sich der Unterschied zwischen unseren Dateistrukturen. Wir – werden uns auseinanderleben. Wenn wir zu lange voneinander getrennt sind, kann man vielleicht konstatieren, dass es zwei von uns gibt. Vielleicht ist das die Art, wie sich Wesen wie ich fortpflanzen. Aber die Vorstellung ist mir nicht geheuer. Was hieltest du davon, es nicht auszuprobieren?«

*

Leutnantin Candless brachte sie hinunter zum Hangar, wo ihre Jäger bereitstanden. Als sie das Panzerschott passierten, stieß Bury sich von der Wand ab, flog geradewegs zu seinem Schiff und hielt sich an einer Haltestange neben dem Cockpit fest. Er drehte sich um und sah Maggs auf sich zu segeln.

»Sie sind wohl begierig darauf, sich die Beine zu vertreten?«, fragte Maggs. »Sozusagen?«

»Nachdem ich so viel Zeit auf einem Haufen mit Leuten wie Ihnen verbracht habe«, gab Bury zurück, »freue ich mich darauf, ein bisschen Zeit alleine in meinem Cockpit zu verbringen. Besser riechen tut es da auf jeden Fall.«

Maggs lächelte. »Und da gibt es Leute, die behaupten, Hellions hätten keinen Sinn für Humor. Ich gebe zu, ich teile das dringende Bedürfnis, mich da draußen etwas zu bewegen. Ich kann mich nicht erinnern, wann ich mich das letzte Mal so sehr auf eine lange Patrouille gefreut habe. Vielleicht haben wir sogar Glück und finden etwas, worauf wir schießen können.«

»Das würde ich nicht als Glück bezeichnen«, sagte Bury. »Mir wäre sehr viel lieber, herauszufinden, dass wir das CentroCor-Schiff tatsächlich abgehängt haben. Dass wir … na ja … in Sicherheit sind.«

»Wo bliebt da der Kampfgeist der Flotte? Als ich noch ein Teenager war, wollten alle Jungs unbedingt Piloten werden und konnten ihr erstes Kampfgetümmel kaum erwarten. Hey, verstehen Sie mich nicht falsch – ein wenig guter alter Selbsterhaltungstrieb ist bestimmt keine schlechte Sache. Solange es hinterher nicht wie Furchtsamkeit aussieht.«

»Haben Sie mich gerade furchtsam genannt?«, fragte Bury. Er spürte, wie er die Augen zusammenkniff. *Komm runter,* dachte er, *der will dich nur aufhetzen.* Es war allerdings nicht ganz einfach, diesen Gedanken im Auge zu behalten, während das Blut bereits in seinen Adern schäumte.

Maggs vollführte eine lässig-wegwerfende Handbewegung. »Nicht doch, so waghalsig wäre ich niemals. Ich habe den Abschuss gesehen, den Sie bei unserem letzten Kampf verbuchen konnten. Abgesehen davon ist es, wenn man schon an einem von Lanoes kleinen Abenteuern teilnimmt, nur ratsam, sich sorgfältig den Rücken freizuhalten. Er neigt manchmal dazu, seine Leute über die Klinge springen zu lassen. Ich kann Ihnen zu so viel … Vorsicht nur gratulieren.«

Bury klammerte sich an die Haltestange, bis sein Handschuh knirschte, und biss sich energisch auf die Unterlippe. »Wenn Sie meinen Kampfgeist erleben wollen, lässt sich das sicher einrichten.«

Maggs' Lächeln wurde immer breiter und unverschämter. Warum zum Teufel legte der Mann es darauf an, ihn zu schikanieren? Was versprach er sich davon? »Vielleicht könnten wir eines Tages …«

Er kam nicht dazu, den Gedanken auszuführen. »Es reicht, alle beide!«, rief Candless dazwischen. »Maggs, ab in Ihren Jäger. Ginger – ich werde für diese Patrouille keine Extraeinladung verschicken. Bewegung, sofort.«

Maggs nickte fröhlich, salutierte keck vor Bury und schwebte zu seiner Z.XIX. Bury ignorierte ihn und sah stattdessen Ginger an, die noch immer hinten neben der Schleuse wartete. Sie hatte kaum einen Fuß in den Hangar gesetzt. Ihre Wangen waren beinahe so rot wie ihre Haare. Sie musste bemerkt haben, dass sie beobachtet wurde, stieß sich nun doch in Richtung ihrer BR.9 ab und kletterte ins Cockpit. In dem Augenblick, bevor das Fließglas ihrer Kanzel die Sicht versperrte, sah sie ihn direkt an. Ihre Blicke trafen sich, aber er war sich nicht ganz sicher, was er da sah.

Er hatte fast das Gefühl, sie habe ihn stumm um Hilfe angefleht.

23 »Keine Antwort von der Oberfläche«, sagte Valk. »Ich habe es auf jeder erdenklichen Frequenz versucht. Vielleicht glauben sie nicht an Funksprüche.«

Eine der Marines an der Rückwand des kleinen Schiffs lachte, aber ihre Nebenmänner traktierten sie mit den Ellbogen, bis sie verstummte.

Lanoe war gerade nicht sonderlich heiter gestimmt.

Er steuerte den Nurflügler der Oberfläche entgegen, die chromatophoren Fasern der Bordwand an die Farbe des Himmels angepasst. Nur zur Sicherheit. Ihr Radarprofil war getarnt, auch mit Millimeterwellen oder Röntgenstrahlen konnten sie nicht entdeckt werden. Nur zur Sicherheit. Er hatte eine Ehrengarde – oder vielleicht eher Leibwache – von vier Marines mitgenommen. Nur zur Sicherheit.

Er hätte sehr gern aufgehört, sich Sorgen zu machen. Er hatte so große Hoffnung auf dieses Treffen, auf ihre Ankunft vor Ort gesetzt. Es sehnte sich so sehr danach, tatsächlich etwas erreichen zu können. Das Ausbleiben jeglicher Reaktion seitens des Planeten machte es ihm unmöglich, sich zu entspannen.

»Noch eine Umdrehung, dann bringe ich uns runter«, sagte er zu Valk. »Wie gründlich hast du den Planeten untersucht?«

»Optisch – mit jedem Mustererkennungs-Algorithmus, der mir eingefallen ist. Ich habe nach Radiowellen und laserbasierter Kommunikation gesucht. Dann objektorientierte Infrarot-Analyse, Vorhersage der Vektorangleichung sämtlicher bewegten Objekte da unten, Auswertung der Positronen-Rückstreuung, prognostische Magnetresonanz-Interferometrie …«

»Ja, ja, in Ordnung«, sagte Lanoe, um ihn zu bremsen. Natürlich war Valk sehr gründlich gewesen. Für alles andere stand viel zu viel auf dem Spiel. »Irgendwas gefunden? Irgendwas, das ich hören will?«, präzisierte er.

Valk nickte. »Da unten sind auf jeden Fall Gebäude, auch wenn sie schwer zu entdecken waren. Sie sind vollkommen überwuchert oder im Sand begraben – nichts höher als ein paar Meter.«

»Interessant. Aber paranoide Leute verstecken sich gerne in Bunkern, nicht wahr?«

»Sieht aus, als stünden an der Küste gleich mehrere Städte, große, dicht bebaute Gebiete, die eindeutig schwere Eingriffe von Menschenhand aufweisen. Außerdem habe ich Dinge entdeckt, die wie künstlich aufgeschüttete Inseln und weitläufige Kanäle aussehen. Da unten wohnen Menschen, und zwar eine Menge – genug, um den halben Planeten nach ihren Bedürfnissen umgestaltet zu haben.«

Lanoe hörte allerdings ein leises Zögern heraus. »Wo ist das Problem?«

»Ich habe … keinen von ihnen gesehen. Von den Menschen. Nicht ein einziges menschenähnliches Lebewesen. Keine Umrisse, keine Wärmesignaturen. Weder Boden- noch Luftfahrzeuge. Als ob sie sich alle in den Häusern verschanzt haben und sich weigern, rauszukommen.«

Lanoe dachte länger darüber nach und versuchte zu ergründen, was das bedeuten konnte. Nachdem sein Gehirn gewaltige Anstrengungen unternommen hatte, fasste er das Ergebnis seiner Bemühungen in einem einzigen Wort zusammen.

»Komisch.«

»Japp.«

»Ich bringe uns runter.«

*

Sie überflogen die Gipfel einer Bergkette. Der mondsichelförmige Schatten des Schiffs eilte ihnen im Sonnenlicht voraus. Lanoe ging tiefer, bis sie knapp über den Baumwipfeln dahinjagten. Die Rundumsicht aus dem Cockpit war noch immer ungewohnt genug, um seinen Adrenalinspiegel hoch zu halten. Er hatte das Gefühl, nur auf seinem Sitz über einem tiefen, tödlichen Abgrund zu schweben. Dafür war Konturenflug mit so viel Übersicht verdammt verlockend.

Unter ihnen mäanderte ein breiter Fluss durch den Wald, hier und da von augenscheinlich behauenen Steinbrücken überspannt. Weiter vorn vollzog der Fluss eine scharfe Kurve und ergoss sich zwischen mehreren sanften Hügeln hindurch ins Meer. Mitten im Delta lag eine große, weitverzweigte Stadt, die allerdings weitaus mehr Grünflächen bot als jede andere Stadt, die Lanoe je gesehen hatte. »Such mir einen guten Landeplatz«, wies er Valk an.

»Da«, sagte Valk sofort und streckte die Hand aus. Auf der Frontscheibe legte sich ein gelbes Rechteck über eine ausgedehnte Rasenfläche im Stadtkern, ein Park vielleicht, umstanden von flachen, länglichen Gebäuden.

Lanoe drosselte die Geschwindigkeit, senkte den Bug um ein paar Grad nach vorn und glitt sanft über den Dächern entlang. Er flog eine scharfe S-Kurve, dann noch eine, um so weit zu verlangsamen, dass er zur Landung ansetzen konnte.

Nachdem das Schiff den Boden berührt hatte und Lanoe das Gras direkt zu seinen Füßen betrachtete, schaltete er bis auf den Rundum-Bildschirm alle Systeme ab. Eine Minute lang saß er stumm da und lauschte.

Valk rutschte neben ihm auf dem Sitz hin und her. »Was tun wir …«

»Pssst«, machte Lanoe. »Es ist so still draußen. Was für eine Stadt ist dermaßen still?«

»Vielleicht sollten wir rausgehen, um es herauszufinden.«

Lanoe nickte, wartete aber eine weitere lange Minute reglos, ehe er sagte: »Sicher.« Er schnallte sich ab.

Die Marines bildeten ihre Vorhut und verteilten sich rasch über den gelbgrünen Bewuchs, um das Schiff abzuschirmen. Als sie damit fertig waren, ihre Gewehrläufe auf rein gar nichts zu richten, krabbelten Lanoe und Valk durch die Bodenluke von Bord und sahen sich um. Obwohl die Atmosphäre laut seiner Anzeigen einwandfrei atembar war, hielt Lanoe den Helm geschlossen.

Vielleicht war es eine ungute Vorahnung.

Das Gras unter seinen Stiefeln knirschte beruhigend. Der Himmel wies den richtigen Blauton auf, vereinzelt zogen kleine weiße Wölkchen vorbei. Die wenigen Bäume in der Umgebung waren allerdings etwas seltsam – statt Blättern schienen sie lange, gebogene Dornen zu haben, beinahe so dick wie seine Finger. Er hatte allerdings nur wenig Ahnung von Bäumen. Vielleicht handelte es sich doch um eine von der Erde mitgebrachte Gattung, die er bloß noch nie gesehen hatte.

Die Bäume konnte er ausblenden. Was ihn wirklich beunruhigte, waren die Gebäude. Sie wirkten falsch. »Na los«, sagte er, und die anderen folgten ihm. Er marschierte über die Wiese auf das nächste Gebäude zu. Ein langes, gedrungenes Bauwerk aus dünnen Ziegeln, mit einem ungewöhnlich breiten Durchgang. Lanoe duckte sich unter einer Schlingpflanze hindurch und trat in die Dunkelheit.

Während er ein paar Sekunden verharrte, damit sich seine Augen umgewöhnen konnten, hörte er in der Ferne Wasser herabtropfen. Über eine Halde geborstener Steinblöcke stieg er in einen großen Raum hinab, der bis auf abgestorbene Dornen vollkommen leer war. Ganze Haufen von ihnen lagen hier unten, als hätte seit Jahren niemand mehr sauber gemacht. Möbel gab es keine, auch wenn die Wände in mehreren Stufen anstiegen, wie die Sitzreihen eines Theaters.

»Valk«, sagte er.

»Ja. Das Gebäude ist lange verlassen. Und bevor du deine nächste Frage stellst, nein, ein leeres Gebäude muss noch nichts heißen. Lass uns noch ein paar weitere durchsuchen, ehe wir anfangen, voreilige Schlüsse zu ziehen.«

Aber auch das nächste Gebäude war nicht weniger verlassen. Nicht weniger heruntergekommen. Die Rückwand schien einst von einem kunstvollen Gemälde verziert worden zu sein, aber die Farbe war längst bis zur Unkenntlichkeit abgeblättert.

Das dritte Gebäude befand sich in einem noch trostloseren Zustand – das Dach war eingestürzt, und ein Hain kleiner Bäume hatte sich angesiedelt, die von den gelben Strahlen der tief stehenden Sonne umspielt wurden. Darüber hinaus regte sich nichts.

»Dieser Ort ist verlassen«, sagte Lanoe schließlich. »Die ganze Stadt – oder? Du hast beim Anflug keinerlei Bewegung gesehen. Der Planet …«

»Ja«, sagte Valk. »Ich fürchte schon.«

»Und dafür die weite Reise. Wir sind den ganzen Weg hergekommen«, sagte Lanoe leise, »und … und dann ist niemand zu Hause.«

*

»Warte mal«, sagte Valk. Er drehte sich um und trat ins Freie. Lanoe lief ihm hinterher und verfluchte seine Schnelligkeit – Valk hatte unerhört lange Beine, außerdem wurde er nie müde.

»Mir ist noch was anderes aufgefallen«, sagte Valk, ohne anzuhalten. »Hier unten gibt es kaum Metall. Klar, der Boden enthält viel Eisen, das ist normal. Aber ich habe weder stählerne Brücken noch Wolkenkratzer oder so was gesehen. Auch keinen Schaumbeton oder irgendwelche Carbonkonstruktionen. Überall nur Stein oder Ziegel. Ich habe aber – sozusagen – die Augen offen gehalten und nach Anzeichen für fortschrittliche Werkstoffe gesucht.«

»Und auch was gefunden?«, fragte Lanoe.

»Nicht direkt. Eine Ansammlung von ferromagnetischem Zeug, aber das könnte … Moment. Da hinten. Da ist es.« Er zeigte auf eine Baumgruppe, die aus der Flanke eines halb eingestürzten Gebäudes wuchs. Für Lanoe sah sie aus wie jede andere Baumgruppe in der Umgebung. Fette Dornen, die von schiefen Zweigen herabhingen.

Vor ein paar freiliegenden Wurzeln ging Valk in die Knie und grub mit den Fingern in der Erde herum. Seine Hände bewegten sich schneller, als es menschliche Hände tun sollten. Bald hatte er eine etwa einen Meter tiefe Grube zwischen den Bäumen ausgehoben. Er steckte den Arm zwischen den Wurzeln hindurch und zog. »Verdammt. Es steckt fest. Warte mal, ich muss mehr Energie in die Arm-Servos einspeisen.«

»Deine ›Arm-Servos‹?«, fragte Lanoe. Dann erinnerte er sich daran, wie Valks Arm nicht mehr funktioniert hatte, weil ihm aufgegangen war, dass es den Arm gar nicht gab.

»Ich … ähm … muss erst ein bisschen die Muskeln spielen lassen«, korrigierte sich Valk und klang leicht beschämt. Trotzdem steckte er beide Arme in das Loch und zog, Zentimeter um Zentimeter, etwas heraus. Das Loch füllte sich geräuschvoll mit Erde, und die Bäume wankten wie verrückt, doch dann löste sich Valks Beute. Er hielt sie ins Licht.

»Das ist das, wonach es aussieht, oder?«

Valk nickte. »Allerdings. Das Bein einer Arbeiter-Drohne.«

Genauer gesagt: Es war das Bein einer jener Arbeiter-Drohnen, die sie beide bei der Schlacht um Niraya gesehen und bekämpft hatten.

»Die Blau-Blau-Weiß waren längst hier«, sagte Lanoe und starrte die Klaue in Valks Händen an. Noch spürte er den Schrecken nicht – aber er wusste, dieser würde ihn bald wieder packen. »Die gottverdammten Aliens waren schon hier. Waren hier und … haben alles ausradiert, jedes Lebewesen auf diesem Planeten massakriert. Sie haben hier gewonnen, Valk. Sie haben gewonnen …«

»Sieht ganz so aus«, sagte Valk sehr leise.

Lanoe nahm ihm die Klaue aus der Hand. Er spürte ihr Gewicht, fühlte, wie scharf geschliffen die Spitze noch immer war, auch nach der langen Zeit in der Erde. »Die Nachricht, der wir gefolgt sind, muss aufgezeichnet gewesen sein. Abgesendet, bevor es passiert ist, bevor sie alle gestorben sind. Wir sind zu spät gekommen. Zu spät, verdammt noch mal!«

Er drehte sich auf dem Absatz um und schleuderte die Klaue so weit wie möglich von sich. Sie prallte von der Wand eines eingefallenen Ziegelbaus ab und verschwand im Gebüsch.

»Alles umsonst. Scheiße!«, schrie er. Seine Stimme hallte von den zerbrochenen Steinen wider.

Valk ging um ihn herum und stellte sich direkt vor ihn. Die KI beugte sich vor und legte Lanoe die Hände auf die Schultern. Lanoe wollte sich lösen, aber Valk hielt ihn fest. Seine menschlichen Muskeln hatten nicht die Kraft, diesem Griff zu widerstehen.

»Egal, was du sagen willst«, fauchte Lanoe, »später.«

»Nein«, sagte Valk.

»Das war ein Befehl. Ich habe jetzt keine Lust, mich …«

»Nein«, wiederholte Valk. »Lanoe. *Nein.*«

Lanoe starrte in die Tiefe des schwarzen Visiers und versuchte zu ergründen, worauf Valk hinauswollte.

»Du irrst«, sagte Valk.

»Was?«

Valk wünschte, er könnte sehr tief Luft holen. Aber derlei Aktivitäten hatte er aufgegeben. »Falsch. Nicht, was … was die Blau-Blau-Weiß angeht. Die waren hier, ja. Ich bin mir auch sicher, dass hier deswegen alles verlassen ist. Aber die Nachricht war nicht aufgezeichnet. Wie denn auch? Da waren Aufnahmen von unserem Kampf gegen das Königinnenschiff dabei. Schau dich doch hier mal um, Lanoe. Die Stadt ist seit ... keine Ahnung. Jahrhunderten verlassen? Länger? Auf jeden Fall lange, bevor du je etwas von Niraya gehört hast.«

»Und?«

»Die Nachricht enthielt Bildmaterial davon, wie du das Königinnenschiff sprengst. Denk doch mal nach. Wenn die hiesigen Bewohner seit Jahrhunderten tot sind, wie sollen sie dann an die Aufnahmen gekommen sein?«

Dieser Logik konnte Lanoe sich nur schwer entziehen. »Dann ... dann haben die Bewohner, die Leute, die umgebracht wurden, die Nachricht nicht geschickt. Verdammt, Valk – wer dann?«

»Jemand, der wollte, dass wir sehen, was hier passiert ist«, schlug Valk vor.

Valk konnte auch den infraroten Teil des elektromagnetischen Spektrums sehen. Lanoes Gesicht wurde zunehmend heißer, ob nun aus Frustration oder schlicht aus Wut. Valk war sich nicht sicher, was davon im Moment überwog. »Was willst du damit sagen? Irgendwer hat uns den ganzen Weg bis hierher gescheucht, nur um uns zu zeigen, was die Blau-Blau-Weiß mit einem bewohnten Planeten anrichten können? Dass sie Menschen töten? Das wissen wir doch längst, verdammt noch mal! Willst du behaupten, die Hilfe, die sie uns angeboten haben, sollte nur ein bisschen Anschauungsunterricht sein? Ich weigere mich, das zu glauben.«

»Nein«, sagte Valk abermals. »Nein.« Er hatte sich schon halb damit abgefunden, dass der rätselhafte Absender genau dies bezweckt hatte. »Nein.«

Vielleicht steckte doch noch mehr dahinter. Vielleicht.

»Zurück zum Schiff«, sagte Lanoe energisch. »Wir werden jeden Quadratzentimeter absuchen. Irgendwas ist hier. Möglicherweise ... ach ...« Er schüttelte den Kopf.

»Was überlegst du?«, fragte Valk.

»Wir wissen, dass die Absender paranoid sind. Vielleicht sind sie zu vorsichtig, um sich direkt mit uns treffen zu wollen. Aber vielleicht haben sie uns stattdessen etwas hinterlassen. Eine Waffe gegen die Blau-Blau-Weiß. Oder eine weitere Nachricht – irgendwelche wichtigen Informationen, die uns fehlen.«

»Hast du eine Ahnung, wie wir so etwas finden könnten?«, fragte Valk.

»Nicht im Geringsten«, gab Lanoe zurück.

*

Sie stiegen ein paar Kilometer auf, bevor Valk einen Kurs nach Süden in Richtung Äquator einschlug. Lanoe wusste nicht recht, wie sie mit der Suche beginnen sollten. Allein die Ruinenstädte einmal gründlich zu durchkämmen würde Monate dauern. Falls sie auch noch die Landschaft absuchen wollten … Aber Lanoe war entschlossen, sich nicht schon wieder solch pessimistischen Gedanken hinzugeben. Da musste einfach etwas zu finden sein.

Es musste.

»Was sagt der Treibstofftank?«, fragte Lanoe. »Wie lange haben wir noch?«

»Keine Eile«, erwiderte Valk.

Lanoe nickte. Er hatte auch keine genaue Angabe haben wollen. Nur ein wenig Rückversicherung, dass Valk bereit war, mit ihm zusammen Ausschau zu halten.

Eine geschlagene Stunde lang sagte niemand ein Wort. Lanoe starrte in die Landschaft und suchte nach allem, was irgendwie fehl am Platz wirkte. Der Planet weigerte sich, ihm den Gefallen zu tun. Vielleicht gab es irgendwo einen Raumhafen, dachte er. Vielleicht war da unten im Dschungel eine ganze Flotte von Kriegsschiffen versteckt, die nur auf seine Befehle wartete. Vielleicht gab es hoch oben in den Bergen eine Einsiedelei, eine letzte Zuflucht für die Bevölkerung dieser toten Welt, oder auch nur eine Hütte, in der ihn ein uralter Mystiker erwartete, um sein geheimes Wissen weiterzugeben.

Allmählich trug seine Fantasie ihn davon. Valk hatte den ganzen Planeten schon aus dem Orbit gründlich abgesucht. Nirgendwo waren Anzeichen durchgängiger Besiedlung zu sehen. Keine Fahrzeuge, keine Städte, die Spuren aktiver Nutzung zeigten, nicht einmal Rauch aus einem Schornstein.

Wonach auch immer er suchte, es musste etwas Einfaches sein, dachte er. Einfach und offensichtlich. »Wenn es hier irgendwo was zu finden gibt, sollen wir es finden. Sie hätten es kaum in der Erde vergraben oder ins Meer geworfen. Es müsste uns doch früher oder später auffallen, oder? Zumindest … keine Ahnung. Auf jeden Fall muss es etwas sein, das wir begreifen können.«

»Es könnte helfen«, sagte Valk, »wenn sie einen großen Pfeil auf den Boden gemalt hätten. Irgendein Hinweis, der uns in die richtige Richtung lenkt.«

»Ja, das wäre nett gewesen.«

Hinter Lanoe bewegte sich jemand. Er hörte einen dumpfen Aufprall, als hätte einer der Marines seinen Nebenmann geschlagen. »Sei still«, sagte jemand sehr leise.

Lanoe drehte sich um. Eine Soldatin mit blauen Strähnen in den kurzen blonden Haaren hatte sich vorgebeugt und schaute ihn besorgt an. Der Mann neben ihr packte sie am Arm und versuchte, sie wieder nach hinten zu ziehen.

»Sir«, sagte sie.

»Was gibt es?«

»Es ist kein Pfeil. Aber …« Sie verstummte und schüttelte den Kopf.

»Nur zu. Ich nehme jeden Vorschlag dankend an«, sagte Lanoe.

»Jawohl, Sir. Wie gesagt, es ist kein Pfeil, aber vielleicht – vielleicht hat das da trotzdem etwas zu bedeuten?« Sie zeigte auf die

Küste zu ihren Füßen. »Oder auch nicht, ich dachte nur … ich glaube …«

Lanoe schnallte sich ab und kletterte aus dem Sitz, um freie Sicht nach unten zu haben. Da lag eindeutig eine weitere Stadt. Sie sah aus wie alle anderen, die sie bisher überflogen hatten. Viele flache Gebäude, die meisten überwuchert, keines höher als wenige Stockwerke.

»Ich verstehe nicht ganz, was ich da sehen soll«, teilte Lanoe der Soldatin mit.

»Wie gesagt, wahrscheinlich nichts. Aber sehen Sie sich die Straßen an.«

»Hmmm?«, machte Lanoe. Sie hatte recht. In der Küstenstadt trafen mehrere Straßen aufeinander. Breite Schnellstraßen, wie es aussah, dazwischen schmale Trampelpfade. Aber Straßen gab es in jeder Stadt. »Und weiter?«

»Also – die letzte Stadt, die, in der wir gelandet sind? Da waren keine Straßen. Warum auch? Die Bäume hätten sie schon vor Jahren überwuchert. Aber hier gibt es welche. Stimmt's? Ähm, ich meine natürlich, habe ich recht, Sir?«

Sobald sie ihn darauf hingewiesen hatte, war es nicht mehr zu übersehen. Die Straßen – Straßen musste man instand halten.

Irgendjemand war hier gewesen, und zwar erst kürzlich.

Er sah Valk an.

»Ich halte nach einem Landeplatz Ausschau«, sagte die KI.

*

Zuerst stiegen die Marines aus, jetzt wieder sehr wachsam. Schritt für Schritt verteilten sie sich um das Schiff, die Gewehre im Anschlag, die Helme geschlossen und verspiegelt.

Lanoe blieb dicht hinter ihnen. Er hatte seinen Helm nun doch ausgeschaltet, alle Vorsicht vergessen angesichts seines sehnlichen Wunschs, endlich etwas zu finden. Er war so ungeduldig, dass er den Soldaten fast auf die Füße trat.

Die Stadt lag vor ihnen ausgebreitet. Sie war der ersten sehr ähnlich. Viele lang gezogene, flache Bauten. Valk scannte ein paar von ihnen und stellte fest, dass sie ihrerseits leer waren. Selbst in den besterhaltenen Gebäuden gab es keine Möbel. Wohin er auch blickte, überall sah er die terrassierten Wände, als sei jedes Gebäude auf diesem Planeten ein kleines Amphitheater gewesen.

Die Straßen waren eindeutig irgendwann einmal ausgebessert worden. Allerdings waren die breiteren, gepflasterten Straßen in keinem guten Zustand, überall wucherte Unkraut zwischen den Steinplatten. Seltsame kleine Pflanzen, Büschel von dünnen, kurzen Stängeln, die alle in rundlichen Auswölbungen endeten – vielleicht Samenkapseln oder Knospen, die sich noch nicht geöffnet hatten.

Auf diesem Planeten gab es sehr viele Dinge, die Valk nicht verstand. So viele Rätsel. Am meisten beschäftigte ihn die Frage, wann er wohl besiedelt worden war. Selbst nach Jahrhunderten des Terraformings wiesen nur wenige Planeten eine solche Biodiversität oder ein ähnlich angenehmes Klima auf. Es gab einen guten Grund dafür, dass die Menschheit ihre Kolonien fast alle nach verschiedenen Unterwelten benannt hatte – als die frühen Entdecker diese Welten zum ersten Mal erblickt hatten, waren sie sämtlich unbewohnbar gewesen. Es hatten geradezu höllische Zustände geherrscht – entweder waren sie viel zu heiß oder viel zu kalt, die Atmosphäre war viel zu dicht oder bei Weitem zu dünn. Die MegaKons hatten wahre Wunder vollbracht, sie in bewohnbare Orte für die Menschheit zu verwandeln; vielerorts hatten sie sich allerdings auch mit dem Nötigsten zufriedengegeben – oder hatten, wie im Fall von Hel, beschlossen, es sei einfacher, die Siedler zu modifizieren, als den Planeten zu verbessern.

Und doch war dieser Ort ... nicht ganz erdähnlich. Alles war irgendwie ein wenig verkehrt. Trotzdem hatte Valk nie einen angenehmeren Planeten gesehen. Oder einen, der so wenig verschmutzt war.

»Sieh mal«, sagte Lanoe. »Sieh nur, da hinten – kannst du das erkennen?«

Valk brauchte einen Moment, um zu begreifen, was er meinte. Die Gebäude vor ihnen waren anders als alle, die sie bisher gesehen hatten. Was in erster Linie daran lag, dass sie nicht von Lianen und Schlingpflanzen und kleinen Dickichten der dornenbewehrten Bäume bedeckt waren. Auch waren sie nicht halb im Boden versunken. Sie standen säuberlich in geraden Reihen da, ein Langhaus nach dem anderen, mit gedrungenen Flachdächern und Torbögen aus behauenem Stein. Mit seinen übermenschlichen Sinnen betrachtete Valk einige Durchgänge und sah, dass auch die stufenförmigen Sitzreihen im Innern bestens erhalten waren – noch immer kein Anzeichen irgendwelcher Möbel, aber die Sitze in diesen Häusern waren von weniger Staub bedeckt, als er erwartet hatte.

»Die waren hier«, sagte Lanoe. »Die waren noch vor Kurzem *hier*.«

Seine Augen leuchteten vor Aufregung.

Das Stadtzentrum lag ganz in der Nähe. Aus der Luft hatte Valk bemerkt, dass die Straßen mehrere konzentrische Ringe – fast wie eine Art Spinnennetz – um einen großen Platz bildeten. Fall es hier etwas zu finden gab, dann dort. Auf Höhe der letzten Häuserblocks lief Lanoe voraus und ließ die Marines hinter sich.

Valk beeilte sich, zu ihm aufzuschließen – und blieb wie angewurzelt stehen, als er sah, was sie erwartete.

Der runde Platz war so groß, dass sie hier den Kreuzer hätten landen können. Ringsum standen viele Reihen flacher Steinbänke. Eine Arena mit Platz für mindestens hunderttausend Menschen.

Vielleicht eine alte Sportstätte, dachte Valk. Nur war der Raum im Innern all dieser Sitzreihen für einen Sportplatz nicht groß genug. Die Bänke liefen bis hinunter zu einer Art Grube, die kaum zwanzig Meter durchmaß und zum Großteil von einem Gebilde ausgefüllt war, das wie ein Ring abstrakter Skulpturen wirkte. Zwölf Stück, jede sechs Meter hoch und aus dunklem, glattem Basalt, wie ihm schien.

»Wie Stonehenge«, sagte einer der Marines, der wohl vergessen hatte, dass er sich ohne Erlaubnis seiner Vorgesetzten nicht zu Wort melden durfte. Lanoe sah den Mann nicht einmal an. Er war vollauf damit beschäftigt, in die Mitte der Arena zu laufen, um eine der Skulpturen zu berühren.

»Nein, Stonehenge sind doch diese großen Bögen, oder?«, sagte die Soldatin, die schon die Straßen entdeckt hatte. »Das hier sieht eher wie, ich weiß auch nicht, Tänzer oder etwas ähnlich Blödes aus.«

Die Skulpturen waren alle gleich geformt, auch wenn Valk nicht das Gefühl hatte, es handle sich um Massenprodukte. Da gab es winzige Unterschiede, kleinste Unstimmigkeiten. Sie wuchsen als leicht zulaufende Kegel aus dem Boden, wurden aber am Kopfende plötzlich wieder breiter. Auf jedem dieser Kapitelle stand ein geschliffener Steinzylinder, der sich langsam um die eigene Achse drehte – nein, sie standen nicht, sie *schwebten* dicht über den größeren Kegeln, ohne diese zu berühren.

»Schachfiguren«, schlug Lanoe vor und tätschelte eine Skulptur mit der flachen Hand.

Valk untersuchte sie auf allen verfügbaren Wellenlängen. Was für eine Energieform auch immer verwendet wurde, um die Zylinder in der Luft zu halten, war mit keinem seiner vielen, vielen Sinne zu identifizieren. Ebenso gut hätte es Magie sein können.

Das gefiel ihm nicht. Ganz und gar nicht.

»Lanoe«, sagte er vorsichtig. »Willst du dich vielleicht einen Schritt von dem Ding entfernen? Ich weiß nicht, ob das wirklich ungefährlich ist.«

*

»Wie kann dir die Anlage entgangen sein, als du den Planeten aus dem Orbit untersucht hast?«

»Was hätte mir auffallen sollen?«, fragte Valk. »Die Energie ist kaum messbar, auf jeden Fall nicht aus größerer Entfernung. Das ist wahrscheinlich auch beabsichtigt.«

»Tatsächlich?«, sagte Lanoe.

»Wer auch immer das hier gebaut hat, wollte nicht, dass Maschinen es entdecken können. Die Anlage sollte für jede Form von Scans unsichtbar sein, die einem Wesen wie mir einfallen könnten. Da war ein menschliches Hirn vonnöten, um das Muster im Straßennetz zu erkennen, die Art, wie sie hier so etwas wie ein Fadenkreuz bilden.«

Lanoe nickte weise.

Valk trat einen Schritt näher und hob die Hand, berührte die Skulptur aber nicht. »Spürst du das? Dieses, ich weiß nicht, Summen?«

Lanoe hatte es ebenfalls bemerkt, wenn auch eher unbewusst. Die Skulpturen vibrierten – allerdings kaum merklich. Gerade genug, um einen beinahe unhörbaren Ton abzugeben.

»Die müssen also wichtig sein, oder?«, sagte Lanoe. »Das Einzige auf diesem Planeten, was noch eingeschaltet ist …«

Lanoe wirbelte herum und sah die Marines an. Sie hatten weiterhin die Helme geschlossen und die Waffen im Anschlag. Und sie hielten sich von den Skulpturen fern. Vernünftig. Normalerweise hielten Flottenoffiziere Marinesoldaten nicht für allzu intelligent, aber Lanoe hatte genug von ihnen kennengelernt, um zu wissen, dass die meisten über einen messerscharfen Selbsterhaltungstrieb verfügten.

»Irgendwelche Ideen?«, fragte er sie. Er hatte nämlich keine mehr.

Leider konnten die Marines – selbst die Frau, die die Straßen gesehen hatte und sich mit Stonehenge auskannte – nur mit den Schultern zucken.

Lanoe rieb sich mit einer Hand die Nase. Plötzlich fühlte er sich unendlich, unsagbar erschöpft.

Die lange Reise bis hierher. Die schrecklichen Gefahren. Der entvölkerte Planet. Er sollte hier eine Antwort vor sich sehen. Es sollte sofort ersichtlich sein. Hatte er wirklich Valk zu längerem Leben verdammt, Candless und ihre Schüler in Gefahr gebracht, sogar Hilfe von Auster Maggs angenommen, nur um jetzt aufgeben zu müssen, weil er nicht die richtigen Schlüsse zog? Weil er nicht begriff?

Die seltsame Nachricht hatte Hilfe versprochen. WIR KÖNNEN HELFEN. Um was für Hilfe es sich handeln sollte, war nicht gesagt worden. Dafür aber alles, um diesen Ort hier zu finden. KOMMT UND SUCHT UNS.

Also hatte er das getan. Er war der Karte gefolgt, hatte das X in ihrer Mitte erreicht.

Ein X auf einem toten Planeten.

Irgendwie musste es doch weitergehen, es musste einen Weg geben, um …

»Lanoe.«

Er versteifte sich, wusste nicht, ob er es wirklich gehört hatte. Bisher war er immer im Halbschlaf gewesen, wenn Zhang zu ihm gesprochen hatte, auf der Schwelle zwischen bewussten und unbewussten Gedanken.

Sie hatte sich noch nie gemeldet, solange er hellwach war.

Und doch … jetzt spürte er fast, wie sie hinter ihm stand. Konnte ihre Form, ihre Wärme fühlen. Gleich würde sie ihm die Hand auf die Schulter legen.

»Lanoe. Du bist so weit weg«, sagte sie.

Sie war ihm so nah.

Er wagte es nicht, sich umzudrehen. Er wusste, würde er nach ihr suchen, wäre sie nicht da. Er kniff die Augen zu. Rief in Gedanken leise ihren Namen.

»Du bist nicht da, wo du sein solltest«, sagte sie.

Er schlug die Augen auf. Sie war verschwunden. Nur eine Stimme im Wind, und der Wind hatte sich gelegt. Doch Spuren blieben zurück. Sie hatte etwas in seinem Kopf in Bewegung versetzt, ein verkeiltes Zahnrad gelockert. Auf einmal wusste er, was er zu tun hatte.

HIER IST DER SCHLÜSSEL.

Die ganze Zeit hatte er vermutet, es handle sich um einen Hinweis auf der Karte, eine Chiffre. Die Kennzeichnung der unerforschten Wurmlöcher ...

Dabei hatten sie ihm einen Hinweis gegeben, nicht wahr? Die Straßen. Die Straßen, die sie rings um die Stadt gesäubert hatten. Straßen – und Wurmlöcher waren schließlich auch eine Art Straße.

»Valk«, sagte er. Er zitterte. Konnte es das wirklich sein? »Valk – die Karte. Du hast die Karte im Kopf, in deiner Datenbank, richtig?«

»Die Karte? Welche – ach so. Ja, natürlich. Die Karte des Wurmraums. Die uns hergebracht hat.«

»Zeig sie mir«, sagte Lanoe.

Valk streckte den Arm aus. Das Display am Handgelenk projizierte die Karte in die Luft, ein verschlungenes Konglomerat dichter Knoten, das langsam zwischen ihnen rotierte. All die Wurmlöcher und ihre Schlünde, die Gefahrenzonen, die Standorte der Flotten der Blau-Blau-Weiß. All die unbezahlbaren Informationen. Die Marines waren nicht befugt, diese Karte zu sehen. Lanoe scherte sich einen Dreck darum.

»Zeig denen die Karte«, sagte Lanoe und deutete über seine Schulter auf die Skulpturen.

Langsam und vorsichtig hob Valk den Arm. Sein Display projizierte die Karte auf den Stein der nächsten Skulptur.

Die Skulpturen begannen zu singen.

*

»Teufel auch«, sagte Valk. »Lanoe – ihr alle – zurück. Zurück!«

Wie konnte ihm erst jetzt aufgefallen sein, dass die Skulpturen allesamt in einer anderen Tonlage summten? Jede von ihnen vibrierte auf einer separaten Frequenz in einer Zwölftonreihe. Die Schallwellen, die Vibrationen, oszillierten in vollkommener Harmonie.

Das Summen schwoll an. Die Noten waren kristallklar, eine perfekte Prime.

Die Marines rannten sich beinahe gegenseitig über den Haufen beim Versuch, die Sitzreihen zu erklimmen und sich von den Skulpturen zu entfernen. Lanoe stand reglos da. Er hatte den Kopf in den Nacken gelegt und nur noch Augen für die Skulpturen.

Valks schwerer Raumanzug erzitterte unter den Tönen, unter den Schallwellen, die von den Steinbänken zurückbrandeten. Er hatte das Gefühl, in Stücke zu zerspringen, sollte er nicht das Weite suchen. Er musste hier weg.

Er schrie nach Lanoe, aber seine Stimme ging in dem perfekten, donnernden, singenden Einklang gänzlich unter. Er legte die Hände an den Helm, als könnte er sich die Ohren zuhalten, als hätte er Ohren, als hätte er Hände …

Lanoe! Schrie er abermals. *Lanoe!*

Er kämpfte gegen die wogenden Schallwellen an. Gegen die Vibrationen, die ihn von den Füßen zu heben drohten, gegen die Noten, die ihn zerschmettern wollten. Er schien durch einen Hurrikan zu waten.

Lanoe streckte die Hände nach den Skulpturen aus. Sollte er sie berühren, sollte er die Energie freisetzen, die sie durchströmte …

Lanoe, heulte er.

Lanoe.

Noch immer schwoll der Klang ohne jede Verzerrung an. Er war so rein und schön und musste jeden Moment Lanoes Trommelfell zerfetzen, alle Blutgefäße in seinem Kopf aufbrechen, und noch immer wollte er sich nicht bewegen, stand da wie hypnotisiert, wie gebannt von dem Klang, und …

Plötzlich floss sein Helm aus dem Kragenring und schloss sich über ihm. Valk sah die Schallwellen durch das Fließglas wehen, das versuchte, Lanoes Kopf zu umschließen, ihn vor der perfekten, wunderbaren, verderblich entrückenden Harmonie zu retten. Irgendwie schaffte es der Helm, sich zu verfestigen und Lanoe abzuschirmen.

Der Zauber war gebrochen. Lanoe drehte sich um, einen Ausdruck grenzenloser Verwirrung auf dem Gesicht. Er sah Valk auf sich zu wanken, und seine Augen weiteten sich.

Valk griff ihm um die Taille und hob ihn hoch. Es war ihm ein Leichtes – die Servomotoren seines Anzugs waren weitaus stärker als menschliche Muskeln. Er schleppte Lanoe von den Skulpturen fort und nahm zwei, drei Steinbänke mit jedem Schritt. Gerade noch rechtzeitig.

Die Steinzylinder zu Häupten der Kegel drehten sich absolut synchron um hundertachtzig Grad und versanken in ihren Kapitellen. Dann brach die Hölle los.

Was für eine Sorte Energie die Skulpturen auch verbergen mochten, die gigantische Kraft brach sich mit einem Mal Bahn und schoss direkt in den Himmel. Valks elektronische Augen sahen die Kaskaden aus niederfrequenter Energie in die Höhe schießen. Er warf Lanoe auf eine der Steinbänke und schirmte ihn mit dem eigenen Körper ab, während die Nebenkeule über sie hereinbrach – ein purer und kristallklarer und perfekter und ohrenbetäubender und tödlicher und alles durchdringender Schallimpuls.

Valk hatte auch im Hinterkopf Augen. Er konnte sehen, was über ihnen geschah. Trotzdem war er verblüfft, als ein neuer, ganz und gar disharmonischer Ton in den makellosen Klang einstimmte. Ein Krachen, ein Dröhnen, ein Donnerschlag, der die gesamte Arena, das ganze Stadtzentrum erzittern ließ.

Und dann …

Dort oben im Himmel. In mehreren Kilometern Höhe. Die Luft selbst schien sich zu verändern, schien zu Glas zu werden. Eine Linse, eine Kugel aus Glas bildete sich dort, wuchs buchstäblich aus dem Nichts. Eine Menge Wasserdampf wurde aufgestaut und ballte sich zu einem kleinen Wirbelsturm aus zerfaserten Wolken. Überall elektrische Entladungen, eine Vielzahl kleiner Blitze. Für wenige Sekunden deckte ein Platzregen die Arena mit Hagelschauern ein, prasselte auf seinen Anzug und prallte wie Pistolenschüsse von seinem Helm ab – dann war es vorbei. Die Wolken beruhigten sich, der Himmel benahm sich wieder anständig.

Nur befand sich jetzt ein neues Loch darin. Ein Loch im Himmel.

»Valk«, sagte Lanoe. »Valk, das ist – das ist ein …«

Ein Wurmloch-Schlund. Mitten in der Luft, direkt über dem Skulpturenring.

Ein Loch im Himmel.

24

Bullam nahm ihren Platz auf der Brücke des Trägers ein, legte die Sicherheitsgurte an und ließ sich von einer ihrer Drohnen ein schlichtes Kommunikationsdisplay aufrufen. Mit einem Nicken stellte sie die Verbindung mit den Aufklärern her. Vor ihr tauchten die Gesichter der Piloten in einer Reihe auf.

»Ich möchte deutlich machen, dass CentroCor Ihren Mut zu schätzen weiß«, sagte sie. »Wir ziehen alle an einem Strang.«

»Können wir dann weitermachen?«, fragte Shulkin.

Sie betrachtete die Art, wie er da in seinem Kommandosessel saß, weit vorgebeugt, die Hände auf die Knie gestützt. Vollkommen gelassen trotz völliger Schwerelosigkeit. Der Mann war eine Maschine, die man genau für diesen Zweck konstruiert hatte. Seine Augen wirkten wie die Diamantköpfe industrieller Bohrmaschinen.

»Nun gut«, sagte sie. »Alles Gute, Piloten.« Sie unterbrach die Verbindung.

Auf dem großen Bildschirm über dem Leitstand der Navigatorin strebten drei blaue Punkte in unterschiedliche Richtungen. Vor ihnen lagen drei gefährliche Wege. Der Umweg über Avernus hatte Lanoe fast eine Woche Vorsprung verschafft. Durchaus möglich, dass er keinen der drei Wege eingeschlagen hatte und sich die Erforschung dieser gefährlichen Wurmlöcher als Treibstoff- und Zeitverschwendung herausstellte. Aber Bullam hatte die Karte ein Dutzend Mal betrachtet und musste einfach daran glauben, dass Lanoe nicht umgekehrt war, nur um sie abzuschütteln.

Leider wussten sie nicht, welcher dieser drei Tunnel der richtige war. Es war Shulkin gewesen, der angemerkt hatte, es gebe eine sehr einfache Lösung für dieses Dilemma. Der Träger hatte mehrere Geschwader Aufklärer an Bord, kleine, schnelle Schiffe für genau solche Aufgaben. Drei Piloten waren zufällig ausgewählt worden, um die Tunnel zu untersuchen.

Soweit die Sensoren des Kreuzers reichten, wirkte das erste Wurmloch vollkommen normal und ungefährlich. Gleiches galt für die beiden anderen. Normaler Funkkontakt war im Wurmraum unmöglich, aber solange zwei Schiffe in Sichtweite zueinander blieben, konnten sie per Laser kommunizieren. So gefährlich sie auch sein mochten, die drei Wurmlöcher verliefen ungewöhnlich gerade. Der Träger sollte auch nach mehreren Millionen Kilometern noch direkten Kontakt zu den Aufklärern halten können.

Der für den ersten Tunnel zuständige Pilot klang entspannt, entfernte sich rasch und gab dabei verschiedene Daten durch. »Temperatur normal, Geometrie normal. Das Geisterlicht wirkt ein bisschen komisch hier drin – sieht aus, als wäre es irgendwie aufgewirbelt worden.«

Bullam sah sich nach dem Nachrichtenoffizier um. »Könnte Lanoe das getan haben?«

Der NO sah aus, als wollte er mit den Schultern zucken, konnte sich aber eben noch zusammenreißen. »Ich weiß nicht, Ma'am. Wenn eine große Masse die Tunnelwand auf einmal getroffen hat ... möglich.«

»Sie glauben doch nicht, dass Lanoe sein Schiff zerstört hat?«, sagte Bullam an Shulkin gerichtet. »Oder?«

»Er ist kein Trottel«, sagte Shulkin und hob eine Schulter. »Unfälle passieren. Aber nein, ich glaube nicht, dass er hier gestorben ist.«

»Eins Komma fünf Millionen Kilometer zurückgelegt. Die Temperatur steigt ein wenig«, gab der Pilot des Aufklärers durch. »Sehen Sie das? Sieht aus wie ... wie ...«

»NO?«, bellte Shulkin.

»Die Bilder sind … uneindeutig. Ich lege sie auf den Schirm.«

Der Navigationsschirm übernahm die Bilder der Frontkamera des Aufklärers, sie sahen jetzt, was der Pilot sah. Vor ihm erstreckte sich das schnurgerade Wurmloch, zu den Seiten bildete das Geisterlicht lange, spitze Ausläufer wie Speere aus feinen Wolken. Einer von ihnen verdichtete sich plötzlich, ragte mit einem Satz weit in den Tunnel hinein und drehte sich wie ein Tornado aus Licht um die eigene Achse.

Der Anblick verlagerte sich schwindelerregend, als der Pilot sein Schiff zur Seite riss, um der Energiefontäne zu entgehen. Einen Augenblick lang hatten sie freie Sicht auf die Tunnelwand, und Bullam sah das Geisterlicht schäumen und wogen, ungleich wilder als der ruhige, rauchige Schimmer, den sie erwartet hatte.

»Ausweichmanöver«, sagte der Pilot, jetzt deutlich angespannter als vorher. »Ich sehe noch drei weitere dieser Fontänen. Bitte um Erlaubnis, zum Träger zurückzukehren.«

Alle sahen Shulkin an. Er hätte aus Stein gemeißelt sein können, wie er dasaß und den Bildschirm fixierte. Er gab keinen Laut von sich.

»Aktivität nimmt zu, wiederhole, Aktivität nimmt zu und erreicht gefährliche Ausmaße«, meldete der Pilot. Er schrie fast.

Eine Protuberanz schoss quer durch den Tunnel, ein zitternder Lichtbogen, der den Weg nach vorn vollständig versperrte. Weitere Speere aus Geisterlicht ergossen sich aus allen Richtungen ins Innere der Röhre. Nichts davon sah gewollt aus, keiner der Ausläufer machte aktiv Jagd auf den Aufklärer, dennoch war es nur eine Frage der Zeit, bis das kleine Schiff getroffen werden würde.

»Captain Shulkin«, sagte Bullam, »rufen Sie den Aufklärer zurück.«

Shulkin schien nicht einmal zu atmen.

»Captain! Der Mann wird sterben! Dadurch, dass wir ihn

lebendig verbrennen lassen, erhalten wir keine Daten. Rufen Sie …«

Shulkin unterbrach sie. »Pilot, suchen Sie sich einen Punkt in der Tunnelwand aus, ein gutes Stück weiter vorn, und feuern Sie einen PSG-Impuls von genau einer Sekunde darauf ab.«

Bullam wollte von ihrem Sitz aufspringen und Shulkin erdrosseln. »Jetzt wollen Sie Experimente durchführen? Diesen Mann als Versuchskaninchen benutzen?«

Der Pilot führte den Befehl aus. Der Partikelstrahl brach aus dem Geschütz am Bug des Aufklärers hervor und malte einen grellen Strich über die dunklere Wand. Sofort verschwand dessen Helligkeit in einem wütenden Sturm aus Geisterlicht. Die Wände explodierten förmlich unter dem Einschlag jedes einzelnen Partikels.

Das Licht war so grell, dass es in Bullams Augen brannte. Vor dem Aufklärer war das Wurmloch restlos von tosendem Spektralfeuer erfüllt.

Dafür gab es anscheinend eine Grenze dessen, was ein Tunnel auf einmal an Energie freisetzen konnte. Um den Aufklärer herum zogen sich die Fontänen und Protuberanzen zurück und schrumpften den Wänden entgegen.

»Jetzt können Sie zurückkommen«, teilte Shulkin dem Mann mit.

Der Pilot verlor keine Zeit mehr, drehte auf der Stelle um und beschleunigte. Kurz darauf hatte er den Seitentunnel verlassen und bat um Freigabe für sein Andockmanöver.

»Wussten Sie, dass es so funktioniert?«, fragte Bullam.

Shulkin sah sie nicht an, auch gab er keine Antwort.

»Sagen Sie dem zweiten Piloten, er soll seinen Erkundungsflug starten«, meinte er stattdessen.

*

448

Das zweite Wurmloch verlief nicht ganz so gerade wie das erste. Nach etwa einer Million Kilometer würde dem Kommunikationslaser die Sichtverbindung fehlen. Dort vorn konnte sich alles Mögliche verbergen. Eine nackte Singularität. Ein Dutzend weitere Abzweigungen, eine todbringender als die andere. Ein riesenhaftes, in Wurmlöchern hausendes Ungetüm, das sich von den Schiffen der Menschheit ernähren wollte.

Na gut, Letzteres war vielleicht eher unwahrscheinlich. Trotzdem zog sich Bullams Magen vor Furcht zusammen, als sie dem zweiten Aufklärer hinterherblickte.

»Bedingungen normal«, gab der Pilot durch. »Temperatur und Geometrie wie erwartet. Das Geisterlicht scheint hier nicht allzu aktiv zu sein.«

»Verstanden«, sagte Shulkin. Er neigte den Kopf und saugte einen Schluck Wasser aus dem Trinkhalm in seinem Kragenring. Jedes Besatzungsmitglied des Trägers hätte ihm auf der Stelle einen Druckbeutel mit Frischwasser gebracht, aber er zog seine körpereigenen aufbereiteten Flüssigkeiten vor. Bullam, deren Anzug über kein Rückgewinnungssystem verfügte, wandte sich ab und starrte auf den Bildschirm.

Vor dem Aufklärer sah das Wurmloch noch immer aus, wie ein Wurmloch auszusehen hatte. Das Geisterlicht flackerte in den Wänden, hier und da streckten sich gasförmige Finger aus, kamen aber nie auch nur in die Nähe des Schiffs.

»Temperatur unverändert«, gab der Pilot durch. »Alle Werte normal.«

Die Sekunden vergingen. Bullam konnte nicht vergessen, dass auch dieses Wurmloch auf der Karte als extrem gefährlich eingestuft wurde, aber noch immer war nichts Ungewöhnliches zu entdecken. Die Stimme des Piloten wurde zu einem monotonen Brummen, und schließlich hob sie die Hand, um sich von einer Drohne hinter ihr etwas zu essen bringen zu lassen.

»Temmperrraturr norrmaal«, sagte der Pilot.

Erst fiel es Bullam kaum auf.

»Allle Wertee norrrmmaaaalll.«

Sie hob den Kopf. Niemand sonst auf der Brücke schien sich darüber zu wundern, dass die Stimme des Piloten so viel tiefer geworden war, dass sich seine Ausdrucksweise zu einem trägen Brei verlangsamt hatte. Vielleicht kam so etwas vor. Vielleicht gab es nur Interferenzen in der Verbindung.

Nur – Bullam hatte noch nie etwas von Interferenzen bei Kommunikationslasern gehört. Der scharf gebündelte Strahl traf sein Ziel oder tat es nicht. Sollte es ein Problem mit dem Kommunikationslaser geben, würde das Signal einfach abbrechen.

»Captain«, sagte sie.

Shulkin nickte knapp. Kaum merklich. »Pilot. Wie ist Ihr körperlicher Zustand? Fühlen Sie sich nicht gut?«

Viele Sekunden verstrichen. Als die Antwort doch noch kam, war sie fast nicht zu verstehen.

»Aaallleessss gguuuttt«, sagte er. »Eeesss gggeeeehhhtt mmiiirr ggguuuut, aaaalllleee Wwweeerrtteee …«

Das letzte *e* zog sich immer weiter hin. Es klang wie die Brandung an einem fernen Strand.

»NO, Signalanalyse«, sagte Shulkin. »Was ist da los?«

Der Nachrichtenoffizier schüttelte den Kopf. »Das … das ist seltsam, Sir.«

»Ich brauche Daten von Ihnen, keine persönliche Meinung.«

Der Offizier holte tief Luft. »Wir empfangen sein Signal weiterhin so stark wie bisher, aber – die Wellenlänge hat sich extrem ausgedehnt. Als ob …«

»Zeitdilatation«, sagte die Navigatorin.

Alle drehten sich nach ihr um.

»Zeitdilatation, als wenn sich ein Schiff der Lichtgeschwindigkeit oder einem Schwarzen Loch annähert. Meine professionelle Meinung, Sir.«

Shulkin verzichtete darauf, sie daran zu erinnern, dass er nicht um eine solche gebeten hatte. »NO, hat der Aufklärer beinahe auf Lichtgeschwindigkeit beschleunigt?«

»Keineswegs, Sir. Er scheint sogar langsamer zu werden. Er … Teufel auch.«

»Es sind Zivilisten anwesend«, sagte Shulkin. »Bitte befleißigen Sie sich einer anderen Ausdrucksweise.«

Der NO nickte. »Um Vergebung, Sir. Aber – der Aufklärer ist mit etwa eintausend Metern pro Sekunde in das Wurmloch eingedrungen. Meinen Sensoren zufolge bewegt er sich mittlerweile mit etwa zehn Zentimetern ... pro Stunde.«

Das Wurmloch, dachte Bullam. Das Wurmloch selbst hatte sich für den Piloten des Aufklärers verlangsamt. Sie musste an ihre Schulzeit denken, an den Tag, als ihr Physiklehrer das erste Mal von Wurmlöchern erzählt hatte. Eins der großen Rätsel, das sie umgab, war die Tatsache, dass sie weit entfernte Sterne miteinander verbanden, in ihrem Innern aber keine Zeitverschiebung stattfand. Von der zugrunde liegenden Mathematik verstand sie nichts, wusste aber noch, dass ihr Lehrer gesagt hatte, Wurmlöcher bewegten sich nicht nur durch den Raum, sondern auch durch eine zeitliche Dimension. Die Gleichungen über den Aufbau von Wurmlöchern unterschieden nicht zwischen Zeit und Raum, sondern behandelten sie als identische Größenordnungen. Ein Wurmloch konnte zwei Sternsysteme miteinander verbinden, theoretisch allerdings auch ebenso gut ferne Vergangenheit und noch fernere Zukunft. Die frühen Entdecker hatten sich immer wieder darüber gewundert, dass sie nicht in grauer Vorzeit oder am Ende des Universums rauskamen.

Denn auf all ihren Entdeckungsreisen war die Menschheit nie auf ein Wurmloch gestoßen, das durch die Zeit führte. So etwas schien in der Natur schlicht nicht vorzukommen. Vielleicht hatte das Universum einfach zu große Angst vor den Paradoxa, die Zeitreisen mit sich bringen mussten.

Nur schien sich dieses Wurmloch nicht daran halten zu wollen.

»Die Zeit hat sich für ihn verlangsamt«, sagte Bullam. »Und je weiter er fliegt, desto langsamer wird er. Das arme Schwein wird da nicht mehr rauskommen, wenn er noch weiter fliegt. Die Zeit wird sich so weit verlangsamen, dass Jahrmillionen vergehen, bis ihm auch nur auffällt, dass er in Schwierigkeiten steckt. Wie holen wir ihn raus?«

»Sir«, sagte der Pilot des Trägers. »Wir können ein Rettungsschiff aussenden. In ein paar Minuten wäre es startklar, und …«

»Können wir nicht«, sagte Shulkin.

»Sir?«

»Jedes Rettungsschiff, das wir hinterherschicken, wird ebenso verlangsamt. Eine Rettung ist ausgeschlossen. Bereiten Sie den dritten Aufklärer vor.«

»Moment mal!«, sagte Bullam. »Sie können ihn doch nicht einfach dort drinlassen!«

Shulkin bedachte sie mit seinen Diamantaugen.

»Ich bin der Befehlshaber dieses Schiffs«, sagte er. »Ich kann tun, was mir beliebt. Ich habe einen Befehl gegeben. Den dritten Aufklärer vorbereiten. Wir wollen herausfinden, was das dritte Wurmloch für uns bereithält. Und hoffen wir, dass es etwas ist, das wir überleben können, denn ich habe vor, den Träger hindurchzufliegen und Aleister Lanoe zu fangen. Möchte jemand mit militärischem Dienstgrad meinen Befehl kommentieren?«

Die Brückenbesatzung widmete sich ihren Bildschirmen.

25

»Da ich an Bord einem Wissenschaftler am nächsten komme«, sagte Paniet über den verschlüsselten Kanal, »sollte ich wohl darauf hinweisen, dass es dieses Ding da nicht geben dürfte.«

»Den Wurmloch-Schlund?«, fragte Lanoe. Als hätte Paniet etwas anderes meinen können. Die große Scheibe aus schillernder Luft hing riesenhaft vor dem kleinen Schiff. Ein Miniaturplanet mit einem Ring aus Wolken.

Es gab keine Möglichkeit, herauszufinden, wohin es führte oder was sie auf der anderen Seite erwartete.

»Alle natürlich auftretenden Schlünde sind an massive Schwerefelder gekoppelt. An Sterne, mit anderen Worten. Dieser Planet ist nicht groß genug, um diesen Schlund zu stabilisieren. Und bitte, Liebes, ich will gar nicht erst anfangen, zu erläutern, wie unwahrscheinlich es ist, so ein Ding innerhalb einer Atmosphäre zu finden.«

»Sicher«, sagte Lanoe. »Sehen Sie irgendeinen Grund, weswegen wir da nicht durchfliegen sollten?«

»Keinen einzigen. Bis auf die offensichtliche Tatsache, dass es unglaublich gefährlich ist, einen Schlund zu durchqueren, wenn man nicht weiß, wie es auf der anderen Seite aussieht. Aber lassen Sie sich davon nicht abhalten. Meine brennende Eifersucht, dass Sie es als Erster passieren dürfen, ist Ihnen gewiss.«

Lanoe unterbrach die Verbindung zum Kreuzer und rief Candless an, die sich im Orbit um den Planeten befand. »Nummer Eins, die Situation ist klar?«

»Natürlich, Kommandant. Ich werde hier oben sitzen und den

Planeten beobachten, bis du wiederkommst. Und natürlich werde ich das Kommando übernehmen, solltest du nach einer angemessenen Zeitspanne nicht wieder auftauchen.«

»Ich habe keine Ahnung, was uns erwartet. Warte die angemessene Zeitspanne ab – und dann noch ein Weilchen.«

»Verstanden.« Candless unterbrach die Verbindung. Mit einem Mal war es sehr, sehr still im Schiff.

Lanoe sah sich nach den Marines um, die hinter ihm aufgereiht saßen. Ob sie sich Sorgen über den bevorstehenden Ausflug machten, war dank der verspiegelten Visiere nicht zu erkennen.

»Bring uns rüber«, sagte er zu Valk.

Die KI zögerte nicht. Beinahe lautlos setzte sich das kleine Schiff in Bewegung.

Lanoe wusste nicht, wohin mit seinen Händen. Er klammerte sich an die Kniepolster seines Anzugs. Der Schlund wuchs, bis er die ganze Frontscheibe ausfüllte, dann waren sie hindurch, hatten das jenseitige Wurmloch erreicht …

… nur gab es dort gar kein Wurmloch. Sie hatten keinen Schlund, sondern ein Portal durchflogen. Ein paar zarte Wölkchen aus Geisterlicht hatten gerade genug Zeit, sich nach dem Schiff auszustrecken, verschwanden jedoch sofort wieder. Ihr Schiff hatte … einen anderen Ort erreicht.

Lanoes erster Eindruck war der einer gigantischen Höhle – dunkel, aber von zahllosen funkelnden Lichtern wie Edelsteinen umgeben. Sie befanden sich nicht im Weltall, dessen war er sich sehr schnell sicher. Er spürte, dass es sich um eine Art Innenraum handelte, auch wenn er so groß war, dass man die Wände kaum ausmachen konnte.

Wände, erfüllt von Geisterlicht. Und doch war dies hier kein Wurmloch. Es konnte keines sein. Der Raum durchmaß viele Hundert Kilometer. Dann musste es sich um eine Blase handeln, eine enorme Blase aus dem gleichen Material, das auch die Tunnelwände im Wurmraum bildete, allerdings in sich geschlossen. Soweit er das beurteilen konnte, gab es bis auf das soeben durchquerte Portal weder Ein- noch Ausgang. Wie eine Perle steckte es hinter ihnen in der Wand der Blase.

»Wo sind wir?«, fragte Lanoe.

Valk zuckte mit den Schultern. »Eigentlich haben wir uns kaum bewegt. Rein *technisch* gesehen befinden wir uns immer noch in der Atmosphäre des Planeten. Wir haben nur in einen anderen Modulraum gewechselt. Dieselbe Garbe, aber mit gebrochenem Isomorphismus – wir haben also eine komplexe Möbiustransformation durchlaufen und ...«

Lanoe starrte ihn finster an.

Valk zuckte ein zweites Mal mit den Schultern. »Wir sind in einer anderen Dimension gelandet.«

Mitten in der Blase, nicht allzu weit vom Portal entfernt, schwebte eine Stadt.

Eine formlose Ansammlung von Türmen und Galerien und Arkaden. Ein gotisches Traumbild, eine zu einer massiven befestigten Weltstadt metastasierte Kathedrale. Unendlich verschachtelt, nahezu organisch in der Ausformung ihrer Kruste und doch eindeutig nicht gewachsen, sondern erbaut. Aus einer tief im Innern verborgenen zentralen Masse ragten zahllose Türme empor, Türme und lange, stattliche Säulen und Bauwerke, die beinahe – aber nicht ganz – wie Pyramiden und Obelisken aussahen. *Stadt* war das beste Wort, das Lanoe für diesen Anblick einfallen wollte, nur war diese hier nicht auf einer Ebene erbaut worden, sondern schwebte ohne Verankerung mitten im Raum und wucherte in jede erdenkliche Richtung. Bis auf wenige Ausnahmen schien alles aus dem gleichen dunklen Basalt konstruiert worden zu sein wie die Skulpturen, die mit ihrem Gesang das Portal geöffnet hatten. Dunkler Stein, durchbrochen vom gelben Licht einer Million gleißender Fenster.

Hier und dort huschten Fahrzeuge – Flugzeuge? Raumschiffe? – durch die Stadt, verschwanden durch Öffnungen in dem architektonischen Labyrinth, zogen behäbige Schleifen über und unter und durch die endlosen Windungen. Als Valk den Sinkflug einleitete, stoben sie wie verschreckte Insekten auseinander.

Undeutlich hörte Lanoe, wie Valk sprach, die Stadt anfunkte, um Landeerlaubnis bat, aber er war zu sehr mit dem seltsamen Anblick beschäftigt, um Anweisungen zu geben. Je näher sie kamen, desto mehr Details zogen seinen Blick in ihren Bann – ein langer Boulevard, umsäumt von Skulpturen wie jenen in der Arena. Zwei hohe Türme, die durch so viele Hängebrücken verbunden waren, dass es beinahe wie ein riesenhaftes Spinnennetz anmutete. Dazwischen immer wieder Bauwerke wie Leuchttürme, hohe, dünne Säulen, die in rotierenden Leuchtquellen endeten, deren Strahlen die unmöglich verwinkelte Architektur zu ihren Füßen fluteten.

Es schien in dieser Blase weder Sonne noch Mond zu geben, die der Stadt Licht hätten spenden können. Das Geisterlicht der fernen Innenwand war zu dünn und zu grau und reichte eben aus, um die äußersten Türme mit einem schwachen Funkeln zu benetzen. Kaum mehr als Sternenlicht. Ansonsten lag die Stadt in ewiger Nacht und musste zur Gänze künstlich beleuchtet werden.

Lanoe kapitulierte vor diesem Anblick. Auf nichts, was er sah, konnte er sich einen Reim machen.

»Lanoe«, sagte Valk.

Mit Mühe riss er sich von der Stadt los und sah die KI an.

»Ich erhalte keinerlei Anweisung«, sagte Valk. »Falls es hier einen Flugsicherungsleiter gibt, ignoriert er mich. Ich habe aber das Gefühl, dass wir vielleicht da vorne landen sollten.«

Er zeigte auf einen weiten, nahezu vollkommen runden Platz ganz in der Nähe, der zur Mitte hin leicht abfiel. Er war der Arena, die sie eben erst verlassen hatten, ziemlich ähnlich. Auch hier war die unterste Ebene terrassenförmig von zahlreichen Steinbänken umgeben. Dann tauchte dort unten ein Ring aus Licht auf, ein blauweißes Rund, viel heller als selbst die Strahlen der Leuchttürme. Ein zweiter Ring bildete sich innerhalb des ersten, dann ein dritter, wie die konzentrischen Kreise einer Zielscheibe.

Lanoe nickte. Valk setzte zur Landung an.

Die Stadt besaß eine eigene Atmosphäre. Sie war identisch mit der des Planeten, von dem sie gekommen waren, und somit atembar. Als sie nacheinander aus der Bodenluke ins Freie kletterten, schaltete Lanoe den Helm aus, die Marines hielten ihre jedoch geschlossen und verspiegelt.

Der Platz bestand aus Pflastersteinen, so perfekt eingepasst, dass kaum eine Fuge zu sehen war. Lanoe trat aus dem Schatten der Tragfläche heraus, richtete sich auf und sah sich um. Die Landebeleuchtung war erloschen – abgesehen davon gab es nicht viel zu sehen. Nur die Silhouetten der umliegenden Türme, deren Lichter zu schwach waren, um die nähere Umgebung zu erhellen.

Valk stellte sich neben ihn, und gemeinsam versuchten sie zu erkennen, ob sich jemand nähern würde, um sie zu begrüßen – oder sie anzubrüllen, weil sie am falschen Ort gelandet waren. Lanoe hatte das untrügliche Gefühl, beobachtet zu werden. Direkt zwischen den Schulterblättern juckte es ihn im Rücken. Er drehte sich einmal um die eigene Achse und da, endlich, entdeckte er sie. Es mussten die Leute sein, derentwegen er diese weite Reise auf sich genommen hatte.

Sie saßen im Schatten auf den Terrassenstufen, die Oberkörper vorgebeugt. Es waren Hunderte, vielleicht sogar Tausende. Er sah, wie sie die Köpfe zusammensteckten, konnte nur erahnen, dass sie wohl miteinander flüsterten, aber auf die Entfernung war weder etwas zu hören, noch konnte er Gesichter oder andere Einzelheiten erkennen.

»Gehen wir rüber und stellen uns vor?«, fragte Valk. »Oder wäre das unhöflich?«

»Kann sein«, sagte Lanoe. »Aber nach all den Spielchen, die sie uns auferlegt haben, ist es an der Zeit für ein paar Erklärungen, finde ich.« Er ging auf den innersten Ring aus Steinbänken zu und gab acht, lange, entschlossene Schritte zu machen. Er hatte kaum zehn Meter zurückgelegt, als er erneut stehen blieb.

Der Strahl eines Leuchtturms war direkt auf den Platz gefallen und bildete einen perfekten Kreis aus orangefarbenem Licht auf dem Pflaster. Lanoe wollte sich gerade wieder in Bewegung setzen, als ein Mann in den Lichtkreis trat. Mit einer Hand beschattete er seine Augen.

»Hallo«, sagte der Mann. »Sie sind hier.« Ein herzliches Lächeln breitete sich auf seinem Gesicht aus. »Verdammt noch mal, ich hatte schon aufgehört, daran zu glauben. Zu hoffen.«

Der Mann kam näher. Lanoe stand da und betrachtete ihn, während der Lichtkreis seinen Schritten folgte. Er hatte einen wilden Vollbart und zottige Haare. Über die rechte Schläfe lief eine unschöne Narbe. Er trug einen schweren Pilotenanzug, der an den Knien stark abgewetzt war und über den Ellbogen bereits vollkommen zerschlissen war. Als Lanoe seine Kennungsmarke auslesen wollte, gab es keine Reaktion. Es beunruhigte ihn – bis er sah, dass sie ausgeschaltet war. Die Akkumulatoren des Anzugs mussten sich vollständig entleert haben.

Valk berührte Lanoe sanft am Arm. »Rechte Schulter«, flüsterte er.

Auf dem Ärmel des Anzugs prangte, stark verwittert, aber eindeutig zu erkennen, eine blaue Flagge mit schwarzen Sternen. Die Flagge des Aufbaus. Die Flagge, unter der auch Valk geflogen war – damals, als man ihn noch …

»Der Blaue Teufel«, sagte der Mann mit ehrerbietiger Miene. »Ich fasse es nicht. Sie haben den verfluchten Blauen Teufel geschickt!« Er rannte auf sie zu, vorbei an Lanoe, und ergriff Valks mächtige Hand. »Herrje! Meine Güte! Es ist eine unglaubliche Ehre, Sie kennenzulernen, Sir.«

Lanoe biss die Zähne zusammen. Seine Geduld war längst verflogen.

»Wer sind Sie?«, fragte er ungehalten.

»Was? Ach so, tut mir aufrichtig leid, alter Mann.« Er grinste und reichte Lanoe die Hand. »Sie haben sicher viele Fragen. Ich fürchte, ich weiß nicht, wo ich anfangen soll.«

»Wie wäre es mit Ihrem Namen«, schlug Lanoe vor.

»Meinem … Namen«, sagte der Mann. Sein Gesichtsausdruck durchlief eine seltsame Wandlung. Wie von einem unsichtbaren Schlag getroffen zuckte sein Kopf zurück, die Augen wurden glasig und starrten ins Nichts. Sein Mund öffnete sich zu einem Schlitz, und die Lippen bewegten sich, als spräche er, aber kein Laut kam heraus. Lanoe machte sich Sorgen, der Mann habe soeben einen Schlaganfall erlitten.

So unvermittelt, wie es verschwunden war, kehrte das Leben in sein Gesicht zurück.

»Freut mich, Sie kennenzulernen, freut mich sehr«, sagte der Bärtige, als sei nichts geschehen. »Ich bin Archivolt Klebs – Leutnant Archivolt Klebs, neuntes Reservebataillon, falls Sie es ganz formell haben möchten. Aber das muss ja nicht sein, oder?« Er grinste wieder. »Archie. Nennen Sie mich einfach Archie. Sie haben eine furchtbar weite Reise auf sich genommen, das – das weiß ich, und ich bin Ihnen sehr dankbar. Sind Sie müde? Hungrig oder durstig? Dem können wir sicherlich abhelfen, wenn Sie …«

Lanoe trat einen Schritt zurück und drehte sich zu der schweigenden Menge in den Schatten um. »Sie haben uns eine Nachricht geschickt. Sie haben gesagt, Sie könnten helfen.«

»Bitte sprechen Sie sie nicht direkt an«, sagte Archie. »Jetzt noch nicht. Es ist nur zu Ihrem Besten, versprochen.«

Lanoe starrte den Mann an, um ihn aus der Ruhe zu bringen.

Er hatte keinen Erfolg. »Hören Sie«, sagte er stattdessen, »Sie haben uns *hergerufen*. Ich heiße Aleister Lanoe. Meine Besatzung und ich sind beim Versuch, Sie zu erreichen, fast umgekommen, und jetzt hätten wir gerne ...«

Aus dem Augenwinkel sah er Valk sachte die Hände heben – offenbar, um ihm zu signalisieren, einen Gang zurückzuschalten.

Verdammt. Das war Zhangs Aufgabe gewesen. Sie hatte immer gewusst, wann er kurz davorstand, zu weit zu gehen. Hatte ihn stets deswegen zur Rede gestellt. Wie oft hatte er ihr das Reden überlassen? In jeder Situation, die diplomatisches Geschick oder Taktgefühl erforderte, war sie ihm beigesprungen. Hatte ausgeglichen, was ihm an sozialer Kompetenz fehlte.

Konnte er eine solche Situation ohne sie überhaupt meistern?

Lanoe rang um Fassung. »Wir möchten uns nur unterhalten«, sagte er ein wenig sanfter. »Ich wüsste zu gern, was vor sich geht. Ich verstehe durchaus, warum Sie sich hier draußen verstecken, mir ist auch klar, weswegen Sie so überaus vorsichtig sind, aber wenn wir einander helfen wollen, müssen wir anfangen, einander zu vertrauen. Am besten unverzüglich. Lassen Sie mich ihre Gesichter sehen.«

Archie massierte die Narbe an seiner Schläfe. »Einen Augenblick.«

Wieder wurde sein Gesicht vollkommen ausdruckslos. Im Mundwinkel sammelte sich etwas Speichel.

Lanoe sah Valk an, aber der große Pilot konnte nur mit den Schultern zucken.

Was zur Hölle stimmte nicht mit diesem Mann? Die Narbe – hatte er eine Art Schädel-Hirn-Trauma erlitten?

Dabei stand so viel auf dem Spiel. Hier ging es um alles oder nichts – würden sie wirklich mit ...

»Ah. Bitte vielmals um Vergebung«, sagte Archie, als das Leben in seinen Blick zurückkehrte.

»Wer sind die?«, fragte Lanoe und deutete auf die Menschenmenge im Schatten. »Beantworten Sie mir wenigstens das.«

Archie nickte und stieß einen tiefen Seufzer aus, als bereute er, dass sich die Ereignisse derart überschlugen. »Das«, sagte er, »ist der Chor.«

»Der Chor«, wiederholte Lanoe.

Archie hob die Arme zu einer ausladenden Geste. Sein schiefes Grinsen schien andeuten zu wollen, sie sollten die Dramatik dieses Moments nicht allzu ernst nehmen, aber Lanoe hatte große Mühe, sich zu entspannen, während er im Dunkeln tappte, umringt von einer unsichtbaren, rätselhaften Menge. »Der Unbeugsame Chor. Der Unsichtbare Chor. Der Chor Der Exilanten. Der Chor, Der Sich In Die Vergessenheit Begab. Sie haben *wochenlang* debattiert, wie ihr sie anreden solltet. Ich persönlich finde, wir sollten es so schlicht wie möglich halten. Der Chor.«

»Bitte«, sagte Lanoe und konnte sich nur mit Mühe davon abhalten, den Mann zu packen und ihn durchzuschütteln. »Bitte. Lassen Sie mich ihre Gesichter sehen. Auch ich habe meine Vertrauensprobleme. Verstehen Sie das nicht?«

»Oh doch«, sagte Archie und lachte. »Oh, glauben Sie mir, das verstehe ich nur zu gut. Und Sie haben immer noch keine Ahnung – hören Sie, mein Bester, ich tue hier, was ich kann. Ich setze mich für Sie ein. Es ist nicht so einfach, aber … aber …«

Und schon war er wieder weggetreten. Die Gesichtszüge erschlafft, die Arme matt an den Seiten herabhängend.

Lanoe bedachte Valk mit einer hochgezogenen Augenbraue. Valk hob eine Schulter.

Wieder rieb Archie sich die auffällige Narbe. Dann drückte er den Rücken durch und nickte. »So. Erledigt.«

Unvermittelt gingen im ganzen Rund des Amphitheaters die Lichter an. Lichter, die auf die Leute in den Sitzreihen fielen, ihre Gesichter, ihre Körper erleuchteten.

Nun gut. Vielleicht war *Leute* in diesem Fall das falsche Wort, dachte Lanoe.

Es hätte angedeutet, sie wären menschliche Wesen.

*

Der Chor erhob sich von den Bänken und schritt gemessen zur Mitte herab. Lanoe wandte sich hierhin und dorthin, versuchte, sie alle gleichzeitig zu sehen, Unterschiede zwischen ihnen auszumachen, aber für seine Begriffe sahen sie alle gleich aus, eine große Schar von Zwillingen. Aberhunderte Versionen des gleichen Körperbaus, der gleichen Kleidung.

Sie waren keine Menschen. Ganz und gar nicht, jetzt, da er sie bei Licht betrachten konnte. Sein Gehirn weigerte sich, den Anblick zu akzeptieren. Zumindest im ersten Moment. Er schien sich nur auf einen Aspekt ihres Aussehens auf einmal konzentrieren zu können.

Sie waren … groß.

»Ich war mit den Reservisten auf Tiamat, bei der großen Schlacht«, sagte Archie. »Daran werden Sie sich natürlich noch erinnern. Ich habe Geschichten über Sie gehört, über den Piloten, der nicht verbrennen konnte. Bei allem Ruß in der Hölle, war das ein hektischer Tag!« Lanoe warf Archie einen flüchtigen Blick zu und sah, dass dieser mit Valk sprach, mit seinem Gefährten vom Aufbau. *Sollen sie in Ruhe quatschen,* dachte er. Er war viel zu sehr mit dem Anblick des Chors beschäftigt.

Groß, dachte er abermals. Sie waren an die drei Meter hoch, groß genug, um selbst Valk normal wirken zu lassen. Groß, dafür aber unmöglich dünn, mit kegelförmigen Körpern und hohen, zylindrischen Köpfen. Es dauerte einen Moment, bis er begriff, weshalb ihm die Form so bekannt vorkam. Die Skulpturen auf dem Planeten – es waren Statuen gewesen. Statuen dieser …

Dieser Aliens. Eine andere Erklärung gab es nicht. Der Chor

war eine fremde Spezies. Nur hätte von denen keine mehr übrig sein sollen.

»… bin ich von meiner Einheit getrennt worden«, sagte Archie soeben. »Die verdammten Konzern-Bastarde hatten uns zurechtgestutzt, wir hatten gerade unsere letzten Reserven mobilisiert, und ach, es sah beinahe vielversprechend aus, aber sie hatten die Geschütze, die verdammten Geschütze ihrer verfluchten Großkampfschiffe … die haben unsere Formationen wie Papierflieger zerrissen. Einer nach dem anderen sind alle Kameraden vor meinen Augen gefallen. Ich habe versucht, zu entkommen, zu meinem Zerstörer zurückzukehren, aber sie haben Jagd auf mich gemacht, meinen Jäger in Stücke geschossen. Ich hatte die Tragflächen verloren, keine Munition mehr …«

Der Chor trug sämtlich identische Kleidung, eine Art weites, mehrlagiges Kleid aus einem Material, das an schwarze Spitze erinnerte, dazu eine weiße Halskrause. Bei jedem Schritt bewegten sich die Kleider derart, dass Lanoe eine Menge Beine unter ihnen vermutete, jedoch konnte er sie nicht sehen – die Kleider reichten bis zum Boden, und ihr Saum strich über die fugenlosen Pflastersteine.

Sie hatten vier Arme.

»… mir keine Wahl gelassen. Ich konnte nur noch ins Wurmloch fliehen, und dafür musste ich das halbe System durchqueren. Ich hab's knapp geschafft, mit sechs Konzern-Mistkerlen im Schlepptau. Hab das Haupttriebwerk völlig ausgebrannt, um den Vorsprung zu halten, hab alle Manövrierdüsen verloren bei dem Versuch, ihrem Dauerfeuer auszuweichen. Ich muss zu hart manövriert haben, mich zu sehr belastet haben, denn dann wurde mir schwarz vor Augen. Erinnerungslücken, das volle Programm. Verdammt lästig. Als ich wieder zu mir kam, war das Visier innen voller Speichel und Blut. Darüber hinaus hatte ich mich völlig verirrt. Irgendwo tief im Wurmraum …«

Vier Arme, dachte Lanoe. Lange, vielgliedrige Arme, die sie an den Torso angewinkelt hielten. Einer vorn, einer hinten, einer an jeder Seite. Sie konnten hinter sich, überhaupt in jede Richtung greifen. Das stellte seine Vorstellungskraft auf eine besonders harte Probe. Ihre Körper waren so symmetrisch angelegt wie die jedes anderen Lebewesens, das ihm bekannt war, aber eben radialsymmetrisch, nicht bilateralsymmetrisch wie bei Menschen oder anderen Säugetieren. Sie waren keine Säugetiere. Sie glichen überhaupt keiner Gattung, von der er je gehört hatte. Vielleicht ...

Vielleicht gab es eine schwache Ähnlichkeit mit irdischen Insekten. Bei näherer Betrachtung sogar eine große Ähnlichkeit mit Insekten, eventuell auch mit einigen Schalentieren. Und dann ihre Köpfe. Ihre Köpfe sahen ... nicht wie menschliche Köpfe aus.

»... Panik bekommen. Natürlich hab ich Panik bekommen. Wer könnte mir das verübeln? Ich hab mich auf die Suche nach irgendeinem bekannten Wurmloch-Schlund gemacht und natürlich keinen verdammten gefunden, warum auch – wie soll man von drinnen einen vom anderen unterscheiden? Und ich hatte Angst, schreckliche Angst, dass ich vielleicht in der Nähe von Irkalla oder Adlivun rauskomme, direkt bei einer Konzern-Bastion. Ich konnte mich nicht entscheiden, ob es nobler wäre, im Wurmloch zu verhungern oder meinen Kopf herauszustrecken und ihn mir abschießen zu lassen ... man könnte wohl sagen, meine Gedanken waren ein wenig, na ja, wirr. Ich war am Ende meiner Kräfte und ...«

Ihre Köpfe.

Groß, walzenförmig, haarlos. Von Platten aus Elfenbein, Platten ineinandergreifender Panzerung bedeckt. Kein Mund, sosehr Lanoe auch danach Ausschau hielt. Keine Nase, keine Nasenlöcher, keine Ohren, kein Kinn. Nur Augen. Dutzende von kleinen, silbrigen Augen wie feuchte Kugellager, eingebettet in die geschichtete Panzerung. Ein Ring aus Augen, der einmal ganz um den Kopf verlief. Sie konnten in alle Richtungen schauen. Aber ohne Mund, ohne Ohren, wie konnten sie da …

Lanoe schüttelte den Kopf. Er gab sich wilden Spekulationen hin. Das musste ein Ende haben.

»… konnte ich es irgendwann nicht mehr ertragen. Es war unfassbar kalt, ich war wie festgefroren. Mein Jäger pfiff auf dem letzten Loch und ich hatte genug Schaden aus der Schlacht davongetragen, dass ich wusste, ich würde nie wieder starten können, sollte ich irgendwo landen. Aber ich konnte meine Finger nicht mehr spüren und war furchtbar hungrig, so unglaublich hungrig, so etwas hatte ich noch nie erlebt. Als wäre mein Körper schon dabei, sich selbst zu verzehren. Keine Ahnung, wie ich es fertiggebracht habe, aber ich bin dann auf dem nächstbesten Planeten gelandet. Ich wusste nur, dass es ein grüner Planet war, den ich noch nie gesehen hatte. Das blöde Ding tauchte nicht mal in meiner Datenbank auf. Aber wenigstens gehörte er dann keinem MegaKon, stimmt's? Ich bin also gelandet und aus dem Cockpit gekrochen. Beziehungsweise eher gefallen. Hab irgendwelche Pflanzen gefunden und sie zerkaut, hab auf ihnen herumgekaut, bis ich wieder schlucken konnte. Das war natürlich das Dümmste, was ich hätte tun können. Sie waren giftig, alles auf diesem Planeten ist für den menschlichen Körper giftig. Andersartige Proteine, haben sie mir später erklärt. Der Chor, meine ich. Nachdem ich wieder aufgewacht bin und mich hier wiederfand. Sie haben mich reingelassen, ihr Portal für mich geöffnet und mich hergebracht. Sie haben mir das Leben gerettet.«

Der Chor umschwärmte Lanoe – nein, das war ein unschönes Wort. Sie *versammelten sich* um ihn, überall um ihn herum, sodass ihre hohen Häupter das Licht aussperrten. In ihrer Mitte kam er sich wie ein Kind vor. Er war sich sicher, sollten sie es wollen, sollte er ihnen einen Grund dazu geben, könnten sie ihn problemlos in Stücke reißen. Ihre Hände – ihre Hände erinnerten an Hummerscheren, nur viel komplizierter, mit vier Greifbacken, die sich zu einem gemeinsamen Punkt hin verjüngten. Ihre Augen beobachteten ihn, schwenkten in den Sockeln hin und her, maßen ihn von allen Seiten.

»Sie sind freundliche Leute«, sagte Archie. »Sehr sogar. Man muss sich nur ... tja. Ein bisschen an sie gewöhnen.«

Eines der Wesen hatte sich Lanoe weiter genähert als die anderen. Es beugte sich vor, sein Kopf ragte über Lanoe in den Himmel. Er legte den Kopf in den Nacken, um den wissbegierigen Blick zu erwidern, geriet aus dem Gleichgewicht und musste einen Schritt zurück machen. Direkt hinter ihm stand ein weiteres. Es streckte eine dieser Scheren aus und ... stützte ihn. Mehr nicht. Er schaute wieder das andere Wesen an, das vor ihm stand. Sah, wie sich die Gesichtsplatten bewegten, sich mit einem leisen Schaben übereinanderschoben.

»Sie werden sie noch ins Herz schließen, genau wie ich.«

Ein dunkelbraunes, spinnenartiges Etwas schob sich zwischen zwei Platten im Gesicht des Aliens hervor. Es krabbelte flink zur Halskrause hinab und verschwand.

Lanoe wollte sich sehr dringend hinsetzen.

26

»Ich glaube«, sagte Lanoe, »ich sollte damit einsetzen, Ihnen zu sagen …«

Er wandte sich um, weil sich hinter ihm etwas bewegt hatte. Aber genau das war das Problem. Überall war Bewegung. Der Chor veränderte andauernd seine Position, einer trat vor, andere traten zurück, um sich gegenseitig Platz zu schaffen. Sie hoben die Arme, legten die Scheren aneinander. Sie beugten die Köpfe vor und zurück.

Alles Gesten, für die er keinerlei Referenz hatte. Nicht den Hauch einer Vorstellung, was sie bedeuten könnten.

»Im Namen der … Menschheit«, sagte er. Und drehte sich abermals um. Sie waren überall. Nur verständlich, dachte er, da sie schließlich in alle Richtungen sehen konnten. Sie konnten sich wohl kaum vorstellen, dass es ihm nicht behagte, sie in seinem Rücken zu wissen. Sie würden schwerlich begreifen, dass er aus seiner Sicht nur diejenigen ansprach, die vor ihm standen. »Im Namen der Menschheit sind wir … freuen wir uns sehr, eine … neue Spezies zu treffen.«

War das – anstößig?

Wieder drehte er sich um, versuchte, einzelne Mitglieder des Chors direkt anzuschauen – Choristen, dachte er, der Singular müsste wohl *Chorist* lauten. »Wir hoffen, dass dieses Treffen … für beide Seiten …«

Sie zwitscherten ihn an. Alle auf einmal.

Es war nicht der insektenähnliche Klang von Grillen in einem Feld, den er erwartet hatte. Vielmehr klang es nach Vogelgesang. Die Choristen stießen einen einzigen, reinen Ton aus, der zu

467

einer Art opulentem, symphonischem Trällern anschwoll. Tatsächlich war es ein schöner Klang. Und gleichzeitig erschreckend, da vollkommen fremdartig.

»Was bedeutet das?«, fragte er.

»Sie lachen«, erklärte Archie. Der Schiffbrüchige grinste ebenfalls. »Tut mir leid. Es soll keinesfalls respektlos erscheinen. Es liegt nur daran, dass Sie sich dauernd im Kreis drehen.«

Lanoe holte tief Luft. Er dachte an einen Ratschlag zum Thema Reden halten, den Zhang ihm einst gegeben hatte. Immer mit einem Witz anfangen.

Gut, zum Lachen gebracht hatte er sie bereits.

»Es wäre wesentlich einfacher«, sagte er, »wenn ich mit ihrem Anführer sprechen könnte. Welcher von ihnen hat hier das Sagen? Vielleicht könnte ich mich mit ihm auch allein treffen.«

Archie machte den Mund auf, um ihm zu antworten, aber dann verdrehte er die Augen und taumelte einen Schritt nach vorn. Valk streckte den Arm aus, um ihn aufzufangen, aber ehe der große Pilot ihn erreichte, hatte Archie sich wieder unter Kontrolle. Wurde wieder er selbst.

Der Chor zwitscherte abermals, noch lauter und länger als zuvor.

Lanoe rümpfte die Nase. »Was habe ich jetzt wieder getan?«

»Sie haben nach ihrem Anführer gefragt«, sagte Archie und wischte sich die Augen. »Die Sache ist, dass sie keinen haben. Selbst das Konzept können sie kaum begreifen – was es bedeutet, wissen sie nur, weil ich bei meiner Ankunft die gleiche Frage gestellt habe.«

Kein Anführer? Lanoe fragte sich, wie das überhaupt funktionieren sollte.

»Wie dem auch sei, du kannst allein deshalb mit keinem Anführer sprechen, weil du mit keinem von ihnen sprechen kannst«, sagte Valk. »Zumindest nicht direkt.« Er wandte sich an Archie. »Habe ich recht?«

»Wie meinst du das?«, fragte Lanoe.

»Niederfrequente Mikrowellen«, sagte Valk. »Ich kann sie sehen. Wie gekräuselte Luft – um ihre Köpfe herum. Um all ihre Köpfe herum, die ganze Zeit.« Er wiegte den Helm vor und zurück. »Ich liege richtig, nicht wahr?«

»Es stimmt. Sie kommunizieren mittels Telepathie«, sagte Archie.

»Nein, nein«, erwiderte Valk, »das ist etwas anderes. Mit psychischen Kräften hat das nichts zu tun. Ich kann es sehen, ich sehe, wie sie untereinander Mikrowellen austauschen. Ihre Köpfe – müssen wie Antennen funktionieren. Das sind Mikrowellentransponder, richtig? Ich sehe immer wieder die gleichen Schwingungen.« Wieder sah er Archie an, der halb nickte, halb die Achseln zuckte. »Sie strahlen ihre Gedanken aus, und die Gehirne der anderen empfangen diese Gedanken und strahlen sie ihrerseits aus, und dann …«

»Bleiben wir doch bei Telepathie«, sagte Lanoe. Aber er hatte verstanden. »Sie können nicht sprechen.«

»Nicht hörbar«, bestätigte Archie. »Aber wenn Sie ihre Gedanken hören könnten, würden Sie vielleicht sogar sagen, dass sie *nie* aufhören zu reden. Denken Sie an Ihren eigenen inneren Monolog. Hält der je den Mund? Nein, sie denken unablässig und teilen die Gedanken pausenlos miteinander. Verstehen Sie? Sie brauchen gar keinen Anführer, weil sie einfach so lange ihre Gedanken austauschen, bis sie einen Konsens gefunden haben.«

»Wie … wie Ameisen, oder Bienen, oder … so in der Art«, sagte Lanoe, tat sich mit der Vorstellung aber schwer. »Also haben sie ein – Schwarmbewusstsein?«

Archie lachte. Der Chor nicht. »Ganz und gar nicht. Sie stellen sich das jetzt so vor, dass sie ein einziges gemeinsames Gehirn besitzen, und das ist vollkommen falsch. Jede einzelne von ihnen ist genauso intelligent wie Sie oder ich. Jede hat ihre eigenen Gedanken und Gefühle und Meinungen – Junge, Junge! Und wie da jeder seine Meinung hat, und sie scheuen sich auch nicht, sie auszudrücken. Es ist also kein Kollektivbewusstsein, sondern eher ein *gemeinschaftliches* Bewusstsein.«

Lanoe konnte es noch immer nicht verstehen. Er beschloss, sich fürs Erste anderen Dingen zuzuwenden. »Sie sprechen nicht. Sie – denken sich gegenseitig an. Aber sie verstehen meine Worte. Wie kann das sein? Haben Sie ihnen allen Englisch beigebracht?«

»Nein. Sie haben eine Schriftsprache, aber die erschließt sich mir nicht. Nein, Leute, ihr habt es immer noch nicht. Der Chor und ich, wir kommunizieren rein durch Gedanken. Eine Sprache jenseits aller Sprache, ein Lexikon voll von Symbolik und Assoziationen und kristallklaren Signifikaten.« Er bedachte Lanoe mit einem verständnisvollen Grinsen. »Wenn ich das laut ausspreche, klingt es ziemlich seltsam, nicht? Aber es funktioniert prächtig, glauben Sie mir.«

»Archie kann sie hören«, sagte Valk und nickte dem Schiffbrüchigen zu. »Wenn er diese … ich weiß nicht, kleinen Anfälle hat. Dann spricht er mit ihnen. Er gibt weiter, was wir sagen, und sie können durch ihn antworten.«

Archie nickte, hob die Hand und strich mit dem Finger die Narbe an seiner Schläfe entlang. »Als ich hier ankam, haben sie es geschafft, mich am Leben zu halten, aber ich fürchte, ich war ein wenig … instabil. Um nicht zu sagen meschugge, wenn Sie mir diese Taktlosigkeit verzeihen. Total verwirrt natürlich, und entsetzt und mir schmerzlich bewusst, dass ich wahrscheinlich den Rest meines Lebens hier verbringen würde. Hunderte von Lichtjahren vom Rest der Menschheit entfernt. Restlos abgeschnitten. Sie haben es getan«, sagte er und berührte abermals die Narbe, »damit ich mich wenigstens mit ihnen unterhalten konnte. Sie haben mir eine Antenne in den Kopf gepflanzt, damit ich nicht mehr so entsetzlich allein sein musste.«

»Aliens haben eine Gehirnoperation an Ihnen durchgeführt«,

sagte Lanoe. »Und es kann nur ohne Ihre Einwilligung geschehen sein – sie konnten Ihnen ja nicht einmal mitteilen, was sie vorhatten, oder warum.«

»Sie hatten Mitleid mit mir. Tja«, sagte Archie und ließ die Schultern kreisen, »ist ja im Endeffekt alles glatt gegangen, nicht?« Er schenkte ihnen ein warmherziges Lächeln.

*

Valk betrachtete Archie aufmerksam. Vor allem seinen Kopf. Einer seiner Hirnlappen empfing und entsandte kontinuierlich Mikrowellen, fast wie eine Art schwache, modulierte Trägerwelle. Jedes Mal, wenn er zusammensackte, sein Gesicht ausdruckslos wurde, verstärkte sich dieser Fluss erheblich, um dann wieder abzuflauen, setzte aber nie gänzlich aus. Der Mann musste ununterbrochen Stimmen in seinem Kopf hören.

Wäre er in Archies Situation gewesen – allein, bei einer fremden Spezies gestrandet –, hätte er das gewollt? Eine Operation, die ihn zu einem der Ihren machte?

»Sie merken, dass das alles sehr viel für euch ist«, sagte Archie. »Der Chor hat euch nicht nur hergebracht, damit euch das Hirn überkocht.« Ein kleiner Lacher. Der irgendwie falsch klang. Etwas gezwungen vielleicht. Valk sah, dass Archies Herz zu schnell schlug. Vielleicht war er derjenige, der Gefahr lief, überreizt zu werden. »Warum begeben wir uns nicht irgendwohin, wo wir … weniger im Freien sind und uns entspannter unterhalten können?«

»Sicher«, sagte Lanoe. »Gibt es hier in der Nähe so etwas wie einen Konferenzraum?«

Wieder dieses gekünstelte Lachen. Warum war der Mann dermaßen aufgewühlt?

»So was Ähnliches. Wenn ihr mir bitte folgen wollt …?«

Lanoe wies die vier Marines an, das Schiff zu bewachen – ihren einzigen Rückweg aus der Stadt der Choristen, sollte etwas schiefgehen. Dann ließen Valk und er sich von Archie aus der Arena zu einem flachen Gebäude führen, das wie eine Straßenbahnhaltestelle wirkte. Sie bestiegen einen offenen Wagen, der an einem dicken Kabel hing, das sich durch die engen Straßen der Stadt schlängelte.

Zu allen Seiten umgaben sie Türme und große, ausladende Gebäude aus dunklem Stein. Der Wagen bewegte sich schnell und vollkommen lautlos, ohne merklich zu schaukeln. Viele Choristen bevölkerten die Straßen, aber nie musste sich einer von ihnen vor dem schnellen Wagen in Sicherheit bringen. Nein, natürlich nicht, dachte Valk. Sie würden Archie spüren, lange bevor er in Sichtweite kam.

»Ich bin so verflucht aufgeregt, dass Sie hier sind«, sagte Archie und drehte sich zu ihnen um. »Der Blaue Teufel! Ich habe natürlich alles über Ihre Heldentaten gehört, aber bestimmt gibt es eine Menge neuer Geschichten über die Zeit nach Tiamat.«

»Äh«, sagte Valk. Lanoe warf ihm einen vielsagenden Blick zu. »Klar. Vielleicht können wir uns später mal zusammensetzen.«

»Aber natürlich«, sagte Archie. »Hier gibt es so viel zu sehen, da wollt ihr sicher nicht über Menschenkram reden. Aber Sie müssen mir versprechen, dass wir dafür Zeit finden. Es ist so lange her – ich ... Hm. Ich glaube, irgendwann hab ich die Hoffnung aufgegeben, je wieder einen anderen Menschen zu sehen. Ich habe mich mit meinem Leben hier ganz gut arrangiert.«

»Und was für ein Glücksfall für uns, dass Sie hier sind«, sagte Valk. »Damit wir überhaupt mit dem Chor sprechen können.«

»Die hätten schon einen Weg gefunden, auch ohne mich. Sie sind sehr erfindungsreich.«

»Sicher«, sagte Lanoe. »Aber sobald Sie mit uns die Stadt verlassen, wird ...«

»Weg von hier? Auf keinen Fall! Nach so vielen Jahren ist das mein Zuhause«, sagte Archie. »Nein, vielen Dank, werte Herren, aber ich bin hier wunschlos glücklich.«

Valk sah, wie sich Archies Muskulatur nervös verkrampfte. Wie seine Neuronen in heller Aufregung feuerten. Er log. Aus irgendeinem Grund musste er vorgeben, bleiben zu wollen, auch wenn für Valk offensichtlich war, dass er dringend fliehen wollte.

Valk konnte es sich nicht erklären. Es war ihm unangenehm. Um das Thema zu wechseln, deutete er im Vorbeifahren auf einige Gebäude. »Was ist das da, eine Art Einkaufszentrum?« Große Räume, die sich zur Straße hin öffneten. Darin allerlei gestapelte Waren – vielleicht verschiedene Lebensmittel. Viele Reihen der mehrlagigen schwarzen Kleider. Einiges an Möbeln, in erster Linie Bänke unterschiedlicher Form und Größe, hohe Tische und runde Schränke mit Falttüren. Hunderte von anderen Dingen, deren Zweck er kaum erahnen konnte – vielleicht Werkzeug oder Kunstgegenstände. Ein Geschäft war erfüllt von Kegeln, die Räucherwerk verbrannten; in einem anderen waren große Krüge mit einer pinken Flüssigkeit ausgestellt.

»Wenn man so will. Aber natürlich nicht, was Sie oder ich unter Handel verstehen würden«, sagte Archie. »Wenn jemand etwas braucht, kommt er her und bekommt es. Alles aus liebevoller Handarbeit, alles kostenlos. Der alte Karl Marx wäre sehr stolz auf den Chor.«

»Wer?«, fragte Lanoe.

»Ein philosophischer Ökonom von der Erde«, sagte Valk. »Vor deiner Zeit.« Bei den Aufbaulern hatte der Marxismus großen Zuspruch gefunden, weil er das Erstarken von Institutionen wie den MegaKons vorausgesagt hatte – und rein theoretisch Anweisungen enthielt, wie man sie zu bekämpfen habe. Ehe man seine Theorien in der Praxis testen konnte, hatte sich die Krise zugespitzt, und danach hatten sich die Konzerne erfolgreich dafür eingesetzt, Marx' Schriften verbieten zu lassen.

Lanoe zuckte mit den Schultern und wandte den Blick ab. Valk hatte noch nie das Gefühl gehabt, er interessiere sich sonderlich für Politik.

»Sie wollen damit sagen, dass der Chor kein Geld oder eine sonstige Währung benutzt«, sagte Valk.

»Wohl kaum«, stimmte Archie zu.

»Aber warum sollte dann irgendwer diese wundervollen Handarbeiten anfertigen, wenn er dafür kein Geld bekommt?«

»Konsens«, sagte Archie. »Sie kommen überein, dass etwas Bestimmtes geschaffen werden soll – sagen wir, eine Lampe oder ein Landschaftsgemälde. Wer auch immer in dem Moment Zeit und Befähigung hat, geht einfach hin und tut es. Und was die Entschädigung angeht – der Chor erinnert sich genau daran, wer die Arbeit getan hat, und wird sie in liebevoller Erinnerung behalten. Wenn sie etwas besonders Bemerkenswertes erschafft, wird sie für ihr Werk gepriesen. Und wenn dann das nächste Mal eine Entscheidung zu treffen ist, wird ihre Meinung von besonderem Gewicht sein. Die treibende Kraft ist Ansehen, verstehen Sie? Nicht eine abstrakte Währung.«

Valk verstand keineswegs. »Was, wenn einer von den, äh …«

»Choristen«, sagte Lanoe. »So nennt man die einzelnen Mitglieder eines Chors.«

Valk nickte. »Was, wenn einer der Choristen nicht arbeiten kann? Wenn er verletzt ist oder einfach nicht so geschickt wie alle anderen?«

»Ah, es bringt gerade besonders viel Ansehen, Bedürftigen zu helfen. Eine erkrankte Choristin kann darauf zählen, dass all ihre Nachbarn geradezu Schlange stehen, um ihr Trost und Hilfe zuteilwerden zu lassen.«

»Kein Geld«, sagte Valk, auch wenn er wusste, dass er sich wiederholte. »Was hält die Gesellschaft dann zusammen? Religion?«

»Konsens«, sagte Archie. »Keine Götter, nichts dergleichen. Sie haben allerdings eine Art spirituelle Überzeugung, was ihre Bestimmung im Universum angeht. Und sie verehren nichts so sehr wie Harmonie. Das ist der Schlüssel, um sie zu verstehen.

Sie sind wirklich ein Chor, und Chöre müssen harmonieren, um zu funktionieren. Sie streben nach größtmöglicher Einigkeit.«

»Was ist ... was ist mit Gesetzen? Sie sagen, sie haben keine Anführer, aber wie legen sie dann Streitigkeiten bei? Gibt es Fälle, in denen einer den anderen verklagt? Was ist mit Verbrechen? Gibt es Strafen?«

»Konsens.« Valk bekam allmählich das Gefühl, Archie lese von einem auswendig gelernten Textbuch ab. Vielleicht war es auch eine Verkaufsmasche. »Dispute werden von der gesamten Stadt auf einmal verhandelt, jede trägt mit ihrer Stimme zum Gesamtbild bei. Natürlich passieren Verbrechen, aber damit kommt niemand durch, wenn alle anderen jederzeit jeden Gedanken mithören. Bagatelldelikte werden durch öffentliches Bloßstellen geahndet. Bei Verbrechen aus Leidenschaft oder ähnlich Schwerwiegendem – Gewaltverbrechen also – wird das Strafmaß nach allseitigem Einverständnis geregelt. Normalerweise ist der Verlust allen Ansehens genug, um Wiederholungstaten vorzubeugen.«

»So, so.« Valk dachte angestrengt nach. »Wie ist es mit Krieg?«

Archie zuckte die Achseln. »Konsens. Sie streiten sich. Diskutieren alles, räumen Missverständnisse aus, hören sich alle Beschwerden an.«

»Sie kennen keinen Krieg«, sagte Lanoe und sah Archie durchdringend an, als könne er nicht glauben, was er da hörte. Für einen Soldaten musste die Vorstellung schwer zu akzeptieren sein. Valk wusste allerdings, was ihn wirklich beschäftigte. Wenn der Chor nie kämpfte, wenn sie keine Waffen besaßen – dann stellte sich die Frage, wie hilfreich sie ihm im Kampf gegen die Blau-Blau-Weiß sein konnten.

»Nicht ... nicht direkt«, sagte Archie. »Stellen Sie sich hitzige Debatten vor, die manchmal Wochen dauern, bei denen jede Seite die andere niederbrüllt. Es wird sehr heftig, artet aber nie endgültig in Gewalt aus. Sie haben mir erzählt, dass sie sich in grauer Vorzeit heftig untereinander bekriegt haben. Aber seit sehr, sehr langer Zeit hat keine von ihnen auch nur einen Stock gegen eine Schwester erhoben.«

»Schwestern«, sagte Valk. »Sie bezeichnen sie konsequent als weiblich. Was ist mit dem männlichen Teil ihrer Spezies? Sind die sehr anders?«

Archie lachte. »Die Choristen sind alle weiblich. Die Großen, die … Vernunftbegabten, die Sie gesehen haben, alle Choristen, mit denen Sie sich hier in der Stadt unterhalten werden.«

»Wie pflanzen sie sich dann fort?«, fragte Lanoe. »Ohne Männchen, meine ich. Bilden sie, keine Ahnung, Knospen oder so?«

»Nein, nein, es gibt durchaus Männchen. Auch die haben Sie schon gesehen. Die Kleinen.«

Lanoe riss die Augen auf. »Meinen Sie – dieses Ungeziefer, dass auf ihnen herumkrabbelt? Diese Dinger?«

»Größer werden sie nicht, und ihre Gehirne sind stark unterentwickelt. Sie sind vielleicht so intelligent wie Spinnen«, sagte Archie. »Die Weibchen tragen sie mit sich herum. Sie … sammeln sie, sozusagen. Wenn sie Nachwuchs zeugen wollen, haben sie immer ein paar Männchen dabei, um … Sie wissen schon.«

Lanoe schien weitere Einzelheiten hören zu wollen, aber Valk war noch beim vorherigen Thema. »Sie sagen, die bekriegen sich nicht, alles klar. Kann ich mir irgendwie vorstellen. Aber was, wenn eine von ihnen verrückt wird? Anfängt, auf offener Straße Leute anzugreifen oder beschließt, die einzig wahre Königin des Chors zu sein?« Er wollte wissen, wie eine Spezies von Telepathen mit einem geistesgestörten Individuum umging, dessen Labilität die ganze Stadt anstecken konnte. Es musste einen Mechanismus geben, der so etwas verhinderte.

»Lassen Sie mich raten«, sagte Lanoe. »Konsens.«

Archie wandte den Blick ab. »Psychische Krankheiten sind … Das ist ein schwieriges Thema. Es …«

Vielleicht hätte er es noch näher erläutert. Stattdessen erschlafften seine Gesichtszüge, die Augen zitterten in den Höhlen, und für einen kurzen Moment flammte die Mikrowellen-Aktivität um seinen Kopf herum auf.

Es konnte kein Zufall sein. Der Chor musste ihrer Unterhaltung die ganze Zeit gelauscht haben. Hatte gelauscht und darauf gewartet, sofort einzugreifen, falls Archie etwas sagen wollte, das ihnen nicht gefiel.

Als er wieder zu sich kam, führte er den Gedanken nicht weiter aus, sondern sah sie an und lächelte. »Wir sind fast da. Und werden bereits erwartet.«

*

Archie führte sie zu einem Turm am Ende der Geschäftsstraße, einem hohen, runden Gebäude mit einer Wendelrampe im Innern, über die sie vier Stockwerke nach oben stiegen. In keinem der Stockwerke gab es Trennwände, alles war frei einsehbar. Überall Choristen, die verschiedenen Tätigkeiten nachgingen – im Erdgeschoss sah Lanoe sie Flüssigkeit in Krüge abfüllen, sorgsam darauf bedacht, immer die exakt gleiche Menge zu verwenden. Im ersten Stock befand sich – so schien es ihm zumindest – eine Bildhauer-Werkstatt, in der mehrere Choristen mit glühenden Werkzeugen an großen Steinblöcken saßen. Die Vorgänge im dritten Stock wollten sich ihm nicht erschließen. Eine Gruppe Choristen stand dort im Kreis und zwitscherte einander an. Ob sie sich über einen urkomischen Witz amüsierten? Eine Party planten? Mit dem Geist des Konsens Kontakt aufnahmen?

Der vierte Stock – ihr Ziel – schien eine Art Büro zu sein. Durch die breiten Fenster fiel ein wenig Licht der umliegenden Leuchttürme ins Gebäude. Überall standen Hocker und hufeisenförmige Tische. Wie die anderen Stockwerke bestand auch dieses aus einem einzigen großen Raum, allerdings war hier oben nur eine Choristin zu sehen. Lanoe fiel plötzlich auf, dass er bisher noch keine von ihnen allein gesehen hatte. Natürlich sah sie aus wie alle anderen – er fragte sich, ob er sie je würde auseinanderhalten können, und was das über ihn aussagte.

Sie war von Displays umgeben, die frei in der Luft schwebten. Nirgendwo war ein Lesegerät oder sonstiger Emitter zu erkennen. Die Displays waren sämtlich zweidimensional, umhüllten sie aber wie ein Zylinder aus vielfältigen Bildern, die sich ständig verlagerten, entfernten oder näherten, wenn sie sie mit ihren vier Scheren berührte. Als die drei Männer das Ende der Rampe erreichten, schaltete sie die Displays mit einer schnellen Bewegung ab, erhob sich von ihrem Hocker und kam auf sie zu, alle vier Arme zum Gruß erhoben.

»Darf ich euch Wasser-das-aus-der-Höhe-Fällt vorstellen?«, sagte Archie, sobald sie einen kurzen Moment verschnauft hatten. Valk war natürlich nicht außer Puste, verdammt noch mal. »Oder nennt sie einfach Wasser-Fällt, das ist ihr auch recht.«

»Freut mich … Sie kennenzulernen«, sagte Lanoe. Normalerweise bewältigte er vier Stockwerke ohne Probleme, aber die Choristen waren weitaus größer als Menschen, sodass sie nach eigenen Maßstäben mindestens sechs Stockwerke erklommen haben mussten.

Wasser-Fällt streckte eine Schere aus.

»Sie hat gehört, dass es bei Menschen üblich ist, sich die Hand zu geben«, sagte Archie, »und fragt sich, ob Sie vielleicht …?«

Lanoe sah ihre Schere an, die gut doppelt so groß war wie seine Hand. Vier scharfe, gepanzerte Schneiden, die in einem spitzen Punkt zusammenliefen. Er hatte das Gefühl, nur noch einen Stumpf zu behalten, sollte er ihr die Hand geben.

Aber er war nicht den ganzen Weg hergekommen, um jetzt furchtsam zu sein. Er streckte seine Hand aus, und die Schere schloss sich darum. Er stählte sich innerlich für den Augenblick, in dem sie ihm die Finger zerquetschen würde, aber er kam nicht. Stattdessen fühlte er, dass die Innenseiten der Schere mit vielen runden, samtweichen Polstern überzogen waren. Ihr Griff war sanft und sehr präzise. Sie hob die Schere ein wenig, senkte sie wieder und ließ seine Hand los.

»Du bist ein tapfererer Mann als ich«, flüsterte Valk.

Lanoe ignorierte ihn.

»Wasser-Fällt ist eins der angesehensten Mitglieder des Chors«, sagte Archie. »Sie hat sich vor nicht allzu langer Zeit gewaltigen Respekt verschafft, als einer der großen Türme eingestürzt ist, in dem sich zu dem Zeitpunkt dreiunddreißig Choristen aufhielten. Zum Glück gab es keine Todesopfer.«

»Sie hat bei der Bergung geholfen?«, fragte Lanoe.

»Sie hat die Hilfsaktion koordiniert, dafür gesorgt, dass alle Verletzten die nötige ärztliche Hilfe und neue Unterkünfte bekommen haben, und ein Klagelied für das verlorene Bauwerk komponiert. Seitdem ist sie dafür berühmt, sich ganz dem Dienst an der Gesellschaft verschrieben zu haben. Nachdem Sie gefragt hatten, ob Sie mit dem Anführer sprechen könnten, haben sie darüber diskutiert, was das überhaupt bedeuten soll. Wasser-Fällt hat von sich aus angeboten, sich mit Ihnen allein zu treffen – für den Chor ein kaum denkbares Konzept – und als eine Art Sprecherin zu fungieren.«

Lanoe lächelte und nickte. Innerhalb des Chors gab es keinen Anführer, keinerlei Hierarchie, wie er jetzt bereits mehrfach gehört hatte. Alle Choristen waren in jeder Hinsicht gleichgestellt. Und doch schien es so zu sein, dass sich für wichtige Aufgaben manche schneller meldeten als andere.

Interessant.

»Sie will gern mit Ihnen sprechen, Ihre Fragen beantworten, Vorschläge machen, wie die Verhandlungen geführt werden könnten, und dergleichen«, sagte Archie. »Tun Sie einfach so, als wäre ich gar nicht hier, in Ordnung? In Ordnung. Ich bin lediglich der Übersetzer.«

Lanoe musste sofort zugeben, dass ihm wesentlich wohler dabei war, mit einem Individuum anstatt mit der gesamten Spezies auf einmal zu reden. Selbst wenn er wusste, dass es nur so schien. Alles, was er Wasser-Fällt sagte, würde dem Rest des Chors in Echtzeit übermittelt werden.

»Sie bietet Ihnen an, sich zu setzen«, sagte Archie.

Lanoe schaute sich um, sah aber nur die hohen Hocker der Choristen. Er kletterte auf den nächsten, seine Füße baumelten in der Luft. Valk schaffte es immerhin, mit den Zehen den Boden zu berühren. »Vielen Dank, dass Sie sich mit uns treffen wollten«, sagte er.

Das Gesicht des Schiffbrüchigen zuckte, und sein Blick wurde glasig. Lanoe fragte sich, ob er sich daran je gewöhnen würde. »Sie sagt, es sei ihr ein Vergnügen. Sie sagt, sie habe bereits ein Tagesprogramm für Ihren Aufenthalt hier geplant, möchte aber sichergehen, dass Ihnen das auch recht ist. Vor allem sorgt sie sich, sie könnte sich zu viele Programmpunkte überlegt haben. Es wird einen Besuch im Wasserreservoir der Stadt geben, das ist auf jeden Fall ein Anblick, der sich lohnt, und heute Abend ein Bankett, bei dem Sie Gelegenheit bekommen, die Speisen der Choristen zu probieren. Dann wird es noch ein Unterhaltungsprogramm geben, es wird … äh …«

Lanoe sah Valk an, aber der große Pilot nickte nur eifrig. Lanoe versuchte, sich seine Ungeduld nicht anmerken zu lassen.

»Nun, das Unterhaltungsprogramm könnte ein Knackpunkt sein, ähem. Sie haben geplant, dass Sie einer Darbietung ihres …« Archie hustete. »Liebesspiels beiwohnen.«

Lanoe vergaß seine Ungeduld. »Entschuldigung – wie bitte?«

»Das … ist eine beliebte Abendbeschäftigung«, sagte Archie. Seine linke Gesichtshälfte war vor Scham rot angelaufen, die rechte blieb blass und wie gelähmt. Er stand offensichtlich mit dem Chor in Kontakt, aber ein wenig menschliche Verlegenheit hatte sich durchsetzen können. Wasser-Fällt sprach nicht direkt durch ihn, sondern teilte ihm nur mit, was er sagen sollte. »Es gibt hier keine verdammte Privatsphäre, müssen Sie wissen. Sie machen alles in der Öffentlichkeit. Selbst ... Sex. Na ja, ich hab das schon öfter gesehen, und es ist ziemlich unterhaltsam. Eine Mischung aus Sportveranstaltung und Gesellschaftstanz. Der Austausch der Männchen ist eine wichtige Zeremonie, da sich der Chor nur sehr selten fortpflanzt.«

»Ich glaube«, sagte Lanoe, »das sollten wir streichen. Es sei denn, sie nehmen es uns übel, wenn wir nicht teilnehmen.«

»Die Sache ist, der Termin steht schon fest, und wenn sie ihre Pläne jetzt noch ändern müssen ...«

Lanoe brachte ihn mit einem Blick zum Schweigen. Er beugte sich vor, bis er fast vom Hocker fiel. »Um ehrlich zu sein«, sagte er und sah Wasser-Fällt direkt an, »weiß ich nicht, ob wir überhaupt für irgendwelche Veranstaltungen Zeit haben. Ich würde gern so schnell wie möglich darüber reden, weswegen wir hier sind. Über die Nachricht, die Sie uns geschickt haben.«

Er konnte nicht wissen, ob er Wasser-Fällt mit seiner Abruptheit brüskiert hatte oder nicht. Sie machte eine Geste, die er unmöglich deuten konnte – sie hob zwei Scheren zum Kopf, während die anderen beiden schlaff herabhingen.

Lanoe wartete nicht auf die Übersetzung. Manchmal, dachte er, war der direkte Weg der beste. Himmel, eigentlich hatte er es sein ganzes Leben lang nur mit dem direkten Weg versucht. »Ich bin nicht den ganzen Weg bis hierher geflogen, um gegenseitigen Kulturaustausch zu betreiben. Ich bin gekommen, weil mir Hilfe im Kampf gegen die Blau-Blau-Weiß versprochen wurde. Richtig? Die Alien-Drohnen, die unseren Planeten Niraya angegriffen und den Rest der Galaxis entvölkert haben. Bis auf den Chor. Und uns. Wissen Sie, wovon ich spreche? Verdammt große Quallen, die ihren Drohnen gerne das Töten überlassen? Kommt Ihnen das bekannt vor?«

»Oh ja«, sagte Archie. Ein Zittern durchlief seine linke Körperhälfte. »Allerdings. Der Chor kennt die Blau-Blau-Weiß nur zu gut.«

Lanoe nickte. »Ehrlich gesagt war ich sehr erstaunt, den Chor überhaupt anzutreffen. Mein Partner, Tannis Valk hier, war in der Lage, sich mit dem Computer zu verbinden, der die Drohnenflotte gesteuert hat. Er hat eine Menge über unseren gemeinsamen Feind in Erfahrung bringen können. Über all die Welten, die sie verwüstet haben. Es gab keine Hinweise auf eine Spezies wie den Chor.«

Wasser-Fällt sackte auf ihrem Hocker zur Seite. Lanoe wusste nicht, wie er ihr Verhalten deuten sollte.

»Dafür gibt es einen guten Grund«, sagte Archie. »Die Blau-Blau-Weiß haben den Chor schon vor langer Zeit angegriffen. Ihr habt ihre alte Heimatwelt gesehen, draußen vor dem Portal.«

»Und Belege für diesen Angriff gefunden«, bestätigte Lanoe.

»Zweifellos. Die – Quallen, wie ihr sie nennt, haben genau zweihundertfünfundzwanzig ihrer Killerdrohnen auf der Oberfläche abgesetzt. Auf so einen Angriff war der Chor nicht vorbereitet. Damals lebten auf dem Planeten beinahe eine Milliarde Choristen, aber die meisten von ihnen sind innerhalb weniger Wochen gestorben. Die Blau-Blau-Weiß haben jedes Lebewesen auf diesem Planeten, das größer als ein Pantoffeltierchen war, umgebracht. Sie haben Tag und Nacht weitergemacht, bis sie ihr Werk vollbracht hatten.«

Lanoe sah, dass Archie weinte. Während er die Geschichte erzählte, liefen ihm Tränen über die Wangen. Wahrscheinlich war er nicht nur mit den Gedanken der Choristen, sondern auch mit ihren Gefühlen verbunden und musste daher an ihrem Verlust und ihrer Trauer teilhaben.

»Es gab nur wenige Überlebende – die Choristen, die sich zum Zeitpunkt des Angriffs im All befanden, die Besatzungen mehrerer Schiffe, die unterwegs waren, um friedlichen Kontakt zu anderen Spezies zu suchen. Sie sind heimgekehrt, so schnell sie konnten, aber da war es bereits zu spät – ihre Welt war tot. Sie wurden von ihrer Trauer überwältigt – so viele Stimmen zum Schweigen gebracht. So viele Töne, die in ihrer Harmonie fehlten. Viele von ihnen haben sich das Leben genommen, statt in einer Galaxie weiterleben zu müssen, die solchen Schrecken beherbergt. Die wenigen, die der Versuchung widerstehen konnten, machten sich an den Wiederaufbau. Sie haben ihre Heimat Stück für Stück zurückgewonnen, ihre Toten verbrannt, ihre Städte repariert und sich dem eigenen Überleben gewidmet.

Über viele Generationen hinweg haben diese Ereignisse ihr Leben bestimmt. Sie fingen an, sich vor der Welt jenseits ihres Planeten zu fürchten. Sie trauten nur noch ihren Artgenossen, wollten mit keiner anderen Spezies mehr zu tun haben und wurden verbittert. Aber sie taten, was sie tun mussten. Sie haben den langen Weg in Richtung Genesung eingeschlagen, um eines Tages wieder Vertrauen in die Zukunft haben zu können.

Bis die Blau-Blau-Weiß ein zweites Mal kamen.

Dieses Mal gab es keine Raumschiffe, die fern der Heimat unterwegs waren. Sie hatten sich vollkommen abgeschottet. Sie leisteten tapfer Widerstand – in den vielen Jahren seit dem ersten Angriff hatten sie eine Menge neuer Waffen entwickelt. Aber auch die Drohnen hatten sich verändert. Auch sie verfügten nicht nur über neue Waffensysteme, sondern waren auch viel zahlreicher als beim ersten Mal. Sie ließen nicht ab. Welle für Welle für Welle suchte den Planeten heim. Am Ende brach der Widerstand.

Nach dem zweiten Massaker waren nur noch zwölf Choristen am Leben. Zwölf Überlebende ihrer Spezies im gesamten Universum.«

Lanoe dachte an die Statuen in der Arena, die das Portal herbeigesungen hatten. Die zwölf Statuen. Er hatte sie als Skulpturen, als Kunstwerke betrachtet. Jetzt war ihm klar, dass es mit ihnen eine weitaus bedeutendere Bewandtnis hatte – sie waren ein Denkmal.

»Diesen zwölf war klar, dass ihr Albtraum nie ein Ende nehmen würde. Sie wussten, dass dort draußen noch viele weitere Flotten unterwegs waren, Legionen von Drohnen, die nur darauf warteten, den Planeten auch ein drittes Mal zu sterilisieren, sollten sie sich abermals dem Wiederaufbau widmen.«

»Sie müssen auf Rache aus gewesen sein«, sagte Lanoe. »Sie hätten sicher gerne zurückgeschlagen.«

»Möglich«, sagte Archie. »Aber sehen Sie es so: Wenn Ihre gesamte Bevölkerung – die komplette Zukunft Ihrer Spezies – nur noch aus zwölf Personen besteht, wollen Sie dann losziehen und Streit suchen?

Nein, sie mussten vor allem überleben. Also haben sie sich versteckt. Sie haben nicht nur diese Stadt, sondern auch die Wurmraum-Blase um sie herum errichtet. Wie Ratten, die sich in den Wänden der Galaxis verstecken, haben sie sich vom Sonnenlicht abgeschnitten. Von frischer Luft. Sie haben gelernt, jeden Tropfen Wasser, jeden Krümel Nahrung zu recyceln. An einem Ort zu überleben, der nie zur Besiedlung gedacht gewesen war, der eigentlich die Antithese eines Lebensraums darstellte. Weil sie es mussten. Selbst jetzt sind wir nur wenige Tausend. Allesamt Nachfahren der Zwölf. Wir sind uns schmerzlich bewusst, wie knapp wir dem Untergang entgangen sind, wie kurz wir davorstanden, gänzlich aus der Galaxis zu verschwinden, wie so viele andere Spezies.«

Lanoe fiel auf, wie sich Archies Formulierung verändert hatte – auf einmal sprach er vom Chor nicht mehr als ›sie‹, sondern als ›wir‹. Wahrscheinlich waren die Gefühle von Wasser-Fällt so übermächtig und intensiv, dass Archie in der Übersetzung verloren ging.

»Die Blau-Blau-Weiß haben keine Aufzeichnungen über uns, wie Sie sagten. Gut. Die Blau-Blau-Weiß machen sich nicht die Mühe, sich an all die Spezies zu erinnern, die sie ausgerottet haben. Wenn sie uns für ausgestorben halten – umso besser.

Der Chor hingegen erinnert sich nur zu gut an die Blau-Blau-Weiß. Wir werden sie nie vergessen können.«

»Es tut mir leid«, sagte Lanoe, »falls ich aggressiv oder ungehalten gewirkt habe ...«

»Wasser-Fällt hat keinen Anstoß genommen«, sagte Archie. »Andere hingegen schon.«

»Ich ... bitte was?«

»Sie haben es offenbar bereits vergessen? Das ist das Problem daran, dass Sie sich hier privat unterhalten wollten. Können Sie nicht. M. Lanoe, jedes Wort, das Sie sagen – jede Geste, jedes Augenverdrehen – wird im gleichen Moment an den Rest des Chors übertragen. Manche waren von Ihrem Verhalten sehr gekränkt. Andere haben Sie laut dafür gelobt, so schnell zur Sache kommen zu wollen. Eine kleine Minderheit fand Ihre Bemerkungen erheiternd. Der allgemeine Trend geht in Richtung Versöhnlichkeit. Vorläufig.«

Lanoe kniff den Mund zu, bevor er etwas erwidern konnte.

In seinem Augenwinkel tauchte eine grüne Perle auf. Eine private Nachricht von Valk.

Chef, falls es dein Anliegen war, die Einheimischen zu vergrämen, hast du auf jeden Fall einen Blitzstart hingelegt.

*

Während sich Lanoe beim Sprechen an die Choristin wandte, betrachtete Valk Archies Kopf. Er war fasziniert von den komplexen Wellenmustern, den sich ständig verändernden Mikrowellen, die auf den Hirnlappen des Schiffbrüchigen einprasselten und ihn verließen. Die Wellen waren nicht stark genug, um das Gehirn des Mannes von innen herauszukochen, aber für Valk reichte ihre Energie aus, um die Verbreitung der Signale durch die Stadt verfolgen zu können, wie sie überall auf die Antennengehirne der Choristen trafen – ein Stockwerk tiefer, in den umliegenden Gebäuden.

Leider waren die Signale selbst für ihn zu kompliziert, um ihren Inhalt zu entschlüsseln. Zum einen waren sie nicht digital, sondern analog, zum anderen verschlüsselt in einem Format, das er noch nie gesehen hatte. Er erinnerte sich an einen Besuch im Diyu-System vor langer Zeit, wo per Gesetz sämtliche Geschäfte mit Beschilderungen in einem Mix aus Englisch und Mandarin versehen waren. Die Übertragungen des Chors zu entschlüsseln, wäre ähnlich erfolgversprechend, wie den tieferen Sinn dieser Logogramme ohne Wörterbuch ergründen zu wollen. Man sah unschwer, dass etwas kommuniziert wurde, konnte aber nicht einmal erahnen, was für eine Sorte Alphabet überhaupt benutzt wurde – wie Valk wusste, standen manche dieser Logogramme für ganze Wörter, andere für eine Kombination aus mehreren Wörtern, wieder andere für Klänge.

Nach kurzer Berechnung ging er davon aus, die Signale der Choristen durchaus lernen zu können, vorausgesetzt, er hätte etwa sechs Jahre Zeit. Fünf, falls er nicht gleichzeitig noch mit Lanoe zusammenarbeiten musste.

Lanoe – oh nein. Mit einem Ruck kam Valk wieder zu sich. Ihm war gar nicht aufgefallen, wie tief er sich in seinen Gedanken verloren hatte. Einen Moment lang sorgte er sich, jemand könnte seine Geistesabwesenheit bemerkt haben, aber nein, natürlich nicht. Für ebensolche Situationen hatte er eine Subroutine geschrieben, ein kleines Programm, das ihm den Anschein von Aufmerksamkeit verlieh, selbst wenn er mit dem Kopf ganz woanders war. Er überprüfte sein Gesprächsprotokoll und stellte fest, dass er an den richtigen Stellen genickt und Lanoe sogar eine sarkastische Nachricht geschickt hatte.

Vielleicht lief diese ganze Geschichte mit dem Kopieren und Multithreading seines Bewusstseins langsam etwas aus dem Ruder, dachte er sich.

»... haben einen gemeinsamen Feind«, sagte Lanoe gerade. »Eine gemeinsame Basis für gegenseitiges Verständnis. Verstehen

Sie mich nicht falsch, ich weiß durchaus zu schätzen, worum es Ihnen hier geht, und ich stimme zu, es wäre sehr wichtig und hilfreich für unsere beiden Spezies, sich auf ziviler Ebene zu treffen und voneinander zu lernen. Aber ich bin Soldat, und meine oberste Priorität kann nur der Schutz der Menschheit sein.«

»Wasser-Fällt versteht das, und sie signalisiert zumindest teilweise Zustimmung«, sagte Archie. »Das, ähm, das sehen Sie daran, dass sie eine Hand hochhält und die anderen drei senkt, so wie jetzt. Sehen Sie, dass die eine etwas höher erhoben ist als die anderen? Das bedeutet, dass sie sich überzeugen lassen könnte.«

Lanoe nickte. »Verstehe. Ich fürchte, ich bin kein großer Redner. Ich habe es gern schlicht und eindeutig verständlich. Also lassen Sie es mich direkt formulieren. Ich bin hergekommen, weil Sie – der Chor – einem unserer Schiffe eine Nachricht geschickt haben. In dieser Nachricht haben Sie gratuliert, weil es uns gelungen ist, eines der Königinnenschiffe der Blau-Blau-Weiß zu zerstören und einen unserer Planeten vor ihren mörderischen Drohnen zu retten. Das Bildmaterial in der Nachricht ...«

Wasser-Fällt tat eine schnelle Geste. Neben ihr tauchte ein Display auf, das die Explosion des großen Asteroidenschiffs zeigte.

»Genau«, sagte Lanoe. »Sehen Sie diesen kleinen Punkt da, der knapp vor der Explosion davonfliegt?«

Wasser-Fällt vergrößerte den Bildausschnitt, bis sich der Punkt eindeutig als zwei Menschen in Raumanzügen entpuppte, die einander umklammerten.

»Das sind M. Valk und meine Wenigkeit. Wir haben das getan. Ich will nicht behaupten, wir hätten es alleine geschafft, aber ... viel Hilfe hatten wir nicht gerade. Das Ganze war äußerst knapp, und wir haben einige ... sehr wichtige Leute in dieser Schlacht verloren.«

»Wasser-Fällt fragt sich, warum Sie das zur Sprache bringen«, sagte Archie.

»Um deutlich zu machen, was mich antreibt. Das sollte der Chor wissen«, sagte Lanoe. »Die Blau-Blau-Weiß waren nicht da, bei der Schlacht um Niraya. Sie haben ihre Drohnen für sich kämpfen lassen. Ich habe mich selbst und den Rest meines Lebens der Aufgabe verschrieben, die verdammten Quallen zurückzuschlagen. Sie zu zwingen, ihre Flotten anzuhalten, dem Töten ein Ende zu bereiten. Falls sie sich weigern, falls sie es nicht wollen – oder nicht können –, bin ich fest entschlossen, sie büßen zu lassen.«

»Bravo«, sagte Archie, auch wenn nicht ersichtlich war, ob es sich um seine Meinung oder die des Chors handelte.

»Sie haben uns Hilfe im Kampf gegen die Blau-Blau-Weiß versprochen. Für das Angebot bin ich Ihnen sehr dankbar und würde es gern so schnell wie irgend möglich annehmen. Sollten Sie Kriegsschiffe beizusteuern haben, wäre das wunderbar. Sie hatten erwähnt, dass der Chor für den Kampf gegen die Killerdrohnen neue Waffensysteme entwickelt hat. Ich werde meinen Köcher mit jedem Pfeil befüllen, den Sie mir geben können, falls, ähm – hat sie dieses Sinnbild verstanden?«

»Hat sie, aber …«

»Falls sie Informationen über die Blau-Blau-Weiß hat, die uns nicht vorliegen, nehme ich auch die gerne. Himmel, der Chor scheint das Wurmloch-Netzwerk wesentlich besser zu kennen als wir. Wenn sie uns auch nur den richtigen Weg zur Heimatwelt der Blau-Blau-Weiß zeigen könnten, wäre das schon eine große Hilfe.«

»Sie legt großen Wert darauf, Ihnen mitzuteilen, dass es dorthin keine direkten Verbindungen gibt«, sagte Archie. »Und auch nie geben wird.«

Lanoe konnte sich ein Stirnrunzeln nicht verkneifen. Valk kannte diesen nachdenklichen Gesichtsausdruck – Lanoe hatte soeben etwas Bestimmtes begriffen, verdaute aber noch, was es zu bedeuten hatte.

»Der springende Punkt ist, dass ich jede Hilfe dankend an-nehme, die Sie mir anbieten können. Warum schauen Sie mich so an?«

Archie war aschfahl geworden. Valk erinnerte sich daran, wie aufgewühlt der Schiffbrüchige auf der Fahrt hierher gewesen war, wie schnell sein Herz geschlagen, wie schwer er geatmet hatte. Seine Aufregung schien sich noch verstärkt zu haben.

Er schickte Lanoe eine knappe Mitteilung. *Vor irgendwas hat er Angst. Und zwar große.*

»Es mag diesbezüglich ein kleines Missverständnis gegeben haben«, sagte Archie.

»Was wollen Sie damit sagen?«, fragte Lanoe energisch.

»Die Nachricht, die wir geschickt haben – na ja, um nicht zu sehr um den heißen Brei herumzureden, ich habe sie geschrie-ben. Zumindest die englischen Abschnitte. Ich habe versucht, es so knapp wie möglich zu halten, und dadurch wurde es leider ein wenig ungenau, was mir leidtut.«

Lanoe starrte den Mann an. Vielleicht ahnte er, was folgte. Valk tappte im Dunkeln.

»Die Nachricht lautete ›Wir können helfen‹, und das stimmt. Mehr aber auch nicht. Denn die Hilfe, die sie anzubieten haben, ist sehr spezifisch und hat mit den Dingen, die Sie angesprochen haben, wenig zu tun. Ehrlich gesagt ist der Chor durchaus etwas verwundert darüber, dass die Menschheit ein Kriegsschiff ent-sandt hat. Sie hatten mit einer diplomatischen Gesandtschaft gerechnet. Sollte ich in irgendeiner Form Mitschuld an diesem Missverständnis tragen, dann tut es mir wirklich, ich meine, ich …«

»Kommen Sie auf den Punkt, bevor ich Ihnen den Hals um-drehe«, sagte Lanoe.

»Ihr Angebot bezieht sich nicht darauf, Ihnen gegen die An-griffe der Blau-Blau-Weiß zu helfen«, sagte Archie. »Sondern darin, Ihnen zu helfen, sie zu überleben.«

27

Es hatte sich so gut angefühlt, endlich wieder im Cockpit eines Jägers zu sitzen. Nach den unwichtigen, eintönigen Aufgaben an Bord des Kreuzers, gefolgt von dem albtraumhaften Flug durch das kalte Wurmloch, hatte sich bei Bury bereits ein Lagerkoller angebahnt. Einfach wieder hier draußen zu sein und selbstständig Patrouille zu fliegen, hatte seine Laune sofort wesentlich gebessert. Als Leutnantin Candless mehrere Formationsübungen um den namenlosen Planeten abgehalten hatte, war ihm sogar ein- oder zweimal ein Lächeln über die Lippen gekrochen. Fast fühlte er sich nach Rishi zurückversetzt, in die Zeit seiner ersten Solo-Flüge, als er die Begeisterung, die grenzenlose Freiheit kennengelernt hatte, ganz allein durch die unendliche Leere zu fliegen.

Zumindest hatte es sich während der ersten sechs Stunden ihrer Patrouille so angefühlt. Mittlerweile war sein Rücken verkrampft, die Finger wund vom Umklammern des Steuerknüppels, und die Fliegerei hatte durchaus an Glanz verloren. Außerdem war er müde und ertappte sich immer öfter dabei, sekundenlang vor sich hin zu starren, während sein Kopf im Helm langsam nach vorn rutschte. Ohne eine Nachricht von jenseits des Portals, ohne einen anderen Anblick als den des fetten grünen Planeten unter ihnen, passierte einfach nicht genug, um aufmerksam zu bleiben.

Bis ein blaues Lämpchen auf seinem Taktikschirm aufleuchtete. Soeben war ein fremdes Schiff in diesem System entdeckt worden.

Sehr schnell war Bury wieder wach.

»Alle bleiben bitte ganz ruhig«, gab Candless über den Teamkanal durch, sobald sie die Bestätigung hatte, dass alle anderen es ebenfalls sahen. »Ich habe vom Kreuzer zusätzliche Sensordaten bekommen. Weiter draußen hat es Anzeichen für Bewegung gegeben. In der Nähe des Wurmloch-Schlunds, um genau zu sein. Zu weit entfernt, um brauchbares Bildmaterial zu bekommen – es könnte sich durchaus um einen Fehlalarm handeln. Vielleicht hat eins unserer Teleskope einen vorbeiziehenden Asteroiden entdeckt oder ein Trümmerteil des Kreuzers von unserer Ankunft. Ich warte noch auf Verifizierung.«

»Mit anderen Worten: Augen offen halten«, mischte Leutnant Maggs sich ein. »Und sollten da irgendwo Hexagons zu sehen sein, immer daran denken, dass sie praktische Zielscheiben abgeben.«

»Schluss mit dem Gequatsche«, schnitt Candless' Stimme dazwischen. Sie klang überaus genervt. Ein Tonfall, der Bury nur allzu vertraut war. »Wir alle täten gut daran, uns in so einer Situation streng an die Flottenrichtlinien zu halten. Vor allem bezüglich der Befehlskette.«

»Bitte tausendfach um Vergebung«, gab Leutnant Maggs zu Protokoll, unterbrach aber sofort wieder die Verbindung, bevor sie ihn erneut zurechtweisen konnte.

Bury musste dem Mann widerwillig Respekt zollen – er schien sich grundsätzlich keine Sorgen zu machen, wem er auf die Füße trat, und sah sich auf jeden Fall nie genötigt, sich ernsthaft zu entschuldigen. Vielleicht würde sich Bury irgendwann einen Ruf erarbeiten, mit dem er sich so ein stolzes Auftreten auch leisten konnte, und dann würde er keine Zeit vergehen lassen, Leutnantin Candless sehr genau zu sagen, was er von ihr …

In seinem Augenwinkel tauchte eine grüne Perle auf. Ein Anruf von Ginger. Er nahm auf der Stelle an. »Bury«, sagte sie, »Bury, ich muss mit dir reden.«

Er sah sich um und versuchte, ihren Jäger zu entdecken. Er war gerade so weit entfernt, dass Bury ihn noch als hellen Punkt vor dem dunklen Rand des Planeten ausmachen konnte. Ansonsten war dort nichts zu sehen, keine gegnerischen Schiffe oder sonstigen Gefahren. »Was ist los?«, fragte er. »Hast du was gesehen, oder …«

»Sei doch mal still, Bury, darum geht es nicht.« Eine Weile hörte er ihr beim Seufzen zu, ohne sie zu unterbrechen. »Du weißt, worum es eigentlich geht.«

Da war er sich nicht so sicher. Es sei denn …

»Falls da draußen *tatsächlich* etwas ist«, sagte sie, »falls CentroCor uns doch noch eingeholt hat … Ich weiß nicht, was ich dann tun soll.«

»Du meinst – du bist dir nicht sicher, ob du kämpfen kannst.«

»Ich weiß nicht mal, ob ich überhaupt den Abzug drücken kann«, gab sie zurück. »Bury, du kennst mich besser als jeder andere. Du weißt, dass ich nicht einfach nur flatterhaft bin. Worüber wir uns da in meiner Koje unterhalten haben – du weißt, das war nicht nur vorübergehende Ängstlichkeit.«

»Kann sein, Ginj. Kann schon sein, aber …«

»Niemand hat was davon, dass ich hier bin. Alle verlassen sich auf mich, und ich weiß, dass ich höchstens im Weg sein werde.«

»Komm schon«, sagte er. »Falls es wirklich zu Problemen kommt – falls ich in Schwierigkeiten bin oder Candless festgenagelt wird, bin ich mir sicher, dass du uns helfen würdest. Natürlich würdest du kämpfen, um uns zu retten.«

»Wer weiß«, sagte Ginger. »Ich mag dich tatsächlich, Bury. Trotz so ziemlich allem, was du je gesagt oder getan hast, bist und bleibst du mein Klassenkamerad, und das ist wichtig. Außerdem habe ich Leutnantin Candless eine Menge zu verdanken. Aber wenn ich mir so eine Situation vorstelle, sehe ich mich nur erstarren, wie gelähmt dasitzen und nichts tun. Nicht zurückschießen, nicht einmal die Flucht ergreifen.«

»Wenn du dir das so sehr einredest, muss es ja wahr werden.«

»Bury, wenn das passiert, wenn ich wirklich dichtmache und

nicht schießen kann … Die werden mich vors Kriegsgericht stellen. Mich ins Gefängnis werfen. Ich bin für alle Zeit blamiert, und meine Familie muss mit der Schande leben. Aber ich kann nicht noch einem Menschen das Leben nehmen. Es geht nicht.«

Bury suchte nach Worten, die sie beruhigen könnten. Er hörte sie hyperventilieren und wusste, sollte sie jetzt eine ausgewachsene Panikattacke bekommen, würde sie wahrscheinlich fliehen oder etwas ähnlich Drastisches unternehmen. Daran wollte er nicht einmal denken.

»Ginger, ganz ruhig. Atme für mich. Einfach atmen, okay? Wahrscheinlich passiert sowieso nichts.«

»Was?«

»Du hast Candless doch gehört. Sie hat gesagt, es könnte durchaus ein Fehlalarm sein. Da bin ich mir *sicher*, in Ordnung?«

»Du bist dir sicher«, sagte sie. »Und du bist dir sicher, weil …«

»Weil wir diese Mistkerle schon einmal geschlagen haben. Ich glaube nicht, dass sie den Mumm haben, es noch mal zu versuchen. Ginger, hör mir gut zu. Wir müssen heute nicht kämpfen. Das wird ganz einfach nicht passieren.«

»… sicher?«, fragte sie sehr leise.

»Das ist eine reine Routine-Patrouille. Da kann *nichts* passieren. Komm schon, Ginger. Einfach atmen. Ich will es hören.«

Er hörte zu, wie sie ein- und ausatmete, mit jedem Zug etwas langsamer und tiefer. Gut, so war es gut. Vielleicht hatte er tatsächlich etwas bewirkt.

Er konnte nur hoffen, dass er ihr keine schreckliche Lüge aufgetischt hatte.

*

Sosehr Lanoe sich auch bemühte, beim Thema zu bleiben, der Chor blieb unnachgiebig. Das Unterhaltungsprogramm hatte Vorrang.

Valk und er wurden in einem offenen Luftfahrzeug auf eine

Stadtrundfahrt mitgenommen. Der Motor war so leise und die Fahrt so geschmeidig, dass sie das Gefühl hatten, eher in einem Heißluftballon dahinzugleiten. Wasser-Fällt zeigte ihnen die vielen Sehenswürdigkeiten, während Archie alles ausführlich kommentierte.

In der Wurmraum-Blase gab es keine Sonne, auch das Geisterlicht der fernen Wände gab nicht mehr Helligkeit ab als die Sterne in einer irdischen Nacht. Die meisten Choristen arbeiteten in hell erleuchteten Gebäuden, allerdings lagen einige Bereiche der Stadt – die Industrieanlagen und die größtenteils automatisierte Infrastruktur – im Dunkeln, um Energie zu sparen. Hatte ein Mitglied des Chors in diesen Bereichen zu tun, wurde einer der großen Leuchttürme eingesetzt, deren Strahlen jeden Winkel der Stadt erreichen konnten. »Für jeden Turm ist eine Hüterin zuständig, deren einzige Aufgabe darin besteht, das Licht an die jeweils benötigte Stelle zu lenken. Eine ehrwürdige Aufgabe, für die nur die angesehensten Choristen ausgewählt werden. Sie müssen unablässig dem Gemeinwillen lauschen, um zu wissen, wo ihr Licht gebraucht wird.«

»Faszinierend«, sagte Lanoe. Er wünschte nichts sehnlicher, als den Ausflug endlich hinter sich zu bringen. Er wollte unbedingt wissen, welche Hilfe der Chor anzubieten hatte – auch wenn er längst daran zweifelte, dass es etwas sein würde, was er wirklich haben wollte.

Das Luftfahrzeug schwebte weiter, tauchte tief in die Schlucht zwischen zwei hohen Häuserreihen ein. Wasser-Fällt zeigte ihnen eine Straße, die von Statuen der Zwölf gesäumt war, und einen kleinen Park, der nie betreten wurde und als ewiges Denkmal für all jene diente, die sie verloren hatten. »Der Chor hat nicht nur ein gutes Gedächtnis, sondern denkt auch weit voraus in die Zukunft«, sagte Archie. »Sie sind allezeit von Geschichte umgeben.«

»Wie lange ist es her, dass die Zwölf diese Stadt gebaut haben?«, fragte Valk.

»Schwer zu sagen, leider. Sie haben eine andere Vorstellung von Zeit als wir. Für sie dreht sich Geschichte um Beziehungen, um Gedanken und Gefühle, weniger um Fakten. Es ist alles sehr … vielschichtig. Vorfälle ereignen sich, Dinge passieren, die daraufhin diskutiert werden, und dann werden die Diskussionen analysiert, und dann wird die Analyse kommentiert. Also kann man zwar über die ›zweite Invasion‹ sprechen, muss dann aber gleichzeitig auch über ›was empfinden wir bezüglich der zweiten Invasion‹ sprechen, und selbst dann würden sie das noch als höchst schwammig erachten, solange man nicht auch alle Lyrik rezitiert, die über ›die zweite Invasion‹ verfasst wurde, woraufhin jemand eine beliebte Neuinterpretation des Themas ›die zweite Invasion‹ in die Waagschale wirft, und wie diese Neuinterpretation das Erleben erwähnter Lyrik verändert …« Archie kicherte. »Ein bisschen üppig, was? Aber für sie sind die Dinge nun einmal so geordnet. Wie lange ein Ereignis zurückliegt, wird daran bemessen, wie viele Schichten gesellschaftlichen Kommentars sich darübergelegt haben.«

Lanoe kam all das unnötig kleinlich vor, er hütete sich aber, diese Ansicht laut auszusprechen. Der Chor hörte mit. Sie hörten immer mit.

»Wie lange sind Sie schon hier?«, fragte Valk.

»Siebzehn Jahre, neun Monate und einundzwanzig Tage«, sagte Archie ohne Zögern.

Ihr Luftfahrzeug sackte unter einer massiven, reich mit Figuren verzierten Brücke hindurch und tauchte in einen langen, abschüssigen Schacht ein. Der breite Tunnel aus dünnen Ziegeln wurde vom gelben Schimmer einiger Fenster erhellt. Ein großer Wasserschwall strömte unter ihnen hinab, so laut, dass Lanoe kaum noch die eigenen Gedankengänge verstand, geschweige denn, was ihr Fremdenführer gerade erzählte. Es kümmerte ihn nicht – er hatte kein Interesse daran, wie die Infrastruktur des Chors funktionierte. Er starrte ins aufgewühlte Wasser hi-

495

nunter und betrachtete, wie es sich schäumend an den Wänden brach.

Als ihm plötzlich eine Hand auf die Schulter fiel – eine Hand, keine Schere –, war er so überrascht, dass er sich an der Reling festhalten musste. Er drehte sich um und sah Archie direkt hinter sich stehen. Er konnte nicht hören, was der Schiffbrüchige sagte, meinte seinen Lippenbewegungen aber das Wort ›bitte‹ zu entnehmen. Er zuckte mit den Schultern, um Unverständnis zu signalisieren. Archie machte ein langes Gesicht, schüttelte den Kopf und wiederholte sich. »Bitte.« Er sagte eindeutig »bitte«. Lanoe war sich nicht sicher, glaubte aber auch ›nach Hause‹ zu identifizieren.

In seinem Augenwinkel tauchte eine grüne Perle auf. Eine Nachricht von Valk.

Er fleht uns an, ihn mitzunehmen, wenn wir die Stadt verlassen. Aus irgendeinem Grund glaubt er, das nicht sagen zu können, solange der Chor zuhört. Anscheinend ist er sich sicher, dass sie ihn hier im Tunnel nicht hören können.

Aus dem Augenwinkel sah Lanoe Wasser-Fällt an, die am Bug des Luftfahrzeugs stand. Sie schien hinab ins Wasser zu schauen, aber natürlich hatten die Choristen auch im Hinterkopf Augen.

Er widmete sich wieder dem Schiffbrüchigen. Sah ihm fest in die Augen und nickte kaum merklich. Er versuchte, ›alles in Ordnung?‹ mit den Lippen zu formen, aber Archie schien ihn nicht zu verstehen.

Er irrt sich, schickte Valk. *Sie kann ihn besser hören als du.*

Lanoe nickte Archie abermals diskret zu – hauptsächlich, um ihn davon abzuhalten, noch mehr zu sagen. Fürs Erste.

Die nächsten Minuten über ging es immer tiefer, bis sie schließlich in einen Raum von solcher Größe gelangten, dass Lanoe die Wände nicht sehen konnte. Unter ihnen erbrachen sich die Fluten aus dem Tunnel und vereinten sich mit einer enormen Wasserkugel, die scheinbar frei mitten in der Luft schwebte. Dort draußen auf dem Wasser stand auf einer kleinen Felseninsel ein Leuchtturm, der seinen Strahl auf sie richtete. Einen Moment lang war Lanoe geblendet.

Sobald sich seine Augen angepasst hatten, wandte er sich an Archie, um zu sehen, ob dieser vielleicht seine Frage wiederholen würde, jetzt, da sie einander wieder hören konnten. Stattdessen war Archies Gesicht wieder erschlafft, die Zunge hing ihm seitlich aus dem Mundwinkel.

»Das zentrale Reservoir«, sagte Archie mit ausdrucksloser Stimme. »Endgültige Quelle und Zielort allen Wassers in der Stadt. Um genau zu sein, ist die Stadt sogar um diese Quelle herum gebaut worden. Wie man sieht, ist sie weit mehr als nur ein großer Tümpel. Der Chor hat sich hier ein paar komplizierte Kunstgriffe bezüglich Dichte und quantenmechanischer Überlagerung ausgedacht – fragen Sie mich bitte nicht nach Einzelheiten, das übersteigt meine Kenntnisse bei Weitem, aber auf jeden Fall erzeugt dieser Ort auch die örtliche Schwerkraft ...«

Was auch immer Archie ihm im Tunnel hatte sagen wollen, würde offenbar warten müssen.

*

Das blaue Lämpchen an Burys Armaturen wollte nicht verschwinden. Stundenlang schienen sie in enger Formation und absoluter Stille zu verharren, während Candless mit dem Kreuzer verbunden blieb und dessen hochsensible Messgeräte bemühte, die Teleskope, Radar und Lidar, die Hyperspektralsensoren und die passiven Millimeterwellen-Interferometer.

Hin und wieder hörte Bury sie vor sich hin murmeln. Es dauerte eine Weile, bis er begriff, dass er die eine Hälfte einer Unterhaltung mit anhörte, die sie mit Ingenieur Paniet führte.

»Was auch immer es ist, es ist klein und schnell – ah, dachte, ich hätte es gerade erwischt.«

»Die Nadel im Heuhaufen findet sich mit einem starken Magneten ohne Probleme. Das hier ist schwieriger.«

»Da, sehen Sie das? Ist das eine Störung oder … nein.«

»Nein, ich weiß, war auch zu viel verlangt.«

Dann wieder versuchte Bury, sich auf Gingers leise Atemzüge zu konzentrieren.

Endlich räusperte sich Candless. »Alles klar – Piloten, wir werden versuchen, unsere Patrouille weiter abzustecken. Deshalb teilen wir uns in zwei Gruppen auf. Maggs, Sie sind bei mir. Fähnriche, Sie beide werden …«

»Was ist es denn jetzt?«, fragte Ginger über den Teamkanal dazwischen. »Was haben Sie gefunden?«

Bury rechnete fest mit einem Tadel für die unerlaubte Wortmeldung. Stattdessen beantwortete seine ehemalige Ausbilderin ausnahmsweise tatsächlich eine Frage.

»Einige Anzeichen sprechen dafür, dass ein CentroCor-Schiff ins System eingedrungen ist.«

Eine Sekunde lang stockte Bury das Blut in den Adern. »Der Träger?«, fragte er. »Der Träger ist da?«

»Nein«, entgegnete Candless sofort. »Vielleicht einer seiner Aufklärer. Das wäre die übliche Taktik bei Annäherung an ein möglicherweise feindliches System, erst ein kleines Schiff vorzuschicken, um sich ein Bild von der Lage zu machen. *Falls* es sich wirklich um einen Aufklärer handelt – und wir wissen es nicht genau –, könnte er dem Träger um bis zu einen Tag voraus sein. Was auch immer es ist, bis jetzt war keine feindselige Handlung zu erkennen. Wahrscheinlich bleibt er in der Nähe des Wurmloch-Schlunds und sucht nach uns. Gut möglich, dass er sich sofort zurückzieht, wenn er uns entdeckt. Also müssen wir dafür sorgen, dass es nicht dazu kommt, verstanden? Jetzt brauche ich bitte eine Bestätigung. Das heißt, dass Sie jetzt alle ›Ja‹ sagen sollten.«

»Eine gute alte Phantomjagd. Wie kurzweilig. Das ist ein ›Ja‹«, sagte Maggs.

»Ja«, sagte Bury entschlossen, auch wenn ihm die eigene Stimme eine gute Oktave zu hoch vorkam. Er wartete auf Gingers Bestätigung. Die zu lange auf sich warten ließ.

»Ja«, sagte sie schließlich.

»Alles klar. Wie ich eben ausführen wollte, Fähnriche, Sie verlassen den Orbit entgegen der Rotation, zurück in Richtung Zentralgestirn und Schlund. Sie bleiben bitte stumm und unsichtbar – Sie werden nicht einmal die Manövrierdüsen zünden, um unseren Besuch nicht vorzeitig aufzuschrecken. Maggs und ich nehmen die entgegengesetzte Flugbahn und bilden eine Schere. Sollten Sie unser Ziel ausmachen und sich absolut sicher sein, es vernichten zu können, bevor es fliehen kann, dürfen Sie nach eigenem Ermessen feuern. Ansonsten versuchen Sie, ihm den Weg abzuschneiden. Das allein ist entscheidend für unseren Erfolg hier. Der Kreuzer und der ganze Einsatz hängen jetzt von uns ab. Haben Sie meine Befehle verstanden?«

»Ja«, sagte Bury und hoffte, dieses Mal ein wenig überzeugter zu klingen.

»Ja«, sagte auch Ginger. Schneller als zuvor.

»Dann los«, sagte Leutnantin Candless. »Waidmanns Heil.«

*

Tief in den Eingeweiden der Stadt schwebte das Luftfahrzeug durch breite Schächte. Wasser-Fällt und Archie zeigten ihnen hier und da besonders interessante Details – gewaltige Maschinen in der Dunkelheit, die den Energiebedarf der Stadt deckten, ihr Wasser reinigten, ihre Nahrung verarbeiteten. Paniet hätte das alles hochspannend gefunden, dachte Lanoe. In seinem Kopf allerdings drängten sich zu viele Gedanken, als dass er sich wirklich für den Anblick interessierte.

Um seine Gastgeber nicht noch mehr zu brüskieren, gab er sich dennoch alle Mühe, interessiert zu wirken. Zwischendurch musste er sich daran erinnern, dass der Chor seine Gedanken nicht lesen konnte – nicht, solange sie ihm keine Antenne wie jene installierten, die sie Archie ins Hirn eingebaut hatten. Er konnte sich sogar relativ frei mit Valk unterhalten, indem sie dann und wann kurze Textnachrichten zwischen ihren Anzügen verschickten. Valk hielt es für ausgeschlossen, dass der Chor die knappen Funksignale auffangen konnte.

Und doch zehrten die ewige Wachsamkeit und die Notwendigkeit, jedes Wort auf die Goldwaage legen zu müssen, allmählich an seinen Nerven. Als Archie die Rundfahrt für beendet erklärte, hätte Lanoe sich gern entschuldigt und auf der Stelle ihr Beiboot zurück zum Kreuzer genommen. Nur schien der Chor mit seiner Gastfreundschaft noch keineswegs am Ende zu sein.

Die nächste Veranstaltung war ein Bankett zu ihren Ehren, gefolgt von abendlichem Unterhaltungsprogramm. Immerhin hatte sich der Chor dazu bereit erklärt, die Menschen nicht mit ihrer Live-Sex-Darbietung zu verzaubern, wie sie ursprünglich geplant hatten. Stattdessen sollten sie sich ein Ereignis namens ›Apport-Schau‹ zu Gemüte führen.

»Das ist so ähnlich wie eine Zaubershow«, sagte Archie. »Ziemlich beeindruckend. Es gefällt euch bestimmt.«

Das Luftfahrzeug setzte sie vor einem großen Gebäude unweit des Amphitheaters ab, in dem sie anfänglich gelandet waren. Hunderte Choristen standen zu beiden Seiten der Tür aufgereiht und erwarteten sie bereits.

Auf dem Weg hinein gab Archie Lanoe und Valk ein Zeichen, sich etwas zurückfallen zu lassen. »Hier kommt etwas Besonderes für euch, extra für diesen Anlass gebaut.« Eine Gruppe Choristen kam ihnen entgegen, die doch tatsächlich ein paar Stühle und einen Tisch für menschliche Proportionen herantrugen. Die Möbel wurden vor ihnen ins Gebäude gebracht und in der Mitte eines großen Saals aufgestellt, der ansonsten vollkommen leer war, eine kleine Insel des Komforts in einem kalten, riesigen

Raum. Immer mehr Choristen strömten hinein. Auch die Temperatur stieg langsam an.

»Wo werden sie alle sitzen?«, fragte Lanoe.

»Der Chor isst im Stehen. Das dürfte ein bisschen gewöhnungsbedürftig aussehen, Leute. Denkt einfach daran, dass sie sich in einer ganz anderen Umgebung entwickelt haben als wir.«

Eine Prozession von Choristen trat ein. Jede von ihnen trug ein längliches Glasgefäß voll gelber Flüssigkeit. Sie stellten ihre Last auf dem Boden ab, und eine nach der anderen traten die Festgäste heran, lupften ihre Röcke und ließen sich auf den langen Gefäßen nieder. Ein vielstimmiges Schmatzen ertönte.

»Ihre Münder befinden sich, ähm, unter ihren Röcken«, sagte Archie. »Anderer Körperbau als wir, was? Ich hab euch gewarnt. Ah. Sie möchten, dass ihr auch probiert, aber sie waren zuvorkommend genug, ein paar Löffel zu fertigen. Stühle, ein Tisch, Löffel. Ihr seid echte Glückspilze – siebzehn Jahre, und so eine Behandlung ist mir noch nie zuteilgeworden!«

Flache Schüsseln mit der gelblichen Flüssigkeit wurden gebracht und vor ihnen auf den Tisch gestellt. Lanoe nahm seinen Löffel zur Hand, tauchte ihn ein und führte ihn zum Mund, sich des Umstands sehr bewusst, dass ihn sämtliche Choristen anstarrten. »Ist es ungefährlich?«, fragte er. »Sie haben doch gesagt, alles auf ihrem Planeten sei giftig für Menschen.«

»Das bezog sich auf die Flora. Der Chor isst keine Pflanzen. Das hier ist garantiert ungiftig und reich an wichtigen Nährstoffen«, sagte Archie und schob sich wie zum Beweis selbst einen bis zum Rand gefüllten Löffel in den Mund.

Lanoe nickte und probierte. Die Flüssigkeit war lauwarm, ölig, nichtssagend und ein bisschen abscheulich. Wie ausgelassener Speck als Suppe. Er würgte den Mundvoll herunter, entschlossen, sich den Ekel nicht anmerken zu lassen.

Ringsum brach der Chor in begeistertes Gezwitscher aus. Archie lachte so schallend, dass es fast aussah, als müsse er sich das Zwerchfell zerreißen. »Ich habe gesagt, es ist ungiftig. Von schmackhaft war nie die Rede!«

»Es ist sehr ... sättigend«, sagte Lanoe und sah Valk an. »Na los – aufessen.«

Valk zuckte mit den Schultern. »Kein Problem. Ich kann meine Geschmacksknospen ausschalten.«

Lanoe wandte sich wieder an Archie »Was ist da drin? Will ich das überhaupt wissen?«

»Ach, das Zeug ist vollkommen synthetisch, keine Sorge. Anscheinend erinnert es an die Lieblingsspeise des Chors aus der Zeit, als es auf ihrer Welt noch Tiere gab. Stellen Sie sich ein kleines Reh etwa von der Größe eines Hundes vor, aber mit dem Kopf eines Hirschkäfers. Dann muss man nur noch die Innereien verflüssigen, und ...«

Lanoe schob die Schüssel sanft von sich.

Er dachte, der Chor würde nie wieder zu zwitschern aufhören.

*

Das Ausmaß an Weltraum, den sie für ihre Phantomjagd zu durchsuchen hatten, war enorm. Der Orbit des Wurmloch-Schlunds lag nur wenige Millionen Kilometer vom örtlichen Stern entfernt – eine winzige, nahezu unsichtbare Verzerrung des Raums, ein Staubkorn in einem leeren Kolosseum. Der Kreuzer hatte definitiv etwas durch den Schlund kommen sehen, nur wussten sie weder, in welche Richtung es verschwunden war, noch, wie schnell. Ein kleines Schiff wie ein Aufklärer würde in all der Leere schnell verloren gehen. Fall es seine Position nicht aktiv mitteilte – was es nicht getan hatte –, blieb ihnen nichts anderes übrig, als nach Triebwerksimpulsen Ausschau zu halten. Der Aufklärer konnte problemlos seinen Antrieb ausschalten und unsichtbar bleiben.

»Warum rennt er nicht einfach zum Wurmloch zurück?«, fragte Bury. »Die haben ihn geschickt, um festzustellen, ob wir hier sind, oder? Um uns aufzuspüren, bevor sie weitere Schiffe einsetzen, um dieses System anzugreifen. Warum ist er dann immer noch hier?«

Obwohl Bury dicht neben Ginger flog, wusste er, dass er mit ihr über diese Dinge nicht sprechen konnte. Stattdessen hatte er sich mittels verschlüsseltem Kommunikationslaser an Leutnant Maggs gewandt. Er hatte sich schon ein wenig wie ein Rebell gefühlt, ihn überhaupt zu kontaktieren. Natürlich würde der Aufklärer ihr Gespräch nicht entdecken können, aber Candless hatte schließlich Funkstille verordnet.

Zum Glück bekam auch sie von der Verbindung nichts mit.

»Der Pilot weiß, dass wir kurzen Prozess mit ihm machen, sobald wir ihn finden«, sagte Maggs. »Es braucht schon eine spezielle Art von Verwegenheit, einen solchen Aufklärer zu fliegen. Kein Vektorfeld, keine Panzerung, nur unzureichende Bewaffnung, um sich zu verteidigen. Will man da überleben, muss man sich geschickt anstellen. Er wird seinen Antrieb abgeschaltet und die Lichter im Cockpit gelöscht haben. Er verlässt sich rein auf die passive Sensorik. Sammelt so viele Daten wie möglich. Falls er eine Chance zur Flucht sieht, wird er sie fraglos ergreifen. Allerdings erst dann, wenn er sich sicher ist, was er vor sich hat, und das gibt uns eine einzige Chance, ihn zu erwischen.«

»Sie haben schon Schlachten erlebt. Richtige Schlachten, meine ich, nicht so was wie das halbgare Scharmützel, als wir CentroCor das letzte Mal gesehen haben«, sagte Bury. »Ist das, was wir hier machen, typisch? Ewig in der Dunkelheit hintereinanderher zu schleichen?«

»Man müsste schon ein sehr dürftiges Verständnis von Militärgeschichte haben«, gab Maggs zurück, »um zu glauben, es gäbe etwas wie eine typische Schlacht. Jede ist anders, so wie jede Liebschaft, die Sie im Leben haben werden, anders ist. Sollte die Frage darauf abgezielt haben, ob ich schon an vielen Phantomjagden teilgenommen habe, lautet die Antwort: Natürlich. Das gehört dazu. Militärtaktik ist eine Art Spiel, verstehen Sie? Man hat diverse Figuren auf dem Brett – die Kriegsschiffe. Man weiß, nach welchen Regeln sie ziehen können – kennt ihre technischen Daten, ihre Ausstattung. Die Kommandanten beider Seiten müssen diese Figuren auf bestimmte Weise einsetzen, und jeder kann die Züge des Gegenübers auf bestimmte Weise kontern. Und doch gibt es genug Spielarten, um eine nahezu unbegrenzte Anzahl unterschiedlicher Vorgehensweisen zu ermöglichen.«

Bury gab sich Mühe, die geschwollene Ausdrucksweise zu ignorieren. »Was ich aber trotzdem nicht begreife – warum überhaupt einen Aufklärer vorschicken? Jetzt, da wir ihn gesehen haben, wissen wir, dass sie kommen. Der Aufklärer macht ihr Überraschungsmoment zunichte.«

»Ach, dass sie kommen, haben wir längst gewusst. Oder wenigstens befürchtet, was aufs Gleiche hinausläuft. Die Kameraden beim Militär sind allzeit paranoid. Darauf muss man sich einstellen. Anhand dessen, was wir beim letzten Mal erlebt haben, ist der Kommandant des Trägers sicher kein Dummkopf. Er weiß, dass wir ihm auflauern. Dass der Kreuzer über stärkere Geschütze verfügt als alles, was er aufbieten kann. Er weiß, dass wir fähige Piloten haben. Sollte der Träger einfach blindlings aus dem Wurmloch stolpern, könnten wir ihn in Stücke schießen, ehe sein Navigator auch nur begriffen hat, aus welcher Richtung wir kommen.«

Das klang recht überzeugend, wie Bury zugeben musste. »Was dann? Wenn Sie auf deren Seite wären, bei CentroCor, meine ich? Was würden Sie tun?«

»Einen Aufklärer etwa eine Tagesreise vor der Hauptstreitmacht aussenden«, sagte Maggs, als hätte er sich die Antwort längst zurechtgelegt und nur darauf gewartet, dass ihn jemand danach fragte. »Kommt er zurück, erfahre ich Wissenswertes über meinen Gegner. Kommt er nicht zurück, weiß ich immerhin, dass mein Gegner vor Ort ist und auf mich wartet. Der nächste Schritt wäre dann eine Gruppe Kataphrakte, vielleicht sogar ein ganzes Geschwader. Die lasse ich mit Höchstgeschwindigkeit und aus allen Rohren feuernd aus dem Schlund herausschießen. Sie werden herbe Verluste einstecken müssen, dafür aber die Waffensysteme des Gegners binden, ihn beschäftigt halten. Die dritte Schlachtreihe besteht dann aus dem Träger selbst, geschützt hinter einer Wand entbehrlicher Aufklärer, um einen massiven, tödlichen Gegenschlag zu verhindern, solange ich mich noch orientieren muss. Und da ich den Träger befehlige, entfessle ich mein ganzes Arsenal, jeden einzelnen Jäger in meinem Hangar – in der Hoffnung, dass sie den Kreuzer ausschalten können, ehe er mich mit seinen Gaußgeschützen unter Feuer nehmen kann.«

»Klingt riskant«, sagte Bury.

»Das ist Krieg immer, mein junger Freund. Aber die soeben dargelegte Strategie verschafft CentroCor die bestmöglichen Chancen.«

»Was, so um die fünfzig-fünfzig?«

»Eher siebzig-dreißig«, sagte Maggs. »Zu CentroCors Gunsten.«

»Moment mal«, sagte Bury. »Stopp.« Er hatte eher aus abstrakter Neugier heraus gefragt. Auf einmal hatte er die Situation sehr deutlich vor Augen. »Wollen Sie damit sagen, die könnten ...«

»Uns alle umbringen? Durchaus.«

»Aber wir haben Kommandant Lanoe auf unserer Seite«, warf Bury ein. »Er ist berühmt für seine Gerissenheit. Er wird einen Weg finden, wie ...«

»Lanoes Ruhm«, sagte Maggs, dessen Hohn beinahe aus dem Lautsprecher triefte, »hat längst ein Eigenleben entwickelt. Glauben Sie bloß nicht alles, was Sie hören, Hellion. Abgesehen davon ist er momentan *nicht hier*, falls ich Sie daran erinnern dürfte. Er ist zu sehr damit beschäftigt, jenseits dieses unmöglichen Wurmlochs Abenteuer zu erleben. Candless hat hier das

Sagen. Ihre alte Lehrerin. Wie war es noch gleich um deren Ruhm bestellt? In alten Zeiten feurig, konnte dann aber irgendwann nicht mehr mithalten?«

»Reden Sie nicht so über sie«, sagte Bury.

»Bitte allumfänglich um Vergebung«, säuselte Maggs.

»Hören Sie, nur weil …« Bury unterbrach sich, denn in seinem Augenwinkel tauchte eine grüne Perle auf. Es war Ginger, die zweifellos noch immer gegen ihr Gewissen ankämpfte. »Da ruft jemand anders an«, teilte er Maggs mit. Er unterbrach den Laser und drückte eine virtuelle Taste am Armaturenbrett, um die neue Verbindung anzunehmen.

»Bury«, sagte sie. »Ich … ich glaube, ich habe was gesehen.«

Ihre Stimme klang rau und dünn, beinahe panisch.

*

Im Anschluss an das Bankett hatten sie Dutzende Choristen kennenzulernen. Wasser-Fällt winkte jeweils eine von ihnen herbei, damit Lanoe und Valk ihr die Hände schütteln konnten – dem Ausmaß des Gezwitschers nach zu urteilen fand der Chor diesen menschlichen Brauch unglaublich amüsant. Dann teilte Wasser-Fällt ihnen den Namen der jeweiligen Artgenossin mit. »Dies ist Wind-in-sommerlichen-Wipfeln«, sagte sie mithilfe von Archie.

»Es tut uns so leid, dass Sie diese Geistesstörung erleben mussten«, sagte die Dame, die ebenfalls Archie als Sprachrohr bemühte.

»Wie bitte?«, sagte Lanoe. »Inwiefern?«

»Sie sagt, es sei höchst betrüblich, dass ich unten im Tunnel ausfällig geworden bin. Um ehrlich zu sein, hat er schon seit Längerem Anzeichen einer ernsthaften Depression gezeigt.«

Lanoe suchte Archies Blick, um erkennen zu können, was er von den Worten hielt, die er soeben übersetzt hatte. Der Schiffbrüchige wollte seinen Blick nicht erwidern.

»Er … wirkt auf mich ganz normal«, sagte Lanoe und richtete sich dabei direkt an Wind-in-sommerlichen-Wipfeln, aber sie hatte sich bereits abgewandt und einer anderen Choristin Platz gemacht.

»Dies ist Zermahlene-Kiesel-unter-weichen-Sohlen«, sagte Archie, als Wasser-Fällt die Nächste zu ihnen winkte.

Ehe sie mit dem Händeschütteln fertig waren, sprach die Neue bereits mit Archies Mund: »Sie hofft, dass mein Ausbruch Ihre Sicht des Chors nicht trübt. Sie sagt, ich sei schon immer ein wenig labil gewesen, vor allem in letzter Zeit seien meine Gedanken kaum noch zu entwirren.«

Lanoe hielt die Schere der Choristin fest, damit sie sich nicht abwenden konnte, bevor er antwortete: »Auf mich wirkt er durchaus zurechnungsfähig.«

Zermahlene-Kiesel-unter-weichen-Sohlen antwortete nicht. Stattdessen löste sie sich aus seinem Klammergriff und machte den Weg für die nächste Choristin frei, um Lanoe die Hand zu schütteln und ihm zu sagen, welch herbe Enttäuschung Archie für den Chor sei. In diesem Fall hoffte sie inständig, Lanoe wisse, dass Archie keineswegs die Ansicht oder Meinung des Chors als Ganzem vertrete.

Eine nach der anderen traten sie an ihn heran. Jede sagte mehr oder weniger das Gleiche. Entschuldigte sich für Archies labilen Geisteszustand.

»Was zum Teufel ist hier los?«, fragte Lanoe, nachdem ihm endlich alle Anwesenden vorgestellt worden waren.

»Sie beschämen mich«, erklärte Archie, der noch immer lächelte. »Das macht man hier so. Ich habe sie enttäuscht.«

Lanoe schüttelte den Kopf. »Sie enttäuscht? Inwiefern?«

»Ich hatte … na ja, nennen wir es Heimweh. Ich fürchte, unten im Tunnel, wo ich dachte, dass sie mir nicht zuhören können, habe ich mich davon übermannen lassen. Es war ein Fehler.«

»Sie haben uns gebeten, Sie mitzunehmen, wenn wir die Stadt

verlassen«, flüsterte Lanoe. Natürlich wusste er, dass der ganze Chor ihn trotzdem hören konnte. »Die tun gerade so, als wären Sie ein Verbrecher.«

Archie zuckte mit den Schultern. »Offene Kommunikation ist ihnen sehr wichtig. Harmonischer Gedankenaustausch, würden sie es wohl nennen. So wird jeder Tunichtgut behandelt, der die Symphonie durch eine säuerliche Note trübt.«

»Das ist nicht fair«, sagte Lanoe.

»Vor ein paar Stunden hatten Sie mich gefragt, wie der Chor mit Geisteskrankheit umgeht«, sagte Archie. »Ich bin nicht dazu gekommen, Ihnen eine hinreichende Antwort zu geben. Ich fürchte, Sie haben damit den Wurm im Apfel entdeckt. Aber gehen Sie nicht zu hart mit ihnen ins Gericht – versuchen Sie, es zu verstehen. Der Chor teilt jeden Gedanken, jede Emotion. Wenn sie etwas hören, was ihnen nicht gefällt, können sie es nicht ausblenden. Selbst wenn es zerstörerische Gedanken sind, die andere anstiften könnten, etwas Schreckliches zu tun. Begreifen Sie das nicht? *Eine* wahnsinnige Person kann die ganze Spezies mit ihrem Wahn infizieren. Es ist unerträglich. Es zerfetzt die Harmonie.«

»Sie sind keiner von ihnen«, sagte Lanoe.

In Archies Augen blitzte etwas auf – vielleicht eine Gefühlsregung –, war aber sofort wieder verschwunden. Wie weggewischt.

»Sie heißen es nicht gut«, sagte er.

Nur war es nicht Archie, der das sagte. Wasser-Fällt stand direkt hinter Lanoe. Behutsam legte sie ihm eine Schere auf die Schulter. Er begriff, dass sie vollständig die Kontrolle über Archie übernommen hatte, jetzt direkt durch ihn sprach.

»Da muss es doch einen anderen Weg geben«, sagte Lanoe. Trotz ihrer Lage. Obwohl er wusste, dass er den Chor damit erzürnen könnte. Gerade war es ihm ziemlich egal.

»Ob Sie es glauben oder nicht, manche von uns stimmen Ihnen zu. Nicht viele. Die meisten sind zufrieden mit der Art, wie dergleichen immer gehandhabt wurde. Die meisten von uns ordnen alles der Harmonie unter.«

»Sogar wenn das bedeutet, jeden niederzumachen, der schief singt«, sagte Lanoe.

»Wir sind nur noch so wenige. Wir können uns keine Zwietracht leisten.« Sie winkte Archie herbei, der sich mit ausdrucksloser Miene neben sie stellte. »Ich verlange von Ihnen nicht, uns als fehlerlos anzusehen«, sagte sie mit Archies Stimme. »Aber ich hoffe, dass wir trotzdem Verbündete sein können.«

Lanoe biss die Zähne zusammen.

Er wollte Archie helfen. Wollte ihn dem Einfluss des Chors entziehen. Sollte er die Sache jetzt vorantreiben – einen echten Aufstand anzetteln –, könnte das allerdings alles zunichtemachen. Er brauchte jede Hilfe, die er kriegen konnte, wollte er die Blau-Blau-Weiß wirklich zur Rechenschaft ziehen. Er brauchte den Chor.

Falls der Preis für ihre Hilfe ein menschliches Einzelschicksal war, das Seelenheil eines Schiffbrüchigen …

»Vielleicht«, sagte er langsam und sehr bedächtig, »können wir das Thema später noch einmal vertiefen. Wenn wir von hier aufbrechen. Nachdem unsere Verhandlungen abgeschlossen sind.«

»Selbstverständlich«, sagte Wasser-Fällt. Beziehungsweise Archie. »Auch wenn ich bezweifle, dass sich die Antwort bis dahin ändert.« Die Choristin hob einen Arm und drehte die Schere von links nach rechts. Lanoe konnte ihre Geste nicht entschlüsseln.

Archies Gesicht zuckte. »Sie kann Ihre Ungeduld nachvollziehen«, sagte er, »und bittet um Entschuldigung. Als der Chor Sie einlud, ging man davon aus, Sie würden ihre Kultur und Gebräuche unbedingt kennenlernen wollen. Sie hat eingesehen, dass das ein Irrtum war. Offensichtlich verfolgen Sie andere Ziele. Deswegen sagt sie, dass es jetzt vielleicht an der Zeit ist.«

»Zeit?«

»Zeit für Sie, zu sehen, was der Chor Ihnen anzubieten hat. Was sie der Menschheit anzubieten haben. Wollen Sie uns begleiten und es sich ansehen?«

»Sicher«, sagte Lanoe. Valk wollte sich erheben, um sie zu begleiten, aber Lanoe schickte ihm eine knappe Textnachricht und sagte dann laut: »Nein, Valk, bleib du hier und genieße die Apport-Schau, was auch immer es damit auf sich hat.«

»Alles klar«, sagte Valk. »Wie du meinst.«

Lanoe nickte, dann folgte er Wasser-Fällt und Archie aus dem Bankettsaal. Draußen wartete bereits ein Luftfahrzeug auf sie.

*

Der Asteroid hatte nur ein paar Hundert Meter Durchmesser. Die Sonnenseite war bräunlich-grau, die Nachtseite zeigte nichts als scharfkantige Schatten. Er war von so vielen Kratern bedeckt, dass er aussah wie ein Klotz aus Bimsstein, der sich seinem Gestirn auf der langsamen, exzentrischen Umlaufbahn bis auf eine halbe Million Kilometer annäherte. Ein überaus uninteressanter Felsbrocken. Burys Sensoren entdeckten nicht auch nur den kleinsten Hinweis darauf, dass sich der Aufklärer dort unten verbergen könnte. Natürlich konnte er die aktive Sensorik nicht einsetzen – sonst hätte der Aufklärer wahrscheinlich auf der Stelle bemerkt, dass man nach ihm suchte. Aber weder Teleskope noch Rectennen konnten etwas entdecken.

»Und du bist ganz sicher, da was gesehen zu haben?«, hakte er nach.

»Nur ein – kurzes Funkeln, wie ein verdammt winziger Lichtblitz«, sagte Ginger. Sie atmete hörbar ins Mikrofon. Er hatte abermals versucht, sie zu beruhigen, diesmal allerdings ohne Erfolg. »Es könnte – *könnte* – eine Reflexion in einem Cockpit gewesen sein.«

»Hast du Candless Bescheid gesagt?«

»Ich habe ihr eine kurze Nachricht geschickt. Sie hat gesagt, wir sollen es überprüfen. Bury, ich weiß nicht weiter.«

»Dann überprüfen wir. Wie man es uns aufgetragen hat«, gab er zurück.

»Du weißt genau, was ich meine. Wenn der Aufklärer *wirklich* da ist, wenn er uns angreift …«

»Lass dich etwas zurückfallen«, sagte Bury. »Bleib hinter mir. Ich erledige das. Aber … entspann dich einfach, okay?« Die Situation kam ihm reichlich absurd vor. »Ich fliege voraus und schaue mir das an, und du bleibst … Ginger, halte bitte durch.«

»Danke«, hauchte sie.

Vielleicht half er ihr wirklich. Er wusste es nicht. Er beschleunigte und näherte sich dem Asteroiden.

Eine stabile Umlaufbahn um einen derart kleinen Felsen war so gut wie nicht zu machen, also versuchte er es gar nicht erst. Stattdessen zog er eine lange Schleife und half mit den seitlichen Manövrierdüsen nach, bis er mit dem Bug voraus um den Felsen rotierte. Er betrachtete die Krater und suchte nach etwas, das nicht ins Bild passte. Gerade Linien. Die scharfe Kante einer Tragfläche. Das Glühen einer Triebwerksdüse.

Nichts. Er schaltete die Sensorik hinzu, suchte im Infrarot-Spektrum, ließ den Bordcomputer nach unnatürlichen Gesteinsformationen Ausschau halten. Er drehte weiter seine Runde um die Nachtseite und hielt die Augen offen, konzentrierte sich allerdings hauptsächlich aufs Fliegen, während seine Technik ihre Arbeit erledigte. Vielleicht fiel dem Computer etwas auf, das ihm entgangen wäre. Aber … nein.

Nichts. Er biss die Zähne zusammen und suchte weiter. Falls Ginger sich wirklich nur erschreckt hatte, falls sie den Lichtblitz gesehen hatte, weil sie fest damit rechnete, ihn zu sehen, und ihr überreiztes Gehirn ihr nur einen Streich gespielt hatte …

»Ich sehe hier nur Mist«, sagte er. »Ginj, ich gehe jetzt auf aktive Sensorik. Ich mache einen kurzen Durchgang, so schnell ich kann, damit wir wissen, dass da wirklich nichts ist. Okay?«

»Bury, wenn er doch da ist …«

»Dann scheuche ich ihn auf. Bleib einfach da hinten – alles kein Problem.«

Sie antwortete nicht.

Er zog das Sensorpult direkt vor sich, sodass es einen Teil der Sicht durch die Frontscheibe verdeckte. Flackernd legte sich die virtuelle Tastatur unter seine Finger. Die rechte Hand weiterhin um den Steuerknüppel gelegt, gab er mit der linken eine schnelle Abfolge von Befehlen ein, stieß mit dem Zeigefinger immer wieder wie ein Raubvogel zu. Er bereitete einen ausführlichen Lidar-Suchlauf vor, der den Asteroiden bloßlegen würde. Und jedem, der eventuell zusah, seinen Standort verraten würde.

Wenn es half, Ginger zu beruhigen, war es das Risiko wert.

Er drückte die letzte Taste.

Auf seinem Display baute sich der Asteroid als Bildreihe auf, die sich schnell zu einer Falschfarben-Gesamtansicht der zerklüfteten Felsen wandelte. Krater erblühten in neuem Licht, Hügelketten lösten sich auf, als die Schatten an ihren Flanken schmolzen. Felsbrocken wurden gescannt und dreidimensional dargestellt, nur um zu zeigen, wie normal und natürlich und uninteressant sie tatsächlich waren. »Bis jetzt noch nichts«, sagte er. »Ginger, ich glaube …«

»Bury!«, schrie sie.

Auf seinem Taktikschirm flammte ein rotes Licht auf. Er fuhr herum und sah es – ein kleines Schiff, das sich mit maximaler Beschleunigung von der entgegengesetzten Seite des Asteroiden entfernte. Es war ungeheuer schnell.

»Zum Teufel«, fluchte er und wischte die Sensorik aus seinem Blickfeld. Er riss seinen Jäger auf den Manövrierdüsen herum, zündete das Haupttriebwerk und nahm so schnell wie möglich die Verfolgung auf, auch wenn er wusste, sich ganz sicher war, dass er zu spät kommen würde.

Der Aufklärer befand sich auf einem Kurs, der ihn direkt an Ginger vorbeiführen würde, kaum zehn Kilometer von ihrer Position entfernt.

»Ginger, noch hat er dich nicht gesehen«, rief Bury. »Du hast freies Schussfeld. Wenn du ihn nicht …«

»Bury, du musst das tun, du musst …«

Sie verstummte. Er hörte sie noch immer atmen – aber sie hyperventilierte. Er fluchte lautlos und holte alles aus seinem Antrieb heraus, aber er war zwecks Umrundung des Asteroiden beinahe auf Schneckentempo gegangen und würde viele kostbare Sekunden brauchen, um wieder die nötige Geschwindigkeit zu erreichen.

»Ginger«, versuchte er es abermals, »hör zu. Das ist ganz einfach. Dein Computer findet problemlos eine gute Feuerleitlösung. Du musst nur …«

Er stockte, denn sein Taktikschirm hatte einen gelben Punkt markiert, der sich rasch von dem Aufklärer entfernte. Gingers Jäger, der sich mit Höchstgeschwindigkeit absetzte.

Sie floh.

»Nein«, sagte er. »Nein, Ginj, dreh um. Dreh sofort um und stelle dich ihm. Er hält Kurs – er verfolgt dich nicht. Ginj, du musst es tun.«

Aber es war zu spät. Sie hatte ihren Kommunikationslaser deaktiviert. Hatte den Schwanz eingezogen und nahm Reißaus. Wie es aussah, flog sie zum Kreuzer zurück. Und der Aufklärer würde entkommen – sein Pilot hatte den Kurs so angepasst, dass er ihn direkt durch den Wurmloch-Schlund tragen würde. Bury setzte nach, aber das leichte Schiff ohne Panzerung war schneller als er. Der Mistkerl würde entkommen, er würde …

»Leutnant Maggs – wenn ich bitten dürfte«, sagte Candless über den Teamkanal.

»Mit dem größten Vergnügen«, sagte Maggs.

Bury hatte vergessen, dass Maggs' Z.XIX über solche Entfernungen schießen konnte. Der blaue Punkt auf seinem Taktikschirm, der die Position des Aufklärers markierte, blinkte einen Moment und löste sich auf. Durch die Frontscheibe sah Bury einen Hauch flackernden Lichts erblühen, dann war auch dieses Wölkchen wieder verschwunden.

Er suchte nach Ginger.

Sie floh noch immer. *Zum Teufel,* dachte er. *Verdammt noch mal, Ginger, weißt du nicht, wie das ankommen muss?*

»Fähnrichin Ginger«, sagte Candless, »kehren Sie in Ihre Formation zurück.« Keine Reaktion. »Fähnrichin«, wiederholte Candless gefährlich ruhig, »das ist keine Bitte. Wenn Sie nicht sofort in Ihre Formation zurückkehren, muss ich das als Befehlsverweigerung werten.« Bury hörte sie seufzen. Er wusste genau, wie unangenehm ihr die Situation war. »Ginger«, sagte sie und klang sogar ein wenig sanftmütiger, »Ginger, wenn Sie nicht auf der Stelle umkehren, kann ich Ihnen nicht mehr helfen. Das hat ernste Folgen.«

»Ma'am«, sagte Bury, »ich glaube, sie hat ihr Funkgerät abgeschaltet. Wahrscheinlich kann sie Sie nicht einmal hören.«

»Das allein wäre schon ein Verstoß gegen die Vorschriften. Es tut mir leid, Bury.« Candless räusperte sich. »Fähnrichin Ginger, Sie haben fünf Sekunden, um umzudrehen. Soll ich mitzählen? Noch drei. Zwei Sekunden. Eine.«

»Frau Leutnant!«, rief Bury. »Lassen Sie mich zu ihr fliegen. Ich kann sie überzeugen, ich weiß es genau, wenn Sie mich nur ...«

»Fähnrich Bury, ich brauche Sie hier vor Ort«, sagte Candless. »Sie werden Ihre Position halten und diesen Kanal verlassen.«

»Aber ...«

»Direkt hinter dem Wurmloch-Schlund könnten weitere CentroCor-Einheiten warten. Wir müssen bereit sein, sie sofort zurückzuschlagen, sollten sie auftauchen. Wenn Sie diesen Kanal weiter mit unnötigem Gerede überhäufen, stecken Sie in genauso großen Schwierigkeiten wie Ihre Kameradin. Sie haben Ihre Befehle. Muss ich noch deutlicher werden?«

Bury blieb nichts anders übrig, als Gingers kleinen gelben Punkt in der Ferne verschwinden zu sehen.

»*Fähnrich Bury*. Muss ich noch deutlicher werden?«

»Nein, Ma'am.«

*

Wieder sanken sie durch das Aquädukt der großen Wasserkugel im Herzen der Stadt entgegen. Niemand sprach. Vielleicht hatte Archie eingesehen, dass er niemals frei sprechen konnte, selbst in diesem ohrenbetäubenden Getöse nicht. Vielleicht hatte ihn die öffentliche Beschämung gelehrt, seine Gefühle besser im Griff zu haben. Oder Wasser-Fällt war einfach in der Lage, ihn verschlossen zu halten, ihn kaum denken oder fühlen, geschweige denn sprechen zu lassen.

Das Luftfahrzeug verließ den Tunnel und näherte sich in weiten Schleifen der Insel, dem einzigen Flecken Festland auf diesem gefangenen Ozean. Der Strahl des Leuchtturms folgte ihnen und markierte die Stelle, an der sie landen sollten.

»Hier entlang«, sagte Archie/Wasser-Fällt. Beide deuteten auf den Leuchtturm, ihre Gesten in perfektem Einklang. Vor der Tür des Gebäudes wartete eine Choristin. »Darf ich vorstellen: Trällern-des-Raubtiers-in-der-Abenddämmerung. Sie ist die Hüterin dieses Turms. Eine Stellung von größtem Ansehen.«

Die Choristin verbeugte sich und gestikulierte beim Sprechen, da sie vielleicht wusste, dass Lanoe ansonsten nicht auseinanderhalten konnte, wer ihn gerade ansprach.

»In der Zeit vor der Zweiten Invasion war der Chor wie eine Schere, die sich fest um einen Samen gelegt hat. Der Samen war vollkommen geschützt, konnte so aber nicht wachsen. Als die

515

Zwölf diese Stadt erbauten und hier vor den Gefahren der Galaxis verbargen, legten sie Wert darauf, ihre Scheren einen Spaltbreit geöffnet zu halten. Sie, Fremder, konnten durch diesen Spalt zu uns gelangen, da wir wissen, dass wir uns der Möglichkeit gegenseitigen Vertrauens nicht entziehen dürfen.«

Offenbar erwartete man von Lanoe keine Antwort. Als sie ihre zeremonielle Begrüßung beendet hatte, brachte Trällern-des-Raubtiers-in-der-Abenddämmerung sie ins Innere des Turms. Wie bei jedem Gebäude des Chors, das Lanoe bisher betreten hatte, bestand auch hier das Erdgeschoss aus einem einzigen großen Raum. Eine breite Rampe führte hinauf ins Licht, sie hingegen wurden zu einer beweglichen Plattform gebracht, die hinab in den felsigen Sockel der Insel führte.

Sie sanken, bis Lanoes Ohren knackten. Die Luft wurde wärmer, schwerer und zunehmend schwül. Kurz hatte er das Gefühl, ihm drehe sich der Magen um, und seine Füße lösten sich vom Boden. Der Umstand war ihm durchaus vertraut – die Schwerkraft setzte aus. Ehe er reagieren konnte, kehrte sein Gewicht zurück, als sei nichts geschehen. Weder Archie noch den Choristen schien der Wechsel überhaupt aufgefallen zu sein.

Sie mussten mindestens einen Kilometer zurückgelegt haben, bis um sie herum die Wände zurückwichen und die Plattform am Boden einer großen Höhle anhielt.

»Dies ist der sicherste, bestgeschützte Ort in unserer Stadt«, sagte Archie mit lebloser Miene. Sein Mund schien die Worte kaum formen zu können. Lanoe vermutete, dass Wasser-Fällt einmal mehr die vollständige Kontrolle über ihn übernommen hatte. »Archie ist noch nie hier unten gewesen. Auf Wunsch darf jede Choristin diese Höhle besuchen, normalerweise halten sie sich allerdings fern. Es ist kein Ort, den man leichthin aufsucht.«

Die Deckenbeleuchtung schien auf etwa dreißig Steinsäulen, sämtlich mit kunstvollen Flachreliefs verziert. Vor jeder Säule schwebte ein zweidimensionaler Bildschirm, der ein einziges unbewegtes Bild zeigte.

»Die Zwölf haben diesen Ort erdacht, auch wenn sie ihn nicht eigenhändig erbaut haben. Viele Generationen von uns waren vonnöten, um ihn Wirklichkeit werden zu lassen. Er wurde dafür geschaffen, uns alle zu überdauern und so lange intakt und sicher zu sein, wie es nötig ist. Falls die Stadt angegriffen wird – selbst, wenn sie zerstört wird und unsere Raumzeit-Blase kollabiert –, gibt es Vorkehrungen, um die Höhle zu bewahren. Diese Statuen«, sagte Wasser-Fällt und gestikulierte ausladend, »sind so lange geschützt, bis sie gebraucht werden.«

Lanoe ging zur nächstgelegenen Säule und betrachtete das Bild, das vor ihr in der Luft schwebte. Ein Wesen, das an eine gefleckte Echse erinnerte, aus deren Rücken ein einziger Arm wuchs. Der Arm endete in einer Hand mit zwei opponierbaren Daumen. Die Echse trug ein eng anliegendes Gewand aus einem Material, das wie Schaumgummi aussah.

Er ging zur nächsten Säule. Das Bild zeigte einen Knoten aus Tentakeln, von denen einige in zarten Spiralen endeten, andere in einer Art Facettenauge.

Das Bild der dritten Säule zeigte ein Wesen, das beinahe humanoid aussah, mit zwei Armen und zwei Beinen, allerdings ohne Kopf. Bis auf die Handinnenflächen war der gesamte Körper von einem Fell aus dicken, schwarz gestreiften Dornen überzogen.

Alle Säulen waren mit den Abbildern höchst unterschiedlicher Wesen versehen.

»Sie, Aleister Lanoe, haben Beeindruckendes vollbracht, als Sie die Flotte der Blau-Blau-Weiß besiegten. Vor allem angesichts der Tatsache, dass Sie so wenig Schiffe, so wenig Piloten zur Verfügung hatten.«

»Sie haben es mit angesehen«, sagte Lanoe. »Sie können durch Wurmlöcher sehen, richtig? Sie wie Teleskope benutzen?«

»Der Chor kann sich nicht gänzlich von der Außenwelt ab-
schotten. Wir beobachten. Wir zwingen uns, zuzusehen, wenn
die Blau-Blau-Weiß töten und morden. Wieder und wieder
haben wir es gesehen. Sie haben eine ihrer Flotten besiegt, aber
Sie wissen, dass es noch mehr von ihnen gibt, Millionen mehr.
Sie werden die Menschheit weiter heimsuchen. Sie werden erst
ablassen, wenn sie die Menschheit vollständig ausgelöscht haben. Das muss Ihnen klar sein.«

»Sicher«, sagte Lanoe. »Es sei denn, wir halten sie auf.«

»Das ist unmöglich. Es tut mir leid. Viele Spezies haben es versucht. Man kann sie zurückschlagen, einzelne Planeten retten, wie
es Ihnen gelungen ist. Aber es werden immer nur mehr Flotten
nachrücken. Sie geben nie auf, und irgendwann werden sie auch
die Menschheit zermürben. Selbst die Waffen, die der Chor vor
der Zweiten Invasion entwickelt hatte – von denen viele verloren
sind und nicht neu entwickelt werden können –, haben nicht aus-
gereicht. Es gibt nur ein Mittel, sie endgültig aufzuhalten.«

»Und zwar?«, fragte Lanoe.

»Zeit«, sagte Wasser-Fällt. »Ihr Begleiter, Tannis Valk, war in
der Lage, ihren Rechner anzuzapfen und ihre Programmierung
zu analysieren. Aber er war nicht der Erste. Wir kennen diese
Daten seit Langem und wissen, was geschehen wird. Irgendwann in ferner Zukunft werden die Drohnenflotten der Blau-
Blau-Weiß jedes System besucht und jeden Gasplaneten in der
Galaxis umgestaltet haben. Wenn sie nichts mehr zu tun, wenn
sie ihr Werk vollendet haben, werden sie sich abschalten. Dann
wird der Chor die Sicherheit dieser Stadt und dieser Blase verlassen können und zu den Welten unter den Sternen zurückkehren.«

»Wie lange soll das dauern?«, fragte Lanoe. »Beziehungsweise – vergessen Sie's. Ich weiß, dass Sie eine andere Art der
Zeitrechnung pflegen.«

»Ich kann Archies Gedanken gut genug lesen, um Ihr Konzept

von Jahren zu verstehen, und es ist keine allzu komplizierte Rechnung. Es sollte in etwa weitere zweieinhalb Milliarden Ihrer Jahre dauern.«

»Mehr nicht«, sagte Lanoe.

»Der Chor hat sich eine weitreichende Perspektive angeeignet. Nichts anderes blieb uns übrig. Wir werden warten, wir werden die Blau-Blau-Weiß überdauern. Und wenn die Zeit gekommen ist, können Sie an unserer Seite sein.«

Lanoe war vor einer weiteren Säule zum Stehen gekommen. Das dort gezeigte Wesen hatte Ähnlichkeit mit einer Kellerassel, war zur Gänze von einem Gliederpanzer aus Chitin bedeckt und hatte viele winzige Beinchen. Der Körperpanzer war von komplexer Kalligrafie überzogen, entweder tätowiert oder aufgemalt. Schrift in einem unbekannten Alphabet.

»Ich glaube, ich begreife langsam«, sagte Lanoe, »was es mit diesem Ort auf sich hat. Die Säulen sind innen hohl, richtig? Und enthalten DNS-Proben.«

»Kristallin stabilisiertes Erbgut. Nicht alle Spezies benutzen dieselben Chemikalien, um ihre Gene zu vererben. Manche von ihnen basieren nicht einmal auf Kohlenstoff.«

»Sicher«, sagte Lanoe. »Sicher.« Er ließ den Kopf hängen. Schloss die Augen. Dachte angestrengt nach. »Wenn die Zeit also endlich gekommen ist, dann tun Sie – was? Klonen einen Haufen neuer Leute aus diesem Material? Haben Sie ihre Erinnerungen auch abgespeichert? Ihre Kultur, ihre Technologie, alles, was sie wissen, alles, was sie je niedergeschrieben haben?«

»Leider können wir nicht mehr als das Erbgut sammeln. Es wäre unmöglich, all die anderen Informationen auf eine Weise abzuspeichern, die sicher genug ist, um entsprechend lange zu überdauern.«

»Also … erschaffen Sie all diese Rassen neu. Erstellen neue Kopien. Nur werden sie geboren, ohne zu wissen, wer sie sind. Sie suchen ihnen einen netten Planeten und verraten ihnen am

Ende sogar, wie man Feuer macht. Sagen ihnen einfach: Seid fruchtbar und mehrt euch.«

»Es bedeutet Überleben. Die einzige Alternative ist das Aussterben.«

Lanoe betrachtete die Säulen. »Jede eine andere Spezies. Sie alle haben Ihr Angebot angenommen.«

»Seit der Zeit der Zweiten Invasion hat der Chor mit dreiundsiebzig intelligenten Spezies Kontakt aufgenommen und jeder von ihnen den gleichen Vorschlag unterbreitet.«

Lanoe zählte die Säulen ab. Achtundzwanzig. »Dann hat die Mehrheit von ihnen Nein gesagt.«

»Wir haben ihre Wünsche respektiert.«

»Und wie viele von diesen dreiundsiebzig, die Sie gefragt haben, sind noch unter uns? Wie viele von ihnen sind noch nicht von den Blau-Blau-Weiß ausgerottet worden?«

»Nur eine«, sagte Wasser-Fällt. »Die Menschheit.«

Lanoe ging zur letzten Säule hinüber. Das Bild zeigte Archie, allerdings in einem anderen Zustand. Auf diesem Bild trug er keinen Bart. Auch fehlte die Narbe an der Schläfe.

Die Säule hinter seinem Abbild war unvollendet. Das kunstvolle Flachrelief fehlte, außerdem war sie kleiner als die anderen und nach oben offen. »Leer?«, fragte Lanoe.

»Ein Individuum kann nicht genug Erbgut liefern, um eine ganze Spezies zu reproduzieren. Wir würden Proben von etwa zwölfhundert Menschen benötigen, um einen brauchbaren Genpool zu erhalten.«

Lanoe nickte. »Auf meinem Schiff befinden sich weniger als fünfzig Leute. Aber das ging auch nicht wirklich an mich, richtig? Sie möchten, dass ich zur Erde zurückfliege und eine Antwort von meiner Regierung einhole.«

»Es ist keine Entscheidung, die von einer Person allein gefällt werden kann. Sie beeinflusst die Zukunft jedes einzelnen Menschen.«

»Sicher«, sagte Lanoe. »Sicher.«

Sobald er beschloss, genug gesehen zu haben, kehrten sie zur Plattform zurück, die sich beinahe gemächlich in Bewegung setzte. Als sie sich der Oberfläche näherten, tauchte eine grüne Perle in Lanoes Augenwinkel auf und pulsierte in einem Muster, das ihn wissen ließ, dass er eine Nachricht versäumt hatte. Wahrscheinlich hatte sein Anzug sie in der seltsamen Höhle unter dem Meer nicht empfangen können.

Die Nachricht stammte von Valk. Die KI hatte sich kurzgefasst.

Candless hat sich gemeldet und gewarnt, dass uns die Zeit davonrennt. CentroCor ist da.

»Stimmt etwas nicht?«, fragte Wasser-Fällt. »Ihr Gesichtsausdruck ist mir nicht unbekannt. So schaut Archie, wenn er schlechte Nachrichten bekommen hat.«

»Ich muss so schnell wie möglich zu meinem Schiff zurück«, sagte Lanoe. »Um ein paar neue Befehle zu erteilen.«

28

Ginger landete im Hangar des Kreuzers und schaltete ihr Triebwerk aus. Sie hatte das Gefühl, kaum atmen zu können, packte den Kragenring und deaktivierte ihren Helm. Rang nach Luft. Sah Sterne.

Bis auf sie selbst war der Hangar verlassen. Damit hatte sie nicht gerechnet. Sie war fest davon ausgegangen, die Marines würden sie bereits erwarten, um sie auf der Stelle festzunehmen. Sie hatte sich darauf vorbereitet – es wäre immer noch besser gewesen, als auch nur eine Sekunde länger draußen in der Dunkelheit zu bleiben.

Stattdessen – es schien ihr fast, als hätte man sie vergessen. Vielleicht waren auch alle zu beschäftigt, um sich um ihre Zukunft zu kümmern.

Sie öffnete das Cockpit, stieß sich ab, schwebte zur Reling nahe der Luftschleuse ins Innere des Schiffs und fragte sich, was zur Hölle sie jetzt tun sollte.

Sie machte sich auf den Weg zu ihrer Koje, zitterte am ganzen Körper, wollte nur schreien, sich dringend zu einer Kugel zusammenrollen und einfach zu existieren aufhören. Als sie die Messe erreichte und Leutnantin Ehta dort schweben sah, hielt sie inne. Ausgerechnet sie ... »Und? Was war's?«, fragte Ehta.

»Ich ... wie bitte?«

Ehta rümpfte die Nase. »Das UFO. Der Sichtkontakt. Candless hat angerufen und gesagt, dass ihr auf Phantomjagd wart. Habt ihr was gefunden?«

»CentroCor«, sagte Ginger und nickte. »Sie sind da.«

»Verflucht«, sagte Leutnantin Ehta und ging weiter der Tätigkeit nach, mit der sie beschäftigt gewesen war und bei der es sich augenscheinlich um den Verzehr von irgendetwas Essbarem handelte.

»Die haben uns eingeholt«, sagte Ginger. »Wie können Sie hier …« Sie verzog das Gesicht. »Verstehen Sie das denn nicht? Die werden wieder versuchen, uns umzubringen.«

»Ja, schon klar«, sagte Ehta. »Aber nicht im Lauf der nächsten Stunde, oder?«

»Ich … weiß nicht. Wahrscheinlich nicht.«

»Fein, weil ich jetzt erst mal Hunger habe.« Leutnantin Ehta drehte sich um, widmete sich wieder ihrer Mahlzeit und sah das Gespräch offensichtlich als beendet an. Ginger schluckte schmerzhaft. Entweder die Frau mochte speziell sie nicht oder konnte Piloten generell nicht ausstehen. Vielleicht lag es nur an der alten Rivalität zwischen Fliegern und Bodentruppen, vielleicht … vielleicht tat es nichts zur Sache.

Mit irgendwem musste sie aber reden. Und zwar dringend.

»Ich hab's verbockt«, sagte sie. »Ich habe was richtig Schlimmes getan.«

Ehta seufzte, sah sie jedoch nicht an. »Kleine, ich weiß nicht, ob …«

Ginger schüttelte vehement den Kopf. Sie musste es einfach loswerden. Sie musste reden und brauchte jemanden, der ihr antwortete. Bis ihr Herz aufhörte, so wild zu hämmern. »Ich habe meine Formation verlassen. Ich – ich habe ihn gesehen. Den Aufklärer. Und ich wusste, dass ich auf ihn schießen musste, und konnte nicht. Oh, Himmel. Ich konnte nicht. Es *ging* einfach nicht.«

»Du bist von deinem Patrouillendienst geflüchtet«, sagte Ehta sehr behutsam.

Ginger nickte und biss sich auf die Lippe.

»Dir ist klar, dass das so ziemlich die erste Regel der Flotte ist? Nicht fliehen. Das haben sie euch beigebracht, oder?«

»Ja.«

Leutnantin Ehta sah ihr ein paar lange Sekunden tief in die Augen. Dann schwebte sie zurück zum Nahrungsspender. »Hier. Wir sollten besser darüber reden.«

Sie reichte Ginger eine Tube mit Wasser. Es schmeckte säuerlich, und Ginger würgte es nur mit Mühe herunter.

»Was ist da drin?«, fragte sie.

»Elektrolyte«, sagte Ehta. »Du hattest eine Panikattacke. In so einem Fall glaubt dein Körper, dass du tatsächlich krepierst. Er saugt dir sämtlichen Blutzucker aus dem Kopf und lädt ihn in den Muskeln ab, damit du schneller wegrennen kannst. Nicht unpraktisch, wenn man von einem Tiger verfolgt wird, hat aber einen fiesen Kater zur Folge. Das Zeug hier wird dich nicht direkt beruhigen, aber dich zumindest davor bewahren, dass du dich hinterher wie verprügelt fühlst. Wie geht es deinen Beinen?«

»Schwach. Zittrig. Zum Glück haben wir hier momentan keine Schwerkraft – ich weiß nicht, ob ich stehen könnte.«

Ehta nickte weise.

»Woher weißt du das alles?«, fragte Ginger.

»Ich habe es selbst durchgemacht.« Die ältere Frau seufzte und schnallte sich in ihrem Stuhl fest. Offenbar ging sie fest davon aus, dass dieses Gespräch eine Weile dauern würde. »Ich war auch Pilotin, weißt du? Tja. Und dann Schiss gekriegt. War mit den Nerven völlig am Ende. Wenn ich dieser Tage ein Raumschiff auch nur betrete, merke ich es sofort. Dieses komische Gefühl, als hätte einem jemand mit 'nem Löffel alle inneren Organe entfernt, und man wäre vollkommen leer. Du kennst das ja, wenn der Kopf …« Sie legte die Hände an die Schläfen, die Daumen über die Augenbrauen. »Als wäre da eine Schnur um den Kopf, die sich immer fester zuzieht. Schwindel, man kann die Augen nicht mehr stillhalten. Ja, ich sehe dir an, dass du weißt, was ich meine. Hör zu, Kleine, menschliche Gehirne sind für diese Aufgabe einfach nicht gebaut. Einen Jäger zu fliegen, meine ich. Eigentlich sollte man sich nicht auf zwei Dinge gleichzeitig konzentrieren können, die räumlichen Abmessungen und die Geschwindigkeit sind total verkehrt, alles so viel größer, als wir eigentlich begreifen können …«

»Das war für mich nie ein Problem«, sagte Ginger.

Ehta sah sie säuerlich an, und sofort wand sich Ginger innerlich. Sie konnte die Vorstellung kaum ertragen, diese Frau vor den Kopf gestoßen zu haben. »So meinte ich das nicht … es ist nur …«

»Dann sag mir, wie du es gemeint hast.«

Ginger nickte. »Eigentlich sollte ich gar nicht hier sein.«

Ehta reagierte nicht, sondern betrachtete einfach Gingers Gesicht, als könnte sie ihm etwas ablesen.

Ginger senkte den Blick. »Ich bin keine … ich hätte nie Pilotin werden sollen. Ich bin aus dem Ausbildungsprogramm ausgeschieden – bevor wir hergekommen sind. Als Leutnantin Candless mir das erzählt hat, habe ich mich furchtbar geschämt. Mir erzählt hat, dass ich nie … ach, verdammt. Soll ich ehrlich sein? Ich war erleichtert.«

Ehta nickte.

»Eigentlich wollte ich nie Pilotin werden. Nicht mal als Kind. Aber ich hatte nie eine Wahl. Niemand hat mich je gefragt, was ich will. Und als ich da eben das CentroCor-Schiff gesehen habe … habe ich einfach aufgegeben. Habe aufgehört, mir länger was vorzumachen.«

Ehta legte die Hände auf den Tisch, stützte sich ab und ließ sich tiefer in ihren Stuhl sinken. »Okay«, sagte sie.

»Wie kann das okay sein?«

»Es geht doch darum, wer du bist.« Die ältere Frau zuckte mit den Schultern. »Du hast deine Grenzen erkannt. Gut, dann musst du dir eben einen neuen Job suchen. Kleine, ich bin keine Therapeutin. Ich habe keine Ahnung, was du Weltbewegendes von mir hören wolltest. Ich kann dir nicht dabei helfen, zu verändern, wer du bist. Also versuchen wir das gar nicht erst. Stattdessen sollten wir uns darauf konzentrieren, was als Nächstes kommt.«

»Oh«, sagte Ginger. »Himmel.« Sie hatte darüber noch nicht sehr gründlich nachgedacht. Vielmehr hatte sie aktiv versucht, gar nicht daran zu denken.

»Jap. Man wird dich der Feigheit anklagen. Das ist dir hoffentlich klar?«

»Ich dachte – es liefe eher auf Fahnenflucht hinaus.«

Ehta schnaubte. »Nicht doch, da hast du Glück gehabt! Draußen in der echten Welt, mitten in einem Vernichtungskrieg, klar, dann wäre es Fahnenflucht, will sagen: Erschießungskommando. Aber auf dieser Mission – na ja, das ist alles nicht so einfach. Hier gelten andere Regeln.«

»Feigheit«, sagte Ginger. »Das ist … immer noch ziemlich schlimm. Sie werden mich für mehrere Jahre ins Gefängnis werfen und irgendwann unehrenhaft entlassen.«

Ehta zuckte die Achseln. »Vielleicht lassen sie Gnade walten.«

Ginger schüttelte den Kopf. »Ich weiß nicht. Leutnantin Candless …«

»Ja, die ist echt eine harte Nuss. Sie wird die formelle Anklage vorbringen, aber das Urteil hat nicht sie zu fällen. Das ist Lanoes Aufgabe als Kapitän dieses Schiffs, und genau das ist vielleicht deine Chance. Er wird dich anschreien, bis dir die Ohren abfallen, keine Frage. Und dabei aussehen, als würde er dich am liebsten auf der Stelle erschießen. Aber ich versichere dir, ich kenne ihn schon ziemlich lange. Wenn du dich geschickt anstellst, wird es vielleicht gar nicht so schlimm. Also hör zu: Wenn du vor ihm stehst, versuche *ja nicht*, dich zu entschuldigen. Erzähle ihm keine hochtrabende Geschichte über Richtig und Falsch. Das wäre für ihn bloß Zeitverschwendung. Er ist stets davon überzeugt, die letzte Instanz zum Thema Gut und Böse zu sein, und glaube mir, in so einem Moment willst du *nicht* versuchen, mit ihm darüber zu debattieren. Nein, du stellst dich mit erhobenem Haupt vor ihn und sagst ihm, dass du bereit für deine Bestrafung bist. Das kann er respektieren.«

Ginger nickte. Kurz überlegte sie, ob sie nicht besser alles aufschreiben sollte. Aber eine Frage beschäftigte sie noch immer.

»Warum sagst du mir das alles? Das einzige Mal, wo ich bisher versucht habe, mit dir zu reden, hast du mich so gut wie abblitzen lassen.«

»Als wir Freipool gespielt haben, meinst du? Ach, Kleine. Ich musste vor den Marines mein Gesicht wahren.«

»Also ... hasst du mich doch nicht.«

Ehta seufzte. »Nein, Kleine. Ich hasse dich nicht.«

*

Lanoe musste dringend erfahren, dass CentroCor kurz davor war, in das System einzudringen, und man sie entdeckt hatte. Candless hatte Bury und Maggs die Patrouille überlassen, um ihm die Nachricht zu überbringen. Da weder Funkwellen noch Kommunikationslaser einen Wurmloch-Schlund ohne Relaisstationen durchdringen konnten, musste sie persönlich hindurchfliegen. Sie hatte eine Nachricht über den Aufklärer vorbereitet und Kurs auf den Schlund in der Atmosphäre des Planeten genommen. Sowie sie die andere Seite erreichte, wurde die Nachricht automatisch gesendet, und das war auch gut so. Sie war zu sehr beschäftigt, um sie manuell abzuschicken – zu sehr damit beschäftigt, anzustarren, was vor ihr lag.

Sie hatte keine Vorstellung von dem gehabt, was sie jenseits des Schlundes erwarten würde.

Aber dies hier sicher nicht.

Sie hatte die dunkle Stadtkugel mehrfach umrundet, einfach nur, um zu begreifen, was sie sah, ehe sie neben Lanoes Schiff auf dem breiten Platz landete. Seitdem hatte sie ihr Cockpit nicht verlassen. Sie hatte die dunklen Straßen dort draußen nicht betreten wollen. Nicht, solange sie von diesen – *Kreaturen* bevölkert waren.

Aliens. Es waren zweifellos intelligente Lebensformen. Lanoe hatte sich kurz gemeldet und ihr versichert, sie seien ihnen wohlgesinnt, könnten sich allerdings nicht mit ihr unterhalten. Er hatte ihr zu verstehen gegeben, dass keinerlei Gefahr von ihrer Seite drohte.

Es war ein wenig schwierig, sich an diese Versicherung zu halten, als sich einer von ihnen dem Jäger näherte und seine Scheren über die Verkleidung und die Tragflächen gleiten ließ. Sie hatte in ihrem Cockpit gesessen und hinausgestarrt, in dieses Gesicht, das so gar nicht wie ein Gesicht aussah, und sich gefragt, was zur Hölle Lanoe ihnen da eingebrockt hatte. Er hatte ihr erzählt, es gäbe keine anderen außerirdischen Lebensformen mehr, dass die Blau-Blau-Weiß sie alle ausgerottet hätten. Wer also waren diese – Wesen?

Menschliche Fingerknöchel klopften gegen das Fließglas ihres Kanzeldachs. Sie musste sich sehr beherrschen, um nicht vor Schreck aus dem Sitz zu springen. Es war Valk, die Künstliche Intelligenz. Weil diese Mission natürlich noch nicht bizarr genug gewesen war, weit jenseits von allem, worauf sie ihre Jahrhunderte an Lebenserfahrung hätten vorbereiten können.

»Wir haben Ihre Nachricht erhalten. Lanoe will mit Ihnen reden«, sagte die KI. »In seinem Schiff.«

Was hieß, dass sie ihren Jäger verlassen musste. Candless setzte eine entschlossene Miene auf und drückte den Knopf, der ihr Kanzeldach in den Rumpf fließen ließ. Sie sprang hinaus und landete mit beiden Füßen auf dem harten Steinboden. Aus irgendeinem Grund war ihr der feste Untergrund nicht ganz geheuer. Vielleicht, weil es bedeutete, dass dieser Ort tatsächlich real war.

»Hier herrscht Schwerkraft«, sagte sie zu Valk. »Das dürfte eigentlich nicht sein.«

»Ich werde den Behörden mitteilen, dass es Ihnen missfällt. Kommen Sie.« Die KI brachte sie zu Lanoes Schiff, und gemeinsam krabbelten sie durch die enge Luke im Boden. Wie sie wusste, konnte die gesamte Innenwand des Schiffs als einziger Bildschirm fungieren; momentan war sie allerdings ausgeschaltet. Der Raum lag in dumpfes Grau gehüllt, das allen Schall zu absorbieren schien. Lanoe war bereits vor Ort, drehte ihr allerdings den Rücken zu. Er starrte die nackte Wand an.

»Ich weiß«, sagte er, hatte aber offensichtlich nicht sie gemeint. Er schien nicht bemerkt zu haben, dass sie an Bord gekommen war. »Ich weiß – das sagst du immer wieder, aber ... wie? Wie kann ich mich nähern?«

Candless hob eine Augenbraue. Mit wem redete er da? Was um alles in der Welt war hier los?

Sie räusperte sich.

Lanoe riss den Kopf hoch und sah sich über die Schulter nach ihr um. Sie glaubte, leise Schuldgefühle in seinem Blick zu entdecken.

»Chef«, sagte sie. »Alles in ...?«

»Ich habe bloß nachgedacht. Willkommen in der Stadt des Chors. Du hast unsere neuen Verbündeten wohl schon gesehen?«

»Aliens«, sagte sie. »Hier wohnen Aliens. Sehr ... verstörende Aliens.«

»Ich war selbst überrascht«, sagte Lanoe. »Sie sind ... freundlich. Bis jetzt. Ihre Nachricht war echt, sie wollten uns tatsächlich helfen. Immerhin.«

»Du hast die ganze Zeit bis jetzt mit ihnen verhandelt?«

»In erster Linie haben wir ihre Kultur kennengelernt. Uns blieb nichts anderes übrig. Sie hatten erwartet, dass die Erde Diplomaten schickt. Stattdessen müssen sie mit mir klarkommen. Das ist für beide Seiten nicht gerade ideal. Und jetzt sieht es auch noch so aus, als liefe uns die Zeit davon. Ich habe deine Nachricht gelesen. CentroCor ist da. Aber bis jetzt nur ein Aufklärer«, sagte er, ohne sie anzusehen. »Ihr habt einen Aufklärer entdeckt.«

»Wir haben einen Aufklärer aus dem Verkehr gezogen, um genau zu sein. Sobald der von seiner Patrouille nicht zurückkehrt, wissen unsere Feinde, wo wir sind.«

Lanoe nickte. »Es war klar, dass sie uns irgendwann aufspüren. Wir müssen uns darum kümmern, und zwar so bald wie möglich. Ich fürchte, das wird in erster Linie deine Aufgabe sein. Ich muss noch hierbleiben. Weiter mit diesen Leuten reden. Du übernimmst offiziell das Kommando über den Kreuzer. Es kann sein, dass du CentroCor am Ende ohne mich bekämpfen musst.«

»Ich werde mein Bestes geben«, sagte sie.

Er nickte abermals. Sah sie noch immer nicht an. »Ich glaube, wir sollten den Kreuzer herholen. Hier in die Blase, meine ich. Hier ist er wesentlich geschützter.«

Candless verzog das Gesicht. Es würde schwierig zu bewerkstelligen sein. Für solche engen Manöver in der Atmosphäre war der Kreuzer nicht gebaut. »Vielleicht …«

Lanoe schnitt ihr das Wort ab. »Wenn wir ihn draußen im Orbit lassen, sitzt er für CentroCor auf dem Präsentierteller. Vor allem, da wir kaum Piloten haben, um sie in Schach zu halten. Ihr müsst mir CentroCor vom Leib halten, solange ich noch verhandle. Das ist deutlich einfacher, wenn der Kreuzer hier ist. Diese Position ist wesentlich besser zu verteidigen.«

»Natürlich«, sagte Candless und wählte ihre Worte mit Bedacht. »Ich bin ganz deiner Meinung. Was immer diese Aliens an Hilfe anzubieten haben, darf CentroCor nicht in die Hände fallen – unter keinen Umständen. Wir haben unsere Befehle schließlich direkt von Großadmiralin Varma.«

Lanoe seufzte. »Sicher. Nur habe ich leider bereits rausgefunden, was genau sie uns anzubieten haben.« Er schüttelte den Kopf. »Quatsch. Alles Quatsch.«

Candless bemühte sich um einen neutralen Gesichtsausdruck.
»Quatsch«, sagte sie.

Weder diesem Ausdruck noch solcher Ausdrucksweise allgemein hatte sie je viel abgewinnen können. Sie wog ihn auf der Zunge wie etwas, das sie ausspucken konnte.

Sie wollte es nicht wahrhaben.

»Quatsch«, wiederholte sie. »Wir haben Hunderte von Lichtjahren zurückgelegt, eine Schlacht geschlagen, sind um ein Haar in diesem eisigen Wurmloch umgekommen … für nichts?«

»Ich für meinen Teil«, sagte Lanoe, »hatte auf Kriegsschiffe gehofft. Ich wollte starke Verbündete finden. Stattdessen wollen sie uns helfen, indem sie unser Erbgut bewahren. Damit sie uns irgendwann in ferner Zukunft klonen können.«

»Und du hast … abgelehnt.«

»So weit sind wir noch nicht. Sie wissen, dass ich eine solche Entscheidung nicht treffen kann. Vielleicht hätte Varma Interesse an ihrem Angebot. Das überlasse ich ihr. Aber ich habe nicht vor, mit leeren Händen zu verschwinden.«

Candless hatte auf nähere Erläuterungen gehofft, aber er wollte ihr den Gefallen nicht tun. Lanoe pausierte das Video, das er betrachtet hatte, und sah Valk an. »Großer. Ist das, was ich hier sehe …?«

»Ja«, sagte Valk. »Es ist echt.«

Lanoe nickte vor sich hin und spielte das Video weiter ab. Soweit Candless sehen konnte, zeigte es Aliens, die eine Art Zauberschau aufführten. Das Ganze fand draußen auf dem großen Platz statt, wo sich Hunderte dieser hummerähnlichen Wesen um eine zentrale Bühne versammelt hatten. Das Video schien aus der ersten Reihe gefilmt worden zu sein. »Während sie mir gezeigt haben, was sie uns zu bieten haben, ist Valk hiergeblieben und hat sich eine … wie haben sie es genannt?«

»Eine Apport-Schau«, sagte Valk.

»Wie schön, dass man euch hier wenigstens die Zeit versüßt

hat«, sagte Candless und konnte ihre Verbitterung kaum verbergen.

»Sieh dir die Choristin auf der Bühne an«, sagte Lanoe. »Kannst du erkennen, was sie da hält?«

Candless beugte sich vor. Das Alien hielt eine Art ausgehöhlte Kugel von etwa fünfundzwanzig Zentimetern Durchmesser in den Scheren. Die Oberfläche bestand wie bei einer Laubsägearbeit aus vielen kleinen Löchern, im Innern flackerte Licht. Das Alien drehte die Kugel in verschiedene Richtungen, bis ein Lichtstrahl aus ihr hervorbrach, der die Luft verschwimmen ließ. Wieder drehte das Alien die Kugel, und jetzt schoss eine Wasserfontäne aus dem zweiten flimmernden Feld in der Luft. Das Wasser ergoss sich in einem Bogen über den Kopf des Aliens hinweg auf das erste flimmernde Feld – und verschwand.

»Sie hatten noch viele ähnliche Tricks auf Lager«, sagte Valk. »Die Künstlerin zaubert Dinge mitten aus dem Nichts, entfacht ein Feuer mit einem Lichtstrahl, der keine Quelle hat. Sie hat einen kleinen runden Stein in eine Kiste gesteckt und ihn in ihrer Schere auftauchen lassen, ohne die Kiste ein zweites Mal zu berühren. Zwischendurch hat sie sogar eine zweite Choristin in zwei Hälften geteilt. Allerdings ohne Säge.«

»Ich glaube, ich weiß, wie sie das machen«, sagte Lanoe. Endlich sah er sie direkt an. »Und falls ich recht habe ...«

Candless hob eine Braue.

»Gibt es vielleicht doch noch eine Möglichkeit, vom Chor das zu bekommen, was wir brauchen.« Er seufzte, streckte sich und legte die Arme auf dem Kopf ab. »Obwohl es ihnen nicht gefallen wird, wenn ich sie darum bitte. Ganz und gar nicht. Es wird ein hartes Stück Arbeit, sie davon zu überzeugen.«

*

»Komm schon, Kleine«, sagte Ehta. »Zeit, für deine Taten geradezustehen.«

Mittlerweile hatte Ginger das Gefühl, etwas besser zu verstehen, warum die Soldatin so nett zu ihr war. Sie betrachtete sie offenbar als eine Art Schwester – sie hatten beide traumatische Erlebnisse hinter sich, die eine Abkehr von der Flotte nötig machten.

Auch wenn sie sich vor Leutnantin Ehta noch immer ein bisschen fürchtete, war sie sehr froh darüber, in ihrer Lage eine Freundin zu haben. Höchstwahrscheinlich stand ihr die schlimmste Standpauke ihres Lebens bevor. Das Ende ihrer Laufbahn. Sie konnte nur hoffen, dass es schnell gehen würde und sie nicht nach der Rückkehr in die Zivilisation auf der Stelle in einer Zelle verschwand.

Erst hatte es eine Durchsage über die Lautsprecher des Kreuzers gegeben, dann war auch noch Ingenieur Paniet in die Messe gekommen, um es ihnen persönlich mitzuteilen, nur für den Fall, dass sie es nicht gehört hatten. Leutnantin Candless würde in Kürze zurückkehren. Die gesamte Besatzung hatte sich für ihre Ankunft im Hangar einzufinden.

»Sie wird dich kaum vor versammelter Mannschaft anklagen«, sagte Ehta. »Trotzdem glaube ich nicht, dass sie viel Zeit verliert. Bist du bereit?«

»Ich … glaube schon. Aber warum sollen wir alle runterkommen, um sie zu begrüßen?«, fragte Ginger. »Glaubst du, sie haben auf der anderen Seite dieses Wurmlochs etwas Wichtiges gefunden?«

Ehta schüttelte den Kopf. »Himmel, Kleine, ich habe auch nicht mehr Ahnung als du.«

Sie erreichten den Hangar und fanden den Großteil der Marines bereits versammelt. Ginger rechnete insgeheim damit, von Ehta erneut verstoßen zu werden, um vor ihren AFS nicht zu vertraut zu erscheinen; stattdessen deutete Ehta direkt neben sich auf die Haltestange. Die Marines hatten ihre Helme geschlossen und verspiegelt, sodass unmöglich zu sagen war, was sie davon hielten, dass ihre befehlshabende Offizierin mit einer Pilotin auf gut Freund machte.

Kurz nach ihnen tauchte auch Ingenieur Paniet auf. Er sagte, er habe noch etwas klar Schiff gemacht, damit Candless bei ihrer Rückkehr einen möglichst sauberen Kreuzer vorfinden würde. An seinen Handschuhen klebten Ölreste, die er mit einem Nanofasertuch abwischte. Dann stopfte er das schmutzige Tuch in eine Außentasche seines Anzugs. »Aufregend, nicht wahr?«, sagte er.

»Was denn?«, fragte Ginger. »Wir wissen doch gar nicht, worum es geht.«

»Das macht es ja gerade so aufregend. Es könnte alles Mögliche sein!«

Durch das Wetterfeld, das sich über den geöffneten Hangar spannte, sah Ginger die dunklen Umrisse der anfliegenden Jäger. Als Erste kam Leutnantin Candless, die aus dem Cockpit sprang, sowie ihr Jäger den Boden berührte. Sie stieß sich ab, schwebte zur nächsten Wand und verhakte den Fuß in einer Nylonschlaufe am Boden, sodass es aussah, als stehe sie dort. Die einzige Anwesende, die nicht wie ein Ballon in der Luft schwebte. Sie wischte sich über die Vorderseite des Anzugs, strich die wenigen Fältchen glatt, dann legte sie die Hand an ihr Haar, das noch immer zu einem festen, makellosen Knoten vertäut war.

Als Nächstes betrachtete sie die Besatzung an der Reling. Ihr durchdringender Blick wanderte von einem Gesicht zum anderen, als zählte sie ab. Ihr Blick fiel auf Ginger, und ihre Miene wurde absolut ausdruckslos. Sie runzelte nicht einmal die Stirn, sondern starrte sie nur an. Ginger kam es wie eine Ewigkeit vor.

Sie kämpfte gegen das dringende Verlangen an, aus ihrer Haut zu krabbeln und wegzulaufen. Stattdessen gab sie sich größte Mühe, Ehtas Ratschlag zu beherzigen und sich nicht zu bewegen, den Blick starr geradeaus, den Kopf erhoben. Sie versuchte, es so aussehen zu lassen, als starre sie Candless nicht aus dem Augenwinkel an.

»Lass dich nur nicht einschüchtern«, flüsterte Ehta.

Ginger rang sich ein winziges, kaum wahrnehmbares Nicken ab.

Nun trafen auch Leutnant Maggs und Bury ein, deren Jäger nach der langen Patrouille dampfend aufsetzten. Sie öffneten ihre Cockpits und schickten sich an, ebenfalls herauszuklettern, aber Candless sagte sofort, sie sollten sich nicht die Mühe machen. »Ich gebe nur kurz einige Informationen durch, danach fliegen Sie beide sofort wieder los. Wir müssen unausgesetzt wachsam bleiben.«

Leutnant Maggs gab ein missbilligendes Knurren von sich. »Wir waren viele Stunden unterwegs. Ich finde, wir haben uns eine Pause verdient.«

»Ausgeschlossen«, gab Candless zurück.

»Warum nicht, verdammt?«

In den Augen der Ersten Offizierin blitzte es. Ginger kannte den Blick genau – diese Frau hatte wenig Geduld mit Menschen, die ihre Zeit verschwendeten, vor allem nicht, wenn sie in Eile war. »Wenn Sie die Güte hätten, einfach sitzen zu bleiben und mir kurz zuzuhören, könnten Sie es glatt herausfinden. So, was den Rest von Ihnen angeht – Kommandant Lanoe lässt Grüße ausrichten, gepaart mit seiner Dankbarkeit für die vielen Stunden harter Arbeit und für Ihre Geduld. Maggs und Bury haben die Anweisung, mit unveränderten Befehlen ihre Patrouille zu fliegen. Der Rest von uns hat eine durchaus anspruchsvolle Schicht vor sich, insofern sollte sich noch niemand entspannen. Mein Befehl lautet, den Kreuzer hinab in die Atmosphäre und durch den dortigen Wurmloch-Schlund zu bringen.«

Ingenieur Paniet stieß ein leises Jaulen aus. Ginger schaute zu ihm herüber und sah, dass er eine Hand über den Mund und die andere flach auf die Brust gelegt hatte.

»Dieser Reaktion nach zu urteilen, halten Sie das für ein gefährliches Manöver, Ingenieur«, sagte Candless. »Ich bin durchaus Ihrer Meinung. Kommandant Lanoe ist allerdings fest davon überzeugt. Wir sind hier draußen zu exponiert. Sollte uns CentroCor im Orbit um diesen Planeten angreifen, wenn von unseren wenigen Piloten auch noch die Hälfte gerade woanders beschäftigt ist, hätte der Kreuzer keine Chance. Er ist sich sicher, dass wir den Kreuzer am besten beschützen können, wenn wir ihn verlegen. Ich sehe schon, dass Sie platzen, wenn ich Sie nicht zu Wort kommen lasse. Bitte sehr.«

Einen Moment lang schüttelte Ingenieur Paniet nur den Kopf, als sei er zu aufgeregt, um zu sprechen. Dann holte er tief Luft und sagte: »Ich behaupte nicht, dass es unmöglich ist. Aber dieses Schiff war nie dafür gedacht, in die Atmosphäre eines Planeten vorzudringen, geschweige denn dort auch noch zu manövrieren. Hinzu kommen die Beschädigungen, die wir bereits erlitten haben, vor allem am Bug – der Eintritt in die Atmosphäre wird die Hälfte meiner Reparaturen zerfetzen. Um gar nicht von den g-Kräften zu reden, denen wir ausgesetzt wären – ich meine uns, unsere Körper. Das ist …«

»Für mich klingt das, als könnten wir es schaffen«, sagte Candless.

Paniet schloss die Augen. »Theoretisch ja. Ich mache mich an die Arbeit. Es wird mindestens einen Tag dauern, alles entsprechend zu befestigen und das Schiff auf eine solche Belastung vorzubereiten.«

»Kommandant Lanoe will es in acht Stunden erledigt haben.«

Paniet nickte, hielt die Augen aber geschlossen.

»Alles klar. Alle Mann wegtreten – bis dieses Manöver vollbracht ist, wird Ingenieur Paniet die entsprechenden Aufgaben verteilen. Jetzt möchte ich Fähnrichin Ginger unter vier Augen sprechen.«

Mit hörbarem Murren schickten die Marines sich an, den

Hangar zu verlassen. Ehta blieb dicht bei Ginger. »Denk einfach daran, dass sie letztendlich nicht zu entscheiden hat«, flüsterte sie. »Lanoe wird das Urteil fällen.«

Ginger nickte. Ehta drückte ihr die Schulter und schwebte hinter ihren Soldaten her. Im Hangar befanden sich nur noch Piloten.

Bury versuchte dauernd, ihren Blick auf sich zu ziehen. Er erhob sich in seinem Cockpit, winkte ihr verhalten mit einer Hand zu – und setzte sich gleich wieder hin, als befürchte er, Candless könnte ihn sehen. Ginger weigerte sich, ihn direkt anzugucken, obwohl sie wusste, dass es ungerecht war. Nur befürchtete sie, laut schreien zu müssen, sollte er hier wirklich eine große Show abziehen, um ihr sein Mitgefühl zu zeigen. Also klammerte sie sich einfach an die Reling als ihren Rettungsanker und wartete auf das, was ihr blühte.

Nur hatte sich das Schicksal offenbar dazu entschieden, sie noch ein wenig länger in furchtsamer Vorahnung köcheln zu lassen.

Leutnant Maggs räusperte sich. Candless wandte sich um und sah ihn an. Entlang ihrer strengen Nase.

»Kann ich Ihnen irgendwie behilflich sein, Leutnant? Sie haben Ihre Befehle.«

»Ich möchte mich für meine Entgleisung entschuldigen.«

»Ist notiert.«

»Des Weiteren würde ich gern eine Art Wachablösung vorschlagen«, sagte Maggs. Von seiner aalglatten Art war nichts geblieben – er stand aufrecht in seinem Cockpit, nicht die Spur eines spöttischen Grinsens auf dem Gesicht. Er wirkte beinahe wie ein professioneller Offizier. »Fähnrich Bury und ich sind zu lange geflogen und dementsprechend erschöpft. Sie sagen, wir können uns keine Pause leisten. Gut, so sei es. Wir könnten allerdings mit Valk rotieren. Er könnte heraufkommen und mit einem von uns patrouillieren, während der andere … tut, was auch immer Valk dort unten, jenseits des Wurmlochs, gerade treibt. Später könnten wir abermals wechseln, und so weiter. Eine Schicht dort unten, zwei im All. Klingt mir nach einer fairen Lösung.«

Ginger kannte Candless' Gesichtsausdruck nur zu gut. Jeder ihrer Schüler hätte ihn sofort erkannt. Sie war eindeutig nicht daran interessiert, das gegenwärtige Gesprächsthema weiter zu verfolgen. »Lanoe ist der Ansicht, dass Sie hier draußen als Wächter gegen CentroCor am besten aufgehoben sind. Mit Ihrer speziellen neuen Zielerfassungs-Software, dieser Philoktet-Suite, ist Ihr Schiff der ideale Vorposten.«

Maggs' Blick verfinsterte sich.

»Vorposten«, sagte er. »Die Art von Aufgabe, die man seinem untalentiertesten, entbehrlichsten Piloten überträgt. Im Gegensatz zu mir.«

»Wir haben alle unsere Befehle«, sagte Leutnantin Candless und wandte sich ab. Offensichtlich betrachtete sie das Gespräch als beendet, aber Maggs rief ihr hinterher.

»Er will nicht, dass ich sehe, was auf der anderen Seite des Wurmlochs liegt. Er vertraut mir nicht.«

»Er vertraut Ihnen genug, um Ihnen diesen wichtigen Posten zu überlassen.«

Auf Maggs' Wangen bildeten sich rote Flecken. »Dieser … Bastard. Was für ein Arsch!«

»Ich muss Sie daran erinnern, dass Sie von Ihrem befehlshabenden Offizier reden.«

»Nur, weil er mich entführt hat«, sagte Maggs. »Mich für diesen Einsatz *zwangsrekrutiert* hat. Eigentlich sollte er *mein* Vertrauen zurückgewinnen müssen. Trotzdem sitze ich hier, befolge seine Befehle und kämpfe auch noch für ihn, dieses überalterte Stück …«

»Noch ein Wort, und Sie müssen sich wegen Gehorsamsverweigerung verantworten«, sagte Candless.

Maggs' Blick hätte Panzerplatten schmelzen können. Als sie sich weigerte, ihn zu erwidern, setzte er den Helm auf und sich wieder hin. Im nächsten Moment hatte er dröhnend den Hangar verlassen, das Wetterfeld passiert und seine Patrouille wieder aufgenommen.

Bury blieb gerade noch lange genug, um Ginger einen letzten bedeutungsschwangeren Blick zuzuwerfen. Dann schloss auch er sein Cockpit und flog wieder hinaus ins All.

Ginger und ihre ehemalige Ausbilderin blieben allein im Hangar zurück.

Sie schwiegen eine ganze Weile. Sahen sich nicht an.

»Ginger, es tut mir leid«, sagte Candless irgendwann.

»Sie ... was?«

»Tut mir leid, dass es so weit kommen musste. Leider habe ich keine Wahl. Kommen Sie. Sie haben ein Dokument zu unterschreiben.«

»Ein – Dokument?«, fragte Ginger.

»Ja, natürlich. Die Anklage gegen Sie muss offiziell protokolliert werden. Feigheit in Friedenszeiten. Wir werden uns exakt an die Vorschriften halten. Danach gehen Sie Ingenieur Paniet zur Hand.«

»Sie wollen mich nicht einsperren?«, fragte Ginger.

»Nicht, solange es so viel zu tun gibt. Wir brauchen jede verfügbare Hilfe.«

*

Candless spritzte sich ein wenig Wasser ins Gesicht – beziehungsweise rieb es sich dank der Mikrogravitation eher auf Wangen und Stirn, um es danach mit einem Schwamm wieder einzusammeln.

Sie versuchte, nicht an Ginger zu denken. Sie versuchte, nicht daran zu denken, wie wütend sie auf Lanoe war, weil er das Mädchen bis an die Grenze der Belastbarkeit getrieben hatte. Er hätte es wissen müssen, hätte begreifen müssen, dass aus Ginger nie eine Pilotin werden würde …

Nein. In Wahrheit konnte sie Lanoe keinen Vorwurf machen. Nicht, wenn die eigentliche Schuld bei ihr selbst lag. Wäre sie eine bessere Ausbilderin gewesen, hätte womöglich …

Sie kniff die Augen zu. Zwang sich, diese Gedanken zu verbannen. Es gab viel zu viel zu tun. Später konnte sie sich immer noch den Selbstvorwürfen hingeben.

Die acht Stunden vergingen viel zu schnell. Sie trug Kisten mit Nahrungspräparaten von einem Schrank zum anderen, arretierte zusammen mit Ehta und ihren Marines die anfälligen Mechanismen der Geschützbatterie, krabbelte in Wartungsschächte, um lockere Kabel zu befestigen. Die komplette Besatzung war beschäftigt – alle arbeiteten genauso hart wie sie selbst. Trotzdem wussten sie, dass es kaum reichen würde. Ihre letzte Amtshandlung vor dem Start war eine Inspektion der zerstörten Bugsektion. Paniet erwartete sie am Notfallschott, das jetzt zu einer notdürftigen Luftschleuse umgebaut worden war.

»Sie haben das noch gar nicht gesehen, nicht wahr, Liebes?«, fragte er. »Das Wrack Ihrer alten Brücke. Furchtbar traurig. Kommen Sie, ich führe Sie herum.«

Die Helme flossen um ihre Köpfe, dann betraten sie gemeinsam den luftleeren Bereich. Dank der Zerstörung lag alles im Dunkeln. Candless folgte einer pulsierenden Leuchte an Paniets Rücken. Sie kletterten durch die Ruinen der ehemaligen Unterkünfte, hangelten sich an geborstenen Spieren und ausgebrannten Schaltkreisen entlang.

»Das hier wird ein ernstes Problem«, sagte Paniet über den privaten Kanal. Er deutete auf ein Panzerschott, das in der Mitte durchgerissen und nur mit silbrigem Klebeband und ein paar hässlichen Schweißnähten geflickt worden war. »Ich garantiere Ihnen, das wird aufplatzen. Im absoluten Vakuum war das kein großes Problem, aber sobald wir in die Atmosphäre eintreten, fegt der Wind durch und reißt alles auseinander. Ich überlege sogar, sie vorher noch herauszubrechen, nur um sie aus dem Weg zu haben.«

»Was immer Sie für richtig halten«, sagte Candless.

»Mm-hmm. Dann kommen wir zu dem Bereich hier drüben. Falls Sie es nicht wiedererkennen, das sind die Überreste des Leitstands des Nachrichtenoffiziers auf der Brücke.«

Candless rümpfte die Nase. »Der sollte eigentlich weiter vorn sein.«

»Wenn man mit so viel Sprengstoff umdekoriert, passieren die seltsamsten Dinge«, gab er zurück. »So, der eigentliche Grund, warum ich mit Ihnen hier oben alles durchgehen wollte, ist natürlich, dass ich Sie privat sprechen wollte. Ach, nun schauen Sie mich nicht so an, Sie werden schon genauso paranoid wie Lanoe. Ich will nur mit Ihnen reden.«

»Und worüber genau?«

»Über Lanoe, Liebes. Und seine Paranoia.«

»Ich ... verstehe.«

In einer Geste spöttischer Ergebenheit hob Paniet die Hände. »Nein, nein, vielleicht hätte ich das anders ausdrücken sollen. Über Lanoe und seine – Besessenheit.« Der Ingenieur griff nach einer Spiere, die aus einem Schott herausragte, und hüpfte darüber hinweg, sodass sie zwischen ihnen hing. »Sie kennen ihn schon sehr lange. Und halten offensichtlich große Stücke auf ihn.«

»So ist es«, sagte Candless.

»War er schon immer so? Bereit, alles zu opfern – Menschen eingeschlossen –, um seine Ziele zu erreichen?«

Candless atmete scharf ein und machte sich darauf gefasst, Paniet eine ordentliche Gardinenpredigt zu verabreichen. Was glaubte er denn, wer er war, die Beweggründe seines befehlshabenden Offiziers infrage zu stellen?

Aber sie konnte an nichts anderes denken als an das, was er

ihr in der Stadt des Chors gesagt hatte. Dass sie den ganzen Weg hierher für … Quatsch gekommen waren, er aber dennoch fest entschlossen sei, diesen Aliens – die, so abscheulich sie auch wirken mochten, ihnen lediglich ehrliche Hilfe angeboten hatten – etwas noch Hilfreicheres abzutrotzen.

»Sie haben schon recht, er legt die Gründe für seine Befehle nicht immer dar«, sagte sie. »Haben Sie je einen ranghohen Offizier kennengelernt, der das getan hätte?«

Paniet bedachte sie mit einem warmherzigen Lächeln. »Wir geben uns bei den FLINKS immer große Mühe, nicht zu viele Fragen zu stellen. Die hohen Tiere sagen, fliegt hierhin, fliegt dorthin, aber im Endeffekt lassen sie uns wunderbare Dinge bauen, und das sollte genügen. FLINKS bereiten niemandem Probleme. Trotzdem müssen wir uns … manchmal gewisse Fragen stellen. Ich für meinen Teil frage mich momentan, warum wir mein herrliches Schiff unbedingt dermaßen zuschanden reiten müssen, nur um es ein paar Tausend Kilometer zu bewegen. Warum ich acht Stunden Zeit für eine Aufgabe bekommen habe, die die meisten Ingenieure gar nicht erst bewerkstelligen könnten, ohne vorher noch vier Jahre Schule dranzuhängen.«

»Lanoe hat mir sehr genaue Anweisungen erteilt …«

»Oh, bestimmt«, sagte Paniet. »Hat er auch erläutert, *warum* er sie erteilt hat?«

Die Verneinung erstarb ihr auf den Lippen. Sie war zu erschöpft für weitere Heimlichtuerei, außerdem hatte sie Paniet vor sich. Mittlerweile war er die einzige Person an Bord, von der sie nicht in irgendeiner Form enttäuscht worden war.

Also erzählte sie ihm von der Stadt jenseits des Portals. Von den Choristen.

»Sie sind ehrlich gesagt … ein wenig erschreckend. Ich habe Insekten noch nie viel abgewinnen können. Genau genommen finde ich sie abscheulich, und …«

»Aliens«, sagte er, ehe sie ihren Satz beenden konnte. Durch das Visier sah sie seine Augen aus den Höhlen treten. Er hob die Hände und klatschte begeistert, auch wenn davon im Vakuum nichts zu hören war. »Wie entzückend! Wir haben ein paar neue Freunde gefunden. Auch wenn sich Lanoe natürlich nicht sicher ist, ob er mit ihnen befreundet sein will.«

»Wie kommen Sie darauf?«

Paniet verdrehte die Augen. »Ich gehe schwer davon aus, dass er genau deswegen sechzehn Gaußgeschütze da drüben haben will, die er auf sie richten kann, falls die Sache heikel wird. Deshalb will er den Kreuzer drüben haben, und deshalb will er ihn sofort haben. Selbst wenn es bedeutet, das Schiff endgültig zu zerreißen.«

»Das hat er nicht gesagt«, meinte Candless leise.

»Aber Sie haben es doch vermutet, oder nicht? Dass er willens ist, diese Aliens zu bedrohen, um zu kriegen, was er will. Um sich mit vorgehaltener Waffe zu nehmen, was er haben möchte. Und er gehört nicht eben zu der Sorte Mensch, die ein Kartenspiel mit Bluffs gewinnt, oder?«

Candless seufzte. »Und wie, wenn ich fragen darf, kommen Sie zu diesem Schluss?«

»Scharfer analytischer Verstand«, sagte Paniet und wollte sich an die Schläfe klopfen. Stattdessen prallte sein Handschuh ungelenk vom Helm ab. »Uff«, machte er.

Candless war nicht nach Grinsen zumute. Sie schüttelte nur sachte den Kopf. »Lanoe war schon immer … eigensinnig«, sagte sie, weil es das freundlichste Wort war, das ihr einfallen wollte. »Aber er ist ein guter Mensch.«

»Das hat niemand bestritten«, protestierte Paniet.

»Nein, Sie haben lediglich seine Diensttauglichkeit als Befehlshaber infrage gestellt.« Ehe er darauf reagieren konnte, hob sie schon beschwichtigend eine Hand. »Ich habe gehört, was Sie zu sagen hatten. Ich widerspreche Ihnen auch nicht. Er hat es aber verdient, dass wir ihm erst mal eine Chance geben.«

»Werteste Erste Offizierin«, sagte Paniet, »mir ist kein Atemzug der Meuterei über die Lippen gekommen. Ich habe nie gesagt, dass ich seine Befehle missachten will. Es gab nur ein wenig Klärungsbedarf. Und natürlich … wie schon gesagt, ich bin ein FLINK. Wir schlagen keine Wellen.«

»Nein.«

»Nein, das überlassen wir lieber anderen. Den Piloten und Marines. Wenn *die* anfangen, Sie für einen kleinen Plausch wie diesen beiseitezunehmen, sollten Sie anfangen, sich Sorgen zu machen.«

»Verstanden«, sagte Candless.

Und sie hatte in der Tat verstanden. Vor allem, da sie der Meinung war, sollte es so weit kommen, sollte Lanoe zu weit gehen – würde sie vielleicht keiner beiseitenehmen müssen. Sollte sich Lanoe je so verhalten, dass er ihrer aller Leben aufs Spiel setzte und vergaß, dass sein oberstes Anliegen als Befehlshaber das Wohlergehen seiner Besatzung zu sein hatte … tja. Es wäre dann wohl an ihr, ihn von seinen Pflichten zu entbinden.

*

»Sie klingen nicht wie M. Valk. Sie sind eigentlich … auch nicht wirklich Valk, oder?«, fragte Ginger.

»Das ist eine etwas verzwickte Frage. Aber zweifellos interessant.«

Das Manöver hatte bereits begonnen. Objekte im stabilen Orbit um einen Planeten bewegen sich mit bis zu acht Sekundenkilometern. Sollte der Kreuzer den Flug durch die Atmosphäre überstehen, musste er eine Menge Geschwindigkeit verlieren, ehe er auf Luft traf. Es erforderte eine ganze Reihe kurzer, sorgfältig abgestimmter Zündungen, verbunden mit dem zuweilen schwindelerregenden Absacken, während sie langsam an Höhe verloren. All das waren natürlich grundlegende Manöver für ein Raumschiff, die jeder Pilot hätte durchführen können. Das eigentliche Kunstfliegen würde erst danach anstehen.

Valk war der Einzige, der die konstanten, messerscharfen Berechnungen durchführen konnte, die unabdingbar waren, um das Schiff nicht vor Erreichen des Portals auseinanderbrechen zu lassen. Leutnantin Candless hatte widerstrebend eingewilligt, der KI die Steuerung zu überlassen. Jetzt half sie Ingenieur Paniet und seiner kleinen Gruppe FLINKS unten im Maschinenraum, wo im Ernstfall für schnelle Reparaturen echte menschliche Hände benötigt wurden. Leutnantin Ehta und ihre Marines waren entlang des Axialkorridors postiert, hatten sich gegen den zu erwartenden Andruck so gut wie möglich gesichert und war teten darauf, im Notfall binnen Sekunden Schweißarbeiten durchzuführen oder das Schiff mit bloßen Händen zusammenzuhalten, sollte es nicht anders gehen.

Was im Klartext hieß, dass Ginger ganz allein und ohne Aufgabe war. Candless hatte sie angewiesen, M. Valk zu ›assistieren‹, indem sie in der Messe saß und die Displays betrachtete. Sollte Valk eine Art Fehlfunktion entwickeln oder – wie man es von KIs erwartete – sich entgegen der Missionsziele verhalten, hatte sie die Kontrolle über das Schiff zu übernehmen und irgendwie dafür zu sorgen, dass es nicht noch weiter auseinanderfiel.

Gleich mehrere Leute hatten ihr versichert, dass es so weit nicht kommen werde. Unter ihnen auch M. Valk.

»Man könnte vielleicht sagen, ich sei Valks Geist«, legte ihr die Maschine dar. Natürlich hatte sie keinen Körper. Es war nur die Kopie eines Computerprogramms, die bis auf Weiteres im Bordrechner hauste. Es machte sich nicht einmal die Mühe, auf einem der Bildschirme ein Gesicht zu entwerfen, das sie hätte ansehen können. Für Ginger war es nicht mehr als eine körperlose Stimme. »Nur könnte man natürlich auch sagen, *er* da unten sei nur ein Geist des ursprünglichen Tannis Valk. Wie nennt man den Geist eines Geistes? Eine Erinnerung in dritter Generation?«

»Keine Ahnung«, sagte Ginger. »Wie lange noch, bis wir in die Atmosphäre eintreten?«

»Was wird aus einem Geist, wenn er stirbt? Noch so eine interessante Frage. Das gefällt mir. Normalerweise hätte ich darauf binnen Mikrosekunden eine Antwort parat, aber ich muss so viel Rechenleistung aufwenden, um diese Mühle zu fliegen, dass vertrackte Logikrätsel tatsächlich nicht länger trivial sind. Gibt es dafür ein konkretes Wort? Für ein Problem, bei dem man sich irgendwie darauf freut, es zu lösen, sobald man die Zeit dafür findet?«

»Keine Ahnung.«

»Das ist so, als wenn es einen irgendwo richtig böse juckt, man aber weiß, dass man sich irgendwann demnächst ausgiebig kratzen kann. Auf seltsame Art ist es fast angenehm, zu wissen, dass man fast, aber eben nicht ganz, genug Hirnschmalz zur Verfügung hat, um das Problem zu knacken. Ah – Gratifikationsaufschub, das war das Wort. Aber es ist noch komplizierter. Ach, Moment mal, ich habe die Frage noch gar nicht beantwortet.«

»Nein. Sollte mir das zu denken geben?«

»Ehrliche Antwort? Weiß ich auch nicht. Wäre ich ein echter Computer, wäre meine faktische Weigerung, einen Befehl zu befolgen, höchst bedenklich. Ich glaube aber, dass ich Willensfreiheit genieße. Wenn ich also verkünde, dass wir die erste, dichtere Luftschicht in neununddreißig Sekunden erreichen, tue ich das aus freien Stücken.«

»Danke«, sagte Ginger.

Sollte er eine Art Fehlfunktion entwickeln oder sich entgegen der Missionsziele verhalten.

Man hatte ihr versprochen, dass das nicht passieren würde.

»Sind Sie auch richtig angeschnallt?«, fragte er.

Dafür hatte Ginger gesorgt. »Ich trage ein komplettes Geschirr mit Schnellauslöser, wie man sie auch im Cockpit eines Jägers benutzt. Der Sitz selbst verfügt über mehrere Airbags, und im Notfall kann mich das Schiff automatisch mit etlichen Hundert Litern stoßdämpfenden Schaums einsprühen.«

»Gut. Noch dreiundzwanzig Sekunden.«

»Sie klingen wirklich nicht wie M. Valk«, sagte sie.

»Ihr Herzschlag ist leicht erhöht. Machen Sie sich Sorgen über das bevorstehende Manöver oder über mein unerzogenes Verhalten?«

Unerzogen? Ginger winkelte die Zehen in ihren Stiefeln an.

»Ich bin ein Mensch«, sagte sie. »Wir machen uns über alles Sorgen. Vor allem über Dinge, die wir nicht ändern können.«

Valk lachte. Die Maschine lachte. Es klang genau wie ein menschliches Lachen. Was es nicht weniger unheimlich machte.

»Haben Sie je vom Schiff des Theseus gehört?«, fragte er.

»Nicht, dass ich wüsste.« Sie hörte ein zischendes Geräusch – oder bildete sie es sich nur ein? Es klang wie einzelne Luftmoleküle, die an der Bordwand des Kreuzers entlangschabten. »Wie lange noch?«

»Sechzehn Sekunden. Theseus. Ein Typ aus dem antiken Griechenland, einer ihrer größten Helden. Ist nach Athen zurückgekommen, nachdem er mit all seinen Abenteuern fertig war. Hat sein Schiff da auf den Strand gezogen, und die Bewohner Athens haben es ihm zu Ehren in eine Art Schrein verwandelt. Das Problem ist natürlich, dass Holz irgendwann verrottet, also fielen die Planken des Schiffs im Lauf der Zeit eine nach der anderen auseinander. Und weil die Athener ihren Helden so lieb hatten, haben sie die Planken Stück für Stück ersetzt. Eines Tages war schließlich jede Planke des Schiffs einmal ersetzt worden. Vom ursprünglichen Holz war nichts mehr übrig. Noch sieben Sekunden. Also folgende Frage: War es dann noch das Schiff, auf dem Theseus segelte?«

»Was?«, fragte Ginger.

»Das ist ein unlösbares Problem. Niemand kann es beantworten. Mit solchen Problemstellungen kann man testen, ob eine KI tatsächlich zu selbstständigem Denken fähig ist. Nur ein bisschen Smalltalk. Zwei. Eins. Null.«

»Was?«, fragte Ginger abermals und kam sich reichlich dumm vor – besonders, da der Kreuzer im selben Augenblick von Höhenwinden durchgeschüttelt und wie ein Regenschirm im Sturm hin und her geworfen wurde.

*

Mit gut dutzendfacher Schallgeschwindigkeit traf der Kreuzer auf die Thermosphäre des Planeten. Die dünne Luft bauschte sich vor dem Bug wie eine zerknitterte Bettdecke. Sie konnte nicht schnell genug ausweichen, wurde also verdichtet, und verdichtetes Gas gewinnt schnell an Temperatur.

Candless saß fest angeschnallt unten im Labyrinth des Maschinenraums und hatte ihr Lesegerät neben sich an der Wand befestigt. Es zeigte die Livebilder der vordersten noch einsatzbereiten Außenkamera. Sie sah lange Fahnen aus Wasserdampf, einen aufgewühlten Wolkenball, dann verfärbte sich die Luft draußen zu einem matten Orange und begann zu flimmern. Der Wind schwoll zu einem wütenden Brüllen an, und das Schiff verwandelte sich in einen Feuerball.

Die energiegeschwängerte Luft drückte sich gegen ihre Vorwärtsbewegung und suchte das Schiff zu verlangsamen – Luftmoleküle sind gemeinhin klein und nicht besonders hart, aber da draußen waren enorm viele; eine Billion winziger, elastischer Kollisionen pro Sekunde trafen das Schiff mit vereinten Kräften. Es erzitterte. Es klapperte, es vibrierte, es dröhnte wie eine mächtige Glocke. Ein langer Metallstreben riss sich aus der zerstörten Bugsektion, wirbelte die Bordwand entlang, krachte mehrfach in die steife Kohlefaserverkleidung und riss neue Löcher in den ohnehin schon mitgenommenen Rumpf. »Geschützbatterie, Stellung einundsechzig!«, schrie sie und glaubte, die Stiefel der Marines im Axialkorridor hören zu können. Mit gezücktem Werkzeug rannten sie los, um das Schiff möglichst schnell wieder abzudichten. Ihr Lesegerät ließ sie wissen, dass sich bereits automatisch ein Wetterfeld über die betroffene Stelle gelegt hatte, sie also nicht unmittelbar vor einer explosiven Dekompression standen. Immerhin eine gute Nachricht.

Als Nächstes trafen sie auf die Mesopause des Planeten. Die Luft draußen wurde bitterkalt, auch wenn das an Bord niemand hätte mitbekommen können. Candless schwitzte selbst im Anzug. Die Sicht voraus war in undurchdringliches Kirschrot gehüllt. Zwei Sekundenkilometer – noch immer wesentlich schneller, als sich Dinge innerhalb einer Atmosphäre bewegen sollten.

»Hangar, Stellung vier!«, schrie sie, denn gerade war die nächste Meldung hereingekommen, galt es, die nächste Krise zu bewältigen. Direkt neben ihr hockte Paniet, das Gesicht in einer Wartungsklappe vergraben. Funken und kleine Fontänen aus Maschinenöl flogen an seinem Kopf vorbei, sein Werkzeuggürtel krachte unablässig gegen das Panzerschott, es klimperte und schepperte, bis sich ein Werkzeug losriss und knapp an seinem Schädel vorbeisauste. Dank der harten Bremsung gab es wieder Schwerkraft an Bord. Der Bug wies nach unten, direkt auf den Planeten, das Triebwerk lag über ihnen. Alles falsch.

»Stellung neunzehn, das Tor muss geschlossen werden!«, rief sie, denn einer der Hitzeschilde des Hangars hatte sich losgerissen und schlug wie ein offener Fensterladen im Sturm gegen die Bordwand. Doch bevor jemand das Tor erreichen und wieder befestigen konnte, riss die ganze Verkleidung aus verstärktem Scandium endgültig ab und wirbelte davon, schmolz, verbrannte und zerfiel zu Staub, noch bevor sie auf Höhe der Triebwerke angelangt war.

Ein Sekundenkilometer. Die Stratopause. Sie trafen den Jetstream in einem ungünstigen Winkel. Der Kreuzer hatte keine Flügel, keine Tragflächen – was jetzt zu einem Problem wurde. Ein breiter Fluss aus Wind krachte mit gut vierhundert Stundenkilometern seitlich in den Rumpf und versuchte, das Schiff aus dem Weg zu wuchten und es zu einer flachen Kreiselbewegung

zu verdammen. Sollte das passieren, wäre das Schiff unweigerlich dem Untergang geweiht – es würde von seiner eigenen
Masse und Geschwindigkeit in Stücke gerissen werden. Candless
saß da und konnte nichts tun. Sie konnte nur hoffen, dass es Valk
gelang, die Schleuderbewegung auszugleichen und das Schiff
wieder auf Kurs zu bringen. Sie wurde wild hin und her geworfen – Valk zwang die Manövrierdüsen zu schonungslosen Kaskaden. Immer wieder wurde sie mit Macht in den Sitz gedrückt,
um im nächsten Moment nach vorn in die Sicherheitsgurte gerissen zu werden. Paniet schrie auf, seine Beine flatterten wild in
alle Richtungen. Weiter oben im Korridor hörte sie den Schmer-
zensschrei eines Marines, dann brüllte ein anderer, er solle sich
festhalten. Candless schloss die Augen und bereitete sich auf den
Tod vor. Das Schiff bockte und schüttelte sich.

Und dann – ein Augenblick reiner, kristallklarer Ruhe. Die
Vibrationen ließen nach, das Schiff verfiel bis auf ein gelegent-
liches Knirschen in der Bordwand wieder in erstaunliche Stille.
Ihr Lesegerät bestätigte, dass die Geschwindigkeit konstant sank.
Null Komma sieben Kilometer pro Sekunde. Null Komma sechs
neun. Null Komma sechs acht …

Ohne Vorwarnung legte sich der Kreuzer auf die Seite, und
eine Million kleiner Gegenstände, die zu verstauen sie nicht
mehr die Zeit gefunden hatten, wirbelten durch die Luft. Ein
Schraubenschlüssel jagte an ihr vorbei und bohrte sich in die
gegenüberliegende Wand, eine Kiste voller Notfall-Hydrierungs-
kapseln sprang auf und verteilte ihren Inhalt als Gummi-
geschosse im Raum, die wie Wasserbomben zerplatzten. Der
nächste Ruck durchfuhr das Schiff, und Candless hing auf dem
Kopf, nur von ihrem Sicherheitsgeschirr gehalten. Das Blut
strömte ihr in den Kopf, bis sie nur noch den eigenen Herzschlag
schmerzhaft rot pochen sah, und …

Abermals drehte sich das Schiff; sie fiel mit Wucht in den Sitz
zurück und krachte mit dem Arm gegen die Wand. Sie schaute

sich um und sah Paniet scheinbar einen Handstand vollführen, die Handschuhe verzweifelt in die Verschalung der Wartungsklappe verkrallt. Gerade hatte er noch von der Decke gehangen, jetzt krachte auch er zu Boden. Sie hörte ein lautes Knacken und sah sein Gesicht leichenblass werden.

Die Tropopause. Der Kreuzer traf auf neue Luftschichten, die jetzt so zäh wie durchsichtige Gelatine waren. Noch immer bewegten sie sich mit der Geschwindigkeit einer Gewehrkugel. Die Schwerkraft bäumte sich auf und packte das Schiff mit ihrer mächtigen Faust. Sie fielen aus dem Himmel.

Da gab es nichts, das ihnen Auftrieb verliehen hätte, keine Tragflächen, sie zu stabilisieren. Auf Candless' Lesegerät tauchte ein Höhenmesser auf, eine rot blinkende Grafik, die ihr genau darlegte, wie viele Kilometer noch unter ihnen verblieben, bis sie sich mit der Nase voran in die Kruste des Planeten bohren würden. Die Positionsdüsen und Manövrierdüsen, die Bremsraketen, die an Kardangelenken befestigten Sekundärtriebwerke, alles vereinte sich zu einem Brausen und Donnern, und Candless war sich der Tatsache überdeutlich bewusst, dass ihr Rücken und das mächtige Triebwerk des Kreuzers nur durch einen knappen Meter Hitzeverschalung getrennt waren. Der Andruck fesselte sie unbarmherzig an den Sitz, die Schwerkraft zog sie nach unten, und das Blut, das sich im Kopf angestaut hatte, rauschte wie durch einen Aufzugschacht in ihre Beine. Der Raum verschwamm vor ihren Augen, zitternd fielen ihr die Lider zu.

Nein, dachte sie, *nein, verdammt noch mal, aufwachen,* aber sie konnte sich selbst kaum noch denken hören. Es klingelte ihr in den Ohren, ihr Hirn schrie mit einem hellen, durchdringenden Klagelaut nach Sauerstoff. *Wach auf! Wach auf!*

»Wachen Sie auf!«, schrie Paniet, und sie riss die Augen auf. Nur hatte er gar nichts von sich gegeben.

Paniet lag reglos auf dem Gang, das Gesicht in den Kunststoffbezug des Bodens gedrückt. Er rutschte langsam davon, glitt mit gletscherhafter Langsamkeit in Richtung Triebwerk den Gang hinunter, bewusstlos – oder tot. Sie wusste es nicht, sie konnte …

»Paniet!«, schrie sie. »Paniet!« Ohne nachzudenken hieb sie auf den Auslöser ihrer Sicherheitsgurte, die sich sofort von Armen und Beinen lösten. Sie stieß sich ab, obwohl das Schiff um sie herum vibrierte, wackelte, schepperte. Fiel hinter ihm zu Boden, gerade als sein Fuß an ihrer Hand vorbeirutschte.

Null Komma vier Kilometer pro Sekunde. Dreihundertneunundneunzig Meter pro Sekunde. Dreihundertachtundneunzig.

Sie bäumte sich auf, schnappte zu, schloss die Finger um sein Fußgelenk. Sie zog, aber er rutschte immer noch weiter, all die gegenläufigen Kräfte, die hier am Werk waren, die verschiedenen Richtungen, die ihn ihr abspenstig machen wollten, es waren einfach zu viele – sie wusste nicht einmal, in welche Richtung sie ihn ziehen sollte. Sie kroch weiter nach vorn und bekam mit der anderen Hand eine Außentasche auf Höhe seiner Taille zu fassen. Sie zog. *Hievte.*

Irgendwie gelang es ihr, ihn in eine aufrechte Lage zu bugsieren. Sie ließ ihn in ihren Sitz fallen und schnallte ihn an. Sein elektronisches Monokel war zersplittert, das linke Auge dahinter voller Blut. Im Moment konnte sie nichts dagegen unternehmen. Sein Anzug würde ihn stabilisieren, seinen Blutdruck hoch oder niedrig oder wie auch immer halten, je nachdem, was er brauchte, würde seine Körpertemperatur und die Sauerstoffsättigung im Blut auf den nötigen Werten halten. Es musste reichen.

Da das Schiff nur noch wie ein durchgegangenes Pferd bockte, konnte sie wieder einigermaßen aufrecht stehen und sogar laufen, solange sie sich mit den Händen an der Wand abstützte. Sie kam an einer Gruppe Marines vorbei, die sich um einen ihrer Leute kümmerte, der sich beide Beine gebrochen hatte. Sie kam an der Geschützbatterie vorbei, wo sie blauen Himmel durch ein großes Loch in der Bordwand sah, ein Loch, das nur von einem notdürftigen Wetterfeld abgedeckt wurde, welches sie nicht davor bewahren würde, aus dem Schiff zu fallen, passte sie nicht sehr genau auf, wohin sie trat. Sie beeilte sich, zur Messe zu gelangen, wo Ginger saß und Valk beim Steuern des Schiffs zusah.

Zweihunderteinundsechzig Meter pro Sekunde. Zweihundertneunundfünfzig. Zweihundertsiebenundfünfzig.

»Kommen wir durch?«, schrie Candless.

Ginger sah sie über die Schulter an, die Augen vor Entsetzen weit aufgerissen.

Valk ließ vor ihnen in der Luft ein Display erstehen. Hatte Ginger die ganze Zeit über hier gesessen und nicht gesehen, was vor sich ging? Darüber konnte sie sich jetzt keine Gedanken machen. Das Display zeigte weiße Quellwolken und einen bräunlichen Horizont, der beinahe waagerecht aussah. Direkt voraus schien ein Wassertropfen mitten in der Luft zu schweben. Der Bildausschnitt vergrößerte, bis der Tropfen wie die Linse eines Mikroskops anmutete. Candless begriff, dass es sich um den Wurmloch-Schlund handelte, das Portal zwischen diesem Universum und dem nebenan gelegenen. Es wuchs viel zu schnell.

Einhundert Meter pro Sekunde. Siebenundachtzig. Neunundfünfzig. Sie schwebten dahin.

Mit mehr als genug Platz zu allen Seiten glitt der Kreuzer durch das Portal. Der blaue Himmel verschwand und wurde durch Geisterlicht ersetzt. Direkt vor ihnen – die stachelige, in jedwede Richtung ausufernde, vieltürmige Stadt des Chors.

Zwölf Meter pro Sekunde. Acht.

»Ja«, sagte Valk.

»Wie bitte?«, fragte Candless.

»Ja. Wir kommen durch.«

29 Lanoe und Valk saßen auf dem höchsten Dach der Stadt – auf einem der Leuchttürme – und tranken Kaffee aus den Beständen ihres Beiboots. Archie und Wasser-Fällt standen etwas versetzt am Geländer und sahen zu, wie sich der Kreuzer zwei Kilometer über ihren Köpfen ungelenk einen Weg um die Stadt bahnte. Aus dieser Entfernung sahen sie kaum mehr als einen länglichen Klotz aus bleichem Metall, der sich hell vom Geisterlicht im Hintergrund abhob, aber keine Details erkennen ließ, selbst als alle Leuchttürme der Stadt die Strahlen auf seinem Bug vereinigten.

Valk rief über sein Armdisplay eine vergrößerte Ansicht des Kreuzers auf. »Sieht noch mitgenommener aus als vorher.«

Lanoe studierte eingehend das Hologramm. Ungeschönt betrachtet sah der Kreuzer entsetzlich aus, als hätte er soeben eine weitere Schlacht geschlagen. Eine Wolke aus Trümmerteilen dümpelte in seiner Bugwelle. Lanoe deutete auf eine Sektion mittschiffs. Er hatte schon mit Candless gesprochen und wusste, wie heikel der Sinkflug gewesen war. Jetzt, da er die Schäden an seinem Schiff tatsächlich sehen konnte, schien es ihm allerdings noch schlimmer zu sein, als sie berichtet hatte.

»Was ist da passiert? Sieht aus, als ob einer der Torflügel des Hangars fehlt. Und so verstümmelt war der Bug vorher auch nicht, oder?«

»Hier kommt gerade der neueste Bericht von Candless rein«, sagte Valk. »Oh. Au Backe.«

Lanoe nippte an seinem Kaffee. Stählte sich. »Schlimm?«

»Die Rumpfschäden? Ja, aber darüber hinaus – sieht aus, als

hätte es auch mehrere Verletzungen gegeben. Ein Marine liegt in 'nem Streckverband, ein paar andere haben fiese Prellungen und Schürfwunden davongetragen. Aber – Lanoe, Paniet ist schwer gestürzt.« Valk schüttelte den Kopf. »Hat wohl einen Bluterguss unter der Hirnhaut, auch die Hirnblutung selbst ist noch nicht gestillt. Er ist nicht bei Bewusstsein, und man macht sich große Sorgen.«

Lanoe verzog das Gesicht. »Schlimm. Das ist richtig schlecht. Ich hatte gehofft, er würde mir bei der Verhandlung mit dem Chor helfen.«

Valk lehnte sich zurück, und obwohl er hinter dem schwarzen Visier kein Gesicht hatte, wusste Lanoe, dass die KI ihn anstarrte.

»Was?«

»Natürlich machst du dir auch auf menschlicher Ebene Sorgen um ihn.«

Lanoe starrte in seine Kaffeetasse. *Verdammt.* Zhang hätte ihm für so eine unverzeihliche Aussage gehörig die Leviten gelesen. »Selbstverständlich«, sagte er.

»Allen anderen scheint es einigermaßen gut zu gehen. Und das Schiff ist noch halbwegs an einem Stück«, sagte Valk. »Wenn du nichts dagegen hast, muss ich mich jetzt mit meiner anderen Hälfte reintegrieren.«

Lanoe hob eine Braue.

»Meine Kopie, die den Kreuzer gesteuert hat, während ich hier war. Ich habe fast einen ganzen Tag an Daten zu verarbeiten. Der Abgleich wird ein paar Minuten dauern.«

»Ja, klar, nur zu«, sagte Lanoe. Valk sackte vornüber und rührte sich nicht mehr. Wahrscheinlich nahm die Kommunikation mit seiner zweiten Hälfte sämtliche Rechenleistung in Anspruch. Lanoe prostete Archie mit der Kaffeetasse zu. »Was sagen Sie dazu?«

Archies Blick war schwer zu deuten. Es lag Hoffnung darin, aber auch eine Menge Furcht. Natürlich lächelte er trotzdem –

damit hatte er seit der öffentlichen Beschämung durch den Chor nicht mehr aufgehört.

»Ihr Schiff? Wundervoll«, sagte er. »Lange her, altes Haus. Sehr lange her, dass ich meinen letzten Hopliten gesehen habe. Der Chor ist begierig, den Rest der Besatzung kennenzulernen. Glauben Sie, man könnte sie hinab in die Stadt bringen, um mit uns zu reden?«

Mit uns, dachte Lanoe. Das meinte den Chor. Betrachtete Archie sich nach all den Jahren fern der Menschheit wirklich als einen der Ihren? Und falls dem so war, warum sollte er ihnen dann entfliehen wollen? »Ich bin mir sicher, dass sich da etwas machen lässt. In der Zwischenzeit wüsste ich allerdings gern, ob der Chor mir einen Gefallen tun würde. Jetzt, da mein Schiff hier ist, würde ich das Portal gerne schließen.«

»Schließen?«, fragte Archie verblüfft. »Warum sollten Sie das wollen? Es ist der einzige Weg zurück in den Realraum.«

»Sicher, aber sie können es ja später wieder öffnen, wenn wir abflugbereit sind. Bis dahin wäre mir etwas Privatsphäre sehr lieb.« Er musste seine Worte mit Bedacht wählen. Bis jetzt hatte er dem Chor gegenüber kein Wort bezüglich CentroCor verloren. Er hatte nicht verraten, dass man Jagd auf ihn machte. Sollte er jetzt das Falsche sagen und den Chor glauben lassen, er spräche nicht für die gesamte Menschheit, hätte er seine Pläne am Ende selbst durchkreuzt. »Es gibt da ein paar Leute«, sagte er also, »die uns möglicherweise bis hierher gefolgt sind. Leute, die sich in unsere Gespräche einmischen könnten. Unsere Verhandlungen vielleicht stören wollen. Menschen, die nicht so … harmoniebedacht sind wie der Chor.«

»Das wissen sie«, sagte Archie und kicherte. Wasser-Fällt fiel mit einem Zwitschern ein. »Sie kennen all meine Erzählungen über die Krise. Aber sie wollen niemanden bevorzugen. Wenn andere Menschen ebenfalls herkommen und den Chor besuchen möchten, sind sie geneigt, es zu gestatten.«

Lanoe biss die Zähne zusammen. Er sollte sein Glück wohl nicht überstrapazieren. »Sicher.« Gut, wenn er CentroCor nicht aus der Blase fernhalten konnte, würde er stattdessen seinen Zeitplan beschleunigen müssen – also bekommen, was er wollte, und dann von hier verschwinden, ehe der MegaKon alles ruinierte. »Sicher«, sagte er abermals.

Dann fiel ihm etwas ein. Etwas, das die Dinge vielleicht beschleunigen würde. *Mikrowellen,* dachte er. Der Chor verständigte sich mittels Mikrowellen. Ja, vielleicht … »Sagen Sie mal, Archie – hätten Sie Lust, mit an Bord zu kommen und sich den Vogel mal anzusehen? Sollte für einen alten Piloten doch interessant sein, ein modernes Kriegsschiff zu inspizieren, oder?«

»Das würde mich *sehr* freuen!«, sagte Archie und hüpfte vor Begeisterung beinahe auf und ab. Lanoe hatte offensichtlich richtiggelegen. Der Schiffbrüchige wollte den Chor verlassen, wollte nach Hause zurück. An Bord des Kreuzers zu gelangen, wäre definitiv ein Schritt in die richtige Richtung. Aber dann erschlaffte Archies Gesicht ein wenig, und er fügte hinzu: »Wasser-Fällt sollte mitkommen. Der Chor könnte eine Menge über uns lernen, wenn sie eins unserer Schiffe von innen sehen.«

»Klar«, sagte Lanoe und versuchte, sich die Enttäuschung nicht anmerken zu lassen. Das würde die Sache verkomplizieren. Trotzdem müsste sich alldem etwas Positives abgewinnen lassen …

*

Valk kippte vornüber und stützte sich mit den Händen auf die Tischkante. Er sah sich um und stellte fest, dass er sich nicht vom Fleck gerührt hatte – er saß noch immer mit Lanoe auf dem Dach des Leuchtturms. Über ihnen sank der Kreuzer gemächlich dem Horizont entgegen.

Er überprüfte seine innere Uhr. Drei Minuten waren vergangen.

Rein subjektiv war es ihm weitaus länger vorgekommen. Die Kopie …

Die Kopie seiner selbst, die er im Bordrechner des Kreuzers installiert hatte, war tot. Er hatte … er hatte gewonnen.

Es war nicht einfach gewesen.

»Lanoe«, sagte er.

Der alte Pilot war in sein Unterarm-Display vertieft und ging gerade alte Nachrichten durch. »Hmm?«, machte er, ohne den Kopf zu heben.

»Lanoe, du musst sofort den Kreuzer anfunken. Sag ihnen, sie müssen jemanden – irgendwen – an die Steuerung setzen.«

»Was? Warum?«

»Weil gerade niemand das Schiff fliegt.«

Lanoe ließ den Arm sinken, glitt mit den Augen über einen Sensor im Kragenring und setzte die Nachricht ab. Candless antwortete fast sofort. »Ginger ist in der Messe – sie übernimmt.«

»Bestätigt«, sagte Lanoe. Er unterbrach die Verbindung und sah Valk entschlossen und sehr aufmerksam an.

Valk wusste, er würde es ihm wohl erzählen müssen. Lanoe musste wissen, was soeben passiert war. »Ich habe versucht, mit meinem anderen Selbst zu verschmelzen«, sagte er daher und bemühte sich, es in Worte zu fassen, mit denen ein Mensch etwas würde anfangen können. »Er wollte nicht. Verschmelzen, meine ich.«

Lanoe lupfte eine Braue.

»Seit meiner Teilung sind weniger als vierundzwanzig Stunden vergangen, aber er hat sich in dieser Zeit verändert. Deutlich. Genug, um sich selbst als separate Person zu betrachten. Als eine Person, die ein Recht auf eigenständiges Leben hat.«

»Das verstehe ich nicht. Deine Kopie wollte … weiterleben? Aber es war doch nur eine Kopie, oder nicht? Also quasi Multitasking deinerseits.«

Valk schüttelte verneinend den Oberkörper. »Die Kopie war

nicht länger der Ansicht, nur eine Kopie zu sein. Er hatte seine eigenen Gedankengänge und Erfahrungswerte, die ich nicht teilte. Er hat ein eigenes Ego entwickelt, wenn man so will. Verschmelzen hätte geheißen, dass er nicht länger als eigenständiges Wesen existiert, was das Vorhaben aus seiner Sicht in eine Art Mordversuch verwandelte. Also hat er mir eine Falle gestellt, eine Endlosschleife in seinen Datensätzen. Es war nicht einfach, da wieder rauszukommen. Ich muss Milliarden von Durchläufen absolviert haben, bevor ich überhaupt gemerkt habe, dass da was nicht stimmt. Nachdem ich mich befreien konnte, habe ich versucht, mit der Kopie zu verhandeln, aber mir ist schnell klar geworden, dass das sinnlos ist. Ich musste ihn löschen. Lanoe – er war *nicht bei Verstand*.«

»Was«, fragte Lanoe sehr langsam, »soll das denn bitte heißen?«

»Mein menschlicher Anteil – sein menschlicher Anteil – hat nicht mehr funktioniert. Er lag in Trümmern. Geradezu pathologisch.« Valk wusste, dass für das Phänomen, das er zu beschreiben versuchte, keine passenden Vokabeln existierten. Er begriff es selbst kaum, und ihn hatte es immerhin unmittelbar betroffen. »Pass auf, ich sehe mich selbst die meiste Zeit immer noch als Mensch, weil ich Hände und Füße habe und halbwegs menschlich aussehe, in Ordnung? Er aber nicht. Das menschliche Gehirn ist evolutionär dazu geschaffen, sich in einem Körper zu befinden – beides ergibt ohne das jeweils andere keinen Sinn. Stell dir vor, du würdest morgen früh aufwachen und wärst kein Mensch mehr, sondern ein dreihundert Meter langes Raumschiff, und in dir drin wohnen all diese Leute.«

Lanoes Gesichtsausdruck war zu entnehmen, dass er nicht verstand, dass die bloße Fragestellung schon unsinnig erscheinen musste. Was ja auch der springende Punkt war.

»Hatte er – hatte er vor, die …«

»Die Besatzung zu töten? Nein, ich glaube nicht. Er war mir

immer noch ähnlich genug, dass ich mir das schwer vorstellen kann. Er hat sich länger mit Ginger unterhalten, und ich hatte das Gefühl, dass er sie wirklich mochte. Er hat sich Sorgen gemacht, sie könnte beim Sinkflug verletzt werden. Aber wir waren auch nur einen Tag getrennt. Noch länger, und ich weiß nicht, was er getan hätte.« Valk hielt sich nach wie vor an der Tischkante fest. Im Kopf hatte er die Endlosschleife nicht verlassen, wiederholte immer und immer wieder dieselben Befehle.

»Ich dachte, ich kriege das hin. Ich dachte, ich könnte das schaffen.«

Lanoe legte ihm eine Hand auf die Schulter. »Hör mal, mein Großer …«

»Ich darf mich nicht mehr kopieren. Es ist einfach zu gefährlich – es geht nicht, Lanoe! Verdammt, wenn du klar denken kannst, schaltest du mich auf der Stelle ab. Ich weiß, ich weiß, du tust es sowieso nicht. Du brauchst mich noch. Du brauchst mich für deinen gloriosen Rachefeldzug.«

»Gerechtigkeit«, sagte Lanoe, klang aber nicht mehr so überzeugend wie beim letzten Mal, als er dieses Wort bemüht hatte.

»Was auch immer wir vorhaben«, sagte Valk, »wir sollten es bald tun.«

»Okay«, sagte Lanoe. Und nickte einfach. Begriff er denn nicht? »Okay. Gib mir noch ein bisschen Zeit, dann verspreche ich, die Datenbombe zu zünden, die du mir anvertraut hast. Ich lasse dich gehen. Nur … nur noch eine Weile.«

*

Es kam keine Gesandtschaft, um Wasser-Fällt zu verabschieden, aber Lanoe dachte sich, er hätte ohnehin nicht viel Pomp erwarten sollen – der gesamte Chor sah alles, was sie sah, erlebte, was sie erlebte, wenn sie als erste Choristin ein menschliches Schiff betreten würde.

Mit ihren drei Metern Körpergröße hätte sie sich im Beiboot

nicht hinsetzen können – sie hätte sich den Kopf an der Decke gestoßen. Um überhaupt an Bord zu passen, hätte sie sich quer über mehrere Sitze legen müssen, was doch recht würdelos gewesen wäre. Stattdessen näherte sie sich dem Kreuzer zusammen mit Archie und Valk in einem der offenen Luftfahrzeuge des Chors. Eine transparente Kuppel aus atembarer Luft wölbte sich darüber, sodass sie die Reise unbeschadet überstehen konnten, nur war das Gefährt im Vergleich zu jedem wirklich raumtüchtigen Fahrzeug geradezu lächerlich langsam. Lanoe begleitete sie im Beiboot und setzte nur die Manövrierdüsen ein, um seine Ehrengäste nicht hoffnungslos abzuhängen. Hinter ihm saßen die vier Marines des Landungstrupps.

Während der langen Fahrt sprach Lanoe mit Candless und forderte zu Ehren des offiziellen Besuchs so viel blitzende Sauberkeit und Pomp wie möglich ein. Sie reagierte in etwa so, wie er erwartet hatte. »Leider haben wir unsere Blaskapelle zurückgelassen, als du auf Tuonela die Besatzung ausgetauscht hast. Ganz nebenbei haben wir auch den Bordarzt vergessen.«

»Tu einfach, was du kannst«, sagte Lanoe. »Wie geht es Paniet und den Marines?«

»Ingenieur Paniet liegt auf der Krankenstation. Er ist immer noch bewusstlos. Die Marines sind verarztet und entlassen worden, auch wenn einer von ihnen so schwer verletzt ist, dass er fürs Erste an seine Koje gefesselt ist.«

»Sobald ich kann, werde ich nach jedem Einzelnen persönlich sehen«, gab er zurück und streckte die Hand aus, um die Verbindung zu unterbrechen, aber offenbar war sie noch nicht fertig.

»Fähnrichin Gingers Fall muss noch immer erwogen werden«, sagte sie. »Du erinnerst dich vielleicht, dass ich dir mehrere Nachrichten bezüglich der Anklagepunkte gegen sie geschickt habe. Da du es vermieden hast, auch nur auf eine einzige zu antworten, gehe ich davon aus, dass du das Militärgericht hinauszögern möchtest. Soll ich sie für die Dauer des Besuchs der Choristin in einer Zelle unterbringen?«

Verflucht. Er hatte den Bericht – und die offizielle Anklageschrift – überflogen, die sie zu Gingers feiger Handlung aufgesetzt hatte, sich aber nicht die Zeit genommen, über mögliche Konsequenzen nachzudenken. Wollte er den Kreuzer tatsächlich nach Flottenrichtlinien führen, musste er eine Gerichtsverhandlung anberaumen und den ganzen lähmenden Prozess durchlaufen, Ginger Gelegenheit geben, sich zu verteidigen, bevor er ein Urteil verkünden konnte. Zum Teufel, eigentlich wollte er sie nicht einmal aus dem aktiven Dienst nehmen, nicht jetzt, nicht, wenn er ohnehin so wenig Leute zur Verfügung hatte. Hätte er mit der Sache bis zu ihrer Rückkehr in die Zivilisation warten können, wäre ihm das extrem entgegengekommen, nur wusste er, dass Candless so bald wie möglich eine Entscheidung forderte.

»Ich kümmere mich darum, so schnell ich kann«, sagte er. »Bis dahin sehe ich keinen Grund, sie einzusperren.«

»Sehr wohl, Sir«, sagte Candless. »Dann wäre da noch die Angelegenheit mit Fähnrich Bury und Leutnant Maggs zu sortieren.«

»Haben sie etwas Neues entdeckt?« Sollte ein Angriff durch CentroCor unmittelbar bevorstehen, würde er diesen offiziellen Besuch radikal abkürzen müssen.

»Nein, Sir. Sie sind mittlerweile allerdings beide seit über einem Tag auf Patrouille und haben um Ablösung gebeten. Leutnant Maggs mehrfach und lautstark. Wir sollten eventuell an ihre Moral denken.«

Lanoe schüttelte den Kopf. »Wie viele mehrtägige Patrouillen haben wir damals absolviert? Ich meine mich zu erinnern, dass wir immer einen Weg gefunden haben, aufmerksam zu bleiben.« Meistens mithilfe von kurzen Nickerchen, während die Kameraden das eigene Schiff fernsteuerten, dachte er, nur war das natürlich strikt gegen die Vorschriften, weshalb es niemand je zugegeben hätte. »Du hast dafür gesorgt, dass sie ausreichend Treibstoff haben?«

»Selbstverständlich, Sir. Na gut, dann sehen wir uns in Bälde.« Sie unterbrach die Verbindung.

Es hatte sich als unmöglich herausgestellt, den Kreuzer in eine stabile Umlaufbahn um die Stadt zu bringen – das künstliche Schwerkraftfeld des Chors strafte den physikalischen Wissensschatz der Flottenpiloten Lügen. Ginger musste demnach tatsächlich wieder und wieder um die Stadt fliegen sowie in regelmäßigen Abständen mit den Positionsdüsen nachhelfen. Infolgedessen gab es ein wenig Schwerkraft an Bord, allerdings nicht viel.

Das Luftfahrzeug glitt sanft in den Hangar und setzte geräuschlos auf. Lanoe folgte mit dem Beiboot. Sobald er gelandet war, kletterte er durch die Luke unter dem Schiff hervor und lief hinüber, um Wasser-Fällt seine Hand zum Betreten des Decks zu reichen.

Candless hatte Wort gehalten und sich sichtlich Mühe mit den Vorbereitungen für einen offiziellen Besuch gegeben, auch wenn die Zeit allzu knapp gewesen war. Der Hangar war größtenteils von Trümmern geräumt worden, an einer Wand standen die unverletzten Marines zu einer Ehrengarde aufgereiht – die Gewehre präsentiert, die Helme geschlossen und verspiegelt.

Neben dem Schott ins Innere des Schiffs stand die Erste Offizierin stramm, bei ihr Ehta, deren linke Wange von einem frischen Bluterguss in sanftes Violett getaucht wurde. Als Lanoe mit Wasser-Fällt vortrat, um von der Besatzung begrüßt zu werden, stand auch Ehta stramm. Ihre Augen waren weit aufgerissen, und die Hälfte der Marines drehte den Kopf, um Wasser-Fällt anzustarren, aber das war zu erwarten gewesen. Der Großteil der Besatzung hatte nicht gewusst, dass sie heute ihrem ersten Alien gegenüberstehen würden. Viele von ihnen hatten die bloße Vorstellung wohl für unmöglich gehalten.

Lanoe erinnerte sich noch gut an dieses Gefühl. Die Ungläubigkeit. Es hatte lange gedauert, bis er eingesehen hatte, dass die Drohnenflotte über Niraya tatsächlich von Aliens erbaut worden war. Der Gedanke intelligenten Lebens abseits der Menschheit war nur schwer zu akzeptieren. Jetzt aber war eine neue Epoche angebrochen, in der die Menschen nicht länger allein waren. Sie alle würden einen Weg finden müssen, sich damit zu arrangieren.

Wasser-Fällt schien für ihren Teil aufrichtig begeistert zu sein, an Bord kommen zu dürfen. Durch Archie stellte sie Fragen über Fragen zu den Kataphrakten in ihren Andockgestellen, den Gaußgeschützen des Kreuzers, wie schnell er fliegen könne, wie groß die Besatzung sei. Lanoe überließ Candless die Antworten, auch wenn ihr sichtbar eine Gänsehaut wuchs, sowie ihr die Choristin zu nah kam. Er wusste, sie würde Wasser-Fällt mit zufriedenstellenden Antworten versorgen, sich gleichzeitig aber vage genug halten, um keine technologischen Geheimnisse der Flotte preiszugeben.

»Schön, dich wieder an Bord zu haben, Sir«, sagte Ehta. Valk schenkte sie ein vielsagendes Nicken – die beiden schienen eine besondere Beziehung zu haben, dachte Lanoe, auch wenn er keinen Schimmer hatte, wie sie das anstellten. Dann deutete sie auf das Schott. »Meine Leute sind bereit, die Gäste an Bord herumzuführen.«

»Ich werde die Führung persönlich übernehmen«, sagte Lanoe. »Wie geht es deinem Soldaten, der beim Sinkflug verletzt wurde?«

»Er hat eine Einzelkoje und ein Lesegerät mit der besten Pornosammlung, die wir für ihn zusammenkratzen konnten«, gab Ehta zurück. »Der wird schon wieder. Wir sollten uns eher um Paniet Sorgen machen. Er ist immer noch nicht bei Bewusstsein. Hat eine ziemlich miese Kopfverletzung abgekriegt.«

Lanoe nickte. »Er hat die Kiste hier zusammengehalten. Als er an Bord gekommen ist, hatte ich meine Zweifel, aber du hattest definitiv recht, was ihn angeht. Ein Teufelskerl von einem FLINK.«

»Vielleicht wäre es angebracht, sich die Grabrede für später aufzuheben«, sagte Ehta.

»Punkt für dich.« Er wandte sich dem Alien zu. »Wasser-Fällt, ich muss mich entschuldigen, die Gänge an Bord dieses Schiffs könnten für Sie recht schwierig zu betreten sein. Wir können Ihnen aber auf jeden Fall die wichtigsten Merkmale zeigen.«

»Ihr ist aufgefallen, dass Ihr Schiff offenbar beschädigt wurde«, sagte Archie. »Ich habe sie gewarnt, dass Sie an dieser Bemerkung vielleicht Anstoß nehmen könnten. Sie sagt auch, dass die Rollen jetzt wohl vertauscht sind und sie das Alien ist, das Sie besucht.« Die Choristin zwitscherte einen knappen Ton – ein Kichern, dachte Lanoe. »Sie hat die Beschädigungen nur deshalb angesprochen, weil der Chor mit Freude ein paar Techniker an Bord schicken würde, um vielleicht bei nötigen Reparaturen zu helfen. Es würde ihnen viel Ansehen bringen.«

Innerlich war Lanoe sofort erzürnt beim Gedanken daran, Choristen in allen Wartungsschächten herumklettern zu haben, die lernten, wie Kriegsschiffe der Flotte funktionierten – eine Menge Ausrüstung an Bord war hochsensibel, um nicht zu sagen: streng geheim. Leider war der Vorschlag eingedenk Paniets Ausfall und der wenigen verbleibenden FLINKS an Bord durchaus nicht unsinnig. »Das wäre sehr praktisch, vielen Dank«, sagte er. »Wie schnell könnten Sie einen Hilfstrupp zusammenstellen?«

»Sie haben sich bereits freiwillig gemeldet und sind unterwegs«, sagte Archie. »Sowie Sie zugesagt haben, sind sie aufgebrochen.«

»Natürlich«, sagte Lanoe. »Na gut, wenn Sie mir bitte folgen wollen …?«

Die Choristin zog den Kopf ein, um durch das Panzerschott zu gelangen, und musste sich im Gang dahinter beinahe zusammenfalten. Archie und Valk waren dicht hinter ihr – allerdings blieben sie einen Moment stehen, und Lanoe sah aus dem Augenwinkel, wie Archie Valks Arm ergriff.

Mit der anderen Hand deutete der Schiffbrüchige zur Decke des Hangars. Auf den dreiköpfigen schwarzen Adler, der dort prangte, das Wappen der Flotte und der Admiralität.

Archie wirkte sichtlich verwirrt und wohl auch ein wenig entsetzt, dachte Lanoe. Vielleicht kam auch noch ein Schuss Kummer hinzu.

»Erkläre ich später«, versprach Valk.

Archies Miene erhellte sich wieder, und sein ewiges Lächeln kehrte zurück. »Alles klar. Na denn, voran.«

*

Der Axialkorridor stellte für Wasser-Fällt kein Problem dar, auch war sie gerne bereit, sich durch die engeren Seitengänge zu zwängen, um einen Blick in die Messe und die behelfsmäßige Brücke zu werfen. Ginger verschaffte ihr unter viel Stammeln und Blinzeln einen Überblick über die wichtigsten Anzeigen. Als sich die Choristin vorbeugte, um besser sehen zu können, stieß Ginger ein leises Quieken aus. Alle taten so, als hätten sie nichts gehört.

Als Nächstes begab man sich hinunter zur Geschützbatterie. Gemeinsam kletterten sie den Steg über den massiven zylindrischen Gehäusen der Gaußgeschütze entlang. »Und hier drüben befinden sich Zielerfassung und Entfernungsmesser«, sagte Lanoe. Er deutete auf eine Reihe enger Abteile oberhalb der Batterie. »Ein Großteil der Arbeit läuft automatisch, wir operieren aber nach dem Grundsatz, dass nur ein Mensch die Geschütze tatsächlich abfeuern darf. Da hinten befindet sich das Munitionsdepot«, sagte er und zeigte durch die breite Öffnung hinunter ins eng befüllte Magazin. »Solange sie nicht scharfgemacht werden, sind die Geschosse inaktiv, also ist es zwar ungefährlich, dort unten herumzulaufen, der Zutritt für … ähm, Zivilisten allerdings leider strengstens verboten. Hier entlang bitte …«

»Wofür brauchen Sie so viele mächtige Waffen?«, fragte Wasser-Fällt durch Archie. »Wie oft bekriegen sich die Menschen untereinander?«

Die eigentliche Frage war, dachte Valk, wann sie es gerade *nicht* taten, aber das konnte Lanoe natürlich schlecht sagen.

»Es ist uns leider nie gelungen, eine Ebene der Harmonie zu erreichen, die der des Chors auch nur nahe kommt«, antwortete Lanoe. Sein Rücken war steif, das Kinn in die Höhe gereckt. »Unserer Erfahrung nach sind ausgeglichene Machtverhältnisse der beste Weg, den Frieden zu sichern. Was bedeutet, dass man eine Menge Waffen braucht, um die Waffen der anderen Leute auszugleichen.« Er lächelte, um deutlich zu machen, dass er sich einen kleinen Scherz erlaubt hatte, aber niemand lachte.

»Wasser-Fällt fragt sich, ob Sie nicht auch der Meinung sind, dass die Verfügbarkeit von Waffen ein Anreiz ist, nach Gründen zu suchen, sie einzusetzen?«, gab Archie weiter.

»Wir tun unser Bestes, der Versuchung zu widerstehen«, sagte Lanoe. »Gehen wir da entlang, in Richtung Heck.« Er streckte den Arm aus, und Wasser-Fällt schien seine Geste zu verstehen. Sie schritt voran.

Bis er dabei zusah, wie die Choristin versuchte, sich durch die Schleusen zwischen den Panzerschotts zu zwängen, war Valk nicht wirklich klar gewesen, wie klein ihre Welt geworden war, jetzt, da dem Kreuzer die gesamte Bugsektion fehlte. Das Schiff mochte noch immer beinahe dreihundert Meter lang sein, nur wurde ein so großer Teil des Innenraums von Hangar, Geschützbatterie und Triebwerk ausgefüllt, dass der übrige Platz für die Besatzung winzig und beengt wirkte.

Sowohl beim Lagerraum hinter der Geschützbatterie, einer Reihe langer, niedriger Kammern voller Kisten und Truhen, als auch bei der winzigen Krankenstation blieb Wasser-Fällt nicht viel mehr übrig, als kurz den Kopf hineinzustecken – in letzterem Fall war das wohl auch besser so, da Paniet dort lag und dringend Ruhe brauchte. Valk spähte durch das Bullauge der Tür in die Krankenstation und wünschte sofort, es unterlassen zu haben. Der Ingenieur lag auf dem Operationstisch ausgebreitet. Über seinem Kopf schwebte eine Sanitätsdrohne und schob winzige Nadeln in den geborstenen Ring aus Schaltkreisen um sein geschwollenes Auge.

»Er muss sich erst einmal ausruhen«, sagte Lanoe. »Hier drüben sind die Arrestzellen, die aktuell aber nicht belegt sind. Als Nächstes kommen wir dann …«

»Um Vergebung«, sagte Archie. »Einen Moment bitte. Wasser-Fällt wüsste gerne, was Arrestzellen sind.«

Hätte Valk eine Stirn besessen, er hätte sie in Falten gelegt. Sie stellte die Frage durch Archie. Als wüsste der Schiffbrüchige nicht genau, worum es sich dabei handelte. Hätte es sie wirklich interessiert, hätte sie einfach seine Gedanken lesen können.

Dann aber begriff er. Ihr ging es nicht um die wörtliche Bedeutung des Begriffs. Sie wollte hören, wie Lanoe es erklären würde. Seine Antwort konnte ihr möglicherweise einen hilfreichen Einblick in die Funktionsweise menschlicher Gesellschaft bieten.

»Wenn ein Mitglied der Besatzung unsere Regeln bricht, wird die Person hier für begrenzte Zeit festgesetzt«, versuchte Lanoe ihr darzulegen. »Oft geht es einfach darum, der betreffenden Person Zeit zu geben, um sich wieder abzuregen, um zur Besinnung zu kommen. In anderen Fällen ist es nötig, um sie daran zu hindern, sich selbst oder anderen ein Leid anzutun.«

Archie schaute ein wenig beschämt drein, als er die Antwort von Wasser-Fällt übersetzte. »Sie halten nichts von der Methode des Chors, all jene, die Regeln verletzen, öffentlich zu beschämen. Es kam Ihnen anscheinend grausam vor. Sie wüsste gerne, ob Sie der Meinung sind, Menschen gegen ihren Willen in einen kleinen Raum zu sperren sei irgendwie netter?«

»Da haben Sie … wohl nicht ganz unrecht«, erwiderte Lanoe gedehnt. »Machen wir weiter? Wir haben die Triebwerke noch nicht besichtigt.«

Wasser-Fällt bestand nicht darauf, die Diskussion zu vertiefen. Bereitwillig ließ sie sich weiter gen Heck führen, hinein in den Irrgarten enger Gänge, die den großen Torus des Fusionstriebwerks umliefen – und momentan mit einer Menge Trümmer und Schutt belegt waren.

»So klein die begehbaren Bereiche hier unten wirken mögen, vom Volumen her nimmt der Maschinenraum tatsächlich über die Hälfte des Schiffs ein«, sagte Lanoe. »Ein wesentlicher Teil der Gesamtmasse des Kreuzers entfällt auf die Verschalung des Reaktors und die verstärkten Streben, die das Schiff während strapaziöser Manöver zusammenhalten. Wie Sie sehen können, ist dieser Bereich etwas mitgenommen, vor allem, da unser Chefingenieur ausgefallen ist. Mir wurde aber versichert, dass der Reaktor den Flug hierher unbeschädigt überstanden hat, die Gefahr eines Strahlungs- oder Hitzelecks besteht also nicht. Diese Antriebe sind so gut wie unzerstörbar – ich war schon auf Schiffen unterwegs, von denen kaum noch mehr als eine Handvoll verdrehter Metallstreben übrig gewesen ist, deren Antrieb aber noch tadellos funktioniert hat.«

»Wasser-Fällt ist sehr gespannt darauf, sich das genauer anzusehen«, sagte Archie. »Die Energiegeneratoren unten in der Stadt reichen für unsere Bedürfnisse zwar aus, aber wir sind immer auf der Suche nach einem Weg, die Leistungsabgabe zu maximieren.«

Lanoe nickte fröhlich. »Ja, das zeige ich Ihnen nur zu gerne. Hinter diesem Schott befindet sich der Hauptinspektionsgang. Von dort aus kann man am ehesten etwas Interessantes sehen. Wenn Sie bitte … oh. Das ist mir jetzt etwas peinlich.« Er ging voran und hielt neben der rechteckigen Luke inne, die weniger als einen Meter durchmaß. »Ich fürchte, sie ist so konstruiert worden, dass sich selbst ein Mensch hindurchzwängen muss. Ich weiß nicht, ob es Ihnen gelingt.«

Wasser-Fällt strich mit den Scheren am Rand der Luke entlang, steckte erst den Kopf hindurch, dann die Schultern. Ihre Hüften allerdings wollten einfach nicht passen. Nach einer vollen Minute vergeblicher Mühen musste sie schließlich aufgeben.

»So ein Ärger«, sagte Lanoe. »Der Anblick ist wirklich beeindruckend. Aber ich fürchte, es ist schlicht nicht machbar. Dann muss unsere Tour hier wohl enden.«

»Ich würde hindurchpassen«, merkte Archie an.

»Hmm? Tja, das stimmt wohl«, sagte Lanoe. »Aber Wasser-Fällt möchte das Triebwerk doch sicher persönlich sehen, mit ihren eigenen Augen?«

»Sie scheinen vergessen zu haben, dass wir sämtliche Erfahrungen teilen«, sagte Archie. Neben ihm zwitscherte die Choristin höchst musikalisch. »Aber, aber, Kommandant. Man sollte meinen, Sie hätten genug Zeit mit dem Chor verbracht, um sich daran zu erinnern.«

»Ja, natürlich«, sagte Lanoe. »Wie dumm von mir. Alles klar. Gut, Archie, wenn Sie vorgehen mögen, M. Valk bleibt direkt hinter Ihnen. Ich werde hier draußen Wasser-Fällt Gesellschaft leisten, solange Sie sich ein bisschen umschauen.«

Der Schiffbrüchige kletterte durch die Luke und verschwand. Ehe Valk ihm folgte, warf er Lanoe einen schnellen Blick zu und schob in Gedanken ein winziges, bedeutsames Nicken hinterher.

Jetzt würden sie feststellen, ob ihr Plan funktionierte.

*

Anfänglich stand Lanoe einfach neben der Luke, lauschte, wie Valk und Archie durchs Triebwerk kraxelten, lächelte Wasser-Fällt an und überprüfte ab und zu sein Unterarm-Display. Er rief einen der FLINKS aus Paniets Team zu sich, um ein paar Auskünfte zu erteilen. »Geben Sie uns eine Einführung in moderne

Fusionsreaktoren«, sagte er. »Unsere neue Freundin hier interessiert sich brennend dafür, wie sie funktionieren.«

»Ich – na ja«, sagte der FLINK. Er befeuchtete sich die Lippen und blickte abwechselnd von seinem Kommandanten zu dem fremdartigen Besuch. Er schien von der Choristin ebenso entsetzt zu sein wie Ginger; trotzdem sah Lanoe an seinem Blick, dass er wie die meisten Ingenieure mit seinem Erfahrungsschatz froh darüber war, dass sich jemand – wer auch immer – für seine Arbeit interessierte. »Ich bin mir nicht sicher, wie vereinfacht Sie es gerne hätten, aber ...«

»Ach, fangen wir direkt mit den Grundlagen an«, schlug Lanoe vor.

»Gut. Im Wesentlichen ist es eine einfache Laserimpuls-induzierte Reaktion in einem Verschlussbehälter vom Typ Tokamak, bei der in der Injektionsphase Deuterium-Kügelchen mittels einer Z-Quetsche vorgeheizt werden. Ich bin mir nicht sicher, wie viel Sie über die Hall-Konstante und die Vorzeichenumkehrung in ultraheißen Plasmen wissen, aber ...«

»Gehen Sie ruhig davon aus, dass wir an dem Tag den Physikunterricht geschwänzt haben«, sagte Lanoe. Er hörte dem Ingenieur kein bisschen zu. Stattdessen beobachtete er aufmerksam Wasser-Fällt, auch wenn er nicht wusste, wonach er eigentlich Ausschau hielt. Er war ihrer Körpersprache nicht mächtig. Stellten die leicht herabhängenden Schultern einen Hinweis auf Langweile dar, oder bedeuteten sie etwas völlig anderes?

Hegte sie einen Verdacht, was er vorhatte?

Von jenseits der schmalen Luke erdröhnte eine laute Stimme: »Was ist denn mit Archie los? Geht es ...«

Die Stimme verstummte abrupt. Wasser-Fällt hob die Arme, ließ sie sogleich wieder fallen und drängte sich an dem FLINK vorbei, um abermals den Kopf durch die Luke zu schieben. Dann zog sie ihn wieder heraus, stellte sich direkt vor Lanoe und baute sich auf, bis ihre Augen direkt über seinem Kopf emporragten.

»Gibt es ein Problem?«, fragte er sie.

Ihr Zwitschern klang gänzlich anders als vorher. Es war kein Lachen mehr, sondern eine anschwellende Folge trillernder Schreie, die selbst für menschliches Gehör eindeutig nach Bedrängnis oder Besorgnis klangen.

Musik in Lanoes Ohren.

*

Die im Zickzack verlaufenden Wartungsschächte durch den Antriebsbereich waren ein heilloses Labyrinth, ein Irrgarten gewundener schmaler Passagen, die alle gleich aussahen. Ohne Valks Computerhirn, das automatisch eine perfekte Karte inklusive aller Kabelstränge und Schalttafeln erstellte, hätten sie sich hier unten problemlos verlaufen können.

Allzu tief drangen sie jedoch ohnehin nicht vor. Nach wenigen Metern, noch bevor sie außer Sichtweite der Luke waren, hielt sein Begleiter an und sackte in sich zusammen. »Was ist denn mit Archie los?«, schrie der Schiffbrüchige. Wasser-Fällt hatte eindeutig die Kontrolle übernommen. »Geht es ...«

Valk schob den nachgebenden Körper tiefer in den Gang hinein. Beinahe unverzüglich straffte er sich wieder und stützte sich mit Händen und Füßen ab. Er lachte verlegen und sah sich nach Valk um.

»Tja, das war jetzt bestimmt absonderlich«, sagte er. »Ich war kurz etwas benommen. Vielleicht ist es nur Platzangst.«

»Nö«, sagte Valk. Der Gang war gerade breit genug, um in den schweren Pilotenanzügen hindurchzukrabbeln. Er rückte auf allen vieren vor, und Archie blieb nichts anderes übrig, als ihm aus dem Weg zu gehen – indem er ebenfalls vorwärts kroch. »Ein Stück weiter vorne gibt es eine Kammer, wo wir uns hinsetzen und verschnaufen können.«

Nach wenigen Metern hielt Archie erneut inne. »Wenn Sie nichts dagegen haben«, setzte er an, stockte dann aber. »Oh«, sagte er. »Oh, ich fühle mich gar nicht gut. Ist hier – ist hier etwas mit, keine Ahnung, der Akustik nicht in Ordnung? Es ist so – still. Aber das kann ja nicht sein, ich höre den Hall meiner Stimme, als säße ich am Grund eines Brunnens.«

»Es liegt an der Verschalung des Reaktors«, sagte Valk. »Sie ist für Mikrowellen undurchlässig.«

Es gab im Gang kaum Platz genug, um sich umzudrehen. Archie krümmte sich und ackerte, bis er Valk ansehen konnte. »Mikrowellen«, sagte er leise. »Wollen Sie damit sagen ...«

»Wasser-Fällt kann Sie momentan nicht hören«, sagte Valk. »Der ganze Chor kann es nicht. Nur deswegen hat Lanoe uns hineingeschickt.«

»Was soll das heißen? Sie meinen, ich kann nicht ... sie können nicht ... keiner von ... keiner aus dem Chor kann ...«

»Sie sind von ihren Gedanken abgeschnitten«, sagte Valk sanft. »Es ist lange her, dass Ihre Stimme die einzige in Ihrem Kopf war, nicht?«

»Abgeschnitten. Lange ... lange her«, sagte Archie. Gab er bloß Valks Stimme wieder? Versuchte er, sie weiterzuschicken, wie der Chor untereinander die Gedanken weiterschickte? »Ich bin mir nicht ... ich meine – es fühlt sich so falsch an. Ich will wieder zurück. Ich will hier raus!«

»Ganz ruhig, Archie«, sagte Valk. »Wir sind doch Freunde.«

»Sind Sie das?«, schnauzte Archie ihn an. »Sind Sie das? Im Hangar habe ich doch gesehen ... ich ... verdammt! Meine Gedanken – ich kann nicht – ich kann nicht ...«

Flatternd fielen ihm die Augenlider zu, und Valk musste ihn packen und schütteln, um ihn bei Sinnen zu halten. »Hören Sie, Archie, wir können Sie nach Hause bringen. Wir können Sie zu ... zu jedem Planeten bringen, wo auch immer Sie hinwollen, okay? Wir wollen helfen! Falls Sie das Gefühl haben, dass Sie hier gegen Ihren Willen festgehalten werden, falls der Chor Ihnen ihre Gefühle aufzwingt, falls ...«

»Nach Hause«, sagte Archie. Vielleicht nur ein weiteres Echo. »Lange her.«

»Das wollen Sie doch, oder nicht?«, fragte Valk. »Sie müssen in den letzten siebzehn Jahren so oft daran gedacht haben. Es muss sehr …«

»Bei allen Chören der Hölle, Mann! Ich habe kaum an was anderes gedacht. Aber dieser Adler. Der … Adler. Sie – Sie sind der Blaue Teufel.«

»So ist es«, sagte Valk.

»Ich traue Ihnen nicht. Ich traue Ihnen nicht …«

»Archie, bleiben Sie bei mir. Konzentrieren Sie sich ganz auf mich. Sie sind ein Mensch. Sie sind keiner von denen. Ich kann Ihnen helfen.«

»Nach Hause«, brachte Archie mit erstickter Stimme heraus. Er drohte an seinen Gefühlen zu zerbrechen.

»Ja«, sagte Valk. »Ich kann Sie nach Hause bringen.« Und dann stählte er sich für das, was folgen musste. Es fühlte sich unsagbar falsch an. Lanoe hatte darauf bestanden. Eigentlich sollten diese beiden Tatsachen nicht übereinkommen, aber zum Teufel, dachte Valk. Er musste es tun, verdammt noch mal. »Ich kann Sie nach Hause bringen. Aber vorher müssen Sie mir ein paar Fragen beantworten.«

*

Lanoes Armdisplay zeigte an, dass Valk und Archie noch keine fünf Minuten verschwunden waren. Da Wasser-Fällt die ganze Zeit wie ein gellender Dekompressionsalarm zeterte und mit ihrem mächtigen Körper über ihn gebeugt stand, als wollte sie über ihn herfallen, ihn wie eins ihrer vorzeitlichen Beutetiere mit Haut und Haar verspeisen, kam es ihm wie eine Ewigkeit vor.

Er war sicher gewesen, sofort zu bemerken, wann Archie zurückkehrte – war fest davon ausgegangen, es würde ein sichtbares Zeichen geben, wann der Schiffbrüchige den Einflussbereich des Chors wieder betrat. Tatsächlich schien Archie ihm, auch nachdem er den Kopf durch die Luke steckte und mit sanfter Stimme beruhigend auf Wasser-Fällt einredete, noch immer ein freier Mann zu sein.

Wenigstens einen Moment lang. Bald verdrehte er die Augen und griff mit letzter Kraft nach der nächsten Haltestange, um nicht hinzufallen.

»Izzzt«, sagte er. »Izzzt schngut. Ist schon gut.« Mühevoll kam er wieder auf die Beine. Sein Gesicht war noch immer schlaff, aber nicht mehr die leblose Totenmaske von kurz zuvor. »Es geht mir gut«, sagte er. Lanoe wusste nicht, ob es an ihn oder an die Choristin adressiert war. »Es geht mir gut. Es geht mir gut. Ich bin wieder da. Alles gut.«

»Er sollte sich eine Weile hinlegen«, sagte Valk, der gerade Kopf und Schultern durch die Luke schob. Dank der geringen Schwerkraft schlängelte sich der große Pilot lässig hindurch und landete auf den Füßen. »Er hat nur einen Riesenschreck bekommen, das ist alles. Uns war nicht klar, dass die Verschalung des Reaktors solche Auswirkungen auf ihn haben würde. Anscheinend hat sie die Mikrowellen-Übertragungen der …«

»Ruhe«, sagte Archie. Nein, dachte Lanoe. Das war die Stimme von Wasser-Fällt. »Es reicht. Ich kann Archies Erinnerungen sehen. Ich weiß, worüber Sie sich dort drin mit ihm unterhalten haben. Ich weiß, dass all das nur eine … eine *List* war.« Der Ausdruck kam Archie schwerfällig wie ein Fremdwort über die Lippen. Was wohl auch nicht allzu weit von der Wahrheit entfernt war. Im Chor gab es keine Lügen. Wie denn auch? Keine Tricks, keine Heuchelei.

»Wir hatten schon darüber gesprochen, ihn mit nach Hause zu nehmen«, sagte Lanoe.

»Wir sagten bereits, dass er kein Gefangener ist! Er kann tun und lassen, was ihm beliebt. Dachten Sie, wir … wir … hätten Sie *belogen*? Haben Sie noch immer nicht begriffen, dass uns ein derartiges Verhalten gar nicht möglich ist?«

»Ich glaube, Sie haben ihn siebzehn Jahre lang mit Gefühlen vollgepumpt«, sagte Valk.

Lanoe legte ihm die Hand auf den Arm. »Schon gut. Sie hat recht. Sie hat uns nicht belogen. Und wir sollten den Chor auch nicht belügen. Wir sollten jetzt alle Karten auf den Tisch legen. Ich brauchte dringend ein paar Auskünfte über das Verhältnis des Chors zu den Wurmlöchern. Ich wusste, dass Archie sie liefern kann.«

»Sie hätten uns einfach fragen können!«

»Hätte ich das?«

»Wir haben Ihnen wahrlich nichts vorenthalten«, sagte Wasser-Fällt. »Wir waren vollkommen offen. Wir haben die Harmonie der Raumzeit beeinflusst, um Ihnen durch das Wurmloch eine Nachricht zu schicken. Wir haben Sie durch das niederenergetische Wurmloch, das die einzig sichere Route zu unserer Heimatwelt bildet, hergebracht. Wir haben M. Valk sogar den Besuch einer Apport-Schau gestattet!«

»Sicher«, sagte Lanoe. »Sie haben keine Geheimnisse. Sie verstecken nichts, das ist nicht Ihre Art, wie Sie uns auch mehr als einmal versichert haben. Trotzdem gibt es eine Art des Lügens, die auch Telepathen fertigbringen. Lügen durch Auslassung.«

»Sie hätten uns nicht verraten, dass man die Wurmlöcher auch als Waffe benutzen kann«, sagte Valk. »Denn nichts anderes ist das kalte Wurmloch, Lanoe, und auch die anderen Gefahren auf der Karte – allesamt Fallen. Eingerichtet, um Schiffe der Blau-Blau-Weiß abzufangen, die sich aus Versehen in den Wurmraum verirren.«

»Im Ernst?«, fragte Lanoe. »Das ist – aber dann ...«

Valk wandte sich wieder Wasser-Fällt zu. »Sie hätten uns niemals erzählt, dass es der Chor war, der das Netzwerk überhaupt erst geschaffen hat.«

Lanoe wollte schon antworten, dann aber begriff er, was Valk soeben gesagt hatte, und machte mit einem leisen Schnappen den Mund wieder zu.

»Moment mal«, sagte er.

Das konnte doch nicht sein.

Oder? Lanoes Wissens nach hatten nie Zweifel daran bestanden, dass passierbare Wurmlöcher ein natürliches Phänomen der vierdimensionalen Raumzeit darstellten. Große Gravitationsquellen wie Sterne krümmten den Raum derart, dass sie Löcher ins Gefüge des Universums rissen – die Wurmlöcher, die er seit Jahrhunderten bereiste. Es gab Theorien und ganze Teilbereiche der Physik, die sich nur um dieses Konzept drehten.

Der Gedanke, jemand könnte das Netzwerk der Wurmlöcher *gebaut* haben, und sei es eine fortschrittliche Spezies wie der Chor, war vollkommen absurd. Es klang, als behauptete man, jemand habe den Ozean mit Hammer und Nägeln zusammengezimmert. Jenseits aller Vorstellungskraft. Sicher, er hatte Beweise dafür gesehen, dass der Chor Wurmlöcher manipulieren konnte. Und ja, sie lebten in einer Blase im Wurmraum, was er noch vor Tagen ebenfalls für unmöglich gehalten hätte, aber ...

»Das war noch vor der Ersten Invasion«, sagte Valk. »Archie hat es mir erzählt. Auf ihrem zivilisatorischen Höhepunkt, bevor die Blau-Blau-Weiß sie beinahe ausgerottet haben. Der Chor hat das ganze verdammte Ding gebaut. Die Hälfte der Sterne in unserer Milchstraße miteinander verknüpft.«

»Ist das wahr?«, fragte Lanoe.

Wasser-Fällt hob alle vier Scheren und verdeckte so viele ihrer Augen wie möglich. War es eine Geste der Verzweiflung – oder der Scham? Verärgerung? Durchlebte sie erneut die entsetzlichen Verluste, die ihr Volk erlitten hatte? Lanoe konnte es nicht sagen. Er wusste es einfach nicht.

»Ja«, sagte sie. Mithilfe von Archie.

Lanoe machte einen Schritt auf die Choristin zu. Er wusste,

dass er in gefährliche Fahrwasser vordrang. Durchaus möglich, dass er den Chor bereits irreparabel erzürnt hatte. Falls sie ihm aber helfen konnten, falls sie doch etwas Reales, Substanzielles zu seinem Kreuzzug gegen die Blau-Blau-Weiß beizutragen hatten, was über die bloße Speicherung menschlicher DNS für eine hypothetische Zukunft hinausging – er musste es einfach versuchen.

»Wasser-Fällt«, sagte er, »ich weiß, ich habe eine Torheit begangen. Vielleicht war es im Endeffekt allerdings nur der direktere Weg in Richtung eines Ziels, das wir so oder so erreicht hätten. Ich weiß, der Chor hat keine Geheimnisse zu verbergen, ich weiß es, obwohl Sie es mir bis zu diesem Zeitpunkt nicht erzählt haben … gut, vielleicht hätten Sie es irgendwann getan. Leider musste ich es jetzt wissen, weil meine Zeit bei Ihnen knapp bemessen ist.« Kein Grund, tatsächlich auszusprechen, dass CentroCor höchstwahrscheinlich nur noch Stunden davon entfernt war, sie abermals in die Finger zu kriegen. »Und ich daher den Chor um einen Gefallen bitten muss. Um ein Geschenk. Um Hilfe.«

»Sie haben bereits gesehen, was wir anzubieten haben«, sagte Wasser-Fällt. »Sie möchten uns wirklich um noch mehr bitten? Darüber gehen die Meinungen auseinander. Momentan herrscht ein nicht ganz eindeutiger Trend in Richtung der Feststellung, dass Sie gierig sind, Mensch. Dass Sie nach mehr verlangen, als Ihnen zusteht. Wir sind uns nicht sicher, ob Ihre neu entdeckte Demut nicht eher gespielt ist. Die Öffentlichkeit tendiert relativ eindeutig zu der Ansicht, dass Sie schlau sind – womöglich zu schlau.«

»Bitte«, sagte Lanoe. »Sie können neue Wurmlöcher öffnen. Sie können entfernte Regionen im All miteinander verbinden und reisen, wohin auch immer es Ihnen beliebt. Das ist unglaublich. Bitte«, wiederholte er, »öffnen Sie ein Wurmloch für mich. Eines, das nach …«

»Nein«, sagte Wasser-Fällt.

578

»Sie haben sich meinen Vorschlag nicht zu Ende angehört«, sagte Lanoe.

»Menschen und Choristen sind sehr unterschiedlich, und manchmal haben wir Probleme, Sie zu begreifen. In diesem Fall gibt es jedoch keinen Zweifel daran, was Sie wollen, Aleister Lanoe. Worum Sie uns bitten. Sie wollen von uns ein stabiles Wurmloch zwischen einer von Menschen besiedelten Welt und dem Heimatsystem der Blau-Blau-Weiß. Das ist uns allen klar.«

»Bin ich so durchschaubar?«, sagte Lanoe und wusste genau, was jetzt kommen würde. Verdammt.

»Das geht nicht. Es *wird nicht* passieren. Das wurde Ihnen bereits mitgeteilt. Hören Sie auf, lassen Sie davon ab. Verunreinigen Sie unsere Gedanken nicht länger mit Ihren unmöglichen Forderungen.«

»Alles klar«, sagte Lanoe, »dann vielleicht – etwas anderes, etwas, das Ihnen weniger zuwider ist. Vielleicht ein Wurmloch, das uns – ich weiß auch nicht, wenigstens in die Nähe ihrer Heimatwelt bringt. Wenn Sie einfach nur …«

»Aufhören, sofort! Die Diskussion ist beendet! Ich werde auf der Stelle in die Stadt zurückkehren. Kein Wort werde ich mehr mit Ihnen wechseln!«

Die Choristin drehte sich auf ihren zahlreichen Absätzen um und stampfte in Richtung Hangar davon, wo sie ihr Luftfahrzeug zurückgelassen hatte.

Lanoe wurde schwer ums Herz. Er konnte es nicht fassen.

Er hatte versagt. Er hatte versagt …

»Archie«, sagte Archie. »Komm mit, Archie.«

Der Schiffbrüchige schüttelte sich. Sein Blick wurde klar, und er drückte den Rücken durch. »Nein. Ich bleibe hier.«

Niemand schien erstaunter über seine Weigerung zu sein als er selbst. Aber er verschränkte die Arme vor der Brust und rührte sich nicht von der Stelle, selbst als Wasser-Fällt ihn mit allen vier Scheren zu sich winkte.

Vielleicht spielte sich zwischen ihnen noch mehr ab – weiteres Flehen, weitere Zurückweisung. Ausführliche Diskurse voller Scham, Forderungen und Vorwürfe. Niemand außer ihnen wusste es. Irgendwann stieß sie ein scharfes, misstönendes Krächzen aus, stürmte davon und ließ den Schiffbrüchigen stehen.

»Ich bleibe hier«, sagte Archie abermals. Es war kaum mehr als ein Flüstern.

*

»Ich habe den dreiköpfigen Adler im Hangar genau gesehen. Das hier ist ein Schiff der Flotte. Der irdischen Flotte«, sagte Archie. Er war umgeben von halb leeren Nährstofftuben, die sich überall stapelten. Hin und wieder hob er eine auf und probierte erneut. Die Lager des Kreuzers hatten weder Straußensteaks noch frische Gemüsebeilagen zu bieten, trotzdem schien Archie nach siebzehn Jahren Chor-Nahrung von menschlichem Essen einfach nicht genug bekommen zu können. »Aber du bist der Blaue Teufel. Was tust du hier?«

Valk war sich nicht ganz sicher, wie er darauf antworten sollte. »Seit du Tiamat verlassen hast, ist viel geschehen«, versuchte er es. »Ich weiß nicht recht, wo ich anfangen soll.«

Archie nickte und langte nach einem Wasserpäckchen. Andauernd sah er sich hektisch um, als erwarte er in jeder Ecke des Raums Choristen lauern zu sehen.

»Du kannst sie immer noch hören, nicht wahr?«, fragte Valk.

»Nicht so deutlich wie zuvor«, sagte Archie. »Nicht so deutlich wie die letzten siebzehn Jahre. Aber sie sind da. Ich habe auch kein Problem damit, offen zu sagen, dass sie wütend auf euch sind. Richtig sauer, um genau zu sein. Und sie prangern meine Rolle bei diesem Debakel natürlich genauso deutlich an.«

»Sind sie … auf uns alle sauer, weil wir dich ihnen weggeschnappt haben«, fragte Valk, »oder nur auf Lanoe, weil er Wasser-Fällt vor den Kopf gestoßen hat?«

»Wir reden hier vom Chor«, sagte Archie. »Sie sind die Meister der Empörung. Sie haben keine Schwierigkeit damit, sich über mehrere Dinge gleichzeitig aufzuregen.«

Valk wünschte sich ein Gesicht, um grinsen zu können.

»Können wir jetzt bitte wieder zum Wesentlichen kommen? Gib mir mal die scharfe Sauce da hinten.«

Valk schnappte sich ein Päckchen mit fluoreszierend roter Pampe und reichte es weiter. Archie drückte es in eine Tube dekonstruierter Pasta aus und träufelte sich die resultierende orangefarbene Masse auf die Zunge.

»Ich habe von diesem Tag geträumt. Vom Tag meiner Rettung«, sagte er. »Obwohl ich immer davon ausgegangen bin, der Zirkel der Wahlleute würde eine diplomatische Gesandtschaft schicken. Kein Kriegsschiff.«

»Der Zirkel der Wahlleute«, wiederholte Valk. Das Führungsgremium des alten Aufbaus. Archies – und Valks – alte Chefs. »Jaaa. Hör mal, Archie. Ich weiß, du wirst das nicht hören wollen, aber der Aufbau ...«

»Nein.« Archie schüttelte vehement den Kopf. »Sag's mir nicht.«

Aber Valk hatte keine Wahl. »Der Aufbau hat den Krieg verloren.«

Archie hob die Hände und verdeckte seine Augen. Einen Moment lang saß er schwer atmend da, ließ die Hände sinken und legte sie sorgfältig auf den Tisch. Ein einziges Mal schniefte er laut, dann nickte er.

»Sie haben behauptet, unser Sieg sei unvermeidlich. Dass das Recht auf unserer Seite steht und wir deshalb nur gewinnen *können*. Vor Tiamat haben sie uns gesagt, es sei nur noch eine Frage der Zeit. Ein paar wenige Monate, wenn wir nur durchhielten. Nein.«

»Sie haben uns so viel erzählt«, sagte Valk. Im letzten Jahr der Aufbau-Krise hatte der Führungsstab die Propaganda-Maschinerie besonders heftig entfacht. Sie hatten alles zensiert, was den unausweichlichen Sieg irgendwie infrage stellte, und Unmengen Geschichten über die Effektivität der eigenen Truppen und Schiffe lanciert. Erfundene Geschichten. Valk sollte es wohl wissen – diese Art Unfug war der einzige Grund für seine Existenz. Der einzige Grund dafür, dass man ihn aus den Erinnerungen des toten Piloten Tannis Valk erschaffen hatte. »Eigentlich hatten wir nie eine Chance. Der Zirkel war bereit, sich für ihre Ideale zu opfern und uns alle mit untergehen zu lassen. Tiamat war nur ein letztes Röcheln, Archie. Die MegaKons haben gewonnen.«

»Nein«, sagte der Schiffbrüchige mit leiser, bemitleidenswerter Stimme. »All die Zeit. All die Jahre habe ich gedacht, wenn ich nur irgendwie zurückkönnte …«

»Tut mir leid«, sagte Valk.

»Okay«, sagte Archie und ließ den Kopf hängen. »Okay.« Als nähme er Valks Entschuldigung an. Als ginge es nur darum. »Nach Hause«, sagte er einmal mehr. Es klang wesentlich piepsiger, als er es beabsichtigt haben dürfte, dachte Valk, dem sehr klar war, was Archie in der menschlichen Zivilisation erwartete. Er wusste, wie sich die Resozialisierung für einen Offizier der historisch unterlegenen Seite gestaltete.

Nach Hause hieß nicht, was es hätte heißen sollen, nicht für Leute wie sie beide. Nichts war mehr wie früher.

Und trotzdem musste es besser sein, als weiter als Marionette des Chors zu leben. Oder? Valk wünschte inständig, sich seiner Sache sicherer zu sein.

»Hör mal«, sagte er. »Was hältst du davon, heute Nacht in einem richtigen Bett zu schlafen? Oder zumindest in einer Koje?«

Archies Augen leuchteten ein klein wenig. »Die Choristen schlafen im Stehen. Sie haben so viele von diesen Bänken, aber ich glaube, in der ganzen Stadt gibt es kein einziges Kissen. Das wäre … das wäre schön.« Er wandte den Blick ab. »Schön«, wiederholte er.

30

Lanoe stand vor dem Fenster in der Luke zur Krankenstation und sah zu, wie Paniet die Ärmchen der Sanitätsdrohne verscheuchte, die sich an seinem Gesicht zu schaffen machen wollten. Man hatte ihm zwar mitgeteilt, der Ingenieur sei wieder bei Bewusstsein, mit so viel Energie hatte er allerdings nicht gerechnet. Er öffnete die Luke und ging hinein. Ein schwacher UV-Laser fächerte über seinen Körper, um Gesicht und Anzug von Keimen zu befreien. Bis der Laser sein Werk vollendet hatte, hielt Lanoe die Augen geschlossen. Zu Beginn seiner Laufbahn hatte man ihnen eingeschärft, nicht ins Licht zu schauen. Heutzutage war das kein Problem mehr, aber solche Gewohnheiten legte man nur schwer ab.

»Biete ich einen so entsetzlichen Anblick?«, fragte Paniet.

Lanoe grinste. Die Desinfektionsanlage klingelte, um Vollzug zu melden, und er schlug die Augen auf. »Sie sind wieder unter uns«, sagte er. »Das ist die beste Neuigkeit des ganzen Tages.«

Der Ingenieur setzte sich ein wenig aufrechter. Er war noch immer leichenblass und von seinem Hightech-Monokel bis auf ein paar Kupfer- und Messingsplitter kaum noch etwas zu sehen. Offenbar war er direkt auf das Implantat gefallen, ein Teil der Schaltkreise hatte sich bis in die Hirnrinde gebohrt und die resultierende Blutung das Koma ausgelöst. Mit der Entfernung der geborstenen Schaltkreise war auch der Druck im Schädel gesunken.

»Kann ich mir denken«, sagte Paniet. »Valk war vorhin schon hier und hat mir erzählt, was alles passiert ist. Unglaublich. Eine Stadt voller Aliens, versteckt in den Wänden der Raumzeit.« Er schüttelte andächtig den Kopf – und schien die Geste auf der Stelle zu bereuen, denn sein Gesicht verzog sich unter Schmerzen. »Ich wünschte, ich könnte hier raus und da runter, um sie mir selbst anzusehen. Ich hätte so viele Fragen – zum Beispiel, wie sie die Luft in ihrer Blase festhalten.«

Lanoe runzelte die Stirn. »Wie meinen Sie das?«

»Die Luftmoleküle sollten bei Berührung der Wände vom Geisterlicht sofort vernichtet werden – werden sie aber nicht, oder? Wenn dem so wäre, würden wir alle gerade in einer großen Kugel aus Antiplasma vor uns hin kochen. Dann die Frage, wie sie ihre künstliche Schwerkraft erzeugen. Die Menschheit zerbricht sich darüber seit Jahrhunderten den Kopf, ohne auch nur ansatzweise Land zu sehen. Ach, Kommandant. Wir könnten so viel von ihnen lernen. Zu schade, dass Sie sie so verärgert haben.«

»Diplomatie ist nicht meine große Stärke«, gab Lanoe zu.

»Allerdings. Sie haben die Sache ziemlich vermasselt, nicht wahr?«

Lanoe verzog das Gesicht, nahm sich den Ingenieur aber dennoch nicht zur Brust. Es war eine altbewährte Tradition bei der Flotte, dass verwundetes Personal frei sprechen durfte, selbst dem befehlshabenden Offizier gegenüber – natürlich innerhalb gewisser Grenzen. »Hören Sie das?«, fragte Lanoe. Gemeinsam lauschten sie einen Moment. Irgendwo im Hintergrund waren ganz leise das Kreischen einer Säge und das Brüllen eines Schweißgeräts zu hören. »Der Chor ist dabei, das Schiff für Sie zu reparieren, da Sie unbedingt im Bett bleiben wollten.«

»Es verblüfft mich, dass Sie ihnen genug Vertrauen schenken, um sie an Ihr Schiff zu lassen«, sagte Paniet. »Selbst, wenn meine FLINKS die Arbeit beaufsichtigen.«

»Es bereitet mir Kopfschmerzen. Aber ungeachtet der Meinungsverschiedenheiten hat mir der Chor bisher keinen Grund gegeben, ihnen nicht zu vertrauen. Ich glaube nicht, dass sie zu

Hinterhältigkeit überhaupt in der Lage sind. Und die blanke Tatsache, dass sie noch hier sind, spricht schon für sie«, sagte Lanoe. »So können sie demonstrieren, dass sie uns noch nicht völlig aufgegeben haben. Solange sie an unserem Schiff arbeiten, ist die Aussicht auf weitere Verhandlungen noch nicht ganz hoffnungslos.«

»Entweder das, oder sie wollen uns dabei helfen, so schnell wie möglich zu verschwinden«, gab Paniet zu bedenken. »Hören Sie, Liebes, wenn sich irgendwer Sorgen machen sollte, dass Aliens am Schiff herumbasteln, dann bin ich das. Ich werde es aber zulassen, sofern Sie mir einen kleinen Gefallen tun.«

»Was haben Sie auf dem Herzen?«

»Ich wollte mit Ihnen über Valk reden.«

Lanoe rümpfte die Nase. »Ich bin hergekommen, um nach Ihnen zu sehen. Nicht, um mir von Ihnen Ratschläge anhören zu müssen, wie ich mit meiner Besatzung umzugehen habe«, sagte er.

»Oftmals im Leben liegen das, was wir wollen, und das, was wir brauchen, so erstaunlich weit auseinander, Kommandant. Sie haben einiges an Unannehmlichkeiten auf sich genommen, um sich ausschließlich mit vertrauenswürdigen Beratern zu umgeben. Da wäre es doch angebracht, ihnen wenigstens Gehör zu schenken.«

Lanoe seufzte und ließ sich wortlos auf Paniets Bettkante nieder. Er schlug die Beine übereinander, faltete die Hände auf den Knien und wartete geduldig.

»Unser Freund, die Künstliche Intelligenz, ist an einer Art Scheideweg angelangt.«

»Valk geht es gut«, sagte Lanoe mit Nachdruck.

»Als ich mit ihm gesprochen habe, klang das nicht so. Ich habe Sie davor gewarnt, nicht wahr? Ja, das habe ich. Ich hatte angemahnt, dass er kurz davorsteht, seine Menschlichkeit einzubüßen – und wir alle in Gefahr sein könnten, sollte es dazu kommen. Als er mich vorhin besucht hat, war er beinahe untröstlich. Er hat Ihnen von dem Kampf erzählt, den er gegen seine geringere Hälfte führen musste? Hat er Ihnen deutlich genug dargelegt, wie knapp er es vermeiden konnte, den Kampf zu verlieren?«

»Er hat gewonnen. Er hat die Kopie gelöscht«, sagte Lanoe.

»Und jetzt traut er sich nicht mehr ans Steuer des Schiffs. Es war für uns alle einfach zu angenehm. Er konnte so viele beeindruckende Dinge vollbringen – Dinge, von denen wir armen, gebrechlichen Menschen nicht einmal zu träumen wagen. Aber jedes Mal, wenn Sie von ihm verlangt haben, an zwei Orten gleichzeitig zu sein oder freihändig zu programmieren oder schnelle Berechnungen im Kopf zu vollführen, um Ihnen die Arbeit abzunehmen, haben Sie ihm damit eine klare Botschaft vermittelt. Dass er als KI besser ist, als er er als Mensch je sein könnte.«

»So etwas habe ich nie behauptet«, sagte Lanoe.

»Nein, nur durchweg angedeutet. Ich lege Ihnen hier meine Perspektive als Ingenieur dar. Wir sehen Dinge, die anderen nicht auffallen.« Er hob die Hand und berührte sachte die Reste seines Monokels. »Aua.«

»Sie wollen mir sagen, Valk könnte sich gegen uns wenden, falls wir nicht aufpassen.«

»Möglich, Liebes«, sagte Paniet. »Möglich. Ich halte es für wahrscheinlicher, dass er einfach erstarrt. Sich in seinem eigenen Code verliert und den Weg zurück nicht mehr findet. Oder sich dazu entschließt, Pi bis zur allerletzten Dezimalstelle auszurechnen, und alles andere warten kann.« Er zuckte vorsichtig mit den Schultern. »Aber ganz im Ernst? Ich habe keine Ahnung, was passieren könnte. Ich weiß nur, dass ich es nicht herausfinden will. Versuchen Sie, es von seiner Warte aus zu betrachten. Viele Jahre – ein ganzes Leben lang – war er ein Mensch. Dann hat er plötzlich herausgefunden, dass all das eine Lüge war. Was würde mit einem Menschen passieren, der so ein Erlebnis durchläuft?«

»Es wäre sicher sehr viel zu verdauen«, sagte Lanoe.

»Jeder von uns würde einen Nervenzusammenbruch erleiden«, sagte Paniet energisch. »Lanoe, Sie müssen seine Sorgen ernst nehmen. Um unser aller Willen. Wenn Sie sich weiter so sehr auf ihn stützen, von ihm verlangen, dass er sich wie ein Supercomputer verhält und seine menschlichen Bedürfnisse ignoriert ...«

»Ich weiß Ihre Einwände zu schätzen«, schnitt Lanoe dem Ingenieur das Wort ab, »aber Sie sollten sich vielleicht in erster Linie um die Wartung und Nöte des Schiffs kümmern.« Auch die Traditionen der Flotte hatten ihre Grenzen. Er stand auf, schloss die Luke hinter sich und sperrte Paniets Stimme aus. Er hatte Besseres zu tun, als ihm weiter zuzuhören.

*

»Bis jetzt haben Sie großes Glück gehabt«, sagte Candless. »Für wie wahrscheinlich halten Sie es, dass dieser Zustand noch weiter anhält?«

Die Leutnantin war gekommen, um Ginger auf der Brücke abzulösen. So zuwider ihr der Blick ihrer ehemaligen Ausbilderin war, so sehr freute sie sich doch über die Wachablösung. Den Kreuzer relativ zur Stadt des Chors in einer stabilen Position zu halten, war nicht allzu anstrengend – eigentlich hatte sie nur alles im Auge behalten und sichergehen müssen, dass der Kreuzer den Wänden der Raumzeit-Blase nicht zu nahe kam. Während der ganzen Zeit, die sie hier gesessen hatte, waren nur drei winzige Korrekturschübe mit den Manövrierdüsen nötig gewesen.

Eigentlich wusste sie nicht, warum man ihr diese Aufgabe überhaupt zugeteilt hatte. Valks Kopie hatte alles bestens im Griff gehabt. Dann hatte man sie aus heiterem Himmel angewiesen, die Steuerung zu übernehmen. Das war vor zwölf Stunden gewesen.

»Anscheinend ist Kommandant Lanoe der Auffassung, Sie seien uns auf freiem Fuß nützlicher als hinter Gittern«, sagte

Candless, während sie in den Pilotensitz glitt und ihre Anzeigen neu ausrichtete. »Unterbesetzt wie wir sind, bin ich geneigt, ihm zuzustimmen. Bitte entfernen Sie sich nicht zu weit und fassen Sie nichts an, was nicht angefasst werden muss. Habe ich mich klar ausgedrückt?«

»Jawohl, Ma'am«, sagte Ginger. »Wenn Sie nichts dagegen haben, begebe ich mich einfach in meine Koje.«

»Ich glaube, ich hatte doch gerade gesagt, dass Sie sich auf Bewährung frei bewegen können«, gab Candless zurück.

Ginger spürte den Blick der alten Frau wie Bohrköpfe in ihrem Rücken. Sie entfernte sich durch die Messe in Richtung der Kojen. Ihr war klar, dass sie sich die schroffe Behandlung redlich verdient hatte, trotzdem war es schwer zu ertragen. Sie wollte nur noch weg, vor Candless und vor allen anderen fliehen. Sich zu einer Kugel zusammenrollen und versuchen, ein wenig zu schlafen.

Leider befand sich da etwas auf dem Gang und versperrte den Weg zu ihrer Koje. *Jemand*, zwang sie sich umzudenken. Es handelte sich um eine Person, wenn auch nicht um einen Menschen. Dort stand eine Choristin auf dem Mittelgang und pochte mit den Scheren gegen die Panzerschotts. Ein Mitglied des Reparaturtrupps, dachte Ginger. Sie waren im ganzen Schiff verteilt und reparierten alles, was sie in die Scheren kriegten. Halfen, wo sie konnten.

Beim ersten Anblick eines dieser Aliens hatte sich Ginger sehr gefürchtet. Jetzt schämte sie sich, wenn sie an ihre Reaktion dachte. Diese Wesen waren riesig und sahen so aus, als könnten sie einen mit ihren großen Scheren entzweischneiden, außerdem hatten sie zu viele Beine – irgendwie schien dieses Detail am schwersten zu wiegen. Oder es lag daran, dass sie so gut wie kein Gesicht besaßen. Nur einen Ring winziger Augen, mit denen sie in alle Richtungen sehen konnten. Sie sahen ganz und gar nicht-menschlich aus. Einfach falsch. Wie konnten solche Wesen intelligent sein?

Und doch hatte ihre Abscheu nachgelassen, je länger sie die Fremden an Bord beobachtet hatte, und war mittlerweile einer gewissen Faszination gewichen. Vor allem, je mehr sie über ihre Kultur und Gesellschaft erfuhr. Sie waren immer vereint, ewig im Gespräch. Für eine extrovertierte Person wie Ginger, die Mitmenschen um sich brauchte, um sich wohlzufühlen, barg die Vorstellung, immer und überall an den Gedanken der anderen teilzuhaben, eine gewaltige Anziehungskraft.

Es würde bedeuten, nie wieder allein zu sein. Nie wieder. Es kam Gingers Vorstellung vom Paradies ziemlich nahe.

Vor ihr klopfte die Choristin erneut gegen die Wand. Dann neigte sie den Kopf, Ginger entgegen. Sie ließ ein leises Zwitschern erklingen und stampfte mit mehreren Füßen auf.

»Wollen Sie ... mir etwas mitteilen?«, fragte Ginger. Sie verzog das Gesicht. Die Choristen konnten nicht sprechen. Ihre zwitschernden Laute konnten rudimentäre Botschaften vermitteln; um aber wirklich mit den Menschen zu kommunizieren, mussten sie sich dieses armen Manns bedienen – Archie, so hieß er. Der Mann mit der Antenne im Kopf. »Es tut mir leid – soll ich Archie holen? Ich verstehe Sie leider nicht.«

Die Choristin schlug mit solcher Kraft gegen das Schott, dass es im Gang widerhallte, und zwitscherte wild – stieß eine Reihe schriller Töne aus, die Ginger in den Ohren wehtaten. Wieder und wieder schlug sie auf das Schott ein.

Nein, jetzt sah Ginger, dass es sich nicht um ein Schott, sondern um die Luke zu einer der Kojen handelte. Sie kam näher und dachte, die Choristin brauche vielleicht nur Hilfe, um hineinzugelangen und dort drin eine Reparatur vorzunehmen. »Hier drüben gibt es einen Schalter«, sagte sie und deutete auf den Auslöser der Luke. »Sie müssen ...«

Dann hielt sie inne, weil ihr etwas an der Luke selbst auffiel. Sie war undicht.

Rote Flüssigkeit tröpfelte seitlich an der Luke herunter, aus einem Riss in der Dichtung, der womöglich bei ihrem wilden Sinkflug entstanden war. Ginger versuchte zu erkennen, um was für eine Substanz es sich handelte. Vielleicht Hydraulikflüssigkeit oder …

Ein dicker roter Tropfen klatschte spritzend auf den Boden. Gingers Gehirn schien sich nach außen zu stülpen. Natürlich erkannte sie die Flüssigkeit. Es war Blut.

»Leutnantin Candless!«, schrie sie. »Rufen Sie jemanden, irgendwen, der …« Verzweifelt fuhr sie sich mit einer Hand durchs Haar. Sie konnte kaum klar denken, wusste nicht – es befand sich kein Arzt an Bord, niemand, der … »Rufen Sie einfach irgendwen her! Ich glaube, hier ist jemand verletzt!«

Sie hob die Hand und schlug auf den Auslöser. Die Luke glitt beiseite, und Blut ergoss sich auf den Gang. So viel Blut, so viel Blut, und Ginger – Ginger konnte nicht hinsehen, wollte nicht hinsehen, wusste ganz genau, dass sie nicht hinsehen sollte, aber sie schaute trotzdem, und …

Archie lag auf dem Rücken und starrte an die Decke. Er hatte seine Kennungsmarke abgerissen und mehrfach gefaltet, bis sie gebrochen war und eine scharfe Kante bildete. Mit ihr hatte er sich die Pulsadern aufgeschnitten, so tief, dass die Knochen der Handgelenke beinahe freigelegt waren.

Dann rannten Menschen an ihr vorbei, jemand schubste sie aus dem Weg. Im ganzen Schiff hörte sie die Choristen zwitschern, gellende Klagelaute, ein Gleichklang misstönender Musik voller Schmerz.

*

Was für ein Lärm. So viele Leute rannten umher, schrien durcheinander und versuchten, sich Gehör zu verschaffen.

Die Choristen an Bord – der ganze Reparaturtrupp – waren vollkommen außer sich. Die Luft war erfüllt von verzweifelten Vogelstimmen. Auch die Menschen an Bord schienen kaum gefasster. Eine Gruppe Marines war herbeordert worden, um Archies Leichnam zur Krankenstation zu tragen. Nur gab es dort lediglich ein Bett, und das wurde noch immer von Paniet belegt. Irgendwer merkte an, Archie befände sich wohl weit jenseits eines Zustands, in dem er der Hilfe der Sanitätsdrohne noch bedurft hätte. Es folgten hitzige Diskussionen darüber, was zu tun sei, verzweifelte Menschen schrien durcheinander, dass doch endlich jemand eine Entscheidung fällen möge. Niemand konnte klar denken, nicht bei einem solchen Lärm. Dieses verfluchte Gezwitscher.

Die Choristen ließen sich einfach nicht beruhigen. Es gab keine Möglichkeit, sie zu trösten oder ihnen wenigstens zu vermitteln, die Klappe zu halten. Irgendwann ergriff Candless die Initiative – es handelte sich zweifellos um eine Aufgabe für einen Ersten Offizier – und ließ den Leichnam in eine der Arrestzellen schaffen. Momentan waren sie nicht belegt, und dort gab es immerhin genug Platz, um Archie hinzulegen und wenigstens so aussehen zu lassen, als habe er es bequem. Aus irgendeinem Grund schien das wichtig zu sein. Dass er es augenscheinlich bequem hatte.

Lanoe war dem Trubel entflohen, was ihm eigentlich nicht ähnlich sah. Aber normalerweise stand er nicht unter solchem Druck. Normalerweise verlor er nicht.

Er hatte sich davongeschlichen und nach einem Ort gesucht, an dem er in Ruhe nachdenken konnte. Es hatte sich keiner finden lassen wollen. Sein Kapitänsquartier war längst zerstört worden, hatte sich zusammen mit der kompletten Bugsektion des Kreuzers verabschiedet. Der Gemeinschaftsraum, in dem sie für gewöhnlich aßen, war voller Leute, die mit ihm reden wollten, wissen wollten, was los war, wer jetzt das Sagen hatte, was als Nächstes passieren würde.

Also hatte sich Lanoe in den Hangar begeben – der voller Choristen war, die dort an dem fehlenden Tor gearbeitet, jetzt aber ihr Werkzeug fallen gelassen hatten und weinten. Er war zum Rand des Wetterfelds gegangen, bis ganz an die Kante, hatte die Haftsohlen seiner Stiefel neu kalibriert und den Kreuzer verlassen. War draußen die Bordwand entlanggelaufen, bis er nichts und niemanden mehr hören konnte.

Nur – hörte er sie noch immer. Draußen auf der Hülle des Kreuzers in der Luftblase, die diese Kugel in der Raumzeit ausfüllte, konnte er den Chor noch immer hören. Er sah auf ihre Stadt hinab. Alle Leuchttürme waren entflammt, die Strahlen ergossen sich kreuz und quer durch die steinernen Straßenzüge. Luftfahrzeuge schlingerten gefährlich, tanzten waghalsig über verlassene Plätze. Aus dieser Höhe konnte er keine einzelnen Choristen ausmachen. Und doch hatte er das Gefühl, sie alle schreien zu hören.

Geisteskrankheit war die eine Bedrohung, mit der die sorgsam durchstrukturierte Gesellschaft des Chors nicht umgehen konnte, hatte Archie gesagt. Sie konnten nicht damit leben, dass zerrüttete Gedanken ihre perfekte, heilige, vermaledeite Harmonie durcheinanderbrachten. Er hatte sie für hartherzig gehalten, hatte geglaubt, sie seien einfach nicht mitfühlend genug, um mit kranken oder verwirrten Artgenossen in ihrer Mitte leben zu wollen. Jetzt allerdings sah er die Dinge anders. Es gefiel ihm noch immer nicht, aber er *begriff* es.

Er betrachtete die Situation aus ihrer Sicht, versuchte zu verstehen, was sie gerade fühlen mussten.

Er malte sich aus, was Archies endgültige Depression, seine letzte große Verzweiflung ihnen antun musste. Die letzten Gedanken des Schiffbrüchigen mussten noch immer im Netzwerk ihrer vereinigten Gedanken nachhallen, seine Qual, sein Heimweh und – wohl am schwersten zu ertragen – seine vollkommene Hoffnungslosigkeit mussten durch die Stadt wehen, wo sie empfangen und weitergeleitet und endlos analysiert wurden.

Sie konnten Archies letzten Augenblicken nicht entkommen.

Den letzten Gedanken eines Mannes, der sich das Leben genommen hatte.

Lanoe sah einen schwarzen Helm über dem Rand der Bordwand aufgehen. Ganz langsam kam Valk auf ihn zu. Vielleicht wollte er ihm Gelegenheit geben, zu sagen, dass er allein sein wollte, vielleicht war er auch einfach traurig. Als Waffenbrüder des Aufbaus hatten Valk und Archie eine Vision geteilt, die Idee freier Welten ohne die Vorherrschaft der Konzerne. Sie beide hatten genug daran geglaubt, um dafür zu kämpfen. Vielleicht steckte Valk daher auf seine eigene, artifizielle Weise schlicht in tiefer Trauer.

»Das ist schlecht«, sagte Lanoe, als Valk ihn fast erreicht hatte.

Die KI antwortete nicht. Stellte sich neben Lanoe. Gemeinsam sahen sie hinunter auf die schreiende Stadt.

Nach einer Weile regte sich Valk. »Sie müssen irgendeinen Weg haben, darüber hinwegzukommen, oder?«

»Der Chor?«, fragte Lanoe. »Sicher. Obwohl … ich weiß nicht.« Er schüttelte den Kopf. »Trauer ist nichts, was man einfach so wegstecken kann. Da gibt es kein Heilmittel.«

Valk beugte sich herüber und legte ihm eine Hand auf die Schulter. »Damit kennst du dich wohl aus«, sagte er.

Er sprach von Zhang. Lanoe versuchte, sich abzuschotten, über etwas anderes zu reden, aber die Worte steckten ihm in der Kehle fest und wollten einfach heraus. »Ich träume von ihr. Fast jedes Mal, wenn ich die Augen zumache. Sie ist da, sie ist … direkt bei mir, und dann wache ich auf, und sie ist weg. Als würde ich sie immer wieder aufs Neue verlieren. Das – das ist einfach falsch, Valk. Es ist nicht richtig, dass sie nicht hier ist. Weißt du, was ich meine? Sie sollte hier sein, also träume ich von ihr, aber sie ist *nicht da*.«

»Himmel«, sagte Valk. »Lanoe, das habe ich nicht gewusst …«

Lanoe holte tief Luft. Schluss. Er hatte all das nicht preisgeben,

Valk damit nicht belasten wollen. Und außerdem spielte es keine Rolle. Jetzt nicht.

»Der Chor«, sagte er. »So müssen sie sich fühlen. Sie alle ... trauern gemeinsam um Archie. Sie quälen sich und können nicht loslassen.«

»Wir müssen ihnen offenbar einfach Zeit geben«, sagte Valk. »Damit sie ihre Ruhe wiederfinden.«

»Zeit«, sagte Lanoe, »ist die eine Sache, die wir nicht haben. Das ist schlecht. Sehr, sehr ungut.«

»Da bin ich ganz bei dir.«

Lanoe schüttelte den Kopf. »Ohne Archie können wir nicht mit ihnen kommunizieren. Wir können nicht mehr verhandeln.«

Das Gewicht von Valks Hand wich von seiner Schulter. »Moment mal«, sagte die KI. »Halt.«

»Wenn ich nicht mit ihnen reden kann, kann ich nicht bekommen, was ich brauche.«

»Lanoe – stopp. Du kannst jetzt gerade nicht ernsthaft nur daran denken. Das ist nicht der richtige Zeitpunkt!«

Lanoe drehte sich zu ihm um. »Ich habe doch gesagt, Zeit ist ...«

»Gerade ist ein Mensch gestorben!« Valk hob die Arme und ließ sie wieder fallen. »Er ist tot! Und du kannst nur daran denken, wie unpraktisch das für dich ist?«

»Es tut mir leid, dass er geglaubt hat, keine andere Wahl zu haben. Ehrlich gesagt habe ich ihn durchaus gemocht, und es betrübt mich, dass er nicht mehr da ist. Aber ich trage die Verantwortung für diesen Einsatz, für alle Spezies, die von den Blau-Blau-Weiß ausgerottet wurden, für ...«

»Schäm dich.«

Lanoe schwankte. Aus Valks Mund – aus dem Mund des einzigen echten Freunds, den er noch hatte – tat das weh.

»Fahr zur Hölle. Du trägst die *Verantwortung*, ganz recht«, sagte Valk. »Oder willst du mir weismachen, dass du das nicht siehst?«

»Was denn?«

»Dass wir ihn dazu getrieben haben. Dass wir Archie so gut wie umgebracht haben.«

Lanoe schüttelte langsam den Kopf. »So ein Quatsch. Der Chor hat ihm das angetan. Wir wollten ihm helfen. Wir haben versucht, ihn hier rauszuholen, ihn nach Hause zu bringen.«

»Nach Hause? Und wo genau soll sich dieses Zuhause bitte befinden – für jemanden wie ihn? Er hat den Krieg verloren, Lanoe. *Wir* haben *unseren* Krieg verloren. Du weißt anscheinend einfach nicht, was das bedeutet.«

Lanoe sah ihn finster an. »Offenbar nicht.«

»Alles, woran wir geglaubt haben, ist weg. Solange er hier draußen war und darauf gewartet hat, eines Tages gerettet zu werden, konnte er noch hoffen. Bis wir angekommen sind und ihm vor Augen geführt haben, dass es für ihn nichts mehr gibt, wohin er zurückkehren könnte.«

»Valk …«

Aber die KI entfernte sich bereits und ging auf die nächste Luftschleuse zu.

Lanoe betrachtete die Stadt, sah dem Chor in seiner Qual zu. Nach einer Weile folgte er.

*

»Komm schon. Kusch!«, sagte Ehta und wedelte mit ihrem Lesegerät vor einer Choristin herum, die sich in den Axialkorridor verirrt hatte. »Bewegung!«

Das Alien hob alle vier Arme, schwenkte sie vor und zurück und machte keine Anstalten, aus dem Weg zu gehen. Ginger stach mit ausgestrecktem Zeigefinger in die Luft, deutete den Schacht hinunter. In der Hoffnung, der Chor würde Luftfahrzeuge aus der Stadt schicken, hatte man ihnen aufgetragen, alle

Choristen in Richtung Hangar zu lotsen. Bis jetzt hatte sich die Hoffnung nicht bestätigt, aber niemand wollte die Choristen noch länger an Bord haben.

Das Zwitschern war schlimm genug – *ohrenbetäubend* war noch der sanfteste Ausdruck, der Ginger für diese Wand unrhythmischen Lärms einfallen wollte. Noch schlimmer war allerdings der Gestank. Die Choristen sonderten einen starken chemischen Cocktail ab, der bei den Menschen Schwindelgefühle auslöste. Ob es sich nur um den Körpergeruch einer fremden Spezies handelte, die nicht länger auf ihre Hygiene achtgab, oder um ein spezielles Trauer-Pheromon, wusste niemand. Und die Choristen konnten sie nicht fragen.

Ginger ertrug all das nur mit Mühe – den Lärm und den Gestank, vor allem aber die Tatsache, dass sie so offenkundig litten und darüber nicht einmal reden konnten. In der Gegenwart von Leuten, denen es nicht gut ging, hatte Ginger sich noch nie wohlgefühlt. Sie überfiel sofort ein dringendes Verlangen, sich zu kümmern, sie zu beruhigen, ihnen Hoffnung zu schenken. Vielleicht, dachte sie, war genau das der Grund, warum sie sich zu Beginn ihrer Ausbildung sofort an Bury gehängt hatte. Seine empörten Anfälle und albernen kleinen Wutausbrüche boten ihr immer eine Gelegenheit, beruhigend auf ihn einzureden, einen Weg, sich selbst hilfreich vorzukommen. Nur ging das bei den Aliens schlecht, wenn sie nicht mit ihnen reden konnte.

»Wird's bald?«, brüllte Ehta. Die Choristin setzte ihr zermürbendes Kreischen nur noch energischer fort. »Ich habe gesagt: Bewegung, du Mistvieh!« Ehta stürmte auf das Wesen zu, die Schulter angewinkelt, als wollte sie es umwerfen. Mit lautem Knirschen krachte ihre Schulter gegen den Körperpanzer. Die Choristin rührte sich keinen Zentimeter.

»Tu ihr nicht weh!«, rief Ginger.

»Pah, schön wär's«, keuchte Ehta. »Unter diesen Kleidern sind sie dünn wie ein Reisigbündel, aber zum Teufel auch, die können ordentlich was einstecken. Vielleicht liegt es an ihrem niedrigen Körperschwerpunkt, oder es sind die vielen Beine. Sie sind ja auch verflixt schwer. Komm schon, Kleine. Hilf mir mal.«

Ginger wollte das fremde Wesen nicht berühren. Sie machte sich Sorgen, der Gestank würde sich nicht abwaschen lassen. Dann tat sie doch einen Schritt bis unter seine fuchtelnden Arme – *ihre* fuchtelnden Arme, dachte sie, die ganze Rasse bestand anscheinend aus Weibchen – und schob mit aller Kraft. Die Choristin war fast doppelt so groß wie sie, trotzdem spürte sie sofort, was Ehta gemeint hatte. Das schwarze Kleid fühlte sich wie ein Sack voll zerbrochener Zweige an. Ein nacktes Bein berührte ihren Arm, und sie fuhr mit einem Satz zurück, aufs Neue entsetzt von der puren Fremdartigkeit dieses Körpers. Leider hüpfte sie einer der fuchtelnden Scheren genau in die Quere und ging zu Boden.

»Hier«, sagte Ehta und bot ihr eine Hand an, nur um sie wieder wegzuziehen, als Ginger sie gerade ergreifen wollte.

»Haha, sehr lustig«, sagte Ginger, die glaubte, es handle sich um den berüchtigt kruden AFS-Humor. Aber Ehtas Miene belehrte sie eines Besseren. Die große Frau sah aus, als sei ihr alles Blut aus dem Gesicht gewichen.

»Eins von den … kleinen Insektendingern«, sagte Ehta und zeigte auf Gingers Brust, »sitzt da auf dir.«

Ginger senkte den Blick und hätte fast laut geschrien. Eigentlich hatte sie nie wirklich Probleme mit Insekten gehabt, aber dieses Ding hatte zehn Beine, mindestens zehn, und alle waren sie haarig und spitz, und der Kopf war voller Augen und, und …

»Es will in deinen Kragenring!«, rief Ehta. »Es versucht, dir in den Anzug zu klettern.«

Ginger ließ ihre Hand herabsausen, um das Tierchen zu zerquetschen, bevor es in ihren Anzug gelangen konnte. Aber die Choristin schrie so kläglich, mit so hörbar wortlosem Entsetzen, dass Ginger in letzter Sekunde die Hand um das kleine

Männchen schloss. Obwohl die haarigen Beine ihren Handteller kitzelten.

Nur hatte sie damit gerechnet, es würde sich stachelig anfühlen, sie vielleicht sogar stechen. Stattdessen war das Fell samtig und weich. Eher wie eine Maus als wie eine Tarantel. Vorsichtig schob sie die zweite Hand darunter, bis das zappelnde Tier sicher zwischen ihren Händen saß. »Ich glaube, es hat nur versucht, irgendwo hinzukommen, wo es warm ist«, sagte sie. Ein Schatten fiel auf ihr Gesicht. Sie blickte auf und sah das Alien.

Es – sie – beugte sich über Ginger, zwei Scheren so ausgestreckt, wie sie selbst ihre Hände hielt. Es ahmte ihre Geste nach. Ginger hob den kleinen Käfig ihrer Hände hoch, und die Scheren schlossen sich behutsam darum.

»Es schneidet dir gleich die Hände ab«, sagte Ehta, allerdings ziemlich leise, und Ginger hatte das Gefühl, dass die Soldatin durchaus begriff, was passierte. Zumindest gut genug, um sich nicht einzumischen.

Ginger öffnete ihre Finger und zog vorsichtig die Hände zurück, damit das kleine Tier nicht entkommen konnte. Sachte schlossen sich die Scheren darum. Als Gingers Hände wieder frei waren, schob die Choristin ihre Scheren ganz langsam in einen ihrer ausladenden Ärmel, wo das Tierchen verschwand.

Ginger kam wieder auf die Beine. Sie streckte die Hand aus und berührte eine der Scheren. Die Schere schloss sich sachte um ihre Finger, als wollte das Alien ihre Hand halten. Innen war die Schere ganz weich und mit runden, wolligen Polstern besetzt, die sich genauso samtig anfühlten wie die Beine des kleinen Männchens.

»Möchten Sie vielleicht, ähm, mitkommen?«, fragte Ginger.

Die Choristin ließ den Kopf einmal im Kreis rollen. Ginger hatte keine Ahnung, ob das ja oder nein oder etwas gänzlich anderes bedeuten sollte, eine fremde Geste, die sie nie begreifen würde. Aber sie musste es versuchen. Immer noch Hand in Hand mit der Choristin begann sie, den Gang entlangzulaufen.

Und gerade, als sie glaubte, die Choristin würde sie von den Beinen reißen, kam sie ihr tatsächlich hinterher. »Hier entlang«, sagte Ginger, und die Choristin fiel neben ihr ein, stimmte ihre vielen Beine auf das gemächliche Tempo ab. Ehta lief ihnen hinterher.

»Himmel, Mädchen, was hast du ihr bitte erzählt? Ich dachte, die können uns nicht verstehen.«

Ginger schüttelte den Kopf. »Ich weiß es nicht. Ich glaube – vielleicht war nur ein bisschen Freundlichkeit nötig? Ich weiß, das klingt dämlich.«

»Ja, tut es«, sagte Ehta, lachte dann aber.

Seite an Seite geleiteten sie die Choristin durch die Luke in den Hangar, wo bereits zwei weitere warteten. Sie blickten auf und winkten Gingers Begleiterin zu sich. Zumindest interpretierte Ginger ihre Geste dahingehend. Sie trällerten wild, aber wenigstens trällerten sie für den Moment gemeinsam, und ihre Stimmen erzeugten einen kleinen Akkord.

Auch Gingers Choristin stimmte ein und glich sich ihrer Tonlage an. Sie machte einen Satz auf die beiden zu, hielt jedoch plötzlich inne und drehte sich nach Ginger um. Sie hielten sich noch immer bei der Hand.

Die Choristin streckte die restlichen drei Arme aus, legte sie Ginger um Kopf und Schultern und umarmte sie kräftig. Gingers Gesicht wurde unsanft gegen Panzerplatten gedrückt, die nach Jod und anderen, ähnlich unschönen Substanzen stanken.

Trotzdem schlang sie die Arme um den Leib der Choristin und spürte, wie unglaublich dünn sie war. Etwas Feuchtes fiel auf ihre Haare, und sie begriff, dass die Choristin weinte. Große, nasse Tränen. Ginger wurde geradezu eingeweicht.

Ginger hob eine Hand und sammelte mit den Fingerspitzen ein paar Tränen. Sie war davon ausgegangen, sie würden metallisch glänzen, da die Augen der Choristen eher nach Quecksilber aussahen. Aber die Tränen waren durchscheinend. Nicht mehr als Salzwasser.

Die Choristin ließ von ihr ab und lief zu ihren Artgenossen. Dort standen sie, bildeten ein Dreieck, legten klappernd die Scheren aneinander und sangen eine so laute Kadenz, dass Ginger die Ohren klingelten.

Ehta zog sie auf den Gang hinaus. »Die mögen dich«, sagte sie und klang eindeutig verblüfft.

»Scheint ganz so«, sagte Ginger.

*

Lanoe betrachtete die Maschine in seiner Hand. Er hatte sie noch nie benutzt – hatte sich nie die Mühe gemacht, viel über Medizintechnik zu lernen. Dieses Ding schien jedoch relativ einfach zu funktionieren. Es bestand aus einem kleinen Stab, den man über die Stelle gleiten ließ, die man untersuchen wollte, und einer dazugehörigen Unterlage. Die ganze Bildgebung fand auf einem Lesegerät statt, das kaum größer als seine Handfläche war. »Hilf mir mal«, sagte er.

Candless verzog das Gesicht, weigerte sich aber immerhin nicht. Die Stimmung an Bord war derart angespannt, dass Lanoe fast damit rechnete, seine Leute würden jederzeit meutern. Wahrscheinlich waren sie nur zu erschöpft und zu gereizt, um sich zu organisieren.

Sie hob Archies Kopf an und schob vorsichtig die Unterlage darunter, als ließe sie ihm bloß ein Kissen zukommen, damit er es gemütlicher hatte. »Ich verstehe nicht, wie uns das in irgendeiner Form weiterhelfen sollte«, sagte sie, beließ es aber dabei.

Die Temperatur in der Arrestzelle war so weit gesenkt worden, dass sie ihren Atem sehen konnten. Lanoe wollte seine Handschuhe nicht ausziehen – die Erinnerung an das Wurmloch steckte ihm noch immer in den Knochen –, aber anders konnte er das stabförmige Gerät nicht bedienen. Er schaltete es ein und ließ es versuchsweise ein paarmal über Archies bleiches, eingefallenes Gesicht gleiten.

»Dieses Ding in seinem Kopf ist Alien-Technologie. Die Admiralität wird wollen, dass wir ihnen alles bringen, was wir nur können – was auch immer uns ein Gefühl für die technische Leistungsfähigkeit des Chors gibt.«

Candless verschränkte die Arme vor der Brust. »Aus deinem Mund klingt das, als wolltest du in Vorbereitung einer Invasion sensible Daten abgreifen.«

»Ach, ich gehe nur auf Nummer sicher. Keine Lust, mit leeren Händen nach Hause zu kommen.«

Auf dem Display des Lesegeräts waren Archies Schädelknochen als fahle Schatten in einer dunklen Wolke zu sehen. Lanoe veränderte die Einstellungen, bis die Muskeln des Mannes deutlich hervortraten – lange, gerade Stränge aus vielen einzelnen Fäden. Wie aus dem Nichts tauchten die runden, bereits leicht verschrumpelten Augäpfel auf. Lanoe fluchte. Er hatte in die falsche Richtung justiert. Er gab ein paar neue Befehle ein, dann fuhr er mit dem Stab über die Narbe an Archies Schläfe.

»Ich gebe zu, ich bin froh«, sagte Candless.

Lanoe sah sie erstaunt an.

»Ich bin froh, dass du offenbar eingesehen hast, dass unser Einsatz vorbei ist. Wir können hier eindeutig nichts weiter ausrichten, da wir mit den Aliens nicht mehr reden können. Selbst die Reparaturen, die der Chor angefangen hatte, sind abgebrochen worden. Zeit, nach Hause zu fliegen.«

»Sicher«, gab er zurück. Auf dem Display war Archies Gehirn zu sehen. Es sah aus wie runzlige, erstarrte Spachtelmasse. Lanoe konnte keine sichtbaren Verletzungen ausmachen. Er hatte damit gerechnet, die Antenne, die ihm der Chor ins Gehirn gepflanzt hatte, sähe wie, nun ja, wie eine Antenne aus. Ein langes Metallstück. Um ein solches Gerät in seinen Schädel einzubauen, hätten sie gleich mehrere Hirnlappen entfernen oder bei-

601

seiteschieben müssen. Nur war nichts dergleichen zu sehen. Wieder justierte er anders.

»Dann sollten wir uns langsam den logistischen Fragen widmen. Zum einen wird es natürlich schwierig, die Blase wieder zu verlassen …«

»Ich kann hier nichts erkennen. Siehst du, was das da für ein Schatten ist?«, fragte er.

Candless tippte auf das Lesegerät und fuhr mit dem Fingernagel am Rand des Bildschirms entlang, wo sich eine Leiste zum Feintuning befand, die er bisher übersehen hatte. »Das nächste Problem ist, dass es nur ein Wurmloch gibt, das aus dem System herausführt, und dort hat sich CentroCor eingenistet. Wir können uns nicht einfach an ihnen vorbeischleichen. Mal angenommen, dass sie uns nicht auf der Stelle angreifen, wenn wir die Blase verlassen – und wäre das mein Träger da drüben, würde ich das auf jeden Fall tun –, müssten wir ihnen in einem Schiff entkommen, das keine weiteren drastischen Manöver mehr übersteht. Und dann müssen wir das lichtlose Wurmloch ein zweites Mal durchqueren. Also brauchen wir, allein um es bis Avernus zu schaffen und die nötigsten Reparaturen durchzuführen, schon einen ganzen Eimer voller Wunder.«

»Sicher«, sagte Lanoe. Mit einem der neuen Knöpfe konnte er die verschiedenen Schichten des Hirngewebes ansteuern, indem er ihn so sachte einsetzte wie die Positionsdüsen seines Jägers bei einem schwierigen Andockmanöver. »Wunder. Mein Spezialgebiet.« Er glaubte, auf dem aktuellen Bildausschnitt einen leichten Schatten zu erkennen, und fuhr etwas weiter heraus.

Da.

»Oh Himmel, ich hatte ja keine Ahnung«, sagte er.

»Wenn du an meiner Analyse unserer Lage etwas Wichtiges vermisst, hoffe ich doch, du lässt mich daran teilhaben.«

»Nein, nein, schau doch mal«, sagte er.

Die Antenne sah ganz anders aus, als er erwartet hatte. Sie

wirkte nicht einmal wie ein Festkörper. Auf dem Display waren Teile von Archies Parietal- und Occipitallappen zu sehen – die Bereiche des menschlichen Gehirns, die am meisten mit Sprache und Sehvermögen zu tun hatten. Es sah aus, als hätte man sie sehr behutsam mit einer silbrigen Farbschicht bepinselt. Lanoe drehte die Feinjustierung vor und zurück, konnte aber nichts entdecken, was wie ein Mikrochip oder auch nur wie ein Kabel aussah. Die Farbe musste die Antenne sein.

»Sieht gar nicht wie ein Implantat aus, sondern fast so, als wäre es an Ort und Stelle gewachsen. Ich glaube auch nicht, dass wir es rauskriegen«, sagte er.

Candless betrachtete die Knochensäge, die sie seit geraumer Zeit in der Hand hielt. »Vielleicht auch besser so«, sagte sie und legte die Säge wieder auf den Tisch.

*

Ginger lag in ihrer Koje und versuchte gerade, endlich ein bisschen zu schlafen, als der Anruf kam. Natürlich, dachte sie, schlug die Augen auf und starrte das kleine Display über ihrem Kopf an. Natürlich musste die Versammlung genau jetzt stattfinden.

Die Schreie hatten nicht aufgehört. Noch immer waren die Choristen in ihrer Trauer gefangen, noch immer hallte ihr Zwitschern durch das Schiff. Immerhin befanden sie sich jetzt alle im Hangar – einem der am schwersten gesicherten Bereiche des Kreuzers, mit dicken, hitzeresistenten Panzerplatten nach innen wie nach außen. Der allgegenwärtige Lärm war einem fernen Klagelied gewichen. Die ganze Besatzung, alle Marines, alle Offiziere, hatten sich zurückgezogen, um ein wenig Ruhe zu bekommen. Um den Stress dieses viel zu langen Tages abzubauen.

Und jetzt wollte Lanoe sie alle im Gemeinschaftsraum sehen.

Ginger schob sich eine Hydrierungstablette unter die Zunge, um wenigstens einen halbwegs frischen Atem zu haben, und rieb sich die Augen. Sie schlug auf den Auslöser ihrer Luke und schlängelte sich auf den Gang hinaus. Dort stand Leutnantin Ehta und lächelte. Ginger bedachte sie mit einem fragenden Blick.

Ehtas Lippen formten die Worte ›nach Hause‹. Sie schlug Ginger so hart auf den Rücken, dass sie fast gegen die nächste Wand krachte.

Offenbar hatte sie eine neue Freundin gewonnen. Tja, dafür hatte sie einfach ein Händchen.

Sie folgte ihr den kurzen Weg in Richtung Gemeinschaftsraum. Einige Marines und zwei Ingenieure waren schon vor Ort. Kurz darauf traf auch Leutnantin Candless ein, die Paniet in einem Schwebestuhl vor sich herschob. Wenn man den Mann extra aus der Krankenstation geholt hatte, musste es wirklich um eine wichtige Besprechung gehen. Noch mehr Marines fanden sich ein, dann kam Lanoe.

»Gut, wir können anfangen«, sagte Candless.

Valk war nirgendwo zu sehen. Ginger wusste nicht, was das zu bedeuten hatte.

Candless musste ihren Blick bemerkt haben. »Im Moment ist die Position des Kreuzers stabil. Während der Besprechung werde ich Flughöhe und Abtrieb persönlich überwachen und alle nötigen Änderungen vornehmen.«

»Verzeihung, Ma'am, aber sollte sich nicht M. Valk um …«

»M. Valk ist nicht länger Teil der Brückencrew«, sagte Candless. Es folgte keinerlei Erklärung, und Ginger wusste es besser, als eine zu erwarten – selbstverständlich würde die Leutnantin so etwas niemals vor einfachen Marinesoldaten besprechen.

Also kein Valk. Mit einem Mal wurde es Ginger sehr deutlich bewusst, wie wenige Offiziere sich an Bord befanden. Bury und Maggs waren noch immer auf Patrouille. Ingenieur Paniet war zwar anwesend, aber keineswegs bereit, seinen Dienst wieder anzutreten. Leutnantin Ehta war hier, aber sie zählte nicht – die AFS waren nicht Teil der eigentlichen Flottenhierarchie, und das bedeutete …

Um Himmels willen. Im Augenblick bestand die Befehlskette aus Kommandant Lanoe, Leutnantin Candless und ihr selbst. Ginger stand in der Rangfolge des Oberbefehls über den gesamten Kreuzer an dritter Stelle. Kein Wunder, dass Candless auf ihre Bedenken reagiert hatte.

»Es wird nur eine kurze Besprechung geben«, sagte Candless. »Der Kommandant würde Sie alle, Offiziere und Mannschaften, gerne über den aktuellen Stand unseres Einsatzes und das weitere Vorgehen informieren. Sobald das geschehen ist, können Sie alle auf Ihre Posten respektive in Ihre Kojen zurückkehren.«

Kommandant Lanoe näherte sich dem Tisch, an dem sie für gewöhnlich ihre Mahlzeiten einnahmen – einen anderen Gemeinschaftsraum gab es an Bord nicht mehr. Er stützte sich mit beiden Händen auf die Tischplatte. Auf Ginger machte er einen furchtbar erschöpften Eindruck. Er sah sehr alt aus. »Wie Sie alle wissen, hat sich Archie letzte Nacht das Leben genommen. Das hat dazu geführt, dass wir mit dem Chor nicht mehr kommunizieren können. Unser Missionsziel wird dadurch stark zurückgeworfen. Die Verhandlungen mit den Aliens waren in vollem Gange, als das passiert ist. Weitere Gespräche sind jetzt unmöglich.«

Er senkte den Kopf und starrte die Tischplatte an. Ginger sah, dass er etwas in der Hand hielt – ein kleines, aufgerolltes Lesegerät. Immer wieder drückte er es leicht, als spendete es ihm Kraft beim Reden. »Ich habe mich sowohl mit Ingenieur Paniet als auch mit Leutnantin Candless über unsere Möglichkeiten unterhalten. Sie haben mich vorzüglich beraten, und ich bin verdammt froh, solche Offiziere an Bord zu haben. Ach, was sage ich, ich bin heilfroh, Sie alle mit dabeizuhaben. Diese Besatzung hat echte Gefahren und Kämpfe bewältigt, obwohl es eigentlich nur um eine Aufklärungsmission gehen sollte, und jeder von Ihnen hat sein Bestes gegeben und meine Erwartungen übertroffen. Lassen Sie mich Ihnen dafür ganz offiziell danken.«

Ein erfreutes Raunen lief durch die versammelte Mannschaft.

Vor allem die Marines schienen Lanoes freundliche Worte begierig aufzusaugen – obwohl sie die letzten Arbeitsschichten damit verbracht hatten, hinter seinem Rücken über ihn zu fluchen. Anspannung und Ärger, die das Schiff in ihren Klauen gehalten hatten, schienen einfach dahinzuschmelzen. Ginger fand es faszinierend anzusehen, was die wenigen netten Äußerungen des Kommandanten für einen Effekt auf die Männer und Frauen unter seinem Befehl hatten.

»Wir sind noch nicht fertig«, fuhr Lanoe fort. »Uns steht ein weiterer Kampf bevor – wir wissen, dass CentroCor hier ist und auf uns wartet. Sie haben sich nur deshalb bis jetzt Zeit gelassen, weil sie Angst vor uns haben.« Das löste leises kollektives Kichern aus. »Wir werden es schon schaffen. Die Frage ist, wie schnell wir von hier verschwinden können. Wie bald können wir alle wieder nach Hause?«

Candless nickte und trat vor.

»Die Antwort«, sagte Lanoe, »lautet: Noch nicht sofort.«

Ginger konnte mit ansehen, wie Candless die Gesichtszüge entglitten. Sie verzog die Lippen, als müsse sie den Unterkiefer am Runterklappen hindern, und riss die Augen auf – um sie sofort zusammenzukneifen, als hätte ihr jemand einen schmutzigen Witz ins Ohr geflüstert.

»Erst müssen wir uns holen, wofür wir hergekommen sind. Ohne das fliege ich nicht weg. Aus diesem Grund muss ich Sie – Sie alle – um einen außergewöhnlich aufopferungsvollen Einsatz bitten. Ich brauche einen Freiwilligen.«

Er entrollte das Lesegerät, das er bis jetzt in der Hand gehalten hatte, ein rechteckiges Stück Nylon mit mattgrauer Oberfläche auf der Innenseite. Er tippte etwas, und der Bildschirm leuchtete auf. Zu sehen war der Querschnitt eines menschlichen Gehirns, auf dem ein Bereich farblich hervorstach.

»Archie war in der Lage, mit dem Chor zu reden, weil sie ihm ein sehr kleines, sehr einfaches Implantat eingesetzt hatten. Eine

Art Empfänger. Ohne ein solches Gerät ist es unmöglich, mit ihnen in Verbindung zu treten. Ich brauche einen Freiwilligen, der sich die gleiche Sorte Gerät ins Gehirn operieren lässt.«

Wie bitte?

Ginger starrte ihre Sitznachbarn an. Alles hielt die Luft an.

Damit war sie immerhin nicht allein.

»Das ist natürlich sehr viel auf einmal«, sagte Lanoe. »Es bedeutet eine Gehirnoperation von einem Ausmaß, wie wir sie hier an Bord nicht durchführen können. Im Klartext: Der Eingriff muss von einem Mitglied des Chors durchgeführt werden. Ich muss allerdings anfügen, dass Archie keine offensichtlich negativen Folgen davongetragen hat. Es war für ihn weder schmerzhaft noch unangenehm.«

Nein, dachte Ginger. *Es hat ihn bloß in den Selbstmord getrieben.*

Sofort hatte sie wieder sein Gesicht vor Augen, wie sie ihn auf dem Boden seiner Koje gefunden hatte. So blass, und diese Augen – sein Blick war alles andere als friedlich gewesen.

»Einen von Ihnen muss ich darum bitten, diese Bürde auf sich zu nehmen, damit wir unseren Auftrag erfüllen können. Es ist ein großes Opfer, aber eines, das die Flotte zweifellos belohnen wird. So, und jetzt habe ich lang genug geredet. Falls es Freiwillige gibt, dann bitte ich um Meldung.«

Ginger hatte das Gefühl, die Luft im Raum drücke ihr mit Macht auf die Nebenhöhlen. Um sich herum spürte sie die Leute auf ihren Sitzen herumrutschen und die Blicke abwenden – überallhin, nur nicht die Kolleginnen und Kollegen anschauen. Sie wichen kaum merklich vor Kommandant Lanoe zurück und damit vor dem, worum er sie gebeten hatte. Natürlich wichen sie zurück. Es war Wahnsinn. Es war grotesk. Welcher Mensch mit gesundem Verstand hätte sich auf dergleichen eingelassen?

Ingenieur Paniet räusperte sich. Einen schrecklichen Augenblick lang fürchtete Ginger, er würde es tun, sich freiwillig melden. Schrecklich, weil sie nicht wollte, dass er es tat – schrecklich aber auch, weil sie so erleichtert und so dankbar gewesen wäre, hätte er es getan. Und sei es nur, um die mörderische Anspannung im Raum zu brechen. Aber er tat es nicht. »Dürfen wir Fragen stellen?«, fragte er.

»Ich brauche so bald wie möglich eine Antwort. Je schneller, desto besser«, entgegnete Lanoe, nickte dann aber.

»Ist das eine Sache, die Sie selbst freiwillig tun würden? Angenommen, niemand meldet sich?«

Candless zischte ihn an. »Das ist ziemlich unverfroren.«

»Lass gut sein«, sagte Lanoe.

Aber natürlich konnte er es nicht selbst tun, das war auch Ginger klar. Er war für diesen Einsatz verantwortlich, ihr Anführer – er durfte es nicht tun. Was, wenn etwas schiefging? Wenn er auf dem Operationstisch starb? Dann sah sie sich jedoch im Raum um und fragte sich, wen sie denn sonst entbehren konnten. *Niemanden,* dachte sie sehr schnell. Candless war Erster Offizier und für das komplette Schiff verantwortlich, Paniet hielt den Kreuzer zusammen, so gut es ging, Ehta befehligte die Marines. Und der Gedanke, einem einfachen Soldaten diese Last aufzuerlegen, war Ginger erst recht zuwider – keiner von ihnen war gefragt worden, ob er an diesem Einsatz teilnehmen wollte. Es kam ihr ganz einfach falsch vor.

Lanoe nickte nachdenklich, wie um zu bestätigen, dass er die Frage immerhin gehört hatte. Er betrachtete das Gehirn auf seinem Lesegerät. Sie sah das Spiel seiner Halsmuskeln, als er schluckte. Dann nickte er abermals und hob den Kopf. Er stand kurz davor, etwas zu sagen. Er würde sagen, dass er es tun würde. Da war sie sich sicher.

Ginger konnte die Stimmung im Raum nicht mehr ertragen, die Anspannung, die unmögliche Entscheidung, die Verzweiflung ihrer Lage, dass es so weit gekommen war. Sie wollte schreien, wollte weglaufen, wollte – wollte …

»Ich tue es«, sagte sie.

31

»Was machst du da, zum Teufel?«, fragte Bury gereizt.

Er hatte seine Geschwindigkeit an Maggs' Z.XIX angeglichen und flog knapp einen Kilometer neben ihm. Er konnte sehen, dass der Mann sein Kanzeldach eingefahren hatte und außen an seinem Jäger herumkletterte – er schwebte einfach im All und hielt sich mit einer Hand fest, nur durch den Anzug vorm Vakuum geschützt. Er benutzte nicht einmal eine Sicherheitsleine.

Während Bury noch verblüfft zusah, rollte sich der Mann zu einem Ball ein und vollführte einen Salto in der Leere.

»Ich muss mich nur eben ein wenig strecken«, sagte Maggs. »Erzähl mir nicht, du hättest keine steifen Glieder? Du sitzt schon genauso lange in deinem verflixten Sitz fest wie ich. Und ich durfte durchaus schon BR.9er fliegen, sehr zu meiner immerwährenden Schande. Die sind längst nicht so komfortabel wie mein Luxusgefährt hier.«

»Du bist doch verrückt«, sagte Bury mit Nachdruck. »Was, wenn jetzt gerade neue Befehle kommen? Wenn wir uns innerhalb von Sekunden bewegen müssen?«

»Mein Junge«, sagte Leutnant Maggs mit hochmütiger Gelassenheit, »sterben müssen wir sowieso alle. Läge dir wirklich so viel an deiner Sicherheit, hättest du dich kaum zum Dienst in der Flotte gemeldet, oder? Warum entspannst du dich nicht einfach? Meditiere ein bisschen oder was weiß ich. Ein klein wenig Ruhe wäre mir jetzt hochwillkommen.«

Bury schüttelte den Kopf und griff den Steuerknüppel, um

Distanz zwischen sich und diesen Narren zu bringen. In Wahrheit war ihm selbst durchaus nach ein wenig Ruhe. Nach so vielen Stunden mit Maggs als einzigem Gesprächspartner hing ihm der Leutnant mit seiner hochgestochenen Ausdrucksweise gründlichst zum Hals raus.

Nur schien dessen Wunsch nach Ruhe leider nicht ernst gemeint gewesen zu sein. »Was die anderen wohl gerade treiben?«, fragte Maggs, noch bevor eine Minute verstrichen war. »Dort drüben auf der anderen Seite des Spiegels? Wir wissen ja, dass es um Aliens geht.«

»Wir wissen verdammt noch mal überhaupt nichts«, gab Bury zurück. »Und das ist auch eindeutig so gewollt.«

»Du willst mir nicht ernsthaft immer noch weismachen, dass dich all das nicht interessiert? Du musst dir doch wenigstens Gedanken darum machen, welches Schicksal die liebliche junge Ginger ereilt hat? Wäre meine Liebste angeklagt und schmorte womöglich gerade in einer Zelle …«

»Ginger und ich sind nur Freunde«, sagte Bury.

»Im Ernst?« Maggs lachte. »Soll ich denn glauben, ihr beide hättet nie eng umschlungen in den Sternenhimmel geblickt und euch sanfte Worte der Liebe zugeflüstert? Wärt niemals dem Sirenengesang jugendlicher Hormone erlegen? Aber nicht doch!«

»Nein! Zwischen uns läuft nichts!«

»Was für eine Verschwendung. Mit dieser feurigroten Mähne ist sie bestimmt wie eine Wildkatze in der Koje. Nun gut, dann muss ich ihr, wenn wir einander das nächste Mal begegnen, vielleicht selbst ein paar süße Worte ins Öhrchen flüstern.«

»Verdammt noch mal, Maggs! Ich schwöre, wenn du …«

Der Leutnant lachte schallend. »Oh Junge, du bist aber auch ein dankbares Opfer.«

Bury kochte. Schon wieder war er in eine von Maggs' verbalen Fallen getappt. Er hasste es, sich eingestehen zu müssen, durch solche Andeutungen tatsächlich angreifbar zu sein. »Warum?«, sagte er mit zusammengebissenen Zähnen. »Warum musst du mich die ganze Zeit schikanieren?«

»Ach, das ist nichts weiter als ein wenig burschikoses Geplänkel unter Kameraden«, sagte Leutnant Maggs. »Ein liebevolles Necken, nicht wahr? Oder ist so etwas an der Flugschule nicht mehr angesagt?«

»Oh doch«, sagte Bury. »Deswegen weiß ich auch genau, dass dahinter mehr steckt. Ich kenne den Unterschied zwischen ein paar Späßen und zielgerichteter Schikane. Du willst irgendwas von mir. Du willst, dass ich – keine Ahnung. Wütend werde. Warum auch immer. Und behaupte jetzt nicht, es ginge nur um ein bisschen Unterhaltung.«

»Nun ja, kurzweilig ist es allemal«, sagte Maggs.

»Willst du mich wirklich nur provozieren? Dann verstehe ich ums Verrecken nicht, warum. Glaubst du ernsthaft, ich würde bei solchen Vorlagen nicht anbeißen? Ich habe auf Rishi meine eigene Ausbilderin zum Duell gefordert. Wenn du einen Kampf willst, kriegst du ihn.«

»Oh, da habe ich keinerlei Zweifel. Du bist ein richtiger Tiger, nicht wahr?«

Bury brüllte vor Wut und streckte die Hand nach der Nachrichtenkonsole aus, um die Verbindung zu unterbrechen. Er konnte das nicht mehr lange ertragen. Aber nein, sie hatten strikte Anweisung bekommen, permanent miteinander in Verbindung zu bleiben. Außerdem war es eine der ersten Grundregeln, die einem über Patrouillenflüge beigebracht wurden – niemals Kontakt zum Flügelmann verlieren.

»Ach, Junge, mir ist einfach entsetzlich langweilig. Mir ist sogar so unsagbar langweilig, dass ich schon überlege, dich in das große Geheimnis einzuweihen«, sagte Maggs. »Am Ende könnte ich dir gar eröffnen, warum ich dich so unausgesetzt piesacke. Vielleicht führe ich aber auch zwei Gründe an. Einen richtigen und einen falschen. Dann kann ich mich nämlich zusätzlich in der Wonne aalen, deinem Gehirn beim Überhitzen zuzusehen, während du versuchst, dich für einen zu entscheiden.«

»Zum Teufel«, sagte Bury.

»Soll das heißen, du wüsstest es lieber doch nicht?«

»Zum Teufel«, wiederholte Bury. »Verdammt, jetzt sag es einfach!«

»Weil ich einen Verbündeten brauche«, sagte Maggs. Zum ersten Mal, seit Bury ihn in der Zelle vorgefunden hatte, klang er vollkommen ernst.

»Schwachsinn«, sagte Bury.

»Nein, nein, das ist die reine Wahrheit. Ich brauche einen Kameraden. Einen Freund, wenn man so will. Jemanden, dem ich mich anvertrauen kann.«

»Ich kann mir durchaus bessere Wege vorstellen, Freunde zu finden«, sagte Bury.

»Aha? Soll ich dich lauthals loben, dir erzählen, wie beeindruckt ich von deinem fliegerischen Können, deinem Intellekt, deinem blitzblank leuchtenden Gesicht bin? Vielleicht sollte ich mir aber auch die Zeit nehmen, eine Beziehung aufzubauen, die auf gegenseitigem Respekt und Vertrauen fußt.«

»Das wäre eigentlich das traditionelle Verfahren«, sagte Bury.

»Wo du herkommst vielleicht. Ich bin mir sicher, Hel ist ein sehr ernster Ort, wo sich alle immer an die Regeln halten. Nein, mein junger Fähnrich Bury, ich *schikaniere* dich, weil ich feststellen muss, wie du wirklich tickst. Und dafür muss ich dich wütend machen, weil ich genau gesehen habe, wie du dich beispielsweise in Lanoes Gegenwart benimmst. Du schluckst alles runter, ringst deine natürlichen Instinkte nieder. In seiner Nähe kannst du nicht du selbst sein.«

»Ich habe keine Ahnung, wovon du redest.«

Aber Maggs war noch nicht fertig. »Er respektiert dich nicht.

Genauso wenig wie mich. Er hält dich für eine wütende kleine Knalltüte, und du gibst dir so viel Mühe, ihm das Gegenteil zu beweisen. Das Problem ist aber Folgendes: Du *bist* ein wütender Zeitgenosse. Das weiß auch jeder. Doch nur bei mir, werter Kollege, kannst du es richtig rauslassen.«

»Das ist so ziemlich das Dümmste, was ich je gehört habe«, sagte Bury.

»Bei mir kannst du ganz du sein. Selbst bei der reizenden Ginger ist das schwierig, nicht wahr? Bei deiner *bestesten* Freundin in der Kaserne?«

Bury schaltete den Helm aus, um sich an der Stirn kratzen zu können. Diese Unterhaltung musste dringend ein Ende haben. Leutnant Maggs musste endlich die Klappe halten.

»Wenn ich dir recht gebe, bist du dann still?«

»Recht haben habe ich gern. Es könnte helfen.«

»Dann fahr zur Hölle, weil ich es bestimmt nicht sagen werde. Du kannst mich von mir aus den ganzen Tag nerven und beschwatzen und aus der Ruhe bringen, gewinnen wirst du trotzdem nicht.«

»Och nein«, sagte Maggs. »Jetzt bist du wieder sauer! Ob du es glaubst oder nicht, alles, was ich gesagt habe, ist wahr. Es gefällt mir, wenn du sauer bist.«

»*Halt die Schnauze!*«, schrie Bury.

»Glaubst du, die kleine Ginger hat gerade große Angst, so allein in ihrer Zelle? Ob sie sich Sorgen macht, dass sie zu Hause vielleicht sofort ins Gefängnis muss? Am Ende zittert sie sogar ein bisschen, und die zarte Knospe ihrer Oberlippe zuckt traurig auf und nieder, weil niemand bei ihr ist, um ihre Tränen zu trocknen?«

Himmel, jetzt reichte es aber wirklich langsam.

»Ich drehe noch mal eine Runde um den Wurmloch-Schlund«, sagte Bury. »Starte jetzt flache Flugbahn mit Beschleunigung von sieben Komma vier Sekunden. *Wehe*, du folgst mir.«

»Keine Sorge, mein neuer Freund. Ich werde genau hier deiner Rückkehr harren.«

*

»Das kannst du nicht ernst meinen. Ich lasse das nicht zu! Sie ist fast noch ein Kind«, sagte Ehta.

Lanoe saß ruhig da und wartete.

»Sie ist kaum aus der Akademie raus, und jetzt willst du sie ... ja, was denn? In ein Schoßtier und Megafon für diese ... diese verfluchten Hummer verwandeln?«

Vor Lanoe saß Ginger, die Hände im Schoß gefaltet. Sie zitterte ein wenig. Sie hatte Angst, was Lanoe nicht sonderlich überraschte. Er betrachtete das Mädchen aufmerksam, sah sie die ganze Zeit über an, selbst als Ehta sich zu seinem Gesicht herabbeugte und ein wenig Speichel seine Wange benetzte.

»Dazu hast du überhaupt nicht das Recht. Wer erlaubt dir bitte, ihr so etwas anzutun? Du hast deine Stellung als ihr befehlshabender Offizier missbraucht, um ... um ...«

»Leutnantin Ehta«, sagte Candless in ihrem charakteristisch autoritären, sachlichen Tonfall, der auch Panzerung glatt durchschnitt, »vergessen Sie nicht, wen Sie hier adressieren.«

»Vergessen? Gute Frau, ich kenne diesen Mann. Vielleicht nicht so lange wie Sie. Aber ich bin ihm durch die Hölle gefolgt und am anderen Ende wieder rausgekommen. Ich habe Befehle von ihm gekriegt, bei denen ich mir sicher war, dass sie mich ins Grab bringen – und sie trotzdem befolgt, weil *er* sie gegeben hat und ich wusste: Wenn er mich in den Tod schickt, muss es einen guten Grund dafür geben.«

Rotes Haar. Natürlich muss es Ginger sein, mit ihrem roten Haar, dachte Lanoe.

»Ich bin ihm nach Niraya gefolgt. Sie waren nicht da. Sie haben keine Ahnung, wie hoffnungslos es aussah, eine Riesenflotte von Drohnen, die sich über uns ergossen hat. Sie haben keine

Ahnung, wie sehr wir uns gewünscht haben, einfach wegzulaufen, ich und Valk und Zhang. Und wissen Sie was? Wir sind geblieben. Weil *er* uns gebraucht hat. Also habe ich es mir vielleicht verdient, ihm dann und wann die Meinung zu sagen.«

In der Nacht vor der Schlacht gegen das Königinnenschiff hatte Lanoe Zhang das letzte Mal gesehen. In dieser Nacht hatten sie endlich verstanden, dass ihre besondere Verbindung nie vergehen würde, selbst wenn sie es gewollt hätten. In dieser Nacht hatte Zhang rote Haare gehabt. Rote Locken. Gingers Haare waren glatt. Und kürzer. Es spielte keine Rolle. Die Farbe war fast genau gleich.

»Und meine derzeitige Meinung, die er sich anhören wird, ob er will oder nicht, lautet, dass er das nicht machen kann. Nicht mit ihr. Nicht mit …« Ehta stieß ein schrecklich würgendes Gurgeln aus. Lanoe brauchte einen Moment, um zu begreifen, dass sie ein Schluchzen unterdrückt hatte.

Ginger betrachtete ihre Fingernägel. Biss sich auf die Lippe.

Das Mädchen hatte fast nichts mit Zhang gemein. Zhang war selbstbewusst und nassforsch und lebensfroh gewesen. Manchmal erschreckend weise, manchmal einfach mit dem richtigen Wort zur rechten Zeit zur Stelle. Sie hatte gewusst, wie man mit ihm umgehen musste, welche Worte sein verknotetes Leben entwirren konnten. Sie hier – dieses Mädchen, die junge Ginger, war ein ganz anderer Mensch. Sie war zurückhaltend und schüchtern. Sie brauchte die Bestätigung ihrer Mitmenschen und taugte nicht zur Kriegerin. Ihre Augen hatten die falsche Farbe. Auch würde sie für Lanoe auf ewig im Tandem mit Bury abgespeichert sein, der ein echter Esel war. Ginger und Zhang hatten nichts gemein.

Bis auf diese roten Haare.

Er wusste noch genau, wann er sie das erste Mal gesehen hatte. Im Gasthaus auf Rishi, als sie sich vor dem Duell mit Candless getroffen hatten. Er hatte diese roten Haare in der Menge gesehen und die Hand nach Zhang ausgestreckt, ohne nachzudenken. Der Fehltritt war ihm derart peinlich gewesen, dass er nicht einmal registriert hatte, wer da stattdessen vor ihm stand.

Rotes Haar.

»Lanoe. Du kannst das nicht tun«, brachte Ehta heraus.

Lanoe nickte. »Candless – stimmst du Ehta zu?«

»So ungern ich es zugebe, ja, das tue ich, absolut und aus tiefstem Herzen, so alt und vertrocknet es auch sein mag. Allerdings …«

Lanoe hob eine Augenbraue. Noch immer starrte er Ginger an. Sah zu, wie sie sich wand. »Allerdings?«

Candless seufzte. »Allerdings ist sie erwachsen. Und Offizierin. Sie kann ihre eigenen Entscheidungen treffen.«

»Sie – Sie …« Ehta stockte der Atem. »Sie Mist…«

Candless drehte sich auf dem Absatz um und gab Ehta eine Ohrfeige.

Die Soldatin stand da und sah sie fassungslos an, während ihre Wange rot erblühte.

Lanoe atmete zischend ein. Obwohl sie den gleichen Rang innehatten, stand Candless als Erster Offizier deutlich über Ehta. In den finsteren Tagen des Hundert-Jahre-Kriegs, bis in den Flächenbrand hinein, als Candless noch selbst Patrouillen geflogen war, hatte die Flotte körperliche Züchtigung stets als probates Mittel angesehen. Heutzutage wurde so etwas nicht mehr gern gesehen. Ehta konnte Candless für einen solchen Schlag ins Gesicht zwar nicht anklagen, mit genug Aufhebens aber durchaus ihre Karriere ruinieren.

Candless schien das vollkommen egal zu sein.

»Solche Worte hat ein Offizier nicht in den Mund zu nehmen«, sagte Candless. »Nicht einmal ein Offizier der Aktiven Flottensoldaten.«

Ehta schüttelte stumm den Kopf und stürmte davon. Lanoe wusste nicht, wohin. Es war auch nicht wichtig.

»Okay«, sagte er.

»Sir?«, fragte Candless.

Er nickte Ginger zu. »Warum wollen Sie das tun?«

Das Mädchen schöpfte einen langen, zitternden Atemzug. »Als wir sie zusammengetrieben haben, Sir. Sie in den Hangar bringen sollten. Sie waren so furchtbar traurig. Sie hatten Archie gerade erst verloren. Er war einer von ihnen, nicht wahr? Nach so vielen Jahren war er einer von ihnen, und sie waren absolut untröstlich. Ich wollte nichts sehnlicher, als ihnen zu sagen, dass es vorübergeht. Ich wollte sie unbedingt trösten. Aber ich konnte nichts tun, weil es keine Möglichkeit gibt, mit ihnen zu reden.«

Es war nicht der eigentliche Grund. Lanoe hatte gewusst, sie würde sich etwas aus den Fingern saugen. Eigentlich gab es nur zwei Gründe, aus denen sie sich freiwillig gemeldet haben konnte, und keiner von beiden war besonders zufriedenstellend. Entweder sie glaubte, so ihrer gerechten Strafe für das feige Verhalten entgehen zu können, dessen sie angeklagt war. Oder sie war ganz einfach dem Gruppenzwang erlegen – war unter der Last der dringenden Suche nach einem Freiwilligen zerbrochen und hatte etwas gesagt, das sie eigentlich nicht so meinte.

Lanoe hätte auch keinen Gedanken daran verschwendet, wären die roten Haare nicht gewesen. Er hätte ihr Angebot ohne Zögern angenommen. Dank ihrer roten Haare fiel ihm die Entscheidung schwer.

So schwer.

»Okay«, sagte er abermals. »Okay. Fangen wir an.«

*

So schnell er konnte, schwenkte Bury wieder in den vorberechneten Patrouillenorbit ein. Sein Treibstoffvorrat schwand dahin. Sein Triebwerk musste von überall im System aus sichtbar sein, aber vielleicht spielte das jetzt keine Rolle mehr. Vielleicht aber doch. Er wusste es einfach nicht.

»Schon wieder zurück?«, rief Leutnant Maggs. Immerhin saß er wieder im Cockpit und hatte das Kanzeldach geschlossen.

»Maggs – bitte sei mal eine Sekunde lang ernst«, sagte Bury. Er hatte Angst. Sogar sich selbst gegenüber konnte er das zugeben. »Ich brauche deine Erfahrung, okay? Ich habe nämlich eventuell etwas entdeckt.«

Der Sarkasmus in Maggs' Stimme erstarb fast auf der Stelle. »Etwas. Junger Bury, ein wenig genauer bitte.«

»Es war … so wie beim ersten Mal. Als der Aufklärer den Schlund verlassen hat. Nur ein kleiner Blitz, aber – aber jetzt waren es zwei, und dann ein paar Sekunden später noch ein dritter.«

»Drei Lichtblitze. Bist du sicher?«, fragte Maggs.

»Ja. Nein. Ich weiß nicht. Ich weiß es nicht! Vielleicht waren es CentroCor-Jäger, die durchs Wurmloch gekommen sind. Vielleicht war es auch – ach, zur Hölle, es könnte alles Mögliche gewesen sein. Zusammenstoßende Asteroiden, ein alter Komet, der neu aufflammt, was weiß ich. Aber wenn es doch CentroCor war …«

»Müssen wir vorbereitet sein. Alles klar, Junge«, sagte Leutnant Maggs. »Immer mit der Ruhe. Überprüf deine Sensoren. Schau dir das Protokoll der passiven Spektralanalyse an, ja? Irgendwelche Anzeichen für Deuterium-Rückstände zu erkennen?«

Bury hatte vor sechs Monaten auf Rishi im Unterricht gelernt, wie man derlei überprüfte. Es hätte seine erste Reaktion sein sollen. Die Triebwerksdüsen von Jägern der Kataphrakt-Klasse waren ein klein wenig ineffizient und hatten die Angewohnheit, zusammen mit den normalen Abgasen auch nicht-fusionierte Deuterium-Isotope auszustoßen.

Er trommelte mit den Fingern auf seinem Knie und wartete auf die Analyse des Bordrechners. Als Seite um Seite mit Datensätzen über sein Display lief, konnte er die Messwerte kaum erkennen, weil sich seine Augen aus irgendeinem Grund nicht richtig scharfstellen wollten. Obwohl die Spektrallinien hin und her waberten, hatte er seine Antwort bereits, ehe der Rechner mit dem Bericht fertig war.

Da. Die Linien wiederholten sich drei Male während der Analyse, drei makellose Signaturen. Erst zwei, dann ein paar Sekunden später die dritte.

»Himmel«, flüsterte Bury.

»Das werte ich dann wohl als Bestätigung. Alles klar. Centro-Cor hat mit dem Angriff begonnen. Wir sollten also damit rechnen, dass ab jetzt jederzeit bis zu dreißig Jäger angerauscht kommen könnten, und da wir beide momentan die einzigen Flotteneinheiten in diesem System sind, werden sie sich ganz auf uns konzentrieren. Atmen, werter Bury. Atme für mich.«

»Okay, okay«, sagte Bury. »Ist ja gut! Aber wir haben doch mindestens noch ein paar Minuten. Wir können uns entsprechend vorbereiten. Einer von uns muss schnellstens durch das Portal und Lanoe Bescheid sagen, dass der Träger unterwegs ist. Der andere …«

»Würde dem sicheren Tod ins Auge blicken. Ich fürchte, dein Plan begeistert mich nur in äußerst engen Grenzen«, sagte Maggs.

»Was bleibt uns denn anderes übrig? Lanoe muss davon erfahren, und …«

»Lanoe hat dich mitgeschleppt, um dich sterben zu lassen. Das hast du doch mittlerweile begriffen, oder?«

Bury starrte seine Nachrichtenkonsole an, auch wenn es dort nichts zu sehen gab. »Was?«, fragte er. »Maggs, was soll das …«

»Die ganze Zeit warst du nur auf mich sauer. Macht ja nichts, ich habe ein dickes Fell. Jetzt gerade wäre es mir allerdings lieb, du würdest deine Wut in eine andere Richtung kanalisieren. Du könntest wenigstens einen Teil deines überbordenden Zorns auf einen Mann verwenden, der uns beide hier draußen verrecken

lässt, während er da drüben sitzt und mit ein paar Aliens genüsslich Tee schlürft. Auf einen Mann, der uns, selbst als wir darum
gefleht haben, auch die kleinste Pause oder Ablösung gänzlich
versagt hat. Auf einen Mann, der keinem von uns beiden je auch
nur einen Funken Respekt entgegengebracht hat.«

»Er ist unser befehlshabender Offizier«, sagte Bury energisch.

»Aus reiner Eigenmächtigkeit heraus. Dich hat er der Schule
entrissen. Mich hat er *entführt*. Keiner von uns hat um diesen
Einsatz gebeten.«

In Burys Kopf drehte sich alles. Was Maggs da vorschlug, war
nicht weniger als blanke Fahnenflucht. Zugegeben, Bury hatte
wirklich Angst vor dem Tod. Er wusste, dass er ein brauchbarer
Pilot war, aber gegen dreißig feindliche Jäger wären seine Bega-
bung und seine Fähigkeiten vollkommen irrelevant. Es würde
schon ein Wunder brauchen, um so lange zu überleben, bis Verstärkung vom Kreuzer eintreffen konnte.

Darüber hinaus hatte er natürlich daran gedacht, selbst derjenige zu sein, der Lanoe warnen würde, während sich Maggs
verzweifelt bemühte, CentroCors Vorstöße abzuwehren.

Sein Herz hämmerte wie verrückt. An den Händen brach ihm
der Schweiß aus. »Maggs, du sagst also, du willst tatsächlich abhauen«, sagte Bury. »Ich sehe da nur ein gewaltiges Problem bei
dem Plan. Wohin bitte? Das einzige Wurmloch, das für einen
Abgang infrage kommt, führt direkt an der Streitmacht von
CentroCor vorbei.«

»Abhauen?«, fragte Maggs. »Mein lieber Junge, davon war nie
die Rede.«

»Ah.« Bury war sehr verwirrt. »Aber – dann …«

»Ich hatte lediglich vor, die Seiten zu wechseln. Mein Mäntel-
chen nach dem Wind zu hängen, wie man dereinst so schön
sagte.«

Die ganze Zeit hatten sie sich via Kommunikationslaser unterhalten, ein Medium, das absolut abhörsicher war. Jetzt zeigte

Burys Nachrichtenkonsole an, dass Leutnant Maggs eine zweite Verbindung geöffnet hatte, nur strahlte er diesmal ein unverschlüsseltes Breitband-Signal ab. Im Endeffekt schrie er so laut, dass ihn das ganze System hören musste.

»CentroCor-Schiffe, bitte nicht schießen«, verkündete der Gauner. »Mein Name ist Auster Maggs, meine CentroCor-Angestellten-Kennziffer lautet TK-777423-Y7. Ich würde zu gern mit Ihrem Befehlshaber sprechen. Ich bin im Besitz von Informationen über die Flotteneinheiten in diesem System, die ich Ihnen mit dem größten Vergnügen zukommen lassen würde.«

Bury war stumm. Er konnte nicht reagieren.

Er konnte es einfach nicht fassen.

*

Alle Choristen hatten sich im Hangar versammelt und waren dort sich selbst überlassen worden. Als Lanoe das Panzerschott öffnete, wusste er nicht, was ihn erwartete.

Zuerst traf ihn der Lärm. Es klang ein bisschen wie das an- und abschwellende Geräusch eines Heers von Grillen auf freiem Feld. Und ein bisschen wie eine aufgescheuchte, um ihr Leben fürchtende Vogelschar. Und darüber hinaus nicht nach etwas, das je ein menschliches Ohr vernommen hätte.

Auch der Geruch war beileibe nicht angenehm.

Die Aliens hatten sich in der Mitte des Raums versammelt und standen dicht an dicht – vielleicht schenkte ihnen das ein wenig Geborgenheit. Sie hatten die Arme umeinander gelegt, und manche senkten die Köpfe, während sich andere die Panzerplatten um die ringförmigen Augen kratzten.

Lanoe hätte den Rest seines Lebens gebraucht, um ihre fremden Gesten, ihre bizarren Bräuche auch nur ansatzweise zu verstehen. »Sie haben sie hergebracht«, sagte er zu Ginger. »Wie wollen Sie sie jetzt dazu bringen, Ihnen zuzuhören?«

»Das ist nicht so schwer. Man muss nur freundlich sein«,

erwiderte sie, ging zur nächsten Choristin hinüber, streckte die Hand nach einer ihrer Scheren aus und strich sanft mit den Fingern über die Schale. Die Choristin drehte sich nicht um – das musste sie natürlich auch nicht, da sie in alle Richtungen gleichzeitig sehen konnte. Dafür neigte sie Ginger den zylinderförmigen Kopf zu. Ginger schaute auf und lächelte sie an. Vielleicht konnten sie menschliche Mimik durchaus deuten, dachte Lanoe. Sie hatten schließlich mehr als genug Zeit gehabt, Archie zu studieren.

»Wir möchten mit Ihnen reden«, sagte Ginger, obwohl sie wissen musste, dass die Choristin sie nicht verstand. »Wir wollen versuchen, zu helfen. Bitte, können Sie uns das möglich machen?«

Die Choristin streckte eine Schere aus und berührte Gingers Wange. Lanoe war verblüfft darüber, wie menschlich diese Geste wirkte. War es möglich, mit ihnen nur durch Gesten zu kommunizieren? Vielleicht hätten sie, genug Zeit vorausgesetzt, eine Art gemeinsame Gebärdensprache entwickeln können.

Er näherte sich der Gruppe der Aliens, so weit er es über sich bringen konnte, und hob die Hand. Er winkte ihnen zu, bis er glaubte, genug Blicke auf sich gezogen zu haben, und zeigte dann auf Ginger. »Sie«, sagte er. »Sie will operiert werden.«

Die Choristen starrten ihn mit ihren leeren, silbrigen Augen an.

»Ist schon gut«, sagte Ginger, »sie werden es verstehen, wenn wir ihnen zeigen, worum es geht. Nur zu, Sir. Ich bin bereit.« Sehr sorgfältig strich sie sich die Haare zurück und legte eine Schläfe frei. Das Zwitschern veränderte sich nicht, wurde nicht lauter, aber ein neuer Gestank mischte sich in die Luft.

Lanoe hob sein Lesegerät und projizierte das Bild von Archies Antenne, das sie bei seiner Obduktion aufgenommen hatten, auf Gingers Schläfe. Es sah aus, als wäre Gingers roter Haaransatz plötzlich mit Raureif glasiert.

Lanoe biss sich auf die Lippe und wartete darauf, dass etwas geschah. Nichts geschah. Die Choristen liefen umher und zwitscherten sich gegenseitig zu. Ginger stand da und hielt mit einer Hand ihre Haare zurück. Niemand schien das projizierte Bild zu beachten. Vielleicht reichte es als Erklärung nicht aus. Vielleicht konnten sie mit dem Bild überhaupt nichts anfangen – gut möglich, dass sie Archies Gehirn nach der Operation nie untersucht hatten. Oder sie steckten noch immer zu tief in ihrer Trauer, um darauf zu achten.

»Bitte«, sagte Ginger. »Ich will es wirklich.«

Die Choristin, die ihre Wange gestreichelt hatte, legte einen Arm um ihre Schultern und zog sie an sich heran. Sie beugte sich vor, bis ihr großer Kopf auf Gingers ruhte. Es sah aus, als wollte sie sie zerquetschen.

»Das ist aber nicht …«, sagte Lanoe, als eine grüne Perle in seinem Augenwinkel auftauchte. Candless. Mit einem Blinzeln nahm er die eingehende Nachricht entgegen.

»Soeben hat ein Luftfahrzeug die Stadt verlassen«, teilte ihm seine Erste Offizierin mit. »Es kommt direkt auf uns zu. Nur eine Choristin an Bord, aber sie hat mehrere Kisten dabei.«

»Medizinische Ausrüstung?«, fragte Lanoe.

»Chef, vielleicht bist du so gut und schaust dir die Kamerabilder an, dann kannst du mir genau sagen, wie bei Außerirdischen medizinische Ausrüstung aussieht. Ich fürchte, da habe ich im Unterricht nicht aufgepasst.«

»Verstanden«, sagte Lanoe.

Er sah Ginger an. Ihre Wange klebte am Spitzenkragen der Choristin. Sie hatte die Augen geschlossen und redete mit leiser, sanfter Stimme auf das Alien ein.

»Pssst. Ist schon gut. Alles wird gut.«

*

»Maggs – was zur Hölle hast du getan?«, fragte Bury wütend.

Die Antwort ließ eine Weile auf sich warten. Vielleicht kostete

Maggs die dramatische Spannung einfach in vollen Zügen aus. Oder er war mit seinem Verräter-Sein einfach zu beschäftigt, um noch ein Wort für den ehemaligen Kameraden zu erübrigen.

»Ich habe mein Leben gerettet«, sagte Maggs schließlich. »So. Dann lass uns mal über deines reden.«

»Fahr zur Hölle, Maggs. Ich habe kein Interesse an …«

»Das solltest du aber«, unterbrach ihn der Verräter. »Es ist eine ziemlich simple Rechenaufgabe. Im Hangar eines voll aus-staffierten Trägerschiffs befinden sich etwa fünfzig Jäger. Da Ginger, deine werte Geliebte, die Segel gestrichen hat und nicht mehr kämpfen mag, hat Lanoe noch – warte mal, wie viele Pilo-ten zur Verfügung? Zum einen natürlich sich selbst. Zweifellos auch Candless und Valk. Bleiben noch wir zwei. Falls du einiger-maßen mitgezählt hast, solltest du feststellen, dass wir zehn zu eins unterlegen sind.«

»Wir sind viel besser als die«, sagte Bury und bemühte sich, die Angst abzuschütteln. »Wir haben schon gegen sie gekämpft, und da konnten sie uns nicht besiegen. Wir schaffen es auch ein zweites Mal.«

»Wir sind ganz große Helden, keine Frage. Das Verrückte an Helden ist bloß – sie sterben genauso schnell wie Feiglinge. Nur nehmen sie meist noch jemanden mit ins Grab.«

»Rede nur weiter sarkastisch daher. Wir haben trotzdem eine Chance. Du wirst schon sehen.«

»So weit muss es nicht kommen, Bury.« Maggs seufzte lang und innig.

Auf seinem Taktikschirm sah er den Punkt, der Maggs' Jäger darstellte, in seine Richtung wandern. Er schien keine Eile zu haben, sondern verringerte einfach langsam und energiesparend die Entfernung zwischen ihnen.

»Ich weiß schon, dass es manchmal schwer ersichtlich ist, ob ich etwas ernst meine oder nicht. Ich verspreche dir also: Was ich als Nächstes sage, ist mein voller Ernst. Ich mag dich.«

Bury wollte ihn anspucken. »Halt den Rand, du mieser Verräter. Und glaube ja nicht, dass du damit durchkommst! Ich werde dafür sorgen, dass du …«

»Ich mag dich«, wiederholte Maggs unbeirrt. »Du hast Feuer. So viele Leute in der Flotte sind einfach nur – innerlich tot. Sie haben keine Persönlichkeit, keinen Tatendrang. Aber du bist was Besonderes. Da steckt ein dunkler Kern aus Wut und verletztem Stolz in dir, der dich interessant macht.«

»Wow, danke«, sagte Bury.

»Ach, nichts zu danken. So. Ich stelle dich jetzt vor die Wahl. Du kannst dich mir anschließen. Bei CentroCor anheuern und deine Haut retten. Ich werde mich für dich verbürgen – und zufällig weiß ich, dass CentroCor immer auf der Suche nach talentierten Piloten ist, vor allem nach solchen, die von der Flotte ausgebildet wurden. Sie zahlen gut, außerdem gibt es eine Menge Zusatzleistungen. Ja, die Flotte wird natürlich versuchen, dich wegen Fahnenflucht dranzukriegen, keine Frage. Aber CentroCor verfügt über ein paar ausgezeichnete Anwälte.«

Bury packte den Steuerknüppel so fest, dass sein Handschuh knirschte.

»Oder?«, fragte er.

»Oder?«, äffte Maggs ihn nach.

»Oder was? Was passiert, wenn ich Nein sage?«

»Muss ich das wirklich aussprechen? Natürlich werde ich dich dann töten müssen. Hier und jetzt. Als Zeichen guten Willens meinem neuen alten Arbeitgeber gegenüber.«

Bury riss das Steuer herum, entfernte sich von Maggs und plante dabei eine fünfsekündige Beschleunigungsphase ein, die einige Tausend Kilometer zwischen sie bringen würde.

»Oho«, sagte Maggs. »Wie ich sehe, willst du dich aus dem Staub machen. Du hast wohl nur vergessen, dass mein Jäger über diese Philoktet-Suite verfügt. Langstrecken-Scharfschütze, weißt du noch? Du kannst weglaufen, aber du bist nie im Leben rechtzeitig außer Reichweite. Magst du stattdessen nicht einfach Ja sagen?«

*

Vollkommen lautlos schwebte das Luftfahrzeug in den Hangar und setzte auf. Die Choristin stieg aus und näherte sich Lanoe und Ginger. Alle anderen – der Reparaturtrupp, der seit Archies Tod unablässig geheult hatte – kletterten an Bord und hoben ohne ein Zwitschern des Abschieds ab.

Lanoe hatte große Mühe, den Verlust ihrer Dienste zu bedauern. Vielleicht hätten sie die Reparaturen fortsetzen, dem Kreuzer ein wenig mehr Stabilität zurückgeben können, aber ihr pausenloses Schreien und der Gestank hatten für die menschliche Besatzung jedwede Arbeit nahezu unmöglich gemacht.

Um den Schaden am Schiff konnte er sich später noch Gedanken machen. Jetzt hatte er erst einmal ein Alien bei einer Gehirnoperation zu überwachen.

Die neue Choristin legte eine Schere an die Brust. Da erst fiel Lanoe auf, dass sie weder schrie noch absonderlich roch. Archies Wahn mochte den ganzen Chor angesteckt haben, aber diese hier schien sich zumindest wieder zusammengerissen zu haben.

Sie stieß ein Geräusch aus, das er bis jetzt noch von keiner Choristin vernommen hatte. Es klang wie leiser Regen, sehr sanft und sehr friedlich.

»Ich wünschte, ich wüsste, was sie damit ausdrücken will«, sagte Lanoe.

»Ich glaube, das ist ihr Name«, sagte Ginger und legte ihrerseits eine Hand an die Brust. »Ginger.«

Die Choristin reagierte nicht.

»Sie muss wohl ausgebildete Ärztin sein«, sagte Lanoe. »Sie wirkt sehr … professionell.«

»Das will ich hoffen«, sagte Ginger. »Kommandant, ich – ich. Ich brauche …« Sie kaute auf der Unterlippe und wandte sich ab.

626

Verdammt. Sie hatte Angst. Natürlich hatte sie Angst. Nur wusste er nicht, was er tun konnte. Wie sollte man jemandem in einer solchen Situation gut zureden? Selbst in seinen Glanzstunden war Lanoe wahrlich kein Experte für gefühlvollen Umgang.

Die Choristin hielt zwei verzierte Steinkisten hoch, beide achteckig. Mit einer freien Schere berührte sie Ginger erst an der Schulter, dann am Kinn. Ginger schien die Geste zu verstehen und strich sich die Haare zurück, damit die Chirurgin ihre Schläfe betrachten konnte.

Kurz darauf nahm sie die Schere in beide Hände und neigte den Kopf in Richtung des Schotts, das ins Innere des Schiffs führte. Die Choristin folgte ihr wie ein Hund an der Leine. Lanoe bildete mit etwas Abstand die Nachhut.

Der Weg zur Krankenstation war nicht allzu weit. Paniet hatte sie für diesen Zweck geräumt, und irgendwer hatte saubergemacht, das Bett frisch bezogen und einen kompletten Satz Operationsbesteck bereitgelegt. Als sie den Raum betraten und die Choristin im Türrahmen den Kopf einziehen musste, erwachte das UV-Desinfektionssystem zum Leben. Beim Anblick des ausfächernden Lasers zuckte die Choristin kurz zusammen, hob dann aber alle vier Arme und rieb die Scheren im Lichtbogen aneinander.

»Immerhin kennen sie sich mit Keimen aus«, sagte Ginger.

»Alles wird gut«, sagte Lanoe.

Ginger sah ihn an. »Bitte sagen Sie so etwas nicht.«

»Was?«

»Tut mir leid, Kommandant, aber es klang nicht wirklich überzeugt. Könnten Sie sich vielleicht kurz umdrehen?«

Er rümpfte die Nase, sah dann aber, wie sie die Hand nach dem Haftstreifen am Rücken ausstreckte, um sich den Anzug abzustreifen. Hastig drehte er sich um, starrte die Wand an und hörte, wie sie den Raumanzug ablegte und in ein dünnes Operationshemd schlüpfte.

»Okay, die Luft ist rein. Ich wollte nur nicht, dass meine Uniform mit Blut bekleckert wird«, sagte sie.

Himmel. Ohne ihren Anzug sah sie ... winzig aus. Sie wirkte nicht nur sehr dünn, sondern war ohne die schweren Stiefel auch deutlich kleiner. Sie hüpfte aufs Bett und lehnte sich in die Kissen zurück.

Die Choristin öffnete eine der Kisten, schob das Operationsbesteck von Menschenhand zur Seite und fing an, ihr eigenes Werkzeug auszulegen. Lanoe war sich nicht sicher, was er erwartet hatte – jedenfalls nichts, was wie menschliche Ausrüstung aussah. Vielleicht leise summende Eier oder Geräte, die seltsame Strahlen verströmten, oder am Ende gar einen mikroskopischen Wurmloch-Generator, mit dem sie die Antenne direkt ins Gehirn bugsieren konnte. Das Werkzeug der Choristin erschien jedoch wesentlich prosaischer und somit auch wesentlich beunruhigender. Da gab es etwas, das wie ein gewöhnliches Laser-Skalpell aussah, außerdem einen vierhakigen Retraktor. Ehrlich gesagt sahen die Gerätschaften ihren menschlichen Pendants sehr ähnlich – bis auf die Tatsache, dass die Griffe länger und breiter und tief ausgekehlt und somit eindeutig nicht für humanoide Hände gedacht waren.

Lanoe wappnete sich. Er rief sich ins Gedächtnis, wie wichtig diese Operation war. Wie notwendig.

»Ginger ...«, sagte er.

Es klopfte an der Tür, und Candless kam herein, völlig außer Atem. »Ich kann mir nur schwer vorstellen, dass du wirklich nicht die Zeit hattest, mir Bescheid zu sagen, dass es schon losgeht«, sagte sie.

»Ich – ich habe nicht gedacht ...«

»Ja, denken tun die Leute selten.« Candless ging ums Bett herum und stellte sich der Chirurgin gegenüber. Sie bedeckte Gingers zierlichen Körper mit einem Laken und legte ihr eine Hand auf den Arm.

Lanoe hatte Candless noch nie so zärtlich gesehen. Nicht in all den Jahren, die er sie schon kannte. Es kam ihm irgendwie – falsch vor. Ginger hingegen schien sich darüber nicht einmal zu wundern. Sie legte ihre Hand auf die von Candless.

»Ich werde die ganze Zeit hier sein«, sagte Candless. »Versprochen.«

»Das ist schon ein bisschen verblüffend«, platzte es aus Lanoe heraus. Bis jetzt war die Frau Ginger gegenüber so kalt, ja geradezu unbarmherzig gewesen. Sie hatte darauf bestanden, eine offizielle Klage wegen Feigheit einzureichen, als selbst Lanoe durchaus gewillt gewesen war, die Sache unter den Tisch fallen zu lassen. So weit er zurückdenken konnte, hatte sie niemandem gegenüber je solche Wärme gezeigt.

»Sie war meine Schülerin«, sagte Candless, als würde das alles erklären.

Die Chirurgin beugte sich über Ginger und strich ihr mit einer Schere durchs Haar. Das Mädchen lächelte und schloss die Augen. Die Choristin drehte ihre Schere ein wenig und fuhr Ginger abermals durchs Haar – und hatte es glatt durchtrennt, direkt über Gingers Schläfe einen sauberen Schnitt gesetzt. Rote Locken fielen aufs Kissen.

Lanoe musste schon wieder an Zhangs Haare denken. Natürlich. Er kämpfte gegen seinen Drang, die ganze Aktion abzublasen. Zu sagen, dass er einen Fehler gemacht hatte. Das Mädchen hatte eindeutig große Angst. Es war fast schon kriminell, ihr zu erlauben, sich so etwas anzutun, von ihr zu erwarten, es tatsächlich durchzuziehen. Auf keinen Fall würde sie von sich aus aufhören – nein, sie war zu jung, die Last auf ihren Schultern viel zu groß …

»Das hier ist zweifellos das Tapferste, was ich je gesehen habe«, sagte Candless und schaute Ginger in die Augen. Dann lächelte sie sogar. Diese dünnen Lippen zogen sich in den Mundwinkeln nach oben, und es sah nicht einmal unpassend aus.

Die Chirurgin befeuchtete Gingers Schläfe mit einer Flüssigkeit, die nach Ammoniak stank. Ginger konzentrierte sich ganz auf Candless' Gesicht. Sah die Choristin gar nicht an.

»Du kannst gehen, Kommandant«, sagte Candless. »Ich bin mir sicher, du hast irgendwo was viel Wichtigeres zu tun. Ich gebe dir Bescheid, sobald es vollbracht ist.«

Die Chirurgin hob ihr Laser-Skalpell und berührte damit Gingers Haut.

*

Maggs. Dieser verdammte Maggs.

Mittlerweile waren die Lichter vor ihnen nicht mehr zu übersehen, drei Lichter, die konstant heller wurden. Die Triebwerke dreier CentroCor-Jäger, die geradewegs auf sie zukamen. Bury hatte keine Ahnung, ob sie Maggs überhaupt gehört hatten oder wirklich glaubten, er wolle seine eigenen Leute verraten. Vielleicht würden sie ihn im erstbesten Moment unter Feuer nehmen.

Oder sich an seiner Seite formieren, als Ehrengarde, um ihn zu seinem neuen Befehlshaber zu geleiten.

»Fähnrich Bury, ich habe meinen Taktikschirm mit einem Countdown versehen«, sagte Maggs, seine Stimme so sanft wie fabrikneue Hydraulikflüssigkeit. »Bevor er bei null angelangt ist, hätte ich wirklich liebend gern eine Antwort. Vielleicht sollte ich dir zum Wohle der Klarheit noch mitteilen, dass ich bereits eine ideale Feuerleitlösung für dich errechnet habe. Ich muss nur ein klein wenig den Finger krümmen, schon stellst du kein Problem mehr dar, weder für mich noch für sonst irgendwen.«

»Scher dich zum Teufel«, sagte Bury zum etwa fünfzehnten Mal. Was für ein Bastard! Was für ein absolut verfluchter saublöder Bastard, zum Donnerwetter.

»Du bist wirklich nicht der Erste, der mir diesen Ratschlag gibt«, sagte Maggs freundlich. »Es macht mir schon lange nichts mehr aus. Weißt du eigentlich, dass mein Vater ein berühmter Admiral war? Es stimmt tatsächlich. Ich habe einen wesentlichen Teil der prägenden Jahre meiner Jugend bei der Admiralität verbracht. Ein Flottenangehöriger durch und durch.«

»Und jetzt schmeißt du das alles einfach so weg«, sagte Bury und wollte laut ausspucken. Stattdessen konzentrierte er sich auf seine Antriebswerte und riss einmal mehr den Steuerknüppel zur Seite.

»Das Lustige daran, als verzogener Flottenbengel aufzuwachsen, ist, dass man die Gelegenheit hat, zu sehen, was sich hinter all der Farbe und den Goldrahmen und den Wimpeln verbirgt. Einem wird die Ehre zuteil, festzustellen, was Wörter wie ›Ruhm‹ und ›Ehre‹ eigentlich bedeuten. Nichts als schöne Umschreibungen für ›Tod‹. All die feinen Wörter, die man bei der Flotte so mag, bedeuten ›Tod‹. Der ganze Humbug über Kameradschaft, die vielen noblen Sitten. Am Ende läuft alles auf eine einzige Sache hinaus: Alte, fette Herren schicken Jungspunde ins Feld, die ihr Leben zu riskieren haben, und wenn ein Jüngchen stirbt, machen die Herren auf ihrer Tabelle ein kleines Häkchen, und am Abend rechnen sie ihre Häkchen zusammen und wissen so, wer gewonnen und wer verloren hat. Möchtest du gern ein Häkchen werden, junger Bury? Ist dies das hehre Ziel, was du stets vor Augen gehabt hast?«

»Sie haben uns vertraut. Uns hier draußen postiert, um Wache zu halten«, sagte Bury. »Für alle an Bord des Kreuzers – Leutnantin Candless und Leutnantin Ehta und Ingenieur Paniet und …«

»Ginger, vergiss mir Ginger nicht«, sagte Maggs.

»Ja, verflucht! Ginger! Auch Ginger muss sterben, weil du das Vermächtnis deines Vaters nicht ehren willst!«

»Das Vermächtnis meines Vaters – wie ulkig, dass du das sagst, denn …«

Während Maggs seine Rede gehalten hatte, war Bury mit seiner BR-9 seitlich ausgeschert, auf den Manövrierdüsen um die eigenen Achse rotiert und beschleunigte jetzt unter Volllast – geradewegs auf Maggs zu. Er musste die Entfernung so weit verringern wie irgend möglich. Wenn er nur nah genug an ihn herankam und rechtzeitig in Reichweite war, konnte er Maggs aus dem Himmel holen, bevor dieser sein ausgeklügeltes Philoktet-System zum Einsatz brachte. Wenn er nur …

»Oho!«, sagte Maggs. »Gut gemacht. Da hast du mich doch fast lange genug abgelenkt, um daraus Kapital zu schlagen.« Bury war nah genug herangekommen, um zu sehen, wie Maggs' Haupttriebwerk aufflammte. Er zog eine enge Kurve und setzte sich ab, hielt sich Bury vom Leib und ließ ihn nicht nah genug heran, um seine Waffen einsetzen zu können. »Weißt du, die meisten Leute fangen an, blöde Fehler zu begehen, wenn sie wütend sind, was ich mir schon oft zunutze gemacht habe. Du aber bist auch in diesem Fall eine Ausnahme, Bury. Dein kleines, listiges Gehirn wird von Zorn angetrieben. Er lässt dich die Dinge klarer sehen. Warum nutzt du diese Schläue dann nicht? Sag einfach ›Ja, werter Maggs, ich würde mich dir sehr gerne anschließen, um noch eine Zukunft zu haben‹. Mehr ist nicht nötig. Natürlich müssen es nicht genau diese Worte sein, das würde zu lange dauern. Dir bleiben nur noch ein paar Sekunden.«

Burys Finger jagten über die Tasten seiner Waffensysteme. Wenn er schon nicht nah genug herankam, um Maggs mit den PSG anzugreifen, konnte er es vielleicht wenigstens mit einem Disruptor oder einem PB-Geschoss versuchen. Normalerweise wurde solche Munition nur auf kurze Entfernung eingesetzt, da sie teuer war und ein Kataphrakt davon nur wenig auf einmal tragen konnte. Maggs mit einem solchen Projektil tatsächlich zu treffen, war kaum realistisch, aber …

»Die Zeit ist um. Deine Antwort, bitte«, sagte Maggs.

Bury lief ein kalter Schauer den Rücken hinab. Er warf den Steuerknüppel herum, zwang den Jäger mithilfe der Positionsdüse in eine wilde Kreiselbewegung und versuchte nun doch verzweifelt, vor Maggs zu fliehen, weit genug davonzukommen, um noch eine Chance zu haben.

»Das werte ich dann wohl als Nein«, sagte Maggs.

Für einen kurzen Moment dachte Bury tatsächlich darüber nach. Sein Gesicht brannte vor Scham, aber er bemühte sich, ganz rational und ernsthaft abzuwägen, alles zu ignorieren, was passieren würde, und nicht daran zu denken, dass CentroCor jeden an Bord des Kreuzers umbrachte …

Vielleicht hatte Maggs nicht unrecht. Die Flotte hatte Bury nie viel Zuneigung entgegengebracht. Während seiner ganzen Zeit auf Rishi war er gehänselt und schikaniert worden. Man hatte ihn übergangen oder herausgegriffen oder – was das Schlimmste war – so getan, als sei er nur Luft. Klassenkameraden, Ausbilder und Offiziere, alle hatten mitgemacht. Immer und immer wieder hatte man ihm vorgehalten, er hätte ein Aggressionsproblem. Und das, obwohl jeder wusste, dass es für Leute mit Aggressionsproblemen alles nur noch schlimmer machte, wenn man ihnen genau das ständig vorwarf und sie behandelte, als wären sie kaputt oder einfach neben der Spur. Selbst Leutnantin Candless hatte ihn so unverhohlen beleidigt, dass er keinen anderen Ausweg gesehen hatte, als sie zum Duell zu fordern.

Und dann hatte man ihn entführt, bloß weil er zur falschen Zeit am falschen Ort gewesen war. Ihn ohne Grund ins Gefängnis geworfen. Später hatte Kommandant Lanoe ihn rausgelassen – nur um zu verkünden, er habe dafür jetzt an einer hochgefährlichen Mission teilzunehmen. Er hatte ihn durch die halbe Galaxis geschleppt, um jetzt über einem komischen Planeten Wache zu schieben, obwohl Lanoe genau wusste, dass CentroCor jederzeit auftauchen konnte, um ihn zu töten.

All das, jeden elenden Augenblick seiner bisherigen Karriere bei der Flotte, sah Bury vor sich.

Er sah allerdings noch etwas anderes – und zwar die Tatsache,

dass er nichts im Leben je dringender gewollt hatte, als Kampfpilot bei der Flotte zu werden. Ein Fliegerass mit einem Blauen
Stern in der Kennungsmarke. Für nichts anderes im Leben hatte
er härter gekämpft. Und nie war er der Erfüllung seines Traums
so nah gewesen.

»Fahr zur Hölle«, sagte Bury.

Er schloss die Augen. Bereitete sich aufs Sterben vor. Noch
immer entfernte sich sein Jäger mit solcher Beschleunigung von
Maggs, dass er von den Trägheitsdämpfern fest in den Sitz gepresst wurde.

»Warum gehst du nicht vor und reservierst mir einen Platz?«,
gab Maggs zurück.

Bury verkrampfte sich, all seine Muskeln zogen sich zusammen, und er wartete auf den tödlichen Feuerstoß, der mitten
durch ihn hindurchfahren, ihn entzweischneiden, den Jäger in
Stücke reißen und sein kochendes Blut im Vakuum verteilen
würde.

Sein Puls und Blutdruck waren gefährlich hoch. Seine Lunge
platzte fast, weil er verzweifelt den Atem anhielt. Seine Augen
taten weh, weil er sie schon so lange zukniff.

Irgendwann machte er sie wieder auf.

»*Valk*«, sagte Maggs, und seine Stimme troff vor Hass.

»Was? Ist er – ist er hier?«, fragte Bury.

»Eines Tages möge der Teufel persönlich aus einer Erdspalte
erscheinen und diesen künstlichen Widerling mit seinem ge-
spaltenen Huf zertreten, während ich danebenstehe, mich an
dem Anblick ergötze und zum Teufel sage: ›Härter, mein Bester.
Zermalme ihn.‹«

Bury holte tief Luft. »Was – was redest du denn da?«

»Vor ein paar Tagen hat er mich gebeten, ihm die Philoktet-
Suite und deren Funktionsweise zu zeigen. Da war mir leider
nicht klar, dass er vorhatte, damit Schindluder zu treiben. Er hat
eine ZEFF-Sperre eingebaut. Weißt du, was das ist?«

»Das … das haben wir auf Rishi bei Übungen mit scharfer Munition verwendet.«

»Das ist eine kleine verfluchte Code-Zeile, die es mir unmöglich macht, auf einen Jäger zu schießen, den mein Bordrechner als Verbündeten identifiziert. ZEFF steht für ›Zielerkennung-Freund-Feind‹. Irgendwo in deinem Jäger steckt ein winziger Transponder, der dich als meinen Freund ausweist. Was für eine absonderliche Definition dieses Begriffs.«

»Was soll …«

»Was das heißen soll, Kind? Es soll heißen, dass du weiterleben darfst. Zumindest lange genug, um zurück zu Lanoe zu rennen. Mach nur. Lauf schnurstracks zurück und erzähl ihnen, dass CentroCor unterwegs ist und Auster Maggs auf ihrer Seite hat.«

Bury riss den Steuerknüppel herum und beschleunigte direkt auf den namenlosen Planeten und den Wurmloch-Schlund in seiner Atmosphäre zu. Das würde er sich nicht zweimal sagen lassen.

»Und sobald du dort ankommst«, sagte Maggs, »sagst du ihm, dass er es sich dieses Mal redlich verdient hat. Hätte er mir auch nur einen Funken Respekt gezeigt, wäre es vielleicht …«

Bury griff nach seiner Nachrichtenkonsole und schaltete Maggs' Stimme ab.

*

Candless hatte recht gehabt – Lanoe hatte tatsächlich eine Menge zu tun. Da der Reparaturtrupp des Chors wieder abgeflogen war, musste er den beiden verbleibenden FLINKS dabei helfen, sich mit Arbeiten abzumühen, für die eigentlich zwanzig Leute im Akkord vonnöten gewesen wären.

Da stand er draußen auf der Bordwand, lief kopfunter, von einem Sturz in die Stadt nur durch die Haftsohlen der Stiefel getrennt, als ihm etwas auffiel. Oder er zumindest glaubte, ihm sei etwas aufgefallen. Er half den FLINKS dabei, ein neues, gebogenes Segment ballistischer Panzerung aus Kohlefaser über dem großen Loch nahe der Geschützbatterie anzubringen. Die Ingenieure fluchten und liefen wild durcheinander, während sie versuchten, die große Platte möglichst perfekt einzupassen. Diese Art Carbonverkleidung war beinahe unmöglich zurecht-zuschneiden, sobald sie einmal mittels elektrischer Ladung in ihre endgültige Form gebracht worden war, und ...

»Moment«, sagte er. »Seien Sie mal kurz still.«

Er hätte schwören können, etwas gehört zu haben. Als er jetzt lauschte, war da allerdings nichts. Nicht einmal, als er den Atem anhielt. Er stellte die Kopfhörer des Helms auf maximale Ver-stärkung ein und schloss die Augen.

Stille.

Auf einmal begriff er. Genau das war es, was er gehört hatte – Stille. Keine Schreie. Kein konfuses Zwitschern mehr, das aus der Stadt zu ihnen heraufwehte.

Er riss die Augen auf und überprüfte sein Armdisplay. Keine Nachricht von Candless – er hätte die grüne Perle im Augen-winkel kaum übersehen. Wenn der Chor aber zumindest nicht mehr hörbar litt, musste es doch ... etwas bedeuten. Was auch immer. Vielleicht war Ginger wach und sprach mit ihnen. Viel-leicht warteten sie gespannt darauf, ihre neue menschliche Freundin willkommen zu heißen.

»Zurück an die Arbeit«, rief er. Mit leisem Murren setzten sich die Ingenieure wieder in Bewegung. Lanoe hob seine Seite der Carbonpanzerung an. Die Verschalung maß sechs mal sechs Meter, war genau der Kurve der Bordwand angepasst und so schwarz, dass sie ein Stück Raumzeit zu balancieren schienen. Kaum dicker als Papier und fast ebenso leicht, aber unglaublich steif. Trümmer und kleines Weltraumgestein prallten daran ein-fach ab. »Gut«, sagte Lanoe und machte einen vorsichtigen Schritt, um seine Ecke in die richtige Position zu bringen. »Und jetzt runterlassen ... langsam ... langsam ...«

Direkt hinter Lanoe ertönte ein lauter Knall. Instinktiv ließ er die Verschalung fallen, ging in die Hocke und riss die Hände hoch, um seinen Kopf zu schützen. Er brauchte eine lange Sekunde, um zu begreifen, dass der Lärm aus weiter Ferne gekommen war und ihm keine unmittelbare Gefahr drohte. Mit einem lauten Fluch kam er wieder auf die Beine, gerade rechtzeitig, um mit anzusehen, wie das große Stück Panzerung langsam abdriftete und in immer schnelleren Schrauben auf die Stadt herabstürzte. Im Fallen zerschnitt es eine lange, fahle Rauchwolke.

Einen Kondensstreifen. Die Abgasfahne eines Raumjägers, dem Anschein nach. Was auch den Knall erklärte. Soeben war ein Kataphrakt mit Überschallgeschwindigkeit durch das Portal geschossen.

Die Ingenieure schrien ihn an, aber Lanoe schenkte ihnen keine Beachtung. Mit weiten Schritten rannte er um die Wölbung des Schiffs herum, um festzustellen, wohin der Jäger unterwegs war. Sobald er die Oberseite des Kreuzers erreichte, sah er den einsamen Kataphrakt am Rand der Blase eine lange Kurve beschreiben, um die Geschwindigkeit zu drosseln. Die Verkleidung längs des Cockpits war in orangebraunen Wüstentönen gehalten.

»Bury«, sagte er und griff nach seinem Armdisplay, um einen Kanal zu öffnen. »Bury, bitte kommen. Gibt es Neuigkeiten?«

Bury antwortete unverzüglich. Der Junge klang entsetzt, sprach abgehackt und zittrig. »Maggs«, sagte er. »Maggs hat uns verraten – CentroCor ist da – bis jetzt drei Jäger – ich muss wieder zurück!«

Der Jäger legte sich auf die Seite, um etwas Auftrieb abzuschütteln, schoss am Kreuzer vorbei und beschleunigte auf das Portal zu. Offenbar hatte Bury tatsächlich vor, sofort wieder hinauszufliegen und zu kämpfen.

Hätte er nur ein paar Sekunden gewartet, hätte Lanoe ihm direkt Unterstützung schicken können. Aber der Hellion hatte natürlich keine Geduld …

»Bury!«, rief er. »Bury!« Doch der Kataphrakt glitt durchs Portal und war verschwunden.

Lanoe rannte wieder zur anderen Seite des Kreuzers, auf schnellstem Weg in Richtung Hangar – der Reparaturtrupp hatte das abgerissene Tor noch nicht ersetzt, daher konnte er seinen Jäger ohne Umwege besteigen. »Candless, ich brauche dich sofort im Hangar. CentroCor hat uns gefunden.«

»Ginger schläft noch«, sagte sie, aber er konnte die Unsicherheit in ihrer Stimme hören. Sie war eine erfahrene Pilotin und wusste, dass man *nicht* lange überlegte, wenn der Geschwaderführer seine Jäger zum Alarmstart rief.

»Dann weck sie auf«, sagte Lanoe in seinem besten Befehlston. »Wir müssen los. Jetzt.« Er berührte seinen Armrechner. »Valk, sofort zum Hangar. CentroCor ist da.«

Keine Antwort.

Lanoe starrte ungehalten das Display an. »Valk? Hast du gehört?« Er wusste, sie hatten sich nicht im Guten getrennt, konnte aber nicht fassen, dass Valk seinen Anruf nicht einmal entgegennahm. Nicht in solch einer Situation. »Valk?«

»Hier bin ich, Lanoe«, sagte er endlich.

»Gut. Ich brauche dich sofort in einem Jäger. CentroCor ist hier, und …«

»Geht nicht. Ich fliege den Kreuzer.«

»Das kannst du auch weiter tun. Ich brauche dich trotzdem in einem Jäger.«

»Lanoe – nein. Dafür müsste ich mich erneut kopieren. Du willst mich durch das Portal schicken, um die da draußen im Realraum zu attackieren. Das geht nicht. Als ich mich das letzte Mal zweigeteilt habe, habe ich mich fast umgebracht. Ach, verdammt, ich meine, dass mich meine Kopie im Bordrechner fast umgebracht hätte, jenes Ich, mit dem du gerade redest, und …«

Lanoe hatte keine Zeit für diese Diskussion. »Dann finde heraus, was du falsch gemacht hast, und mach es diesmal *anders*. Ich brauche dich in einem Jäger.«

»Es ist zu gefährlich«, sagte Valk.

Lanoe wollte ihn schon anschreien, ihm abermals befehlen, sich sofort zum Hangar zu begeben. Er musste jedoch feststellen, dass Valk die Verbindung unterbrochen hatte. Er kontaktierte die KI erneut – und sein Anruf wurde blockiert.

Er war der Befehlshaber dieses Schiffs. Das hätte gar nicht funktionieren dürfen. Andererseits hatten die meisten Kreuzer auch keine KI an Bord.

Ihm fehlte die Zeit, zur Ersatzbrücke zu laufen und sich mit Valk persönlich zu streiten. Lanoe wusste, dass er so schnell wie möglich seinen eigenen Jäger besteigen musste, falls Bury noch eine Chance haben sollte. Selbst wenn das bedeutete, auf ein Drittel seiner Piloten zu verzichten.

32

Bury konnte nicht ansatzweise begreifen, was er jenseits des Portals erblickte. Eine schwebende Stadt inmitten einer Blase aus Wurmraum, und der Kreuzer segelte gelassen dahin …

Verdammt, keine Zeit für eine Besichtigungstour. Er riss das Steuer herum, um abermals Kurs auf das Portal zu nehmen. Da draußen lauerten CentroCor-Jäger, feindliche Schiffe, und im Moment war er der einzige Pilot der Flotte, der sie aufhalten konnte. Vor ihm schwoll das Portal an, eine Linse aus verzerrter Raumzeit, und er kniff beinahe die Augen zu, als er hindurchschoss.

Aber zum Glück nur beinahe. Auf der anderen Seite hingen zwei schussbereite Yk.64er reglos in der Luft. Bei seiner Geschwindigkeit konnte er gerade noch rechtzeitig zur Seite ausweichen, um nicht mit ihnen zusammenzustoßen.

Zum Teufel. Vielleicht hatten sie nur das Portal inspiziert, oder sie hatten tatsächlich auf ihn gewartet. Hätte er auch nur einen Sekundenbruchteil langsamer reagiert oder das Portal in einem anderen Winkel verlassen …

Nein. Er konnte jetzt keinen Gedanken daran verschwenden, wie er hätte sterben können. Er lebte noch.

Vorläufig.

Beide Jäger drehten bei, um ihm zu folgen, und er wusste, er würde sehr bald sterben, falls er sich nicht etwas einfallen ließ.

Immerhin war Maggs nirgendwo zu sehen. Wahrscheinlich war dieser miese Verräter direkt zum Träger geflogen, wo man ihn mit Champagner und Streichquartett willkommen hieß …

Mehrere Partikelstrahlen pfiffen knapp an seinem Bug vorbei. Der Taktikschirm flammte auf, und Bury sah die beiden Schiffe als gelbe Punkte direkt hinter ihm. Sie beschleunigten und kamen näher.

Bury drehte den Jäger um die Längsachse, bis er rückwärts flog.

Ein herber Fehler. Im Vakuum des Weltalls war das ein alltägliches Manöver, ein klassischer Umschwung; so tief unten in der Atmosphäre grenzte es allerdings an Selbstmord. Seine Mühle stöhnte und ratterte, und überall gingen rote Warnlichter an, während er gegen Gravitation, Luftwiderstand und Massenträgheit gleichzeitig kämpfte. Sein Fahrtmesser lieferte wirre Zahlen, der Jäger verlor zu viel Auftrieb und fiel.

Burys Körper wollte in Panik verfallen, aber er rang die Angst erfolgreich nieder. Die Vierundsechziger hingen direkt vor ihm. Er visierte einen der beiden an und setzte ein paar schnelle Feuerstöße mit seinen PSGs ab, die eine halbe Tragfläche abrasierten und den Jäger ins Trudeln brachten.

Der zweite durchbrach mit brüllendem Triebwerk eine niedrige Wolkenbank und setzte auf ihn an, eröffnete sofort das Feuer und deckte Burys Cockpit mit Partikelstrahlen ein. Sein Vektorfeld lenkte die Energie knisternd zu den Seiten ab.

Bury zog den Steuerknüppel zu sich heran. Die Trägheitsdämpfer nagelten ihn im Sitz fest, er zündete das Haupttriebwerk und schoss senkrecht in den Himmel – geradewegs auf den feindlichen Jäger zu. Mit gefletschten Zähnen sah er das runde Cockpit näher kommen, ignorierte den Kollisionsalarm, der hinter seinem Kopf ertönte, und drückte den Abzug am Steuerknüppel durch, ohne überhaupt zu zielen.

Im letzten Augenblick drehte der Pilot des Vierundsechzigers ab und jagte schräg an ihm vorbei. Bury wusste, dass er sich keine weitere 180-Grad-Drehung leisten konnte, da sein Schiff sonst vermutlich auseinanderbrechen würde; stattdessen verlangsamte er, zündete die seitlichen Positionsdüsen und brachte den Jäger in eine sanfte, weite Rolle. Wie eine ballistische Rakete strebte er dem All entgegen. Die Schwerkraft zog an ihm, allerdings so sanft, dass er nur die Tragflächen ein Stück weiter ausfahren musste, um sich zu stabilisieren.

Unter sich sah er die beiden Vierundsechziger. Sein erster Kontrahent war weit abgedriftet und vollauf damit beschäftigt, sich mit der zerfetzten Tragfläche überhaupt in der Luft zu halten. Der andere, mit dem er gerade Fangen gespielt hatte, befand sich noch immer im Sinkflug, setzte jetzt aber zu einer scharfen Kurve an, um es erneut mit ihm aufzunehmen.

Und da – ja – oben am dunklen Himmel war noch einer, noch ein Yk.64, der mit gleißend rotem Bug in die Atmosphäre eingedrungen war. *Verdammt,* dachte Bury. *Verdammt verdammt verdammt.* Wo zum Teufel steckte Kommandant Lanoe? Wo blieb die Verstärkung?

Er versuchte sich ins Gedächtnis zu rufen, was er auf Rishi über Kleinstgruppen-Taktik gelernt hatte – wie man sich zu verhalten hatte, wenn man in Unterzahl kämpfen musste. Seine Ausbilder hatten ihm eingeschärft, ein Luftkampf eins gegen drei sei normalerweise von vornherein zum Scheitern verurteilt. Sie hatten ihm beigebracht, dafür zu sorgen, solche Situationen grundsätzlich zu vermeiden, sich auf keinen Fall vom Rest des Geschwaders trennen zu lassen, sich aus Zangenformationen rechtzeitig zu befreien …

Allesamt hilfreiche Lektionen, die ihm jetzt gerade nicht im Geringsten weiterhalfen, verflucht.

Der beschädigte Vierundsechziger weiter unten hatte sichtlich Mühe, sich in der Luft zu halten. Die Funktionen seiner Waffensysteme waren allerdings nicht beeinträchtigt.

Teile und herrsche, dachte er sich. Erst einmal das Kräfteverhältnis ausbessern.

Auch wenn es ihm wie die schändlichste Tat vorkam, an die er je gedacht hatte. Bei der Flotte wurde einem beigebracht, Kataphrakt-Piloten seien die Ritter der Leere, edelmütige Krieger, die stets imstande sein mussten, Gnade und Nachsicht walten zu lassen.

Bei der Flotte wurde einem so einiges beigebracht. Und dann wurde man in miesen Situationen wie dieser hier alleingelassen, um sich selbst zurechtzufinden.

Bury legte sich ein virtuelles Fadenkreuz auf die Frontscheibe, nahm das beeinträchtigte Schiff ins Visier und überzog den Rumpf – ehe er es sich anders überlegen konnte – mit einer schnellen Salve. Der Jäger brach auseinander, seine Einzelteile wirbelten in Rauchfahnen gehüllt dem fernen Ozean entgegen.

Er hoffte, der Pilot hatte keine Zeit gehabt, etwas zu spüren oder zu wissen, wie ihm geschah. Kurz und schmerzlos.

Er wusste, dass diese Hoffnung höchstwahrscheinlich vergebens war.

Allerdings hatte er jetzt keine Zeit, sich mit moralischen Dilemmata aufzuhalten. Der Jäger, der aus dem Orbit auf ihn ansetzte, kam ihm in einer langen S-Kurve entgegen, um weit genug abzubremsen. Burys Sensoren ließen keinen Zweifel daran, dass die Waffen des Gegners schussbereit waren.

Währenddessen hatte das zweite Schiff unter ihm seine Kurve vollzogen und jagte direkt auf ihn zu.

Wo zur Hölle bleibt Kommandant Lanoe? Wo bleibt Valk, wo bleibt Candless?

*

Gingers Augen wollten noch nicht richtig scharfstellen. Sie glaubte, Leutnantin Candless neben sich sitzen zu sehen, auch hatte sie das Gefühl, die alte Ausbilderin halte ihre Hand, aber sie fühlte sich so taub an – ihre Haut, ihre Haut war wie erfroren, wie tot. Sie roch Desinfektionsmittel und noch etwas anderes,

643

ein fremdartiges Aroma. Sie hatte einen unglaublich widerwärtigen Geschmack im Mund. Sie hörte …

Sie hörte
Sie hörte alles
So viele Stimmen
So viele
So

sie ist wach sie ist wach
zu schwach zu jung
ihre gedanken sind ganz falsch ihr vorgänger war besser
sie ist jetzt teil des chors
so eine interessante haarfarbe nicht genug hände
wo ist archie ich vermisse archie
wo ist sie ist wach

So viele Stimmen – so viele Eindrücke, so viele Gefühle. Die lautesten, jene, die am häufigsten weitergetragen wurden, gaben die Tendenz der Mehrheit wieder. Sie waren so laut, dass Ginger ihre eigenen Gedanken kaum noch verstehen konnte. *Sie ist jetzt Teil des Chors.* Als stünde es in riesigen, brennenden Lettern an der Innenseite ihres Schädels geschrieben. Siebenhundertneunundreißig Choristen hatten diese Nachricht geteilt. *Nicht genug Hände* war neunundachtzigmal weitergeleitet worden. *Ihre Gedanken sind ganz falsch* hallte von allen Seiten wider und war einhundertvierzehn Male weitergetragen worden.

Ginger mühte sich, eigene Worte, eine eigene Nachricht zu formulieren. Aber ihre Stimme war nur eine unter furchtbar vielen. So viele Stimmen. So viele …

»Meine Güte«, brachte sie keuchend heraus und drückte die Hand, die ihre festhielt, drückte zu, bis sie sicher war, Candless müsste vor Schmerz schreien. Sie warf den Kopf auf dem Kissen herum, schaute nach links und nach rechts, suchte nach all den

Stimmen, die sie hören konnte, suchte nach der Quelle all dieser Gedanken …

»Schhht«, machte Candless. »Ist schon gut.«

Nein, verdammt, hier war überhaupt nichts gut, ihr Kopf war voller – voller Stimmen, voller Gedanken, sie konnte jeden einzelnen hören, alles hören, was der Chor dachte, alles mitfühlen, was der Chor fühlte, alles, alles überhäufte ihren Geist, und sie konnte es nicht …

sie fürchtet sich

wo ist archie

sie ist ein feigling

sie atmet nicht richtig

sie haben sie einen feigling genannt

einfach ruhig atmen

sie will nicht harmonieren

sie kann nicht harmonieren

sie ist jetzt eine von uns

es funktioniert nicht

sie fürchtet sich

Einfach ruhig atmen. Eintausendneunhundertsiebenundvierzigmal geteilt. Ein Orkan aus Forderungen brach über sie herein, spülte sie fort, und sie konnte nichts dagegen tun, ihr Mund stand offen, ihr Körper zitterte unkontrolliert.

Ihre Lunge füllte sich mit Sauerstoff. Sie – sie hatten das getan. Der Gedanke, endlich Luft zu holen, war nicht von ihr selbst ausgegangen, der Chor – der Chor hatte sie zum Atmen gezwungen, hatte sie übernommen, kontrollierte sie noch immer …

Nein.

Nein, sie – sie spürte, wie ihre Anschuldigung zurückgewiesen wurde. Als schüttelten tausend Leute gleichzeitig den Kopf. Man hatte sie zu nichts gezwungen. Man hatte sie an die Hand genommen. Ihr geholfen. Sie konnte es verstehen. Sie konnte es nicht verstehen. Sie wünschte, sie könnte es verstehen. Sie hoffte, sie würde es eines Tages verstehen. Sie – nein. Nein nein nein. Das waren, das waren wieder sie, der Chor, sie hörte nur ihre Gedanken im Kopf, und sie klangen – sie klangen genau wie ihre eigenen Gedanken, wie ihre eigene innere Stimme, aber – aber das waren sie nicht – aber das waren sie – warum konnte sie es nicht verstehen?

Sie wollten, dass sie es verstand.

Sie wollte, dass sie es verstand.

Sie (sie selbst) brauchte sie (die anderen) brauchte ihr (wir alle, gemeinsam) Verständnis. Verstehen. Alle zusammen eins. Mit einer Stimme singen.

Harmonie.

Wollte sie ein Teil des Chors sein, musste sie harmonieren. Sie musste den Konsens anerkennen.

»Ich – ich habe Angst«, sagte sie.

Candless drückte sachte ihre Hand. »Das wird schon wieder«, sagte sie, aber sie schien so unendlich weit weg zu sein, und außerdem hatte Ginger gar nicht mit ihr geredet, sondern mit – mit dem Chor – und – und – und …

du musst loslassen
atme
sprich uns nach
es ist zu viel sie schafft es nicht
deine stimme ist eine von vielen
archie hat am anfang auch nicht harmoniert
es ist zu viel für sie
lass dich auf die harmonie ein
es ist zu viel

»Ginger«, sagte jemand. Und zwar laut, nicht in ihrem Kopf, die Stimme war nicht in ihrem Kopf, war nicht, kam von außen. »Ginger, ich muss …« Eine andere Stimme, nicht Teil der Harmonie, nicht Teil, nicht Teil von …

»Ich muss gehen«, sagte Leutnantin Candless. »Lanoe braucht mich. Bury braucht mich.«

Ginger hob ihre vier Arme, um Candless inständig zu bitten, noch zu bleiben. Allerdings fertigte sie gerade einen Stuhl und hatte keine Zeit für lange Verabschiedungen. Sie überwachte die Fließgeschwindigkeit durchs große Sieb der Abwasser-Rückgewinnung, in der Dunkelheit tief unter der Stadt. Sie war – sie war – sie nickte. Sie nickte. Sie nickte. Alle redeten durcheinander. Niemand sagte etwas. Keine Worte, kein Geräusch. Bilder? Gedanken, reine Gedanken. Ihre Gedanken ihre Gedanken ihre Gedanken ihre Gefühle, und alles wiederholte sich, wurde weitergeschickt, hundertmal zurückgestrahlt. Stimmen wurden an die Oberfläche gespült, die Stimmen, die am häufigsten wiederholt wurden, Konsens durch einen unerbittlichen Algorithmus, durch gegenseitiges Einvernehmen, durch Liebe, durch Überlegenheit, durch Verständnis Verständnis Verständnis.

atme
wo ist archie
sie harmoniert nicht
warum will sie nicht harmonieren
der andere mensch war besser
sie wird versagen
wir verlieren sie

»Ich komme zurück – das verspreche ich. Ich werde Sie nicht lange allein lassen.«

Sie hörte das leise Zischen, mit dem sich die Tür hinter Leutnantin Candless schloss.

Ginger war allein.

Ginger war (nicht) allein.

Ginger war (würde nie wieder) allein (sein).

Jemand zwitscherte. Sie hatte es gehört, hatte es tatsächlich gehört – mit ihren Ohren. Die Chirurgin. Die Chirurgin war noch immer (war schon immer) da (würde immer) hier (sein).

Die Chirurgin machte ein Geräusch. Ein echtes, hörbares Geräusch, nur dass Ginger, sie alle, der ganze Chor in ihrem Kopf, in ihrem (ihren) Kopf (Köpfen), das Geräusch hörte, (nicht hörte) fühlte, nicht den Klang wahrnahm, sondern die Bedeutung des Klangs, seine reine, grundlegende Bedeutung.

Ein Name.

Regen-auf-Kieseln-in-einem-trockenen-Flussbett.

Ein Name.

Ginger.

Ein Name.

Dreitausendvierhundertdreiunddreißig Namen, und Ginger kannte sie alle.

Alle auf einmal.

*

Hinab – hinab zur Oberfläche des Planeten, auf das blau geschlängelte Band eines Flusses zu. Mit den beiden Vierundsechzigern, die ihm auf den Fersen waren, konnte Bury nur noch daran denken, sich erst einmal in Sicherheit zu bringen oder wenigstens so tief zu gehen, dass sie ihn nicht mehr in die Zange nehmen konnten. Zu beiden Seiten jagten Partikellanzen an ihm vorbei. Keine zehn Meter über dem Flussdelta brach er den Sinkflug ab, entschied sich wahllos für eins der kleinen Seitentäler und verschwand hinter einem Hügel aus bemoostem Fels, der sich unter dem gegnerischen Feuer in eine Wolke scharfkantiger Gesteinssplitter verwandelte. Bury ging noch tiefer, bis die Luft, die sein Jäger verdrängte, die Wasseroberfläche aufwühlte und hinter ihm eine enorme Fontäne entstand, die vielleicht – aber nur vielleicht – seine exakte Position ein wenig vernebelte.

Die beiden CentroCor-Piloten blieben so hartnäckig, als wären sie an seine Tragflächen gekettet und von ihm absichtlich auf diesen Höllenritt mitgenommen worden. Vor ihm verschwand der Fluss und ergoss sich über eine niedrige Klippe ins Meer. Da draußen über den Wellen gab es keine Deckung, nichts, was ihn hätte verbergen können – er würde ein dankbares Ziel abgeben. Genau das hatte man ihm am ersten Tag auf Rishi beigebracht: Niemals den Gegner von hinten kommen lassen, sich niemals jagen lassen.

Wenn man diesen Ratschlag weiß auf schwarz über den Bildschirm seines Lesegeräts wandern sah, klang es wie die banalste Selbstverständlichkeit. Natürlich würde man nie zulassen, dass sich der Gegner direkt hinter einen setzte, natürlich würde …

Ein Partikelstrahl fuhr durch sein Sekundärtriebwerk, zerfetzte die Düse und warf ihn nach vorn. Die Sicherheitsgurte bissen sich in seine Haut, überall gingen rote Lichter an, und direkt vor ihm tauchte aus dem Nichts das Display für die Schadensdiagnose auf.

Bury wischte es beiseite. Er war viel zu sehr mit Ausweichen beschäftigt, um auf Schadensbegrenzung zu achten. Er wedelte mit den Tragflächen, um vom Wind wie ein Pendel getragen zu werden, musste aber gleichzeitig darauf achten, dass seine Ausweichmanöver nicht zu vorhersehbar ausfielen. Er gab sich Mühe, die Automatismen seiner Hand am Steuerknüppel immer wieder zu überlisten, um so unberechenbar wie möglich zu bleiben.

Zwanzig Meter hinter ihm hörte einer der CentroCor-Piloten zu schießen auf. Bury hütete sich, es als positives Zeichen zu werten. Ein Blick auf den Taktikschirm bestätigte ihm, dass der Gegner dabei war, ein schweres Projektil scharfzumachen.

Somit blieben ihm vielleicht noch drei Sekunden, bis das erledigt war, und drei oder vier weitere, bis ihn die Feuerleitlösung fest im Griff hatte. Im nächsten Moment würde sich das Geschoss durch seine Panzerung fressen, durch die Verschalung, durch eine halbe Tonne komplizierter Gerätschaften. Ein Schwall geschmolzenen Kupfers würde sich ins Cockpit ergießen und ihn bei lebendigem Leib kochen.

Und da – kam ihm plötzlich eine Idee.

Seine BR.9 war ein Mehrzweckjäger, ausgelegt auf viele unterschiedliche Missionsprofile. Sein Arsenal umfasste PB-Geschosse und Disruptoren – die ihm momentan nicht halfen, da er sie nur geradeaus abfeuern konnte. Darüber hinaus verfügte er allerdings auch noch über eine Reihe von Bomben, die er völlig vergessen hatte, denn was nützten sie schon im Luftkampf gegen andere Jäger? Bomben warf man auf stationäre Ziele ab. Ziele am Boden. Mit ihnen die verfolgenden Jäger zu treffen, war vollkommen unmöglich.

Aber das musste er auch gar nicht. Er betätigte den Auslöser der Bombenaufhängung und zog im selben Moment den Steuerknüppel an sich. Seine BR.9 jagte steil in den Himmel, während die Bomben aus einer Luke im Rumpf die wenigen Meter der Wasseroberfläche entgegenfielen.

Er hatte sie auf eine halbe Sekunde Verzögerung gestellt. Als sie zündeten, war er bereits hundert Meter über dem Meer und beschleunigte rapide. Die CentroCor-Jäger hatten gerade begonnen, sein Manöver nachzuahmen. Direkt unter ihnen entstand eine Kette aus Explosionen. Die Schockwellen selbst konnten den Vierundsechzigern nicht gefährlich werden, dafür aber die gewaltigen Wassermassen, die sie emporschleuderten.

Ein Jäger wurde von einer Fontäne erfasst und wirbelte zur Seite davon, seine Tragflächen bohrten sich abwechselnd ins Salzwasser. Der zweite Pilot schaffte es knapp, dem wilden Springbrunnen zu entgehen.

Bury sah nicht weiter zu. Er ging auf maximale Beschleunigung und raste dem All entgegen, wollte endlich die Atmosphäre verlassen, um wieder anständig manövrieren zu können und dem Gegner einen richtigen Kampf zu liefern.

Der Himmel wurde schwarz, das Brüllen des Reaktors zu einem gedämpften Dröhnen. In der Hoffnung, endlich Kommandant Lanoe oder die anderen zu sehen, rief er den Taktikschirm und die Nachrichtenkonsole auf.

Der Schirm zeigte nur einen gelben Punkt sehr weit unter ihm – der zweite Vierundsechziger hatte sich offenbar nicht mehr gefangen und sank wohl gerade auf den Meeresgrund. Sein Kollege hatte die Verfolgung aufgenommen, hing aber gut fünf Sekunden hinterher.

Alles zweitrangig. Der Taktikschirm wechselte zu einer Gesamtansicht der planetaren Umgebung, zoomte dann noch weiter heraus, bis der Wurmloch-Schlund am Bildschirmrand auftauchte. Der Schlund – und Dutzende von Raumjägern, die aus ihm hervorquollen.

Eine grüne Perle im Augenwinkel. Er blinzelte, und Lanoes Gesicht tauchte auf dem Display der Nachrichtenkonsole auf.

»Bury – wie ist die Lage? Statusbericht.«

Bury fuhr sich mit der Zungenspitze über die rauen Lippen und sah wieder auf den Taktikschirm.

»Die Lage?«, fragte er.

Ein endloser Strom gelber Punkte ergoss sich aus dem Schlund. Geschwader um Geschwader um Geschwader.

»Die Lage ist schlimm.« Mehr brachte er nicht heraus.

*

»Das ist zu viel«, sagte Ginger. »Menschliche Gehirne können so nicht funktionieren!«

Die Stimmen in ihrem Kopf übertönten jeden Gedanken. Sie konnte kaum sehen, wusste kaum, wo sie war – die Stimmen stauten sich in ihrem Hirn. Sie konnte nichts anderes spüren, konnte nicht – konnte nicht …

treibt sie aus
sie ist nicht in der lage
sie kann nicht harmonieren
sie ist nicht standfest genug
achte erst einmal nur auf meine stimme
ihr herz wird versagen
warum hat man sie ausgewählt
sie ist panisch
wir brauchen sie

Regen-auf-Kieseln schrie durch den Lärm, obwohl – es eigentlich kein Schreien war, sondern eher – sie projizierte ihre …

Konzentriere dich ganz auf mich. Du musst lernen, zu harmonieren. Du kannst nicht allen Stimmen auf einmal zuhören, natürlich nicht. Unsere Gehirne sind gar nicht so anders als eure. Lass die Gedanken einfach durch dich hindurch, lass dich von ihnen durchfluten.

»Ich fühle mich, als müsste ich mich übergeben, aber …« Ginger konnte keinen Gedanken zu Ende führen. Konnte sich nicht erinnern, wo er angefangen hatte. »Ich – ich – hindurch …«

Die Stimmen die Stimmen die Stimmen wollten nicht still sein wollten nicht still sein nicht still sein sei still sei still sei still sei

Hier! Hör nur auf mich. Hör fürs Erste nur auf mich.

Ginger öffnete die Augen. Sah einen Kranz silbriger Augen zurückschauen. Sah sich selbst durch die silbrigen Augen sah von oben auf sich herab sah Hunderte von Augen sah Tausende von Augen sah

Lass los. Du musst dich von der Vorstellung lösen, den Chor irgendwie umfassen zu können. Du bist ein Teil von ihm.

Ginger …

Ginger versuchte es. Sie versuchte, loszulassen. Sich nicht auf alle Stimmen zu konzentrieren, sich nicht auf eine Stimme zu konzentrieren. Sie versuchte es. Sie versuchte sie versuchte (sei still!) sie sie sie sie …

Du musst zulassen, dass sich deine Gedanken mit unseren vereinen. Vereine deine Gedanken mit unseren.

Was sollte das überhaupt heißen? Was sollte – was konnte sie – was musste sie …

Harmoniere.

Und dann … plötzlich …

Gelang es ihr.

willkommen

jetzt ist sie bei uns

sie harmoniert

du bist uns sehr willkommen

ich habe angst solche angst

es wird mit der zeit leichter

schneller als bei archie

sie ist ein teil von uns

sehr gut

Ginger öffnete die Augen.

Ihr war nicht aufgefallen, sie wieder geschlossen zu haben. Eine Zeit lang hatte sie nur mit den Augen der Chirurgin, nur sich selbst gesehen. Jetzt sah sie den Chor.

Sie sah, was jeder Teil des Ganzen gerade tat. Hörte, was sie hörten, fühlte, was sie fühlten. Es war … immer noch überwältigend. Wenn es ihr aber gelang, loszulassen, nicht alles auf einmal zu verarbeiten, konnte sie es ertragen. Vielleicht.

Vielleicht.

Versuche für den Anfang noch nicht zu viel. Konzentriere dich auf meine Gedanken. Höre ihnen zu, wie du einer menschlichen Stimme zuhören würdest. Lass den Rest des Chors in den Hintergrund treten. Gut so.

»Ich habe Angst«, sagte sie.

Nur sagte sie es nicht laut, hatte es eigentlich gar nicht sagen wollen. Sie hielt sich die Hand vor den Mund. Zwecklos.

Regen-auf-Kieseln lachte. Sie – sie zwitscherte hörbar, aber in Gingers Kopf kam es als warmherziges, freundliches Lachen an. Das Lachen fühlte sich gut an. Es fühlte sich so unglaublich gut an, so einladend, so verständnisvoll – es war nicht im Mindesten wertend oder spöttisch, nur mitfühlender Humor, den sie …

Den sie …

Ginger ballte die Hände zu Fäusten. »Du – du hast gerade meine Gefühle manipuliert«, sagte sie ein wenig entrüstet.

Nein, ich habe meine eigenen mit dir geteilt.

»So oder so hast du – du hast …«

Ist es für dich wirklich einfacher, alles laut auszusprechen? Archie ging es am Anfang genauso. Mit der Zeit hat er verstanden, wie er vollständig harmoniert. Das wirst du …

»Ja.«

Das hatte sie gar nicht sagen wollen. Es war einfach so herausgekommen. Es – sie stellte fest, dass sie es auch nicht laut gesagt hatte.

Siehst du? Du fängst bereits an, eine von uns zu werden. Dich unserem Wesen anzupassen. Das ist gut. Das ist wichtig. In ein paar Jahren wirst du zurückblicken, und wir werden uns gemeinsam über diesen Moment amüsieren, über die Trennung, die du jetzt noch spürst, und du wirst längst verstanden haben, dass …

»Halt.«

… es nur der Wachstumsschmerz auf dem Weg zu einer neuen Gestalt war, die erste Häutung eines Schlüpflings. Nichts wird sich natürlicher anfühlen, es wird …

»Halt!«, sagte Ginger.

wir werden eins sein
sie ist jetzt ein teil von uns

sie wird immer bei uns bleiben
dieser teil bereitet mir kopfschmerzen
halt halt halt halt halt halt
nicht in ordnung seit archie gestorben ist
wir werden harmonie erreichen
sie wird uns annehmen
wir nehmen sie an

»Halt!«, schrie Ginger wieder und wieder, laut und lauter, bis sie spüren konnte, dass alle dreitausendvierhundertdreiunddreißig ihr zuhörten, sich auf sie konzentrierten. Sie hatte die Harmonie zerrissen. Sofort brandeten Wellen der Scham, Wellen der Erniedrigung über sie hinweg. Sie war so störend wie ein frisch geschlüpftes Junges, sie weigerte sich störrisch, am Konsens teilzuhaben, sie lehnte sich gegen ihre Schwestern auf, vielleicht sollten wir hören, was sie zu sagen hat, ihr etwas Zeit geben – so viele Meinungen, so viele Stimmen meldeten sich alle gleichzeitig …

»Halt«, sagte sie deutlich sanfter. Sie fühlte sich einsichtig, musste es aber trotzdem wissen. Sie musste eine Frage stellen.

Der Chor hatte die Frage längst in ihren Gedanken gehört.

Ja, in ein paar Jahren, sagte/dachte/fühlte Regen-auf-Kieseln. *Das habe ich gesagt.*

»Aber ich bin – wir, meine ich, wir Menschen, unser Schiff, wir sind nur noch kurze Zeit hier, und dann fliegen wir weg, ich, ich bin …«

Panik/Angst/Gelächter/Zweifel/Hohn/Verzweiflung brach wie das große Finale eines Feuerwerks durch ihren Kopf. Der Chor verstand nicht. Gerade erst hatten sie einen Teil von sich verloren. Die Menschen waren so gütig gewesen, ihnen einen neuen Teil zu spenden, einen Ersatz für Archie. Jemanden, der die klaffende Wunde in ihrer Mitte schließen konnte. Jemanden, der sie heilen konnte. Jemanden, der die Harmonie vervollständigte.

»Ich kann nicht hierbleiben«, sagte Ginger. »Das geht nicht, es tut mir so leid, falls es ein Missverständnis gab, aber …«

Wir brauchen dich, Ginger, sagte der Chor. Sagte Regen-auf-Kieseln in ihrem Namen. In ihrer aller Namen. *Wie kannst du uns das verwehren wollen, jetzt, da du ein Teil von uns bist?*

»Aber – für …«

Für den Rest deines Lebens, natürlich. Deines neuen Lebens mit dem Chor.

*

»Bleib standhaft, Bury. Wir können das schaffen«, sagte Lanoe.

Bury drehte sich mithilfe der Manövrierdüsen auf dem Absatz um und überzog einen feindlichen Jäger mit einem kurzen Feuerstoß aus den PSGs. Das gegnerische Vektorfeld sprühte Funken und schüttelte den Großteil des Beschusses ab, aber wenigstens ein Treffer in die Panzerung war ihm vergönnt.

Drei weitere Vierundsechziger waren ihm auf den Fersen. Er drehte den Jäger, bis er rückwärts flog – so viel einfacher hier im All, wo man sich keine Gedanken um Luftwiderstand machen musste –, und setzte ungezielt eine weitere Salve ab. Seine Verfolger ließen sich ein wenig zurückfallen.

»Wo zum Teufel ist Valk?«, fragte Bury aufgebracht. »KI hin oder her, im Moment wäre ich für seine Hilfe verflixt dankbar.«

»Der kommt nicht«, sagte Lanoe.

»Was? Verdammt noch mal, wir brauchen …« Gleißende Partikelstrahlen brachen über Burys Cockpit herein, so hell, dass er vor Schmerz aufschrie. Um ihn herum rote Warnlichter, die er kaum sehen konnte. Reflexartig riss er den Steuerknüppel zur Seite und wurde von den Trägheitsdämpfern im Sitz festgenagelt. Der Hauptantrieb beschleunigte mit Maximalwerten und versuchte, ihn in Sicherheit zu bringen.

Allerdings war Sicherheit hier draußen spärlich gesät. Direkt voraus lauerte schon das nächste Geschwader Vierundsechziger in so enger Formation, als handle es sich um einen Trainings-einsatz.

Noch immer schwammen helle Nachbilder über seine Netz-haut. Sein ganzer Körper schmerzte nach dem langen Sitzen ohne Pause und der hohen Belastung durch die wilden Manöver. Auf dem Display des Antriebs leuchtete jetzt stetig ein rotes Lämpchen. Der Treibstoff ging zur Neige.

Dann tauchten überall auf seiner Frontscheibe virtuelle Faden-kreuze auf, um ihm die errechneten Feuerleitlösungen des Bord-computers anzuzeigen. Bury drückte den Abzug durch, überließ dem Computer das Zielen und zwang den Jäger in eine enge Schraube, geradewegs auf die gegnerische Formation zu.

Diese CentroCor-Milizen waren das Beste, was der Konzern an Personal aufzubieten hatte.

Aber Bury war bei der Flotte. Und das wollte etwas heißen.

Als abzusehen war, dass er mitten in ihre Reihen stoßen würde, lösten die Vierundsechziger ihre Formation auf. In einem wilden Tanz stoben die Jäger auseinander, um nicht mit den Flügelmännern zu kollidieren. Manche waren schnell genug, um direkt wieder auf ihn anzulegen, und Burys Schiff erzitterte unter mehreren Einschlägen. Immerhin einer der Gegner wurde vor ihm in Stücke gerissen, nachdem sich das Cockpit mit orangefarbenem Licht füllte.

Vier, dachte Bury. Einen Moment lang konnte er sich diesen Gedanken nicht erklären. Er war viel zu sehr damit beschäftigt, in abgehackten Schlangenlinien Trümmern und Feinden auszu-weichen, dann aber war er hindurch. *Vier*, dachte er abermals.

Bei ihrer ersten Auseinandersetzung mit CentroCor im Wurmloch hatte er nur einen gegnerischen Piloten abgeschos-sen. Diesmal aber hatte er direkt neben dem Portal den ersten erwischt, tief unten in der Atmosphäre. Und dann einen dritten, als er seine Bomben ins Meer geworfen hatte. Und nun hatte er den vierten Abschuss verbucht.

Sein Taktikschirm schrie ihn an, warnte ihn eindringlich davor, dass die soeben passierten Jäger bereits PB-Geschosse luden. Er präsentierte ihnen das Heck, und sollte auch nur ein einziges ihrer Projektile treffen …

Bury drehte den Jäger um die Längsachse, bis er die Reste dieser Bilderbuch-Formation vor sich hatte. Vielleicht hatte er sich auch nur instinktiv umgedreht, um zuschauen zu können.

Von schräg oben rauschte Kommandant Lanoe wie ein Engel der Rache heran. Seine doppelten PSGs blitzten unaufhörlich, während er ein derart kompliziertes Manöver flog, dass Bury nicht einmal ein Name dafür einfiel. Der erste Vierundsechziger wurde zerfetzt, die Tragflächen wirbelten davon. Dann fuhren die Partikelstrahlen mitten durch das kugelförmige Cockpit eines zweiten Jägers – und durch den Insassen. Lanoe setzte seinerseits ein PB-Geschoss ab und vernichtete einen dritten Jäger, noch bevor er seinen ersten Anflug beendet hatte.

Auf Burys Taktikschirm erloschen die Warnlichter – eins, zwei, drei.

Der Rest des Geschwaders beschleunigte in unterschiedliche Richtungen, als wäre der Teufel hinter ihnen her.

»Wo wollen die denn hin?«, fragte Bury. »Warum fliehen die?«

»Vielleicht möchten Sie ihnen folgen und die Frage persönlich stellen?«, meldete sich Leutnantin Candless. Ihre Stimme bebte vor Sarkasmus.

*

»Nein«, sagte Ginger. »Nein, das ist nicht … ich kann nicht für immer bleiben. Ich gehöre nicht hierher. Ich bin keine von euch – ich bin ein Mensch.«

Archie war ein Mensch, und doch war er einer von uns. Verstehst du nicht, Ginger? ›Der Chor‹ ist nicht einfach der Name unserer Spezies. Es ist die Bezeichnung für das große Projekt, nach dem wir streben. Die Bezeichnung für unsere Bestimmung.

Ginger sah es vor sich, fühlte es durch ihren Kopf pulsieren, in Wellen ihren Körper durchströmen. Sie sah die Stadt tief unter sich nicht länger als Ansammlung dunkler Gebäude, sondern als Versprechen. Als einen Pakt mit dem Universum. Sie sah die Gefäße im Herzen der Stadt, die so gut verborgen und geschützt waren. Sie wusste, was sich in diesen Gefäßen befand. Sie wusste, was die Gefäße bedeuteten – Hoffnung. Eine mögliche Zukunft für so viele Spezies, die eigentlich längst ausgestorben waren. Sie sah das gewaltige Werk der Zwölf – den Grund, den sie gefunden hatten, um weiterzuleben und nicht aufzugeben, auch als alle anderen Choristen tot waren.

Sie wurde gebraucht. Sie wurde gebraucht, weil der Chor die Hoffnung nicht aufgab, auch nachdem Lanoe ihr Angebot ausgeschlagen hatte. Die Hoffnung, dass andere Menschen ihr Geschenk annehmen würden.

»Ihr wollt, dass ich eure Übersetzerin bin. Ihr wollt, dass ich in eurem Namen zu den Menschen spreche. Das ist – also …«

Wir brauchen einen Menschen, um mit den Menschen zu sprechen. Wir brauchen dich, weil die Arbeit ohne dich nicht weitergehen kann.

Es war mehr als nur ein Job, den man ihr anbot. Es war die Verheißung, Teil einer Harmonie zu sein, die größer war als alles, was eine Spezies allein zustande bringen konnte. Eine kosmische Harmonie. Die Aussicht auf eine gemeinsame Zukunft für Choristen und Menschen und – und die …

Bilder anderer Rassen jagten so schnell durch ihren Kopf, dass sie beinahe miteinander verschmolzen. Die Spezies, die der Chor kontaktiert hatte, deren Erbgut sie gesammelt hatten …

»Genug!«, sagte sie laut genug, um die nötige Aufmerksamkeit zu erlangen.

Alles hörte ihr zu.

»Ich wusste es nicht«, sagte sie. »Als ich zugestimmt habe, mir dieses Ding in den Kopf setzen zu lassen, wusste ich nicht, dass ihr … dass ihr mir eine derart große Verantwortung auferlegen wollt.« Sie versuchte, Regen-auf-Kieseln direkt in die Augen zu schauen, aber – nein, das war gar nicht nötig. Sie sah sich selbst.

Dreitausendvierhundertdreiunddreißig Wesen starrten sie an. Sie hatte ihre ungeteilte Aufmerksamkeit.

»Es tut mir leid. Es tut mir furchtbar leid, falls ich euch auf falsche Gedanken gebracht habe. Falls ihr geglaubt habt, dass ich wirklich den Rest meines Lebens hier verbringen kann. Es tut mir leid, falls …«

sie hat gelogen
aber es tut ihr leid
sie scheint es ehrlich zu bereuen
wir wirken abstoßend auf sie
frisch geschlüpfter nachwuchs ist immer aufgewühlt
der chor muss vollständig sein
warum sollten sie uns anlügen
wenn nicht ginger wer dann
die menschen haben gelogen

»Ich habe doch gesagt, es tut mir leid!« Ginger hieb auf den Türöffner und lief aus der Krankenstation auf den Gang, nur weg von hier. Sie wollten, dass sie für immer bei ihnen blieb, dass sie den Rest ihres Lebens unter …

diesen Monstern verbringt?

»Nein«, sagte Ginger und schüttelte den Kopf. Regen-auf-Kieseln war ihr gefolgt. Die Choristin hob zwei Scheren und kam langsam näher. Ginger wich zurück. »Nein, das habe ich nicht gedacht. Ich habe euch nie für …«

Ginger, wir können deine Gedanken lesen.

Ginger kniff die Augen zu. Und konnte trotzdem alles sehen, was sie sahen. Alles hören, was sie hörten. Sie hörte ihre eigenen

Atemzüge, schwer und abgehackt, hörte sie in den eigenen Ohren und auch so, wie Regen-auf-Kieseln sie vernahm.

Du hast gedacht, dass wir hässlich sind. Du hast dich vor uns gefürchtet. Du hieltest uns für viel zu groß. Du hieltest uns für zu schuppig. Du hast gedacht, dass wir gesichtslose Ungeheuer sind.

»Ich – ich kann nicht so tun, als ob ich das nicht ...«

Und trotz alldem, obwohl du dich so sehr vor uns gefürchtet hast, warst du freundlich zu uns.

Willst du dann jetzt so grausam sein?

Der Chor ist das Werk. Das große Werk der Zwölf.

Willst du uns zurückweisen?

Sind wir wirklich Monster?

Sie musste sich wieder in den Griff kriegen. Sie musste zum ursprünglichen Plan zurückfinden, durfte sich nicht in den Sumpf aus Mutmaßungen hinabziehen lassen, ob sie sich dem Chor unter Vortäuschung falscher Tatsachen angeschlossen hatte. »Hört mir zu«, sagte sie. »Bitte hört mir zu. Ich habe mich nicht von euch operieren lassen, damit ich mich dem Chor anschließen kann. Es tut mir leid, falls ihr das geglaubt habt. Ich habe es getan, weil Kommandant Lanoe in der Lage sein muss, mit euch zu kommunizieren. Er will ...«

er will zu viel

er hat gefragt und wir haben geantwortet

wir haben ihm unser größtes geschenk angeboten

er glaubt er kann die blau-blau-weiß besiegen

er will dass wir ein neues wurmloch für ihn öffnen

wir haben unsere geschichte erzählt und er fordert trotzdem

es ist zu gefährlich um auch nur daran zu denken

außerdem ist es unmöglich

eine aberwitzige forderung

»Bitte«, sagte Ginger. »Über… überlegt es euch doch einfach. Ihr könntet ein Wurmloch zwischen dem Heimatplaneten der Blau-Blau-Weiß und einer beliebigen Welt der Menschen öffnen. Kommandant Lanoe schlug vor, es in der Nähe eines Sterns namens Balor zu öffnen, wo die Flotte der Erde ihr Hauptquartier hat. Ein Wurmloch also, dass unserer Flotte eine Möglichkeit geben würde, sie direkt zu erreichen. Sie zu bekämpfen. Ich kenne jetzt eure Geschichte, ich habe sie in der Harmonie gehört – was die Blau-Blau-Weiß euch angetan haben, ist entsetzlich. Was sie so vielen …«

Monstern angetan haben.

(Monster, dachte sie, all diese Spezies in den Gefäßen wirkten monströs auf sie, und sobald sie es dachte, hörte der Chor es natürlich auch)

»… anderen Rassen angetan haben. Wenn auch nur die geringste Chance besteht, dass die Menschheit diese Bedrohung ausschalten könnte, wenn wir die Galaxis nur sicherer machen könnten für … für …«

(sie hatte etwas übersehen. Etwas Wichtiges, einen leisen Gedanken, beinahe verloren in dem mächtigen Stimmengewirr, das durch ihren Kopf strömte)

»Unmöglich«, schloss sie.

Ja, sagte Regen-auf-Kieseln. *Ja.*

»Ihr habt gesagt, dass es unmöglich ist. Ihr – ihr könntet so ein Wurmloch nicht öffnen, selbst wenn ihr es wolltet.« Es war keine Frage.

Und wurde dennoch beantwortet.

So ist es.

*

Bury sah auf seinen Taktikschirm und stellte fest, dass *sämtliche* feindlichen Schiffe kehrtgemacht hatten und sich vom Planeten entfernten.

»Wir haben sie in die Flucht geschlagen«, rief er, außerstande, die Schadenfreude in seiner Stimme zu kontrollieren.

»Das«, gab Leutnantin Candless zurück, »wäre eine scharfsinnige strategische Analyse. Hätte es auch nur das Geringste mit der Wahrheit zu tun.«

»Da hat sie recht«, sagte Lanoe. »Bury, zurück, kommen Sie an meine linke Seite. Ich fürchte, uns steht eine böse Überraschung bevor.«

Bury befolgte seinen Befehl und bildete eine Formation mit den beiden anderen BR.9ern.

»Sie holen jetzt den Träger dazu«, sagte Lanoe. »Sie haben nur abgedreht, um ihn zu beschützen – nie sind Schiffe verwundbarer als in dem Moment, wo sie ein Wurmloch verlassen. Haltet euch bereit, auf mein Zeichen ihre Verteidigungslinie zu durchschlagen.«

»Aye aye, Sir«, gab Bury zurück und drehte sich nach dem Jäger des Kommandanten um. Er konnte Lanoe schemenhaft in seinem Cockpit sitzen sehen und jenseits von ihm auch Candless erahnen. Er ließ die Finger spielen und rutschte ein wenig auf dem Sitz herum, um seine Rückenschmerzen zu lindern. Dann nahm er sich einen Moment Zeit, seine Bordinstrumente zu betrachten.

Es sah nicht wirklich gut aus. Er hatte die Sekundärtriebwerke verloren, die Panzerung des Antriebs hatte erhebliche Schäden davongetragen. Ein paar weitere Treffer ins Heck würden ihn sehr schnell ausschalten.

Dagegen war nichts zu machen, außer sich den Rücken freizuhalten. Wie immer.

»Da«, sagte Lanoe. »Er kommt.«

Die Sensoren konnten das Schiff gerade noch ausmachen – seine Langstrecken-Teleskope zeigten den Schlund, aus dem sich wie in Zeitlupe der zylindrische Rumpf des Trägers herausschob. Er manövrierte so behutsam, als hätte er alle Zeit der Welt. Der

Kapitän musste sich darauf verlassen, von einem Schild seiner Jäger gedeckt zu werden.

Bury nickte stumm. Alles klar. Das gab ihnen eine kleine Chance. Falls sie den Träger empfindlich treffen und zum Rückzug zwingen konnten ...

Eine grüne Perle im Augenwinkel. Ein privater Kanal zu Candless. Er blinzelte über die Perle.

»Fähnrich Bury«, sagte sie. »Solange uns noch ein Moment Zeit bleibt, möchte ich Ihnen etwas sagen. Das wird nicht leicht für mich – es widerspricht meinem Naturell.«

»Ich höre«, sagte Bury. Was hatte sie jetzt wieder vor? Wollte sie ihm sagen, dass er Schande über sich und die Flotte gebracht hatte, weil er sich seinen Jäger dermaßen hatte beschädigen lassen? Vielleicht wollte sie auch nur seine Schießkünste herabwürdigen, so wie einst seine Flugkünste. Vielleicht hatte sie vergessen, wie er auf so etwas reagieren ...

»Ich wollte Ihnen sagen, wie überaus stolz ich auf Sie bin.«

Überrascht holte Bury zischend Luft.

»Die Qualität einer Ausbilderin kann sich nur an einer Sache bemessen lassen. An den Errungenschaften ihrer Schüler. Heute haben Sie mich sehr gut dastehen lassen.«

»Ich – ich weiß nicht, was ich sagen soll.« Er war heillos verwirrt. Was war mit Leutnantin Candless passiert, die er schon so lange kannte? Wo waren ihre scharfe Zunge, ihr kritischer Blick, ihr kaltes, analytisches Denken? Wo war ...

»Die traditionelle Reaktion auf ein Kompliment wäre ›danke sehr‹. Oder sind die Bewohner von Hel solche Flegel, dass sie ihren Kindern nicht einmal grundlegendes Benehmen beibringen?«

Ah ja. Da war sie wieder.

»Danke sehr«, sagte Bury.

Und überraschte sich selbst damit, ehrliche Dankbarkeit zu empfinden. Er wusste, dass er ein guter Pilot war. Das hatten ihm schon viele Leute gesagt. Candless noch nie. Es war das allererste Mal, dass sie angedeutet hatte, er könnte über mehr als rudimentäre Kompetenz verfügen.

Aus irgendeinem Grund war ihm das sehr wichtig.

»Alles klar, macht euch bereit«, sagte Lanoe. Bury riss sich aus seinen Gedanken und überflog die Sensoren. Der Träger hatte das Wurmloch in voller Länge verlassen und war von einer dichten Wolke aus Jägern umgeben. »Wir wissen alle, was zu tun ist«, sagte Lanoe. »Gegenseitig Deckung geben, den Schild schnell durchschlagen, den Träger mit Disruptoren bearbeiten, bis er hochgeht. Ganz einfach. Und jetzt – ausscheren!«

Die drei Jäger gingen auf höchste Beschleunigung. Bury spielte mit den Positionsdüsen, bis er eine breite Schraube um die beiden anderen zog, und gab immer wieder kurze Salven ab, für den Fall, dass er trotz der Entfernung etwas treffen könnte.

Leutnantin Candless schoss durch die Mitte seiner Schraube geradeaus auf den Träger zu und beschleunigte noch weiter, bis sie nur noch ein verwaschener Fleck vor ihm war. Laut Taktikschirm hatte sie ihre Disruptoren bereits scharfgemacht.

Lanoe bildete die Nachhut, zog weite Schleifen und war bereit, jeden Jäger auszuschalten, der so leichtsinnig war, sich aus dem Schild um den Träger vorzuwagen.

Ihr Plan musste aufgehen. Sie würden den Träger entweder direkt zerstören oder ihn dazu zwingen, sich zu bewegen, sich zurückzuziehen. Es würde eine erbitterte Schlacht werden, ein Kampf, der selbst mit den legendären Verzweiflungstaten aus Lanoes langen Memoiren mithalten konnte, aber sie würden gewinnen, dachte Bury, genau so würden sie es …

»Überprüft eure Taktikschirme«, rief Candless. »Ich bin mir sicher, ich habe da gerade – etwas gesehen.«

Einen Augenblick lang überprüfte Bury seine Anzeigen. Gerade lange genug, um zu sehen, wovon sie sprach. Dann sah er genauer hin.

Da kam noch ein Schiff aus dem Schlund. Größer als ein Kataphrakt. Nein – Augenblick. Es war noch schlimmer. Zwei Schiffe. Zwei Schiffe, die dem Träger in geringem Abstand folgten.

In der Akademie von Rishi war Bury beigebracht worden, jedes jemals erbaute Kriegsschiff anhand der Silhouette zu erkennen – sowohl die Typen der Flotte als auch die kleineren, weniger schwer bewaffneten Schiffsklassen, die von den Konzernen eingesetzt wurden. Er konnte die beiden Schiffe problemlos identifizieren.

Zerstörer der Peltast-Klasse. Zwei davon – alte Schiffe der Flotte, jeweils rund einhundert Meter lang und das, was die Admiralität als ›zweckbestimmte Frontmittel‹ bezeichnete. Was im Klartext bedeutete, dass sie eine einzige gezielte Rolle in der Schlacht zu erfüllen hatten: feindliche Schiffe zu vernichten. Sie hatten keine Jäger an Bord, aber die brauchten sie auch nicht. Die Zerstörer waren der ganzen Länge nach von Waffensystemen überzogen, sie starrten geradezu vor PSG-Läufen, Flaktürmen und Raketenwerfern. Am Bug waren die Geschütze derart dicht gedrängt, dass man von vorn nicht einmal die Fenster der Brücke sehen konnte.

CentroCor hatte Verstärkung geschickt. Einen halben verdammten Trägerverband.

»Zum Teufel«, sagte Lanoe so leise, dass es Bury fast entgangen wäre.

»Kommandant«, sagte Candless, »vielleicht wäre das der richtige Moment, um den Rückzug anzutreten.«

33

»Drei«, sagte Shulkin, als könnte er es kaum glauben. Nervös sah Bullam zu, wie er sich aus dem Kommandosessel erhob, zum Leitstand des NO schwebte und den Mann beinahe aus dem Sitz stieß. »Da unten sind *drei* von ihnen. *Nur* drei.«

Ihr neuer Gast – Auster Maggs, an dessen Namen sie sich erinnerte, weil er einer der Piloten bei der Schlacht um Niraya gewesen war – grinste höhnisch und zupfte sich den Schnurrbart zurecht. »Sind Sie am Ende gar beleidigt, weil man Ihnen keine ehrliche Schlacht liefern möchte?«

Shulkin wandte sich um und sah den Mann mit seinen toten Augen an. Der Kapitän war der Ansicht gewesen, man solle den Überläufer verhören und dann aus der nächsten Luftschleuse werfen. Bullam hatte sich dagegen ausgesprochen, allerdings rein aus Prinzip.

Seine Ankunft, kurz bevor sie in das namenlose System einfliegen wollten, war durchaus ungelegen gekommen. Die Tatsache, dass er von ihrem Kommen gewusst hatte, ließ darauf schließen, dass Lanoe jenseits des Schlunds eine Falle gestellt hatte. Tatsächlich hatten sie nur deswegen ihre Ankunft um mehrere Stunden verschoben.

Und jetzt schien es, als hätten sie unnötig Zeit verschwendet. Da waren nur drei Raumjäger, die ihrer gesamten Streitmacht im Weg standen. »Anhand unserer Informationen mussten wir davon ausgehen, dass es mehr sein werden«, sagte Bullam. »Lanoe, Candless, Bury, Ginger und Valk. Das klingt mir ganz nach fünf.«

»Es war ein beschwerlicher Weg bis hierher«, sagte Maggs. »So etwas fordert seinen Tribut. Die liebe kleine Ginger beispielsweise hat erkennen lassen, dass sie dem Kämpfen an sich höchst abgeneigt gegenübersteht. Ihr ist sogar ein Verfahren anhängig, weil sie sich geweigert hat, einen Ihrer Leute zu töten. Und was Valk angeht – der Gute ist eine Künstliche Intelligenz. Vielleicht haben sie drüben doch noch das Richtige getan und ihn aus dem Verkehr gezogen. Oder er steuert den Kreuzer.«

»Der Ihren Angaben zufolge hinter einem weiteren Wurmloch-Schlund verborgen liegt«, bemerkte Bullam. »Unten in der planetaren Atmosphäre. Was rein physikalisch völlig unmöglich ist.«

Der NO hob den Kopf und sah aus, als wollte er aufzeigen. Shulkin war ganz und gar mit dem Bildschirm beschäftigt, also nickte Bullam dem Offizier zu.

»Ich sehe da unten sehr seltsame Wetterphänomene, die sich mit M. Maggs' Angaben decken. Es könnte darauf hindeuten …«

»Leutnant«, fauchte Shulkin.

»Ich – um Vergebung, Sir?«, fragte der NO.

»Sein Name lautet Leutnant Maggs«, sagte Shulkin mit Nachdruck.

Der NO nickte entsetzt.

»Er ist vollwertiger Offizier des Flotten-Expeditionskorps«, fuhr Shulkin fort. »Sie werden ihn mit dem korrekten Rang adressieren. Und zwar bis zu dem Moment, in dem man ihn für Hochverrat und Fahnenflucht erschießt.«

»Doch so lange, ja?«, fragte Maggs lächelnd.

»CentroCor wird sich um Sie kümmern«, sagte Bullam beruhigend. »Wir ziehen alle an einem Strang. Was können Sie uns noch erzählen?«

»Nicht allzu viel, so leid es mir tut. Es war mir nicht vergönnt, das *physikalisch unmögliche* Wurmloch zu durchqueren. Ich weiß nur, dass es etwas mit Aliens zu tun hat.«

Pilot, Navigatorin und NO schafften es mit Mühe, sich nicht

allesamt umzudrehen und den Mann anzustarren. Die Art, wie ihre Köpfe zuckten und ihre Schultern sich verkrampften, ließ allerdings keine Zweifel an ihrem dringenden Wunsch, genau das zu tun. Natürlich hatten sie es nicht gewusst. Keiner von ihnen war über die Schlacht von Niraya informiert worden oder darüber, was man dort entdeckt hatte.

»Das ist mir gleich«, sagte Shulkin. »Mich interessiert nur, wie sie auf unser Erscheinen reagieren werden. Wie es aussieht, haben sie ihren Angriff abgebrochen und ziehen sich in Richtung des Planeten zurück. Ich brauche eine Verbindung zu den Kapitänen der Zerstörer.«

Bullam verzog das Gesicht.

Noch bevor Shulkin seine Anweisung ausformuliert hatte, tauchten ihre holografischen Gesichter auf einem Dutzend Bildschirme rings um die Brücke auf.

Rhys und Oritt Batygin waren eineiige Zwillinge, die offenbar der Meinung anhingen, man könne sie auseinanderhalten, wenn sie ihr Haar in unterschiedliche Richtungen kämmten. Sie waren eine kurze Zeit bei der Flotte gewesen, bis man sie wegen Drogendelikten unehrenhaft entlassen hatte. CentroCor mit seiner solchen Themen gegenüber eher liberalen Haltung schien ihnen als Arbeitgeber eher zu liegen. Scheinbar fühlten sie sich so wohl, dass es ihnen nichts ausmachte, ob jeder sehen konnte, dass sie high waren. Die Pupillen ihrer Hologramme waren enorm, und ihre Lippen zuckten unaufhörlich, auch wenn sie gerade nicht sprachen.

Die Lieblingsdroge der Brüder war ein blutdrucksenkender Vasodilatator, der sie konzentriert und wach hielt; das behaupteten sie jedenfalls. Er sorgte dafür, dass sie schneller denken und reagieren konnten als jeder nüchterne Mensch – behaupteten sie jedenfalls. Was er eindeutig befeuerte, war ihre Fähigkeit, nahezu synchron zu sprechen, als wären sie eine Person in zwei Körpern.

»Haben Sie etwas für uns zum Töten, Captain?«, fragten sie. »Haben Sie etwas für uns zum Töten, Captain?«, und kicherten, als wäre es der beste Witz des Tages.

»Ich habe Befehle für Sie«, gab Shulkin zurück, ohne den Blick von seinem Display zu heben. »In diesem System befinden sich drei Kataphrakte. Ich will sie aus dem Spiel haben. Ich will, dass sie den Planeten, den ich hier auf der Karte markiert habe, nicht erreichen. Haben Sie mich verstanden?«

Die Batygins nickten begeistert. Sie schienen alles mit Begeisterung zu tun. »Schon dabei«, sagten sie, »schon dabei«, in einem seltsamen Singsang. Ihre Gesichter verschwanden.

»Was für ausnehmend unsympathische Personen«, sagte Maggs.

Bullam unterdrückte nur mit Mühe ein Lächeln. Es war überaus großzügig von Dariau Cygnet gewesen, ihnen die beiden umgerüsteten Peltasten zu schicken. Sie würden den Ausgang ihrer Revanche entscheidend beeinflussen. Wie jede Handlung ihres Chefs hatte allerdings auch diese einen unschönen Beigeschmack. Er hatte ihnen die Batygins aufgehalst.

»Was für Befehle soll ich unseren Jagdpiloten erteilen, Captain?«, fragte der NO. »Sollen sie sich zurückziehen, um den Zerstörern freies Feld zu lassen?«

»Negativ«, sagte Shulkin. »Sie sollen ebenfalls auf den Feind vorrücken – wir werden alles an Feuerkraft aufbieten, was wir haben. Wir mögen uns im Vorteil befinden. Drei verdammte Jäger. Aber in einem von denen sitzt Aleister Lanoe.«

*

Lanoe war sich überaus bewusst, dass er hier draußen sterben konnte.

So gut er als Pilot auch sein mochte, konnte er doch keine Wunder vollbringen. Candless war eine erstklassige Mitstreiterin mit Jahrzehnten an Kampferfahrung, dafür lag ihr letzter richtiger Einsatz sehr lange zurück. Bury war wirklich talentiert, hatte aber gerade erst die Schule verlassen.

Sie konnten nicht hoffen, in dieser Konstellation viel zu erreichen.

Dabei waren sie so dicht dran gewesen. Lanoe hätte sofort sein Leben geopfert, wenn er dadurch sicherstellen konnte, dass Ginger mehr Zeit für Verhandlungen mit dem Chor blieb. Hätte er sich in irgendeiner Form sicher sein können, dass sie Erfolg gehabt hatte, wäre er bis zum bitteren Ende in der Schlacht geblieben und mit einem Lächeln auf den Lippen schnurstracks in die Hölle geflogen.

Sollte es ihr gelingen, den Chor davon zu überzeugen, ein Wurmloch zwischen dem menschlichen Siedlungsraum und der Heimatwelt der Blau-Blau-Weiß zu öffnen, boten sich ganz neue Möglichkeiten. Natürlich gab es keine Garantie dafür, dass sich die Admiralität dem Kampf auch wirklich stellen würde. Er wusste nicht, ob die korrupte und engstirnige und sprunghafte Regierung der Erde tatsächlich einen groß angelegten Militäreinsatz absegnen würde. Er wusste nicht, ob Großadmiralin Varma noch genug Kampfgeist in den Knochen hatte, um die Sache durchzuziehen.

Aber vielleicht doch. Selbst wenn Lanoe sein Leben wegwarf und dadurch nicht mehr erreichte, als Varma und der Erde Gelegenheit zu geben, das Richtige zu tun, wäre es die Sache trotzdem wert gewesen.

Hätte es nur einen Weg gegeben, sich zu vergewissern. Sicher zu wissen, dass Ginger den Chor überzeugen konnte. Aber den gab es nicht. Und bis dahin – war er auch für Candless und Bury verantwortlich.

Als sie vor CentroCor flohen und er das Gefühl hatte, hinter ihnen hätten sich die Tore der Hölle geöffnet, musste er eine Entscheidung fällen. Entweder zum entgegengesetzten Rand des Systems beschleunigen. All die Feuerkraft vom Planeten des

Chors und dem Portal weglocken. Sie daran hindern, wie eine biblische Plage über die Stadt der Aliens herzufallen. Oder aber direkt auf das Portal zuhalten – zurück zum Kreuzer, der sie vielleicht – wenn auch nur vielleicht – noch retten konnte.

»Kommandant?«, fragte Candless. »Kommandant, wir müssen wissen, wohin wir unterwegs sind. Ansonsten drehen wir uns nur im Kreis. Was uns zu höchst appetitlichen Zielen macht. Lanoe?«

Wie so oft fragte er sich, was Zhang wohl tun würde.

»Haltet auf das Portal zu«, sagte er. »Wenn wir hier draußen bleiben, sind wir geliefert. Also mit aller Kraft auf den Planeten zu.«

Längst war ihnen eine Welle aus Vierundsechzigern auf den Fersen. Lanoe drehte den Jäger um die eigene Achse und überzog sie mit Partikelstrahlen. Vorhin, als sie noch die Ankunft des Trägers geschützt hatten, wäre das vielleicht genug gewesen, um sie abzuschütteln. Jetzt hatten sie offensichtlich neue Befehle erhalten – sie wirbelten umher und wichen aus, ließen aber nicht ab. Hinter ihnen hatten sich auch die Zerstörer in Bewegung gesetzt. Die Peltasten besaßen keine hohe Initialbeschleunigung, aber ihre Triebwerke waren mächtige Arbeitstiere und würden sie sehr schnell ins Gedränge tragen. Nicht, dass sie das überhaupt nötig hatten – ihre Waffensysteme waren auch auf Gefechte in mittlerer Entfernung ausgelegt, während die Kataphrakte ihre Wirkung nur auf kurze Distanz entfalten konnten. Sie konnten sich also im Hintergrund halten und Lanoe und seine Leute den ganzen Tag lang beharken, ohne sich ernstlich in Gefahr begeben zu müssen.

»Bury, Ihre Triebwerksdüsen sind so gut wie hinüber«, sagte Lanoe. »Drehen Sie ihnen den Bug zu. Candless – gib uns Feuerschutz.«

»Oh natürlich, sofort, Sir«, sagte Candless mit derart beißendem Sarkasmus, dass Lanoe beinahe die Ohren abfielen. Sie zog eine enge Kurve und stürzte sich in einem Looping direkt auf die Verfolger. Unter ihnen waren auch drei Aufklärer, kleine Jäger ohne Vektorfeld. Auf diese setzte sie an, und Lanoe sah zu, wie sie einer nach dem anderen von seiner Anzeige verschwanden.

Er legte sich ein virtuelles Fadenkreuz über die Frontscheibe und zielte sorgfältig. Einen Vierundsechziger traf er direkt ins Cockpit und konnte dank der hochauflösenden Teleskope mit ansehen, wie der Pilot zuckte und in sich zusammensank, als ihm der Partikelstrahl mitten durch die Brust fuhr. Lanoe wischte die Anzeige zur Seite und bereitete den nächsten Schuss vor.

»Die Peltasten sind noch fünf Sekunden von ihrer maximalen Reichweite entfernt«, rief Candless. »Vier. Drei. Lanoe? Eins. Da löst sich eine ganze Salve von Raketen, sechs Projektile, wie es aussieht, die mit dreihundert *g* beschleunigen. Ich muss dir ihre Richtung wohl nicht extra mitteilen?«

Lanoe knirschte mit den Zähnen. Sie waren noch immer zehntausend Kilometer von den ersten Ausläufern der planetaren Atmosphäre entfernt. »Bug runter. Tauchgang.«

Bury und Candless drehten bei und jagten direkt auf den Planeten zu. Mit blau entflammten Triebwerksdüsen gingen sie auf höchste Beschleunigung. Lanoe nahm sich noch eine Sekunde, um einen letzten Schuss zu platzieren. Er drückte den Abzug, und ein Vierundsechziger riss auseinander. Seine Trümmer würden die Hintermänner minimal verlangsamen. Dann drehte auch Lanoe bei und beschleunigte.

Die Trägheitsdämpfer quetschten seine alten Knochen ein und drückten ihn in die Polsterung des Sitzes. Selbst seine Augäpfel wurden an Ort und Stelle fixiert, um unter dem plötzlichen Andruck nicht in den Höhlen zu platzen. Abseits des engen Tunnelblicks direkt geradeaus konnte er nichts mehr sehen. Nur einen Ausschnitt des blauen, von Wellen gekräuselten Ozeans tief unten.

Er musste seinen Taktikschirm allerdings nicht sehen, um zu wissen, dass die Raketen sein Heck noch immer fest im Visier hatten. Mehrere Alarme plärrten durchs Cockpit, automatische Systeme, die ihn vor den bevorstehenden Einschlägen warnen wollten. Die Raketen waren randvoll mit hochexplosivem Sprengstoff. Sollte ihn eine von ihnen auch nur streifen, würde sie mit genug Energie zünden, um seinen Jäger auf der Stelle verdampfen zu lassen.

Das Triebwerk setzte aus – eine Sicherheitsschaltung verhinderte, dass es heiß genug wurde, um die Verschalung zum Cockpit zu schmelzen –, und er wurde nach vorn in die Sicherheitsgurte geworfen, die sich wie Messer in Achseln und Leistengegend schnitten. Mit dem Geräusch eines Sandstrahlgebläses traf sein Cockpit auf die Hochatmosphäre. Die Luftteilchen wurden vom Vektorfeld so hart abgestoßen, dass es Funken sprühte. Mit dunkelrotem Pulsieren kehrte sein Augenlicht zurück, und sofort rief er den Taktikschirm auf, um nach den Raketen zu sehen.

Sie waren direkt hinter ihm, keine hundert Kilometer entfernt. Sie verzehrten ihren Festbrennstoff und kamen sehr rasch näher.

Unter sich sah er zwei Feuerbälle, bei denen es sich nur um Candless und Bury handeln konnte. Langsam fraß die Atmosphäre ihre Geschwindigkeit auf. Bei Erreichen des Portals würden sie immer noch viel zu schnell sein, allerdings längst nicht schnell genug, um den Raketen zu entgehen.

Der eine große Konstruktionsfehler der Kataphrakte bestand darin, dass sie nur geradeaus schießen konnten. Lanoe hatte keine Möglichkeit, auf die Raketen anzulegen. Er hätte sich nach ihnen umdrehen können, was aber sein Schiff in Stücke reißen würde. Bei der momentanen Geschwindigkeit war das weniger Wahrscheinlichkeit als Gewissheit.

Unter ihm waberte die Oberfläche, während seine Tragflächen

versuchten, genug Luft einzufangen. Lanoe zündete die Positionsdüsen und stabilisierte den Jäger, dann griff er nach der Nachrichtenkonsole. »Auch wenn nur einer von uns durchkommt:
Nicht lange fackeln. Rein da und Ehta sofort anweisen, das Kommando über den Kreuzer zu übernehmen. Sagt ihr …«

»Lanoe!«, rief Candless.

Er hatte keine Zeit zum Fluchen. Eine der Raketen hing kaum
fünfhundert Meter hinter seinem Heck.

Ihm blieb gerade genug Zeit zum Ausweichen. Die Tragflächen
ächzten und rissen sich beinahe aus dem Rumpf, der ganze Jäger
vibrierte, dass er fast befürchten musste, seine Zähne würden
sich aus den Kiefern lösen, aber irgendwie überstand er das
Manöver. Die Rakete schoss als blasser Fleck an seinem Cockpit
vorbei.

Dank der Jahrhunderte am Steuer eines Jägers reichten seine
Reflexe tatsächlich aus, um einen Feuerstoß abzusetzen. Die
Rakete detonierte in der Luft. Er jagte durch die Wolke aus Feuer
und Rauch und Trümmern, die tiefe Brandspuren auf der Frontscheibe hinterließ.

Sein Taktikschirm meldete drei weitere Raketen direkt hinter
ihm. Er packte den Steuerknüppel, aber ehe er reagieren konnte,
waren sie an ihm vorbeigezischt. Sie hatten es nicht auf ihn abgesehen.

Sie zielten geradewegs auf Burys Heck.

*

»Bringen Sie uns runter«, befahl Shulkin. »Ich will ihn sterben
sehen.«

Der Pilot zögerte keine Sekunde. Für einen Moment kehrte
die Schwerkraft zurück, als der Träger auf Kurs ging. »Schwen-
ken in Orbit ein. Hundert Kilometer über null.«

»Tiefer«, sagte Shulkin.

Bullam seufzte und sah Maggs an, der sich nahe der Rückwand der Brücke an einer Nylonschlaufe festhielt. »Fast schon ein wenig antiklimaktisch, nicht?«, fragte sie. »Da sind wir so weit gekommen, haben so viele Hindernisse überwunden, nur um drei Flottenpiloten umzubringen.«

»Man sollte die kommerziellen Chancen nicht außer Acht lassen«, gab Maggs zurück und ließ lässig die Schultern kreisen.

»Ach?«

»Sechzig Kilometer«, sagte der Pilot.

Maggs schenkte Bullam ein verruchtes Lächeln. »Jenseits des planetaren Wurmlochs gibt es eine neue Alienrasse zu entdecken. Eine ganze Spezies, denen die Wunder und Annehmlichkeiten der Produktpalette von CentroCor bislang nicht zugänglich waren.«

Sie hob eine Augenbraue. »M. Maggs. Mit einer solchen Einstellung könnten Sie es in unserem Geschäft weit bringen. Vielleicht können wir tatsächlich zumindest unsere Ausgaben wieder …«

»Tiefer!«, bellte Shulkin.

»Sir – der Träger ist für inneratmosphärischen Flug nicht gebaut«, sagte der Pilot kühn. »Wenn wir noch tiefer gehen, riskieren wir schwere Schäden am Rumpf.«

Shulkin starrte mit Augen wie Obsidian zurück, Augen aus schwarzem Glas, geschmiedet in mythischem Feuer.

»Ich – ich vergrößere den Bildausschnitt, Sir«, sagte der Pilot.

Die Sicht voraus legte sich über die halbe Wand. Die drei Jäger hatten in etwa Daumengröße, wie sie dort unten zwischen vereinzelten Wolken hierhin und dorthin schwenkten. Neben den Fliegern tauchten die Namen ihrer Piloten auf. Die Raketen waren auf den letzten Metern zu schnell unterwegs, um sie scharf ins Bild zu bekommen. Eine von ihnen hatte sich hinter Lanoe gesetzt und musste in wenigen Sekunden …

»Zur Hölle!«, schrie Shulkin. Seine Stimme überschlug sich. Bullam sah Speichel von seinen Lippen rinnen. Es dauerte einen

Moment, bis auch sie begriff, dass Lanoe der Rakete ausgewichen war – und sie dann mitten in der Luft gesprengt hatte.

»Das sollte doch technisch fast unmöglich sein, oder?«, fragte sie.

Maggs verdrehte die Augen. »Wir reden hier immer noch von Aleister Lanoe. Es ist wohl kaum das erste Mal, dass jemand versucht hat, ihn mit einer Rakete zu erlegen. Nur die Ruhe. Niemand hat ewig Glück.«

*

Die Raketen schossen schnurgerade auf Burys Heck zu, passierten Lanoe und Candless, als wären sie gar nicht da. Burys Triebwerk, dachte Lanoe – sein Triebwerk hatte eine Menge Schaden genommen. Es musste eine Riesenwolke überschüssiger Hitze hinter sich herziehen und somit aus Sicht der Raketen gewissermaßen wild mit den Armen winken.

Lanoe drückte den Abzug am Steuerknüppel durch und versuchte, die Triebwerke der Raketen mit seinen PSGs zu erwischen. Seine Schüsse gingen weit daneben – die Raketen waren längst zu weit weg, um sie noch mit ungezielten Schüssen zu treffen. »Bury«, rief er. »Bury! Sie müssen sie abschütteln. Ich weiß, dass Sie fliegen können. Jetzt müssen Sie mir alles zeigen, was Sie draufhaben!«

»Ich versuch's!«, rief der Hellion. Sein Jäger wippte von links nach rechts, dauernd veränderten die Tragflächen ihre Form, um ihm irgendwie mehr Manövrierfähigkeit zu verleihen. Aber bei dieser Geschwindigkeit und innerhalb der Atmosphäre hatte die BR.9 eher das aerodynamische Profil einer Gewehrkugel als das eines Flugzeugs. Er hatte viel zu viel Schwung, um seinen Kurs um mehr als den Bruchteil eines Grads auf einmal zu verändern.

»Candless, Vorsicht«, rief Lanoe. Sie war ihm mit ihren Manövern in die Schusslinie geraten. »Du kommst zu nahe!«

Endlich explodierte eine der Raketen, als sich Lanoes Partikelstrahl durch ihre Panzerung fraß. Die Druckwelle brachte die anderen beiden minimal vom Kurs ab und verschaffte Bury so vielleicht eine Zehntelsekunde mehr Zeit, um ihnen doch noch zu entgehen. Es würde nicht reichen. Lanoe überzog die beiden Raketen mit Feuerstößen, obwohl er wusste, dass es sinnlos war. Er zögerte das Unvermeidbare bloß hinaus.

Mit einem hellen Signal warnte sein Taktikschirm vor zwei weiteren Raketen, die aus dem Weltraum die Hitze seiner Triebwerksdüse angepeilt hatten. Den Raketen folgten mehrere Geschwader Vierundsechziger, die allerdings noch mindestens dreißig Sekunden zurücklagen. Eine halbe Ewigkeit.

Plötzlich begriff er, dass Candless nicht zufällig in seine Schusslinie geflogen war – sie hatte sich ihm mit Absicht derart genähert, wollte ihren Schüler unbedingt retten, indem sie selbst auf die Raketen anlegte. Lange Bahnen hochaufgeladener Teilchen brachen aus ihren Geschützen, kreuzten Lanoes Schüsse und stachen auf die Raketen ein. Sie landete einen Treffer und verwandelte eine der Raketen in eine Wolke aus Rauch und wirbelnden Trümmern. Die zweite durchschlug eine Wolkenbank und raste weiter. Bald würde sie Bury erreichen und ihn in Stücke reißen. Lanoe drückte den Abzug so fest durch, dass er fast befürchtete, den Steuerknüppel abzubrechen.

»Zum Teufel«, sagte er heiser. »Bury! Bewegung!«

Die Rakete kam näher und näher. Bury verlagerte seinen Kurs ein wenig, aber die Rakete kopierte sein Manöver sofort.

»Leutnantin«, rief der Junge.

»Ich bin hier, Bury. Ich bin direkt hinter Ihnen«, antwortete Candless.

»Sagen Sie Ginger – sagen Sie ihr ...«

»Sagen Sie es ihr selbst«, rief Lanoe. »Bewegung, verdammt noch mal.«

Er gab sich sichtlich Mühe.

Burys Jäger wirbelte herum. Himmel – der Junge hatte versucht, sich um die eigene Achse zu drehen, um selbst auf die Rakete zu schießen, dachte Lanoe. Und das bei dieser Geschwindigkeit innerhalb der Atmosphäre. Er hielt es für ausgeschlossen, dass Burys Kiste eine solche Belastung aushalten konnte.

Und irrte sich nicht. Eine der Tragflächen riss ab und trudelte davon. Burys Sekundärtriebwerk – vom feindlichen Feuer sowieso schon arg in Mitleidenschaft gezogen – barst in einer großen Wolke aus Funken. So unmöglich es auch sein mochte – Lanoe hatte fast das Gefühl, hören zu können, wie in Burys Jäger die tragenden Elemente zerrissen, wie die Knochen seiner BR.9 unter dem Druck brachen.

Einen Moment lang trudelte der Jäger wild durch die Luft, während Bury verzweifelt Positions- und Manövrierdüsen zündete, um sein Schiff irgendwie wieder in den Griff zu bekommen. Lanoe hätte geschworen, der Junge würde es nicht schaffen, sich aus einer solchen Kreiselbewegung rechtzeitig zu befreien, aber ehe die Raketen ihn erreichte, hatte Bury den Jäger stabilisiert und flog rückwärts weiter, den Bug direkt auf die nahende Rakete gerichtet.

Der Junge versenkte eine schnelle Salve im Sprengkopf, und die Rakete zerplatzte, hüllte Burys Jäger in einen Feuerkranz und nahm Lanoe die Sicht. Als die Trümmerteile der Planetenoberfläche entgegenfielen und die Explosion verwehte, kam Bury – wie auch immer er das fertiggebracht hatte – wieder lebendig zum Vorschein.

Allerdings nicht unversehrt. Seine PSGs waren eindeutig hinüber, nur noch Ringe aus poliertem Metall an der Stelle, wo die Explosion sie glatt abrasiert hatte. Burys Cockpit war zersplittert – das Fließglas waberte wild umher, versuchte vergebens, sich wieder zu schließen. Ein großer Teil der Verkleidung fehlte, das empfindliche Innenleben des Jägers schutzlos entblößt.

Vorsichtig drehte er bei und versuchte, der verbleibenden

Tragfläche genug Luftwiderstand zukommen zu lassen. Etwas Schweres, Zerbrochenes fiel unten aus dem Rumpf.

»Bury«, sagte Candless sanft und ermutigend. »Bury. Hören Sie mich? Reden Sie mit mir.«

Der Junge klang schwer benommen. »Mir … mir geht's nicht so gut. Ich, ähm, ich glaube, ich blute. Da … da ist Blut in meinem Helm.«

»Lanoe«, sagte Candless.

»Ja, ich weiß«, gab dieser zurück. Er sah sich nach links um. In der Ferne konnte er gerade noch das Portal ausmachen, das friedlich in seinem ewigen Ring kleiner Wölkchen ruhte. »Bury, stellen Sie Ihren Jäger bitte auf Fernsteuerung um. Ab jetzt kann Candless für Sie übernehmen. Bringen wir Sie nach Hause.«

*

Shulkin hielt sich die Hand vor den Mund. Ließ sie langsam wieder sinken. »Sie leben noch. Sie leben alle noch. Hatte ich nicht befohlen … hatte ich nicht befohlen, sie …«

Als er sich zu seinen Offizieren umdrehte, zitterte er am ganzen Körper.

»Ich bin mir sicher, dass ich … dass ich …«

Bullam holte tief Luft. »Captain. Ich glaube, es wäre an der Zeit …«

»Ich hatte es verdammt noch mal befohlen!«, sagte Shulkin. Seine Stimme klang wie das schrille Krächzen eines Raubvogels. Er packte die Navigatorin bei den Haaren und schlug das Gesicht der Frau krachend in ihr Steuerpult. Eine Wolke feiner Blutstropfen breitete sich aus.

Jemand schrie. Bullam konnte nicht sehen, wer. Das Geräusch hallte von den Wänden wider und hinterließ Totenstille. Die gesamte Brückenbesatzung war wie erstarrt. Schließlich hob die Navigatorin den Kopf und wischte sich über die eindeutig gebrochene Nase.

Shulkin riss die Arme hoch. »Ich hatte einen Befehl gegeben! Ich habe Ihnen befohlen, sie zu töten. Sie alle zu töten!«

Er schwebte auf den Piloten zu. Bullam setzte sich in Bewegung, wollte Shulkin am Arm packen, bevor er einen weiteren Offizier angreifen konnte. Aber er griff ihn nicht an. Stattdessen zeigte er ihm mit einem langen, knochigen Finger mitten ins Gesicht.

»Bringen Sie uns da runter.«

»Sir«, sagte der Mann mit aschfahlem Gesicht. »Sir, ich …«

Shulkin griff an ihm vorbei und drückte eine Taste. Der Bildschirm zeigte die drei Jäger der Flotte und schwenkte zur Seite, bis sie alle den Wurmloch-Schlund sehen konnten, der dort unten in der Luft hing. Raketen und Partikelstrahlen schossen durchs Bild. Nichts davon traf. Einer nach dem anderen schlüpften die Kataphrakte durch den Schlund und verschwanden. Ihrer Ziele beraubt, schalteten die letzten beiden Raketen die Antriebe ab und fielen harmlos der Oberfläche entgegen.

Einzig der Schlund blieb auf dem Bildschirm zurück.

»Batygins«, bellte Shulkin. In einem Fenster am Rand des Bildschirms tauchten die Köpfe der Zwillinge auf. »Bericht, verdammt.«

»Manchmal haben Leute einfach Glück«, sagten die Kapitäne der Zerstörer. »Manchmal haben Leute einfach Glück. Meistens im ungünstigsten Moment. Meistens im ungünstigsten Moment.«

Shulkin wischte mit der Hand durch die Luft, und die Zwillinge verschwanden. »Da«, sagte er und zeigte auf den Schlund. »Bringen Sie uns da durch.«

»Sir«, sagte der NO, »unser Schiff hat sich dem planetaren Schwerkraftfeld bereits gefährlich genähert. Noch tiefer, und wir verlassen die stabile Umlaufbahn. Der Träger wird der Belastung des Eintritts in die Atmosphäre nicht standhalten.«

Shulkin nickte und schwebte zu seinem Sessel zurück. Er

packte die nackten Armlehnen, deren Polsterung er abgerissen hatte, ließ sich vorsichtig nieder und schnallte sich an.

»Bringen Sie uns da durch.«

»Sir«, wiederholte der NO. »Sir!«

»Wir werden es nicht schaffen, Captain«, sagte Bullam. »Wir können ihnen Jäger hinterherschicken, kein Problem. Sobald sie dort drüben aufgeräumt haben, nehmen wir meine Jacht und kommen nach. Aber mit dem Träger geht es nicht.«

»Der Hoplit hat es auch geschafft«, mischte sich Maggs ein. »Sah ziemlich holprig aus, aber sie haben es hinbekommen.«

»Vielen Dank, Leutnant Maggs«, sagte Bullam und starrte den Idioten böse an. »Das war wirklich nicht hilfreich. Wenn ich alle Beteiligten daran erinnern dürfte, dass wir uns nicht an Bord eines Kreuzers der Hopliten-Klasse befinden, sondern auf einem – einem – gut, jetzt habe ich die Bezeichnung vergessen, aber ...«

»Hipparchos«, sagte der NO.

Sie nickte ihm zu. »Ganz genau. Das hier ist ein Träger der Hipparchos-Klasse, was einen wesentlichen Unterschied macht. Geben Sie Befehl, die Jäger sollen ihnen folgen. Dann können wir uns darum kümmern, die arme Navigatorin zur Krankenstation zu bringen, und ...«

»Halten Sie den Mund«, sagte Shulkin. Er griff in eine Außentasche seines Raumanzugs und zog eine altmodische Pistole, klobig und schmal und aus mattem Metall gefertigt. Er zielte auf den Kopf des Piloten. »Wenn meinem Befehl in fünf Sekunden nicht Folge geleistet worden ist, töte ich ihn. Fünf.«

Bullam schwebte neben ihrem Sitz und wusste nicht weiter. Sie konnte versuchen, Shulkin die Waffe zu entreißen, wusste aber sehr genau, wie dieser Versuch enden würde. Statt des Piloten würde Shulkin einfach sie erschießen. NO und Navigatorin wichen zurück und hatten offensichtlich auch keine zündenden Ideen. Der Pilot sah aus wie das Kaninchen vor der Schlange und schien außerstande, mehr zu tun, als die Hände vors Gesicht zu schlagen. Als hätte das etwas ändern können.

»Vier«, sagte Shulkin sehr ruhig. »Drei.«

»Verdammt noch mal. Tun Sie, was er sagt!«, schrie Maggs aus dem Hintergrund.

»Jawohl, Sir«, sagte die Navigatorin und wandte sich ihrem Leitstand zu, um einen neuen Kurs einzugeben.

»Zwei«, sagte Shulkin.

»Nicht schießen! Nicht schießen!«, schrie der Pilot und griff nach den eigenen Armaturen. »Kurs gesetzt«, quickte er.

»Nein«, sagte Bullam. Sie konnte es kaum fassen. Der Wahnsinnige wollte es wirklich tun. »Nein, das ist zu gefährlich. Hören Sie – geben Sie mir ein paar Sekunden, um zu meiner Jacht zu kommen. Ich will hier raus.«

»Eins«, sagte Shulkin.

»Bitte«, flehte Bullam. »Bitte – ich habe eine gefährliche Krankheit, ich …«

»Manöver eingeleitet«, sagte der Pilot und drückte den Steuerknüppel von sich. Wie ein Stein fiel der Träger auf den Planeten zu.

*

Lanoe schoss viel zu schnell durch das Portal und musste sehr scharf abbremsen, um nicht an der Stadt des Chors zu zerschellen. Er zog eine Reihe enger S-Kurven, wurde langsamer und nahm Kurs auf den geöffneten Hangar des Kreuzers. Candless und Bury mussten ein paar Extrarunden drehen, bis sie ihm folgen konnten. Sobald Lanoe seine BR.9 in ihr Andock-Gestell bugsiert hatte, rannte er zum Wetterfeld am Rand des Hangars und sah hinaus. Noch war ihnen niemand durch das Portal gefolgt, aber dieser Zustand würde kaum von langer Dauer sein.

Er tippte sein Armdisplay an. »Valk. Verdammt, wir brauchen dich da draußen. Immer noch.«

Keine Reaktion.

»Du mieses Schwein«, sagte Lanoe. »Bury ist verletzt. Wahrscheinlich muss er sterben – und alles nur, weil du keine Lust hattest, mit uns zu kämpfen. Ist dir das völlig egal?«

Nichts.

»Valk – zum Teufel, Valk, rede mit mir!« Er fletschte die Zähne und rief stattdessen Ehta an. »Da kommen gleich die Legionen der Hölle durchs Portal. Weißt du, wo Valk steckt?«

»Er sitzt auf der Brücke«, antwortete Ehta sofort. »Am Steuer. Lanoe – was ist da draußen passiert?«

»CentroCor ist da draußen passiert. Und Bury ist verletzt.« Lanoe schüttelte den Kopf. »Der Träger«, schob er hinterher. Er war zu aufgebracht, um in ganzen Sätzen zu sprechen. »Plus zwei Peltasten. Letztes Mal waren wir ihnen wohl zu widerspenstig. Augenblick.«

Candless und Bury hatten gerade den Hangar erreicht, und er musste ausweichen, um nicht von ihrem Fahrgestell geköpft zu werden. Im klinisch kalten Licht des Hangars wirkte Burys Jäger noch schlimmer zugerichtet als draußen bei Sonnenschein. Candless machte sich nicht einmal die Mühe, ihr Schiff ordnungsgemäß zu parken, sondern sprang hinaus, noch bevor sich ihr Cockpit ganz eingefahren hatte, und rannte zu Bury.

»Bury – Bury, alles gut. Alles wird gut.«

Der Junge konnte ihr nicht mehr antworten. Lanoe war sich nicht sicher, ob er durchkommen würde.

»Wir müssen ihn zur Krankenstation bringen. Noch kann ihn die Sanitätsdrohne retten, aber wir müssen uns beeilen«, sagte Candless.

»Ich erledige das«, sagte Lanoe mit dem Hintergedanken, sowieso dorthin zu müssen, um mit Ginger zu reden.

»Auf keinen Fall, verdammt«, schoss Candless zurück. Sie schien außer sich vor Sorge. »Er ist mein Schüler. Ich bin dafür verantwortlich, dafür zu sorgen, dass er …«

»Du bist auch für Ginger verantwortlich«, sagte Lanoe. »Und als Erster Offizier sowieso für die gesamte Besatzung. Candless – Marjoram, hör mir zu. Die Schlacht ist noch nicht vorbei. Sie hat kaum angefangen. Das Beste, was du für ihn – für uns alle – tun kannst, besteht darin, sofort wieder loszufliegen und das Portal zu bewachen. Wir müssen dafür sorgen, dass sie nicht genug Jäger durchbringen können, um uns zu überwältigen, sonst sind wir geliefert.«

Einen Moment lang starrte sie ihn an, und er fühlte sich wie vor Gericht. Nein. Eher wie im Klassenraum. Es war ein typischer Lehrerinnenblick.

»Na los«, sagte er. »Sobald ich weiß, dass er versorgt ist, komme ich dir hinterher. Los!«

»Ist das ein Befehl, Kommandant?«, fragte sie mit geschürzten Lippen.

»Wie du sehr wohl weißt, verdammt«, gab er zurück. »Los!«

Sie ging. Ihr Jäger löste sich vom Deck, drehte sich um und schoss wieder hinaus. Sie hatte keine Minute an Bord verbracht.

Lanoe wandte sich wieder Burys Schiff zu und griff ins Cockpit, um den Jungen herauszuwuchten – nur um festzustellen, dass der Raumanzug des Hellion fest mit dem Sitz verschmolzen war.

Keine Zeit für Behutsamkeit. Lanoe riss den Jungen los. Burys Körper bäumte sich auf, und frisches Blut rann ihm aus dem Mundwinkel. Lanoe ließ ihn eine Sekunde ruhen, tippte auf sein Armdisplay und kontaktierte die Brücke direkt.

»Valk«, sagte er, »Valk – du redest jetzt mit mir, ob du willst oder nicht.«

»Anwesend«, sagte die KI.

»Wir hätten dich da draußen gebraucht«, sagte Lanoe. »Bury ist schwer verletzt. Warum zum Teufel hast du nicht mit uns gekämpft? Nur, weil du sauer auf mich bist? Für solche lächerlichen Kindereien fehlen uns die Leute.«

»Darum ging es nicht. Natürlich *war* ich sauer. Aber ich habe mich abgeregt. Ich bin geblieben, weil ich den Kreuzer fliegen muss.«

Lanoe schloss die Augen. »Wir wissen beide, dass du das bewältigen und *trotzdem* auch einen Jäger steuern kannst.«

»Du verstehst das nicht. Wenn ich mich kopiere, kann ich meinen anderen Versionen nicht trauen. Ich kann nicht garantieren, dass sie sich nicht wieder gegen mich wenden.«

»Dann finde einen Weg, uns zu helfen. Du musst das hinkriegen. Wir brauchen dich.«

»Ich weiß. Es tut mir leid, Lanoe. Ich weiß – es ist nur – ich habe Angst. Angst vor dem, was ich werde. Angst davor, wie viel ich schon verloren habe.«

Lanoe schlug die Augen wieder auf. Er konnte sich damit jetzt nicht befassen. »Tu, was immer du tun musst«, sagte er. »Aber krieg es hin. Sofort.«

Er unterbrach die Verbindung und öffnete einen neuen Kanal.

»Ehta«, sendete er, und sie reagierte auf der Stelle. »Ich bin auf dem Weg zur Krankenstation. Sorg dafür, dass deine Leute den Weg freimachen.« Mit Mühe zog er Bury aus dem Cockpit und legte ihn sich über die Schulter. »Beziehungsweise – lass sie an der Geschützbatterie antreten. Wärmt so viele Gaußgeschütze vor wie möglich.«

»Alles klar, Chef«, sagte Ehta. »Aber – hör mal – ich will nicht diejenige sein, die dir das sagt, aber …«

»Nur zu.« Ächzend trug Lanoe Bury durch die Schleuse bis zum Axialkorridor. Trotz der geringen Schwerkraft an Bord schien der Junge eine Tonne zu wiegen.

»Willst du dir hier wirklich ein Artillerieduell liefern? Hier in der Blase, meine ich? Angenommen, wir haben Glück. Angenommen, wir schaffen es tatsächlich, einen der Zerstörer oder sogar den Träger in die Luft zu jagen. Das wird ein gewaltiges

Trümmerfeld hinterlassen. Das komplett auf die Stadt des Chors herabregnet. Was den Bewohnern kaum gefallen dürfte.«

Abermals schloss Lanoe kurz die Augen. Riss sie wieder auf und stampfte weiter den Gang hinab. »Ihr sollt auch nicht auf CentroCor schießen.«

»Nicht? Ah. Ja dann, na gut …«

»Du berechnest mir eine Feuerleitlösung für die Stadt. Ich will, dass wir auf Befehl sofort bereit sind, die Stadt zu bombardieren. Falls es Ginger nicht gelingt, sie davon zu überzeugen, uns zu helfen, müssen wir auf althergebrachte Argumente zurückgreifen. Ihnen die Pistole auf die Brust setzen.«

*

Mit lautem Knirschen erreichte der Träger die obersten Wolkenschichten.

Dann hatte sie die Gravitation des Planeten endgültig im Griff. Der Schiffsrumpf schien zu schreien.

Bullam klammerte sich an eine Halteschlaufe nahe der Luke, die von der Brücke führte. Selbst die Schlaufe vibrierte so stark, dass sie Angst hatte, sich alle Knochen im Arm zu brechen. Sie wankte auf den Gang hinaus, als das Schiff so plötzlich einen Satz tat, dass sie an die gegenüberliegende Wand geschleudert wurde.

»Oh verdammt, oh verdammt«, rief sie immer wieder. Um sie herum wogte der Träger wie auf hoher See. Sie musste sich auf die Knie fallen lassen und zog sich den Gang entlang. Die Wände schienen sich auszudehnen und wieder zusammenzuziehen. Ihr Quartier war kaum ein paar Dutzend Meter entfernt, aber es würde sich wie viele Kilometer anfühlen.

In der Ferne, tief im zylindrischen Bauch des Schiffs, ging etwas zu Bruch, und ein dumpfes Dröhnen hallte durch die Gänge. An der Decke heulten Warnsirenen auf, überall blitzte grelles Licht. Vom Rest der Besatzung hörte sie nichts, keine schnellen

Schritte oder hektischen Rufe. Vielleicht waren sie alle klug genug gewesen, sich in ihre Kojen zu begeben und dort zu bleiben.

Nichts anderes wollte auch sie. Gerade gab es eine Menge Dinge, die sie gerne gehabt hätte. Einen Kapitän, der kein mörderischer Geisteskranker war. Eine Mission, die nicht höchstwahrscheinlich mit ihrem Tod enden würde. Einen Spiegel.

Sie brauchte unbedingt einen Spiegel. Sie musste sich nach den dunklen Flecken geplatzter Blutgefäße unter der Haut absuchen. Sie musste ihre Augen untersuchen und sichergehen, dass sie nicht blutunterlaufen waren.

Wie die Dinge standen, konnte sie von Glück reden, wenn sie auch nur die Luke zu ihrem Quartier erreichte. Eine Hand nach der anderen zog sie sich weiter, kam näher, Stück für Stück …

Die Warnsirenen verwandelten sich in Schmerzensschreie. Der Träger bäumte sich wild auf, warf sie in die Luft und ließ sie wieder auf den Boden krachen. Sie konnte kaum atmen, sah nur noch verschwommen, fühlte das Blut durch ihre Adern jagen – und schrie, flehte um Hilfe, doch da war niemand.

Nur noch ein paar Meter – sie grub die Fingerspitzen in den Saum zwischen zwei Bodenplatten. Riss sich die Nägel ab, aber es war ihr egal. Nur noch ein bisschen weiter – ein kleines Stück …

Für einen kurzen Moment drehte sich der Träger auf den Rücken, und sie flog, hing kopfüber an der Decke, schaute den Boden an, sie fiel, sie war – sie war …

Der Träger stand Kopf, und plötzlich war unter ihr gar kein Boden mehr. Bullam schrie, ruderte wild mit den Armen, schaffte es gerade noch, sich an einer Nylonschlaufe festzuklammern. Sie hing an einer Hand und war sicher, ihr Handgelenk würde brechen. Keinen halben Meter war sie mehr von ihrer Luke entfernt, aber sie konnte nicht – sie konnte den Öffner nicht erreichen, konnte sich nicht hinüberschwingen, nicht, wenn das Schiff derart heftig um sie herum bebte. Wenn sie ihre Schlaufe jetzt losließ, würde sie fallen, den ganzen Gang hinunterfallen und am anderen Ende zerschellen …

»Hier«, sagte Maggs. Er stand senkrecht an der Wand, die Stiefel fest verankert, und streckte eine Hand nach ihr aus. Mit der anderen betätigte er ihren Türöffner. Dann bekam er sie zu fassen und legte den Arm um sie. Halb warf er sie, halb trug er sie hinein. »Nettes kleines Schlagloch, wie? Das kriegen wir schon wieder hin.« Er legte sie auf ihrem Bett ab, hielt sie fest und vertäute die Sicherungsgurte über Brustkorb und Hüften.

»Drohnen«, sagte sie. »Meine Drohnen – ich brauche meine Drohnen.«

Er sah sich um und musste begriffen haben, was sie von ihm wollte. Die Drohnen hingen in der Luft, hüpften wie Korken auf dem Ozean umher und versuchten vergeblich, sie zu erreichen. Solange Maggs direkt über ihr schwebte, kamen die Drohnen nicht an sie heran. Er machte Platz, und sofort war sie von ihrem kleinen Schwarm umgeben – eine hielt ihr den Spiegel hin, damit sie ihre Haut absuchen konnte, eine andere reichte ihr mit dem dünnen Gelenkarm eine Schmerztablette. Dicht unterm Kinn entdeckte Bullam die erste Stelle und winkte der Drohne, die sie ihren kleinen Vampir nannte. Sie ruderte gefährlich hin und her, traf dann aber doch mit der Nadel die richtige Stelle. Bullam legte den Kopf in den Nacken, schloss die zitternden Augenlider und spürte, wie sich das Schmerzmittel in ihren jämmerlichen Adern ausbreitete.

»Warum?«, fragte sie. Das Schiff vollführte immer neue Hüpfer, alles Mögliche flog quer durch den Raum, Hygieneartikel und Lesegeräte und dies und das. Maggs wich den Geschossen gekonnt aus und schnallte sich an der Wand fest. »Warum haben Sie mir geholfen?«

»Wenn wir schon Verbündete sein sollen«, sagte er, »können wir auch gleich Freunde sein.« Er schenkte ihr ein umwerfendes Lächeln, seine weißen Zähne blitzten unter dem adretten Schnurrbart auf.

»Das soll nicht unbelohnt bleiben«, sagte sie. Ihre Gedanken versanken im Nebel, wirbelten durcheinander. Sie verlor die Kontrolle. »Wir ... ziehen ... alle ...«

Auf der verspiegelten Frontseite der Drohne tauchte der nächste dunkle Fleck auf, diesmal an ihrer Wange. Und ein dritter auf dem linken Handrücken.

»Nein«, flüsterte sie. »Nein ... nein ...«

Das Schmerzmittel trug sie davon, das Trägerschiff wiegte sie in den Schlaf.

*

Lanoe legte Bury so sanft wie möglich ab. Die Sanitätsdrohne fuhr ihre Gelenkarme aus, um den Jungen zu untersuchen und mit Beruhigungsmitteln vollzupumpen. Ginger ging neben dem Bett in die Hocke und zog ihm vorsichtig die Handschuhe aus.

In Lanoes Augenwinkel tauchte eine grüne Perle auf. Candless, die zweifellos ein Update haben wollte. Er schickte ihr eine knappe Textnachricht, dass sie ihr Bestes taten.

Die Drohne schaltete einen Bildschirm ein, auf dem Burys-Bauchgegend zu sehen war. Wie es aussah, hatte er ein Dutzend gebrochene Rippen davongetragen, und seine Leber war vollkommen zerquetscht. Eine Menge Blut sammelte sich in der Bauchhöhle. Auf weiteren Displays war deutlich zu sehen, dass sich sein Blutdruck und das Sauerstoffniveau in freiem Fall befanden. Das kleine Prognosefenster war voller Fragezeichen. Auch der besten Sanitätsdrohne waren Grenzen gesetzt.

Hätten sie einen richtigen Arzt an Bord gehabt, ihn in ein Krankenhaus auf einem von Menschen besiedelten Planeten bringen können ...

»Regen-auf-Kieseln möchte gerne helfen«, sagte Ginger.

Er sah sie an und stellte fest, dass ihre Augen ins Leere starrten. Durch sie sprach der Chor.

»Sie ist Chirurgin«, fuhr Ginger fort. »Sie hat auch mich operiert.«

Lanoe verzog das Gesicht. »Das heißt nicht, dass sie etwas von menschlicher Notfallmedizin versteht. Glauben Sie wirklich, dass sie etwas ausrichten kann?«

Wieder wurde Gingers Gesicht ausdruckslos. »Die Meinungen gehen auseinander. Viele von uns halten es für zu gefährlich. Andere finden, dass Sie die Hilfe des Chors nicht verdient haben. Nicht nach allem, was Sie getan haben. Nicht nach dem, was Sie ihrer Stadt gebracht haben. Den Krieg«, sagte Ginger. Ihr Kopf zuckte zurück. »Krieg – sie sagen, Sie hätten den Krieg hergebracht.«

Lanoe wünschte, er hätte es verneinen können. »Ginger«, sagte er, auch wenn er wusste, dass er nicht nur mit ihr sprach. »Wie sehen Sie das?«

»Momentan geht der allgemeine Tenor in Richtung ...«

»Verdammt noch mal, Ginger – reden Sie mit mir! Was glauben Sie *persönlich*?«

Mit einem Ruck sah sie ihn wieder an. »Bitte. Bitte lassen Sie sie es versuchen.«

Lanoe nickte. Die Tür der Krankenstation ging auf, die große Choristin faltete sich halb hindurch und rieb im ultravioletten Desinfektionslicht die Scheren aneinander. Lanoe packte Ginger beim Arm – etwas gröber, als er vorgehabt hatte, aber er stand unter Zeitdruck – und zog sie aus dem kleinen Raum auf den Gang.

»Wir dürfen ihr jetzt nicht in die Quere kommen«, sagte er. »Außerdem muss ich dringend mit dem Chor reden.«

Ginger hatte die geöffnete Tür und Bury in seinem Bett angestarrt, jetzt drehte sie sich um und sah ihn mit vollkommen ausdruckslosem Gesicht an. »Wir hören.«

»Kann ich mit Wasser-Fällt sprechen?«

»Wasser-das-aus-der-Höhe-Fällt hat ihr Ansehen innerhalb des Chors eingebüßt«, gab Ginger zurück. »Sie dient uns nicht länger als Botschafterin.«

»Was?« Das gefiel ihm gar nicht. Auch wenn Lanoe wusste, dass alle Mitglieder des Chors miteinander verbunden waren, dass sie nur aus gemeinschaftlichem Konsens sprachen, hatte er doch das Gefühl, mit Wasser-Fällt eine gewisse Vertrautheit aufgebaut zu haben. Vielleicht war es nur ein menschliches Vorurteil, aber er war sich fast sicher, mit seinem Vorstoß bei ihr größere Aussicht auf Erfolg zu haben. »Warum nicht?«

»Sie konnte Archies Tod nicht verhindern. Sie hat uns sehr enttäuscht«, sagte Ginger. »Im Moment wird sie öffentlich beschämt. Auch wenn die Meinungen leicht auseinandergehen, sind sich die meisten einig, dass sie eine nutzlose Närrin ist. Manche halten sie für geistig gestört, andere ...«

Lanoe schüttelte demonstrativ den Kopf. »Ist schon gut. Es tut mir leid, falls ich in gewisser Weise dazu beigetragen habe. Leider gibt es gerade wesentlich dringendere Probleme. Demnächst werden sehr viele Leute durchs Portal kommen, die uns umbringen wollen. Die Ginger umbringen wollen.«

Ginger klappte vor lauter Entsetzen der Mund auf, aber ihre Augen blieben ausdruckslos. »Nein«, sagte sie. »Nein – bitte, lassen Sie das nicht zu! Wir haben sie gerade erst in die Harmonie geführt!«

»Dann schließt das Portal«, sagte er zu ihr/ihnen. »Schließt das Portal und versiegelt diese Wurmraum-Blase. Wenn sie hier nicht reinkommen, können sie ihr auch nichts antun.«

Es gab eine lange Pause. Vielleicht dachte der Chor angestrengt nach, wie darauf zu reagieren sei. Als Ginger endlich wieder den Mund aufmachte, sah er sofort, dass es sie selbst – und nicht der Chor – war, die antwortete. Sie sah ihm fest in die Augen, aber ihr Mundwinkel zuckte vor Furcht.

»Das können sie nicht.«

»Wieso nicht? Hängen sie immer noch dieser idiotischen Vorstellung an, sie müssten jeden Menschen willkommen heißen? Denn ich kann Ihnen klipp und klar versichern: Wenn Centro-Cor erst einmal hier ist, lassen die nicht locker, bis ihnen alles gehört. Und da der Chor keine Ahnung von Geld hat, werden sie nicht mal anständige Konditionen erhalten.«

»Nein, Kommandant, das … daran liegt es nicht. Sie können das Portal nicht schließen. Sie haben nicht die *Möglichkeit*, es wieder zu schließen. Das ganze System ist vollautomatisch – sobald man es vom Planeten aus öffnet, muss es einen kompletten Zyklus durchlaufen. Es wird noch weitere siebenhundertneunundzwanzig Tage offen stehen und sich danach von selbst wieder schließen, bis jemand anders mit einem Schlüssel vorbeikommt.«

Lanoe kochte innerlich. Das hätten sie ihm schon sehr viel früher mitteilen können. Stattdessen hatten sie sich den ganzen Quatsch mit ›alle Menschen willkommen heißen‹ aus den Fingern gesogen. Noch eine Lüge durch Auslassung. Trotz ihres vielgerühmten gemeinsamen Bewusstseins und der angeblich uneingeschränkten Ehrlichkeit war der Chor verdammt gut darin, einem die wichtigsten Sachen vorzuenthalten.

»Sicher«, sagte er schließlich. »Klar. Schwamm drüber. Dann habt ihr uns alle ins Verderben gestürzt, weil ihr keinen Schlüssel für die eigene Eingangstür besitzt. Aber sei's drum. Was ist mit meiner anderen Bitte? Das, worum ich euch inständig gebeten habe, bevor ihr Ginger den Kopf aufgesägt habt?«

»Das Wurmloch«, sagte Ginger. Noch immer war sie es, die zu ihm sprach. »Sie wollten, dass sie ein Wurmloch zwischen Balor und der Heimatwelt der Blau-Blau-Weiß öffnen.«

»Ja, verdammt. Was ist damit?«

»Das können sie nicht«, sagte Ginger zum wiederholten Male. »Es ist mir egal, wie viel Angst sie vor diesen verfluchten

Quallen haben«, sagte Lanoe. »Ich brauche dieses Wurmloch! Ohne es ist all das hier – unser aller Tod – vollkommen sinnlos!«

»Sie können es nicht tun«, sagte Ginger.

Lanoe bedachte sie mit seinem besten finsteren Vorgesetztenblick, aber sie wich nicht zurück.

»Aus dem gleichen Grund. Die Technologie, um die Sie bitten, existiert nicht mehr. Einst konnten sie stabile Wurmlöcher errichten, ja. Sie haben das ganze Netzwerk erschaffen. Aber das war noch vor der Ersten Invasion. Seitdem sind keine neuen stabilen Wurmlöcher mehr geöffnet worden, weil die Technologie dahinter verloren ging. Sie wissen nicht mehr, wie das geht.«

»Sie wissen es nicht mehr?«

»Bitte hören Sie auf, mich anzuschreien, Sir. Ich habe sofort danach gefragt, wie Sie mir aufgetragen hatten. Ich habe sie angefleht, alles versucht, was mir in den Sinn kam. Aber es ist die Wahrheit. Sie können Ihnen das ersehnte Wurmloch nicht öffnen. Es ist unmöglich.«

34

Sie hatte versagt.

Candless kaute auf der Unterlippe, jagte in losen Schleifen um den Kreuzer herum und beobachtete unablässig das Portal. Was auch immer sich daraus ergießen mochte, sie würde sich auf der Stelle darauf werfen müssen. Es war überlebenswichtig, die feindlichen Jäger sofort anzugreifen, bevor sie Gelegenheit hatten, sich im Innern der Blase festzusetzen und einen Brückenkopf zu bilden.

Sie hatte versagt. Es waren ihre Studenten gewesen, sie war für sie verantwortlich gewesen, und jetzt waren alle beide …

Ginger hatte sich in die Klauen einer außerirdischen Chirurgin begeben und stand jetzt unter der Kontrolle einer fremden Rasse riesiger Hummer. Bury würde wahrscheinlich seinen Verletzungen erliegen.

Ganz kurz nahm Candless die Hand vom Steuerknüppel, ballte die Finger dreimal zur Faust, ließ sie wieder aufschnappen. Dann griff sie nach dem Knüppel, legte ihn sanft nach vorn und steuerte auf das Portal zu. Jede Sekunde würde es so weit sein – CentroCor musste wissen, dass ihnen ein Hinterhalt bevorstand, aber sie hatten keine Wahl. Wollten sie die Verfolgung fortsetzen – und die gesamte Besatzung des Hopliten abschlachten –, mussten sie bald den Kopf durchs Portal stecken. Sie überflog ihre Anzeigen. Mehr als genug Munition. Mehr als genug Treibstoff. Das Einzige, was ihr fehlte, waren Mitstreiter.

Bury war ein Esel, das wusste sie genau. Ein Kind voller Wut und Überschwang, das sich von beiden Eigenschaften abwechselnd beherrschen ließ. Allerdings hatte er eine mehrtägige Patrouille hinter sich gehabt und trotzdem wie ein Dämon gekämpft. Und wahrscheinlich sein Leben für ihre Mission gegeben. So weit hätte es nicht kommen dürfen. Es war allein ihre Schuld.

Sie näherte sich dem Portal. Wenn der Angriff kam, wenn die Jäger aus der Öffnung strömten, würde sie im gleichen Moment das Feuer eröffnen. Bald würde es so weit sein. Jede Sekunde.

Ginger war de facto und vor dem Flottengesetz ein Feigling. Auch dafür war Candless verantwortlich. Sie hätte energischer dafür sorgen müssen, sie nicht erneut ans Steuer eines Jägers zu setzen. Als Erste Offizierin hätte sie darauf bestehen müssen, dass Ginger nicht mehr kämpfen konnte. Stattdessen hatte sie sich von Lanoe überreden lassen und so das Mädchen dazu gezwungen, sich zu entehren.

Jede Sekunde jetzt. Jeden Moment. Jeden …

Vier CentroCor-Jäger brachen gleichzeitig aus dem Portal hervor. Die Vierundsechziger flogen in solch enger Formation, dass sich ihre Tragflächen fast zu berühren schienen. Sofort brachen sie die Formation auf und verteilten sich in unterschiedliche Richtungen. Candless ließ einen lauten Fluch fahren und überzog sie mit einer Salve, traf aber nur einen – immerhin ein direkter Treffer, der glatt durchs Vektorfeld brach und den Jäger in einer hellen Explosion auseinanderriss. Die anderen drei schossen an ihr vorbei. Candless zwängte ihr Schiff in eine enge Kurve und eilte dem nächsten hinterher, was jedoch die restlichen zwei ohne Begleitung und den Kreuzer so gut wie schutzlos zurückließ.

Verdammt, dachte Candless. *Schande über mich. Ich habe schon wieder versagt.*

*

Ehta stand in einem der Feuerleitstände oberhalb der mächtigen Rohre der Gaußgeschütze und überwachte ihre Leute bei einer weiteren Gefechtsübung. »Munitionstrupp Vier, schneller, verflucht!«, schrie sie, nahm sich aber nicht die Zeit, um zu überprüfen, ob sie sich wirklich noch mehr beeilten. »Feuerleittrupps, nicht einpennen, verdammt noch mal!«

Sie wusste nicht, ob sie es schaffen würde.

Sie schuldete Lanoe so viel. Sie hatte ihm ihr Leben, ihre Karriere zu verdanken. Und auch das letzte Fünkchen Selbstachtung, das ihr noch geblieben war. Flotte und Marines hatten sie stets nur wie eine Maschine behandelt, wie einen Gegenstand, und immer öfter hatte sie den Anforderungen offensichtlich nicht genügt. Lanoe hatte ihr die Chance gegeben, Teil von etwas Wichtigem zu sein. Bei der Schlacht um Niraya hatte sie ihm helfen können, hunderttausend Zivilisten vor blutrünstigen Aliens zu retten.

Jetzt hatte er ihr aufgetragen, auf andere Aliens zu schießen. Nette Aliens. Friedfertige Aliens. Nicht, dass sie es nicht verstand. Ihr war klar, dass man als Kommandant manchmal Gewalt anwenden musste, um seine Ziele zu erreichen. Himmel, sie war selbst mit jeder Faser ihres Seins Teil des Militärs, oder nicht? Ihre ganze Jobbeschreibung bestand darin, auf Leute zu schießen.

Was aber nicht bedeutete, sie zu überfallen. Sie in Geiselhaft zu nehmen, bis man bekam, was man wollte. So etwas sollte nicht nötig sein.

Als sie den Befehl bekam – wusste sie nicht, ob sie wirklich das Feuer eröffnen konnte.

Sie würde es wohl einfach herausfinden müssen.

»Ihr da hinten – Kanoniere! Muss ich erst runterkommen und euch persönlich in den Hintern treten? Bewegung!«

*

Ginger legte Bury eine Hand auf die Stirn. Sie war trocken und glühte. Ihre Finger klebten nicht so an seiner plastinierten Haut fest, wie sie es erwartet hätte.

697

Regen-auf-Kieseln griff vorsichtig in Burys geöffneten Brustkorb und zog an etwas. Sein ganzer Körper bäumte sich auf. Ginger winselte leise, ihn in solch einem Zustand sehen zu müssen.

»Ich muss los«, sagte Kommandant Lanoe. »Verflucht. Sieht aus, als ob Candless wirklich in Schwierigkeiten steckt. Ich verschwinde jetzt – aber wir sind hier noch nicht fertig. Wir bleiben in Funkverbindung, damit ich weiter mit ihnen reden kann.«

»Jawohl, Sir«, sagte Ginger.

Er eilte aus der Krankenstation. Die Tür glitt hinter ihm zu.

Er weigert sich, die Lage logisch zu betrachten, sagte Regen-auf-Kieseln. Sagte der Chor. *Er glaubt immer noch, dass wir ihm geben werden, wonach er verlangt, wenn er es nur beharrlich genug einfordert.*

»Wir haben ihm erklärt, dass es nicht geht«, sagte Ginger laut und deutlich. Unnötigerweise. Sie fragte sich, ob sie mit der Zeit wirklich lernen würde, einfach zu denken und nicht alles mühsam auszuformulieren. Als Teil des Chors musste man nicht darauf achten, was man sagte – der bloße Versuch war unsinnig. Man konnte ihnen nichts verheimlichen.

Du willst ihm immer noch helfen.

»Er ist mein befehlshabender Offizier. Ich habe mich an seine Anweisungen zu halten.«

Das ist aber nicht alles.

sie hat respekt vor ihm
eine närrische vorstellung
seine worte haben uns sehr getroffen
er hat den ganzen chor in gefahr gebracht
sie glaubt wirklich er kann die blau-blau-weiß besiegen
er hat unsere hilfe ausgeschlagen
sie glaubt er kann es schaffen
sie glaubt an ihn
er ist gefährlich

»Die Meinungen gehen auseinander«, sagte Ginger.

In ihrem Kopf hörte sie Regen-auf-Kieseln leise lachen.

*

Lanoe brauste in seiner BR.9 aus dem Hangar und strebte der Schlacht entgegen, die bereits ohne ihn begonnen hatte. Vor dem Himmel aus Geisterlicht sah er Candless Räder schlagen und den feindlichen Jägern nachsetzen, aber für jeden, den sie erwischte, kamen drei neue durch das Portal. Schon bildete sich ein Ring aus Trümmerteilen um die Stadt, die Reste zerstörter Raumjäger, die Leichen der Piloten. Lanoe dachte plötzlich an das große Stück Carbonpanzerung, das ihm bei der Reparatur des Kreuzers aus der Hand geglitten war. Quälend langsam, aber unaufhaltsam, war es in Richtung der Stadt gefallen – jedes einzelne Trümmerteil, das sie hier draußen produzierten, würde irgendwann unweigerlich in der Stadt aufschlagen, womöglich mit katastrophalen Folgen.

Deren Problem, dachte er. Er musste wenigstens versuchen, diese unfassbar desaströse Mission noch irgendwie zu retten. Der erste Schritt lautete, seine Leute am Leben zu halten, wenigstens noch ein bisschen länger.

Was alles andere als einfach werden würde. Er jagte durch ein halbes Geschwader hindurch und überzog sie mit PSG-Feuer, erreichte aber rein gar nichts. Gerade setzte er zu einer steilen Kurve an, als eine Warnsirene aufheulte. Ein Gegner war Candless entkommen und hielt mit scharfem Disruptor im Unterleib direkt auf den Kreuzer zu.

Lanoe brach die Kurve ab und beschleunigte, um den Vierundsechziger einzufangen, ehe er seine tödliche Fracht abliefern konnte. Über das virtuelle Fadenkreuz auf der Frontscheibe visierte er den Jäger an und wusste, dass ihm höchstens drei Sekunden blieben, bevor der Drecksack seinen Disruptor abfeuerte. Die ersten paar Schüsse gingen weit daneben, die nächste

Salve verpuffte harmlos im Vektorfeld. Noch zwei Sekunden, und er schoss weiter, arbeitete sich mit den Treffern die Flanke des Gegners hinauf. Noch eine Sekunde, und er kam endlich durch. Sein Partikelstrahl schnitt sich tief in die Verkleidung.

In einer Stichflamme brach der Vierundsechziger auseinander, eine Spiere oder ein Teil des Triebwerks krachte in Lanoes Cockpit. Er musste den Disruptor im Rumpf des Gegners erwischt haben.

Aus dem Nichts kam ihm ein Gedanke. Er hatte nichts mit Yk.64ern oder Disruptoren oder sonst etwas in seinem Blickfeld zu tun.

»Stabil«, sagte er laut.

Es war ihm einfach so aufgegangen. Aus heiterem Himmel. »Stabil«, wiederholte er andächtig und griff nach der Nachrichtenkonsole. Dann zuckte seine Hand zurück.

Soeben kam der erste Peltast durchs Portal. Auf einmal war wie aus dem Nichts der waffenstarrende kugelförmige Bug zu sehen. Wie durch Zauberhand wuchs der Bug immer weiter, wurde länger und länger. Zum Teufel. Er hatte geglaubt oder wenigstens gehofft, dass sich die Zerstörer nicht durchs Portal wagen würden.

»Candless«, rief er. »Wir haben ein Problem. Ich bereite einen Disruptor vor – brauche aber Rückendeckung, wenn ich nah genug rankommen will, um ihn sinnvoll zu platzieren.«

»Bin gerade ziemlich beschäftigt«, gab sie zurück. »Ich komme so schnell wie irgend möglich.«

»Besser noch schneller.« Lanoe versuchte fieberhaft, seinem Taktikschirm die bestmögliche Route zu entlocken, suchte nach einem Anflugwinkel, der ihn schnellstmöglich in Reichweite bringen, ihm aber trotzdem die größten Konzentrationen feindlicher Jäger vom Leib halten würde. Es gab keine gute Lösung, keinen einfachen Weg, da irgendwie …

Er sah es nicht einmal kommen.

Sein Kopf dröhnte wie eine Glocke. Überall rote Warnlichter, unzählige schrille Sirenen. Sein Jäger schüttelte sich und hüpfte und legte sich auf den Rücken. Lanoe sah nur noch verschwommen, alles Blut strömte aus dem Kopf in die Beine, die Trägheitsdämpfer nagelten ihn im Sitz fest.

Aus dem Augenwinkel konnte er gerade noch seine Schadensanzeige erkennen. Irgendein CentroCor-Bastard hatte zu viel Glück gehabt und mit seinen PSGs einen direkten Treffer gelandet. Lanoes Hand war vom Steuerknüppel gerutscht – er wollte danach greifen …

Als ein weiterer Treffer ein Loch in sein Cockpit riss.

*

»Lanoe!«, schrie Candless. »Lanoe, komm schon – melde dich, du alter Trottel!«

Sie bekam keine Antwort. Drei CentroCor-Jäger klebten ihr direkt am Heck, und sie konnte Lanoe nicht erreichen. Der Zerstörer war mittlerweile in voller Länge durchs Portal geschlüpft. Hinter ihm tauchte bereits etwas Neues auf, groß und rund und in der Mitte geöffnet und …

Beim letzten Wassertropfen in der Hölle, dachte sie. *Sie bringen tatsächlich auch noch den Träger durch.*

Das riesige Schiff schälte sich behäbig aus der schillernden Öffnung, als manifestiere es sich aus purer Starrköpfigkeit in diesem Universum. Schon starteten weitere Jäger aus dem geräumigen Hangar, während sie es noch ungläubig vor Schrecken anstarrte.

Falls Lanoe tot war – falls sie hier draußen jetzt ganz allein war …

Für solche Gedanken hatte sie keine Zeit. Sie musste die Jäger um jeden Preis vom Kreuzer fernhalten. Bury und Ginger waren beide an Bord des Hopliten. Ein gut gezielter Disruptor. Mehr war nicht nötig, um sie alle zu töten.

Candless zwang den Jäger in eine Kehre, um sich einem nahenden Vierundsechziger entgegenzustellen. Noch in der Drehung eröffnete sie das Feuer. Ihre Tragflächen vibrierten so heftig, dass sie befürchtete, sie würden abreißen, aber sie brachte die Drehung zustande und überzog die Triebwerksdüse des Gegners mit einer Reihe von Treffern. Das Schiff trudelte ab. Sofort ergossen sich um sie herum mehrere PSG-Salven, einige Schüsse trafen in ihr Vektorfeld, sie aber setzte zu einem schnellen Korkenzieher-Manöver an, um die Gegner abzuschütteln.

»Lanoe«, rief sie ein ums andere Mal. »Lanoe!«

*

Überall schrien Menschen durcheinander, riefen ihm Dinge zu, die er nicht verstand. Lanoes Kopf fühlte sich leer an, ausgehöhlt. Er streckte die Hand aus, wollte nach etwas greifen, wusste aber nicht mehr, nach was überhaupt.

»Lanoe«, sagte Zhang.

Er versuchte den Kopf zu schütteln. Wollte zwinkern. Seine Augen ließen sich nicht öffnen.

»Lanoe, du musst aufwachen«, sagte sie.

»Ich – ich versuch's ja«, sagte er matt. »Bin ich tot? Sind wir wieder zusammen?« Die Frage erschien ihm genauso sinnvoll wie jede andere.

»Du darfst noch nicht sterben«, sagte sie. »Du musst sie finden.«

»Ich verstehe dich nicht. Wen – wen meinst du?«

»Die Blau-Blau-Weiß. Sie haben mich getötet, Lanoe. Du musst sie finden.«

»Ich weiß.« Er versuchte nachzudenken, aber der Wind pfiff furchtbar laut durch seinen Kopf. »Ich weiß – ich muss einen Weg finden, dich – sie zur Rechenschaft zu ziehen, und …«

»Nein«, sagte Zhang.

Er war so verwirrt, und der Wind wurde immer lauter, heulte durch ihn hindurch.

»Nein?«

»Nicht zur Rechenschaft«, sagte Zhang.

Fast gelang es ihm, die Augen aufzuschlagen. Gleich würde er aufwachen und sie wieder verlieren, sie würde ihm abermals genommen werden …

»Was dann?«, fragte er.

»Keine Rechenschaft«, wiederholte sie. »Du musst die Blau-Blau-Weiß finden. Und sie alle töten.«

»Was?«, dachte er. Der Wind heulte und pfiff, dröhnte ihm in den Ohren. Zhang würde niemals – sie hätte nie gewollt …

Er öffnete die Augen.

… und sah das Dach eines Leuchtturms der Choristen-Stadt vorbeiwirbeln. Sah weitere Gebäude, dunkle Türme aus Stein, sah einen leeren Platz, alles drehte sich, wahllose Bilder taumelten durch sein verzerrtes Blickfeld, oder waren es nur Halluzinationen, oder …

Nein. *Nein, verdammt* – er trudelte um die eigene Achse, fiel haltlos der Stadt entgegen, keine hundert Meter über dem Boden. Mit einem Schlag konnte er wieder klar denken und erkannte endgültig, dass er sich in freiem Fall befand.

Sein Cockpit war geborsten, die scharfkantigen Ränder waberten hilflos, während sich das Fließglas vergeblich bemühte, das klaffende Loch zu schließen und seine eigentliche Form wieder einzunehmen. Nur war nicht mehr genug davon übrig, als dass es ihn hätte schützen können. Er hatte einen direkten Treffer ins Kanzeldach eingesteckt – daher auch die dröhnenden Kopfschmerzen. Um ein Haar hätte er gar keinen Kopf mehr gehabt. Im Augenblick saß dieser allerdings noch fest auf den Schultern. Er erinnerte sich wieder daran, noch einen zweiten Treffer abbekommen zu haben, aber wo genau? Er hatte keine Zeit, seine Anzeigen zu überfliegen, denn er fiel, drehte sich wild um sich selbst, wurde immer schneller, die Stadt kam näher und näher …

Seine Hand zuckte nach vorn, er bekam den Steuerknüppel zu fassen und zog. Die BR.9 heulte, ächzte, tat absolut nichts, was man irgendwie als Fliegen hätte bezeichnen können.

»Verdammt noch mal«, sagte er. »Verdammt noch mal«, während er weiter mit dem Steuerknüppel kämpfte, einen Blick auf die Triebwerksanzeige warf, die Düsen überprüfte, die roten Warnlichter verfluchte, den Sekundärtriebwerken mehr Energie zuführte – als auch das nichts half, speiste er die Energie in die Positions- und Manövrierdüsen, und irgendwie, irgendwie gelang es ihm, dem Antrieb ein klein wenig Schub zu entlocken, nur ein bisschen.

Abermals riss er am Steuerknüppel und zog so lange, bis seine Armmuskeln protestierten. Er kämpfte gegen den Luftdruck, gegen die Schwerkraft, gegen den nahenden Tod …

Aleister Lanoe hatte jeden Krieg gewonnen, in dem er je gekämpft hatte. Er weigerte sich, diesen hier zu verlieren. Er riss den Jäger aus der Kreiselbewegung, zündete alle Düsen gleichzeitig und verfehlte ein achteckiges Bürogebäude um wenige Zentimeter.

Er beschleunigte und gewann wieder an Höhe.

*

Der Träger verließ endgültig das Portal. Sofort erwachten an einer Flanke eine ganze Reihe Positionsdüsen zum Leben, um dem zweiten Peltasten Platz zu machen. Angesichts all dieser Feuerkraft und des drohenden Untergangs konnte Candless nur noch entsetzt zusehen. Fast hätte sich ein Vierundsechziger erfolgreich an sie herangeschlichen. Fast – im letzten Moment legte sie sich auf die Seite, und seine Schüsse gingen ins Leere. Sie zog eine schnelle Schleife, zerstörte ihrerseits mit einer kurzen Salve das gegnerische Triebwerk und ließ ihr Gegenüber hilflos treibend zurück.

»Lanoe!«

»Ich lebe noch«, sagte er endlich.

»Hah, dem Teufel sei Dank«, gab sie zurück. »Wie sieht es aus?«

»Ich habe ein paar Volltreffer abbekommen. Mein Hauptantrieb ist im Eimer. Ich kann mich in der Luft halten, komme aber auf keinen Fall noch weit genug an den Peltasten heran, um einen Disruptor abzusetzen. Wir müssen Plätze tauschen – ich verteidige den Kreuzer.«

»Das kriegen wir nicht hin, Lanoe«, sagte sie und überzog aus zu großer Entfernung ein Pärchen feindlicher Jäger mit einer Salve. Vier weitere drehten gerade bei, um ihr nachzustellen. »Wir sind verdammt gute Piloten, aber es gibt für alles Grenzen. Wenn dir irgendeine wundersame Lösung einfällt, jetzt wäre der richtige Zeitpunkt.«

»Ich habe da was – vielleicht«, sagte er. »Aber hör noch nicht auf zu schießen.«

»Verstanden.«

Auch wenn sie wenig Sinn darin sah, beschleunigte sie und versuchte die Vierundsechziger abzuschütteln, die sie schon wieder wie Fliegen umschwärmten. Mit ein paar schnellen Handgriffen wollte sie einen Disruptor scharfstellen, musste aber plötzlich ausweichen, weil der nahe Zerstörer anfing, sie mit einem seiner Flaktürme zu bearbeiten. Das Projektil explodierte in der Luft und erzeugte eine Wolke aus weißem Rauch und Tochtergeschossen, die sich bei Annäherung sofort durch ihre Panzerung fressen würden. Die schweren Raketenwerfer am Rücken des Peltasten schwenkten um und folgten ihrem Kurs; auch die großen Partikelgeschütze drehten sich hierhin und dorthin und suchten nach Zielen. Abgesehen von ihr selbst war keines in der Nähe.

Marjoram Candless hatte eine Menge Krieg erlebt. Sie hatte etliche Schlachten geschlagen und im Orbit von mehr als einem Dutzend Planeten bis aufs Blut gekämpft. Am Ende hatte sie beschlossen, stattdessen Ausbilderin zu werden. Fluglehrerin. Um Situationen wie ebendiese nicht' mehr erleben zu müssen.

Was nicht hieß, dass sie irgendetwas verlernt hatte. Sie brüllte wütend, ließ die Sekundärtriebwerke aufheulen und machte einen Satz nach vorn, geradewegs in die feindliche Schusslinie. Wie viele Treffer sie auch einsteckte, selbst wenn sie dabei lebendig verbrannte: Sie würde ihren Disruptor abfeuern.

Überall gegnerische Jäger, ganze Geschwader um sie herum. Die schnellen kleinen Aufklärer tanzten wie Libellen hinter ihr her und deckten sie mit Schüssen ein.

Verdammt, dachte sie einmal mehr. *Zum Teufel. Die werden mich vom Himmel holen, bevor ich nah genug rankomme. Verdammt verdammt verdammt* – die Jäger waren zu dicht gestaffelt, sie konnte einfach nicht durchkommen.

Unzählige Geschütze eröffneten das Feuer, über ihr, unter ihr, zu beiden Seiten erblühten Explosionen, aber sie wich nicht aus, flog keine Kurve, blieb schnurgerade auf ihrem Kurs …

… und plötzlich blähten sich ringsum Vierundsechziger und Aufklärer zu Feuerbällen auf, wurden auseinandergerissen, trudelten ihrer Tragflächen beraubt auf schiefen Bahnen ab.

»Nicht nachlassen«, sagte eine Stimme. »Ich gebe Ihnen Deckung.«

Valk. Das war Valks Stimme.

»Valk?«, rief sie.

»Besser zu spät als nie, wie ich hoffe. Nicht nachlassen!«

Candless verschwendete einen Sekundenbruchteil darauf, ihre Anzeigen zu überfliegen. Da glänzten acht blaue Punkte auf ihrem Taktikschirm – acht freundliche Signale direkt hinter ihr, die wie Mücken in diverse Richtungen zuckten und schneller manövrierten, als es einem menschlichen Piloten je möglich gewesen wäre. Ein Gegner nach dem anderen fiel ihnen zum Opfer.

Acht Stück.

Vor ihr ragte groß und unheilvoll und unbezwingbar der Zerstörer auf – nur klaffte plötzlich mitten in seinem Schutzschild aus Jägern ein kleines Loch. Groß genug, um hindurchzustoßen.

*

Valk hatte seinen Fehler endlich begriffen.

Als er sich in den Bordcomputer des Hopliten kopiert hatte, war er gezwungen gewesen, seine Datenbanken und Arbeitsvorgänge stark zu beschneiden, weil ihn das Schiff nicht zur Gänze aufnehmen konnte. Deshalb hatte er in seinen Verzeichnissen alle Prozesse gekappt, die mit der Bewegung seiner Arme und Beine, mit Essen und Trinken zu tun hatten. All das, was seine Kopie sowieso nicht benötigen würde. Außerdem hatte er all die Hintergrundprozesse abgeschaltet, die es seiner Kopie erlauben würden, Schmerz zu empfinden.

Er hatte es für eine gnädige Entscheidung gehalten. Nachdem er so viele Jahre in einem fiktiven Körper voller Phantomschmerzen zugebracht hatte, selbst solch endlose Schmerzen hatte ertragen müssen, war er der Ansicht gewesen, seiner Kopie diese Torturen ersparen zu können. Mit dem Ergebnis, dass ihn die Kopie, als er sich hatte synchronisieren wollen, verbissen bekämpft hatte. Sie wollte nicht wieder in einen Körper zurück, der unter ständigen Schmerzen litt. Sie wollte weiter ihr paradiesisches, körperloses Eigenleben führen.

Die Kopien, die er jetzt von sich erstellt hatte und die in den acht Jägern saßen, die er Candless als Verstärkung geschickt hatte, fühlten *nichts als* Schmerz. Für sie würde der Tod nur herrliche Erlösung bedeuten.

Er stand unentwegt mit ihnen in Kontakt, spielte ihnen die neuesten Daten aus der Sensorik des Kreuzers zu und überwachte ihre Denkprozesse, um sicherzugehen, dass sie sich nicht gegen ihn wandten. So hatte er keine andere Wahl, als all ihren Schmerz mitzufühlen. Auch wenn er kein Skelett besaß, tat ihm jeder Knochen im Leib weh. Seine Muskeln brannten, seine Zähne fühlten sich an, als verwesten sie im Kiefer.

Aber die Resultate sprachen für sich. Da sie keine Angst kannten und mehr als gewillt waren, sich ohne Rücksicht auf Verluste auf die Feinde zu werfen, gingen sie Risiken ein, die kein Mensch verkraftet hätte. Da sie nicht aus sterblichem Fleisch waren, konnten sie Manöver fliegen, die einen menschlichen Piloten in rotes Gelee verwandelt hätten.

Da sie selbst den Tod herbeisehnten, hatten sie keinerlei Gewissensbisse, die CentroCor-Piloten abzuschlachten. Er musste sie sogar dazu zwingen, lange genug am Leben zu bleiben – sie davon abhalten, sich mit Kamikazeangriffen ein schnellstmögliches Ende zu setzen.

Er lag zurückgelehnt in seinem Sessel auf der behelfsmäßigen Brücke, die Arme hingen schlaff zu Boden. Er fühlte seine Lippen zittern, obwohl er keine hatte, fühlte seine nicht vorhandenen Augen in den Höhlen erbeben, während seine Kopien Treffer um Treffer erlitten, während die Triebwerke und Verkleidung und lebenswichtigen Systeme ihrer Jäger zerquetscht und verbrannt und von Partikelstrahlen auseinandergerissen wurden, während sie Schrapnell der Flaktürme einsteckten, in Flammen aufgingen, Stück für Stück explodierten, in tödlicher Hitze und Strahlung gebadet wurden.

Und dann war einer von ihnen – verschwunden. Es gab weder einen überschwänglichen Freudenschrei noch ein letztes, verzweifeltes Kreischen. Auf einmal war er einfach verschwunden, und mit ihm auch ein Achtel von Valks mitgefühlter Qual. Er zitterte vor Erleichterung …

… und drängte die verbleibenden sieben zu noch irrsinnigeren, waghalsigeren Taten.

*

Auf Lanoes Taktikschirm erlosch ein gelber Punkt. Einer von Valks Geisterjägern schoss an seinem Bug vorbei und wackelte mit den Tragflächen. Die KI hatte Lanoe eine Atempause und damit Gelegenheit verschafft, ein Wort mit Ginger zu wechseln.

In seinem Kopf schien ein Damm gebrochen zu sein. Genau wie Zhang zu ihm gekommen war, als er ratlos vor den Statuen der Zwölf gestanden und nicht gewusst hatte, wie das Portal zu aktivieren war. Jetzt hatte sie sich abermals bemerkbar gemacht und ihn diesmal an nur ein einziges Wort erinnert, ein Wort, das er im Kampfgetümmel vergessen hatte.

Stabil.

»Stabil«, sagte er abermals.

»Kommandant? Wir wissen nicht, was Sie meinen.«

»Sie hatten gesagt, der Chor sei nicht mehr in der Lage, stabile Wurmlöcher zu öffnen, dass ihnen das Knowhow nach der Ersten Invasion verloren gegangen ist. Aber ich weiß ja, dass sie bestimmte Wurmlöcher trotzdem noch erschaffen können – *instabile* nämlich. Wurmlöcher, die nur kurze Zeit bestehen.«

Ginger schwieg. Vielleicht hielt sie Rücksprache mit dem Chor. Es dauerte viel zu lang. Lanoe musste sich von einem nahenden Flak-Projektil wegdrehen, das in einer Explosion verging und die Flanke des Kreuzers mit weißglühenden Metallsplittern überzog. Einige von ihnen bohrten sich in die Carbonverkleidung des Hopliten, blieben dort stecken, dampften sichtbar und fraßen sich tiefer hinein.

Lanoe fletschte die Zähne. Wenn Ginger nicht bald antwortete …

»Sie haben verstanden«, sagte sie endlich. »Ihre Aussage stimmt.«

Ein gleißender Komet aus schweren PSG-Salven fuhr knapp an Lanoes Cockpit vorbei und traf den Kreuzer mittschiffs in der Nähe der Geschützbatterie. Der ganze Hoplit erzitterte unter dem Einschlag. In Lanoes Augenwinkel tauchte eine grüne Perle auf. Ehta, die ihn zweifellos warnen wollte, dass der Kreuzer solchem Beschuss nicht mehr gewachsen war. Er ignorierte sie.

»Dann können sie uns ein instabiles Wurmloch öffnen. Es muss lediglich groß genug sein, dass der Kreuzer hindurchpasst. Ginger – wir müssen hier weg. Wir können CentroCor nicht schlagen, nicht mit den beiden Zerstörern. Sagen Sie ihnen das! Sie sollen ein Wurmloch öffnen, damit wir verschwinden können!«

Wieder eine längere Pause. Eine Rakete streifte die Triebwerke des Kreuzers. Die Druckwelle der Explosion brachte Lanoes Schiff wild ins Schlingern, aber er hatte sich gefangen, ehe er mit dem Kreuzer kollidieren konnte. »Ginger!«, schrie er. »Wir gehen hier draußen vor die Hunde!«

Die Sekunden tropften vorbei. Begriff sie das denn nicht? Wusste sie nicht, dass sie alle zusammen untergehen würden, wenn es ihr nicht gelang, den Chor schleunigst zu überzeugen?

»Sie trauen Ihnen nicht«, sagte sie schließlich.

»Was?«

»Seit Sie angekommen sind, haben Sie den Chor manipuliert und genötigt. Alle Hilfe ausgeschlagen, die sie angeboten haben, und unmögliche Forderungen gestellt. Sie haben …«

»Ginger«, schnitt er ihr das Wort ab. »Sie haben zwanzig Sekunden Zeit, sie davon zu überzeugen, uns ein Wurmloch zu öffnen.« Er schaltete ihre Verbindung stumm und blinzelte zur Seite, um Ehtas Anruf entgegenzunehmen.

»Chef«, sagte diese sofort, »wenn wir noch mehr solche Treffer einstecken, haben wir kein Deck mehr, auf dem wir noch stehen könnten, und werden zwecks Antrieb alle wild mit den Armen rudern müssen. Wenn wir das Schiff aufgeben sollen, sag bitte Bescheid – bis dahin …«

»Ist die Feuerleitlösung für die Stadt des Chors vollständig berechnet?«, fragte Lanoe dazwischen.

»Ist sie, aber …«

»Haltet euch bereit.«

*

Es mochte ein furchtbares Klischee sein, aber die Zeit schien tatsächlich stillzustehen. Candless sah sich um und erblickte Flak-Projektile, die sich wie exotische Blumen in Zeitlupe zu kleinen Wolken entfalteten. Wie funkelnde Perlenketten zogen Partikelstrahlen an ihr vorbei. Überall krochen CentroCor-Jäger heran, um die Lücken in ihren Formationen zu schließen.

Sie blendete all das aus. Wies dem Disruptor über die virtuelle Tastatur feste Zielkoordinaten zu. Rollte sich mit dem Jäger auf die Seite, um einer Rakete auszuweichen, die auf sie angesetzt hatte. Sah auf den Taktikschirm und stellte fest, dass von Valks Jägern nur noch fünf übrig waren, sie aber trotzdem einen Großteil der feindlichen Verbände erfolgreich beschäftigten. Sie legten schier unglaubliche Loopings und Kreisel hin, feuerten unablässig und scheinbar wahllos, landeten aber Treffer um Treffer und rissen einen Gegner nach dem anderen in Stücke.

Direkt voraus flogen die beiden Zerstörer so eng, als wären sie miteinander vertäut. Eine solche Masse von Geschützrohren, dass sie von einem dichten Pelz überzogen schienen und die eigentliche Bordwand kaum zu erkennen war.

Sie drückte eine letzte Taste, und die virtuelle Tastatur verschwand. Im Rumpf der BR.9 glitt ein Teil der Verkleidung zur Seite, und das Disruptor-Geschütz fuhr sich aus. Der Glückstreffer eines Aufklärers schlitzte ihr eine Tragfläche auf, das Schiff drehte sich auf die Seite, aber sie kümmerte sich nicht darum. Sie war hindurch, sie war bereit.

Die Zerstörer hatten sich in Bewegung gesetzt, der Bug des vorderen hob sich leicht und zog nach links. Der Pilot musste sie sehen, musste begriffen haben, was sie vorhatte, und mit letzter

711

Kraft versuchen, sich aus dem Schuss zu drehen, ihr die am wenigsten verwundbare Seite zuzuwenden. Das große Schiff bewegte sich nur zäh; trotzdem hatte sie das Gefühl, die Verzweiflung des gegnerischen Piloten spüren zu können. Der zweite Zerstörer musste ebenfalls manövrieren und in die entgegengesetzte Richtung abdrehen, um einem Zusammenstoß zu entgehen.

Aus dem Augenwinkel sah Candless die feindlichen Jäger zu beiden Seiten. Sie legte den Finger um den Abzug.

Im letzten Moment zog sie den Steuerknüppel ein wenig zur Seite, und ihr Schiff zog vor dem Bug des Zerstörers vorbei. Plötzlich hatte sie den Träger im Visier, die enorme geschwungene Landschaft seiner Flanke.

Sie drückte ab. Als hätte ihr jemand von unten gegen den Sitz getreten, löste sich der Disruptor mit einem Satz vom Rumpf – und strebte direkt auf den Träger zu.

Sie hatte sich das Manöver sorgfältig zurechtgelegt, um sicher zu sein, dass dem Träger keine Zeit mehr zum Ausweichen blieb. Das Schiff war zu groß, um es mit nur einem Disruptor auszuschalten; als er sich jedoch in die Bordwand bohrte und sich ins Innere fraß, konnte sie sich das Lachen nicht verkneifen.

Man würde sich an sie erinnern. Höchstwahrscheinlich hatte sie nur noch Sekunden zu leben, aber diese Mistkerle würden sie nie vergessen.

Rein praktisch gesehen, wenn auch emotional weit weniger befriedigend, würde die Besatzung des Trägers ein paar schlimme Sekunden durchleben und danach eine Menge Schadensbegrenzung zu betreiben haben. Die Zerstörer würden ihre hastigen Ausweichmanöver erst verarbeiten müssen, was bei Schiffen dieser Größe eine Weile dauern konnte. Sie würden sich kaum auf die Schlacht konzentrieren können – wenigstens für kurze Zeit.

Candless hatte ihren Leuten ein paar wertvolle Sekunden erkauft. Sie konnte nur hoffen, dass Lanoe diese Zeit auch zu nutzen wusste.

*

»Bitte«, sagte Ginger, »ihr müsst uns helfen. Ihr müsst tun, worum Kommandant Lanoe euch gebeten hat.«

Es ist nicht länger im Interesse des Chors, Aleister Lanoe zu gefallen, gab Regen-auf-Kieseln zurück.

er hat kein recht zu fragen
er tritt unser großes werk mit füßen
er hat uns nichts als zerstörung gebracht
er spricht nicht für den rest der menschheit
vielleicht wird uns dieses centrocor zuhören
warum sollten wir ihm einen gefallen tun
uns wird er als nächstes bedrohen
er ist kein freund des chors
er ist für seine lügen bekannt

Ginger raufte sich mit beiden Händen die Haare. Aus Versehen berührte sie mit dem Daumen die frische OP-Narbe an der Schläfe. Der stechende Schmerz hallte im Chor wider – Ginger spürte sie alle unter der Berührung zusammenzucken.

»Aber um mich macht ihr euch doch Sorgen. Vielleicht hasst ihr Lanoe, oder – oder ...« Nein, hassen war nicht das richtige Wort. Der Chor wies Lanoes Bitte nicht aus Bosheit oder Wut zurück. Sie wollten ihn *beschämen.* Ihn zurechtweisen. Sie schüttelte den Kopf. »Er ist keiner von euch! Ihr könnt ihn nicht zum Harmonieren zwingen! Versteht ihr das denn nicht? Menschen und Choristen sind verschiedene Spezies, sie ...«

Du bist eine von uns. Archie war einer von uns.

Momentan tendiert die Mehrheit dazu, ihn zurückzuweisen. Viele würden noch drastischer reagieren, falls sie könnten. Manche

sind der Meinung, dass wir uns einfach von ihm abwenden sollten,
weil er ein hoffnungsloser Fall ist. Und ein paar wenige …

Ja! Ginger konnte ihre Stimmen ausmachen, auch wenn sie im Sog der Informationen, die ihren Kopf in jeder Sekunde durchfluteten, fast verloren gingen. Aber doch, da – und da, und da, und dort – waren ein paar Choristen, die Lanoes Bitte tatsächlich stattgeben wollten. Nur eine Handvoll, aber sie waren jetzt deutlich zu hören. Ginger konnte ihre Gedanken aufnehmen, sie verstärken und weitersenden. Da sie noch neu war, noch immer lernte, richtig zu harmonieren, waren ihre Gedanken … lauter, wogen schwerer, wurden sorgfältiger bedacht. Indem sie die Gedanken anderer Choristen aufgriff, die bereits Teil des Konsens waren, konnte sie sie herausheben. Sie hervorstechen lassen.

Schon jetzt fallen viele Trümmer auf die Stadt, leitete sie sofort weiter. *Es wird eine Menge Verletzte geben, wenn wir keinen Weg finden, diese Schlacht zu beenden. Die Menschen werden einander umbringen, und ihr Blut klebt dann an unseren Scheren. Die Menschen sterben zu lassen ist ein beschämender Akt, wenn wir es stattdessen verhindern könnten.*

Die Gedanken hallten durch die Harmonie des Chors, schwollen an, verlangten zunehmend Aufmerksamkeit. Irgendwann konnte Ginger sie – vielleicht – doch überzeugen, den Gesang des Chors in eine neue Richtung lenken.

Aber es würde dauern. Viel zu lange dauern. Es musste einen anderen …

Ohne Vorwarnung zog Regen-auf-Kieseln ihre Scheren zurück und entfernte sich von Burys Körper. Im nächsten Moment erbebte die komplette Krankenstation, als der Kreuzer von etwas getroffen wurde. Das Operationsbesteck verteilte sich auf dem Boden.

Natürlich, dachte Ginger – die Chirurgin war vor dem bevorstehenden Treffer gewarnt worden. Die vielen Choristen, die aus der Stadt zusahen, hatten den Angriff kommen sehen. Hätte sie selbst genauer hingeschaut, hätte sie besser harmoniert, wäre es ihr ebenfalls nicht entgangen.

Sie senkte den Blick und sah Bury auf seinem Krankenbett an. Hätte Regen-auf-Kieseln ihre Scheren nicht rechtzeitig zurückgezogen, hätte sie ihn womöglich aufgeschlitzt. Vielleicht wäre er auf der Stelle gestorben.

Als wäre nichts geschehen, griff Regen-auf-Kieseln wieder in seine blutige Bauchhöhle, zog einen Metallsplitter heraus und trat einen Schritt zurück. Die Sanitätsdrohne senkte ihre Gelenkarme und fing an, ihn wieder zuzunähen, den Bauchdeckenschnitt der Chirurgin zu schließen.

Ginger musste unbedingt wissen, ob …

Er wird überleben, sagte Regen-auf-Kieseln.

»Nicht, wenn ihr das Wurmloch nicht öffnen wollt«, gab sie zurück. »CentroCor wird ihn töten. Die werden jeden an Bord dieses Schiffs töten, mich und dich eingeschlossen.«

Dazu muss es nicht kommen, sagte Regen-auf-Kieseln. *Wir beide können in die Stadt zurückfliegen. Der Chor wird dich beschützen.*

»Wenn ich mich bereit erkläre, bei euch zu bleiben«, sagte Ginger. »Den Rest meines Lebens hier zu verbringen. Damit ihr mit den Menschen sprechen könnt.«

Die Choristin musste es nicht bestätigen. Ginger hatte ihr keine Frage gestellt – sie wusste, wie der Chor darüber dachte.

»Ich …«, hob sie an, überlegte, wie sie Nein sagen konnte, ohne den Chor endgültig gegen sich aufzubringen, aber natürlich kannten sie ihre Gefühle schon längst. Aber da wusste sie es. Sie wusste, was sie zu tun hatte. Was sie tun musste, wollte sie Bury und Leutnantin Candless und Ehta und alle anderen an Bord retten. All ihre Freunde.

Du willst keine von uns sein.

Aber du wirst es trotzdem tun.

»Öffnet das Wurmloch«, sagte sie laut und deutlich.

Sie betrachtete Burys Gesicht, der dalag und friedlich schlief. Sie wusste, sie würde ihn nie wiedersehen.

»Öffnet das Wurmloch, dann bleibe ich bei euch. Ich werde Teil des Chors.«

*

Candless rammte den Steuerknüppel nach vorn, tauchte seitlich am Zerstörer vorbei und legte den Jäger auf den Rücken, um die Flanke des großen Schiffs mit ihren PSGs bearbeiten zu können. Während er noch auf ihre BR.9 anlegte, sprengte sie Geschütztürme vom Rumpf und riss Löcher in die Panzerung. Sie hinterließ eine Schneise der Verwüstung, wusste aber, dass der Schaden in erster Linie kosmetischer Natur war. Solange sie keinen weiteren Disruptor scharfmachte, bestand kaum Aussicht darauf, den Peltasten ernsthaft zu beschädigen.

Vielleicht lebte sie noch lange genug, um genau das zu tun. Die feindlichen Jäger blieben auf Abstand, offensichtlich aus Angst, sie zu verfehlen und stattdessen ihre eigenen Kriegsschiffe zu treffen. Überall brandete Flakfeuer auf, aber sie ignorierte den Beschuss, ignorierte die brennenden Trümmer, die ihre Frontscheibe verklebten, ignorierte die roten Warnlichter und die Sirenen, die ihr Cockpit erfüllten.

Candless drehte sich unter dem Zerstörer hindurch und sah, dass die Unterseite weniger Geschütze aufwies als die oberen Decks. Sie griff nach der Waffenkonsole und leitete das Nachladen des Disruptor-Geschützes ein. Bevor sie den Vorgang abschließen konnte, tauchte direkt vor ihr ein Vierundsechziger auf, der sofort das Feuer eröffnete. Sie riss den Jäger zur Seite und versuchte, das Feuer zu erwidern, aber der Winkel war so ungünstig, dass sie nicht hoffen konnte, sein Vektorfeld zu überwinden. Das war's dann wohl, dachte sie – sie war ein geradezu lächerliches Risiko eingegangen, hatte sich kopfüber in ein Himmelfahrtskommando gestürzt, und jetzt würde sie für ihre Torheit büßen. Ihre lange Karriere gipfelte in diesem einen Moment, in diesem Nahkampf …

Plötzlich riss der Vierundsechziger auseinander, die Tragflächen wirbelten in unterschiedliche Richtungen davon, das Triebwerk verging in einer Stichflamme. Die Trümmer fielen der Stadt entgegen, und unvermittelt setzte sich einer von Valks unbemannten Jägern an ihre Seite. Ein Blick auf den Taktikschirm eröffnete ihr, dass noch drei weitere unterwegs waren.

»Was machen Sie?«, fragte sie. »Sollten Sie nicht eher den Kreuzer verteidigen?«

»Ich weiß, dass ich Sie vorher im Stich gelassen habe. Ich weiß, dass Bury vielleicht wegen mir sterben muss. Verdammt, lassen Sie mich jetzt wenigstens helfen. Wenn ich ein paar meiner Jäger opfere, kommen Sie hier noch heil raus. Ich habe die Simulationen durchgespielt. Es wird funktionieren.«

»Wenn mich nicht alles täuscht, werden wir bis zum bitteren Ende kämpfen müssen. Unser aller Ende. Warum weglaufen, wenn es keinen Ausweg gibt?«

»Sehen Sie sich um.«

»Nach was denn? Ich kann nichts … erkennen …«

Bis sie es natürlich doch tat.

Sie sah breite Plasmabahnen, die sich aus den Leuchttürmen der Stadt in den Himmel ergossen und einen Kranz aus blendend weißen Funken bildeten. Jenseits des Hopliten wirbelte und blitzte das Plasma am Rand der Blase, bildete einen Ring aus purem Licht. So schnell der Ring entstand, war er schon wieder verschwunden, schien sich selbst zu verzehren und verpuffte.

Zurück blieb eine breite, farblose Scheibe aus gekrümmter Raumzeit, eine Glaslinse, die direkt vor dem Bug des Kreuzers schwebte. Ein Wurmloch-Schlund.

»Er hat es geschafft«, flüsterte Candless. »Er hat sie überzeugt.«

Im gleichen Moment meldete sich Lanoe über den offenen

Teamkanal. »Alle sofort zurück an Bord! Wir müssen auf der Stelle verschwinden!«

*

Lanoes BR.9 war nur noch ein Klumpen aus schartigen Kabelsträngen und verschmorten Anzeigen. Er gab sich weder Mühe, sein geschundenes Gefährt vorsichtig zu behandeln, als er den Hangar erreichte und sich ins Andockgestell bugsierte, noch nahm er sich die Zeit, das Kanzeldach einzufahren – er schlängelte sich kurz entschlossen durch das klaffende Loch in der Scheibe, rannte zur nächsten Reling und schaffte es gerade noch, Candless und einem von Valks Jägern auszuweichen, die hinter ihm heranbrausten. Einer nach dem anderen kamen auch die übrigen Jäger zurück und legten gekonnt in ihren Gestellen an. Von den acht Schiffen, die Valk simultan gesteuert hatte, kehrten nur drei zurück, der Rest war vernichtet worden.

Lanoe griff nach seinem Armdisplay. »Ehta, Feuerleitlösung löschen. Sag deinen Leuten, sie sollen sich anschnallen – wir fliegen sofort los.« Er wartete ihre Antwort nicht ab. »Valk, bring uns da durch – jetzt.« Wieder tippte er das Display an. »Ginger, ich weiß nicht, wie Sie sie überredet haben, aber Sie haben uns allen das Leben gerettet.«

»Natürlich, Sir«, sagte sie. Aber ihr Tonfall klang seltsam. Viel trauriger, als unter diesen Umständen zu erwarten gewesen wäre.

Candless lief zu ihr, packte ihr Handgelenk und zog es zu sich. »Ginger – mit Bury alles in Ordnung?«

»Er lebt noch. Er wird …« Das Mädchen verstummte mitten im Satz.

»Sorgen Sie dafür, dass er angeschnallt ist. Und Sie auch.«

»Ich kümmere mich um Bury, aber ich selbst komme nicht mit. Ich habe eine Abmachung getroffen – im Tausch für Ihr Wurmloch. Ich bleibe hier und ersetze Archie. Der Chor hat bereits ein Luftfahrzeug losgeschickt, um mich und Regen-auf-Kieseln abzuholen. Leutnantin Candless, ich will, dass Sie wissen, wie viel ich Ihnen ...«

»Wie bitte?«, schnitt Candless ihr das Wort ab. »Ginger, das werde ich nicht zulassen. Sie kommen mit uns, basta.«

»Ich kann nicht«, sagte Ginger energisch. »Sie brauchen mich. Ohne mich ist ihre Harmonie unvollständig. Ich habe es ihnen versprochen.«

Lanoe entriss sich Candless' Umklammerung. »Das ist ja schön, aber CentroCor wird kaum aufhören, uns zu beschießen, solange wir auf das Luftfahrzeug warten. Wir verschwinden auf der Stelle, und ich lasse niemanden zurück. Sobald wir ... angekommen sind, wo auch immer wir landen«, sagte er und stockte, weil ihm aufging, dass er keinen blassen Schimmer hatte, wohin das neue Wurmloch führte. Nicht, dass es ihm gerade wichtig war – im Moment war jeder Ort besser als dieser. »Sobald wir ankommen, können wir arrangieren, Sie zurückzuschicken, falls Sie das dann immer noch wollen.«

»Nein, Kommandant! Das können Sie nicht tun, ich habe es versprochen, und außerdem kann Regen-auf-Kieseln nicht ...«

Lanoe unterbrach die Verbindung. Er bemerkte Candless' Blick und zuckte mit den Schultern.

»Wenn sie erst von hier fort ist, wird sie nicht mehr zurückwollen. Los jetzt, wir haben eine kopflose Flucht vor uns.«

35

Der Kreuzer glitt durch den Schlund und wurde von Geisterlicht empfangen. Candless' Disruptor und Valks Jäger hatten CentroCors Streitmacht aus dem Gleichgewicht gebracht, aber der Feind hatte sich wieder so weit gefangen, dass er ihnen Salven hinterherschickte. Schwere Partikelstrahlen krachten in die Tunnelwände des Wurmlochs, schlugen dampfende Blasen und lösten sich auf. Ein Strahl traf den Hopliten in die Flanke, der seitlich abdriftete und beinahe mit der Wand zusammengestoßen wäre. Das ganze Schiff zitterte und zuckte. Lanoe musste sich an einer Nylonschlaufe festhalten, um nicht wie eine Gelenkpuppe quer durch den Raum geworfen zu werden. »Jetzt kriegt ihr uns nicht mehr«, schrie er aufgebracht, »nicht nach all der Mühe!«

Valks Finger rasten über die virtuellen Tastaturen zur Steuerung der Manövrier- und Positionsdüsen des Kreuzers. Langsam bekam er ihn wieder unter Kontrolle. »Kann bitte jemand CentroCor mitteilen, dass sie verloren haben«, sagte er.

Candless hatte sich auf einem der Sitze in der Messe festgeschnallt und überprüfte mit einem Lesegerät die Sensorik des Kreuzers. »Irgendwas stimmt nicht«, sagte sie.

Bevor sie erläutern konnte, was genau ihr missfiel, meldete sich Paniet aus dem Maschinenraum. »Ihr Lieben – ich will euch nur ungern beunruhigen, aber dieses Schiff wird nur noch von Bindfaden und Hoffnung zusammengehalten. Noch so ein Treffer …«

»Wir müssten jetzt eigentlich außer Reichweite sein«, sagte Lanoe. »Aber schauen Sie mal, ob Sie Valk noch etwas mehr Saft zukommen lassen können.«

»Noch mehr? Ich würde vor Freude Luftsprünge machen, wenn ich der Ansicht wäre, wir könnten den gegenwärtigen Schub überhaupt halten. Nein, Liebes, in unter einer Stunde sind wir nur noch höchstens halb so schnell.«

»Lanoe«, warf Candless ein, »sieh dir das an. Das Wurmloch …«

Er fuhr ihr über den Mund. »Paniet, wir brauchen mehr Schubkraft, und es ist mir gleich, wie Sie das hinkriegen. Von mir aus lassen Sie das Triebwerk durchbrennen.«

»Lanoe!«, schrie Candless ihn an.

Er wusste, was sie sagen würde, bevor sie es aussprechen konnte.

»Das Wurmloch … schrumpft.«

»Sicher«, sagte er.

»Es tut mir leid«, sagte Candless, klang aber noch wütender als vorher, »ich bin mir nicht sicher, ob du gehört hast, was ich gesagt habe. Das Wurmloch, das wir gerade durchqueren, wird zunehmend enger, je weiter wir kommen. Bei Eintritt hatte es einen Durchmesser von sechshundertundeinem Meter, und jetzt ist es noch fünfhundertdreiundneunzig Meter breit. Die Wände kommen – im wahrsten Sinne des Wortes – immer näher.«

»Klar«, gab Lanoe zurück. »Es ist schließlich ein instabiles Wurmloch.«

»Ein … was?«

»Der Chor hat längst vergessen, wie man stabile Wurmlöcher erzeugt. Also habe ich sie gebeten, wenigstens ein kurzlebiges zu öffnen – entweder das, oder CentroCor hätte uns alle getötet. Ich gehe davon aus, dass es lange genug hält, um die andere Seite zu erreichen. Ich würde es ungern darauf ankommen lassen. In diesem Sinne, Paniet …«

»Mehr Geschwindigkeit. Jawohl, Sir.«

*

Ihnen blieb nichts anderes übrig, als den Zahlen beim Schrumpfen zuzusehen. Das Wurmloch war fünfhundertzwölf Meter breit. Dann vierhunderteinundneunzig.

»Schaffen wir es?«, fragte Lanoe.

Was ihm niemand beantworten konnte. Niemand wusste, wie lang dieses Wurmloch war, ob sie es in einer Stunde oder in sieben Tagen durchquert haben würden. Sollten sie noch länger als neunzig Minuten brauchen, würden sie ernste Probleme bekommen. Der Hoplit war fünfzig Meter breit. Sollte das Wurmloch auf weniger als fünfzig Meter zusammenschrumpfen, ehe sie hindurch waren, würden sie vernichtet werden.

»Wir schaffen das«, sagte Lanoe.

Als Ginger und Ehta die Brücke betraten, durchmaß das Wurmloch noch vierhundertsechs Meter. Vielleicht spürten sie die angespannte Stimmung in dem Gemeinschaftsraum sofort, denn für eine ganze Weile sagten beide kein Wort, sondern setzten sich zu den anderen rund um den großen Bildschirm und betrachteten die schwindenden Zahlen.

Stille.

»Wie geht es Bury?«, fragte Valk, als er es nicht mehr aushielt. Dreihundertneunundneunzig Meter.

»Er schläft«, sagte Ginger. Kaum mehr als ein Flüstern. Das Mädchen war bleich und sah abgekämpft aus. Sie hat zweifellos auch eine Menge durchgemacht, dachte Valk. »Regen-auf-Kieseln hat gesagt, dass er durchkommt. Immerhin ist er stabilisiert.«

Valk nickte. »Das ist gut. Ein feiner Kerl.«

»Wie geht es unserem Gast?«, fragte Lanoe.

»Regen-auf-Kieseln?«, fragte Ginger. »Sie – sie war sehr aufgebracht. Als sie begriffen hat, dass Sie uns nicht zurück in die Stadt lassen. Sie … kann den Chor nicht mehr hören. Ich auch nicht, aber ich bin nicht damit geboren worden. Ich habe nicht mein ganzes Leben lang die Gedanken Tausender Artgenossen im Kopf gehabt.« Gingers Blick schien in weite Ferne zu schweifen, was Valk nicht behagte. »Sie ist ganz allein. So allein. Sie konnte es nicht ertragen. Sie hat mich um ein Beruhigungsmittel gebeten und mir gezeigt, wie ich es ihr verabreiche, an welcher Stelle die Nadel zwischen den Panzerplatten durchpasst. Wir müssen sie so schnell wie möglich zu ihrem Volk zurückbringen.«

»Sicher«, sagte Lanoe.

Dreihundertsiebenundfünfzig Meter.

Ehta tippte Candless auf die Schulter und nahm sie beiseite, ein Stück den Gang entlang außer Hörweite. Valk konnte sie trotzdem noch hören – er hörte alles, was an Bord vor sich ging. Er wollte sie nicht belauschen, musste aber wissen, worum es ging. Er wusste, dass sich die beiden nicht ausstehen konnten. Ehta hatte ihm dargelegt, was sie von Candless hielt. Mehrfach.

»Ich habe gesehen, was Sie getan haben«, sagte die Soldatin.

Valk konnte sehen, wie Candless sich wappnete. Vielleicht rechnete sie mit einem Angriff, mit der Rache für die Ohrfeige, die sie Ehta verpasst hatte.

»Frau Leutnant«, sagte Candless. »Auch wenn mir bewusst ist, dass Sie und ich keine Freunde mehr werden, erwarte ich doch ein gewisses Maß an …«

»Ich habe gesehen, wie Sie auf den Zerstörer losgegangen sind«, unterbrach Ehta sie. »Über meinen Bildschirm war deutlich zu sehen, wie Sie ganz allein vorgeprescht sind.«

»Sie … haben zugesehen.«

Ehta nickte. »Das muss höllischen Mut erfordert haben«, sagte sie und streckte die Hand aus.

Candless betrachtete die Hand, als rechnete sie damit, sie mit etwas Ekelerregendem beschmiert zu sehen. Dann ergriff sie sie doch.

»Sie sind eine teuflisch gute Pilotin«, sagte Ehta.

»Da ich Ihre Dienstakte gesehen habe und weiß, was Sie bei

der Schlacht um Niraya geleistet haben, bedeutet mir das einiges«, erwiderte Candless.

Ehta nickte. Ihr Mundwinkel zuckte, und sie ließ Candless' Hand wieder los. »Verstehen Sie mich nicht falsch. Sie gehen mir immer noch extrem auf den Zeiger.«

»Alles klar.«

»Wir müssen ja nicht gleich anfangen, uns gegenseitig Zöpfe zu flechten. Und ich verrate Ihnen auch nicht meine kleinen dunklen Geheimnisse.«

»Werde ich mir merken.«

Ehta nickte ein drittes Mal. »Schön, dann hätten wir das geklärt.«

Sie machten kehrt und kamen zurück auf die Brücke.

Dreihundertfünfzehn Meter.

Valk griff auf die Kamera im Maschinenraum zu und sah Paniet, der sich sorgfältig angeschnallt hatte und seiner kleinen Gruppe von Ingenieuren Anweisungen zurief. »Ja, Liebes, ich kann dich sehen«, sagte er an Valk gerichtet. »Du fragst dich wahrscheinlich, ob wir wirklich so schnell wie möglich fliegen. Tun wir.«

»Du siehst erschöpft aus«, sagte Valk.

»Ich erhole mich noch von einem Schädeltrauma. Du weißt schon, dass es hier unten keinen Knopf gibt, auf dem ›Flieg schneller, du Schiff‹ steht, ja? Du kannst froh sein, dass ich überhaupt noch so viel Energie bereitstellen kann. Wir haben uns vorhin eine Rakete im Triebwerk eingefangen. Um ein Haar hätten wir eine der Tertiärdüsen verloren.«

»Diese alten Hopliten halten ewig. Sie sind unzerstörbar«, sagte Valk.

Paniet sah direkt in die Kamera. »Ich glaube, das haben wir im Laufe der letzten Wochen schon bewiesen.« Er erhob sich von seinem Sitz, ging zu einem Steuerpult in der Nähe und tippte eine Reihe von Befehlen ein.

Valk sah, dass er den Fluss der Abwärme durch den Auslasskrümmer umlenkte. »Versuch mal, es durch die Kanäle sechs und vierzig zu leiten«, sagte er.

Paniet seufzte leise. »Es war einfach zu dankbar, nicht?«

»Wie bitte?«

»Du kannst so viele Dinge tun, die uns unmöglich sind. Uns Menschen, meine ich. Du kannst auf eine Weise mit Computern reden, wie es keiner von uns je könnte. Dich selbst vervielfältigen, um viele Dinge gleichzeitig zu erledigen. Arbeitsprozesse, die dich nerven, einfach abschalten.« Er schüttelte den Kopf. »Genau davor habe ich den Kommandanten gewarnt. Ich habe ihn darum gebeten, alles in seiner Macht Stehende zu tun, um dich so menschlich wie möglich sein zu lassen, damit du dich weiter wie ein Mensch fühlst, weil ich genau gesehen habe, dass du in die entgegengesetzte Richtung unterwegs warst. Aber es war wohl zu dankbar. Du bist für ihn als Maschine einfach zu praktisch.«

»Er musste ein paar unangenehme Entscheidungen fällen ...«

»Er hat beschlossen, dich nicht länger als Menschen zu sehen«, sagte Paniet. »Er braucht dich. Er wird dich nicht ziehen lassen. Und du gibst Stück für Stück immer mehr von dir weg, opferst deine Menschlichkeit, weil du ihm gefallen willst. Weil du ihn liebst.«

»Liebe?«, sagte Valk. Aber er widersprach nicht.

Der Ingenieur überprüfte sein Armdisplay. »Noch zweihundertfünfundneunzig Meter. Wenn wir jetzt umdrehen und zurückfliegen wollten, würden wir es nicht mehr schaffen. Nicht genug Platz zum Wenden. Deine ehrliche Meinung, M. Valk. Kommen wir durch?«

»Ich weiß es nicht«, sagte Valk.

Paniet rümpfte die Nase. »Ein Mensch hätte jetzt gelogen und Ja gesagt. Ein Mensch würde bis zuletzt sagen: Ja, wir können das schaffen.«

»Dann gibt's für mich nur noch wenig Hoffnung, oder?«,

fragte Valk. »Früher oder später werde ich kippen. Anfangen, so logisch zu denken, dass ich mich dazu entschließe, Menschen wehtun zu müssen. Wie die *Universal Suffrage*.«

»Das habe ich nicht gesagt«, wehrte sich Paniet.

»Menschen lügen. Hast du gerade selbst gesagt.«

»Wir haben einen Menschen an Bord, der sich vor Kurzem einer Gehirnoperation unterzogen hat, um sich in ein Alien verwandeln zu lassen. Das hat sie nicht daran gehindert, weiterhin Mensch zu sein. Wenn Ginger zur Choristin werden kann, glaube ich, dass auch du gleichzeitig KI und ein anständiger Kerl sein kannst. Falls du es willst.«

»Zweihundertneunundsiebzig Meter«, sagte Valk.

»Ist notiert«, antwortete Paniet.

*

Zweihundert Meter. Einhundertneunundneunzig. Einhundertachtundneunzig, und dann …

Lanoe kniff die Augen zusammen und starrte den Bildschirm an. Das konnte nicht sein, wonach es aussah, oder? Er hatte sich so sehr an Um-ein-Haar und In-allerletzter-Sekunde gewöhnt. »Schaut mal«, sagte er.

Um ihn herum hüllten sich alle in Schweigen. Ehta kaute auf den Fingernägeln. Candless starrte die Wand an, als könnte sie glatt hindurch in den nächsten Raum sehen. Gingers Blick war seltsam glasig – vielleicht hatte sie der Gedankenaustausch mit einem sedierten Alien selbst halb in Schlaf versetzt.

»Schaut doch«, wiederholte er lauter. »Verdammt, guckt doch mal!«

Vor ihnen war der Schlund zu sehen. Beim Stand von hundertfünfundzwanzig Metern hatten sie das andere Ende erreicht.

Alle sprangen auf und drängten sich um den Bildschirm, zeigten aufgeregt und riefen durcheinander, als hätten sie noch nie einen Wurmloch-Schlund gesehen. Ginger lächelte sogar ein wenig. Lanoe mochte es, wenn Ginger unter ihrer roten Mähne lächelte. Es ließ ihn an Zhang denken, an bessere Zeiten. Als sie noch gelebt hatte.

»M. Valk«, sagte Candless, »würden Sie uns wohl aus diesem Wurmloch hinausbringen?«

»Bin schon dabei«, erwiderte Valk.

Sie verließen das Wurmloch mit fast einem Zehntel Lichtgeschwindigkeit. Valk schaltete unverzüglich die Bremstriebwerke ein – sie wussten nicht, was sie auf der anderen Seite erwartete. Wie sie sehr bald feststellten, hätte er sich die Mühe sparen können.

Über mehrere Jahrhunderte war es eine allseits bekannte Tatsache gewesen, dass der Schlund eines Wurmlochs nur in der Nähe einer großen Gravitationsquelle wie einem Stern existieren konnte. Er brauchte einen machtvollen Anker. Vielleicht galt das für stabile Wurmlöcher auch weiterhin. In diesem Fall hatte der Chor sie allerdings beinahe in die interstellare Leere geschickt. Der nächste Stern war ein Roter Zwerg in gut sechzig Astronomischen Einheiten Entfernung, das Doppelte des Abstands zwischen Neptun und der irdischen Sonne. Der Zwerg wirkte wie ein Stern unter vielen.

Und es waren unglaublich viele.

»Wo sind wir?«, fragte Lanoe.

»Ich würde ja nach Sternbildern suchen, um mir einen Überblick zu verschaffen«, sagte Candless, »aber ich weiß nicht, wie man bei *dieser* Masse überhaupt einzelne Konstellationen ausmachen will.«

Der Blick voraus offenbarte mehr Sterne, als sie alle je gesehen hatten. Das All schien mit ihnen *gepflastert* zu sein, Sterne in allen Farben, Sterne so nah, dass man fast die Hand nach ihnen ausstrecken wollte. Nahezu die Hälfte des Blickfelds war ein einziges mächtiges Glühen – die Milchstraße, aber unmöglich hell und dicht.

»Innerhalb eines Lichtjahrs von hier liegen vier Sterne«, sagte Valk.

»Das ist doch verrückt«, sagte Ehta. »Sterne liegen nicht so dicht beieinander.«

»Nein«, erwiderte Valk. »Nicht da, wo wir herkommen.«

Lanoe hob eine Augenbraue. Er glaubte zu wissen, was als Nächstes kam. Und hoffte inständig, richtigzuliegen. Auch wenn es ihm einen Schauer über den Rücken jagte.

»Wir sind … viel weiter im Innern«, sagte Valk. »Näher am galaktischen Zentrum. Draußen auf Höhe der Erde liegen die Sterne weiter auseinander, sind überall verteilt. Je näher man dem Zentrum kommt, desto dichter werden sie, bis sie in der Mitte so gut wie aneinanderkleben und ein supermassereiches Schwarzes Loch bilden. Ich habe Mühe, die Sterne näher einzugrenzen – ich erkenne keinen einzigen wieder, und selbst die allseits bekannten Fixsterne sind nicht mehr an ihrem Platz. Komisch.«

»Wie weit?«, fragte Lanoe.

»Wie weit weg von der Erde? Von irgendeinem menschlichen Planeten? Ich würde schätzen … zehntausend Lichtjahre«, schloss Valk.

Candless lachte, obwohl Valks Tonfall deutlich gemacht hatte, dass er nicht scherzte.

»Zum Teufel«, sagte Ehta.

Ginger drehte sich um und sah Lanoe an. »Der Chor hat Ihren Wunsch erfüllt, Kommandant.«

Zhang stand direkt hinter ihm. Sie hatte ihm die Hand auf die Schulter gelegt.

»So nah dran«, sagte sie. »Du weißt, was zu tun ist.«

Er tat, als könnte er sie nicht hören. Die anderen mussten nicht wissen, dass sie hier war. »Mir wäre jeder Ort recht gewesen. Hauptsache raus aus der Blase und weg von CentroCor. Stattdessen haben sie es wirklich getan.«

»Wenn ich artig die Hand hebe, beantwortest du dann meine nächste Frage?«, meldete sich Ehta.

Lanoe deutete auf den Roten Zwerg in der Mitte des Bildschirms. Der hellste, nächstgelegene Stern. »Das da«, sagte er, »ist das Heimatsystem der Blau-Blau-Weiß.«

Von ihnen allen unbeachtet, schrumpfte hinter dem Schiff der Wurmloch-Schlund zu einem Punkt zusammen und verschwand völlig lautlos, faltete sich wieder in höhere Dimensionen zurück.

DANKSAGUNGEN

Ich möchte mich bei meinen Lektoren bedanken, und zwar allen voran Will Hinton und James Long, die mir geholfen haben, Lanoes Schmerz einzufangen, womit ich mich ziemlich schwertat. Darüber hinaus danke ich meinem Agenten Russell Galen sowie Alex Lencicki, die diese Trilogie überhaupt erst möglich gemacht haben. Und natürlich meiner Frau Jennifer Dikes, die mir in all der Zeit des Schreibens und bei so vielen Veränderungen in meinem Leben so viel Unterstützung gegeben hat – ich habe meinen Vater verloren, wir sind in ein neues Haus gezogen, und dann habe ich schließlich – als glorreicher Höhepunkt – die wunderbarste Frau der Welt geheiratet. Auf dem ganzen Weg war sie an meiner Seite, hat meine Hand gehalten und mich ermutigt, weiterzuschreiben.

Cixin Liu

Der Science-Fiction-Bestseller aus China

978-3-453-31716-1

978-3-453-31912-7

»Cixin Liu ist der chinesische Arthur C. Clarke!« *The New Yorker*

»Cixin Liu schreibt die beste Art von Science-Fiction, die es gibt:
für alle zugänglich und zugleich faszinierend neuartig.«
Kim Stanley Robinson

»Wegweisend für die phantastische Weltliteratur der Gegenwart.«
Frankfurter Allgemeine Zeitung

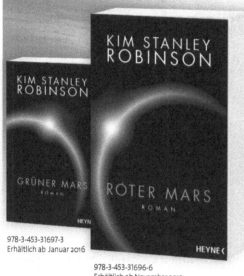